Dieses Buch ist für meine Eltern.

Für meine Mutter, die wie ein Fels an meiner Seite steht.

Für Billy, der mir die Liebe zur Sprache mitgegeben hat.

Die Autorin:

In einer Schmerzklinik, in der ich stationär aufgenommen wurde, war das Schreiben Teil der Therapie. Seitdem schreibe ich. Täglich. Stundenlang. Und liebe es.
Ich habe als Fachaltenpflegerin für Palliativpflege und als Wohnbereichsleitung gearbeitet, bis ich aufgrund von Folgeschäden durch eine Operation am Kleinhirn chronische Schmerzen entwickelte. Das Schreiben und das Lesen sind meine wirksamste Therapie.

Ich lebe mit meinem Mann, meiner Tochter, unseren zwei Hunden und Meerschweinchen am wunderschönen Wiehengebirge in Ostwestfalen.

Wusstest du, dass zu schreiben wirklich enorm gut von Schmerzen ablenkt? Oder dass Lesen den Stresspegel um 68% senkt? Neurowissenschaftler in Pittsburgh haben herausgefunden, dass sich zu gruseln genau so entspannt, wie eine Meditation.

Also dann! Senken wir den Stresspegel, entfliehen dem Alltag und finden Entspannung in der Spannungsliteratur.

Willkommen zu deiner Thriller-Therapie!

Weitere Informationen unter:
E-Mail: autorin@abaron-thriller.com
Website: abaron-thriller.com.
Auf meiner Website erfahrt ihr mehr über mein Autorenleben. Außerdem schreibe ich regelmäßig Blogs.
Instagram: @writing.anna78

Kapitel 1

Oh mein Gott, er würde sie umbringen. Sie wusste noch nicht wie, aber dass er es tun würde, stand für sie außer Frage. Aus ihrer Perspektive, vom Boden aus, überblickte sie das Schlachtfeld ihrer Küche, die sie anfangs so geliebt hatte. Das viele Blut auf den edlen Bodenfliesen aus dunklem brasilianischem Quarzit würde sie ohne Probleme wegwischen können. Doch die Schnittkanten und Fugen saugten sich bereits damit voll und verloren ihre helle Farbe. Es gab schon eine Menge dunkler Fugen in ihrer Küche, sie konnte es nicht ändern.

Die Kühle der Fliesen an ihrer Wange tat gut. Erschöpft schloss sie die Augen, riss sie aber im nächsten Moment wieder auf. Nein. Sie würde nicht aufgeben. Sie würde nicht hier verrecken. Diesen Sieg gönnte sie ihm nicht.

Sie lauschte, um herauszufinden, wo er sein könnte. Hielt er sich in ihrer Nähe auf? War er überhaupt noch im Haus?

Mühsam versuchte sie, sich auf alle viere zu stemmen. Sie keuchte vor Anstrengung und Schmerz. Ihr Unterleib fühlte sich an, als durchbohrte sie eine glühende Lanze. Kleine elektrische Schläge, die in ihrem unteren Rücken anfingen und sich bis über ihre Oberschenkel ausdehnten, quälten sie bei jeder Bewegung. Doch sie hatte es geschafft. Sie kniete. Schweiß lief ihr vom Haaransatz ins Gesicht oder war es Blut? Sie wischte sich mit dem Handrücken über die Stirn und bemerkte ungerührt, dass ihre Haut rot verschmiert war. Als sie sich am Küchentisch festhielt, um auf die Beine zu kommen, entfuhr ihr ein schmerzhaftes Stöhnen. Sie presste eine Hand auf ihren Unterleib. Langsam ebbte der Schmerz ab, als sie stand. Sie kämpfte gegen einen heftigen Schwindel an; sie hielt sich mit einer Hand am Tisch fest, schloss die Augen und versuchte, trotz der Schmerzen in ihren Rippen, tief einzuatmen.

Alles blieb still. Sie wusste nicht, wie viel Zeit verging, in der sie sich nicht rührte. Langsam und vorsichtig bewegte sie sich mit zittrigen Knien auf den Ausgang der Küche zu.

Sie streckte langsam ihren Kopf nach vorn, um einen Blick in den Flur zu werfen. Bevor sie vollständig erfassen konnte, dass er im Flur um die Ecke gewartet hatte, sprang er hervor, packte sie an den Haaren und schleifte sie hinter sich her. Ihre Füße verloren den Halt, sodass der Zug an ihrer Kopfhaut unerträglich wurde. Sie schrie vor Schmerz, hörte, dass er ihr irgendetwas entgegen brüllte, konnte die Bedeutung seiner Worte aber nicht erfassen.

Er ließ sie los und stieß sie von sich. Sie landete hart auf dem Boden. Zusammengekauert blieb sie liegen. Warme Tränen liefen ihr die Schläfe hinab und tropften von ihrer Nase.

»Verdammte Hure!« Er bewarf sie mit irgendeinem großen Gegenstand. Sie schrie auf und versuchte, mit ihren Beinen und Armen ihren Leib zu schützen. Dann sah sie, was er ihr entgegengeschleudert hatte, und ihr Herz blieb stehen. Er hatte ihn entdeckt. Jetzt war alles vorbei. Sie würde sterben.

»Wo wolltest du hin? Wo wolltest du verdammt noch mal mit diesem Koffer hin?«

Völlig außer sich trat er auf sie ein. Seine Stimme dröhnte schrill in ihren Ohren. Es war nichts mehr übrig von dem ruhigen, schüchternen Tonfall, der sie anfangs getäuscht hatte.

»Du wirst bei mir bleiben oder du bist tot, miese Schlampe!« Mit Dankbarkeit registrierte sie, dass seine Stimme von immer weiterer Ferne kam und die Schmerzen nachließen, während es dunkel um sie wurde.

Kapitel 2

»Fangen wir mit der Übergabe an Ben, danach kannst du nach Hause gehen.« Vor Lou lag ein Protokoll, in der Hand hielt sie einen Stift. Sie war bereit.

Ihr lief ein Schauer über den Rücken, als Ben so dicht an der Wand entlang trippelte, dass seine Schulter an ihr entlangschabte. Sie hatte noch nie gesehen, dass Ben in der Mitte der Flure oder Zimmer entlangging. Was für ein seltsamer Typ! Er huschte eher, als dass er ging. Schweigend zog er das Übergabeprotokoll zu sich heran und schrieb etwas darauf. Vornübergebeugt und im Stehen.

»Oh, okay. Du kannst es natürlich auch selbst aufschreiben. Kein Problem.«

Seit zwei Wochen war er im Team und sie wusste noch nicht, was sie von ihm halten sollte. Warum sagte er nie ein Wort, sondern schrieb alles auf?

Lou hielt den Atem an. Er roch furchtbar. Schon, wenn er nicht so dicht bei ihr stand, breitete sich sein Geruch im Dienstzimmer und im gesamten Flur aus, irgendetwas mit einer starken Patschuli-Note. Sie konnte immer riechen, wenn er im Dienst war. Es war extrem unangenehm.

Als er sich an der Wand entlangdrückte, um das Dienstzimmer zu verlassen, stand sie auf, öffnete das Fenster und atmete tief durch.

Lou traf letzte Vorbereitungen für den Nachtdienst und marschierte pfeifend durch die Flure, während sie zwei Müllsäcke hinter sich herzog. Aus dem Augenwinkel erhaschte sie einen Blick auf die Uhr. In zehn Minuten hatte sie Feierabend. Die Nachtschwester musste jeden Moment hier sein. Plötzlich stoppte sie. An der Treppe, die nach unten zu den Umkleideräumen führte, sah sie Ben. Warum war er noch hier?

Er stand mit dem Rücken zu ihr und hielt einen kleinen Taschenspiegel hoch. Für einen Moment sah sie sein Auge im Spiegel. Als er merkte, dass sie ihn ansah, klappte er den Spiegel schnell zusammen und schlich an der Wand entlang zur Mitarbeitertoilette. Bespitzelte er sie etwa? Ihre Handflächen wurden feucht. Wie konnte ein Mensch nur so gruselig sein? Warum hatte ein Mann überhaupt einen Taschenspiegel?

Sie verdoppelte ihre Geschwindigkeit und war froh, als die Tür des Pflegearbeitsraums hinter ihr zufiel. Was war das denn gerade? Sollte sie besser hier drin warten, bis Ben von der Toilette kam und endlich ging, um sich umzuziehen? Unschlüssig stand sie herum, wusch und desinfizierte ihre Hände und ärgerte sich über ihr Verhalten. War sie noch ganz dicht? Ben war schräg, aber nur ein Arbeitskollege. Es ergab keinen Sinn, dass sie …

Ihre Nackenhaare stellten sich auf und ihre Rückenmuskulatur verkrampfte. Sie hatte etwas gehört. Brauchte jemand Hilfe? Schnell verließ sie den Müllraum und stellte sich in den Flur. Das Geräusch war so leise gewesen, dass sie nicht einordnen konnte, was sie überhaupt gehört hatte.

»Hallo?«, rief sie. Es war nie still auf der Station. Unruhige Bewohner riefen, vertraten sich die Beine oder beides. In diesem Moment aber war es totenstill. Bis auf das Geräusch, das sie so irritiert hatte. Ihr Unwohlsein nahm zu. Sie blickte den Flur herauf und herunter. Es war niemand zu sehen. Jetzt hörte sie es wieder. Ein leises Quietschen hallte über den Flur. Lou wusste nicht, woher es kam. Eine Gänsehaut bildete sich auf ihren Armen. Niemand, der es nicht schon selbst erlebt hatte, konnte sich vorstellen, wie gruselig ein Pflegeheim in der Nacht sein konnte.

Sie musste sich dazu zwingen, sich in Bewegung zu setzen, um dem Geräusch auf den Grund zu gehen. Schließlich war es möglich, dass jemand Hilfe brauchte. Sie schritt die Gänge ab, schaute hier und da in die Zimmer der Personen, die sich nicht selbst helfen konnten, wurde jedoch nicht fündig. Da! Wieder das Quietschen, das sie an ein Rad denken ließ, das geölt werden musste. War es nähergekommen? Was, um Himmels willen, war das?

Langsam ging sie in das Dienstzimmer zurück. Es piepte. Jemand hatte den Schwesternruf betätigt. Lou sah auf dem Display der Dienstzimmerrufanlage, dass jemand im großen Stationsbad klingelte. Sie war irritiert. Die Tür war eigentlich immer abgeschlossen. Mit einem mulmigen Gefühl im Bauch ging sie durch den Flur. Das Stationsbadezimmer lag direkt um die Ecke des L-förmigen Ganges. Davor blieb sie stehen. Sie nahm alles gleichzeitig wahr. Ein leerer Rollstuhl stand quer vor der Tür. An der roten Markierung neben der Türklinke des Baderaumes konnte sie sehen, dass sich derjenige, der klingelte, wohl eingeschlossen hatte. Da an dem Rollstuhl kein Namensschild angebracht war, musste es einer von der Einrichtung sein. Sie schob ihn zur Seite und hatte die Antwort darauf gefunden, was das quietschende Geräusch verursacht hatte. Langsam atmete sie aus. Ihr ganzer Körper stand unter Spannung. Was für eine merkwürdige Situation! Mit ihrem Vierkantschlüssel öffnete sie das Schloss und zog die Tür auf. Es war dunkel im Raum. Ein Schauer lief ihr über den Rücken. Schnell schaltete sie das Licht an. Die Neonröhren brauchten einen Moment, bis sie aufflammten. Niemand da. Irritiert schaltete Lou das Ruflicht aus, verschloss die Tür und lief schnell zurück ins Dienstzimmer. Wie konnte das sein? Wer hatte geklingelt? Warum war niemand im Bad gewesen? War es ein technischer Defekt gewesen? So musste es sein. Sie setzte sich vor einen Computer und schrieb eine Störungsmeldung an den Haustechniker.

Immer wieder blickte sie sich um. Sie hatte das Gefühl, beobachtet zu werden. Es war, als würde jemand um die Ecke auf sie lauern. Das Klingeln ihres Diensttelefons ließ sie zusammenzucken. Himmel, hatte sie sich erschreckt! Ab halb acht am Abend waren die Türen von außen nicht mehr zu öffnen. Wenn jemand außen klingelte, sah man es auf dem Display des Telefons. Das musste die Nachtschwester sein, Karla. Das gruselige Gefühl verflog. Sie trat auf den Gang, lief leichtfüßig die Treppe zum Haupteingang herunter und ließ Karla herein.

»Hey, Karla, komm rein. Können wir heute die Übergabe machen, bevor du dich umziehst? Ich muss noch zu meiner Mutter.«

»Klar. War's ruhig?« Die beiden gingen die Treppe herauf ins Dienstzimmer.

Lou lachte. »Ne. Hier ist das Übergabeprotokoll von Ben. Er hat mal wieder selbst alles aufgeschrieben. Ansonsten das Wichtigste zuerst. Medikamente für die Nacht sind vorbereitet, ich hab dir einen Zettel geschrieben, wer sie schon bekommen hat. Doktor Storl war zur Visite. Frau Maibach und Herr Laslo haben jetzt zusätzlich Schmerzmedikamente bei Bedarf. Hab ich schon in ihr Medikamentenblatt eingetragen und bei der Apotheke bestellt. Herr Finke war heute sehr unruhig, ich habe ihn überall mit hingenommen und ihm nach dem Abendbrot eine Wärmflasche gemacht. Das schien ihm zu gefallen und er ist seitdem im Bett geblieben. Die Erkältungen klingen langsam ab, keiner hat mehr Fieber. Ich hab die Trinkprotokolle ausgewertet und Herrn Bolte eine Infusion angehängt, er hat nur circa vierhundert Milliliter getrunken. Seine Tochter hat mir am Telefon gesagt, dass sie morgen vorbeikommt und Traubensaft mitbringt, das trinkt er wohl besonders gern. Ich habe um Visite vom Neurologen für Frau Werter gebeten, er kommt morgen ins Haus. Hier an der Magnetwand hängen die Namen mit all seiner Patienten und wen er sich noch anschauen könnte. Die Versichertenkarten von ihnen sind in dem Briefumschlag daneben. Kannst du das weitergeben? Ich bin ja erst übermorgen wieder da. Ach ja, und ich habe eine Störungsmeldung an André geschrieben. Im Stationsbad ging die Rufanlage, obwohl keiner drin war.«

Lou atmete tief durch.

»Uh, gruselig. Dann weiß ich Bescheid.« Karla, die noch dabei war, ihre Notizen auf das Übergabeprotokoll zu schreiben, lächelte Lou an. »Hat dein Dienst mehr als siebeneinhalb Stunden? Wie schaffst du das alles immer?«

»Alles eine Frage der Arbeitsorganisation.« Lou lächelte und stand auf. »Ich muss dann los. Ach ja, Kaffee hab ich frisch aufgesetzt. Ich wünsch dir eine ruhige Nacht.«

Nach der Dienstübergabe zog Lou sich um und schwang sich in ihren alten Honda Civic. Sie merkte deutlich, wie verspannt ihre Nackenmuskulatur war. Schmerzen stachen in ihren Schultern und im Hinterkopf.

Sie war heute bei ihrer Mutter zum Essen eingeladen. Da ihr kein Grund einfiel abzusagen, fuhr sie gezwungenermaßen los.

Sie genoss die Fahrt, obwohl sie die schöne Landschaft ihrer Heimat in der Dunkelheit nicht sehen konnte. Nach und nach lockerte sich ihre Muskulatur. Sie neigte den Kopf zur rechten, dann zur linken Seite und ließ ihre Schultern kreisen. Die Straße verlief kurvig, mitten durch den Wald. Ihre Scheinwerfer durchschnitten die Dunkelheit. Lou öffnete ihr Autofenster und sog den Geruch des Waldes tief in ihre Lungen. Sie liebte es, hier zu leben. So weit nördlich von Nordrhein-Westfalen, dass sie innerhalb von zwanzig Minuten in Niedersachsen wäre. Porta Westfalica war nicht nur ein Ort, sondern eine Heimat für sie. Umgeben von Hügelketten, Wäldern und Flüssen gab es mehr Natur als Beton.

Ihre Haare wirbelten durch den Fahrtwind auf. Sie hätte ewig weiterfahren können.

Es war an der Zeit, sich innerlich auf ihre Mutter vorzubereiten. Die Besuche verlangten ihr alles ab. Die Fahrt würde viel zu früh zu Ende sein, sie hatte ihr Ziel fast erreicht. Ein Gewicht legte sich auf ihren Brustkorb. Unterdrückter Zorn, Frust und Aggressionen brannten ihr ein Loch in den Magen. Sie musste ihre Gefühle zurückdrängen. Sie war abhängig vom Wohlwollen ihrer Mutter, also hatte sie sich zusammenzureißen.

Ihr Dekolleté begann zu jucken. Lou hätte am liebsten eine

Stahlbürste benutzt, um den unerträglichen Juckreiz ihrer Haut zu stillen. Stand sie unter Stress, bekam sie rote Flecken auf ihrem Brustkorb. Sie war dann einem fürchterlichen Juckreiz ausgesetzt. Sie zog ihre Fingernägel immer wieder über die empfindliche Haut unterhalb des Halses. Sie hörte erst damit auf, als sie den Wohnort ihrer Mutter erreicht hatte, Bergkirchen. Sie zwang sich, mit dem Kratzen aufzuhören. Durch Atemtechnik verlangsamte sie ihren Herzschlag auf ein annehmbares Niveau.

Auf in den Kampf!

Sie fuhr die asphaltierte Auffahrt zu dem Haus hoch, indem sie ihre Kindheit verbracht hatte, und parkte vor der Garage direkt neben dem Haupthaus. Das Anwesen wurde von dezenten Strahlern in ein warmes Licht getaucht. Das Villa-ähnliche Gebäude war L-förmig gebaut, die Fassade des Hauses mit gebrochenem Quarzit verkleidet. Die beige-grauen Natursteine in Kombination mit den Dachschindeln, die aus Lärchenholz bestanden, genauso wie die Tür- und Fensterrahmen, ließen Lou wie immer innehalten. Sie bewunderte die Schönheit des Hauses. Umgeben von Bäumen und der Natur, fügte es sich perfekt in die Landschaft ein.

Als Lou die Klingel drückte und das Geräusch von Absätzen hörte, die energisch über die Holzdielen im Inneren klapperten, zog sich ihr Magen widerwillig zusammen. Die Tür öffnete sich.

»Hi, Mama.«

Sophia Siebert stand in der Tür und begutachtete ihre Tochter von oben bis unten. Mit einem Lächeln, das ihre Augen nicht erreichte, zog sie die Tür noch ein Stück weiter auf, um Lou mit einer knappen Geste zu bitten einzutreten.

»Tashi Delek«, sagte sie, führte dabei ihre Handflächen zusammen und neigte leicht den Kopf.

Das war eine neue Marotte von ihr. Von einem Guru namens Yeshi hatte sich ihre Mutter in die Welt der tibetischen Konstitutionslehre führen lassen.

Wie immer sah ihre Mutter makellos aus. Ihre Margaret-Thatcher-Frisur passte ideal zu der sandfarbenen Leinenhose mit Bügelfalte und der weißen Bluse mit Stehkragen. Ihre Füße steckten in beigen Slingback-Pumps von Prada. Die Fingernägel zierte ein Nude-Ton, der metallisch glänzte.

Sofort sank Lous Selbstbewusstsein um noch ein paar Stufen. Jeans, Flanellhemd und Schuhe von Converse passten nicht in diese elegante Umgebung. Die Gegensätzlichkeit ihrer Kleidungsstile spiegelten wunderbar die Kluft zwischen ihnen beiden wider. Hätte sie sich bloß etwas Anderes zum Anziehen mitgenommen! Jetzt war es zu spät. Sie rückte ihr Bandana zurecht und ordnete ihr Haar-Durcheinander hektisch mit den Fingern. Ihre Mutter hatte ihr bereits mehrfach gesagt, sie sähe mit den Tüchern in den Haaren ordinär aus.

»Meinst du nicht, eine helle Jeans ist bei deiner Figur recht unvorteilhaft? Dein Gewicht scheinst du auch nicht in den Griff zu kriegen. Das sieht man an deinen viel zu runden Hüften.« Sophia schaute demonstrativ auf ihre Armbanduhr. »Du kommst zu spät. Pünktlichkeit ist eine Tugend. Hier, bitte desinfiziere deine Hände.«

Damit reichte sie Lou ein Fläschchen Desinfektionsmittel.

Lou biss ihre Zähne zusammen. Sie spürte, wie sich ihr Nacken wieder verhärtete, sagte jedoch nichts. Sie schüttete sich bewusst eine viel zu große Menge des Desinfektionsmittels in ihre hohle Hand. Dann verrieb sie es demonstrativ auf ihrer Haut, bis ihre Mutter sich abwandte und kopfschüttelnd voraus ins Esszimmer ging.

Nachdem sie gegessen hatten, erzählte Sophia von der Tochter ihrer Freundin, die zurzeit Medizin studierte.

»Annalena ist immer fleißig. Sie ist so erfolgreich. Dolores platzt vor Stolz. Annalena lernt und geht arbeiten. Sie schafft ihre Prüfungen mit links. Du kannst dir ja denken, wie unangenehm es für mich ist, wenn ich erzählen muss, wie du bis mittags auf der faulen Haut liegst.«

»Spätdienst bedeutet nicht, auf der faulen Haut zu liegen.«

»Was ist schon dabei, alten Menschen aus der Zeitung vorzulesen? Andere müssen hart arbeiten für ihr Geld. Aber was kann ich schon erwarten? Dein Vater war viel zu nachsichtig mit dir. Dabei herausgekommen ist eine junge Frau, die ihr Potenzial verschwendet.«

Geziert nippte sie an ihrem stillen Wasser, das sie stets aus Kristallgläsern trank.

Lous Mutter versuchte in keiner Weise, nachzuvollziehen, was Lou in ihrem Job alles leistete oder was er beinhaltete. Es interessierte sie nicht.

Resignation und das Gefühl, sich verteidigen zu wollen, hielten sich in ihrem Inneren die Waage.

»Wieso ist es so unangenehm für dich, wenn ich Menschen helfen will? Möchtest du nicht auch eines Tages, falls du nicht mehr alles selbstständig erledigen kannst, versorgt sein?«

Die schmal gezupften Augenbrauen ihrer Mutter hoben sich. Ihre Nase wanderte ein Stück höher.

»Natürlich, Louisa Schatz. Aber darum können sich nette, fleißige Frauen kümmern, deren Zukunftsaussichten nicht so rosig aussehen. Der Mann meiner Freundin Christa wird von einer netten, aufmerksamen Pflegerin aus Polen versorgt. Ich finde es wunderbar, wie unser Land diesen Menschen eine Chance gibt. Auf dem freien Arbeitsmarkt wäre es schwer für sie, wegen der Sprachbarriere. Für diese Leute ist der Pflegeberuf ideal. Doch nicht für eine Tochter aus gutem Hause, die ihre Chancen wegwirft, statt Größeres zu erreichen.«

Zorn stieg in Lou auf und brodelte in ihrer Brust. Ihr Kopf wurde ganz heiß. Hoffentlich explodierte er nicht. Ihre Mutter war so ignorant, dass sie nicht einmal merkte, wie diskriminierend sie dachte. Nein, Sophia Siebert war in ihrer Welt tolerant und großzügig. Na klar. Außerdem hatte Lou es so satt, ständig unter die Nase gerieben zu kriegen, was für eine Enttäuschung sie doch wahr.

Erneut quälte sie das Jucken ihrer Brust. Sie rieb mit der flachen Hand darüber, was ein bisschen half.

Mühsam unterdrückte sie die brodelnde Wut auf ihre Mutter, auf Annalena und auf das Leben an sich. Sie befürchtete, jeden Moment etwas zu sagen, was sie hinterher nicht mehr würde zurücknehmen können. Es war besser zu schweigen.

»Wie lange willst du dich noch vor einer verantwortungsvollen Aufgabe drücken? Nimm dir an Annalena ein Beispiel. Louisa, mach endlich was aus deinem Leben, um Himmels willen! Such dir einen Mann! Du wirst älter, deine Chancen sinken. Mach was aus dir! So, wie du herumläufst, wirst du nie die Aufmerksamkeit eines erfolgreichen Mannes bekommen. Ich unterstütze dich gern darin, einen eigenen Stil zu entwickeln. Ich kenne mich schließlich aus. Deinen Vater konnte ich mit der mir eigenen Eleganz um den Finger wickeln.«

Ein wehmütiges Lächeln spielte um ihren Mund.

Lou, die sich immer angespannter und deprimierter fühlte, erhob sich.

»Ich glaube, ich gehe jetzt besser. Danke für das Essen und alles.«

»Du gehst schon? Louisa, du musst unbedingt an deiner Kritikfähigkeit arbeiten. Man darf dir bald überhaupt nichts mehr sagen.«

Sophia erhob sich und ging voraus zur Tür, Lou folgte ihr mit hängenden Schultern und steinhartem Nacken.

Endlich zu Hause! Lou hatte das Glück, in einem der kleinen Bungalows abseits des Ortskerns von Porta Westfalica, am Rande des Waldes leben zu können. Die Immobilie gehörte ihrer Mutter.

So wohl sich Lou in ihrem Zuhause auch fühlte, war es doch ihr größter Wunsch, so bald wie möglich auszuziehen. Solange sie auf die Unterstützung ihrer Mutter angewiesen wäre, so lange musste sie nach deren Regeln spielen. Sie biss die Zähne zusammen, als sie über ihre Situation nachdachte. Das war emotionale Erpressung, was ihre Mutter da abzog. Sobald Lou nicht sprang, wenn ihre Mutter pfiff, wurde die

Undankbarkeitskarte ausgespielt. Sie schaffte es immer wieder, Lou das Gefühl zu geben, ein schlechter Mensch zu sein, der zwar alles nahm, aber nichts gab. Damit kriegte ihre Mutter sie immer. Sie war ja dankbar, dass sie hier umsonst wohnen konnte, aber ständig das Gefühl zu haben, ihrer Mutter etwas schuldig zu sein, zermürbte sie.

Ihr Traum war es, eines Tages das Jagdhaus mitten im Wald kaufen zu können. Sie konnte sich nichts Schöneres vorstellen, als dort zu wohnen. Aus diesem Grund lebte sie bescheiden und sparte alles an Geld, was sie abzweigen konnte. Ihr Vater hatte die Hütte vor Ewigkeiten gekauft. Würde er noch leben, hätte er sie ihr schon längst überschrieben. Er wusste, wie sehr Lou dieses Haus liebte. Doch er war vor vier Jahren an einem Bauchaorten-Aneurysma gestorben. Würde sie es ihrer Mutter nicht abkaufen, sondern einfach so darin wohnen, wäre sie ihr immer verpflichtet, so wie sie es jetzt war. Nein, das wollte sie auf keinen Fall. Bei Sophia Siebert gab es nichts umsonst. Selbst ewige Dankbarkeit wäre ihr nicht genug.

Lou fühlte sich erschöpft von der Arbeit und von zu vielen Emotionen. Es machte sie traurig, dass ihre Mutter ständig auf ihr herumtrampelte. Sie musste endlich unabhängig werden. Doch wie, zur Hölle? Ihr fehlte Geld. Sie übernahm extra gerne die Sonntags- und Feiertagsdienste, da sie die Sonderzulagen sparen konnte. Sie lebte wirklich nicht schlecht und hatte auch genug zum Sparen. Doch es ging einfach nicht schnell genug. Sie musste …

»Hi. Endlich finde ich die Gelegenheit, mich vorzustellen.«

Sie war in Gedanken versunken im Begriff gewesen, die Haustür aufzuschließen, als sie hinter sich eine Stimme hörte.

Lou drehte sich um. Ein sympathischer Mann Anfang dreißig stand nebenan im Vorgarten.

Er hatte ein nettes Lächeln und war ziemlich attraktiv. Braune, verstrubbelte Haare, hellblaue Augen und einen breiten Körperbau. Wenn er vor ihr stünde, müsste sie den Kopf in den Nacken legen, um in sein

Gesicht schauen zu können. Als er Lou ansah, weiteten sich seine Augen etwas.

»Patrick. Patrick Lemmer, hallo.«

»Oh, hi! Ich bin Louisa Siebert. Freut mich.«

Lous Bauch kribbelte, als sich ihre Augen trafen. Das Gefühl irritierte sie. Mist! Warum musste sie diesen attraktiven Mann ausgerechnet jetzt kennenlernen, wo sie verschwitzt und fertig aussah?

»Ich bin ihr neuer Nachbar und erst vor Kurzem eingezogen. Es ist wirklich schön hier.«

Lou nickte. Sie überlegte fieberhaft, was sie sagen könnte, ihr fiel jedoch nichts ein.

»Ja äh, Patrick. Dann machen Sie es gut. Ich muss jetzt ...« Lou deutete mit ihrem Daumen über ihre Schulter auf die Haustür.

»Oh, na klar. Schön, Sie getroffen zu haben.«

Patricks Lächeln verursachte ein seltsam mulmiges Gefühl in ihrem Magen. Ohne Zweifel, er zog sie an. Lou fühlte sich nervös. Sie lächelte zurück, während sie die Tür aufschloss, und lächelte weiter, als sie sie längst geschlossen hatte. Sie lehnte sich an die Innenseite der Tür und seufzte verträumt, während sie ihre Schuhe von den Füßen kickte. Zufrieden lächelnd holte sie sich eine Schale Nüsse und machte es sich auf ihrer Couch mit einem Buch gemütlich.

Ihr Häuschen maß sechzig Quadratmeter. Sie hatte sich ein für sie wunderschönes Reich geschaffen. Die Wände besaßen eine Holzverkleidung. Sie liebte den gemütlichen Lesesessel und die kleine Couch mit ihrem beige-braunen, karierten Stoff. Neben vielen Kissen lag eine grobmaschige Häkeldecke darauf, in die sie sich wickeln konnte. Ihr Holzofen spendete Wärme an kalten Herbst- und Wintertagen. Eine kleine Küchenzeile, ein noch kleineres Badezimmer und ein Schlafzimmer … das war alles, was Lou brauchte.

Kapitel 3

Lou hatte noch kein ganzes Kapitel gelesen, als ihr Handy klingelte.

»Es ist schon wieder passiert.« Es war das Erste, was Lou hörte, nachdem sie den Anruf ihrer besten Freundin angenommen hatte. Marla Alvess war Lous Freundin seit Kindertagen. Sie wohnte nur ein paar Straßen weiter und sie trafen sich oft. Wenn nicht, telefonierten sie. Marlys Familie hatte sich überall auf der Welt verteilt, ihre Eltern wohnten noch in der mexikanischen Heimat.

»Spuck's aus. Was ist schon wieder passiert?«. Lou nuschelte, sie hatte sich eine Handvoll Erdnüsse in den Mund geworfen.

»Na, irgendwelche Leute haben die Polizei gerufen, als ich dabei war, die Tür meines Autos zu öffnen. Das war ein Theater. Die Cops verdrehen schon die Augen, wenn sie mich sehen, weil ständig jemand Alarm schlägt. Können die sich nicht um ihren eigenen Kram kümmern?«

»Na ja, es könnte daran liegen, dass du dein Auto jedes Mal mit einem professionellen Dietrich-Set öffnest, anstatt mit einem Schlüssel wie jeder normale Mensch.«

»Lou! Das ist doch nur, um im Training zu bleiben! Mein armer, armer Onkel Rodrigo – Dios lo bendiga, Gott hab ihn selig! – hat viel Zeit und Mühe in meine Ausbildung mit dem Dietrich-Set gesteckt. Jedes Mal, wenn ich ohne einen Schlüssel ein Schloss öffne, ehre ich sein Vermächtnis. Jedenfalls ist es ein Talent, das ich weiter fördern werde, und es macht tierisch Spaß. Übrigens, morgen zur üblichen Zeit am üblichen Ort. Ich muss jetzt Schluss machen, mein Liebster kommt nach Hause. Hasta luego!«

Grinsend legte Lou auf, doch es verblasste schnell. Sehnsuchtsvoll zog sich ihr Herz zusammen. Wie gern hätte sie jemanden an ihrer Seite, der sie genauso liebte, wie Paul Marla liebte. Ihr Problem war nicht, einen Mann auf sich aufmerksam zu machen. Ihr Problem war es, ihn zu halten. Lou runzelte die Stirn, während sie nachdachte.

Sie hatte tatsächlich noch nie eine Beziehung beendet. Immer kamen ihr die Männer zuvor. Ihr Kinn auf die Hand gestützt, starrte sie grimmig in die Ferne. Woran lag es bloß, dass sie ständig ersetzt wurde? Lag es an ihrem Übergewicht? Generell an ihrem Aussehen? Lou blickte an sich herab. Spannten ihre Klamotten nicht mehr als sonst? Sie fuhr mit ihren Händen prüfend über ihren Bauch und ihre Seiten. Sie war eine dickliche, einsame Frau, die verlernt hatte, wie man glücklich war und mit offenem Herzen vertraute. Sie seufzte. Düster. Es sah düster für sie aus. Vielleicht sollte sie …

Lous Kopf schnellte herum. Was war das? Gänsehaut breitete sich auf ihren Armen aus. Da, schon wieder. Ein schabendes, kratzendes Geräusch war aus dem Inneren ihres Hauses zu hören. Wenn ein Marder oder Siebenschläfer sein Unwesen trieb, klang es ganz anders. Jetzt war es, als würden Krallen an Rohren kratzen, die sich innerhalb der Wände befanden. Sofort tauchte das Bild einer dicken Ratte mit filzigem Fell und scharfen gelben Zähnen vor ihrem inneren Auge auf. Mit angehaltenem Atem und aufgerissenen Augen stand sie auf und bewegte sich langsam in die Richtung, aus der sie es scharren hörte. Es schien aus ihrem Badezimmer zu kommen und hallte irgendwie dumpf durchs ganze Haus. Ihre Hand lag auf der Klinke, aber sie konnte sich nicht überwinden, die Tür zum Bad zu öffnen.

Warum hatte sie solche Angst? Lou zuckte zusammen, als das Kratzen von einem leisen Klong unterbrochen wurde. Sie holte einmal tief Luft und riss die Tür zum Badezimmer auf, während sie fast zeitgleich auf den Lichtschalter schlug. Sie blickte sich um, konnte aber nichts entdecken. Leise hörte sie ein letztes Schaben, dann war es still. Regungslos wartete sie ab. Ihr Blick fiel auf den Lüftungsschacht. Die kleinen Lamellen würden doch dafür sorgen, dass nichts aus dem Schacht in ihre Wohnung kriechen konnte? Hoffentlich.

Lou hatte frei und ging barfuß, in Schlafshorts und Top, summend in die

Küche, um Kaffee aufzusetzen.

Gemütlich auf der Couch, griff sie nach ihrem Buch, las und trank mit Genuss ihren Kaffee. Das Leben konnte fabelhaft sein. Sie liebte ihre freien Tage unter der Woche.

Nachdem sie eine Weile gelesen hatte, kam ihr ein Geistesblitz. Ohne lange nachzudenken, sprang sie auf, stellte ihr Radio an und tänzelte im Takt zur Musik in ihre Küche. Irgendeine Störung sorgte für ein schrilles Geräusch, bei dem sie sich die Ohren zuhalten musste. Es klang, als gäbe es irgendeine Rückkopplung. Lou rannte ins Wohnzimmer und schaltete das Radio wieder aus. Sie stieß aus dicken Backen die Luft aus, dann startete sie eine Playlist auf ihrem Handy, ging zurück in die Küche und fing an zu backen.

Gegen Nachmittag schlüpfte sie in ihre Jeans, zog ein graues T-Shirt über und entschied sich für ein rotes Bandana. Sie sah aus ihrem Küchenfenster. Patricks Auto stand in der Auffahrt. Endlich. Mit einem Teller voller Muffins ging sie nach nebenan und klingelte.

Als er die Tür öffnete, lächelte er sie an. Er schien überrascht. Oh, Mann, hoffentlich ließ sie den Teller nicht fallen. Ihre Hände kamen ihr so schwitzig vor.

»Hallo, Patrick, ich wollte Sie heute angemessen willkommen heißen.« Damit übergab sie ihm den Teller.

»Wow, danke. Ich fühle mich sehr willkommen. Möchten Sie hereinkommen und einen Muffin mit mir essen? Ich habe zufällig ein paar geschenkt bekommen.«

»Gerne, danke.«

Lou folgte ihm ins Haus und war dabei merkwürdig aufgeregt. Ob er Single war?

Sie gingen in seine kleine Küche. Lou ließ den Blick schweifen. Alles wirkte aufgeräumt. Auf einer kleinen Theke stand ein Korb mit Äpfeln, alles sah gemütlich aus.

»Möchten Sie einen Kaffee? Cappuccino? Latte?«, fragte er, als er sich an seinem professionell aussehenden Kaffeevollautomaten zu schaffen machte.

»Oh, ja. Gerne einen Cappuccino, danke.«

Patrick stellte die Getränke auf den Tisch.

»Sie werden sehen, nachdem Sie meinen Kaffee probiert haben, wollen Sie nie wieder einen anderen trinken.«

Beide nahmen einen Schluck.

»Hm, der ist wirklich lecker.« Lou nickte.

»Sagen Sie, Louisa, sollen wir uns duzen? Irgendwie finde ich es schräg, Sie zu sagen. Oder?«

Sie starrte in sein Gesicht. Lou leckte sich über die Lippen und riss sich von seinem Anblick los. Sie nickte. »Klar, gerne.«

Beide lächelten sich an.

»Erzähl mal, was machst du jobmäßig? Und in deiner Freizeit? Ich bin neugierig.«

Sie schluckte und stellte ihre Kaffeetasse ab. »Ich bin Pflegefachkraft und arbeite im Altenheim hier in Porta. Tja, in meiner Freizeit? Ich treffe mich oft mit meinen Freundinnen. Das war's.«

»Oh, eine Pflegerin. Wow, das muss ein harter Job sein.«

Lou nickte. »Ja, aber welcher Job ist es nicht?«

»Na ja, da fallen mir einige ein.« Er biss in einen Muffin und verdrehte die Augen.

»Mann ist der gut. Ich melde mich, wenn ich Nachschub brauche, darf ich?« Er lächelte sie an.

Lou lachte. »Ich kann dir gern das Rezept geben. Und wo kommst du her?«

»Ich bin hier in der Nähe geboren. Die letzten Jahre habe ich aber in Osnabrück gewohnt. Was ist mit dir? Hier geboren oder zugezogen?«

»Ich bin hier geboren.«

»Wohnst du allein?«

Fragte er einfach nur so oder wollte er durch die Blume wissen, ob sie

Single war?

»Ich bin Single.« Es platzte aus ihr heraus.

Patrick lächelte. »Ich auch.«

Puh, flirteten sie? Sie flirteten.

Ein lauter Knall, gefolgt von einem Rumpeln, ließ sie fast von ihrem Stuhl aufspringen. Sie presste sich eine Hand auf die Brust und schaute erschrocken zu Patrick.

»Was war das denn?«

Patrick blickte ebenso erschrocken drein. »Scheiße, ich weiß es nicht.«

»Kam das aus dem Wohnzimmer?«

Patrick stand auf, ging in den Flur und schaute Richtung Wohnzimmer. »Keine Ahnung.«

Lou folgte ihm, als er langsam durch sein Wohnzimmer Richtung Terrasse ging.

Patrick deutete nach draußen. »Eine Leiter ist umgefallen. Verdammt, wo kommt die denn her?«

»Ist das nicht deine?«

»Nein.« Verwundert schaute er sie an. Er öffnete die Terrassentür und ging raus. Eine sehr große, massiv aussehende Leiter lag auf den Fliesen. Patrick hob sie an und lehnte sie an die Hauswand. Das obere Ende ragte noch ein Stück über die Dachrinne hinaus.

»Ich verstehe nicht, was zum Teufel diese Leiter hier zu suchen hat.«

Lou bekam eine Gänsehaut auf ihren Armen. Warum sollte ein Fremder in den Garten eines X-beliebigen gehen und dort eine Leiter ans Haus stellen?

»Stand sie vielleicht schon hier irgendwo und du hast sie bisher nicht gesehen?«

»Na ja, ein Gegenstand dieser Größenordnung wäre mir sicher schon aufgefallen.« Er grinste, doch er zog dabei nur einen Mundwinkel hoch.

Lou zuckte die Schultern. »Dann weiß ich auch nicht. Ähm, ich werd besser mal gehen. Lass dir die Muffins schmecken und noch mal vielen

Dank für den Kaffee.«

Für einen Moment meinte sie, Enttäuschung in Patricks Blick zu sehen, doch dann lächelte er.

»Es hat mich sehr gefreut, dass du vorbeigekommen bist, Louisa.«

Zu Hause atmete sie tief durch. Sie mochte Patrick und sie hoffte, dass er wirklich enttäuscht war, als sie ging.

Lou hatte mit Ben zusammen Frühdienst. Sie nahm sich vor, ihn im Blick zu behalten, um zu schauen, ob er wieder etwas Schräges abzog, so wie mit dem Spiegel im letzten Dienst. Sie wollte unbedingt herausfinden, warum er sich so seltsam verhielt.

Immer, wenn sie bei der morgendlichen Übergabe zu ihm herüberschielte, lag sein Blick auf ihr. Die Zeichen deuteten klar darauf hin, sie hatte einen Fan. Einen gruseligen Fan – der sie mit einem Taschenspiegel observierte.

Lou fühlte sich zunehmend unwohl. Seitdem sie auf ihn achtete, sah sie, dass Ben ständig in ihrer Nähe war. War sie im Speisesaal, war er kurze Zeit später auch da. Hatte sie etwas im Dienstzimmer zu erledigen, schlurfte er ihr hinterher und stand herum, bis sie wieder ging. Als sie aus dem Fäkalienraum kam, rannte sie fast in ihn hinein, weil er augenscheinlich vor der Tür gewartet hatte. Es war einfach unangenehm.

In der Pause saß Lou, wie immer bei schönem Wetter, draußen auf einer Bank hinter der Einrichtung und las. Ben kam und stellte sich schräg hinter sie. Sein Patschuli-Geruch wehte zu ihr hinüber. Was wollte er hier? Sie konnte schlecht was sagen. Er durfte schließlich stehen, wo immer er wollte. Aus den Augenwinkeln sah sie, dass er geradeaus starrte, sie folgte seinem Blick. Da war nur eine Hecke. Sie unterdrückte einen Schauder und versuchte, sie sich wieder auf ihr Buch zu konzentrieren, doch sie schaffte es nicht.

Wie alt mochte er sein? Mitte vierzig? Er war extrem schlank und das rötlich braune Haar trug er lang, zum Zopf gebunden. Durch seine

Krause wirkte sein Haar regelrecht aufgeplustert. Seine Augen waren von einem hellen wässrigen Blau und er roch einfach unerträglich. Außerdem hatte sie noch nie jemanden getroffen, der sich so eigenartig verhielt. Er schlurfte mit einem deutlich sichtbaren Buckel an den Wänden entlang und dann war da noch die Sache mit dem Taschenspiegel. Und jetzt stand er hier und starrte in ein Gebüsch.

Lou hörte ein klickendes Geräusch hinter sich, als Ben schluckte.

Er blieb weiter stehen. Schweigend. Bis zum Ende der Pause. Als er ging, fühlte Lou sich, als habe sie die ganze Zeit lang die Luft angehalten und spürte, wie ihr Schweißtropfen am Rücken hinab liefen. Himmel, was für ein Stress.

Nachdem Lou sich umgezogen hatte, machte sie sich auf den Heimweg. Sie trat gerade nach draußen, als Ben sie abpasste und auf sie zuging. Ohne die weit geschnittene Arbeitskleidung wirkte er geschrumpft. Er trug schwarze Schnürstiefel, seine grüne Cargohose schlotterte um seine Beine und ein labbriges T-Shirt betonte seine eingefallene Brust. Er schaute ihr nicht in die Augen, während er mit ihr sprach. Seine Stimme klang weiter monoton.

»Louisa.«

»Äh, ja?« Sein unangenehmer Geruch hüllte sie ein.

»Ich gehe Kaffee trinken. Kommst du mit.« Es klang nicht nach einer Frage.

»Nett, dass du fragst, aber ich möchte nicht. Ich möchte lieber nach Hause.«

»Du kannst auch was Anderes trinken.«

Sie trat von einem Bein auf das andere und zupfte ihr T-Shirt von ihrer verschwitzten Haut.

Wieder hörte sie, ein leises Klicken, als er schluckte.

Mist! Eine diplomatische Antwort musste her. Ja, er war chancenlos bei ihr. Nein, sie würde es ihm nicht direkt auf den Kopf zusagen.

»Ben, ich möchte nach Hause. Es war anstrengend heute. Ich brauche

Ruhe.«

Ben guckte zu Boden.

»Okay.« Er drehte sich um und ging.

Sie blickte ihm nach. Einzelne Haare seines Zopfes flatterten im Wind, als er, den Rücken zum Buckel gerundet, davon marschierte.

Sie stieß langsam die Luft aus und machte sich zu Fuß auf den Heimweg. Die weiteren Schichten mit Ben konnten ja heiter werden. Der Gedanke daran verursachte ihr ein leichtes Ziehen im Bauch.

Lou hörte schon von Weitem den Rasenmäher ganz in der Nähe. Ihr Nachbar schien zu mähen. Sie überlegte sich, dass es doch ein wunderbarer Tag war, um den Feierabend auf der Terrasse zu verbringen. Wenn sich zufällig ein weiteres Gespräch mit Patrick ergab, umso besser.

Patricks und ihr Grundstück wurden nur durch einen etwa kniehohen Zaun getrennt, die Chancen standen also gut. Sie legte im Haus ihre Tasche ab, ging unter die Dusche und zog frische Kleidung an, die ihre Problemzonen kaschierten. Lou ging mit einem Glas kühlen Weißweins in den Garten und gab sich überrascht, als Patrick eine Hand zum Gruß hob und den Rasenmäher ausstellte.

»Hey, Louisa, ich freue mich, dich zu sehen.«

Sie lächelte. »Gleichfalls. Möchtest du auch ein Glas Wein? Oder ’ne Flasche Bier? Ist bestimmt anstrengend, die Mäherei.«

»Ist das eine Bestechung, damit ich deinen Rasen mitmähe?«

»Was? Nein, Quatsch! Es ist einfach eine freundschaftliche Geste unter Nachbarn.«

»Ich nehm gern ein Bier, danke.«

Nachdem sie wieder in den Garten kam und Patrick sein Bier gebracht hatte, trank er es mit einem Zug zur Hälfte aus.

»Ah, das tat gut. Danke.« Er schaute sie mit schief gelegtem Kopf an. »Soll ich vielleicht auch bei dir kurz mähen? Macht wirklich nicht viel Arbeit.«

Lou war versucht, sofort zuzustimmen. Sie hasste es, Rasen zu mähen.

»Also, wenn du bereit wärst, ihn zu mähen, würde dabei eine Kiste Bier für dich rausspringen.« Lou grinste ihn an.

»Ich mach es gern umsonst. Aber vielleicht können wir mal was zusammen essen?«

Himmel, fragte er nach einem Date? Konnte das sein? Oder wäre es nur ein platonisches Essen unter Nachbarn?

»Klar, würde mich freuen.« Lou gab sich cool, obwohl ihr Herz schneller klopfte.

Als ihr Rasen so gut aussah, wie lange nicht mehr, saßen sie beide auf Lous Terrasse und tranken Wein. Es war wirklich angenehm und entspannt, mit ihm zusammen zu sein, auch wenn Lou nicht genau wusste, wie sie ihn einordnen sollte.

»Hast du eigentlich das Rätsel mit der Leiter lösen können?« Lou beugte sich vor.

»Ne. Ich hab sie jetzt erst einmal neben dem Haus deponiert. Vielleicht hat der Vermieter was am Dach gemacht und vergessen, sie wegzuräumen oder so.«

Lou nickte. »Das kann gut sein.«

Patrick legte den Kopf schief »Louisa, wie lange lebst du bereits hier? In diesem Haus, in dieser Straße?«

»Hm, ich bin mit einundzwanzig von zu Hause ausgezogen. Jetzt bin ich einunddreißig.«

Patrick lächelte. »Hast du schon mal daran gedacht wegzuziehen?«

»Habe ich. Sobald ich genug gespart habe, kaufe ich mir was Eigenes. Der Bungalow hier gehört meiner Mutter. Ich sag dir, es ist kein Vergnügen, einer Frau wie ihr was schuldig zu sein.« Grimmig schaute sie ins Nichts.

»Oh, das klingt nach Konflikt.«

»Allerdings. Wir stehen uns nicht sehr nah.«

»Wie kommt's, wenn ich fragen darf?« Patrick sah sie aufmerksam an.

Lou seufzte. »Wo soll ich da anfangen? Ich erfülle ihre Erwartungen nicht. Weder, was meine Berufswahl angeht, noch was mich als Frau angeht. Sie wünscht sich für mich eine gute Partie.« Lou malte mit ihren Fingern Gänsefüßchen in die Luft. »Aber die würde ich in ihren Augen nur machen können, wenn ich jemand anderes wär.«

Patrick blickte sie nachdenklich an, während er einen Schluck trank.

»Verstehe. Und nun arbeitest du daran, dir etwas Eigenes zu suchen. Na, vielleicht lernst du ja auch jemanden kennen, mit dem es ernst ist und ihr legt zusammen?«

Sie schaute ihn an. Das Kribbeln im Bauch nahm zu.

»Das wird nicht so schnell passieren. Außerdem habe ich etwas Bestimmtes im Auge und das ist sicherlich nicht jedermanns Sache.«

»Jetzt hast du mich neugierig gemacht. Was hast du dir denn vorgestellt?«

»Es gibt da eine Hütte. Sie ist wunderschön gelegen, mitten im Wald. Keine Menschen, keine Autos, nur Natur. Dort will ich wohnen.«

Patrick nickte und wirkte beeindruckt. »Wow. Das klingt toll. Gibt es Strom und eine richtige Toilette?«

Lou lachte. »Klar. Ganz so einsiedlerisch ist es nicht.«

Er beugte sich vor und löste ein Haar, das sich in ihren Wimpern verfangen hatte. Sie spürte seine warmen Finger zart auf ihrer Haut.

Lou hielt den Atem an. Ihr Herz pochte fühlbar in ihrem Hals. Sie durfte nicht vergessen, dass sie nicht in seiner Liga spielte. Sie räusperte sich.

»Nun, ich geh dann mal wieder rein. Danke noch mal fürs Rasenmähen.«

Beide standen auf.

»Hab ich gerne gemacht. Jetzt stehst du in meiner Schuld. Du wirst mit mir essen müssen.« Patrick grinste.

»Man muss halt Opfer bringen.«

Patrick ging lachend zurück in seinen Garten und verschwand im Haus.

Lou stand unter der Dusche. Der Arbeitstag war geschafft und sie freute sich darauf, sich gleich mit Marla und Jenny zu treffen. Sie wusch gerade ihr Shampoo aus, als sie einen schrillen Ton hörte, als gäbe es eine Rückkopplung bei einem Mikrofon. Erschrocken hielt sie inne, dann hörte sie ihr Handy klingeln.

Sie wickelte sich hastig in ein Handtuch und trippelte auf Zehenspitzen ins Schlafzimmer zu ihrem Handy. Lou nahm das Gespräch an.

»Louisa Siebert?« Niemand meldete sich. »Hallo? Ich kann sie nicht hören.« Sie wartete noch einen Moment ab, legte auf und ging ins Bad zurück.

Das duftende Pflegeöl, das sie in ihr hellbraunes Haar einarbeitete, gehörte zu ihrer Routine. Langes Haar brauchte viel Pflege und ihres reichte bis unter ihre Brüste. Ihr Haar war das Einzige, das sie vorbehaltlos liebte. Ohne viel daran herumstylen zu müssen, fiel es ihr in großen Wellen über die Schultern.

Das erneute Klingeln ihres Handys ließ sie vor Schreck zusammenzucken. Sie schaute auf das Display. Unbekannter Anrufer.

»Siebert, hallo?« Stille. Sie schwieg und lauschte. Sie hörte nichts. »Ich kann Sie nicht hören. Der Empfang scheint mies zu sein. Ich lege jetzt auf.«

Direkt nach dem Auflegen klingelte es wieder. Haha, wie lustig. Irgendein Scherzkeks spielte Telefon-Klingelmännchen. Sie ignorierte das Klingeln und hob nicht mehr ab.

Kapitel 4

Den Besuch bei ihrer Mutter hätte sie liebend gerne abgesagt. Warum musste sie immer zu ihr fahren? Eine Sophia Siebert kam natürlich nicht auf die Idee, ihre Tochter zu besuchen. Doch das war wahrscheinlich auch besser so. Denn rausschmeißen, wenn es ihr zu viel wurde, konnte sie ihre Mutter ja schlecht.

Heute gab sie sich Mühe mit ihrem Outfit. Sie zog eine dunkelgraue Stoffhose an, die sie fast nie trug, weil der Knopf sich schmerzhaft in ihren Bauch drückte, wenn sie saß. Aber sie erfüllte ihren Zweck und presste Beine und Po in eine annehmbare Form. Dazu wählte sie eine taubengraue Bluse ohne Kragen. Na, wenn das mal nicht schick aussah!

Ihre Mutter nahm sie, königlich wie immer, in Empfang.

»Tashi Delek, Louisa«, sagte sie mit zusammengelegten Händen. Diesmal verzichtete sie darauf, den Kopf zu neigen.

»Ich grüße dich auch ganz herzlich«, erwiderte Lou übertrieben fröhlich.

»Achte auf deinen Ton. Dein Spott ist mir nicht entgangen.«

Ihre Mutter schaute sie mit schneidendem Blick an, den nur sie so gut drauf hatte und der in Lou Alarmglocken schrillen ließ. Reize nicht den Stier, wenn du allein in der Arena bist! Schnell trat sie ein und griff nach dem Desinfektionsmittel, das sie sich in die Hände rieb.

»Du hast ja heute versucht, dich herauszuputzen, Louisa. Doch ich würde dir eine Hose in deiner Größe empfehlen oder ist sie etwa eingelaufen?« Ohne eine Antwort abzuwarten, fuhr sie fort. »Bitte komm mit in den Wintergarten, ich habe dort gedeckt für uns. Ein wenig Sonnenlicht würde nämlich deinem Teint nicht schaden.«

Mit diesen Worten stöckelte ihre Mutter voraus und Lou schlurfte hinterher.

Als sie saßen, blickte ihre Mutter sie auffordernd an. Mit Genugtuung bemerkte Louisa neue Falten, die sich auf die Stirn ihrer Mutter geschlichen hatten.

»Louisa, ich habe dich aus einem bestimmten Grund hergebeten.«

»Ach.« Bauchschmerzen kündigten sich an.

»Weißt du, Annalena braucht einen Ort, an dem sie in Ruhe lernen kann. Im Studentenwohnheim ist es einfach zu laut und sie wird immerzu abgelenkt. Das hat mir Dolores erzählt.«

»Aha.« Es stach und pochte hinter Lous rechter Schläfe.

»Tja und da habe ich Dolores vorgeschlagen, dass Annalena doch im Bungalow wohnen könnte.«

Lou war sprachlos. Verblüfft starrte Lou ihre Mutter an, ihr Unterkiefer sackte herab. Dann schüttelte sie mit hochgezogenen Augenbrauen den Kopf.

»Äh, Moment. Wie jetzt? Ich soll mit Annalena im Bungalow wohnen?«

»Ach, Louisa. Nein. Annalena wird natürlich allein dort wohnen. Es ist schon alles abgesprochen. Annalena freut sich sehr, dort wohnen zu können. Es ist auch gar nicht weit bis zur Uni und …«

»Mama! Schmeißt du mich etwa raus?«

»Beruhige dich erst einmal, Louisa. Lass uns wie zwei Erwachsene darüber sprechen. Natürlich setze ich dich nicht einfach vor die Tür. Sie zieht erst vor dem Wintersemester dort ein. Du hast also Zeit bis Oktober, um dir etwas Neues zu suchen.«

Lou war fassungslos. Gab ihre Mutter tatsächlich einer fast Fremden den Vorzug? Das konnte doch nur ein Witz sein! Alles in ihr zog sich zusammen. Ein Kloß in ihrem Hals hinderte sie daran, ihrer Mutter angemessen die Meinung zu sagen. Tränen schossen ihr in die Augen. Ein neuer Tiefpunkt. Sie erhob sich, um den Raum zu verlassen. Sie wollte nicht vor ihrer Mutter anfangen zu weinen.

»Louisa! Du setzt dich sofort wieder hin. Die Unterhaltung ist noch nicht beendet.«

Streng sah ihre Mutter sie an. Diese Frau besaß weder Mitgefühl noch das andere, was Mütter ihren Kindern entgegenbringen sollten. Was war es noch gleich? Ach ja. Liebe.

Lou schüttelte den Kopf. »Und ob sie beendet ist.« Presste sie mit belegter Stimme hervor und floh aus dem Haus.

Im Auto brach sie in Tränen aus. Sie fühlte sich ungeliebt und allein. Fast wie eine Waise. Lange gestattete sie sich nicht, sich gehen zu lassen. Sie sollte machen, dass sie fortkam.

Am Abend redete sie sich in einer Telefonkonferenz mit Marla und Jenny alles von der Seele. Schockiert waren ihre Freundinnen nicht, aber unglaublich sauer auf ihre Mutter. Beide wollten helfen und schmiedeten Pläne, was nun zu tun war. Doch Lou war müde und vertagte die Krisenplanung auf ein anderes Mal.

Marla, Jenny und Lou unterhielten sich angeregt in ihrem Stammcafé. Das Thema ›Sophia Siebert‹ hatten sie bereits durchgesprochen und Lou war erleichtert, dass die Gespräche nun eine weniger ernste Richtung nahmen. ›Biggis gute Stube‹ war gemütlich. Es gab nur wenige Tische und die waren den ganzen Tag über lückenlos besetzt. Bei ›Biggis‹ gab es die absolut leckersten Kuchen und Torten. Hier trafen sie sich regelmäßig auf einen Cappuccino.

Marla war wie immer top gestylt, fröhlich und etwas chaotisch. Lou amüsierte sich darüber, wie die Männer ihr hinterher schmachteten und Marla keinen einzigen Blick für sie übrighatte. Seit sie mit Paul Roberts zusammen war, waren andere Kerle Luft für sie.

Lou lauschte Jenny, die beim Reden gestikulierte, was ihre unzähligen Armbänder zum Klirren brachte. Wäre Jenny ungeschminkt und würde sich fröhlich und bunt kleiden, würde man sie für ein Beach-Girl halten. Nur, dass Jenny nie lachte. Das würde wohl nicht ganz zum Image passen.

Wie sie in die Reihe ihrer auffallend hübschen Freundinnen passte, konnte sie nicht sagen. Lou spielte mit einer Haarsträhne. Ihre Haare waren heute zu einem hohen Zopf gebunden, ihr olivgrünes Bandana war auf die Farbe ihrer Kleidung angepasst. Jeans mit Löchern, weißes Shirt und ein geöffnetes, grün-schwarzes Karohemd. Ihre Wohlfühlkleidung.

Sie schüttelte ihre Gedanken ab, um den Faden ihres Gespräches nochmals aufzunehmen.

»Beck war Jahre in Irland, er weiß garantiert nicht mal mehr, wer ich bin«, sagte Lou und legte ihr Kinn auf die Hand.

»Quatsch. Er hat doch kein Alzheimer.« Jenny schüttelte den Kopf.

»Außerdem wäre Paul nicht so eng mit ihm befreundet, wenn er estúpido wäre.«

Jenny blickte Marla an. »Auf Deutsch bitte?«

»Ein Arschloch.« Marla lehnte sich zurück.

»Ehrlich Lou, du stehst auf Beck, seitdem du keine Micky-Maus-Pullis mehr trägst. Er ist zurück aus Irland und ich sage, ruf ihn an.«

Auch Jenny lehnte sich zurück.

Lou leckte ihren Kaffeelöffel ab. »Ich werde nicht nach Becks Nummer fragen. Nein.« Sie rechnete sich nicht die geringsten Chancen bei ihm aus.

Jenny blickte sie kopfschüttelnd über ihrer überdimensionalen Kaffeetasse an.

»Das ist dumm!«

Marla, die ein großes Stück Schokoladentorte kaute, nickte bedeutungsvoll und zeigte mit der Kuchengabel auf Jenny, um ihr zuzustimmen.

Lou seufzte. Sie versuchte, das Gespräch in andere Bahnen zu lenken.

»Wisst ihr, was ich nicht verstehe? Seit ich vor zwei Jahren mit Samuel Schluss gemacht habe, passierte nichts Aufregendes in meinem Leben. Und jetzt? Ich bin seit Ewigkeiten in Beck verknallt, der plötzlich wieder auf der Bildfläche auftaucht. Es könnte sein, dass Ben von der Arbeit auf mich steht und der sagenhaft heiße Patrick zieht neben mir ein und hat auch noch meinen Rasen gemäht.«

Jenny kniff erneut die Augen zusammen. Sie schüttelte den Kopf »Moment. Warte. Dein neuer Nachbar hat deinen Rasen gemäht? Will der was von dir?«

»Kann ich nicht sagen. Ich war erst zweimal bei ihm zu Hause und …«

Jenny hob die Hand, um Lou zu unterbrechen. »Dein Nachbar ist heiß, hat deinen Rasen gemäht und du warst zweimal bei ihm zu Hause?« Sie wackelte mit den Augenbrauen.

»Ich bin definitiv Team Beck. Warum lässt du ihn nicht deinen Rasen mähen?« Marla grinste und wackelte, wie Jenny zuvor, ebenfalls mit den Augenbrauen.

Lou seufzte genervt. »Darum geht es doch nicht. Ich kann gut allein meinen Rasen mähen.«

Marla brach in Gelächter aus, bei Jenny hoben sich leicht die Mundwinkel, was für sie Gelächter bedeutete.

»Okay. Da wäre Beck, den du daten solltest und dein neuer Nachbar, den du nicht daten solltest, bis wir ihn kennengelernt haben. Und was hat es mit Ben auf sich?«, fragte Jenny.

»Ben ist mein Arbeitskollege. Er steht auf Rollenspiele und Cosplay. Im Nachtdienst hab ich gesehen, wie er über verschiedenen Plänen gebrütet hatte. Irgendwas mit Drachen und Magiern und so.«

»Uh, hört sich kinky an.« Antwortete Jenny.

»Hat Ben ebenfalls angeboten, deinen Rasen zu mähen?«, fragte Marla.

»Pfff, Ben bekommt meinen Rasen niemals aus der Nähe zu sehen.« Lou grinste und wurde wieder ernst. »Er ist seltsam. Erinnert ihr euch noch an den Hausmeister mit den triefenden Augen aus der Schule? Der ist genauso ein Typ, wie Ben. Es liegt nicht an seinem Aussehen. Es liegt an seiner ganzen Art.«

Marla schüttelte sich. »Oh, Dios mío!«

»Also ich finde es spannend, dass bei dir endlich mal was abgeht, was nicht nur mit deiner Arbeit zu tun hat. Ich sage, ruf Beck an!«

Beck. Es hatte bisher nur ein einziges Gespräch zwischen ihnen gegeben. Aber es war ein langes Gespräch gewesen und seitdem ging er ihr nicht mehr aus dem Kopf. Sie glaubte nicht daran, dass sich so ein Gespräch wiederholen ließe.

Lou war noch ganz in Gedanken versunken, als Biggi an ihrem Tisch auftauchte und Lou ein kleines, stabiles Kästchen in die Hand drückte. Es sah aus, wie die typische Verpackung eines Juweliers für Schmuck.

»Hier meine Liebe, das soll ich dir geben.« Biggi lächelte. »Da hat wohl jemand einen Verehrer.«

»Was? Ne. Hab ich nicht. Wer hat dir das gegeben?« Lou reckte den Kopf, um einen Blick an Biggi vorbei auf die restliche Kundschaft zu werfen.

»Er hat einen Kaffee hier getrunken, mir das hier gegeben und ist gegangen.«

Jenny schien ganz aufgeregt zu sein. »Was genau hat er gesagt?«

»Er sagte, bitte geben Sie das der wunderschönen Frau mit den langen karamellfarbenen Haaren. Und dann ist er gegangen.«

»Oh, wie mysteriös.« Marla klatschte in die Hände.

»Oh, okay. Danke, Biggi. Ach, Moment noch, wie sah er aus?«, fragte Lou.

»Ehrlich gesagt, habe ich darauf nicht geachtet.« Sie zuckte mit den Schultern. »Keine Ahnung.«

Als Biggi wieder verschwunden war, öffnete Lou das Kästchen. Auf einer Samt-Unterlage lag ein USB-Stick.

Sie starrte irritiert darauf. »Wer zur Hölle, lässt mir einen USB-Stick da? Versteht ihr das?«

»Nope.« Jenny schüttelte den Kopf.

»Ein mysteriöser Mann macht dir ein geheimnisvolles Geschenk. Ich find das romantisch.«

»Na ja, es kommt drauf an, was darauf zu sehen ist, würde ich sagen.«

Lou war skeptisch. Sie hatte kein gutes Gefühl bei der Sache. Warum sollte ihr irgendein Kerl irgendetwas schenken? Wahrscheinlich war es Werbung. Bestimmt für ein Diätprodukt, wenn es speziell für sie gedacht war. Sie überlegte kurz, ob sie es einfach wegschmeißen sollte, entschied sich aber dagegen. Neugierig war sie ja schon.

»Ich werfe zu Hause mal einen Blick drauf.«

»Lou, ruf an, wenn du reingeschaut hast. Ich will unbedingt wissen, was da drauf ist.«

»Ich auch.« Jenny hob die Hand.

Nachdem Lou von ihrem Café Besuch wieder zu Hause war, schrieb sie eine Einkaufsliste. Sie konnte sich kaum konzentrieren. Ständig klingelte ihr Handy. Bei allen Anrufen war die Rufnummer unterdrückt. Nachdem sie anfangs noch abgehoben hatte, gab sie es nach dem fünften Versuch auf, eine Konversation zu führen. Sie hämmerte ihren Finger auf die Lautlos-Taste und knallte ihr Handy auf den Tisch. In großen Buchstaben schrieb sie Trillerpfeife auf die Einkaufsliste. Sie lächelte grimmig, als sie sich vorstellte, mit voller Kraft in die Trillerpfeife zu pusten, dann machte sie sich auf den Weg zum Einkaufen.

Im Supermarkt begegnete sie Patrick.

»Hey, Patrick, was für ein Zufall. Machst du deinen Wocheneinkauf?« Oh, Mann! Was für eine hirnrissige Frage.

Patrick lächelte »Ja. Und du? Kaufst du ein für eine Party?«

Lou schaute in ihren Einkaufswagen. Schokolade, Chips, Erdnüsse, Wein, Kuchenfertigmischungen, Tiefkühlpizza, Nudeln. Sie inspizierte Patricks Einkäufe. Salat, Äpfel, Naturjoghurt, Quark, Wasser, Gurken, Reis, Kartoffeln, Butter. Sie spürte, wie sie rot anlief.

»Äh, also, kann man schon so sagen. Eine Party quasi … mit mir als einzigem Gast.« Sie lachte unsicher über ihren schlechten Scherz.

»Was hältst du davon, mit mir zusammen einen Kaffee trinken zu gehen, wenn wir fertig eingekauft haben?«

»Ja, warum nicht?«

Zu Hause räumte Lou in Windeseile ihre Einkaufstaschen aus. Gleich würde sie sich mit Patrick vor der Tür treffen.

Schon wieder saß sie im ›Biggis‹. In ihrem Lieblingscafé hatte es einen Schichtwechsel gegeben, sodass keine freundlichen Nachfragen kamen, was sie schon wieder hier wollte. Patrick bestellte einen Tee, Lou einen Cappuccino. Als sich beide einen kleinen Tisch vor dem Café gesichert hatten und saßen, wippte Lou mit ihrem Fuß in einem schnellen Rhythmus auf und ab.

»Was treibt dich nach Porta?« Sie schaute Patrick über ihre Kaffeetasse hinweg an, während sie einen kleinen Schluck trank. Sie hing an seinen Lippen und fühlte sich geschmeichelt, dass er seine Zeit mit ihr verbringen wollte.

Die Sonne wärmte ihren Rücken, es roch nach Frühling. Es war ein wunderschöner Tag.

Patrick lehnte sich zurück und senkte den Blick.

»Ich bin viel umgezogen. Zuletzt war ich in Osnabrück, wie du ja schon weißt. Ich hab gerne dort gelebt. Ich war sogar verlobt.«

Patrick hob den Blick, um Lou kurz in die Augen zu schauen. »Letztendlich wurde es mit meiner Verlobten nichts. Sie hat mir etwas vorgemacht. Die ganze Zeit über. Wir trennten uns und ich zog hierher.«

Lou fühlte sich in diesem Moment mit Patrick verbunden. Letzten Endes waren sie beide verletzt zurückgelassen worden.

Patrick hob den Blick und lächelte sie an. »Trotzdem glaube ich an die Liebe.«

»Das klingt schön.«

»Warum bist du Single, Louisa?«

»Ich habe das falsche Beuteschema. Ich bin zu schüchtern, um jemanden anzusprechen, der mir richtig gut gefällt. Ich arbeite zu viel. Mein Freund steht immer erst an zweiter Stelle, mein Freundeskreis geht immer vor. Such dir was aus!«

»Oh, wow. Ich würde ja sagen, du bist einfach dem Richtigen noch nicht begegnet.«

Lou hielt den Atem an. Sagte er das auf sich bezogen? Hatte er wirklich Interesse an ihr? Oder war es nur eine freundliche Neckerei?

»Warum kommt dein Freund nur an zweiter Stelle?«, fragte er.

Lou schluckte. Ein Bild blitzte vor ihr auf. Lange braune Haare, ein blasses Gesicht, eine Brille mit dickem schwarzem Rahmen. Die Erinnerung schmerzte. Mit aller Kraft drängte sie sie zurück. Sie blickte angestrengt in ihre Kaffeetasse.

»Das hat sehr private Gründe.« Sie schluckte wieder und schüttelte das Bild ab.

Patrick legte ihr eine Hand auf den Arm. »Schon gut. Ich war einfach nur neugierig. Entschuldige.«

»Kein Problem. Es ist auf jeden Fall so, dass Marla, Jenny und Paul immer vorgehen für mich. So gute Freunde sind nicht leicht zu finden.«

Als sie wieder zu Hause war, ging Lou in die Küche, um sich ein Glas Wein zu holen. Als ihr Blick aus dem Küchenfenster fiel, stutzte sie und kniff die Augen zusammen. Irgendwas hatte sie gesehen. Schlich da jemand an den Büschen ihres Vorgartens entlang? Sie schaltete das Küchenlicht aus und spähte erneut nach draußen. Da war nichts. Die kleine Wiese, die Büsche und die Mauer, die den Blick zu ihren Mülltonnen abschirmte, alles war wie immer, soweit sie es unter dem Licht der Straßenlaternen beurteilen konnte. Wahrscheinlich hatte sie sich geirrt.

Lou setzte sich an ihren Laptop und zögerte einen kurzen Moment, bevor sie den Stick einschob. Ein kleines Etikett war darauf geklebt, auf dem *Pass auf mich auf* stand. Jetzt, so allein zu Hause, kam es ihr unheimlich vor, von einem Fremden irgendeine Datei anzuschauen, die er – angeblich für sie – aufgespielt hatte. Allein die Beschriftung war gruselig. Andererseits wollte sie unbedingt wissen, was es damit auf sich hatte. Sie schloss ihn, ohne weiter darüber nachzudenken an und klickte auf die Datei.

Ein Bild erschien. Vor blauem Hintergrund sah sie zwei Worte. *Mit dir.* Lou hielt die Luft an. Schon wechselte das Bild und ein Strand war zu sehen. Ein schmaler Streifen Sand, dahinter kleine Wellen, die sich nach vorn bewegten, um sich gleich darauf wieder zurückzuziehen. Sonnenuntergang. Der Himmel schien in Flammen zu stehen. Obwohl die Kulisse an sich nichts Beängstigendes an sich hatte, brach Lou der Schweiß aus. Irgendetwas stimmte nicht. Der Strand verschwand, um erneut den blauen Hintergrund freizugeben. *Allein.* Ein einziges Wort, das Angst in ihr auslöste.

»Okay. Ganz ruhig. Tief durchatmen.« Murmelte sie vor sich hin und schloss für einen Moment die Augen, um sich auf ihre Atmung zu konzentrieren. Dann startete sie das Video erneut. Die gruselige Botschaft war beängstigend genug. *Mit dir. Allein.* Doch noch etwas Anderes irritierte sie. Jetzt sah sie es. Der Film sah aus, als würde er rückwärts abgespielt werden. Die Wellenbewegungen sahen unnatürlich aus und jagten ihr einen Schauer nach dem anderen über den Rücken. Lou riss den USB-Stick aus ihrem Laptop, schnappte sich das Kästchen, indem er gewesen war, und hetzte zu der Mülltonne vor dem Haus. Mit Schwung öffnete sie den Tonnendeckel und schmiss den Stick mitsamt Schachtel weg. Hektisch und außer Atem sah sie sich nach allen Seiten um. Keiner war zu sehen. Doch das musste ja nichts heißen. *Mit dir. Allein.* Diese drei Worte vor blauer Kulisse sah sie immer und immer wieder vor ihrem geistigen Auge. Schnell machte sie sich auf den Weg zurück ins Haus und rief Marla an.

Als es dunkel wurde und ihre Augen langsam zufielen, schaltete sie ihren Fernseher aus. Sie überprüfte, ob ihr Handywecker gestellt war, boxte sich ihr Kopfkissen zurecht und wickelte sich in ihre Bettdecke ein. Nach kurzer Zeit öffnete sie wieder ihre Augen. Ihre Freundinnen, die sie nacheinander angerufen hatte, fanden beunruhigend, was Lou über das kurze Video erzählte. Keine hatte eine Erklärung dafür, was das sollte oder was die Botschaft daran war. Vielleicht gab es gar keine Botschaft. Vielleicht war da nur ein Spinner am Werk, der gerne Frauen erschreckte.

Lou half Ingrid van Pohl, einer ihrer Lieblingsbewohnerinnen, bei der morgendlichen Pflege. Ingrid war früher eine Schönheit gewesen, den Fotos auf ihrem Sideboard nach zu urteilen. Doch durch ihre Krankheit und ihre insgesamt schlechte Verfassung war sie nicht mehr wiederzuerkennen.

Sorgfältig kämmte Lou ihr das schüttere, verknotete Haar, das sie immer noch lang trug. Sie war eine Dame, die immer viel Wert auf ihr Äußeres gelegt hatte. Das wusste Lou von ihrer Tochter. Frau van Pohl konnte sich verbal nicht mehr äußern. Sie gab Laute von sich, die alles bedeuten konnten. Ob sie Schmerzen hatte, Juckreiz, Hunger, Durst, Harn- und Stuhldrang, konnte sie nicht mehr sagen. Lou wollte sich nicht einmal vorstellen, wie schrecklich es sein musste. An guten Tagen kommunizierte Frau van Pohl mit ihren Augen und ihrer Mimik. Lou war eine aufmerksame Beobachterin und hatte gelernt, ihre Blicke und kleinste Bewegungen der Gesichtsmuskeln zu interpretieren. Heute war kein guter Tag. Am Ende ihrer Pflege cremte Lou ihr das Gesicht mit einer duftenden Creme ein, nachdem sie ihr den herauslaufenden Speichel vom Kinn gewischt hatte. Noch ein Spritzer Parfum, die Kissen gerichtet, die die ältere Dame stützen sollten, damit sie in einer aufrechten Sitzposition im Bett sitzen konnte und Ingrid van Pohl war fertig.

Als Lou in ihrer Pause in ihr berufliches Postfach schaute, entdeckte sie ein Buch. Normalerweise wurden nur interne Meldungen oder Nachrichten von ihrer Chefin dort abgelegt.

Zögernd nahm sie das Buch aus ihrem Fach. Aus dem Titel und dem Cover schloss sie, dass es sich um einen Erotikroman handelte. Eine Frau, die nur mit einem fast durchsichtigen Slip bekleidet war, rekelte sich auf

Satinlaken. Der Titel ›Feuchte Nächte‹ ließ keinen Spielraum für Interpretationen. Schnell blickte sie sich um und warf das Buch in den Müll. Wer hatte es ihr ins Fach gelegt? Erlaubte sich jemand einen schlechten Scherz mit ihr? Der Haustechniker André fiel ihr ein. Er war schon öfter recht distanzlos gewesen und Lou hatte sich bereits mehr als einmal von ihm bedrängt gefühlt. So ein Arsch! Sollte sie ihn darauf ansprechen? Nein. Sie würde ihn besser ignorieren. So ein Spinner verdiente keine Bühne für sein Geschwätz.

Lou ging nachdenklich ins Dienstzimmer zurück, nachdem sie sich einen Kaffee aus der Personalküche geholt hatte. Sie zog die Augenbrauen zusammen. Was bitte schön, ging gerade ab? Ein paar merkwürdige Zufälle waren das. Na ja, eher ein oder zwei Zufälle zu viel.

Lou spürte eine seltsame Unruhe in sich. Der Weg nach Hause war kurz. Sie brauchte zu Fuß nur circa fünfzehn Minuten. Ständig drehte sie sich um oder blickte über die Schulter hinter sich. War irgendetwas anders als sonst? Nein, sie konnte nichts ausmachen. Ihr Dekolleté begann zu jucken. Im Gehen kratzte sie sich geistesabwesend am Brustkorb. Sie schüttelte über sich den Kopf, ohne verhindern zu können, ihre Augen weiterhin aufmerksam umherwandern zu lassen. Diese Strecke kannte sie wie ihre Westentasche, sie konnte sie mit verbundenen Augen bei Nacht bewältigen.

Heute aber wirkte nichts vertraut. Da war eine winzige Verschiebung ihrer Wahrnehmung, die ihr ein ungutes Gefühl bescherte. Ihre Nackenhaare stellten sich auf. Was war los? Die Sonne schien ihr angenehm warm auf den Rücken. Sie blieb stehen. Lauschte, spürte dem Gefühl der Bedrohung nach, versuchte, mit den Augen auszumachen, was sie so irritierte. Warum war sie in letzter Zeit so übersensibel? Warum meinte sie Dinge zu spüren, die jeglicher Grundlage entbehrten? Tatsache war, hier und jetzt, mitten im strahlenden Sonnenschein, hatte sie ein mulmiges Gefühl: als beobachteten sie unsichtbare Augen. Sie ging weiter und beschleunigte ihren Schritt. Lou drehte sich ruckartig um. Hatte sie nicht aus dem Augenwinkel eine Bewegung gesehen? Duckte sich da jemand hinter einen Busch? Sie drehte sich wieder nach vorn und rannte los.

Bevor sie in den Weg zu ihrer Haustür einbog, blickte sie sich noch einmal nach allen Seiten um. Sie wollte sichergehen, dass nicht irgendein Verfolger sah, wo sie wohnte. Sie dachte kurz daran, dass alle Frauen dieser Welt hin und wieder von dieser Paranoia geplagt wurden. Führe niemandem zu dir nach Hause! Lauf lieber noch einmal um den Block! Sie sah keine Menschenseele. Das ungute Gefühl war weg. Sie war in Sicherheit.

Kapitel 5

Lou hatte einen freundlichen, leicht verwirrten Herrn zum Speisesaal begleitet, als ihr Diensttelefon klingelte. Lou sah einen internen Anruf und nahm ab.

»Schwester Louisa?«

Sie hörte die Stimme der Kollegin aus der Verwaltung »Hey, Louisa, hier ist ein Mann am Apparat, der dich gern sprechen möchte.«

»Ein Mann? Wer denn?«

»Das wollte er mir nicht sagen. Er sagte, es sei privat.«

»Okay, Nina, stell durch, danke.« Sie hörte ein Klacken in der Leitung.

»Hallo? Schwester Louisa?«

Atmen am anderen Ende. Tiefes Einatmen durch die Nase, langsames Ausatmen durch den Mund.

»Hallo? Sie sind verbunden mit dem Pflegeheim Wilhelmsblick. Schwester Louisa am Apparat, kann ich Ihnen helfen?«

Atmen. Lou zog die Stirn in Falten. Sie wartete ab, weil sie öfter mit älteren oder verwirrten Personen bei der Arbeit und am Telefon sprach.

»Können Sie mich verstehen?«

Ein rhythmisches Tuten zeigte an, dass der Anrufer aufgelegt hatte. Sie fühlte sich unangenehm berührt und bekam eine Gänsehaut. Kopfschüttelnd machte sie sich wieder an die Arbeit.

Ben schob sich, mit einer Schulter an der Wand entlangschleifend, in ihr Sichtfeld. Es schauderte Lou. Mit einem knappen Lächeln machte sie sich auf den Weg in das nächste Zimmer.

Etwa fünfzehn Minuten später klingelte das Telefon erneut, während sie ein Handtuch wie einen Turban um das schüttere Haar einer Bewohnerin schlang. Behutsam wickelte sie die alte Frau in ein flauschiges Handtuch.

»Gleich geht es weiter. Bitte warten Sie einen Moment.«

Sie nahm ab. Erneut hörte sie Nina. »Ein Herr Trett, der dich sprechen möchte. Ich stell durch.«

Als Lou sich melden wollte, hörte sie erneut das Atmen. Sie atmete automatisch leiser und flacher, um besser hören zu können. Sie wartete ab. Je länger sie dem Atmen lauschte, desto unheimlicher kam ihr die Situation vor. Sollte sie etwas sagen? Nur was? Sollte sie …

Lou zuckte zusammen, als sie spürte, wie ihr jemand auf den Rücken tippte und legte automatisch auf. Die alte Dame, die einen rosigen Teint vom Duschen hatte und mit den Handtüchern um Kopf und Leib aussah wie ein Fakir, tippte Lou weiter mit ihrem Zeigefinger an. Lächelnd wendete Lou sich der Bewohnerin zu und machte sich ans Eincremen.

Ein paar Stunden später war sie mit ihren Nerven am Ende und lehnte sich gegen die Wand im Flur. Im Verlauf des Vormittags erhielt sie insgesamt sieben Anrufe. Nie hörte sie etwas anderes als das Atmen, wenn die Anrufe zu ihr durchgestellt wurden. Sie steckte das Telefon wieder ein. Jemand hatte es auf sie abgesehen. Das stand fest. Ihre Angst wurde zu Frustration. Wie erbärmlich war es, wenn ein Mann einer Frau nachstellte und ihr Angst machte, indem er nichts sagte?

»Feiges Arschloch!« Sie war in ihre Gedanken versunken.

Eine alte Dame, die gerade mit ihrem Rollator an ihr vorbeikam, blieb erschrocken stehen.

»Wie bitte?«

»Nicht Sie, Frau Hagedorn. Entschuldigen Sie bitte.«

»Das geht so nicht, Louisa. Was ist denn los bei dir? Ich bin den ganzen Vormittag nur damit beschäftigt, Anrufe für dich durchzustellen.« Nina von der Verwaltung hörte sich verzweifelt an.

»Ich weiß. Ich kann aber nichts dafür. Dieser Kerl, der ständig anruft, er sagt nie was. Ich weiß auch nicht, was ich machen soll.«

»Ist es immer derselbe? Sicher? Die Stimme hörte sich aber nie gleich an und die Namen waren auch unterschiedlich.«

»Ich kann mir nicht vorstellen, dass sieben unterschiedliche Anrufer alle nichts zu sagen haben, wenn ich drangehe.« Lou fühlte sich erschöpft.

»Da hast du recht. Tja. Ich weiß auch nicht weiter.«

Anruf Nummer acht. Lou legte nach wenigen Sekunden auf, nachdem sie sicher war, dass der Anrufer nichts sagen würde. Langsam ließ sie das Telefon in ihre Tasche gleiten und schaute ins Nichts. Sie desinfizierte sich die Hände, als hätte der Anrufer übertragbare Erreger auf ihnen hinterlassen. Ein Kloß bildete sich in ihrer Kehle. Was sollte sie tun? Am schlimmsten fand sie, nicht zu wissen, warum sie immer und immer wieder angerufen wurde. Bei der Arbeit brachte es sie wirklich in Schwierigkeiten. War der Anrufer eine Bedrohung? Sie fühlte sich jedenfalls bedroht. Lou hasste das Gefühl der Hilflosigkeit, aber sie hatte keine Ahnung, was sie machen sollte. Kurzentschlossen machte sie sich auf den Weg zu ihrer Chefin. Vielleicht hatte sie eine Idee.

Auf ihrem Heimweg hatte sie keinen Blick für die Natur. Mit den Händen in den Taschen kickte sie gedankenverloren einen kleinen, abgerundeten Stein vor sich her.

Es hatte Ärger gegeben bei der Arbeit. Isolde Luther, ihre Chefin, hatte kein Ohr für ihre Situation. Sie hatte nichts Anderes zu sagen, als dass Privates nichts bei der Arbeit zu suchen habe. Sie äußerte sogar den Verdacht, dass der Anrufer ein verschmähter Liebhaber war und sie sich alles selbst eingebrockt habe. Lou konnte ihr nicht vermitteln, ein unschuldiges Opfer zu sein.

Wütend trat Lou ein letztes Mal gegen den Stein. »Verschmähter Liebhaber. Am Arsch!«

Sie ließ den Stein hinter sich und marschierte im Stechschritt nach Hause. Dort griff sie nach ihrem Handy und bat Marla und Jenny, bei ihr vorbeizukommen.

»Da seid ihr ja. Ich sitz schon auf heißen Kohlen.« Mit hochgezogenen

Augenbrauen beobachtete Lou, wie Marla ihren großen Kosmetikkoffer hinter sich her über die Türschwelle zog. »Hätte es ein Schminktäschchen nicht auch getan?«

Marlas Nase wanderte ein Stück in die Höhe. »Ich bin Botschafterin der Schönheitspflege, Lou, und das rund um die Uhr. Du musst die Entscheidung schon der Expertin überlassen, was sie benötigt und was nicht.«

»Lass sie!« Ließ sich Jenny vernehmen, die die Tür hinter ihnen schloss.

Marla zupfte, feilte, peelte, cremte und pinselte immer irgendetwas. Lou und Jenny profitierten jedes einzelne Mal davon, dass Marla sich besser konzentrieren konnte, wenn sie beschäftigt war.

»Ich werde mich sicher nicht beschweren. Will jemand Wein?«

Jenny und Lou, saßen mit gereinigten und ölig glänzenden Gesichtern vor Marla und warteten auf ihre Behandlungen, während Marla irgendetwas in einem Schälchen mixte. Lou stellte ihr Weinglas ab.

»Passt auf. Der neueste Stand. Irgendein Spinner hat mir einen Erotikroman bei der Arbeit in mein Fach getan. Ich tippe auf unseren Haustechniker. Ich habe Grund zu der Annahme, dass Ben mich nicht nur als eine überaus freundliche und kompetente Arbeitskollegin mag. Neu ist …« Lou hielt ihren Zeigefinger in die Höhe. »… dass ich nun auch bei der Arbeit mit Anrufen bombardiert werde und mittlerweile jemanden beim Atmen zuhören kann. Ich meine, mir macht das echt Angst.«

Marla drückte Jenny und Lou nebeneinander auf den Boden, sodass sie auf dem Rücken lagen, und legte feuchte Wattepads auf ihre Augen. Dann trug sie mit einem Pinsel erst Lou, dann Jenny eine duftende grüne Maske auf.

»Das klingt überhaupt nicht gut. Das bedeutet, jemand kennt deine Handynummer und weiß auch, wo du arbeitest. Zufall ist das sicher nicht.« Marlas Stimme klang ebenso besorgt, wie Lou sich fühlte.

»Auf jeden Fall muss ich mir was einfallen lassen. Ich habe mit meiner Chefin geredet und voll den Ärger gekriegt. Nach dem Motto, ich soll meine privaten Dinge nicht mit in die Arbeit schleppen. Noch mehr Ärger kann ich nicht gebrauchen. Aber was soll ich denn tun? Das ist so was von gruselig, ihr hättet dieses Atmen mal hören müssen. Gab es nicht mal einen Film von so einem ekelhaft perversen Triebtäter, der seinen Opfern auch zuerst nur durchs Telefon geschnauft hat?«

Jenny stieß Lou an, als sie ihre Position veränderte. »Verständlich, dass du dir Gedanken machst. Du darfst dem Scheißkerl nur deine Angst nicht zeigen. Das turnt solche Spinner an. Hast du Angst, bist du das ideale Opfer. Hast du genug Wut, ziehst du dem Arsch eins über den Schädel, wenn er hier aufkreuzt. Entscheide dich also lieber für die Wut!«

Lou setzte sich auf und nahm ihre Augen-Pads ab, um ihre Freundinnen anzuschauen. »Glaubt ihr, er weiß, wo ich wohne? Jenny, glaubst du echt, der kommt hierher? Wieso sollte er das tun?« Angst spülte durch ihren Körper und ließ ihre Arme ganz schwach werden. Sie traute sich noch nicht einmal zu, ihr Glas anheben und ihren trockenen Mund befeuchten zu können.

Marla berührte sie an der Schulter und drückte sie vorsichtig zurück, in die liegende Position.

»Lou, entspann dich. Natürlich machst du dir Sorgen. Aber ich glaube nicht, dass ein fremder, unheimlicher Mann mit bösartigen Absichten dahintersteckt. Es ist bestimmt jemand, den du kennst. Deshalb hat er deine Nummer und deshalb weiß er auch, wo du arbeitest.«

Lou lag wieder, atmete tief durch und legte die Pads zurück auf die Augen. Es klang logisch, was Marla sagte. Sie war sich aber nicht ganz sicher, ob es wirklich besser war, von einem Bekannten belästigt zu werden.

Schweigen trat ein.

»Also von mir hat keiner deine Telefonnummer bekommen. Von Marla mit Sicherheit auch nicht. Hast du irgendwelche Bekanntschaften geschlossen? Deine Nummer an irgendwelche Psychos verteilt?«

»Natürlich nicht!«

Wieder folgte ein nachdenkliches Schweigen.

»Scheiße!«

Lou setzte sich bei Jennys Aufschrei auf und nahm die Pads wieder von den Augen.

»Was ist los?«, fragte Lou erschrocken.

Jenny hatte sich aufgerichtet, jedoch ohne ihre Augen zu befreien. »Warum denken wir nicht an das Naheliegendste? Kinky-Ben.« Jenny legte sich wieder hin.

Lou nickte. »Möglich.«

»Beck!«, warf Marla ein.

»Niemals!«, brummte Lou.

»Wer weiß?«, entgegnete Jenny.

»Quatsch. Er weiß nicht mal, dass ich existiere.«

»Und ob er das weiß. Sag's ihr Marla.«

Gespannt starrte Lou zu Marla. Die lächelte zufrieden und zog die Augenbrauen hoch.

»Was würdest du sagen, wenn er Paul nach deiner Nummer gefragt hat?«

Einen Moment war Lou sprachlos. »Warum sollte er das tun?«

Marla verdrehte die Augen. »Oh, Mann, Lou. Vielleicht mag er dich auch? Jetzt halt still, ich muss dein Gesicht reinigen.«

Lou dachte nach. Sie kannte Beck seit Jahren. Das Einzige, was sie verbunden hatte, war, dass beide Paul mochten. Natürlich waren sie sich auf Partys begegnet. Oder in ihrer Stammkneipe. Sie hatten sich erst ein einziges Mal richtig unterhalten. Dann war er für fünf oder sechs Jahre nach Irland gegangen.

»Er hat Paul nach meiner Nummer gefragt?«

Marla nickte. »Hat er.«

»Wann?«

»Gestern.«

»Gestern? Oh mein Gott, er wollte meine Nummer haben!« Lou sprang auf und reckte ihre Fäuste in die Luft. Dann ließ sie sie langsam wieder sinken.

»Warum hat er dann noch nicht angerufen?«, fragte sie geknickt.

»Warte einfach ab. Er wird bestimmt noch anrufen«, sagte Marla.

»Als ob.« Lou schüttelte den Kopf. »Egal.«

Mittlerweile ohne Gesichtsmasken lagen Jenny und Lou wieder auf dem Boden und ließen ein Serum einwirken, das Marly ihnen in die Gesichter eingearbeitet hatte, als Lous Handy klingelte. »Ignorieren«, sagte Lou träge. »Das wird wieder der Hechler sein, der nur hechelt und nicht spricht.«

Jenny hob den Kopf an »Ich glaube, es ist auf jeden Fall dein spooky Arbeitskollege. Der kleine Cosplay-Fan. Männer in Kostümen sind immer verdächtig.« Damit legte sie den Kopf wieder ab.

Marla feilte sich die Nägel und grinste Lou an.

»Diese ständigen Anrufe sind echt gruselig! Bei der Arbeit. Hier zu Hause! Da! Schon wieder.« Wütend rammte Lou ihren Kopf zurück auf den Boden.

Das Handy klingelte ohne Unterlass. Die Frauen hörten schweigend zu. Lou, die ihre Augen geschlossen hatte, registrierte, wie die Handymelodie verstummte.

»Hallo?«

Lou und Jenny setzten sich auf. Marla hielt Lous Handy ans Ohr.

»Ich höre dich atmen. Und ob du es glaubst oder nicht, das ist nichts besonders. Das tu ich auch ständig.« Marla ließ das Handy sinken. »Aufgelegt«, sagte sie, legte das Telefon auf den Boden und feilte sich weiter die Nägel.

Jenny schaute zu Lou »Wer glaubst du denn, ist der wahrscheinlichste Kandidat für die Anrufe?«

»Am ehesten Ben, da hast du schon recht. Dieses Anrufen und

Auflegen würde schon ganz gut zu ihm passen. Der USB-Stick? Ich weiß nicht. Wahrscheinlich auch. Das muss ja irgendwie zusammenhängen. Irgendwie krieg ich Angst zu Hause. Allein.«

»Wenn es dir zu bunt wird, kannst du nicht deinen netten neuen Nachbarn fragen, ob er dein Ritter sein will? Abgeneigt scheint er nicht zu sein. Zwei Fliegen mit einer Klappe.« Jen wirkte zufrieden.

»Du solltest Ben auf die ganzen Sachen ansprechen, finde ich. Wird er nervös, ist er schuldig«, sagte Marla.

»Einspruch, Euer Ehren!« Jenny hob den Zeigefinger. »Wird er nervös, ist er nervös. Meiner Meinung nach. Aber vielleicht gibt er es ja zu.«

Nachdem die Freundinnen gegangen waren, schaltete Lou ihr Handy auf stumm. Dieses Atmen in der Dunkelheit zu hören, wenn sie allein war, wäre ihr entschieden zu gruselig.

Es dauerte eine ganze Weile, bis sie schlafen konnte. Sie spürte einen unangenehmen Druck im Magen. Während sie sich fragte, warum sie sich so unwohl fühlte, schlief sie ein, ohne zu einer Lösung gekommen zu sein.

Lou fand Ben im Pausenraum. Er saß zusammengesunken auf einem Stuhl. Sein Rücken war so gebogen, als lastete ein unsagbar schweres Gewicht darauf. Er schaute auf seine Beine und tat nichts. Aß nicht, trank nicht, las nicht, war nicht am Handy. Er saß einfach nur da. Ganz allein. Er tat ihr irgendwie leid. Sie atmete tief durch, wobei ihr Bens unangenehmer Geruch in der Nase kitzelte. Sofort wurde ihr Atem flacher.

»Hey, Ben.«

Ben schluckte und schaute abwechselnd zu Lou und zu Boden. »Hallo.«

Lou kam ins Schwitzen. Wie sollte sie es angehen?

»Äh, soll ich dir einen Kaffee mitbringen?« Was anderes fiel ihr nicht ein, um das Gespräch zu starten. Mist! Was sollte sie sagen? Sie konnte so was nicht. Sie hasste Konfrontationen. Ben machte es ihr nicht leicht. Der schwere Geruch setzte ihr zu und Ben war nicht zum Plaudern aufgelegt.

Er nickte. Immerhin. Der Anfang war gemacht. Bei einem Tässchen Kaffee sprach es sich doch garantiert viel besser.

Sie atmete weiterhin flach, als sie zum großen Kaffeespender ging. Hier, in dem kleinen Raum, war Bens Geruch unerträglich. Übelkeit breitete sich in ihr aus und Speichel sammelte sich in ihrem Mund.

»Milch? Zucker?«, presste sie hervor.

Ben schüttelte den Kopf.

Los jetzt, sie musste es hinter sich bringen. Sie ging zurück zum Tisch und stellte die Kaffeebecher ab. Da waren sie nun. Nervös nippte sie an ihrem Kaffee und verbrannte sich die Zunge. Scheiße. Nach ausgiebigem Räuspern gab Lou sich einen Ruck.

»Da wäre was, was ich dich fragen möchte Ben. Äh, hast du mich in letzter Zeit vielleicht mal angerufen?« Sie spürte, wie sich die juckenden Stressflecken auf ihrem Dekolleté bildeten.

Ben sah sie nicht an. Er schwieg. Was jetzt? Unter Lous Armen bildete sich Schweiß. Sie konnte es ganz deutlich fühlen. Lou wartete eine Weile, ob er doch etwas sagen würde, er tat es nicht.

Er leckte sich über die trockenen Lippen, was Lous Blick auf den Schweißfilm lenkte, der über seiner Oberlippe, glänzte. Scheinbar war ihm dieses Gespräch sehr unangenehm. Das konnte sie sehr gut nachempfinden. Ihr ging es genauso.

»Ähm, Ben?«

Er stand ruckartig auf und schob sich an der Wand entlang davon.

Lou schauderte. Sie fühlte sich gleichzeitig bedrückt, aber auch erleichtert, dass er weg war. Eine komische Kombination. Mist! Sie hatte das Gespräch in den Sand gesetzt.

»Ich hab nichts aus ihm herausgekriegt. Das Gespräch lief total furchtbar.« Lou klemmte das Handy zwischen Kinn und Schulter und rührte in einem Kochtopf voll Suppe.

»Hat es heute bei der Arbeit denn weitere ungewöhnliche Anrufe gegeben?«, fragte Jenny.

»Nein. Aber kann ich es als ein Indiz dafür sehen, dass Ben etwas mit der Sache zu tun hat? Nein. Er hätte bestimmt Gelegenheit dazu, mich trotzdem unbemerkt anzurufen. Denke ich, dass er was mit der Sache zu tun hat, nur weil er seltsam ist? Das kann sein. Ach, es ist totale Scheiße.«

»Schwierig, schwierig.« Marla klang nachdenklich.

Lou schüttelte sich etwas, als sie daran dachte, wie oft sie Ben beim Starren ertappt hatte.

Sie schmeckte die Suppe mit etwas Salz ab. »Hab ich euch eigentlich schon erzählt, dass er mich ständig durch so ein Kosmetikspiegelchen beobachtet? So eins, das man zusammenklappen kann. Er steht dann mit dem Rücken zu mir irgendwo herum und beobachtet mich. Ich kann dann sein Auge durch den Spiegel sehen.«

»Waaas? Mierda Lou! Das hast du noch nicht erzählt. Mit dem stimmt doch ganz gewaltig was nicht!«

»Psyyychoooo!« Ließ sich Jenny vernehmen.

»Ja, mich macht das echt fertig. Es ist so was von unangenehm und gruselig. Denkt er allen Ernstes, ich würde es nicht bemerken?«

»Wenn du mich fragst, ist er der wahrscheinlichste Kandidat. Es kann doch kein Zufall sein, dass er gerade zur selben Zeit anfängt, dir nachzustellen, als auch der Telefonspaß losging.« Jenny hörte sich an, als habe sie gerade in einen Apfel gebissen und kaute.

»Stimmt. Er ist der Hauptverdächtige, bis wir ihn ausschließen können. Jemand anders steht ja gerade nicht zur Debatte, oder?«, wandte Marla ein.

»Ach, Leute, ich weiß gerade überhaupt nichts mehr. Und jetzt? Ich will meine Ruhe haben, verdammt noch mal!«

»Wie wärs, wenn du endlich mal deine Mailbox einrichtest? Dann hättest du sogar eine Aufzeichnung von seinem Anruf. Vielleicht schreckt ihn das ab?«, fragte Jenny.

»Ja! Voll gut! Daran hab ich noch nicht gedacht. Morgen bei mir um sechs? Ich schmeiß eine Mailbox-Party.«

»Ich bin dabei«, sagte Jenny.

»Ich komm natürlich auch. Jeder besorgt das Übliche, okay?«

Mit zusammengezogenen Augenbrauen stellte Lou am Abend fest, mittlerweile vierzehn neue Anrufe von einer unbekannten Nummer bekommen zu haben. Langsam ließ sie die Luft aus ihren Lungen entweichen und ließ sich in ihren Sessel fallen. Sie traute sich gar nicht mehr, ihr Handy laut zu stellen. Aber so konnte es doch nicht ewig bleiben. Sie verpasste ja auch Nachrichten und Anrufe von allen anderen.

Nach kurzem Stöbern im Internet wusste sie, wie sie das Problem lösen konnte. »Ha!« Triumphierend haute Lou mit den Handflächen auf die Tischplatte. Es war möglich, einzelne Nummern zu markieren. Wenn diese anriefen, würde ihr Handy normal klingeln, auch wenn es an sich im Lautlos-Modus war. Sie begann, ihr wichtige Telefonnummern zu markieren, und konnte dann guten Gewissens ihr Handy lautlos gestellt lassen.

Lou bemühte sich, Ben zu ignorieren, der im Türrahmen stand und ihr, mit seinen Händen in den Kitteltaschen, dabei zuschaute, wie sie versuchte, Müllbeutel zuzuknoten.

Bauchschmerzen kündigten sich an. Ihre Brust juckte. Warum musste sie immer gleich so starke körperliche Reaktionen bekommen, wenn sie unter Stress stand? Sie wollte niemandem einen Korb geben. Sie konnte es nicht. Zu gut wusste sie, wie es sich anfühlte, abgelehnt zu werden.

Sie konnte hören, wie Ben ihr hinterherschlich. Sein Kittel schabte geräuschvoll an der Wand entlang.

Als sie sich in der Küche einen Kaffee holte, war er verschwunden.

Oh, Mann, das war wirklich ätzend, ständig in Alarmbereitschaft zu sein. Dabei wollte sie nur ihren Job gut machen. Ablenkungen konnte sie sich nicht leisten.

Einen Becher dampfenden Kaffees in der Hand, drehte sie sich um und sah Ben in der Tür stehen. Sie zuckte erschrocken zusammen und verschüttete heißen Kaffee auf ihre Hand. Sie verzog das Gesicht.

»Ben! Geht's noch? Erschreck mich doch nicht so!«

Sie wusch sich die Hände und sah aus dem Augenwinkel, wie Ben sie anstarrte. Sein Kehlkopf hüpfte auf und ab. Sie war froh, als er aus der Küche huschte.

»Herr Dilornie, lassen Sie mich los. Lassen sie mich sofort los!« Lou versuchte, sich aus seinem klammernden Griff herauszuwinden. Sie wollte ihn abholen zum Mittagessen, als Herr Dilornie trotz der offen stehenden Tür seine Attacke startete.

Lukas Dilornie wurde von allen Schwestern heimlich Herr Horny genannt, er war ein Grapscher. Doch in dieser Aggressivität wie in diesem Moment hatte er sich Lou noch nie genähert.

Er drückte sie mit immenser Kraft an sich und versuchte, seine Hand unter ihren Kittel zu schieben. Langsam wurde Lou panisch. Sie merkte, dass sie ihm kräftemäßig unterlegen war.

Plötzlich ließ Herr Dilornie sie los und Lou sah, wie er nach hinten gezogen wurde. Als wäre alle Kraft aus ihm gewichen, sank Herr Dilornies Körper in sich zusammen. Lous Atem ging hektisch, sie richtete ihre Kleidung. Ben stand hinter Herrn Dilornie und hatte seine Hand auf dessen Schulter liegen.

Oh, Mann. Ben war genau zum richtigen Zeitpunkt erschienen. Als er sprach, klang seine Stimme wie immer seltsam und monoton.

»Herr Dilornie, Sie möchten sich bestimmt bei Schwester Louisa entschuldigen und ihr sagen, dass das nicht noch einmal vorkommt.«

Der alte Herr nickte irritiert. Er sah aus, als sei er aus einer Trance erwacht.

»Ich bringe Sie jetzt zum Mittagessen.« Ben führte Herrn Dilornie aus dem Zimmer und verschwand mit ihm im Flur.

Nach der Übergabe an den Spätdienst passte Lou Ben ab.

»Hey, Ben, danke für vorhin.«

Ben blickte zu Boden, nickte und schluckte.

Scheiße, so nett es von ihm auch war, ihr zu helfen, er löste Unbehagen in ihr aus. Ihre Schultern senkten sich erst, als sie ihn davonschleichen sah.

Lou packte ihre Einkäufe aus, die sie für den Abend mit ihren Freundinnen besorgt hatte; es klingelte an der Tür. Niemand stand davor. Sie schaute nach links und nach rechts. Eine Gänsehaut bildete sich auf ihren Armen. Derjenige, der geklingelt hatte, musste sich ganz schön schnell davongemacht haben, sie war fast sofort an der Tür gewesen. Sie war im Begriff, die Tür wieder zu schließen, als sie ein viereckiges Paket, ein Geschenk offensichtlich, auf der Fußmatte liegen sah: das Geschenkpapier tiefrot, daran eine schwarze Schleife aus Spitze befestigt. Sie hob es auf und ließ ihren Blick erneut schweifen. Keine Menschenseele zu sehen.

In der Küche packte sie das Geschenk aus. Nugat-Pralinen, ihre absolute Lieblingsschokolade. Unbeweglich stand sie vor dem Tisch und fragte sich, woher zum Teufel, wer auch immer wusste, dass es ihre Lieblingsmarke war. Hatte Patrick gesehen, was sie letztens eingekauft hatte, und die Pralinen waren von ihm? Nun, das wäre eine Erklärung, die ihr gefallen würde. Sicher konnte sie sich aber nicht sein. Warum sollte er ihr die Pralinen vor die Tür legen, klingeln und sich ungesehen davonmachen?

Es nervte ungemein, dass sie in letzter Zeit keine einzige Antwort auf ihre Fragen fand. Sie nahm die Schachtel und öffnete den Mülleimer. Ihre Hand schwebte über der Mülltüte. Was konnten die Pralinen denn dafür?

Nichts. Sie schloss den Deckel wieder, legte die Schachtel zurück auf den Tisch und öffnete sie.

Sie nahm sich eine Praline und schob sie sich in den Mund. Bevor sie zubiss, nahm sie sie wieder heraus. Lou hatte eine Vorliebe für True-Crime-Sendungen. Was, wenn jemand die Pralinen manipuliert hatte? Vielleicht waren sie vergiftet? Mit zusammengekniffenen Augen inspizierte sie die Praline von allen Seiten. Sie konnte keine Einstichspuren entdecken, die von einer Spritze hätten kommen können. Sie warf sie sich in den Mund.

Kapitel 6

Marla hatte zu der Mailbox-Party ihren köstlichen Guacamole-Dip mitgebracht und Jenny eine Flasche aus der Spirituosenabteilung. Lou hatte für die restlichen Getränke gesorgt, ebenso für Baguettes, Knoblauch-Dip und mit Schokolade überzogene Erdnüsse.

Während sie alles auf dem Couchtisch anrichteten, erzählte Lou von Ben und den Anrufen, überhaupt von diesem Nachmittag.

»Es waren vierundfünfzig Anrufe! Innerhalb eines Nachmittags. Wie krank ist das bitte? Da hat jemand im Fünf-Minuten-Takt angerufen!«

Marla winkte ab. »Ganz klar. Ben wendet eine uralte Technik an, die ich die ›Horror and protect‹-Masche nenne. Er flößt dir Angst ein, ohne dass du weißt, dass er selbst dahintersteckt und du – seine Geliebte – wirfst dich dankbar ihm – deinem Helden – in die Arme. Manchmal klappt's.« Marla guckte sich beifallheischend um.

»Möglich. Glaub ich.« Lou nickte langsam. »Jedenfalls besser, als mir vorzustellen, dass irgendein kranker Typ aufmerksam auf mich geworden ist. Ne. Doch nicht. Ben ist auch gruselig. Alles ist gruselig. Bei der Arbeit ist es gruselig, auf meinem Heimweg auch, die Anrufe sind gruselig, ich führe ein übertrieben gruseliges Leben, wenn ihr mich fragt.«

Jenny hakte sich bei Lou unter. »Pass auf, Psychos, die ins Telefon hecheln, beißen nicht. Aber ich gebe zu, die Anzahl der Anrufe ist beunruhigend. Vielleicht kannst du dir eine Deadline setzen? Wenn es zum Beispiel bis zum Wochenende nicht besser geworden ist, gehst du zur Polizei und meldest das. Wir kommen auch mit oder Marla?«

»Klar.«

»Gute Idee. So machen wir's. Ihr seid die Besten.«

Es klingelte an der Haustür. Jenny wollte etwas trinken, stellte blitzschnell ihr Glas ab und sprang auf.

»Ich geh!«, rief sie und schlitterte auf Strümpfen zur Tür.

Lou fragte sich, wer jetzt noch bei ihr klingeln sollte. Sie beugte sich nach vorn, um die Diele und die Haustür sehen zu können. Jenny schien sich mit jemandem zu unterhalten.

»Hier steht ein gut aussehender Kerl, der Alkohol dabei hat und wissen will, wo du bist! Was soll ich ihm sagen? Bist du da oder nicht?«, rief Jenny über ihre Schulter.

»Warte, ich komme.« Mühsam rappelte Lou sich auf. Im ersten Moment war ihr schwindelig. Sie schwankte und musste sich an der Couch abstützen. Marla kicherte.

An der Tür tauschten Jenny und sie die Plätze.

»Patrick, hallo. Immer schön, dich zu sehen.« Sie grinste.

»Du hast Besuch.« Patrick blickte mit einem Lächeln auf Lou hinab.

»Jep.«

Lou gab sich Mühe, ihren Blick zu fokussieren. War Patrick schon immer so groß gewesen? Sie legte ihren Kopf in den Nacken, um ihm in die Augen zu sehen.

»Wer war diese dunkle Gestalt an der Tür?«

»Ach, das war Jenny. Eine meiner besten Freundinnen. Marla, die andere beste Freundin, ist auch hier. Komm rein, ich stell dich vor.«

»Nein. Ich wollte einfach spontan vorbeikommen, mit einer Flasche Wein. Zum Reden. Ich dachte, du wärst allein.«

Aus dem Inneren des Hauses hörte man lautes Gelächter. Patrick schaute mit angestrengtem Lächeln an Lou vorbei.

»Hm. Allein bin ich nicht. Kommst du noch mal mit ’ner Flasche Wein vorbei? Ich werd das nächste Mal bestimmt auch ganz allein sein.« Sie grinste und klimperte mit den Wimpern.

Patrick fixierte sie mit seinem Blick.

Eine angenehme Gänsehaut lief ihr über Arme und Rücken.

»Natürlich komme ich wieder.«

»Schön. Das ist schön.«

Patrick sah kurz erneut über Lous Schulter ins Innere des Hauses.

»Du kannst jederzeit zu mir rüberkommen, okay? Komm einfach vorbei, wenn du willst«, raunte er ihr zu.

»Okay, danke«, sagte Lou verträumt.

Einen Moment lang schauten sich beide noch lächelnd in die Augen, dann drehte sich Patrick um und ging.

Auf dem Weg zurück ins Wohnzimmer seufzte Lou.

Ein paar Minuten später hörten die Frauen, wie Lous Handy klingelte. Sie musste es beim Aktivieren der Mailbox wieder laut gestellt haben.

»Cosplay-Ben ruft an«, sagte Jenny lässig und trank aus ihrem Glas.

Es herrschte gespannte Stille, in der alle Lous Handy lauschten. Lou schaute auf ihr Display. »Kein unbekannter Anrufer. Hier wird 'ne Nummer angezeigt.«

»Na los, geh dran!« Marla hörte sich aufgeregt an. »Stell auf Lautsprecher. Ich will mithören.«

Lou nahm ab und schwieg. Sie rechnete so fest damit, wieder nur ein Atmen zu hören, dass sie überrascht war, als sich eine männliche Stimme zu Wort meldete.

»Äh, hallo? Lou, bist du's? Hier ist Beck, Andreas Beck. Also, der Freund von Paul.«

Lou lief rot an und presste eine Hand gegen ihre Wange. Sie war sprachlos. Ein Krächzen löste sich aus ihrer Kehle.

»Also, wenn das nicht die richtige Nummer ist und du nicht weißt, wer ich bin, dann ignorier den Anruf einfach, okay? Und wenn das deine Nummer ist, Lou, und du trotzdem nicht weißt, wer ich bin, dann …«

Noch während Beck sprach, sprang Lou auf und stellte den Lautsprecher aus. Sie strich sich mit der freien Hand ihre Haare zurück.

»Beck? Ich bin's Lou. Klar weiß ich, wer du bist.« Sie klang so atemlos, wie sie sich fühlte.

Marla und Jenny hörten gebannt zu. Sie schoben sich, wie im Kino, Knabberzeug in den Mund.

»Na ja, um ehrlich zu sein, habe ich Paul nach deiner Nummer gefragt. Ich hoffe, das war okay, dass er sie mir gegeben hat.«

Paul wusste, wie sie für Beck schwärmte. Oh Gott, hoffentlich hatte er ihm nichts davon erzählt!

Lou atmete tief durch. »Ja, klar. Also ist schon okay. Es ist ja nur eine Nummer, nicht wahr?« Lou lachte dümmlich.

Jenny knabberte weiter, blickte Lou unter halb geschlossenen Lidern an und schüttelt den Kopf.

»Wahrscheinlich fragst du dich, warum ich anrufe. Die Sache ist die. Ich bin schon eine ganze Weile wieder zurück aus Irland. Davor haben wir uns doch eigentlich verstanden oder nicht? Ich hatte mir vorgenommen, dich letzten Freitag anzusprechen. Du warst nicht im ›Brösel‹ und ich dachte, dann ruf ich an. Vielleicht können wir mal was zusammen unternehmen?«

Lou dachte fieberhaft nach. Beck, der Andreas Beck, für den sie so lange schwärmte, fragte sie nach einem Date. Ihr Herz klopfte, ihr Mund wurde trocken. Euphorie breitete sich in ihr aus.

Ihre Freundinnen, die nur ihre Seite des Gesprächs mitbekamen, hörten auf zu kauen und schauten sie an.

Lous Hochgefühl fiel genauso schnell in sich zusammen, wie es aufgekommen war. Sie war auf der Hut. Beck sah zu gut aus. Sie hatte am eigenen Leib erfahren, wohin es führte, wenn ein Partner mehr liebte als der andere. Wer von ihnen mehr liebte, sollte es so weit kommen, stand für Lou außer Frage. Sie musste ihr Herz schützen. Das Jucken auf ihrer Brust setzte unversehens ein.

»Beck, ich habe viel um die Ohren und na ja, mein Leben ist gerade kompliziert. Aber wir sehen uns bestimmt am Freitag im ›Brösel‹, okay?«

Beide Freundinnen saßen mit aufgerissenen Augen und entgeisterten Gesichtern auf der Couch.

Jenny ließ sich mit einem abfälligen Schnauben nach hinten in die Kissen fallen.

Marla klatschte sich lautstark mit ihrer Hand gegen die Stirn.

Lou war erleichtert, als sie hörte, dass Becks Stimme immer noch freundlich klang.

»Okay, das nächste Bier geht auf mich, wenn du hinkommst.«

»Äh, okay. Wir sehen uns.«

Lou wälzte sich im Bett herum und ärgerte sich, wegen ihres Telefonats mit Beck. Sie biss in ihr Kissen und stöhnte. Sie konnte nicht einschlafen. Beck spukte in ihrem Kopf herum. Hatte sie die richtige Entscheidung getroffen? Mein Gott, wieso konnte sie sich nicht auf ein Date mit ihm einlassen? Andere Frauen hatten doch ständig Dates, obwohl sie nicht wussten, wie die Sache ausging. Sie schluckte. Ihr war zum Heulen zumute. Dumm war sie. Es stimmte was nicht mit ihr, das spürte sie deutlich.

Lou zwang sich, nicht mehr an Beck zu denken. Es würde zu nichts führen.

Um sich abzulenken, dachte sie über Patrick nach. Sie seufzte auf. Das war auch nicht besser.

Um das Trio vollzumachen, blieb noch Ben. Scheiße. Sie würde nicht darum herumkommen, mit ihm zu reden. Bei dem Gedanken daran zog sich ihr Magen zusammen. Was sollte sie ihm sagen?

Genug. Sie dachte nach und dachte nach. Dabei kam aber nie etwas heraus. Sie griff nach der Fernbedienung und schaltete den Fernseher ein. Sie konzentrierte sich auf eine Sendung über einen Serienvergewaltiger, der in dunklen Parks sein Unwesen trieb. Es funktionierte. Im Vergleich zu den armen Frauen, die ihm zum Opfer fielen, ging es ihr absolut fantastisch. Na, bitte. Alles halb so wild.

Lou lag in ihrem Bett, starrte in die Dunkelheit und wagte nicht, sich zu bewegen. Ein Geräusch hatte sie geweckt. Es kam aus der Richtung ihres Fensters schräg hinter ihrem Kopf. Leises Klicken wie von Fingernägeln, die gegen das Fenster tippten, lösten Grauen in ihr aus. In ihren Albträumen sah sie manchmal eine Fratze, die sie durchs Fenster anstarrte und genau dieses Gefühl hatte sie jetzt auch. Oh Gott, stand jemand da? Sie würde sich auf keinen Fall umdrehen und nachsehen. Tiktiktiktiktik. Ihr Atem beschleunigte sich. Ihre Hände krallten sich in ihre Bettdecke. Was war das? Es musste ein Mensch sein. Es mussten Fingernägel sein, was sonst sollte dieses Geräusch verursachen?

Papa, hilf mir!

Voller Angst zog sie die Decke ein Stück höher. Tiktiktiktiktik. Sie hielt es nicht mehr aus. Sie ließ sich vor dem Bett auf alle viere fallen und krabbelte – in der Hoffnung, nicht gesehen zu werden – zu ihrer Schlafzimmertür. Dann rannte sie durch den Flur bis in ihr Wohnzimmer, wo sie sich keuchend auf ihre Couch fallen ließ. Bibbernd wickelte sie sich in eine Decke und zog die Beine an. Ihr Blick fiel auf die Fensterfront zur Terrasse. Schnell sprang sie auf und zog die Vorhänge zu. Ihre Fantasie ging mit ihr durch und sandte Schauer durch ihren ganzen Körper. Schlich gerade jemand ums Haus? War das Ticken in ihrem Schlafzimmer noch zu hören? Jetzt, mitten in der Nacht, war sie sich nicht sicher, ob es nicht doch Monster oder Geister oder so was gab. Alles schien möglich. War es ein Spuk? Sie musste damit aufhören. Sie durfte sich nicht weiter in ihre Angst versteigen. Müde, doch innerlich voller Unruhe legte sie sich auf die Couch, zog die Decke bis zum Kinn und schlief bei laufendem Fernseher irgendwann wieder ein.

Lou rieb sich müde über das Gesicht. Sie drückte kurz die Finger auf ihre Augen, die sich trocken und müde anfühlten. Sie schleppte sich zur Arbeit und kam selbst nach ihrem ersten Kaffee nicht richtig in die Gänge. Langsam konnte sie nicht mehr klar denken. Es war bereits über eine Woche her, seit sie ihre Mailbox in Betrieb genommen hatte und sie war täglich voll von Anrufen des Unbekannten. Sie hörte keine einzige der Nachrichten ab, sondern löschte sie sofort. Dennoch zermürbte sie die

Situation. Keine Antworten darauf zu haben, warum sie ständig angerufen wurde, wer dahintersteckte, zehrten an ihr. Bei der Polizei war sie auch noch nicht gewesen, obwohl die Deadline abgelaufen war. Diesen Gang vor sich zu haben, setzte sie ebenfalls unter Druck.

Lou hatte den Arbeitstag überstanden und war auf dem Weg nach Hause. Plötzlich bemerkte sie, wie Ben ihr folgte. Unsicher versuchte sie, ihn aus ihrem Augenwinkel im Blick zu behalten. Ben schlurfte ihr eindeutig nach. Sie atmete tief durch, drehte sich um und blieb stehen.

»Ben, wo willst du denn hin?«

Ben stoppte. »Wollte dafür sorgen, dass dir nichts passiert.«

Lou war einen Moment sprachlos.

»Ben. Ich möchte nicht, dass du mir folgst.« Sie dachte an ihr mulmiges Gefühl, das sie vor Kurzem gehabt hatte. »Bist du mir schon mal gefolgt, ohne dass ich es mitbekommen habe? Weißt du, wo ich wohne?«

Ben stand noch einen Moment da, dann drehte er sich wortlos um und ging.

Lou sah ihm hinterher. Er war ein erwachsener Mann und trotzdem nicht in der Lage, ein Gespräch zu führen. Sie ging weiter und versuchte, ihr schlechtes Gefühl abzuschütteln. Mann, was war der Typ ihr unangenehm! Wie wahrscheinlich war es, dass Ben hinter allem steckte? Würde er echt in der Nacht um ihr Haus herumschleichen? Mittlerweile hielt sie alles für möglich. Sie sehnte sich danach, zu wissen, was gerade mit ihrem Leben passierte. Sie brauchte endlich Antworten.

Vor ihrer Haustür blieb sie abrupt stehen. Dort lag eine handgeschriebene Nachricht, die auf weißem Druckerpapier und mit Kugelschreiber geschrieben worden war. Beschwert mit einem Stein, flatterte sie im Wind. Daneben lag eine dunkelrote Rose. Lou hob beides auf, schaute sich um und las.

Du bist nicht wie die anderen. Du bist die eine. Du gibst dich unnahbar, aber mich kannst du nicht täuschen. Dein Mund sagt Nein, deine Augen sagen Ja.

Lou hielt den Atem an. Von einer Sekunde auf die andere fing sie an zu schwitzen.

Hastig fischte sie ihren Schlüsselbund aus ihrer Tasche und stocherte am Türschloss herum, bis sie es endlich schaffte, aufzuschließen. Sie warf die Tür hinter sich zu und setzte sich, die Nachricht in ihrer Hand fest umklammert, auf einen Stuhl in der kleinen Küche.

Wurde sie bedroht? Es fühlte sich so an. Was sollte sie von dieser Botschaft halten? Worauf musste sie sich hier einstellen? Auf sexuelle Belästigung? Scheiße.

Sie nestelte am Kragen ihres T-Shirts herum, als wäre er zu eng geworden. Ein Schweißtropfen lief an ihrem Rücken hinab. Ihre Brust juckte. Wer zum Teufel hatte diese Nachricht geschrieben? Seit wann lag sie da? Eine Gänsehaut überzog ihre Arme und Beine. War Ben über einen anderen Weg hierher gerannt, um ihr die Nachricht und die Rose zu hinterlassen? Wo sollte er so schnell eine Rose herbekommen haben? Von ›Monis Blumenwelt‹. Das wäre denkbar. ›Monis Blumenwelt‹ lag auf ihrem Nachhauseweg.

Was sollte sie nur machen? War alles ein zwar nerviger, aber harmloser Annäherungsversuch von Ben? Doch harmlos war hier nichts mehr. War sie in Gefahr? Sie brauchte frische Luft.

Unruhig lief Lou auf ihrer Terrasse hin und her und spürte, wie ihr die Stressflecken zusetzten. Als das Jucken zu extrem wurde, rieb sie ihre Brust mit kalt gepresstem Rizinusöl ein. Es wirkte entzündungshemmend und beruhigend auf ihre Haut. Sofort spürte sie Linderung.

Lou griff nach ihrem Handy, um Jenny anzurufen. Erst rutschte es ihr beinahe aus der Hand, dann vertippte sie sich ständig. Sie atmete tief durch. Hektisch und abgehackt gelang es ihr endlich, eine Verbindung herzustellen.

»Jen. Kann ich zu dir kommen? Bitte sag, dass du Zeit hast.« Lou war ganz außer Atem.

»Natürlich. In 'ner Stunde bin ich wieder zu Hause. Ist etwas passiert?«

»Wir reden später, okay? Ich ruf Marla noch an. Bis dann.«

Sie rief Marla an. Auch dafür benötigte sie zwei Anläufe. Ihre zuckenden Finger schienen ein Eigenleben entwickelt zu haben.

»Marla, in einer Stunde bei Jenny, kannst du kommen?«

»Dios mío, was ist los? Du klingst furchtbar.«

Lou hatte in ihrer Aufregung aufgelegt, ohne sich verabschiedet zu haben. Sie machte sich auf den Weg in den Wald, um nicht länger allein zu Hause sitzen zu müssen.

Lou marschierte direkt am Haus vorbei, in Jennys Garten. Ihre Freundinnen saßen bereits draußen.

»Ihr werdet es nicht glauben«, rief sie ihnen schon aus der Entfernung zu.

Jenny stand auf, ging ihr entgegen, fasste sie an den Schultern und dirigierte sie ins Haus.

»Komm und erzähl Tante Jenny, was dich so aufregt, während ich uns Drinks mache.«

Marla folgte ihnen. »Erzähl, Lou, was ist denn los?«

»Da lag eine Botschaft vor der Tür.«

Jenny hielt für ein paar Sekunden in ihrer Tätigkeit, Eiswürfel in die Gläser zu füllen, inne. Dann machte sie weiter.

»Eine Botschaft? Was für eine Botschaft? Von wem?«, Marla blickte sie neugierig an.

»Das ist es ja gerade. Ich weiß es nicht. Es hat keiner unterschrieben.«

»Eine anonyme Botschaft. Wie gruselig.« Marla machte große Augen.

Jenny kippte Saft in die Gläser voll Eis und Rum. »Kommt, wir gehen wieder raus. Und dann erzählst du uns von Anfang bis Ende, was es mit der Botschaft auf sich hat.«

Die drei Frauen hatten es sich auf der kleinen Wiese hinter dem

Häuschen gemütlich gemacht. Jede hatte einem Drink in der Hand.

»Bevor du anfängst, Lou, gib deine Hand. Dann kann ich besser zuhören.« Marla streckte ihre Hand nach Lou aus.

»Du kannst besser zuhören, wenn du Händchen hältst?« Jenny schlürfte an ihrem Drink.

Marla verdrehte ihre Augen. »Ich feile, Jenny. Ich poliere. Und dabei kann ich wunderbar zuhören. Also gib deine Hand her, Lou.«

Lou reichte sie ihr. »Also. Erst ist mir Ben gefolgt, als ich auf dem Weg nach Hause war. Bevor ihr fragt, er ist mir absichtlich gefolgt. Er hat gesagt …«

»Halt still, Lou. Du kannst mit der anderen Hand herumwedeln.«

»Er hat gesagt, er wollte mich beschützen, deswegen würde er mir hinterherlaufen. Das darf doch wohl nicht wahr sein! Ich brauche keinen Bodyguard. Und wenn, wäre Ben so ziemlich der ungeeignetste Bodyguard der Welt.«

Marla zog verärgert Lous Arm wieder zu sich, um ihre Hand weiter bearbeiten zu können.

»Unangenehm.« Jenny brachte es auf den Punkt.

»Und wann kommt die Botschaft ins Spiel?« Marla polierte energisch Lous Fingernägel.

»Jetzt. Ich bin Ben losgeworden, komm zu Hause an, da liegt eine Rose und eine Nachricht bei mir vor der Tür.« Lou riss ihre Hand aus Marlas Hand und gestikulierte ausschweifend. »Das heißt, jemand stand genau vor meiner Tür und hat mir das hier hingelegt.« Sie zog die Nachricht aus ihrer Tasche.

Marla und Jenny beugten sich vor und lasen gleichzeitig.

Du bist nicht wie die anderen. Du bist die eine. Du gibst dich unnahbar, aber mich kannst du nicht täuschen. Dein Mund sagt Nein, deine Augen sagen Ja.

»Das ist doch creepy, oder nicht?« Lou schaute erwartungsvoll in die Runde.

Marla hatte Lous Hand zurückerobert, trug Klarlack auf und sprach, ohne ihre Tätigkeit zu unterbrechen.

»Da wären dieser Zettel und die Rose vor deiner Tür. Dann sind da noch die Anrufe bei der Arbeit und zu Hause, ein seltsamer Arbeitskollege, der dich verfolgt. Ein gruseliger USB-Stick. Wenn man es im Zusammenhang betrachtet, tststs. Mi querida amiga, ich würde sagen, das ist unheimlich.«

»Genau!«, stimmte Lou zu. »Meint ihr, das war alles Ben? Wenn ich nur daran denke! Vielleicht ist er längst nicht so harmlos wie gedacht.«

Marla blickte nachdenklich auf. »Zweite Hand bitte.« Sie griff nach Lous noch unlackierter, perfekt manikürter Hand, dann ging sie auf Lous Frage ein.

»Ben ist definitiv der Hauptverdächtige. Ich wüsste nicht, wer sonst infrage käme.«

Jenny lenkte die Aufmerksamkeit von Lou und Marly auf sich, indem sie lautstark die Reste ihres Getränks aus dem Strohhalm schlürfte. Sie sah die beiden an. »Ich hole Nachschub. Will noch jemand was?«

»Immer doch«, sagte Marla.

Lou schüttelte den Kopf. »Nein danke, für mich nicht.«

Jenny stand auf und schaute Lou tief in die Augen. »Dein Mund sagt Nein, deine Augen sagen Ja!«

Lou warf ein Kissen nach ihr und Jenny schlenderte mit zuckenden Mundwinkeln ins Haus.

Sie brachte drei neue Drinks mit und setzte sich.

»Wisst ihr, was ich mich frage? Warum findet man das eine Verhalten creepy und das andere nicht? Hängt das nur damit zusammen, wie man selber zum Verehrer steht?«, fragte Jenny.

Marla nickte und schnappte sich diesmal Jens Hand, um sie zu bearbeiten. »Das ist eine gute Frage. Ich glaube, es kommt darauf an, was man romantisch findet, und ich würde immer wissen wollen, wer für mich schwärmt. Es macht doch einen Riesenunterschied, ob es mein Schwarm ist oder ein Unbekannter!«

»Jawohl!« Lou deutete mit ihrem Zeigefinger auf Marla. »Unheimlich wird es, wenn der Verehrer Sachen macht, die … na ja, von der Norm abweichen. Dann wäre es egal, wie toll ich ihn fände. Wie mit den Millionen Anrufen, bei denen sich keiner meldet. Ich meine, da müssen doch alle Alarmglocken schrillen. Warum sollte ein Annäherungsversuch nur verdeckt stattfinden? Da denkt man doch automatisch, derjenige führt nichts Gutes im Schilde.«

»Vielleicht ist derjenige furchtbar schüchtern und bekommt am Telefon kein Wort heraus? Vielleicht lebt er in einer Traumwelt und möchte nicht mit der bitteren Realität konfrontiert werden, indem er ein Gespräch mit dir führen muss? Vielleicht ist er auch furchtbar entstellt oder hat ein Cyrano-de-Bergerac-Problem? Oder …«

Jenny wurde unterbrochen.

»Ben hat kein Cyrano-de-Bergerac-Problem. Entstellt ist er auch nicht. Er ist einfach nur … unangenehm.« Lou zog die Augenbrauen zusammen.

»Du hast mich ja nicht aussprechen lassen. Oder …«, sagte Jenny betont und hob einen Zeigefinger. »… er ist so ein richtig schräger Vogel. Ein Psycho.« Sie lehnte sich zurück und schlürfte an ihrem Strohhalm.

»Leute, was soll ich denn jetzt tun?« Brachte sich Lou in Erinnerung.

Ein Schweigen entstand, jede war für sich in Gedanken versunken.

»Na ja«, sagte Marla, »ich glaube, du solltest das der Polizei erzählen. Meinst du nicht, sie können einschätzen, ob es Grund zur Sorge gibt oder nicht?«

Lou nickte und schaute zu Boden. Dann sah sie auf. »Das Gute ist, ich habe jetzt erst einmal ein langes Wochenende. Vor Montag muss ich nicht arbeiten.«

»Das klingt gut. Was ist mit der Polizei?«, fragte Jenny.

»Die ist morgen auch noch da.« Lou hustete demonstrativ. »Meine Kehle ist staubtrocken, ich glaube, ich brauch noch einen Drink.«

Lou ging ins Haus, um Nachschub zu besorgen. Sie fühlte sich etwas besser, einfach nur, weil sie ihre Gedanken losgeworden war, die in ihrem Kopf herumwirbelten. Sie wusste aus Erfahrung, wie lange sie einen einzigen Sachverhalt im Kopf herumwälzen konnte. Nämlich bis sie den Eindruck hatte, ihren Gedanken und ihren Gefühlen nicht mehr trauen zu können. Es war das Gleiche, als würde man ein Wort so lange wiederholen, bis es keinerlei Sinn mehr ergab und fremd wirkte. Sie war so froh, Menschen um sich herum zu haben, die ihr immer zur Seite standen. Sie hatte die besten Freunde der Welt.

Als Lou sich am späten Abend in ihr Bett legte, hoffte sie, dass Ben der Abstand von ihr guttun und sich alles einrenken würde. Sie kuschelte sich in ihre Decke und schlief ein.

Kapitel 7

Lou, Marla und Jenny waren am nächsten Tag zusammen zur Kreispolizeibehörde Minden gefahren. Lou hatte einem Polizeibeamten geschildert, wie belästigt sie sich fühlte durch die Anrufe bei der Arbeit und zu Hause. Sie sagte auch, dass sie einen USB-Stick bekommen, den sie weggeschmissen habe und Pralinen, eine Rose und eine Nachricht, die sie dem Beamten übergab.

»Es ist grundsätzlich möglich, einen Anruffilter in ihr Telefon einzubauen. Dadurch werden dann nur noch die bekannten zugelassenen Telefonnummern durchgelassen. Das ist aber recht kompliziert. Bei einigen Telefonanbietern kann man auch eine Fangschaltung beantragen. Am besten sie melden sich wirklich bei ihrem Telefonanbieter, schildern die Belästigung und lassen sich dort beraten.«

»Gut. Mach ich!«

»Mein Rat an Sie wäre, sich im Zweifelsfall eine neue Telefonnummer geben zu lassen. Zumindest ist es die effektivste und einfachste Lösung. Frau Siebert, wenn die Belästigungen weitergehen oder Sie bedroht werden, rufen Sie bitte die Polizei an oder kommen Sie her. Wir nehmen das nicht auf die leichte Schulter. Momentan können wir aber noch nicht aktiv werden.«

Als Lou wieder zu Hause war, rief sie ihren Telefonanbieter an und schilderte ihr Problem.

»Eine Fangschaltung würde hundertneunundneunzig Euro pro Woche kosten. Wir würden Ihnen dann die Nummer oder die Nummern mitteilen, die unterdrückt bei Ihnen anrufen.«

»Äh, gibt es noch andere Möglichkeiten, die weniger kostenintensiv sind?«

»Wir bieten einen kostenlosen Service an, der ACR genannt wird. Das könnte Ihnen in jedem Fall weiterhelfen. ACR steht für Anonymous Call

Rejection. Für Ihren Mobilfunkanschluss würden dann Anrufe mit unterdrückter Rufnummernübermittlung gesperrt werden. Statt eines Freizeichens hört der anonyme Anrufer eine Bandansage. Dort wird ihm mitgeteilt, dass Sie als angerufener Teilnehmer keine Anrufe mit unterdrückter Telefonnummer zulassen. Wenn er verbunden werden wolle, müsse er die Rufnummernübermittlung aktivieren und kann es dann erneut versuchen. Wenn Sie möchten, könnte ich ACR für sie aktivieren.«

Lou atmete erleichtert auf. »Das wäre toll. Bitte aktivieren Sie es. Klappt das dann sofort?«

»Sicher. Schön, dass wir Ihnen helfen konnten.«

Lou war froh, dass sie zur Polizei gegangen war. Der Tipp mit dem Telefonanbieter war Gold wert gewesen. Jetzt würde sie hoffentlich Ruhe haben oder zumindest eine Telefonnummer sehen können, die sie sofort der Polizei weitergeben würde.

Lou hatte die letzte Nacht bis zum Morgen durchgeschlafen. Dankbar registrierte sie, dass ihre Erschöpfung sich zurückgezogen hatte und sie sich hellwach fühlte. Nachdem sie geduscht hatte, machte sie sich daran, gründlich ihr Haus zu putzen. In ihrer ältesten Jeans, anschmiegsam und ausgewaschen, und einem Top tanzte sie beim Staubwischen, Putzen und Staubsaugen zu lauter Musik durch das Haus. Sie trug ein eigenes Hausarbeits-Bandana: Blau und es hatte definitiv schon bessere Zeiten gesehen. Lou liebte es, für jede Stimmung und für jede Situation das passende Haarband zu haben.

Als sie fertig war, ging sie vor die Tür, um ihren Müll rauszubringen. Die Sonne schien, keine Wolke war am Himmel zu sehen und in der Nachbarschaft war alles wie ausgestorben. Die Vögel zwitscherten. Lou fühlte sich entspannt. Gleich würde sie in ihrem Garten die Sonne genießen.

Sie öffnete den Deckel der Tonne und hielt verwundert inne. Ihre

Müllbeutel knotete sie grundsätzlich zu, bevor sie sie einwarf. Jetzt waren die Säcke aufgerissen und der Müll sah durchwühlt aus. Lou wunderte sich. Warum sollte denn einer den Müll durchwühlen? War ein Tier hineingeraten und hatte nach etwas Essbarem gesucht? Waschbären machten sich gern an den Tonnen zu schaffen. Vorsichtig schob sie den Abfall etwas zur Seite und lauschte nach Kratzgeräuschen oder anderen Lauten. Sie hörte nichts Verdächtiges. Sie warf ihren Abfall hinein, holte ihre Post aus dem Briefkasten und ging ins Haus. Sie stellte die Musik über ihr Handy ab und fand auf ihrer Mailbox drei Nachrichten von drei unterschiedlichen Nummern, die nicht eingespeichert waren. Vor Unbehagen zog sie die Schultern hoch und hörte sich die Nachrichten an. Auf den ersten beiden Aufnahmen hatte jemand direkt wieder aufgelegt.

Sie spielte die dritte Nachricht ab.

Ein raues Stöhnen in einer dunklen Klangfarbe war zu hören. Lang gezogen und unangenehm. War es ein ekstatisches Stöhnen? Oder ein schmerzliches? Ein Keuchen folgte. Das Ganze dauerte etwa eine halbe Minute. Eine endlos lange halbe Minute. Ihr Herz flatterte. Mund und Kehle waren trocken. Ihre Nackenhaare stellten sich auf, während sie zuhörte. Sie stand einen Moment unter Schock und meinte zu fühlen, wie eine kalte Hand sie am Genick packte. Sie atmete tief ein und langsam wieder aus, um nicht in Panik zu geraten. Diese Stimme, dieses Stöhnen zu hören, stellte alles Dagewesene in den Schatten. Das Atmen hatte ihr Angst gemacht, doch das Stöhnen war noch viel schlimmer. Ihre Machtlosigkeit ließ die Erschöpfung auf einen Schlag zurückkehren. Sie rieb ihre Oberarme, als wollte sie sich wärmen. Während ihr Kopf sich anfühlte, als sei alles Blut nach unten gesackt, ließ die unterschwellige Angst, ihre Hände und Füße eiskalt werden. Sie stolperte zur Haustür und schloss ab. Sie stieß mit einer Schulter gegen die Wand und ließ sich an ihr hinuntergleiten.

Gedankenfetzen flogen durch ihren Kopf – zu schnell, um greifbar zu sein. Ihr galoppierender Herzschlag wollte sich nicht beruhigen. Ihre

Hände zitterten, als sie die Anrufliste auf ihrem Handy aufrief. Ohne bewusst die Entscheidung dazu getroffen zu haben, rief sie bei der Polizei an. Als abgenommen wurde, sprudelte es aus ihr heraus.

»Louisa Siebert hier. Er hat angerufen. Kein Atmen. Ein ekelhaftes Stöhnen. Er weiß, wer ich bin und wo ich wohne und wo ich arbeite. Was soll ich jetzt machen?«

»Ich möchte Sie bitten, sich zu beruhigen, dann schildern Sie mir, wo das Problem liegt, okay?«

Die reservierte Stimme am anderen Ende der Leitung hörte sich ganz und gar nicht freundlich an. Automatisch setzte Lou sich gerader hin, atmete tief durch und gab sich Mühe, dem Polizisten zu schildern, warum sie sich bedroht fühlte.

»Hier spricht Louisa Siebert. Ich war gestern schon auf der Polizeiwache und habe mit Herrn Werner gesprochen. Ich erhalte anonyme Anrufe, Geschenke und Nachrichten. Jetzt gerade hat jemand angerufen und stöhnte in den Hörer. Ich weiß nicht, was ich machen soll. Ich fühle mich auch beobachtet.«

»Sie fühlen sich beobachtet. So so. Was hat Herr Werner Ihnen geraten?«

»Dass ich mich mit meinem Telefonanbieter in Verbindung setzen soll, und das habe ich gemacht. Und er hat gesagt, wenn noch etwas passiert, soll ich mich wieder melden und das tue ich hiermit. Ich brauche Hilfe.«

»Frau Siebert. Damit war sicherlich nicht gemeint, dass Sie sich bei jedem Anruf, den Sie erhalten, hier melden sollen. Sie blockieren die Leitung für wichtige Notfälle.«

»Ich … was? Ich glaube, ich werde verfolgt, ein Fremder weiß, wo ich arbeite, wo ich wohne, er stöhnt und schreibt Botschaften. Das ist doch wohl ein Grund sich zu melden.«

»Haben Sie schon mal daran gedacht, dass es sich vielleicht nicht um eine fremde Person handelt? Haben Sie einen Ex-Freund verärgert oder

Stress mit Kollegen? Das kommt häufiger vor, als Sie denken. Sie sollten sich beruhigen und abwarten. Das regelt sich meist von allein.«

Lou wusste nicht, ob sie in Tränen ausbrechen oder ausflippen sollte. Sie sollte sich beruhigen? Das konnte auch nur so ein Arsch sagen, der so etwas noch nie erlebt hatte.

»Können Sie mir bitte noch einmal Ihren Namen nennen?«, fragte sie bemüht ruhig.

»Polizeioberkommissar Rudolf. Wenn es weiter nichts gibt, Frau … äh …«

»Nein. Ich bin hier fertig.« Schnaubend legte sie auf.

Sie stützte ihre Ellenbogen auf ihre Oberschenkel und ihren Kopf in die Hände. Ein Gutes hatte der Anruf bewirkt. Sie ärgerte sich so über diesen Polizeioberkommissar Rudolf, dass für Angst gerade kein Platz war. Sie kam sich dumm vor. Der eine sagte, sie solle anrufen, wenn etwas passierte, der andere sagte, sie solle es lassen.

Langsam nahm sie ihr Handy wieder in die Hand und rief bei Marla an. Kurz informierte sie ihre Freundin über die Geschehnisse.

»Du hast seine Stimme gehört. Kann es die von Ben sein?«

»Mann, ich weiß es nicht. Meinst du, ich kann jemanden am Atmen und Stöhnen erkennen?« Lou tat es sofort leid, ihre Freundin angefahren zu haben.

»Tut mir leid. Das sind die Nerven.«

»Schon gut. Kann ich verstehen. Du solltest dir eine neue SIM-Karte bestellen. Tu es jetzt sofort, okay?«

Lou nickte. »Ja. Bleibst du so lang dran?«

»Cierto.«

Als alles erledigt war und sie aufgelegt hatte, zog Lou kurz in Erwägung, aus dem Haus zu verschwinden. Doch war sie jetzt hier, hinter verschlossener Tür, nicht am sichersten? Sie wusste es nicht. Sie war so müde. Am besten blieb sie hier. In ihrem Zustand sollte sie kein Auto fahren und zu Fuß wollte sie ganz sicher nicht unterwegs sein.

Am Abend würden Marla und Jen sie abholen. Im ›Brösel‹ wäre sie unter Leuten und mit ihren Freunden zusammen. Dort würde ihr nichts zustoßen können.

Als Lou das ›Brösel‹ betrat, waren ihre Freunde bereits in ihrer Stammkneipe, der gemütlichsten im ganzen Umkreis. Viel mit den Jahren nachgedunkeltes Holz, unzählige Figuren, Bilder, Schilder, Leuchtreklamen und Antiquitäten standen und hingen im Schankraum. Nach dem Betreten bekam man sofort gute Laune.

Lou wurde mit lautem Rufen ihrer Freunde begrüßt. Alle standen auf, um sie zu umarmen. Erst drückte sie Marla, die wie immer wunderschön aussah.

»Hola, guapa! Gut siehst du aus!«, rief sie und drückte Lou einen Kuss auf die Wange.

Lou lächelte. Sie fand auch, ihr Kleid stand ihr ausgezeichnet. Lou begrüßte Jenny. Die trug wie immer schwarze Kleidung. Massenhaft silberne Armreifen und Ketten klimperten bei jeder Bewegung von ihr.

»Cool, du bist da. Ich hol dir was zu trinken. Das Übliche?«

»Danke, Jen, ja, das Übliche bitte. Hey, Paul! Du hier und nicht am Billardtisch?«

Paul war ein absoluter Blickfang. Daran änderte auch die lange Narbe nichts, die von seinem rechten Mundwinkel, über seine Wange, bis hin zur Schläfe reichte.

»Ich warte noch auf Beck, er hat mir eine Revanche versprochen. Mal sehen, ob ich ihn heute endlich platt machen kann.«

Marla lachte »Nicht in hundert Jahren wirst du das schaffen. Wir haben seine Technik oft aus der Ferne beobachtet. Nicht wahr, Lou?«

Marla grinste Lou an. Die schaute nach oben und zuckte mit der Schulter. Wie oft sie ihn beobachtet hatte, musste keiner wissen.

Als Jenny mit je einem großen Bier für Lou und sich zurückkam, stießen alle miteinander an. Lou liebte diese ungezwungenen, fröhlichen

Treffen mit ihren Freunden. Die Umgebung war schön, die Musik gut und die Stimmung am besten.

Als Beck kam, zwei Biere in der Hand, setzte er sich, direkt neben Lou an den Tisch. Eine Premiere.

»Oh, hi«, krächzte sie.

Er war groß, breit gebaut und trug bisher immer, wenn Lou ihn sah, dunkelbraune Boots, eine dunkelblaue Jeans, einen Gürtel mit breiter silberner Schnalle und ein schwarzes T-Shirt. Immer. Und es stand ihm viel zu gut, als gesund für ihn war.

»Hey!«, sagte er, schob ihr ein zweites Bier vor die Nase und schaute sie lächelnd an.

Paul, Marla und Jenny erhoben sich, weil sie alle plötzlich große Lust zum Billard spielen hatten.

Lou nahm einen Schluck aus ihrem Glas und wusste nicht, was sie sagen sollte.

»Was hältst du davon, wenn wir uns neu miteinander bekannt machen? Das letzte Mal ist schließlich schon ein paar Jahre her. Hallo, ich bin Beck, und mit wem habe ich das Vergnügen?« Lächelnd sah er ihr in die Augen.

Oh mein Gott, er haute sie um.

»Nun, Beck. Ich bin Lou.« Ein genialer Gesprächseinstieg, das musste sie schon sagen.

»Im Ernst, ich habe mich darauf gefreut, dich wiederzusehen. Erinnerst du dich überhaupt noch an den Abend vor sechs Jahren? Als wir geredet haben? Wahrscheinlich nicht.« Beck stieß ein unsicheres Lachen aus.

Oh, wow. War er etwa auch nervös? Sie rutschte auf ihrem Sitz hin und her.

»Ähm, ich erinnere mich sogar sehr gut daran. Du hast mir einen kleinen Kurs im Billardspielen gegeben und mir deine Lieblingsbands aufgezählt.«

Nun lachte Beck wirklich. »Oh, Mann, du hast recht. Ich war wohl echt nervös. Bisschen unangenehm, jetzt.«

Lou grinste und entspannte sich etwas. »Na ja, um ehrlich zu sein, war es eine Offenbarung. Du hast mich dazu gebracht, dass ich ein Def-Leppard-Fan geworden bin. Danke dafür.«

Warum schwitzte sie eigentlich so ekelhaft? Gerade jetzt. Toll.

»Wie fandest du Irland?«

»Wunderschön, geheimnisvoll und spannend. Aber ich wollte wieder zurück zu meiner Familie und meinen Freunden.«

»Und warum bist du hin?«

Ein Schatten fiel über Becks Gesicht, er schaute auf den Boden.

»Ich hatte meine Gründe. Brauchte ’ne Auszeit und so.«

Oh Mist! Scheinbar hatte sie einen Finger auf irgendeine alte Wunde gelegt. Krampfhaft suchte sie nach einem anderen Gesprächsthema. Lou räusperte sich und wischte sich, so unauffällig es ging, den Schweiß von der Oberlippe.

»Ich schaue gerne Horrorfilme.« Sie verdrehte innerlich die Augen. Das hörte sich irgendwie gestört an, so aus dem Zusammenhang gerissen.

Beck nickte. In seinen Augen stand Belustigung. Prima, zumindest amüsierte sie ihn. Mann, sie war doch nicht auf den Kopf gefallen. So schwer konnte es doch nicht sein, eine Unterhaltung am Laufen zu halten. Leider war es eben doch so schwer, wenn das Gegenüber Beck war. Sie wagte einen neuen Vorstoß.

»Beck, erzähl mir was von dir.«

»Okay, was willst du wissen?«

Oh nein, er spielte den Ball zurück. Ihr Herzschlag und ihre Schweißproduktion verdoppelten sich. Verdammt und zugenäht. Aber Fluchen brachte auch nichts. Da hatte sie die rettende Idee.

»Was bringt dich zum Fluchen?«

»Eine schöne Frage. Ein Beispiel. Heute Morgen ging ich unter die Dusche. Ich war gerade dabei, mir meinen rechten Fuß einzuseifen, als ich mit dem anderen Fuß wegrutschte. Und während ich so rutschte, dachte ich, fuck!«

Lou wartete, ob da noch was kam. Es kam nichts. »Und weiter?«

»Nichts weiter. Ich bin ein Mann weniger Worte und bringe die Dinge gern auf den Punkt. Einer der vielen Fuck-Momente des Lebens. Dieses Wort passt einfach zu jeder Situation, in der man fluchen möchte. Denk drüber nach.«

Beck wirkte überaus zufrieden, als er einen langen Schluck aus seinem Glas nahm. Schweigen breitete sich aus, das Lou kurze Zeit später brach.

»Ich glaube, wir sind Seelenverwandte. Du wirst es nicht glauben, ›fuck‹ habe ich auch schon oft gedacht.« Lou trank einen Schluck.

Beck riss die Augen auf. »Nein!«

»Doch!«

Beck nickte weise. »Auf der Gemeinsamkeit kann man doch aufbauen.«

Lou lachte. Endlich konnte sie sich entspannen.

An diesem Abend spielten Paul und Beck kein Billard mehr. Lou und er waren in ihre Gespräche vertieft, an denen sich die anderen drei ab und zu beteiligten, wenn sie zu ihrem Tisch kamen, um einen Schluck zu trinken. Es wurde viel gelacht und Lou fühlte sich in Becks Nähe einfach nur wohl.

Bevor sich Beck zwei Stunden später auf den Weg nach Hause machte, gab er Lou seine Telefonnummer, die er auf ihrem Handy einspeicherte.

»Ruf an! Nachdem ich dir von meiner Duschstory erzählt habe und wir festgestellt haben, dass wir Seelenverwandte sind, bin ich so weit, dir von meinem Erlebnis an der Teutoschleife Canyon-Blick zu erzählen. Ich sag nur so viel. Der See, ich in Boxershorts und ein Eichhörnchen ohne Berührungsängste spielen darin eine große Rolle.«

Lou lachte und sie umarmten sich zum Abschied.

Als er weg war, wurde sie von Marla und Jenny umringt.

»Und? Läuft da was? Optisch passt ihr perfekt zusammen.« Jennys Altstimme klang ungewöhnlich hoch.

»Lou, er ist ideal für dich. Keine negative Aura oder irgendwas. Da ist nur Freundlichkeit.«

Lou seufzte »Ja, er ist toll. Und der Abend war wunderschön.«

Marla bückte sich, hob etwas vom Boden auf und gab es Lou.

»Das ist dir gerade aus der Tasche gefallen.«

Verwundert blickte Lou auf den Gegenstand in ihrer Hand. Das gehörte nicht ihr. Es war ein Säckchen aus schwarzem Seidentuch, deren Enden mit einer dünnen Lederschnur zusammengehalten wurde.

»Bist du sicher, dass es nicht schon dalag? Ich weiß gar nicht, was das ist.« Mit gerunzelter Stirn schaute sie ihre Freundin an.

»Ne, ich hab gesehen, wie es aus deiner Jackentasche herausgefallen ist.«

»Lass mal sehen!« Jenny beugte sich vor und schnupperte knapp über dem Beutel in die Luft.

»Riecht nach Kräutern.«

»Das muss mir jemand da reingesteckt haben. Keine Ahnung.« Lou zuckte mit den Schultern.

»Mach doch mal auf. Ich will wissen, was drin ist«, sagte Jenny.

Lou legte das Säckchen auf der Theke ab, band das Tuch auf und faltete es auseinander. Auf einem Quadrat schwarzer Seide lagen zwei Gegenstände.

»Wow, sehr esoterisch«, sagte Marla.

»Irgendwie gruselig, findet ihr nicht?« Lous Blick war skeptisch. Sie nahm einen violetten Edelstein in die Hand und begutachtete ihn. Wie ein lilafarbener Eiskristall ragten diamantförmige Auswüchse nach allen Seiten und Richtungen aus seiner Mitte hervor.

»Ein Amethyst«, sagte Jenny.

Lous Aufmerksamkeit wandte sich dem zweiten Gegenstand zu. Es war eine spiralförmige violette Kerze.

»Was zur Hölle soll das sein?«, fragte sie.

»Sieht irgendwie hexenmäßig aus. Und das war in deiner Tasche?« Jenny schüttelte sich.

»Wenn der Beutel wirklich aus meiner Tasche gefallen ist, dann muss ihn jemand hineingesteckt haben, ohne dass ich es bemerkt habe.«

»Wer? Und warum?«, fragte Marla.

»Genau«, sagte Lou. »Und was soll ich jetzt damit machen?«

»Ich würde das aufheben.« Marla deutete mit ihrem Zeigefinger zwischen Stein und Kerze hin und her. »Die Anrufe, die Nachricht und das hier hängen vielleicht zusammen.«

Ein Knoten bildete sich in Lous Magen. Wenn Marla recht hatte, war der anonyme Typ, der sie belästigte, in unmittelbarer Nähe gewesen. Nah genug, um ihr etwas unbemerkt in die Tasche zu stecken. Ein Schauer lief ihr über den Rücken.

»Mich würde ja interessieren, wozu die Kerze und der Amethyst gut sein sollen. Das muss doch irgendwas bedeuten«, sagte Jenny.

Lous Kopfhaut prickelte. Sie hatte ein extrem ungutes Gefühl. War er etwa noch hier? Sie blickte sich nach allen Seiten um. Doch wonach sollte sie Ausschau halten? Mit einem Mal war ihr alles zu viel.

»Leute, ich möchte gehen. Bringt ihr mich noch zum Auto?«

Als sie wieder zu Hause war, legte sie das Tuch samt Inhalt auf ihren Küchentisch. Was um Himmels willen sollte das nur? Sie fuhr sich mit der Hand über die Stirn. Es musste alles zusammenhängen. Es wären zu viele Zufälle, wenn es das nicht tat. Lou schnappte sich ihren Laptop und suchte nach der Bedeutung eines Amethyst-Steines.

»Der Amathyst wird auch als Stechapfelstein oder Bacchusstein bezeichnet. Er besteht aus violettem Quarz und ist ein Halbedelstein. Man sagt, er soll falsche Freunde vertreiben und gegen Diebstahl schützen, indem er die Intuition fördert.«

Sie lehnte sich verdutzt zurück. Sie verstand gar nichts mehr.

Lou lag in ihrem Bett und dachte nach. Ihre Gedanken kreisten um Beck, um die Nachricht, die sie bekommen hatte, um Beck, was das mit dem Säckchen sollte, um Beck und ob ihr irgendeine Gefahr drohte. Sie starrte an die Decke. In ihr tobten so viele Gefühle, dass sie völlig überfordert war. In letzter Zeit versetzte sie alles in Angst. Die Dunkelheit, die schwarzen Silhouetten der Bäume, die sich im Wind wiegten, die Umrisse ihres Kleiderschranks. Ihre Gedanken. Sie fühlte sich allein. Durcheinander. Was genau musste sie fürchten? Vor wem musste sie sich in Acht nehmen? Reagierte sie über? In diesem Moment schon, dachte sie, als sie zusammenzuckte, weil ihr Fuß etwas Weiches, Flauschiges berührte. Sie rief sich in Erinnerung, dass es nur ihr Kaschmir-Pullover war, der noch auf ihrem Bett lag. Sie hatte vergessen, ihn in den Schrank zurückzulegen.

Lou atmete tief durch. Sie fühlte sich nicht nur allein, sondern einsam. All das Nachdenken half ihr nicht weiter. Deswegen befahl sie sich, nicht mehr über unangenehme Dinge nachzudenken, die sie nicht ändern konnte.

Sie hatte die Erfahrung gemacht, dass sie nach zehn Uhr immer sehr sensibel war. Ihre Sorgen schienen größer und ihre Ängste greifbarer als am Tag. Je weiter die Nacht fortschritt, desto intensiver wurden die negativen Emotionen. Sie schaute auf die Uhr. Es war ein Uhr fünfzig.

Lou ließ mit geschlossenen Augen den Abend Revue passieren. Wenn sie an Becks Lachen dachte, hatte sie das Gefühl, zu wenig Sauerstoff einzuatmen, und ihr Magen fühlte sich flau an. Irgendwann schlief sie schließlich ein.

Sie schreckte aus dem Schlaf. Zuerst war sie orientierungslos, blickte sich in der Dunkelheit um und fragte sich, was das laute Geräusch war, das sie geweckt hatte. Ihr Telefon klingelte. Hoffentlich war niemandem etwas passiert. Anrufe mitten in der Nacht brachten meistens schlechte Neuigkeiten. Sie sprang aus dem Bett, lief in ihre Küche, wo ihr Handy am Ladegerät hing, und nahm das Gespräch an, ohne auf das Display zu schauen. Sie war kurzatmig. Ihr Herz schlug wild.

»Hallo?«, sagte sie in den Hörer.

Ein lang gezogenes, tiefes Stöhnen war zu hören. Schnelles Atmen. Grauen packte sie. Lou wurde es schlagartig kalt und eine Gänsehaut überzog ihren ganzen Körper.

»Lass mich in Ruhe, du Psycho!«, schrie sie in den Hörer. Sie warf das Telefon auf den Tisch. Aufgewühlt marschierte sie vom Flur ins Wohnzimmer und zurück. Immer hin und her. Die Hände zu Fäusten geballt, versuchte sie durchzuatmen. Sie hatte es satt. Was sollte das nur? Warum sie? Was zur Hölle konnte sie tun, um in Ruhe gelassen zu werden? Wie sie es hasste! Diese negativen Gefühle. Angst, Wut, Unsicherheit, Hilflosigkeit, das alles war scheiße.

Abrupt blieb Lou stehen. Was war die Botschaft? Der Psycho rief sie doch nicht nur an, um zu hecheln und zu stöhnen? Kamen die Rose, die Pralinen und die Nachricht wirklich vom Anrufer? Und das Säckchen? Der Stick? Anonyme Geschenke und anonyme Anrufe. Wozu? Sie drehte sich im Kreis. Sie wusste keine Antwort. Wurde sie langsam irre? Gab es eine logische Erklärung und sie kam nur nicht darauf?

Etwas ließ sie innehalten. Hatte sie gerade nicht etwas gehört? Etwas stimmte nicht. Ihre Armhaare stellten sich auf. Sie hatte das intensive Gefühl, beobachtet zu werden. Sie lauschte in die Nacht und zuckte leicht zusammen, als der Kühlschrank summend zum Leben erwachte. Ein Käuzchen rief in der Ferne. Die Schatten in ihrem Haus wirkten bedrohlich. War sie in Gefahr? Bildete sie es sich nur ein, dass etwas nicht stimmte? In ihrem Bungalow hatte sie sich immer sicher gefühlt. Verdammt, sie würde sich noch vor ihrem eigenen Schatten erschrecken, wenn sie so weitermachte. Sie knipste alle Lampen an. Sie stampfte in die Küche und füllte ein Glas mit Wasser, das sie in großen Schlucken austrank. Der Gedanke daran, bald eine neue Handynummer zu haben, beruhigte sie.

Sie dachte das erste Mal seit langer Zeit, an die Worte ihres Vaters zurück. Als sie klein war, litt sie eine Zeit lang jede Nacht unter Albträumen. Weinend war sie eines Nachts aufgewacht und ihr Vater kam zu ihr ins Zimmer. Er setzte sich auf ihre Bettkante und wiegte sie, bis ihre Tränen versiegten. Sie empfand die nächtlichen Geräusche als bedrohlich. Ihr Vater sagte zu ihr: »Purzelchen. Wenn du mitten in der Nacht aufwachst und Angst bekommst, heißt das nur, deine Instinkte funktionieren. Angst schützt uns vor Gefahren. Sie ist etwas Gutes. Wenn du nachts Angst hast, solltest du niemals zu viel nachdenken und dir bewusst machen, dass deine Gefühle in der Dunkelheit deinem Schutz dienen. Du wirst sehen, am Morgen, im hellen Sonnenschein, fühlst du wieder anders. Jetzt kuschel dich in deine Decke und denke an den warmen Sonnenschein. Denk an Eiscreme und viele lustige Spiele.«

Lou lächelte bei dieser Erinnerung.

Ihre Bewegungen wurden langsamer und sie setzte sich auf ihre Couch, um zu lesen. Sie hoffte, dadurch müde zu werden. Sie las, bis es langsam hell wurde, und fühlte sich erschöpft, als die Sonne aufging.

Kapitel 8

Bei der Arbeit kam sie langsam nicht mehr klar. Mist, wo war das Fax hin, das ein Arzt ihr kürzlich geschickt hatte? Fahrig durchwühlte sie Papierstapel, hob Akten und Formulare hoch und drehte sich einmal um die eigene Achse.

»Lou, hast du schon die Angehörigen von Frau Willms angerufen, wegen der …«

»Nein, hab ich noch nicht. Herrgott, wir haben erst vor fünf Minuten darüber gesprochen. Ich hab auch nur zwei Hände.« Lou ließ weiter ihren Blick durch das Dienstzimmer schweifen. Sie war einfach nur genervt

Ihre Kollegin, die gerade wieder gehen wollte, blieb stehen. »Suchst du was?«

»Du hast es erraten. Ich suche das Fax von Doktor Grissel. Es muss hier irgendwo sein.« Lou wühlte weiter in den Unterlagen herum.

»Hängt es nicht da an der Magnetwand?« Ihre Kollegin zeigte mit dem Finger in die entsprechende Richtung.

Sie drehte sich um. »Tatsache. Danke, Margret.«

Lou schien ihre Fähigkeit verloren zu haben, sich auf mehrere Dinge gleichzeitig konzentrieren zu können. Sie wusste von einer Minute zur anderen nicht mehr, was sie eigentlich vorgehabt hatte. Außerdem suchte sie ständig irgendetwas.

Nachdem sie die Anordnungen des Arztes in der Bewohnerakte dokumentiert hatte, telefonierte sie. Sie arbeitete eine Aufgabe nach der anderen, ohne ihren sonstigen Elan ab. Sie kam sich vor wie ein Roboter und hatte keine Ahnung, was hier gerade mit ihr passierte.

Ben huschte ins Dienstzimmer. Auch das noch. So hilfsbereit er war, sie konnte mit seiner seltsamen Art nichts anfangen. Mehr noch: meist fand sie alles an ihm bedrohlich. Seine blasse Haut, seinen Geruch, der gekrümmte Rücken, die wässrigen Augen, sein Starren, sein Schweigen, sein Taschenspiegel. Ihr Körper war ständig angespannt.

Sie gab sich Mühe, ihn nicht zu beachten. Himmel, sie war einfach immer nur noch erschöpft.

Am Nachmittag rief Jenny an. »Lou, ich habe noch mal über unser Gespräch im ›Biggis‹ von vorgestern nachgedacht. Ich bin zu einer Entscheidung gelangt. Du musst der Sache mit Beck eine Chance geben und mit Patrick kürzertreten.«

Lou seufzte müde. »Jen, ich weiß es einfach nicht. Die zwei Mal, die ich mich letzte Woche mit Patrick getroffen habe, waren echt schön und unkompliziert. Er ist so unheimlich nett. Wenn Beck mich anruft, bin ich nicht halb so entspannt wie mit Patrick.«

»Na. eben. Mit Beck ist es dir ernster und das verkrampft dich. Ehrlich, Lou. Da hattest du vor einer Woche dein erstes Date mit Beck nach sechs Jahren. Und trotzdem datest du nebenbei Patrick? Wir alle wissen, wie lange du schon auf Beck stehst. Da kann dein flotter Nachbar nie mithalten.«

»Ich habe jetzt irgendwie keinen Kopf dafür, darüber nachzudenken. Bei der Arbeit läuft es scheiße, ich zucke bei jedem kleinsten Geräusch zusammen und bin ständig in Alarmbereitschaft. Verdammt, ich weiß nicht mehr, wo mir der Kopf steht. Ich bin überfordert. Da kann ich nicht auch noch über meine Gefühle nachdenken.«

»Das solltest du aber. Das Leben besteht nicht nur aus gruseligen Anrufen. Warum ist dir das wichtiger als alles andere? Ich verstehe das nicht.«

Ein schweres Gewicht legte sich auf Lous Brust. Sie ging ihren Freundinnen auf die Nerven mit ihrer Sorge, das hatte sie bei ihrem Treffen vor zwei Tagen deutlich gespürt. Es stimmte, sie kannte fast kein anderes Thema mehr als die Belästigungen, denen sie ausgesetzt war – als stünde sie auf der einen Seite einer Schlucht und ihre Freundinnen auf der anderen Seite. Niemand schien nachvollziehen zu können, wie sehr ihr alles zusetzte. War sie es, die sich distanzierte? Oder waren es ihre

Freundinnen? Distanzierte sich überhaupt irgendjemand? Sie konnte es nicht sagen.

Lou ignorierte Jennys Frage. Sie wollte keinen Streit vom Zaun brechen. Seufzend ging sie deshalb auf ihr Problem an der Männerfront ein. »Vielleicht passt Beck gar nicht so gut zu mir. Vielleicht ist es Patrick, der besser zu mir passt.«

»Das sind Ausflüchte und das weißt du. Du hast Angst vor deinen Gefühlen.«

Beck hatte sie mehrmals angerufen. Sie ihn auch. Verdammt, ja! Sie hatte Angst vor ihren Gefühlen. Dennoch hatte sie sich mit ihm für den kommenden Freitag verabredet.

»Das stimmt, das hab ich. Jenny, danke, dass du dir Gedanken gemacht hast. Mal sehen, wie das Date mit Beck am Freitag wird. Dann weiß ich vielleicht mehr.«

Lou legte auf. War es Betrug, wenn sie zwei Männer gleichzeitig näher kennenlernte? Beide waren auf ihre Art toll. Lou wollte nichts überstürzen, denn sie war sich sicher, einer von beiden, wenn nicht beide, würden abspringen. Zwei so attraktive Männer, sollten sich in sie, Lou Siebert vergucken? Wer's glaubt …

Es war Abend geworden. Lou stieg, bepackt mit einer Papiertüte, aus dem Auto. Sie kam gerade vom Einkaufen und wühlte in ihrer Tasche nach ihrem Haustürschlüssel, während sie über ihre Einfahrt ging.

Aus dem Augenwinkel nahm sie eine Bewegung wahr. Versteckte sich jemand hinter der kleinen Mauer, die als Sichtschutz für ihre Mülltonne diente? Sie hielt den Atem an und starrte auf die Stelle. Sollte sie nachgucken? Allein der Gedanke daran verursachte ihr eine Gänsehaut. Hektisch blickte Lou sich um, konnte aber nichts Auffälliges entdecken. Ein Schauer rieselte ihr über den Rücken. Schnell lief sie zur Tür, schloss auf und verschwand im Haus.

Sie sah sich hastig in allen Zimmern um. Sie scannte die Räume, ob irgendetwas anders war als sonst. Eine leise, weit entfernte Stimme in ihrem Inneren sagte ihr, dass sie sich nicht rational verhielt, dass es nicht sein konnte, dass jemand hier war … in ihrem Haus. Doch ihr Gefühl hielt dagegen und ließ sie spüren, dass etwas nicht stimmte.

Sie sollte sich hinsetzen, um sich zu beruhigen. Sie musste in Ruhe nachforschen, was sie so aus der Fassung brachte. Sie fühlte, etwas war anders. Warum? Warum hier, in ihrem Haus? Die Erlebnisse der letzten Wochen schossen ihr in Fragmenten durch den Kopf. Sie konnte noch so viel darüber nachdenken, ihr fiel nichts ein, was ihr Sicherheit gegeben hätte.

Obwohl sie nichts sah, was ihr in direkter Form gefährlich werden konnte, fühlte sie sich wie ein Vogel, der mit gebrochenem Flügel in einem Käfig voller Hyänen herumhüpfte. Da lauerte etwas am Rande ihres Bewusstseins. Was war es? Was entging ihr? Kannte sie den Stalker? Kannte sie ihn nicht? Er wusste, wo sie wohnte, er wusste, wann sie zu Hause und wann sie arbeiten war. Wurde sie permanent beobachtet? Spionierte sie jemand aus? Ihr fielen die zerrissenen Müllsäcke ein. Zufall? Oder nicht.

Das unangenehme Gefühl verschwand langsam. Ihr Körper kühlte ab, dabei hatte er gerade noch Angstschweiß produziert. Hieß das, dass es bis gerade einen Grund gegeben hatte, sich unwohl zu fühlen? Sie fluchte innerlich und beschwor sich, nicht auszuflippen.

Lou holte sich etwas zu trinken aus der Küche und war auf dem Weg ins Wohnzimmer, als das Handy klingelte.

Sie zog es sich aus der hinteren Hosentasche und starrte auf das Display. Sie biss sich auf die Unterlippe und kratzte sich durch ihr T-Shirt, die Brust.

Eine Nummer wurde angezeigt, die sie nicht kannte. Sollte sie drangehen? Hatte sie den Irren heraufbeschworen, nur indem sie an ihn dachte? Beobachtete er sie wirklich? Versuchte er auf gut Glück sie zu erreichen oder wusste er genau, dass sie jetzt zu Hause war?

Das Klingeln verstummte, um neu einzusetzen. Es könnte aber auch sein, dass jemand von ihrem Telefonanbieter sie anrief.

Lou gab sich einen Ruck und nahm das Gespräch an. Ihre Handflächen waren feucht, obwohl ihre Hände eiskalt waren.

Sie hörte kein Atmen. Diese Stimme war dunkel verzerrt, wie in einem Horrorfilm und sie gehörte eindeutig zu einem Mann. Sie spürte, wie sie am ganzen Körper eine Gänsehaut bekam und wie kalte Schauer ihr über den Rücken liefen. Sogar ihre Kopfhaut schien sich zusammenzuziehen.

»Ich bin bei dir, bei jedem Schritt, den du tust. Ich komme näher. Spürst du es? Bin ich dein erster Gedanke am Morgen und dein letzter Gedanke am Abend?«

Der Anrufer legte auf. Lou keuchte und ließ ihr Glas fallen. Es zerschellte auf dem Boden, eine Orangensaftpfütze breitete sich aus. Ihr Bauch begann zu rumoren und zog sich in einem Krampf zusammen. Eine Hand gegen ihren Bauch gepresst, taumelte sie zu ihrem Sessel und ließ sich darauf fallen. Diese verzerrte Stimme verstörte sie zutiefst.

Konnte sie zu Ben gehören? Würde er so weit gehen? Wollte er ihr Angst machen? Warum? Verzerrte der Anrufer seine Stimme, um nicht erkannt zu werden, oder ging es ihm darum, ihr Angst zu machen? Die Gedanken jagten einander durch ihren Kopf. Lou atmete hektisch, als sie die Anrufliste in ihrem Handy aufrief. Sie musste mit jemandem reden.

»Oh, Marla, ich weiß nicht, was ich tun soll. Hier stimmt was nicht.« Lous Stimme zitterte. Sie war den Tränen nahe und presste sich ihr Handy ans Ohr.

»Lou, ganz ruhig. Was ist passiert?«

»Da ist etwas. Ich habe ganz deutlich etwas gespürt. Vor meiner Tür hab ich mich beobachtet gefühlt und hier drin muss irgendwer gewesen sein. Dann habe ich wieder einen Anruf bekommen. Er hat mit mir geredet, Marla. Aber nicht mit seiner Stimme. Sie war verzerrt.« Lou war außer Atem. »Meinst du, er hat hier Kameras installiert?«

»Warte, was? Was hat er gesagt?«

»Ich weiß nicht mehr genau. Er ist immer bei mir. Ich soll an ihn denken und er denkt an mich. Irgendwie so was.«

Marla zögerte mit ihrer Antwort.

»Das ist heftig. Hat er das am Telefon gesagt oder ist der Anruf gespeichert?«

»Am Telefon. Nicht gespeichert. Er beobachtet mich. Das hab ich gefühlt, bevor der Anruf kam. Jetzt bin ich mir sicher. Hier müssen irgendwo Kameras sein. Oh Gott.« Schweiß brach aus.

»Kameras? Glaubst du es oder weißt du es? Ich versteh es nicht. War da jetzt nur der Anruf?«

Lou versuchte, sich zusammenzureißen.

»Ich fühle es, Marla. Er ist ganz in der Nähe. Der Mann, der mich anruft. Mir Nachrichten hinterlässt. Ich glaube, er kann mein Handy manipulieren. Er hat angerufen. Er hat mit mir gesprochen. Mit schrecklich verzerrter Stimme. Ich glaube, er beobachtet mich gerade. Hier müssen Kameras sein. Versteckte Kameras.«

»Der Anruf ist heftig und hat dich eiskalt erwischt. Aber dein Gefühl, ständig beobachtet zu werden und deine Sorge, in deinem Haus befänden sich versteckte Kameras, macht mir, ehrlich gesagt, Angst. Glaubst du das wirklich?«

Ob sie das wirklich glaubte? Tränen liefen ihre Wangen hinab. Sie fühlte sich so unverstanden, dass sie schreien könnte. Marla versuchte gar nicht erst, sie zu verstehen. Sie zog geräuschvoll ihre Nase hoch.

»Und was ist mit der Polizei?«, fragte Marla.

»Da ruf ich nicht noch einmal an. Ich habe keine Lust, mich als hysterisch abstempeln zu lassen! Von dir im Übrigen auch nicht!«

»Lou, ich …«

»Alles klar. Schon gut. Sorry, dass ich dich gestört habe.«

Lou hatte aufgelegt. Warum verstand sie niemand? Wurde sie paranoid? Lou fuhr sich mit beiden Händen durch ihre Haare. Sie wusste nicht, ob sie ihren eigenen Gedanken und Empfindungen noch trauen konnte. Und das war ein schreckliches Gefühl.

Was war nur mit ihrem Leben passiert? Sie konnte es kaum ertragen, dass sie nicht zu Marla durchdringen konnte. Sie war allein. Neue Tränen traten ihr in die Augen und dann weinte sie, wie seit Jahren nicht mehr. Lautes Schluchzen drang durch ihre Kehle. Tränen und Rotz flossen in Strömen. Sie kauerte vornüber gebeugt auf dem Boden und schlug mit den Fäusten darauf, bis sie keine Kraft mehr hatte. Wie konnte es nur passieren, dass sie niemand mehr ernst nahm? Fühlte es sich so an, verrückt zu werden? Sie war ganz allein, aber sie wollte jetzt nicht allein sein. Sie wartete, bis keine Tränen mehr kamen, wusch sich das Gesicht und rief Patrick an: ob er Lust habe rüberzukommen.

Patrick hatte Zeit und Lust. Sie redeten und spielten Karten, was Lou ablenkte. Dennoch fühlte sie sich, als wäre sie von einem Schatten umgeben, der Schwere, Düsternis, Traurigkeit und Verlorenheit in sich trug. Er legte sich, wie ein Mantel mit zu viel Gewicht um ihre Schultern.

Patrick war dabei, den Stapel Karten gekonnt zu mischen, als er Lou ansah.

»Sag mal, kennst du dich eigentlich ein bisschen mit keltischen Feiertagen aus?«

»Nicht so richtig. Ich kenn Samhain und Beltane. Das war es auch schon.«

Patrick strahlte. »Es gibt so viele großartige Feste, um die Natur und die Göttin zu feiern.«

»Oh, das finde ich spannend. Kannst du …«

Es klingelte an der Tür.

»Warte kurz.« Sie stand auf und ging hin. War einer ihrer Freundinnen gekommen?

Als sie die Tür öffnete, stand Beck davor und grinste sie an.

»Hey Lou, ich habe im ›Brösel‹ auf dich gewartet. Du bist nicht gekommen. Ich konnte dich nicht erreichen. Da dachte ich, wenn der Prophet nicht zum Berg kommt …«

Scheiße! Lou spürte, wie sie rot wurde. Ihr Date mit Beck hatte sie total vergessen. Wie konnte sie es vergessen, wenn sie angeblich etwas für ihn empfand? War das ein weiteres Zeichen dafür, die Kontrolle zu verlieren? Sie war armselig. Sie mochte sich immer weniger und es tat ihr leid, Beck in ihr chaotisches Leben gezogen zu haben.

»Oh Mann, Beck. Es tut mir leid. Heute war ein echt mieser Tag und mir war nicht bewusst, dass heute schon heute ist. Also, ich hab dran gedacht, dass wir uns verabredet hatten, aber bin mit den Tagen durcheinander gekommen.«

Lou nahm wahr, wie Becks Blick sich verhärtete. Mist, er schien ernsthaft sauer zu sein. Sie wollte noch mal ansetzen, um sich zu erklären, da bemerkte sie, dass Beck nicht sie so kalt anblickte, sondern über ihre Schulter schaute. Sie drehte sich um und sah, wie Patrick hinter ihr aufgetaucht war. Das konnte doch nicht wahr sein! Was sollte Beck jetzt über sie denken? Ihr rutschte das Herz in die Hose. Sie fühlte sich schuldig und wusste nicht, wie sie aus dieser Situation rauskommen sollte.

Während sie noch darum bemüht war, die richtigen Worte zu finden, sah sie, wie beide Männer sich böse anstarrten. War das hier so was wie ein Revierkampf? Sie musste etwas sagen. Die Männer sahen aus, als würden sie gleich aufeinander losgehen.

»Ähm Patrick das ist Beck, ein Freund von mir, den ich heute aus Versehen versetzt habe. Beck, das ist mein Nachbar Patrick, der rübergekommen ist, um mich von einem extrem miesen Tag abzulenken. Ja, äh, also es tut mir leid. Ich habe sozusagen Mist gebaut. Es geht mir nicht besonders gut.«

Beck starrte Patrick an und presste hervor: »Du hast hier nichts zu suchen! Verpiss dich auf der Stelle, sonst zerleg ich dich.«

Patrick schob sich an Lou vorbei.

»Ich glaube, ich sollte jetzt besser gehen. War schön heute, Louisa.« Er lächelte sie an.

Beck gab die Tür nicht frei und rempelte Patrick mit seiner Schulter an, während der sich an ihm vorbeidrückte.

Becks Stimme klang scharf. Er ließ ihren Nachbarn nicht aus den Augen. »Besser, du trittst mir nicht mehr unter die Augen und lass deine Finger von ihr. Verstanden?«

Patricks Stimme klang freundlich, während er auf dem Weg zu seinem eigenen Haus war. »Ja. War mir ein Vergnügen … Beck, richtig?«

Becks Blick verfinsterte sich noch mehr.

Lou verstand Becks heftige Reaktion nicht. Klar, er war sauer. Müsste er nicht eher auf sie sauer sein? Was sollte dieses Reviergehabe?

Sie hüstelte, um Becks Aufmerksamkeit auf sich zu lenken.

»Möchtest du hereinkommen?«

Schweigend trat Beck ein.

Die Stimmung war unangenehm. Hier lernte sie gerade eine andere Seite von ihm kennen. Wo war der gut gelaunte, lustige Beck hin? Er klang jetzt, als presse er die Wörter zwischen zusammengebissenen Zähnen hervor.

»Du machst einen großen Fehler, Lou. Halt dich von ihm fern.«

Was sollte das denn bitte heißen? Oh Gott, war Beck ein Psycho, versteckt hinter einer tollen Fassade? Wollte er ihr drohen? Verwirrt schaute sie in sein starres Gesicht. Kein Funken Wärme war in seinen Augen zu finden.

»Ich weiß nicht genau, was dein Problem ist Beck. Es war mies von mir, dich zu versetzen. Da hast du absolut recht. Aber ich habe es nicht absichtlich getan. Ich hatte heute einen schlimmen Tag und weiß nicht genau, was mit mir los ist. Patrick ist rübergekommen, weil ich nicht allein sein wollte. Er ist mein Nachbar und wir haben einen guten Kontakt. Mehr ist da nicht.«

Lou dachte an die vielen Momente, in denen sie auf Patrick reagierte.

Es war etwas komplett anderes als das, was sie bei Beck empfand. Beck weckte eine Sehnsucht in ihr, ihn mit all seinen Facetten kennenlernen zu wollen. Sich ihm zu öffnen und glückliche Tage und Nächte mit ihm zu erleben. Lou verschränkte ihre Arme vor der Brust. Warum sagte er denn nichts?

Beck schnaubte. »Stell den Kontakt ein. Bitte, Lou. Ich meine es ernst.« Sein Blick war nicht mehr eisig, doch er strahlte eine Härte aus, die Lou einschüchterte. Sie standen in der Diele herum wie an einer Haltestelle, an der ein heftiger, kalter Wind wehte.

Lou sprach leise und freundlich, als wollte sie einen kampfbereiten Grizzly nicht provozieren.

»Vielleicht sollten wir uns ein anderes Mal darüber unterhalten. Ich kann das Missverständnis bestimmt aus der Welt räumen, aber jetzt glaube ich, bist du zu aufgebracht.«

Als erwachte Beck aus einer Trance, wurde sein Blick sanfter, seine Miene weniger starr und er lächelte. Er strich Lou eine Haarsträhne hinter ihr Ohr.

»Süß mit den Tüchern, die du immer in deinem Haar trägst. Ich mag das.«

Er brachte sie durcheinander. Waren alle um sie herum verrückt geworden? Diesen Stimmungswechsel konnte sie nicht einordnen.

Sie verabschiedete sich von Beck. Sie hatte über vieles nachzudenken.

Bei Arbeit war die Hölle los. Es gab solche Tage, an denen die Bewohner besonders unruhig waren, ständig das Telefon klingelte, weil Angehörige, Ärzte, Physiotherapeuten und andere pausenlos anriefen. Lou versuchte den Druck wegzuatmen, der sich in ihrem Brustkorb ausbreitete. Sie war dabei, die Medikamente für die Mittagszeit vorzubereiten, als sie Ben sah, wie der sie wieder mit seinem Taschenspiegel beobachtete.

Lou konnte fast hören, wie in ihrem Inneren ein Schalter umgelegt wurde. Ihre Bauchmuskulatur spannte sich an, ihre Schultern wanderten zu ihren Ohren und sie atmete flach. Hitze schoss ihr in den Kopf. Es reichte ihr. Sie hatte ein für alle Mal genug. Sie baute sich vor Ben auf und bemühte sich, ihn nicht anzuschreien. Ihr ganzer Körper stand unter Spannung.

»Sag mal, merkst du eigentlich, wie krank du dich verhältst? Wenn du noch einmal mich oder irgendwen mit deinem Taschenspiegel beobachtest, melde ich dich bei der Chefin. Das ist Belästigung. Und hör mit deinen kranken Anrufen auf. Lass mich einfach in Ruhe. Hast du verstanden?« Sie zischte die Worte zwischen zusammengebissenen Zähnen hervor.

Schwer atmend wartete sie auf eine Reaktion von Ben. Er saß mit runden Schultern auf seinem Stuhl und starrte geradeaus. Lou konnte nicht sagen, ob sie zu ihm durchgedrungen war.

Kopfschüttelnd wandte sie sich ab. Sie hatte ihr Pulver verschossen. Der Sturm in ihrem Inneren beruhigte sich wieder. Sie sollte einfach versuchen, ihren Arbeitstag irgendwie durchzustehen. Ihre Hände zitterten, als sie weiter die Medikamente richtete.

»Was ist los mit dir?«, fragte Ben plötzlich.

Lou drehte sich zu ihm herum. Er hatte sich auf seinem Stuhl gedreht, schaute sie jedoch nicht an, sondern blickte auf den Boden.

»Ich möchte nicht mehr gestalkt werden. Das ist los mit mir. Vielleicht sollte ich eher fragen, was los mit dir ist?«

Ben zog die Augenbrauen zusammen.

In Lou ballte sich erneut Wut zusammen. Warum sagte er nichts? Herrje, zu feige, um sich ihr zu stellen? Sie ging auf ihn zu. Sie hätte sich nicht gewundert, wenn Blitze aus ihren Augen schießen würden.

»So wortkarg? Wie am Telefon auch immer? Weißt du, was du bist? Du bist ein perverser, feiger Freak.«

Sie stand vor ihm und blickte auf ihn hinab. Sie sah, wie sein Adamsapfel beim Schlucken hoch und wieder runterhüpfte. Tränen sammelten sich in seinen Augen. Lou traf die Erkenntnis wie eine

Ohrfeige. Sie hatte den ganzen Druck und ihre Wut an Ben ausgelassen. Sie konnte doch gar nicht wissen, ob er ihr Stalker war.

»Ben, es tut mir leid. Ich stehe total unter Stress und ich … also, es tut mir leid. Wirklich.«

Ben nickte und wirkte niedergeschlagen.

»Was ist denn los?« Er schaute auf den Boden.

»Was? Ich, na ja, ich hab gerade ein paar Probleme.«

Schweigen breitete sich aus. Na los, das ist deine Chance, beschwor sie sich. Frag ihn. Frag ihn ganz direkt.

»Ich frage mich oder eher dich, also … ich habe einen Stalker und will wissen, ob du es bist.« Puh. Nun war es raus.

Ben starrte sie an. Wenn er so starrte, hatte er Glupschaugen. Sie traten tatsächlich etwas aus den Höhlen hervor. Lou schluckte. Himmel, war das eine unangenehme Situation. Feuchtigkeit breitete sich unter ihren Achseln aus.

Er zog die Augenbrauen zusammen. »Du hast einen Stalker.«

»Richtig.«

»Du denkst, dass ich es bin.«

»Na ja, manchmal. Ich weiß nicht …«

»Was macht er, der Stalker?« Monotone Stimme, starres Gesicht. Sie konnte Ben nicht lesen.

»Er ruft mich an. Immer wieder. Am Tag und in der Nacht. Er hinterlässt Nachrichten und Blumen und so.«

Mit leicht verengten Augen beobachtete Lou jede Regung in Bens Gesicht. Er, der so schnell schwitzte und zu verunsichern war, zeigte keine Anzeichen von Nervosität.

»Seit wann.«

»Seit ein paar Wochen.«

»Das ist gefährlich. Wie kommst du damit klar?«

Plötzlich traten Lou Tränen in die Augen. Sie schluchzte einmal auf und versuchte, sich wieder zusammenzureißen. Warum warf sie diese simple Frage so aus dem Gleichgewicht? Ben saß schweigend da. Lou schüttelte den Kopf.

»Ich, ich komme nicht gut damit klar. Manchmal bin ich so wütend, dass es mir Angst macht. Ich weiß nicht, was noch passieren wird. Ich frage mich ständig, warum der, der mich belästigt, sich nicht zu erkennen gibt.«

Lou schnäuzte sich laut in ein Taschentuch.

»Vielleicht hat er Angst. Vielleicht mag er es, wenn du Angst hast.«

Mit großen Augen blickte sie Ben an.

»Äh, Ben? Hast du damit zu tun oder nicht?«

Bens blasses Gesicht wirkte ernst.

»Nein. Ich möchte helfen.«

»Wie solltest du?« Lou seufzte. »Ich geh wieder an die Arbeit.« Sie nickte Ben zu und kümmerte sich um die Medikamente. Glaubte sie Ben? In diesem Moment eigentlich schon.

Zwei Mal wurde sie bei der Arbeit angerufen, ohne dass sich jemand meldete. Sie wartete mittlerweile gar nicht lang ab, sondern drückte den Anrufer weg, wenn es still in der Leitung war. Es war möglich, dass Ben für die Anrufe verantwortlich war. Beide Male war er nicht in ihrer Nähe gewesen. Sie dachte über sein Verhalten nach. Er hatte ihr ein offenes Ohr angeboten, obwohl sie ihn gerade verletzt hatte. Das war entweder nett oder gehörte zu seiner Stalkermasche.

Kapitel 9

Während ihr Laptop hochfuhr, genoss Lou die warme Nachmittagssonne auf ihrer Terrasse. Nach einem stressigen Arbeitstag war es eine Wohltat, die Beine hochzulegen. Ihre Füße taten aber auch weh.

Lou hatte sich dazu entschieden, Informationen über Stalking zu sammeln, doch ihre Gedanken schweiften ab. Heute war ihre neue SIM-Karte angekommen, die sie sofort eingelegt und aktiviert hatte. Die neue Nummer hatten nur ihren Freundinnen, Paul, Beck und ihrer Mutter bekommen. Sie musste sich nur noch überlegen, wie sie für ihre Arbeitsstelle weiter erreichbar blieb.

Sie beobachtete eine haarige Raupe, die auf einem Brennnesselblatt lag. Sie beide suchten augenscheinlich etwas Ruhe, bevor der nächste Kampf begann.

»Es gibt ihn.« Lou wandte sich an die Raupe. »Der Irre existiert. Könnte es jemand sein, der Rache nehmen will, für irgendetwas, das ich getan habe?«

Weder antwortete die Raupe, noch rührte sie sich.

Sie machte sich an die Arbeit. Im Internet fand sie etliches über Stalking-Fälle, über Opferschutz und Verhalten im Stalkingfall. Sie versuchte, das Gelesene auf ihre eigene Situation zu übertragen. Mit einem kurzen Blick vergewisserte sie sich, ob die Raupe zuhörte. Zumindest war sie noch nicht weggekrochen.

»Okay, hier steht, es gäbe vier Hauptgruppen, in die sich Stalker einteilen lassen. Der Ex-Beziehungsstalker kommt in meiner Situation nicht infrage. Mein Ex wohnt in einem anderen Land. Es gibt den sadistischen Stalker. Uh. Gruselig. Er will Kontrolle über sein Opfer ausüben und betrachtet es als seine Beute. Seine Beute soll geschwächt werden, während seine Macht immer weiter steigt. Familienmitglieder und Freunde werden mit einbezogen. Physische Gewalt ist keine Seltenheit. Sadistische Stalker sind sehr gefährlich. Mann oh, Mann. Den Stalkertyp stell ich zurück oder was meinst du?«

Die Raupe gab ihre Zustimmung, indem sie nicht widersprach.

»Okay, weiter. Der Liebe suchende Stalker will seinem Liebesobjekt nicht schaden. Das klingt doch schon mal beruhigend. Die Geliebte ist in seinen Gedanken allgegenwärtig. Seine Fantasie ist romantisch und positiv geprägt. Seine Nachrichten und Geschenke schüchtern sein Opfer jedoch ein. Check! Das passt. Er wünscht sich eine Beziehung mit dem Opfer und verkennt die Realität und geht in seinem Liebeswahn davon aus, sein Opfer liebe ihn. Personen, die dem Stalkingopfer nahe stehen, sind in Gefahr, wenn der Stalker der Meinung ist, sie würden ihrer gemeinsamen Liebe im Wege stehen. Das Opfer selbst kann zum Hassobjekt werden, wenn der Stalker realisiert, dass seine Liebe niemals in der Realität umzusetzen ist.« Lou guckte hoch und ließ die Worte auf sich wirken.

»Der wahnhaft fixierte Stalker. Hier gibt es den gefährlichen Typ und den weniger gefährlichen Typ. Der gefährliche hat oftmals eine schizophrene Störung und weist überwiegend eine Vergangenheit auf, in der sich unangemessenes sexuelles Verhalten zeigte.«

Lou unterbrach sich und blickte zu ihrer Freundin, der Raupe. »Igitt. Was ist damit gemeint? Onanieren in der Öffentlichkeit? Irgendein Fetisch? Übergriffe? Es geht weiter. Der weniger gefährliche Stalker, lässt sich nicht von der Überzeugung abbringen, er hätte bereits eine Beziehung mit dem Opfer. Er droht nicht und lebt voller Überzeugung in seinem Wahn. Unstimmigkeiten, die er am Rande seiner Wahrnehmung registriert, überspielt er einfach. Vernünftigen Argumenten ist er nicht zugänglich. Hört sich alles schlimm an. So eine Kacke.«

Lou dachte nach. Was sie am schlimmsten fand: sich so isoliert zu fühlen. Da draußen lauerte jemand, den sie nicht sehen konnte. Etwas passierte im Hintergrund und sie konnte keinen Einfluss darauf nehmen. Ihre Freunde hielten sie für verrückt und sie zweifelte, an ihrem Verstand. Dann gab es da zwei Männer in ihrem Leben, die sie wahrscheinlich vergrault hatte, indem sie sich nicht auf einen einzigen konzentrierte.

Lou wünschte sich eine Glaskugel, um zu erfahren, was als Nächstes geschehen würde. Vielleicht wäre sie dann in der Lage, adäquat darauf reagieren zu können. Sie merkte, ihre Gedanken führten zu nichts und konzentrierte sich darauf, was sie in Erfahrung gebracht hatte. Lou setzte sich aufrechter hin.

»Okay, gehen wir es logisch an. Von den vier Stalking-Typen kommt der wahnhafte Stalker infrage und der Stalker, der sich Liebe wünscht. Ich glaube, ich habe es eher mit dem Liebesstalker zu tun oder wie immer man ihn nennen will. Oder, Raupi?«

Die Raupe konnte ihr nicht weiterhelfen.

Lou klickte weitere Seiten an. »Ha! Das hier ist interessant. Der Stalker möchte immer in Verbindung mit seinem Opfer sein. Deshalb versucht er mit vielen Botschaften, Nachrichten, Briefen und so weiter, dem Opfer näher zu sein.«

Sie blickte die bewegungslose Raupe an. »Die vielen Anrufe. Darum hat er das getan. Er lebt in einer Fantasiewelt. Und wenn er den Kontakt am Laufen hält, ohne sich direkt zu offenbaren, fällt es ihm leichter, seine Scheinwelt aufrechtzuerhalten.«

Kurz dachte Lou daran, dass es ihr ähnlich mit Beck gegangen war. Wer weiß? Hatte sie auch eine Tendenz zum Stalking?

Lou beugte sich vor. »Hallo? Ist alles klar bei dir?« Sie fand es nun doch merkwürdig, dass die Raupe sich nicht bewegte oder fraß. Sie stand auf und stupste sie mit dem Finger an. Die Raupe rutschte vom Blatt und blieb auf dem Boden liegen. Traurig blickte Lou sie an. Sie hatte die ganze Zeit mit einer Raupenleiche gesprochen.

Ihr schossen Tränen in die Augen. Sie weinte und schluchzte. Sie setzte sich auf den Boden, den Oberkörper nach vorn gebeugt, mit den Armen ihren Körper umschlingend. Die Raupe würde niemals ein schöner Schmetterling werden. Sie hatte das Gefühl, das war ein schreckliches Omen für sie.

Ihre Energie war verbraucht. »Was soll ich denn jetzt tun?« Es antwortete ihr nur die Stille ihres Häuschens.

Müde klickte sie sich nach einer Weile weiter durch verschiedene Homepages. Sie las die Informationen auf einer Seite für Stalking-Opfer. Dort stand, sie müsste dem Stalker deutlich sagen, dass kein Kontakt erwünscht ist. Sie schaute auf. Dafür müsste sie erst wissen, wer es ist! Betroffene sollen nicht reagieren. Nachdem sie dem Stalker gesagt haben, sie wollen nichts mehr von ihm hören – am besten vor Zeugen – sollen sie weder auf Anrufe noch auf Botschaften reagieren. Sie sollen keine Geschenke annehmen und alle Orte meiden, an denen sie auf den Stalker treffen könnten.

Lou schnaubte abfällig. Na klar. Kein Problem. Ich halte mich ab jetzt von dem unsichtbaren Mann fern. Nichts leichter als das.

Das Stalking sollte dem Täter erschwert werden. Ändern der Telefonnummer, alle im Umfeld informieren, keine Auskünfte an andere zu geben, Anbringen von Alarmanlagen und andere Sicherheitsmaßnahmen. Zur Not sollte der Arbeitsplatz oder der Wohnort gewechselt werden.

Lou riss ihre Augen auf. Was? Die Opfer hatten doch nichts getan! Und sie sollten im Notfall gezwungen werden, ihr ganzes Leben auf den Kopf zu stellen? Das war unfair! Man sah doch ständig im Fernsehen, dass ein Stalker, der es ernst meinte, sowieso herausbekam, wo man untergetaucht war. Lou atmete tief durch, um sich zu beruhigen. Im Grunde genommen betraf sie dieser Punkt ja nicht. Sie konnte sich nicht vorstellen, zu solch drastischen Maßnahmen gezwungen zu sein.

Alles dokumentieren. Jede Kontaktaufnahme, mit Datum und Uhrzeit, eventuelle Zeugen, jede Postsendung, jedes Geschenk, alles, was der Stalker macht, sollte erfasst werden. Das klang logisch.

Unterstützung suchen.

Lou schnürte sich die Kehle zu. Patrick und Beck musste sie heraushalten. Die Dreieckskonstellation war unglücklich genug, da wollte sie es nicht noch komplizierter machen, indem sie von ihrem Stalker erzählte. Sie würden wahrscheinlich nur denken, sie wolle sich interessant machen. Nein, der Zug war abgefahren. Wenn, dann hätte sie es von Anfang an erzählen müssen.

Vor Schuldgefühlen schmerzte ihr der Bauch, als sie ihr Handy nahm, um Beck eine Nachricht zu schreiben. Sie hatte Angst, er würde sie ignorieren. Sie entschuldigte sich noch mal dafür, ihn versetzt zu haben, und fragte, ob sie am nächsten Tag ihr Treffen nachholen könnten. Zu ihrer Erleichterung antwortete Beck und war einverstanden.

Lou war erschöpft. Sie wollte sich später alles noch mal in Ruhe durchlesen. Sich über ihre Gefühle klar werden und anfangen, alles zu dokumentieren, was bisher geschehen war. Was gäbe sie dafür, jetzt woanders zu sein! Wie gern würde sie weglaufen! Irgendwohin, wo es sicher war und sie alles vergessen könnte. Wäre, wenn sie zurückkam, alles in Ordnung? Sie träumte sich an einen anderen Ort und das erfüllte sie für eine kurze Zeit mit Ruhe.

Heute war es so weit. Sie hatte ihr erstes Date mit Beck. Sie hatte sich ein Sommerkleid angezogen, das ihr bis zu den Knöcheln reichte und sich besonders Mühe gegeben, ihre bernsteinfarbenen Augen zu betonen. Ihre dicken, welligen Haare hatte sie zu einem hohen Zopf gebunden. Sie packte Getränke und Snacks ein. Sie wusste nicht, wie lange sie unterwegs sein würden und wollte auf Nummer sichergehen. Sie griff sich ihren Schlüssel und machte sich auf den Weg zum Treffpunkt.

Als sie auf dem Waldparkplatz Silberbachtal parkte, sah sie Beck auf sich warten. Himmel, sah er attraktiv aus. Er überragte sie um mehr als einen Kopf, hatte breite Schultern und einen kräftigen Brustkorb. Sie schmolz dahin. Er strich sich die dunklen Haare aus dem Gesicht und lächelte, als er sie sah. Lou versuchte, bewusst mehr Sauerstoff in ihre Lungen zu ziehen, da ihr das Atmen schwer fiel.

»Hey, Lou, du bist gekommen!« Beck schaute sie mit schief gelegtem Kopf an. »Ich war mir echt nicht sicher.«

Lou zuckte mit einer Schulter und versuchte, ihre Nervosität und ihr schlechtes Gewissen zu überspielen. »Na ja, ich hatte vor, dich zu versetzen. Weißt du, ich war grad in der Nähe und da dachte ich mir, so schlimm wird es schon nicht werden, also bin ich gekommen.«

»Da hab ich ja wirklich Glück gehabt.« Er grinste.

Lou grinste zurück. Ihr Gesicht musste die Farbe eines Sonnenbrandes haben. Du liebe Güte! Sie flirtete mit Beck. Sie durfte es nicht versauen.

»Sollen wir gehen?« Lou deutete auf den Anfang des Rundwanderweges. Sie versuchte, ihre Aufregung zu ignorieren plus den Schweißausbruch, der ihr zu schaffen machte. Ihre Brust begann wie verrückt zu jucken. Sie brauchte Bewegung, sonst würde sie vor lauter nervöser Energie entweder umfallen oder auf den Parkplatz kotzen. Beides, dachte sie, käme nicht so gut an.

»Klar.«

Sie gingen ein Stück durch den großen, duftenden Wald. Es war angenehm warm, die Luft war erfüllt mit Vogelgezwitscher und dem Brummen der Insekten. Andere Naturliebhaber betraten mit ihnen den Naturpark, andere waren auf dem Rückweg. Zielstrebig ging Beck auf einen schmalen Weg zu, der vom Hauptweg abzweigte. Der sah verzaubert aus. Wurzeln überzogen den Boden, kleine Felsen ragten hier und da aus der Erde und unzählige Buchen säumten den Pfad. Er nahm ihre Hand und zog sie mit sich.

»Komm, hier ist weniger los. Zu viele Menschen machen mich nervös.«

»Mich auch.« Lou konnte nicht mehr aufhören zu lächeln. Oh, Mann, er war der Hammer! Und er hielt ihre Hand. Sie konnte den Blick nicht von ihren ineinander verflochtenen Händen lösen. Sie schwärmte seit so langer Zeit für Beck, es erschien ihr unwirklich, neben ihm her zu schlendern und seine Hand zu halten. Momentan waren ihre Ängste vergessen. Sowohl die bezüglich ihres Stalkers und ebenso die über ihre

Unzulänglichkeit.

Nach und nach trafen sie auf weniger Menschen auf ihrem Weg. Nicht weit entfernt, hörten sie den Silberbach rauschen. Lou überlegte, ob es clever wäre, den vorigen Abend anzusprechen. Sie hatte das Gefühl, sie würde sonst immer darüber nachdenken müssen, ob Beck nicht doch ein Aggressionsproblem hatte. Sie kannte es nicht, dass man Streit und Zwistigkeiten mit Gewalt begegnete. Konnte man nicht über alles reden?

»Beck, wegen gestern. Warum bist du so wütend geworden? Du kennst Patrick doch nicht.«

»Ich …« Beck zögerte. Er schüttelte den Kopf. »Tut mir leid. Da ist was bei mir hochgekommen. Es scheint Menschen zu geben, die mich mit ihrer Anwesenheit zur Weißglut treiben können.« Er guckte zu ihr herüber, als er sie schnauben hörte.

»Hey, Lou, ich bin bisher kaum solchen Menschen begegnet. Vielleicht zwei oder drei Mal, in über dreißig Jahren. Mach dir keine Sorgen, okay? Trotzdem nehme ich es mir heraus, dir zu sagen, dass du mit Patrick ganz vorsichtig sein musst.«

»Komisch, das Gleiche hat er über dich gesagt. Ihr beide macht euch zu viele Sorgen. Ich bin nicht eure Schwester, deren Ehre ihr verteidigen müsst.«

»Zum Glück! Im Ernst. Konzentriere dich lieber auf mich als auf ihn.«

Sie lächelten sich an.

Nach einer Weile sagte Beck: »Erzähl mir die Geschichte, über deine Freundschaft zu Jenny, Marla und Paul. Seit wann kennt ihr euch? Und wie habt ihr euch kennengelernt?«

Lou konnte nicht aufhören zu lächeln, seitdem Beck ihre Hand genommen hatte.

»Zuerst war ich mit Jen befreundet. Wir gingen zusammen in dieselbe Klasse der Grundschule. Sie war schon damals eher ernst und lachte nie. Sie war längst nicht so redselig wie ich. Ich fand sie total cool und geheimnisvoll. Sie war anders als die anderen Mädchen in unserer Klasse. Heute glaube ich, wir beide spürten, dass uns etwas verbindet. Ich fragte sie eines Tages, ob sie nicht Lust hätte, am nächsten Tag nach der Schule zum Spielen mit zu mir zu kommen. Ich weiß noch bis heute, wie sie da stand, mich ernst anblickte und lange Zeit nichts sagte. Sie nannte ihre Bedingung. Ihr großer Bruder müsste mitkommen. Ich fand das komisch. Aber ich wollte keinen Rückzieher machen. Also stimmte ich zu. Wir drei verstanden uns richtig gut und mit der Zeit, trafen wir uns häufiger. Ich hatte den Eindruck, Jens Bruder wäre ihr Aufpasser. Das störte mich nicht. Ich fand ihn richtig nett. Er behandelte uns nicht von oben herab, wie manche älteren Brüder es tun. Aber ich durfte nie mit zu ihnen nach Hause gehen.«

Lou schaute zu Beck und fragte leise »Kennst du Pauls Vergangenheit?« Sie wollte nicht indiskret sein und die katastrophale Familiengeschichte der beiden ausplaudern.

Beck nickte. »Ich weiß Bescheid. Paul hat es mir erzählt.«

Beruhigt nickte Lou. »Ich erfuhr erst viel später davon, was bei ihnen zu Hause abging. Auf der weiterführenden Schule konnte Jen ihre Blutergüsse und Platzwunden nicht immer verstecken. Es war mittlerweile normal, dass beide meist bei uns zu Hause waren. Egal, wie schwierig meine Mutter war und immer noch ist. Meine Eltern hießen sie immer willkommen. Sie fragten nie nach, wenn sie Verletzungen bei Jen oder Paul sahen. Zwei Jahre vor unserem Abschluss stieß Marla zu uns. Wir mochten sie sofort. Sie war so fröhlich und offen, obwohl sie es nicht leicht hatte. Sie war allein von Mexiko nach Deutschland gezogen. Hier wohnte sie bei einer Tante, die schon ein paar Jahre hier lebte. Das musst du dir mal vorstellen! Ganz allein auf einen anderen Kontinent zu ziehen. Das ist so krass. Vorher hatte sie intensiv unsere Sprache gelernt und konnte fließend Deutsch, als sie in unsere Klasse kam. Na ja, um es kurz zu machen, wir waren ein Vierergespann. Nachdem ihre Mutter gestorben war, waren Jen und Paul mal bei Marla und ihrer Tante und mal bei uns zu Hause. So hatten sie immer einen Unterschlupf, wenn es mit ihrem Vater zu heftig wurde. Genauso wie ich willkommen war, als beide ausgezogen waren und ich Probleme mit meiner Mutter hatte. Uns verbindet viel. Und das seit langer Zeit. Ich bin so froh, die besten Freunde der Welt zu haben. Wir sind immer füreinander da.«

Kurz hatte Lou den Drang, Beck doch von ihrer Situation mit dem Stalker zu erzählen. Er war ein verdammt guter Zuhörer. Nein, das würde sie nicht tun. Was dachte sie sich denn? Es war ihr erstes richtiges Date. Sie würde ihn schneller los sein, als sie ›Stalker‹ sagen konnte. Wer hatte Lust, sich mit den Problemen einer unbekannten Frau herumzuschlagen? Richtig, niemand. So schwieg sie darüber.

»Und jetzt du. Wie war es in Irland und was hast du dort gemacht?«

Beck lächelte. »Irland war überwältigend. Die Menschen sind unglaublich gastfreundlich. Die vielen ländlichen Gegenden, die Tiere, die Klippen, das Meer, ich war von allem begeistert. Schon während meines Studiums hier habe ich mich dazu entschlossen, eine Weile in Irland zu wohnen. Ich habe dort als Aushilfe in einer Schreinerei gearbeitet und war oft den ganzen Tag an der frischen Luft. Hauptsächlich habe ich Zäune ausgebessert. Das hat mir wirklich Spaß gemacht. Ich hatte aber vor, auch irgendwann wieder zurückzukommen. Paul hatte dann die Idee, ich könnte mich zum Automechaniker ausbilden lassen. Er hatte schon mit seinem Chef gesprochen und der war einverstanden, mir nach der Ausbildung einen Job zu geben. Jetzt arbeiten wir zusammen und ich habe es nicht bereut.«

Sie unterhielten sich über alles Mögliche und tauschten Anekdoten über ihre Freunde aus. Sie gingen am Silberbach entlang, der, von Bäumen und Tannen gesäumt, in der Sonne glitzerte. Er plätscherte über moosbewachsene Steine und bald kamen sie an eine Stelle, an der sie sich hinsetzen wollten.

»Oh, Mann, ist das schön!«, rief Lou aus und warf ihre Tasche ab. »Lass uns hierbleiben, ja?«

»Okay.«

Sie setzten sich und Lou nahm für jeden eine Cola aus ihrer Tasche.

»Wow, ich bin beeindruckt. Danke.« Beck stieß mit ihr an und beide tranken, den Rücken an einen großen, runden Stein gelehnt, die Beine von sich gestreckt und zufrieden schweigend.

»Wie stehst du zu deiner Familie, Beck?«

»Oh, ich liebe meine Eltern und meine Eltern lieben sich und das seit fünfundzwanzig Jahren. Und mich lieben sie seit einunddreißig Jahren. Ich habe wirklich Glück gehabt. Wie ist es bei dir?«

Beck nahm ihre Hand. Lou ließ es zu.

Lou seufzte lange. »Wo soll ich da anfangen? Meine Mutter und ich standen uns nie sonderlich nahe. Mit meinem Vater verstand ich mich immer viel besser. Und nachdem er vor vier Jahren gestorben ist, ist das Verhältnis zu meiner Mutter noch schwieriger geworden. Ich kann ihr nie etwas recht machen. Sie hat einfach ständig was an mir auszusetzen. Na ja, seit dem Tod meines Vaters hängt sie der tibetischen Konstitutionslehre an.«

Lou hob die Hand »Du brauchst nicht zu fragen, was das bedeutet, ich verstehe davon nichts. Es hat was mit Energieflüssen, den Elementen und den Körpersäften zu tun oder so. Auf jeden Fall hat sie einen Guru, der Yeshi heißt und den sie bei allem um Rat fragt. Er …«

»Warte. Deine Mutter hat einen Guru? Und der heißt Yeshi? Wie cool ist das denn? Ich muss Yeshi auf jeden Fall kennenlernen. Mein Kumpel Yeshi und ich. Jep, hört sich gut an. Irgendwie kann ich nicht aufhören, Yeshi zu sagen. Meinst du, Yeshi würde mich mögen?«

Lou lachte. Sie schaute zu Beck und sah, wie freundlich und ausdrucksstark sein Gesicht war. Sein Lächeln sah aus, als wäre er zu jeder Menge Streichen aufgelegt.

»Yeshi wäre begeistert von dir. Hast du eigentlich Geschwister?«

Beck griff nach drei Mandarinen aus Lous Rucksack und fing an, mit ihnen zu jonglieren. Einhändig. Die andere Hand hielt Lous.

»Ich hab keine Geschwister.«

Lou neigte sich ihm unbewusst entgegen. Die wunderschöne Umgebung, die Geräusche der Natur und seine tiefe Stimme woben sie ein, in ein Gefühl der Geborgenheit. Sie war sich sicher, genau jetzt und genau hier an der richtigen Stelle zu sein.

Lou beobachtete, wie Beck jonglierte und bemerkte, eine kleine Narbe an seinem Handrücken. Sie strich darüber und die Mandarinen landeten auf dem Boden.

Lou lachte. Sie fragte: »Woher hast du diese Narbe?«

Beck grinste. »Kleiner Unfall beim Autoscooterfahren. Ich war vierzehn und wollte lässig den Arm raushängen lassen und nur mit einer Hand steuern. Kommt bei Mädchen extrem gut an. Dachte ich. Bis ich voll gerammt wurde und an meiner Hand die Haut ein Stück abgerissen wurde. Frag mich nicht, wie genau, ich habe dieses Rätsel nie lösen können. Tapfer wie ein Soldat nach der Schlacht, wankte ich hoch erhobenen Hauptes, heulend und blutend vom Schlachtfeld.«

»Au weia. Mir ist als Kind auch ständig was passiert. Auf einer Hüpfburg bekam ich jedes Mal Nasenbluten, weil immer ein Ellenbogen in meinem Gesicht landete. Beim Trampolinspringen bin ich so hoch gejumpt, wie es ging, nur leider neben dem Trampolin auf dem Betonboden gelandet. Rücken zuerst. Ich dachte, ich könnte nie wieder Luft holen. Echt fies.«

»Uuuuuuh. Bei der Story steht es jetzt eins zu eins. Normalerweise liege ich immer in Führung, wenn ich von den vielen, unzähligen Narben erzähle, die die Geschichte widerspiegeln, wie ich zum Mann geworden bin.«

Lou lachte. Sie schwiegen eine Weile und tranken ihre Cola. Immer noch hielten sie sich an den Händen. Neben ihnen krabbelte eine Ameisenkolonie zielstrebig, wie in einer Polonaise ihrem Ziel entgegen.

Lou deutete auf die Ameisen. »Wusstest du eigentlich, dass ich Ameisenschutzbeauftragte bin?«

Beck lachte auf. »Was? Wie wird man so was?« Er grinste.

»Na ja, ich war mit meinen Freunden bei einem Straßenfest. Und da war dieser Stand, der sich um den Schutz der gemeinen Waldameise kümmerte. Das fand ich toll und trug mich ein. Ich habe sogar einen Button bekommen.«

Beck ließ sich auf den Rücken fallen vor Lachen. Lou hielt ihren Atem an, so schön sah er in diesem Moment aus.

Gott, sie war verliebt! Die starke Sehnsucht, die von ihrem Brustraum auszugehen schien, erschreckte sie und sofort aktivierte sie alle inneren Sicherheitssysteme. Sie setzte sich aufrecht hin, zog ihre Hand aus seiner und redete sich ein, das Richtige zu tun. So schön es immer anfing, es endete doch in Tränen und einem gebrochenen Herzen. Sie glaubte zu spüren, dass er ihr Zusammensein genoss. Und sie hatte seinen Blick registriert, als sie ihm ihre Hand entzog. Ihr ging es um mehr. Sie wollte nicht mehr diejenige sein, die mehr liebte, die mehr gab und die der einzige Motor einer Beziehung war, während der andere sich bequem zurücklehnte. Sie war überzeugt davon, es würde genau so kommen.

Der Tag war so schön. Warum schwappte Traurigkeit über Lou zusammen? Um sich nicht darin zu verlieren und um irgendetwas zu sagen, fragte sie, ob sie sich auf den Rückweg machen sollten. Als Beck zustimmte, ärgerte sie sich über sich. Was war nur los mit ihr? Ihre Laune sank weiter. Sie konnte sich nicht helfen.

Auf dem Rückweg nahm er ihre Hand erneut in seine und das tröstete sie ein wenig. Wie bescheuert sie doch war! Sie war diejenige gewesen, die ihr eigenes Date torpedierte. Er hatte nichts Falsches gemacht. Sie stieß ihn innerlich weg und freute sich doch, wenn er sich einen Schritt näherte, indem er ihre Hand nahm. War es genau das, was sie unbewusst testen wollte? Würde er sich um sie bemühen? Würde er ihre unattraktiven und schlechten Seiten ertragen? Würde er bleiben? Sie gingen langsam weiter, ihre Finger miteinander verflochten. Innerlich seufzte Lou zufrieden. Sie wünschte zu wissen, was sie tun sollte. Sich auf ihre Gefühle einlassen oder Abstand nehmen? Auf dem Parkplatz strich Beck ihr eine Haarsträhne hinter das Ohr.

»Hast du nächstes Wochenende was vor? Wir könnten zusammen essen gehen, wenn du willst.«

Lou wollte mit ihm essen gehen. Ihr Herz schlug schneller bei der Erkenntnis, er wolle sie wiedersehen. Wenn sie sich und ihre Gefühle schützen wollte, sollte sie sich besser nicht weiter mit ihm treffen.

Während sie noch zögerte, sprach Beck weiter »Ich weiß ja nicht, wie du das siehst. Aber jeder muss essen, richtig? Und, na ja, warum sollte man das nicht gemeinsam machen? Wenn es dir lieber wäre, könnten wir an verschiedenen Tischen sitzen. Ich proste dir dann aus der Ferne zu. Du siehst, ich habe alle Gegenargumente ausgehebelt. Im Ernst, Lou. Geh mit mir aus! Oder wir können uns bei dir oder bei mir treffen. Was du besser findest.«

Himmel! Sie mochte diesen Kerl viel zu sehr. Sie nickte und sie verabredeten sich für Freitag, sieben Uhr bei ihr zu Hause.

Kapitel 10

Nachmittags checkte sie zu Hause ihr Handy und die Mailbox. Keine Nachrichten, keine Anrufe. Die neue Nummer hatte sich gelohnt.

Sie setzte sich in die Küche und trank einen Saft. Sie rutschte auf ihrem Stuhl hin und her. Dann stand sie auf und schaute zur Haustür hinaus. Es lag nichts vor der Tür, auch gab es keine neue Nachricht. Sie setzte sich mit ihrem Buch auf die Terrasse und versuchte zu lesen. Ihre Gedanken schweiften ab und sie ließ das Buch sinken. Ihr Häuschen lag nach hinten raus direkt am Waldrand. Sie hatte eine kleine Rasenfläche vor der Terrasse, die durch verschiedene Büsche begrenzt wurde. Dahinter standen die ersten Tannen und Bäume. Langsam wiegten sie sich im Wind. Die Sonne schien Lou auf ihre Beine und sie genoss die Wärme. Was wohl ihr Stalker gerade tat? Hatte er vielleicht Familie und spazierte in diesem Moment fröhlich mit Frau und Kindern durch den Park? Lou seufzte.

Zu Hause fand sie keine Ruhe. Sie verabredete sich mit Jenny. Sie brauchte eine Freundin zum Reden. Sie vermisste die Nähe zu ihren Freunden und hoffte, den Abstand zwischen ihnen überwinden zu können.

Als Lou bei Jenny ankam, beschlossen sie, einen Spaziergang zu machen. Während die beiden durch die angenehme Kühle des Waldes gingen, federten ihre Schritte, auf den von Tannennadeln übersäten Waldboden. Sonnenlicht sprenkelte ihren Weg. In der Ferne war das Plätschern eines kleinen Baches zu hören. Die Luft war erfüllt vom Summen der Insekten und von Vogelgezwitscher. Links und rechts des Weges standen Farne. Bemooste Steine und knorrige Wurzeln verliehen der Umgebung etwas Magisches. Lou konnte sich vorstellen, hier fröhliche Feen und andere Fabelwesen anzutreffen. Es war wunderschön. Lou warf einen Seitenblick auf Jen und sah, dass ihre Freundin sie neugierig anguckte.

»Erzähl. Beck und du wart ein Herz und eine Seele im ›Brösel‹. Und trotzdem lässt du ihn nicht an dich ran. Was ist da los?«

Lou stieß ein Schnauben aus.

»Wir lernen uns doch gerade erst kennen. Da stellt sich die Frage mit dem An-mich-ran-Lassen noch nicht. Wir sind aber heute verabredet.« Lou blickte verträumt in den Himmel.

Jen nickte. »Du bist verliebt!«

Lou schüttelte den Kopf »Bin ich nicht. Verknallt. Ein bisschen.«

»Und was genau ist da der Unterschied?«

Lou klärte sie auf und zählte an den Fingern ab.

»Stufe eins: Du fühlst dich zu jemandem hingezogen. Stufe zwei: Du merkst, dass dein Körper reagiert, wenn du an ihn denkst. Dein vegetatives Nervensystem spielt verrückt. Herzklopfen, Schweißausbrüche, Grummeln im Bauch – so was halt. Das ist Verknalltsein. Stufe drei: Du spürst eine tiefe Verbindung und möchtest alles über den anderen wissen. Du kannst dir eine Zukunft mit ihm vorstellen und wünschst dir nichts sehnlicher, als dass ihr ein ähnliches Denken, ähnliche Wünsche und ein ähnliches Wertesystem habt und kompatibel seid. Das ist Verliebtsein. Und zum Schluss kommt Stufe vier: Das Vertrauen wächst, du fühlst dich sicher und geborgen, du möchtest, dass es ihm gut geht und für dich steht fest: Er ist der eine. Das ist Liebe.«

Jen nickte »Wow. Das klingt einleuchtend. Ich fänd es jedenfalls cool, wenn ihr zusammenkommen würdet.«

Lou lächelte, doch ihr Lächeln verblasste kurz darauf.

»Jen, ich habe ein Problem. Ich weiß nicht, was ich machen soll. Dass Beck und ich uns näher kennengelernt haben, ist echt schön und ich freue mich darüber. Aber da ist ja auch Patrick, den ich mag. Und die Sache mit dem Stalker ist noch nicht zu Ende. Mir ist regelrecht schlecht, wenn ich mich frage, was als Nächstes passiert, ich zittere, und kriege keine Luft. Abends bin ich zwar müde, aber zu nervös, um zu schlafen. Meine Nächte sind der Horror. Heute Nacht saß ich senkrecht im Bett, ohne zu wissen, warum. Obwohl der Irre mich nicht mehr anrufen kann, fühlt es sich trotzdem so an, als wäre er immer da. Ich habe Angst. Ich frage mich die ganze Zeit, was mit mir los ist. Er wird wieder anrufen, ich weiß es. Ich warte immer darauf, dass wieder etwas passiert, und das ist scheiße.«

Jenny fuhr mit ihrer Hand über die Farnwedel, die in den Weg hinein rankten. »Du hast eine neue Nummer. Es ist jetzt alles ruhig. Keine Nachrichten oder Geschenke mehr. Hey, das ist doch super. Da gab es jemanden, der nicht ganz dicht ist, aber er gibt jetzt Ruhe. Du solltest dich jetzt vielleicht lieber wieder auf etwas anderes konzentrieren, sonst machst du dich komplett verrückt.«

Lou blieb ruckartig stehen.

»Ich mach mich verrückt, weil ich auf meine Intuition höre? Ich kann mich nicht einfach auf etwas anderes konzentrieren!«

Jenny seufzte. »Lou, ich weiß nicht, wie ich dir da jetzt helfen soll. Es gibt nun mal im Moment keinen konkreten Gegner, den man bekämpfen könnte.«

»Keinen konkre…« Es hatte keinen Zweck. Jenny verstand sie einfach nicht. Verdammt noch mal! Tränen traten ihr in die Augen. Sie schüttelte langsam den Kopf. Ihre Hand legte sich auf ihren Brustkorb und sie kratzte sich. Ihr Instinkt sagte ihr deutlich, es war noch nicht vorbei. Doch war es wirklich ihr Instinkt? Bildete sie es sich nur ein? Ihre Gedanken stoben in einem Tempo durch ihren Kopf, dass sie für Lou nicht greifbar waren. Aber greifbar für sie waren ihre Gefühle. Ihre Angst wurde von einer Sekunde auf die andere weggefegt und von Wut ersetzt. So stand sie da, spürte, wie sich Hitze in ihr ausbreitete, und wie sich ihre Hände zu Fäusten ballten. Ihr war in einem kleinen Winkel ihres Gehirns bewusst, dass es keinen Anlass für die starken Gefühle gab, die sie umtosten, doch sie konnte nichts dagegen tun.

Jenny, die ebenfalls stehen geblieben war, guckte Lou überrascht an, was Lous Wut nur noch mehr schürte. Bitte schön, dann war sie halt ganz allein. Sich ihren Freundinnen annähern? Am Arsch!

Nachdem sich beide Frauen eine Zeit lang stumm angestarrt hatten, gab Lou sich einen Ruck, drehte sich um und ging. Sie konnte keine Sekunde länger mit Jenny zusammen sein, ohne ihren Zorn in die Welt zu spucken.

Lou fuhr kreuz und quer durch die Gegend. Sie gab zu viel Gas und wenn sie bremste, tat sie es so plötzlich und stark, dass sich ihr Sicherheitsgurt fest gegen ihren Brustkorb drückte. Am liebsten hätte sie etwas kaputt gemacht. Ihre Gefühle waren außer Kontrolle geraten und sie wusste nicht, wie sie damit umgehen sollte. Als ihre Erschöpfung und Müdigkeit die Oberhand gewannen, fuhr sie nach Hause. Lou fühlte sich, als habe sie sich in einem riesigen Wald verirrt, und müsse ganz allein versuchen, zu überleben.

Gemütlich eingerollt auf ihrer Couch, schaute sie Fernsehen. Ihre Gedanken wanderten immer wieder zurück zu Beck. Das Telefon klingelte. Lou setzte sich auf und hielt den Atem an. Doch auf dem Display stand die Nummer ihrer Mutter. Sie musste sich erst noch daran gewöhnen, dass sie nicht mehr erreichbar für ihren Stalker war.

»Hallo, Mama? Ich bin da.«

»Natürlich bist du da. Wo solltest du an einem Sonntagabend auch sein?« Mamas Botschaft: Dein Leben ist so langweilig und vorhersehbar.

Lou hörte die Worte deutlich heraus. Ihre Mutter war Meisterin der verdeckten Botschaften. Sie verdrehte die Augen. »Gibt es einen bestimmten Grund, warum du anrufst? Braucht Annalena den Bungalow etwa schon zum Wochenende?«

»Sei nicht so schnippisch, Louisa. Brauche ich denn einen Grund, um dich anzurufen? Eine Mutter wird sich doch wohl nach ihrer Tochter erkundigen können. Ich habe ja seit dem letzten viel zu kurzen Telefonat nichts mehr von dir gehört.« Mamas Botschaft: Es wäre deine Aufgabe gewesen, dich bei mir zu melden. Aber scheinbar interessiert dich deine Mutter nicht.

»Bei mir ist viel los. Davon wollte ich dir noch erzählen, aber nicht am Telefon. Wie geht es dir?«

»Danke der Nachfrage. Mir geht es ausgezeichnet. Heute Abend hat mich ein netter Arbeitskollege von dir angerufen. Wir haben miteinander geplaudert.«

Lou riss die Augen auf. Hatte Ben tatsächlich bei ihrer Mutter angerufen? Wieso? Was bezweckte er damit? Als sie ihre Stimme wiederfand, fragte sie »Was wollte er?«

»Er hat sich an mich gewandt, weil er dich unter deiner Nummer nicht erreichen konnte. Du solltest daran denken, deine neue Nummer bei der Arbeit anzugeben. Jedenfalls war er so ein netter, junger Mann. Er hat mir erzählt, er sei nur als Zwischenlösung als Pfleger tätig, bis er sein Studium der Medizin aufnehmen kann. Ambitioniert, sag ich da nur. Er wäre eine gute Partie für dich.«

Lou schüttelte ihren Kopf. Was für einen Mist hatte Ben denn da seiner Mutter erzählt? Niemals würde er Medizin studieren können. Oder etwa doch?

»Warum genau hat er dich angerufen?« Lou verstand nichts mehr.

»Er wollte wissen, wann du Geburtstag hast. Er erstellt eine Geburtstagsliste für die ganze Station. Das Datum wird festgehalten und besondere Vorlieben, damit die Kollegen nicht irgendetwas verschenken, womit der andere nichts anfangen kann. Ich finde, das ist eine nette Idee.«

»Und dir ist es nicht komisch vorgekommen, dass er dich angerufen hat? Ich meine, woher soll er denn deine Nummer gehabt haben?« Lou knibbelte an der Nagelhaut ihres Daumens.

»Meine Güte, Louisa! Was ist denn daran so ungewöhnlich? Meine Nummer steht im Telefonbuch. Es soll durchaus Leute geben, die einen engen Kontakt zu ihren Eltern pflegen und die es nicht abwegig finden, andere Eltern anzurufen, um an ein paar Informationen zu kommen.«

Lou atmete mit geschlossenen Augen durch. Sie spürte, wie ihr Hitze in den Kopf stieg. »Was für Informationen hast du ihm denn gegeben?«

»Na, dein Geburtsdatum. Dann haben wir ein bisschen geplaudert. Wir kamen darauf zu sprechen, dass du ein Bücherwurm bist, und er fragte mich, ob du denn niemals ausgehen würdest. Ich erzählte ihm, du würdest hin und wieder mit deinen Freunden ausgehen. In ›Biggis gute Stube‹ oder ins ›Brösel‹. Phil war ganz meiner Meinung, dass man regelmäßig Zeit für seine Eltern finden sollte. Schließlich haben sie einen großgezogen und …«

Lou unterbrach sie »Wer ist Phil?«

Ihre Mutter schnaubte. »Hast du mir denn nicht zugehört? Dein Arbeitskollege. Phil. Mit dem hab ich gesprochen. So ein netter, junger Mann.«

»Mama, ich kenne keinen Phil. Nicht ein Einziger meiner Kollegen heißt so und kein anderer, den ich kenne. Um Gottes willen, du hast einem Wildfremden Dinge über mich erzählt! Ich fasse es nicht.«

»Jetzt werde nicht unfair. Woher sollte ich denn wissen, dass er nicht der ist, für den er sich ausgegeben hat? Er wusste, wo du arbeitest und alles. Vielleicht war es ja doch ein Kollege von dir und er hat den falschen Namen genannt.«

Darüber dachte Lou kurz nach. Nein, das wäre doch nicht nötig gewesen, wenn es wirklich um eine Geburtstagsliste gegangen wäre. Sie fand es nicht schlüssig, warum dafür jemand ihre Mutter anrufen sollte, sie war schließlich morgen wieder bei der Arbeit. Lou drehte sich der Magen um. Das war der Stalker! Sie war sich sicher. Was hatte er vor?

»Hast du ihm meine Nummer gegeben?« Lou hielt die Luft an.

»Das habe ich nicht. Er hat ja von mir erfahren, was er wissen wollte.«

Lou stieß langsam die Luft aus.

»Mama, ich muss dir etwas erzählen. Seit einiger Zeit habe ich einen Stalker.«

»Einen Stalker? Übertreibst du nicht ein bisschen, mein Schatz? Wer sollte dich denn stalken?« Mamas Botschaft: Stalker suchen sich doch nur hübsche Frauen aus.

Lou kämpfte mit ihrer Wut.

»Ich übertreibe nicht. Ich bekomme ständig Anrufe, auch in der Nacht. Letztens hat er mir eine Nachricht auf der Mailbox hinterlassen, bei der er seine Stimme schaurig verzerrt hat. Er hinterlässt mir gruselige Botschaften, er sagt, er folgt mir. Er war schon vor meiner Tür und hat Geschenke hinterlassen. Und ich habe keine Ahnung, wer es ist.«

Die Stimme ihrer Mutter wurde sanfter »Na komm, beruhige dich. Das hört sich doch nun wirklich nicht tragisch an. Da ist jemand verliebt in dich. Ich weiß, du hast keinerlei Erfahrung, wie es ist, wenn jemand einem den Hof macht, aber …«

Wütend fuhr Lou dazwischen »Natürlich. Woher soll ich so etwas auch kennen, nicht wahr? Wer will schon die kleine, pummelige Louisa, die sich um alte Leute kümmert. Das denkst du doch, oder? Aber die Situation fühlt sich bedrohlich für mich an. Das ist kein normaler Verehrer. Warum zeigt er sich nicht? Warum möchte er mir Angst machen und verzerrt seine Stimme? Ach, es ist sinnlos, dir das zu erklären. Du glaubst mir doch eh nicht.«

Lou schniefte. Sie fühlte sich einsam und verlassen.

»Louisa, Liebling. Eine tibetische Weisheit lautet: Lasse das Verhalten anderer nicht deinen inneren Frieden stören. Du musst in der Vergangenheit irgendetwas gemacht haben, womit du schlechtes Karma auf dich gezogen hast. Yeshi sagt, jede Handlung hat Konsequenzen. Denke darüber nach, was du falsch gemacht hast. Irgendetwas muss es gewesen sein. Sei ehrlich dir gegenüber. Sich einer Schwäche bei sich bewusst zu sein, ist weitaus nützlicher als tausend bei anderen. Das hat der 14. Dalai Lama gesagt. Ich muss jetzt auflegen. Melde dich, wenn dir was auf dem Herzen liegt. Ciao, ciao.«

Nach dem Telefonat mit ihrer Mutter lag Lou noch lange wach. In ihr tobten Zweifel. Hatte sie etwas gemacht, was ihr ihre jetzige Situation eingebrockt hatte? Hatte sie unbewusst, falsche Signale gesendet? Konnte es sein, dass ein Fremder sie stalkte? War es nicht wahrscheinlicher, es war ein Bekannter? Handelte es sich bei Phil um Ben? Im Kopf ging sie alle Begegnungen der letzten Zeit durch. Sie fühlte sich schuldig. Irgendetwas schien sie gemacht zu haben, was wie eine Initialzündung gewesen war. Anders ergab es keinen Sinn. Zufällig würde sich sicher niemand ausgerechnet sie als Opfer aussuchen.

Eine Last drückte sie nieder. Sie war so müde, fand aber nicht die Ruhe, einzuschlafen.

Lou war perfekt vorbereitet auf den Besuch von Beck. Sie war besonders sorgfältig geschminkt und ihre hellbraunen Haare, von einem schwarzen Bandana aus dem Gesicht gehalten, fielen ihr in seidigen Wellen über den Rücken und glänzten.

Am Morgen noch hatte sie sich wie gerädert gefühlt. Sie brauchte lange, um richtig wach zu werden. Doch im Laufe des Tages, als sie sich auf Becks Besuch vorbereitete, besiegte die Vorfreude ihre Erschöpfung.

Er hatte ihr einen riesigen Strauß Gänseblümchen mitgebracht. Er musste Stunden gebraucht haben, um sie alle zu pflücken. Sie schaute ihn an. Mein Gott, er war so attraktiv. Er wirkte so massiv. Er strahlte eine Ruhe aus, die Lou unwiderstehlich fand, und er roch fantastisch, das machte die Sache nicht leichter.

Lou schluckte. »Oh wow! Die Gänseblümchen sind toll. Danke, Beck.«

Becks Blick war auf Lous Gesicht geheftet.

»Schön, dass du dich freust. Ich konnte den Freitag kaum erwarten.«

Sie lächelten sich an. Als Lou vorausging und er ihr folgte, erwischte sie ihn dabei, wie er ihr auf den Hintern schaute. Insgeheim freute sie sich darüber. Er nahm sie als Frau wahr, nicht nur als Kumpel. Sie war so unglaublich nervös.

»Danke, dass du hergekommen bist. Ich finde, es ist doch schön, wenn wir hier ungestört sind. Also nicht, dass ich daran denke, dass wir was machen könnten, wozu man besser ungestört sein sollte, aber ungestört zu sein hat doch viele Vorteile. Ich meine, prinzipiell gesehen, könntest du mich den ganzen Abend huckepack tragen und es würde niemanden stören. Mich auch nicht, nebenbei bemerkt. Das wäre doch im Restaurant sicher ein Problem gewesen. Tja, hier nicht.«

Sie spürte, wie ihr das Blut ins Gesicht schoss. Hektisch überlegte sie, ob sie weiter reden oder souverän schweigen sollte.

»Du hast mich heute gebeten, zu dir zu kommen, damit ich dich den ganzen Abend huckepack tragen kann, wenn mir der Sinn danach steht? Huckepack … ist das ein Synonym für irgendwas?« Beck grinste.

Lou schloss die Augen, um sich zu beruhigen.

»Ehrlich gesagt, Beck, machst du mich nervös. Und wenn ich nervös bin, muss ich was essen. Ich hab Lasagne gemacht.«

Beck lächelte »Perfekt.«

Der Abend verflog viel zu schnell, nachdem sich die erste Nervosität gelegt hatte. Lou wusste nicht, wann sie zuletzt so gelacht hatte. Es tat ihr unwahrscheinlich gut, mit Beck zusammen zu sein. Er hörte ihr konzentriert zu und sie konnte sich langsam entspannen. Sie saugte jedes Detail auf, das Beck über sich erzählte.

Nach dem Essen hatten sie zusammen das Geschirr gespült, was Lou ein Gefühl der Zusammengehörigkeit vermittelte. Alles war so unkompliziert mit ihm. Er war humorvoll und wirkte auf Lou nicht mehr wie ein Casanova. Im Gegenteil, sie bekam mittlerweile den Eindruck, er sei wirklich an ihr interessiert.

Sie saßen nebeneinander auf der Couch, jeder mit einer Flasche Bier in der Hand und berührten sich immer wie zufällig. Er legte seinen Arm lässig auf die Couchlehne. Lou lag dadurch an seine Brust gekuschelt. Die Anziehung zwischen beiden war nicht zu leugnen.

Lous Handy klingelte. Sofort beschleunigte sich ihr Herzschlag, bis sie sich dessen bewusst wurde, in Becks Arm zu liegen. Ihr Herz beruhigte sich. Sie beruhigte sich.

Sie nahm ihr Handy vom Tisch. Es war Jenny. Sie blickte zu Beck.

»Kann ich kurz rangehen? Es ist Jenny.«

»Klar, ich lauf nicht weg.« Lächelnd setzte er seine Flasche zum Trinken an.

»Hey, Jen, was gibts?«

»Hi, ich wollte mal nachfragen, was es Neues gibt.«

Lou schluckte. Ein Stein lag schwer in ihrem Magen. Früher hätte sie drauflos geplappert und gesagt, was immer ihr in den Kopf kam. Doch die ganze letzte Woche waren die Telefonate mit Jenny und Marla kompliziert gewesen. Sie umschifften das Thema ›Stalking‹. Ebenso das Thema, wie es ihr ging. Ihre wahren Gefühle hielt Lou zurück, um nicht neue Streitgespräche auszulösen. Es war ein einziger Krampf.

»Alles beim Alten.« Wieder schluckte Lou. Tränen traten ihr in die Augen.

»Ach so. Okay. Tja. Keine News sind gute News, oder?«

»Ja, so ist es wohl. Und bei dir?«

»Alles bestens. Ich geh gleich ins ›Brösel‹, bin da verabredet. Wenn du Lust hast mitzukommen, wär's cool.«

»Ich bin doch heute mit Beck verabredet. Er gibt mir gerade zu verstehen, dass ich dir schöne Grüße ausrichten soll.«

»Oh, wow. Das hatte ich ganz vergessen. Schöne Grüße zurück. Lou, trau dich was. Er steht total auf dich.«

Nun lächelte Lou. »Alles klar. Wir sehen uns.«

Beck neigte den Kopf zur Seite und blickte Lou an.

»Was war da los gerade? Du hast so traurig ausgesehen.«

Lou seufzte niedergeschlagen. »Eine kleine Krise zwischen Jenny, Marla und mir. Ich hoffe, das renkt sich schnell wieder ein. Irgendwie hat sich da eine Mauer zwischen uns aufgebaut und ich komm damit überhaupt nicht klar.«

»Fuck.«

»Du sagst es. Komm, bring mich auf andere Gedanken.« Sie lächelte ihn an.

»Gut. Lass uns ein Speed-Questioning starten. Ich stelle dir kurze Fragen und du musst spontan antworten.«

Lou lachte. »In Ordnung, machen wir ein SQ. Bereit, wenn Sie es sind.«

»Lieblingsessen?« Beck guckte sie interessiert an.

»Haferflocken.«

»Echt jetzt?«

»Du darfst nicht werten! So lautet nun mal meine Antwort. Weiter.«

»Lieblingsgetränk?«

»Cherry Cola und Cocktails.«

»Lieblingsfilm?«

»Clockwork Orange.«

»Darauf trink ich. Gute Antwort!«

»Danke, aber du darfst nicht werten.«

»Süß oder herzhaft?«

»Süß.«

»Hund oder Katze?«

»Hund.«

»Was wolltest du werden, als du klein warst?«

»Schornsteinfeger. Ich hatte das Mary-Poppins-Syndrom.«

Beck lachte.

»Lieblingsband?«

Lou schluckte mühsam. Becks Frage hatte sie nicht richtig mitbekommen. Sie wurde abgelenkt.

Sie hatte eindeutig gesehen, wie sich ein Schatten draußen vor den Büschen bewegte. Im Wohnzimmer war nur eine kleine Stehlampe angeknipst. Sie spendete ein warmes, nicht zu helles Licht. So sah sie nicht nur ihr und Becks Spiegelbild, sondern konnte die Konturen ihres Gartens erkennen. Es hatte den Anschein, als schliche jemand dort herum. Sie hielt den Atem an. Kurz fühlte sie sich wie gelähmt. Als sie aufstand und näher an das Fenster herantrat, konnte sie nichts mehr ausmachen.

Beck schaute sie an. »Was hast du?«

Lou schüttelte leicht den Kopf »Ich weiß nicht, ich hab da jemanden im Garten gesehen.«

Sofort war Beck bei ihr. »Lass uns nachschauen.«

Er öffnete die Terrassentür und ging hinaus. Lou folgte ihm mit einem mulmigen Gefühl im Bauch. Versteckte sich da jemand hinter den Büschen? War es ein menschlicher Schatten, den sie gesehen hatte? Hatte sie etwas gesehen? Was, wenn dort jemand lauerte? Während sie auf ihrer Terrasse stehen blieb, ging Beck den Garten ab.

»Hier ist niemand. Wenn jemand hier war, ist er mittlerweile weg. Sein Glück.« Becks Augen funkelten angriffslustig. Er ging zurück zu Lou, legte einen Arm um sie und so gingen sie wieder hinein.

Lou fühlte sich sicher und geborgen, während Beck sie so hielt. Sie standen immer noch eng zusammen und blickten sich an. Langsam senkte Beck seinen Kopf, um Lou zu küssen, da schrillte das Klingeln ihres Handys in die angenehme Stille.

Beck richtete sich auf. Lou wäre nicht drangegangen, doch der intime Moment war vorbei. Innerlich seufzte sie.

»Willst du nicht rangehen?«, fragte Beck.

So ein Mist! Mit Romantik schien es heute auf jeden Fall vorbei zu sein.

»Das war bestimmt nichts Wichtiges. Möchtest du noch was trinken?«

»Eigentlich gerne, aber ich sollte gehen. Das nächste Mal treffen wir uns, wenn wir am nächsten Tag ausschlafen können.« Beck lächelte sie an.

Ihr Herz stolperte. Er wollte sie wiedersehen. Sie strahlte und nickte.

Beck und sie umarmten sich zum Abschied. Er gab ihr einen sanften Kuss auf die Wange. Als sie ihn den Weg zur Straße entlanggehen sah, wäre Lou ihm am liebsten nachgelaufen und hätte ihn gebeten, bei ihr zu bleiben.

Sie sah, wie Patrick aus seiner Tür trat. Mit seinen Händen in den

Hosentaschen verließ er seine Auffahrt und sagte etwas. Er hatte leise gesprochen, sodass Lou nicht verstehen konnte, was er sagte.

Beck blieb ruckartig stehen und drehte sich zu ihm um. Was war da los? Beck schien aufgebracht zu sein. Da ihr Patrick den Rücken zu kehrte, konnte sie nur Becks Gesichtsausdruck sehen. Er stand direkt unter einer Straßenlaterne, sodass sie ihn in aller Deutlichkeit erkennen konnte. Was ging da vor? Beck zog die Augenbrauen zusammen und die Schultern hoch. Seine Hände waren geballt. Sein ganzer Körper stand unter Spannung.

Was Beck sagte, war laut und deutlich zu verstehen. »Lass sie in Ruhe! Ruf sie nicht an! Rede nicht mit ihr! Und wenn du deine gottverdammten Pfoten nicht bei dir behältst, dann …«

Er beendete den Satz nicht, gab Patrick aber einen heftigen Stoß, der ihn nach hinten taumeln ließ. Beck machte einen großen Schritt auf Patrick zu und schien auf ihn losgehen zu wollen.

Lou rannte auf die beiden zu.

»Stopp! Was soll das, Beck? Was ist hier los?«

Beck hielt inne und wirkte so, als müsse er sich schwer zusammenreißen.

Patrick schüttelte, mit hochgezogenen Augenbrauen den Kopf.

»Ich habe keine Ahnung. Ich wollte nur kurz mit ihm sprechen, weil wir uns das letzte Mal wohl auf dem falschen Fuß erwischt haben und er ging einfach auf mich los.« Sein Blick wanderte zu Beck. »Was ist los, Mann? Hast du generell ein Aggressionsproblem oder nur mit mir?«

Lou sah Beck deutlich an, dass er kurz davor war, auszurasten. Was stimmte denn nicht mit ihm? War es ihretwegen? War er derart besitzergreifend?

Sie sah ihn an. »Bitte beruhige dich, Beck.« Sie legte ihm eine Hand auf den Brustkorb und spürte, wie schnell sein Herz schlug.

Beck starrte ihr einen Moment lang in die Augen. Sie sah, wie seine Kiefermuskulatur sich anspannte und entspannte. Er öffnete den Mund, schloss ihn wieder. Sein Blick war nicht zu deuten.

»Ich gehe wohl jetzt besser«, murmelte er. Dann blickte er zu Patrick, während er mit ihr sprach. »Komm, ich bringe dich zu deiner Tür.«

Lou atmete aus. Sie konnte nicht einordnen, was passiert war. Warum war Beck derart aufgebracht gewesen? Langsam ging sie neben Beck her zu ihrer Haustür und spürte seine Hand in ihrem Kreuz.

Patrick rief ihr nach. »Diese Szene tut mir leid, Louisa. Er hat sich nicht im Griff.«

Lou war überfordert. Sie zuckte nur mit den Schultern und winkte Patrick zu, ohne sich zu ihm umzudrehen. Schade, dieser Abend hätte anders enden sollen.

»Lou, es tut mir leid. Bitte vertrau mir! Du musst dich von ihm fernhalten.«

»Aber wieso? Ich hatte bisher keine Probleme mit Patrick.« Ganz im Gegenteil, doch das behielt sie für sich.

»Ich … er ist ein schlechter Mensch.«

»Du kennst ihn doch kaum.«

Beck atmete geräuschvoll aus. Seine Schultern sackten herab. »Vertrau mir einfach, okay?«

Lou hielt seinem intensiven Blick stand. Er raubte ihr den Atem. Sie wusste nicht, wieso, aber sie vertraute Beck. In diesem Moment las sie in seinen Augen nichts als liebevolle Gefühle.

»Ich vertraue dir.« Ihre Stimme war kaum lauter als ein Wispern.

Beck nahm ihren Kopf in seine Hände, beugte sich vor und gab ihr einen sanften, zärtlichen Kuss auf den Mund. Dann ging er und ließ Lou mit heftigem Herzklopfen zurück.

Behutsam schloss sie ihre Haustür.

Kapitel 11

Lou machte sich für die Nacht fertig und schlüpfte ins Bett. Lange lag sie da, starrte an die Decke und dachte an Beck. An ihren gemeinsamen Abend. An sein Lachen. Seine Augen. Seinen Kuss. Oh mein Gott, er hatte sie geküsst! Nervös und aufgedreht vor Freude, zappelte sie in ihrem Bett herum. Sie musste zur Ruhe kommen. Morgen musste sie früh raus.

Plötzlich war das Hochgefühl wie weggeblasen, als sie sich daran erinnerte, was sie aufgeschreckt hatte, als sie mit Beck das Frage-und-Antwort-Spiel gespielt hatte.

Ihre Gedanken sprangen hin und her. Es war jemand in ihrem Garten gewesen. Oder etwa nicht? Was genau glaubte sie, gesehen zu haben? Ein Schatten? Eine huschende Bewegung? Vielleicht waren es doch nur die Büsche und eine Spiegelung in der Fensterscheibe? Schwer atmete Lou aus. Sie konnte es nicht mit Gewissheit sagen, ob wirklich jemand im Garten kauerte. War sie paranoid? Nein. Sie war höchstens zu empfindlich, in ihren Reaktionen auf alles. Zu gern hätte sie die Erlebnisse des heutigen Abends Jenny und Marla erzählt. Ihre Freundinnen fehlten ihr. Ihre Tage waren grauer ohne sie. Lou seufzte.

Beck … der Abend wäre perfekt gewesen, wenn sie nicht einen Schatten im Garten gesehen hätte. Und wenn sie daran gedacht hätte, das Handy leise zu stellen. Und wenn die Szene zwischen Beck und Patrick nicht gewesen wäre. Und wenn sie alles haarklein mit ihren Freundinnen hätte analysieren können. Eindeutig zu viele Wenns.

Stöhnend wälzte Lou sich aus dem Bett. Mann, tat ihr Rücken heute weh! Sie streckte sich ausgiebig, wobei ihre Gelenke protestierend knackten. Sie schlurfte ins Bad, doch auch nach dem Waschen fühlte sie sich wie ausgekotzt, trotz des schönen Abends mit Beck.

Bei der Arbeit stellten sich stechende Schmerzen in ihren Schläfen ein. Jedes Geräusch ließ sie zusammenzucken. Der Schlafmangel forderte seinen Tribut. Gut, dass es am Wochenende meist etwas ruhiger zuging. Lou hätte nicht gewusst, wie sie den Tag hätte überstehen sollen. Außerdem war da noch Ben. So gut es ging, ging sie ihm aus dem Weg. Sie hatte einfach keinen Nerv, sich auch noch mit ihm auseinandersetzen zu müssen. Immerhin hatte er ihr die Versorgung von Herrn Horny abgenommen, wofür Lou dankbar war.

In der Pause holte Lou sich einen Kaffee. Ihr Fuß blieb an irgendetwas hängen. Sie stolperte und ruderte mit den Armen, um das Gleichgewicht nicht zu verlieren. Dabei übergoss sie sich mit heißem Kaffee.

»Scheiße! Aua, verdammt!«

Plötzlich stand Ben vor ihr und kam ihren Brüsten mit dem Lappen gefährlich nahe.

»Pfoten weg!«, sie stürmte aus der Personalküche, um sich umzuziehen.

Übelkeit und Bauchschmerzen quälten Lou. Sie wusste, so konnte es nicht weitergehen.

Endlich war sie wieder zu Hause. Ihr Kopf lief auf Hochtouren, sie konnte sich nicht entspannen. Würde es jetzt immer so bleiben? Sie, gefangen in einem Gefühlswirrwarr? Zu wenig Schlaf, Angst, Kopf- oder Bauchschmerzen, Herzrasen? Wie lange würde sie das noch durchhalten? Sie befürchtete, nicht mehr sehr lange.

Die neue Woche hatte genauso mies begonnen, wie die alte geendet hatte. Ausgenommen ihr Date mit Beck natürlich. Am frühen Nachmittag, als sie von der Arbeit kam, holte sie ihre Post aus dem Briefkasten und war froh, zu Hause zu sein. Sie war erschöpft und der Knoten in ihrem Magen wollte sich gar nicht mehr auflösen. Während sie sich die Schuhe von den Füßen kickte, sah sie sich den Stapel Post an. Da war ein Brief von ihrer Bank mit ihrem Kontoauszug, ein Pflegemagazin, eine Einladung zum Geburtstag, von einer ehemaligen Kollegin – und alle Briefe waren geöffnet. Lou wunderte sich. Die Briefe waren sauber aufgeschnitten worden. Jemand musste in ihrer Post gestöbert haben! War es der Stalker? Oder jemand von der Post? Nein, ihre Briefe wurden zuvor noch nie geöffnet. Es musste der Stalker gewesen sein. Oh Gott. Er war wieder da! Er war in ihrer Straße gewesen. Vor ihrem Haus. An ihrem Briefkasten. Sie hatte recht gehabt und ihre Freunde irrten sich. Es war noch nicht vorbei.

Noch bevor Lou sich beruhigt hatte, nahm sie einen aufdringlichen Geruch nach Herrenparfüm wahr. Sie schnupperte umher und entdeckte die Quelle des Geruches, zwischen einigen Werbeprospekten. Da war noch ein Brief. Und der war ungeöffnet. Keine Briefmarke, kein Absender. Nur ihr Name stand in Schreibschrift auf dem Umschlag. Damit sich der Geruch nicht weiter in ihrem Häuschen verbreiten konnte, nahm sie den Brief mit auf die Terrasse und öffnete ihn. Auf einem rosafarbenen Blatt dünnen Papiers stand groß und unterstrichen *Die Liebenden.* Es folgte ein Gedicht. Lou legte sich die freie Hand auf den Brustkorb, kratzte und kratzte, zog die Augenbrauen zusammen und las.

»Sieh, wie sie zueinander erwachsen: In ihren Adern wird alles Geist. Ihre Gestalten beben wie Achsen, um die es heiß und hinreißend kreist. Dürstende, und sie bekommen zu trinken, wache und sieh: Sie bekommen zu sehen. Lass sie ineinander sinken, um einander zu überstehn. (Rainer Maria Rilke).«

Was zur Hölle sollte das bedeuten? Sie verstand nichts davon. Was wollte Rilke damit sagen? Und was wollte der Stalker damit sagen? Übermüdet, erschöpft und seltsam hibbelig, fragte sie sich, ob sie sich nicht einfach mit der Decke über ihrem Kopf hinlegen und nicht mehr aufstehen sollte. Sie schwitzte, fühlte sich schlapp und spürte doch ihr Herz viel zu schnell und kräftig klopfen. Ihr schwindelte, sie musste sich an einem Stuhl abstützen. Ihre Glieder fühlten sich kalt wie Eis an. Sie ließ den stinkenden Brief auf der Terrasse liegen, schnappte sich ihr Handy und rief Marla an. Sollten doch alle von ihr denken, was sie wollten. Sie brauchte einen Rat.

Angespannt wartete sie, bis Marly abnahm.

»Marla, ich weiß, dass ich dich und Jenny in letzter Zeit genervt habe mit meinen Ängsten. Doch sie waren berechtigt. Ich habe einen Brief vom Stalker bekommen.«

»Oh nein. Lou, ich hätte dir und mir so sehr gewünscht, dass endlich Ruhe einkehrt. Wie fühlst du dich? Was hat er geschrieben?«

»Ein Gedicht. Nicht selbst ausgedacht, sondern von einem Poeten. Es heißt ›Die Liebenden‹ und ist richtig gruselig. Ach, und meine Post war auch geöffnet. Ich halte das alles nicht aus, wenn ich euch nicht hab. Ich weiß einfach nicht weiter.«

»Natürlich hast du uns. Du bist nicht allein. Es tut mir leid, wenn ich dir das Gefühl gegeben habe, nicht für dich da zu sein, mi hermana. Ich bin immer für dich da.«

Lou schniefte. Erleichterung erfasste sie. Tief atmete sie durch.

»Danke, Marla. Ich habe mich so schrecklich gefühlt.«

Ein kurzes, harmonisches Schweigen entstand.

»Lou, du musst zur Polizei gehen. Fremde Post zu öffnen, ist eine Straftat. Ich kann hier leider nicht weg, sonst würde ich dich begleiten.«

»Mir dreht sich fast der Magen um, wenn ich daran denke, dorthin gehen zu müssen. Aber ich werde es tun. Ich hoffe nur, sie werden mich nicht auslachen, wenn ich wegen so einer Lappalie zu ihnen gehe.«

»Keiner wird dich auslachen. Meldest du dich danach bei mir?«

»Klar.«

Sie packte die geöffneten Briefe und den mit dem Liebesgedicht in einen Gefrierbeutel und verließ ihr Haus. Dann kehrte sie wieder um, holte das Säckchen, das sie im ›Brösel‹ vorgefunden hatte und fuhr zur Polizeiwache.

Lou klärte den Beamten auf, dass sie zuvor schon einmal da war, um die telefonische Belästigung anzuzeigen, und dass sie außerdem danach angerufen habe. Ärger stieg in ihr auf, als sie erfuhr, dass

Polizeioberkommissar Rudolf nicht mal eine schriftliche Notiz zu ihrem Anruf gemacht hatte. Egal, ein neuer Tag, ein neuer Polizeibeamter.

»Heute kam ich nach Hause und meine Briefe lagen alle geöffnet im Briefkasten, sehen Sie?«

Sie hielt dem Polizisten die durchsichtige Tüte unter die Nase.

»Hier, der Brief war nicht geöffnet.« Sie deutete auf das rosa Blatt mit dem Liebesgedicht. »Es ist ein gruseliges Gedicht. Ich hab wirklich Sorge. Ich weiß nicht, ob ich in Gefahr bin oder nicht. Und das hier …« Sie schluckte. »… habe ich zugesteckt bekommen.«

»Frau Siebert, haben Sie vielleicht eine Person in Verdacht, die für alles verantwortlich ist?«

Lou schüttelte den Kopf.

»Sie können Folgendes machen. Sie können eine Anzeige gegen unbekannt stellen, dann ist dieser Vorfall aktenkundig. Das ist wichtig, sollte es irgendwann zu einem Verfahren kommen. Außerdem können wir nur so eine Ermittlung einleiten.«

Als Lou nach Hause kam, rief sie wieder bei Marla an.

»Es ist ganz nur gelaufen. Der Polizist hat mich nicht ausgelacht. Ich hab jetzt eine Anzeige gegen unbekannt gestellt, was das Öffnen meiner Briefe angeht. Er hat gesagt, dass es wichtig ist, dass alle Vorfälle aktenkundig sind.«

»Ich finde es so gut, dass du zur Polizei gegangen bist. Das hört sich doch schon nach was an. In der Zwischenzeit habe ich noch mal nachgedacht. Weil du dich allein gefühlt hast und so. Es tut mir übrigens wirklich leid, dass ich dich verletzt habe. Das wollte ich gar nicht. Bitte entschuldige.«

Lou fiel ein Stein vom Herzen. »Vergessen. Danke Marla, dass du für mich da bist.«

Das Telefonat gab Lou den Mut, bei Jenny anzurufen.

»Hey, Lou.«

»Hey. Jen, du fehlst mir. Ich bin echt empfindlich seit einiger Zeit. Mich hatte es verletzt, als du alles irgendwie so runtergespielt hast. Aber ich brauche dich. Nicht nur wegen des Stalkers, der sich übrigens heute zurückgemeldet hat.«

»Scheiße.« Jenny klang ungewohnt kleinlaut. »Ich habe mich einfach hilflos gefühlt, als du mir von deiner Angst und allem erzählt hast. Deshalb hab ich es getan. Es tut mir leid.«

»Warum haben wir nicht schon längst darüber geredet? Wie blöd sind wir eigentlich?«

»Ja. Ich dachte, ich melde mich bei dir, wenn ich die ultimative Idee hätte, die dir helfen könnte. Nur die Idee kam nicht. Und dann habe ich meinen Kopf in den Sand gesteckt.«

»Ach, Jenny. Ich komm nicht klar ohne dich und Marla.«

»Haben wir uns jetzt vertragen?«

»Ja, haben wir.« Lou lächelte.

»Cool, dann erzähl mir, was bei dir los ist.«

Da Lou den ganzen Vormittag Zeit hatte, bevor sie zur Arbeit musste, traf sie sich mit Marla im ›Biggis‹. Marla musste erst nachmittags ein Seminar halten. Der Wechsel von Frühdienst auf Spätdienst kam Lou sehr gelegen. Nachmittags ging es etwas ruhiger zu als vormittags.

Diesmal hatten die beiden Frauen einen Tisch im Inneren des Cafés gewählt. Draußen wäre sich Lou vorgekommen wie auf einem Präsentierteller. Der Geruch von gerösteten Kaffeebohnen lag in der Luft, gemurmelte Gespräche und das laute Zischen und Brummen der Kaffeemaschine waren angenehme Hintergrundgeräusche.

»Lou, du siehst krank aus. Dir setzt die ganze Geschichte mächtig zu, oder?«

Lou schaute mit abwesendem Blick auf ihren Kaffeebecher, an dem sie sich ihre Hände wärmte. Sie nickte langsam.

»Der Psycho hat sogar schon meine Mutter angerufen, um Infos über mich zu bekommen. Ausgerechnet meine Mutter. Als wir telefoniert haben, schien sie nicht mal geschockt zu sein, dass sich jemand durch eine Lüge Informationen erschlichen hat, nein! Im Endeffekt gab sie mir die Schuld an der ganzen Situation. Irgendwas müsse ich gemacht haben, um auf mich aufmerksam zu machen. Von allein käme ja niemand auf die Idee, mich zum Objekt seiner Begierde zu machen. Und das Schlimme ist, ich glaube, sie hat recht! Ich zerbreche mir den Kopf darüber, was ich gemacht habe. Wo ich vielleicht die falschen Signale gesetzt habe. Heute Nacht habe ich kaum geschlafen. Ach was. Ich schlafe jede Nacht kaum noch. Ich habe das Gefühl, alles entgleitet mir.«

Marla legte ihr eine Hand auf den Arm. »Es tut mir leid, dass ich neulich reagiert habe, wie ich reagiert habe. Ich verstehe dich. Was deine Mutter angeht, die hat sie nicht mehr alle. Immer, wenn ich denke, es gibt keine Steigerung zu den Ungeheuerlichkeiten, die sie vom Stapel lässt, bringt sie es jedes Mal aufs Neue fertig, sich selbst zu toppen. Lou, du hast nichts getan! Du weißt doch, dass es Spinner und Psychos da draußen gibt. Die brauchen keinen Grund, um zu tun, was auch immer sie vorhaben. Ich halte es kaum aus, dass du dich selbst so fertigmachst.«

Marlas Worte taten ihr gut. Sie war dabei ihr zu antworten, als sie aus dem Augenwinkel bemerkte, wie sie angestarrt wurde. Sie blickte sich aufmerksam um. Ihr kam es so vor, als schauten alle Männer im Café zu ihr und Marla herüber. Manche verstohlen, manche offen. Ihr Puls und ihre Atmung beschleunigten sich. Sie wurde beobachtet. Sie spürte ein Kribbeln im Nacken. Gedanken schossen durch ihren Kopf. War er hier? Saß ihr Stalker mit ihnen hier im Café? Ganz bestimmt saß er hier. Er sagte, er würde ihr folgen. Und das hatte er schließlich schon einmal getan. Hatte er wieder etwas vorbereitet? Ein Geschenk? Einen Brief? Wer könnte es sein? Es könnte jeder sein. Vielleicht der dicke Herr mit dem Oberlippenbart am Tisch schräg gegenüber? Oder der blonde Anzugträger, etwas weiter hinten? Lou versuchte verzweifelt, ihre Gedanken in geordnete Bahnen zu lenken. Was für Anhaltspunkte hatte sie, um ihren ungewollten Verehrer zu enttarnen? Während ihr Blick immer noch durch das ganze Café schweifte, schlug ihr Herz immer wilder, irgendetwas schnürte ihr die Luft ab. Sie hatte das Gefühl, in einem klitzekleinen Käfig zu stehen. Lou fühlte sich bedrängt, ihr wurde heiß, ihr wurde kalt. Sie nahm alle Geräusche lauter wahr und hatte das Bedürfnis, ihre Hände auf die Ohren zu pressen. Sie musste hier weg! Mit zittrigen Beinen und keuchendem Atem sprang sie auf, ihr Stuhl machte ein unangenehmes, scharrendes Geräusch, das ihr durch Mark und Bein ging. Sie sah, wie Marlas Lippen sich bewegten, doch konnte sie nicht aufnehmen, was sie sagte. Sie stolperte nach draußen und wäre am liebsten gerannt. Sie wollte nur noch weg. Bemüht, nicht vollends die Kontrolle zu verlieren, beugte sie sich vor und stützte ihre Hände auf die Knie. Sie atmete tief und bemühte sich, ihr wild schlagendes Herz zu beruhigen.

Marla kam aus dem Café. Sie hatte ihre beiden Taschen dabei, wofür Lou dankbar war. Sie konnte sich nicht vorstellen, wieder hineinzugehen. Marla streichelte ihr mit der flachen Hand über den Rücken. Lou richtete sich auf und merkte nicht, wie sie sich so heftig an ihrer Brust kratzte, dass sie tiefrote Striemen hinterließ.

»Lou, por Dios! Was ist denn los?«

Von sich überrascht, merkte sie, wie sie Marlas Berührung – so gerne sie die normalerweise hatte – in diesem Moment nicht ertragen konnte.

»Es tut mir leid. Ich muss zur Arbeit. Ich kann grad nicht … ich denke …nein, ich …ich erkläre dir alles später. Alles in Ordnung. Danke für die Tasche. Ich …« Sie schüttelte den Kopf, war nicht in der Lage ihren Satz zu Ende zu bringen. Sie ließ die besorgte Marla zurück und rannte zu ihrem Auto.

Während sie zu ihrer Arbeit fuhr, beruhigte sie sich und war verwirrt über die Panik, die sie von einer Sekunde auf die andere überfallen hatte. So etwas hatte sie noch nie erlebt. Sie versuchte, analytisch an die Sache heranzugehen, spürte jedoch schnell, wie sie an ihre Grenzen stieß. Sie schüttelte den Kopf und wischte sich mit einer Hand den Schweiß von der Stirn. Dieses Panikgefühl war für sie nicht logisch zu erklären. Sie musste weitermachen. Funktionieren. Irgendwie.

Spätdienst. Natürlich mit Ben. Warum waren sie eigentlich immer für dieselbe Schicht eingeteilt? So gern sie ihm aus dem Weg gegangen wäre, war es nicht möglich, da nur sie beide da waren. Sie wusste immer noch nicht, was sie über Ben denken sollte, der sie verstohlen musterte. Belästigte er sie? War er Freund oder Feind? Sie konnte es nicht sagen. Wenigstens hatte sie ihn in letzter Zeit nicht mehr mit seinem Taschenspiegel im Anschlag gesehen. Die Arbeitsatmosphäre war bedrückend und angespannt. Sie war müde, nervös und fahrig. Sie konnte sich nicht darauf konzentrieren, was sie machte, und hatte den Eindruck, wie in Trance zu arbeiten. Das war in ihrem Job extrem gefährlich. Es ging hier um Menschen, die sich auf sie verließen. Die auf eine freundliche Unterhaltung hofften und denen sie es schuldig war, sich vollkommen auf sie einzulassen. Von den Fehlern, die passieren konnten beim Vorbereiten der Medikamente, der Zuteilung zu dem jeweils richtigen Bewohner und anderen medizinischen Behandlungen, mal abgesehen.

Ständig fiel ihr etwas herunter. Ihre Bewegungen waren zu ruckartig.

Sie ging mit dem Spritzentablett in das Zimmer eines Bewohners. Kurz zögerte sie, Ben versorgte den Herrn gerade. Er winkte sie hinein.

»Ich bin fertig.«

Lou desinfizierte die Haut am Bauch des Bewohners und nahm eine Spritze vom Tablett. Sie zog die Kappe ab und wollte gerade mit der Injektion beginnen, als Ben ihr eine kalte Hand auf den Arm legte. Von seiner Berührung erschrocken, sah sie auf. Ben schüttelte langsam den Kopf und ließ sie erst los, als sie auf die Spritze in ihrer Hand schaute.

Lou sackte das Blut aus dem Kopf. Sie legte schnell die Spritze zurück und fasste sich an den Kopf. Ben schob sie sachte zur Seite und übernahm die Injektion für sie.

Sie hatte die Spritzen vertauscht und hätte einem Herrn, der ein Medikament zur Thrombose-Prophylaxe bekam, beinahe eine Injektion Morphium verabreicht, wenn Ben nicht da gewesen wäre.

Ihr lief Schweiß in die Augen, ihr lief Schweiß ihren Rücken entlang und zwischen ihren Brüsten, hinunter zum Bauch. Ihr Herz klopfte, als sei sie einen Marathon gelaufen. Sie setzte sich einen Moment ins Dienstzimmer. Ihr drehte sich der Magen um. Sie musste raus.

Draußen lief sie, mit in die Hüften gestemmten Händen, hin und her und versuchte, sich zu beruhigen.

Es dauerte nicht lange, da steckte Ben den Kopf aus der Tür und ging schließlich zu ihr.

»Lou. Das kann passieren. Jeder kann einen Fehler machen.«

Lou schüttelte den Kopf. »Ich kann einfach nicht mehr.«

Ben stand mit hängenden Armen und gebeugtem Rücken vor ihr.

Er nickte. »Wir haben fast alles geschafft. Du kannst nach Hause gehen. Ich mache den Rest.«

Lou wurde ihre Kehle eng. Sie nickte ihm zu.

»Danke. Ich geh zu Frau Luther und sag ihr Bescheid.«

Lou ging mit schweißnassen Händen zu ihrer Chefin. Als sie vor ihr saß, wischte sie sich nervös ihre Hände an der Arbeitshose trocken.

»Gut, dass Sie gekommen sind, Louisa. Ich hätte Sie sonst zu einem Gespräch gebeten. Mir ist aufgefallen, dass Sie sich verändert haben in letzter Zeit. Sie sind weniger fröhlich, sind wortkarger den Bewohnern gegenüber, sodass sie mittlerweile rätseln, was mit Ihnen los ist. Sie stehen knapp davor, gefährliche Pflege zu betreiben, wenn Sie so abgelenkt sind. Seitdem Sie hier arbeiten, sind Sie mir immer nur positiv aufgefallen. Was hat sich verändert, Louisa? Kann ich Ihnen helfen?«

Lou schaute auf ihre wie zum Gebet verschränkten Finger hinunter, die sie unablässig zusammendrückte und wieder löste. Wie viel sollte sie ihrer Chefin erzählen? War es nicht albern und übertrieben, wie sie sich verhielt? Tatsache war, sie musste etwas sagen, was ihre oberflächliche Arbeitsweise rechtfertigte.

»Ich habe in letzter Zeit Probleme. Privater Natur. Und ich weiß nicht, wie ich sie lösen soll. Ich denke, deshalb bin ich abgelenkt. Es tut mir leid, ich werde mir Mühe geben, dass ich meinen Job gut mache und aufmerksamer bin.« Sie schaute ihrer Chefin in die Augen.

Die schwieg eine Zeit lang und schaute Lou freundlich an. »Möchten Sie mir erzählen, was los ist? Nichts wird diesen Raum verlassen. Ich möchte Ihnen gern helfen, wenn es in meiner Macht steht. Das kann ich aber nur, wenn ich weiß, wo das Problem liegt.«

Lou schluckte und spürte, wie ihr Tränen in die Augen stiegen. Mist! Doch bitte nicht jetzt! Sie atmete tief durch und begann zu erzählen. Sie berichtete ihrer Chefin knapp, was in letzter Zeit passiert war. Sie ließ aus, Ben in Verdacht zu haben. Sie beschrieb ihr, wie schlecht sie schlief und davon, wie hilflos sie sich fühlte.

Konzentriert lauschte ihre Vorgesetzte Lous Worten.

»Das klingt beunruhigend. Ich kann mir vorstellen, dass es ein grässliches Gefühl ist, nicht zu wissen, wer Sie bedrängt. Privat würde ich Ihnen raten, zur Polizei zu gehen, um zu melden, dass etwas nicht stimmt. Als Ihre Chefin kann ich Ihnen anbieten, dass Sie ab morgen nur noch Frühdienste machen, damit Sie nicht im Dunkeln nach Hause gehen müssen. Bei allem Verständnis für Ihre Situation muss ich Ihnen dennoch sagen, dass Sie zu einhundert Prozent präsent sein müssen. Ein Fehler kann schwerwiegende Konsequenzen nach sich ziehen. Das wissen Sie. Es geht hier um die Gesundheit der Menschen.«

»Ja, das weiß ich. Danke für Ihr Angebot. Ich mache gern Frühdienst. Ich wollte Sie fragen, ob ich heute eher gehen kann. Mit Ben ist es abgesprochen. Mir geht es wirklich nicht gut.«

»Ja, gehen Sie nach Hause und versuchen, sich auszuruhen, damit Sie morgen früh ganzen Einsatz bringen können. Ich regle die weitere Arbeitsaufteilung für heute mit dem Team.«

Als sie auf dem Weg nach Hause war, fiel ihr auf, wie wenig Licht die Blätter der Bäume hindurch ließen. Weit über ihrem Kopf schlossen sich die Äste zusammen. Sie ging wie durch einen grünen Tunnel. Ein Rascheln neben ihr ließ sie erschrocken herumfahren. Es fröstelte sie. Sie hörte Schritte hinter sich. Mühsam zwang sie sich, gelassen weiterzugehen und sich nicht umzublicken. Ihre Angst war doch lächerlich. Es gab immer noch andere Fußgänger, die hier entlanggingen. Das hatte nichts mit ihr zu tun. Ben war bei der Arbeit, alles war gut. Sie fühlte sich unwohl und verlangsamte ihre Schritte, in der Hoffnung, die Person hinter ihr würde sie überholen. Es überholte sie keiner. Sie konnte die Schritte nicht mehr hören. Waren sie überhaupt da gewesen? Hier konnte man nirgendwo abbiegen. Ging die Person hinter ihr jetzt über den Grasstreifen am Wegesrand, damit ihre Schritte nicht mehr zu hören waren? Warum sollte sie das tun? Lou hielt es nicht mehr aus, sich cool zu geben, und blickte hinter sich. Blieb stehen. Scannte die ganze Umgebung ab. Kein Mensch war zu sehen. Eine Gänsehaut breitete sich über ihrem ganzen Körper aus. Sie könnte sich einfach umdrehen und weitergehen, denn es war scheinbar niemand in der Nähe. Doch sie beschloss, auf ihre Intuition zu hören, drehte sich um und rannte den kompletten Weg nach Hause. Das ungute Gefühl hatte sich verflüchtigt. Ihre Tür, die Sicherheit versprach, lag vor ihr. Lou gestattete sich, mit den Händen auf den Knien und weit vorgebeugt, Atem zu schöpfen. Sie legte eine Hand auf ihren rechten Rippenbogen. Verdammt, sie war außer Form. Jeder Atemzug stach.

Zum Glück befand sich im Briefkasten keine neue Botschaft. Sie legte die letzten Meter zurück und verschwand in ihrem Haus. Sie hatte genug.

Nachdem Lou sich geduscht und umgezogen hatte, hörte sie, mit einem kühlen Glas Orangensaft in der Hand, ihre Mailbox ab. Sie trank den ersten Schluck und spürte, wie sich, ihre Geschmacksknospen im Mund zusammenzogen. Das passte gut zu ihrem Magen, der sich ebenfalls gerade zusammenzog. Sie hatte sich noch immer nicht von den bedrohlichen Anrufen erholt. Neue Nummer hin oder her.

»Hey Lou. Bitte ruf mich sobald es geht, zurück. Bye!« Lou runzelte die Stirn, während sie Jennys Nummer aufrief und auf Wählen drückte.

Kapitel 12

»Lou! Das ist so schräg, du wirst es mir nicht glauben.«

Lou hielt sich das Handy ein Stück vom Ohr weg. Jenny schrie fast in den Hörer. »Was ist passiert?«

»Pass auf. Ich ruf heute meine E-Mails auf und dann ist da eine von einem Absender, den ich nicht kenne. 2big4you@aol.com … hört sich das für dich seriös an? Ich dachte mir, das wird Spam sein oder irgendeine perverse Anzeige. Bin aber trotzdem drauf gegangen. Da hat irgendein Idiot mir eine Nachricht geschickt, die besteht nur aus Großbuchstaben. Strange, dachte ich. Aber noch viel stranger ist der Text! Junge, ich hab echt schon drauf gewartet, bis ich ihn dir vorlesen kann. Es geht los: ›An die Wicca Schlampe.‹« Jenny schnaubte in den Hörer. »Wicca Schlampe? So wurde ich auch noch nie genannt. Warte, ich muss mir nur kurz die imaginären Lachtränen aus den Augen wischen.«

Ironie beherrschte Jenny wie kein anderer. Den Text der E-Mail las sie mit lauter Stimme vor, um den ganzen Großbuchstaben gerecht zu werden. Ihre eigenen Kommentare fügte sie in normaler Lautstärke hinzu.

»Kann weitergehen: ›Ich sag es nur ein Mal. Halt deinen dreckigen Hexenarsch von Louisa fern!‹«

Wieder schnaubte Jenny, was einem Lachen nahe kam. Lou hätte darauf gewettet, dass sich ihr Gesicht dabei kaum verzog.

»Ich fass es nicht. Dreckiger Hexenarsch! ›Sie hat Besseres verdient als dich. Sie hat jetzt mich!‹ Leider keine Unterschrift. Ich hätte ja dem Absender zu gern mal einen Besuch bei Vollmond abgestattet.« Wieder schnaubte Jenny. Das war bereits das dritte Mal. Sie schien sich wirklich köstlich zu amüsieren.

Lou überlief ein Schauer. »Weißt du, was komisch ist, Jen?«

»Ja. Dass mein Hexenarsch angeblich dreckig ist. Nicht runzlig oder so. Das hätte doch viel besser gepasst. Im Kontext, mein ich.«

»Ja, das auch. Ich meine, der große Unbekannte hat auch schon

Kontakt mit meiner Mutter aufgenommen. Und nun mit dir. Hat er jetzt vor, alle durchzugehen?«

»Er hat Kontakt mit deiner Mutter aufgenommen? Was stand denn in ihrer E-Mail? Hat er auch was zu ihrem Arsch gesagt? Das wäre ja lustig. Und wie hat er sie angesprochen? Mit Cruella?«

Lou verdrehte die Augen. »Jenny. Konzentrier dich! Meinst du, er geht jetzt alle durch, die ich kenne?«

»Hm. Möglich. Aber weißt du was? Das ist irgend so ein Spinner, der mit den Ketten rasselt. Da ist ganz bestimmt nichts hinter. Ich kenne das zu Genüge. Sobald sich jemand dunkel schminkt und sich schwarz kleidet, ist er ein Satanist oder eine Hexe. Auf jeden Fall hat der, der die E-Mail geschrieben hat, eine Macke. Wenn ich alles ignoriere, dann wird ihm schnell langweilig werden und er trollt sich zurück in sein Kellerzimmer bei Mommy.«

»Igitt. Ein Kellerzimmer bei Mommy klingt nach Amokläufer, oder so. Kein gutes Beispiel! Mann, Jenny, er kennt mich. Er kennt mein Umfeld. Ich könnte kotzen. Was sollen wir bloß tun?«

»Ich glaube immer noch, du solltest alles nicht ganz so an dich heranlassen. Irgendwann tickst du sonst aus. Meiner Meinung nach solltest du drei Regeln befolgen. Ignorieren, ignorieren und noch mal ignorieren.«

»Ich werde versuchen, mir eine Jen-mäßige Gelassenheit anzueignen.«

Es war leider nicht so einfach, wie gehofft, sich in Gelassenheit zu üben. Was hatte der Stalker vor? Bei ihrer Mutter hatte er angerufen, weil er Informationen haben wollte, da war Lou sich sicher. Aber die Aktion mit der E-Mail an Jenny stand auf einem ganz anderen Blatt. Er hatte geschrieben, dass sie sich von ihr fernhalten sollte. Und das Schlimmste war, dass er geschrieben hatte, sie würde jetzt ihn haben. Sie schüttelte sich ein wenig. Dieser Fremde war gruselig und sie hatte keine Ahnung, wie sie aus seinem Fokus verschwinden könnte.

Lou quälte sich um fünf Uhr morgens aus dem Bett. Ihr Kopf pochte, ihre Arme und Beine waren schwer und fühlten sich an, als würden sie sie herunterziehen. Langsam zog sie sich an und spürte ihre Erschöpfung in den Knochen und den brennenden Augen. Ihr Bauch schmerzte bei dem Gedanken an die Arbeit. Sie atmete tief durch und trank, auf dem Fußweg zum Altenheim schlückchenweise ihren Kaffee aus dem Thermobecher.

Bei der Arbeit hatte sie das Gefühl, neben sich zu stehen. Ihr Kopf war wie in Watte gepackt. Sie spürte eine seltsame Distanz zu allem, was sie gerade tat. Statt beschwingt wie sonst über die Stationsflure zu laufen, setzte sie energielos einen Fuß vor den anderen. Sie verstand nicht, was mit ihr los war. Ihre Bewegungen waren fahrig, sie war gereizt und mürrisch, den Kollegen gegenüber. Die ließen sie zum Glück bald in Ruhe.

Genervt sah sie, dass Frau Harris klingelte. Nicht schon wieder! Jeden Tag war es das Gleiche. Frau Harris behielt den Rufknopf den ganzen Tag in ihrer Hand. Sie war eine Dame, die ihr Zimmer nicht mehr verließ, weil sie gerne für sich war, wie sie sagte. Sie klingelte im Fünf-Minuten-Takt, es sei denn, sie machte ein Nickerchen. Mit etwas Glück war dann eine halbe Stunde Ruhe. Bisher hatte Lou Verständnis und interpretierte ihr Verhalten als eine Nebenwirkung der Einsamkeit.

Heute jedoch riss ihr Geduldsfaden. Lou stapfte wütend, zum vierten Mal innerhalb einer viertel Stunde, zum Zimmer der Bewohnerin. Sie klopfte knapp an, betrat das Zimmer und löschte das Ruflicht.

»Frau Harris, was soll es denn diesmal sein?«

»Mein Kissen muss aufgeschüttelt werden. So kann ich nicht sitzen.«

In Lou brodelte Wut. Ihr Nacken stach.

»Vor fünf Minuten hättest du nach meinem Kissen gucken müssen. Dann hättest du es direkt aufschütteln können. So kann ich jedenfalls nicht sitzen.« Demonstrativ rutschte die alte Dame auf ihrem Sessel hin und her, um zu zeigen, wie unmöglich es war, eine bequeme Position zu finden.

Lou hätte schreien können. Sie musste sofort aus diesem Zimmer raus. Sonst würde sie Frau Harris ihr Kissen um die Ohren hauen.

»Wissen Sie was? Machen Sie es selber! Sie haben zwei gesunde Arme und Hände.«

Lou verließ fluchtartig das Zimmer und hörte Frau Harris noch rufen, bevor die Tür ihr das Wort abschnitt »Ich zahle eine Menge Geld an dich! Da wirst du doch wohl mein Kissen …« Rumms. Die Tür fiel laut ins Schloss.

Schockiert über sich blieb Lou schwer atmend im Flur stehen. Was war nur los mit ihr? So unfreundlich ist sie noch nie einem Bewohner gegenüber gewesen. Sie hatte immer ihre Gefühle für sich behalten, egal, wie anstrengend und nervig manche Tage waren. Ihr Diensttelefon klingelte, es war die Nummer vom Empfang. Lou atmete tief ein und ging dran.

»Hallo? Hier ist Louisa?«

»Hallo, Josie hier. Ein Anruf für dich. Den Namen habe ich nicht genau verstanden, er sagte, es sei dringend.«

»Okay, Josie, stell durch.« Es klickte in der Leitung.

»Pflegeheim Wilhelmsblick, Schwester Louisa hier?«

Sie hörte, wie jemand scharf die Luft einsog. Sie erkannte dieselbe verzerrte Stimme von ihrem Anrufbeantworter.

»Louisa, ich bin dir näher, als du glaubst. Ich finde dich, egal, wo du bist.« Der Anrufer atmete langsam durch die Nase ein, als würde er sie durch das Telefon riechen können.

Ohne auf weitere Worte zu warten, legte Lou auf. Sie drehte sich um die eigene Achse, um zu sehen, ob sie beobachtet wurde. Ob jemand in ihrer Nähe war, noch mit einem Telefon am Ohr. Nein. So leicht würde der Stalker es ihr nicht machen. Ihm schien sein Versteckspiel mit ihr Spaß zu machen, sonst hätte er sich längst gezeigt. Ihr Telefon klingelte. Lou schaute es an. Sie konnte nicht drangehen. Sie wollte es nicht. Ihre Hände zitterten. Magensäure kroch ihre Kehle hinauf. Kurzerhand drückte sie den Anruf weg. Es klingelte. Sie drückte ihn weg. Es klingelte. Lou stolperte ins Dienstzimmer und starrte das Telefon in ihrer Hand an. Dann saß sie mit leerem Blick da und wünschte sich, weit weg zu sein.

Lou stand auf. Sie fühlte, wie sich in ihr ein Druck aufbaute, von dem sie keine Ahnung hatte, wie sie ihn loswerden sollte.

Sie musste sich jetzt um die Medikamente kümmern. Es gab bald Mittagessen. Abwesend stellte Lou die Tropfen. Sie nahm betäubungspflichtige Medikamente aus dem Safe. Trug die entnommenen Tabletten in einen Ordner ein. Schloss alles ab und machte sich auf den Weg, die Medikamente zu verteilen. Absichtlich ließ sie ihr Telefon im Dienstzimmer liegen. Sollte es doch weiter klingeln. Sie wollte davon nichts mehr hören.

Als sie ihre Runde beendet hatte und die Medikamententabletts ins Dienstzimmer bringen wollte, kam ihr eine aufgebrachte Kollegin entgegengerannt.

»Louisa, da bist du ja. Wir haben dich überall gesucht! Warum gehst du nicht ans Telefon? Komm schnell! Herr Bolton ist umgekippt.«

Erschrocken lief Lou hinter ihrer Kollegin her und betrat mit ihr Herrn Boltons Zimmer. Sie war die einzige Fachkraft heute. Das bedeutete, sie hatte die Schichtleitung. Sie war nicht erreichbar gewesen. Jetzt, wo es einen Notfall gab, konnte es schlimme Konsequenzen für den Bewohner nach sich ziehen.

Sie erfasste die Situation. Herr Bolton lag vor seinem Kleiderschrank auf dem Boden. Sein Rollator lag umgestürzt neben ihm. Er hatte sich bei seinem Sturz eine Platzwunde auf der Stirn zugezogen. Aus Erfahrung wusste Lou, dass diese immer heftig bluteten. Sie war aus diesem Grund nicht über die Blutlache auf dem Boden überrascht. Er schien ohnmächtig zu sein und sah grau im Gesicht aus. Lou reagierte, während sie sich Handschuhe überzog.

»Martha, ich brauche ein kleines Kissen, Handtücher, eins davon nass – sofort. Desinfektionsmittel und Kompressen aus dem Verbandswagen.

Sophie, bitte bring mir das Blutdruckmessgerät aus dem Dienstzimmer und das Telefon, das auf dem ersten Tisch liegt.«

Sie kniete sich zu Herrn Bolton auf den Boden. Martha gab ihr das Kissen und einige Handtücher. Lou fühlte den Puls des Bewohners, sein Herz schlug. Erleichtert atmete sie aus.

»Herr Bolton, ich bin es, Schwester Louisa. Können Sie mich hören?«

Keine Reaktion. Lou rieb ihm mit den Fingerknöcheln über die empfindliche Stelle unterhalb des Schlüsselbeins. Meist ließ sich so eine Reaktion provozieren. Er reagierte nicht.

Mittlerweile waren Martha und Sophie zurück. Lou wusch ihm vorsichtig das Blut aus dem Gesicht, um erkennen zu können, wo die Verletzung genau war.

»Hat jemand von euch gesehen, wie er gestürzt ist?« Die beiden schüttelten den Kopf.

»Ich wollte ihn gerade abholen und in den Speisesaal bringen, da lag er schon hier. Ich hab dich angerufen, aber du bist nicht drangegangen«, sagte Martha.

Lou desinfizierte die Wunde und presste einen Stapel Kompressen dagegen.

»Martha, zieh dir Handschuhe an und übe weiterhin Druck auf die Wunde aus, okay?«

Nur leicht hob sie den Kopf von Herrn Bolton an, damit sie das Kissen darunter schieben konnte. Sie prüfte, ob weiterhin ein Puls spürbar war, zog die Handschuhe aus und rief den Notruf. Dann maß sie den Blutdruck.

Sophia schickte sie zum Eingang, damit sie die Sanitäter in Empfang nehmen konnte. Martha blieb bei Herrn Bolton und sie ging ins Dienstzimmer, um die Versichertenkarte herauszusuchen und alle Unterlagen, die die Notaufnahme benötigen würde, auszufüllen und vorzubereiten.

Sie eilte zurück in das Bewohnerzimmer. Als sie erneut seinen Puls fühlte, spürte sie ihn nicht mehr. Weder an der Halsschlagader noch am Handgelenk. Sofort begann sie mit der Herzdruckmassage, überstreckte seinen Kopf und führte in regelmäßigen Abständen Mund-zu-Mund-Beatmung durch. Erst als die Sanitäter kamen, zog sie sich zurück und schilderte in knappen Worten, wie sie Herrn Bolton vorgefunden hatte und was im Folgenden passiert war.

Während der Verletzte mit Sirene und Blaulicht ins Krankenhaus gefahren wurde, waren Lous Nerven zum Zerreißen gespannt. Nachdem sie die Boltons Angehörige benachrichtigt hatte, hatte sie große Mühe, einen sachlichen Bericht über die Vorkommnisse zu schreiben. Sie fühlte sich erschöpft und ausgelaugt. Ihre Hände zitterten.

Etwa eine Stunde später kam ihre Chefin auf sie zu. Sie bat sie zu einem Gespräch in ihr Büro.

Lou fühlte sich innerlich so leer, sie konnte sich nicht mal Sorgen darüber machen, was ihre Chefin ihr zu sagen hatte. Nachdem Lou die Tür hinter sich geschlossen und sich hingesetzt hatte, sah sie den ernsten Blick der Chefin.

»Das Krankenhaus hat angerufen. Herr Bolton ist gestorben.«

Lou blickte entsetzt auf.

»Was heute hier passiert ist, hätte so nicht passieren dürfen. Louisa, Sie hatten die Schichtleitung. Sie sind als einzige Fachkraft auf der Station. Wie oft habe ich Ihnen allen gesagt, dass Sie immer, ohne Ausnahme, die Diensttelefone dabei haben müssen? Sie waren bei einer Notfallsituation nicht erreichbar. Sie zu finden, damit Maßnahmen eingeleitet werden konnten, hat kostbare Zeit gekostet. Ich kann nicht sagen, ob Herr Bolton überlebt hätte, wenn Sie sofort zur Stelle gewesen wären. Das werden wir nicht mehr herausfinden können.«

Lou wurde immer kleiner auf ihrem Stuhl und war schockiert. Hätte sie doch ihr Telefon dabei gehabt! Hätte sie doch die Anwesenheitslichter angemacht, wenn sie in einem Zimmer war, um die Medikamente zu verabreichen. Sie konnte die Zeit leider nicht zurückdrehen.

»Es gab eine Beschwerde von Frau Harris. Seit wann lassen Sie Ihren Frust an unseren Bewohnern aus? Josie hat sich bei mir beschwert über die zahllosen privaten Anrufe, die für Sie hereingekommen sind. Sie hat mir berichtet, dass Sie alle Gespräche weggedrückt haben. Louisa, mein Verständnis für Ihre private Situation endet hier. Ihr Verhalten hat arbeitsrechtliche Konsequenzen. Ich werde Sie abmahnen. Der Brief wird Ihnen von der Personalabteilung zugestellt werden. Ich bitte Sie, jetzt zu gehen und erst zurückzukommen, wenn Sie alles in den Griff bekommen haben, was Sie vom verantwortungsvollen Arbeiten ablenkt. So sind Sie eine Gefahr für die anderen. Sie können jetzt nach Hause gehen.«

Lou fror und fühlte sich wie unter Schock. Mit bis zu den Ohren hochgezogenen Schultern, den Blick zu Boden gerichtet, lief sie nach Hause. Unter der Gefühllosigkeit, die sich in ihr breitgemacht hatte, spürte sie Verzweiflung lauern. Schuldgefühle plagten sie. Sie nahm nichts wahr, sah und hörte nichts um sie herum. Wie ferngesteuert kam sie zu Hause an, holte ihre Post aus dem Briefkasten, betrat ihr Haus, zog sich aus und ließ die Kleidung auf dem Boden liegen. Sie ging duschen. Wollte sich diesen schrecklichen Tag vom Körper, von ihrer Seele waschen. Immer wieder schäumte sie sich ein, wusch und schrubbte, bis die letzte Energie sie verließ.

In Handtücher gewickelt, ging sie ins Schlafzimmer, um sich frische Kleidung aus dem Schrank zu holen. Lou blieb stehen und schnappte nach Luft. Sie konnte ihren Blick nicht vom Bett abwenden. Blutrote Rosen lagen auf ihrem Kopfkissen.

Als hätte sie es mit einer giftigen Schlange zu tun, näherte Lou sich vorsichtig, Schritt für Schritt den Blumen. Schön und elegant geschwungen, lagen die Blüten auf ihrem Kissen. Die langen Stiele berührten die Matratze. Tausend Gedanken wirbelten gleichzeitig durch ihren Kopf. Wie konnte jemand in ihr Haus eindringen? Wer war es? Wer hatte die Blumen dort hingelegt? Lagen die Rosen bereits da, bevor sie geduscht hatte? Was sollte sie tun? War in diesem Moment jemand im Haus? Oh Gott! War sie nicht allein? Sie versuchte, ihre Gedanken zu beruhigen, und lauschte aufmerksam, ob sie etwas wahrnahm. Das Schlucken fiel ihr schwer. Sie hatte das Gefühl, ihr Mund sei staubtrocken. Ihr Herz raste. Schweiß trat ihr auf die Stirn. Sie merkte, wie ihr der Brustkorb eng wurde. Sie fühlte sich wie am Vortag im Café. Sie wurde sich ihrer Nacktheit bewusst. Sie hastete zum Schrank und zog sich mit zitternden Händen Unterwäsche, eine graue Jogginghose und einen schwarzen Pullover an. Ihr Atem war flach, ihr Blickfeld schrumpfte. Sie konnte sich nicht überwinden, das Schlafzimmer zu verlassen, um herauszufinden, ob sie allein war oder nicht.

Die Zeit verstrich. Sie hörte keine Geräusche. Irgendwann gab sie sich einen Ruck. Sie wollte raus. Wollte auf der Stelle das Haus verlassen. Ihr Blick fiel auf die Blumen. Sie konnte sich nicht durchringen, diese Blumen anzufassen. Als würde sich etwas vom Täter auf ihre Haut übertragen. Vorsichtig schlich sie sich in ihre Küche. Zu sehen war niemand. Sie holte ihre Putzhandschuhe aus dickem gelbem Gummi unter der Spüle hervor, zog sie an und betrat ihr Schlafzimmer.

Bevor sie durch die Tür trat, schaute sie sich genau um. War etwas verändert worden? Hatte jemand in ihre Schränke und Schubladen geschaut? Ängstlich musste sie sich eingestehen, dass sie einfach keine Ahnung hatte. Sie trat ein und brachte die Blumen in die Mülltonne vor ihrem Haus. Die Handschuhe schmiss sie hinterher. Sie ging hinein, schnappte sich ihren Schlüssel und eine Flasche Wasser. Ihre Zunge klebte an ihrem Gaumen. Sie hatte einen metallischen Geschmack im Mund. Lou stieg in ihr Auto. Es war höchste Zeit, wieder zur Polizei zu gehen.

Lou berichtete auf der Polizeiwache erneut alles. Angefangen von der ersten Nachricht bis zu diesem Nachmittag. Ein freundlicher Polizist nahm ihre Daten und die Aussage auf.

»Frau Siebert, wissen Sie, wer Sie belästigt? Oder haben Sie irgendeinen Verdacht? In den meisten Fällen handelt es sich um Familienmitglieder, Arbeitskollegen, Beziehungspartner oder Ex-Partner, Freunde oder flüchtige Bekannte. Fällt Ihnen dazu etwas ein?«

Lou dachte kurz nach, ob sie Ben erwähnen sollte. Bei dem Gedanken, Ben fälschlicherweise bei der Polizei als Verdächtigen anzugeben, drehte sich ihr der Magen um. Wie sollte sie in Zukunft mit ihm arbeiten können, wenn er unschuldig war, sie ihm aber die Polizei auf den Hals gehetzt hätte? Nein, sie hatte absolut nichts in der Hand.

Lou sackte in sich zusammen »Nein. Ich weiß nicht, wer es sein könnte. Das ist ja das Zermürbende. Ich zerbreche mir den Kopf, gehe in Gedanken alles durch und finde keine Antworten.«

»Wenn uns bekannt wäre, wer die Person ist, die Ihnen nachstellt, könnten wir ein Gespräch mit der betreffenden Person führen. Meistens reicht das aus, um das Stalkingverhalten zu stoppen. Strafanzeige können Sie zum jetzigen Zeitpunkt nicht stellen, da keine nachweisliche Gefährdung vorliegt. Sie wurden nicht verletzt und es fand keine direkte Bedrohung statt. Aber ich nehme Ihre neue Aussage auf.«

Der Polizist schaute Lou an. »Ich würde Ihnen dringend raten, alles zu sammeln und zu dokumentieren, was mit der Nachstellung zusammenhängt. Das benötigen wir, wenn wir wegen Stalkings ermitteln. Es muss deutlich daraus hervorgehen, wie schwerwiegend eine Beeinträchtigung Ihrer Lebensgestaltung vorliegt.«

Lou nickte. »Was ist mit dem Einbruch in mein Haus?«

Der Polizist atmete durch. »Nun, ich habe Ihre Aussage aufgenommen und schicke Beamte zu Ihnen nach Hause, die dort Spuren sichern können.«

Lou war einverstanden. Sie gingen gemeinsam den heutigen Tag durch. Er fragte, was Lou, wann gemacht habe, wann sie nach Hause kam und wann sie die Rosen fand.

»Haben Sie Einbruchspuren an der Haustür oder an Ihren Fenstern entdeckt?«

»Na ja, an der Haustür habe ich nichts Ungewöhnliches bemerkt. Die Fenster habe ich mir noch nicht angeschaut.«

»Darum kümmern wir uns noch. Können Sie mir sagen, was entwendet wurde?«

Lou dachte nach und stellte fest, dass sie es nicht sagen konnte. Bei ihrer desolaten Verfassung nach der Arbeit konnte sie es nicht beurteilen.

»Ich weiß nicht, ob etwas entwendet wurde. Ich habe nur auf die Rosen geachtet, die auf meinem Bett lagen.«

Der Polizist lehnte sich zurück. »Okay, Sie können zu Hause alles durchgehen und den Kollegen vor Ort Bescheid sagen.« Er schrieb etwas in ein Protokoll.

»Könnte ein Ex-Freund für alles verantwortlich sein? Oder jemand, der einen Schlüssel von Ihnen hatte und ihn nicht zurückgegeben hat?«, fragte er mit gezücktem Stift.

Lou sah, wie ihre Hände vor Anspannung leicht zitterten, und kratzte sich hektisch am Dekolleté. Das penetrante Jucken machte sie aggressiv.

»Nein. Mein Ex-Freund wohnt seit Längerem in London. Er hatte nie einen Schlüssel von mir. Und danach gab es auch niemanden mehr, der einen Schlüssel bekommen hat.«

»Frau Siebert, ich kann mir vorstellen, wie verwirrend und beängstigend das alles für Sie ist. Sie sind nicht untätig geblieben und hierherzukommen war ein erster, wichtiger Schritt. Wir haben eine Akte, die wir, sollte das Stalking nicht aufhören, weiter füllen können. Jeder Hinweis ist wertvoll und bringt uns dem Täter einen Schritt näher. Wie ich schon sagte, notieren und dokumentieren sie alles, was vorfällt. Ich hoffe, Sie haben alle Ihnen näher stehenden Personen darüber informiert, dass Ihnen nachgestellt wird?«

Beck schob sich in ihre Gedanken und sie schob sein Bild energisch weg.

»Ja, das habe ich.«

»Gut. Sie können sich in Ruhe überlegen, ob Sie Bewegungsmelder oder Überwachungskameras anbringen wollen. Oft werden Täter davon abgeschreckt. So haben Sie auch die Chance herauszufinden, wer sie belästigt.«

»Okay, ich mache mir Gedanken darüber.«

»Und noch mal: Legen Sie ein Stalking-Protokoll an. Datum, Uhrzeit, Hergang und Inhalt der Stalkinghandlung. Außerdem Namen und Adressen der Personen, die das Stalking bezeugen können. Protokollieren Sie auch das Datum von Beweismitteln, wie Fotos, E-Mails, WhatsApp-Nachrichten, SMS, Briefe, Mailbox-Nachrichten, Beschädigungen, Geschenke und so weiter und heben diese auf. Sobald Sie einen konkreten Verdacht haben, wer der Stalker sein könnte oder es sicher wissen, kommen Sie bitte her. Ich gebe Ihnen Broschüren mit, in denen Sie Internetadressen und Telefonnummern finden, an die Sie sich wenden können, um mehr über das Thema Stalking zu erfahren. Dort stehen noch mal die Hinweise, die ich Ihnen gegeben habe. Und jetzt sage ich meinen Kollegen Bescheid, die Sie nach Hause begleiten werden. Haben Sie noch Fragen?«

»Nein, vielen Dank.«

Auf der Fahrt nach Hause kreisten Lous Gedanken unentwegt darum, was sie nun tun sollte. Der Schock, dass sich jemand Zutritt zu ihrem Haus verschafft hatte, nagte an ihr. Wäre jetzt der richtige Zeitpunkt, um woanders Unterschlupf zu suchen? Bisher hatte sie dafür noch keine Veranlassung gesehen. Das sah jetzt anders aus. Sie wusste nicht, wann und ob der Einbrecher zurückkäme. Bewusst atmete sie tief ein und aus, um sich zu beruhigen. Sie war froh, dass die Polizisten hinter ihr her fuhren und sich alles im Haus genau ansehen würden. Sie hatte keine Lust darauf, allein auf irgendwelche unangenehmen Überraschungen zu treffen.

Lou ging jedes einzelne Zimmer ab, zog Schubladen auf, öffnete

Schränke und ließ ihren Blick durch die Räume wandern. Anscheinend war nichts entwendet worden. Sie ging auf die Polizisten zu, die sich, nachdem sie die Haustür auf Einbruchspuren untersucht haben, dem Terrassenfenster zuwandten.

Als sie Lou kommen hörten, blickten sie auf.

»Frau Siebert, an der Haustür haben wir keine Einbruchsspuren entdeckt. Hier, an ihrer Terrassentür, sind einige Kratzer zu sehen. Allerdings können wir nicht mit Sicherheit sagen, ob die durch einen Einbruch entstanden sind.«

»Aber möglich wäre es?«, fragte Lou.

»Möglich wäre es. Haben Sie mittlerweile feststellen können, was fehlt?«

»Ich habe alles kontrolliert. Mir ist nichts aufgefallen.«

»Okay, Frau Siebert. Dann liegt hier Hausfriedensbruch vor, kein Einbruch.«

Lous Frustration wuchs.

»Mir ist es egal, wie Sie es nennen. Es war jemand in meinem …« Lou unterbrach sich, weil es an ihrer Tür klingelte. »Entschuldigen Sie mich einen Moment.«

Die Polizisten nickten und Lou begab sich zur Haustür. Hoffentlich wartete nicht die nächste Katastrophe auf sie.

Kapitel 13

Vor ihr stand Patrick und sah sie besorgt an.

»Hey Louisa, ich habe ein Polizeiauto vor deinem Haus gesehen. Ist alles in Ordnung? Kann ich irgendwie helfen?«

Lou sträubten sich die Nackenhaare. Sie hatte das Gefühl, dass all der aufgestaute Frust und die Wut jeden Moment durchbrechen konnten. Sie war am Ende.

»Nein, Patrick. Das kannst du nicht. Ich hab hier noch einiges zu regeln.« Sie wollte die Tür schließen, aber Patrick drückte sie mit seiner Hand wieder auf.

»Louisa, ich sehe doch, wie fertig du bist. Komm her.« Er zog sie an sich und schlang seine Arme um sie. Ihr Kopf ruhte an seiner Brust.

Ihr Körper war steif vor Anspannung. Sie schob Patrick sanft von sich weg.

»Hör mal, ich muss wieder zu den Polizisten. Du kannst ruhig gehen.«

»Aber warum sind sie hier?«

»Patrick. Nicht jetzt.« Ihre Stimme klang schneidend.

Sie drehte sich um und ging zurück zu den Polizisten.

»Wir wandeln ihre Anzeige in eine Anzeige für Hausfriedensbruch um. Wir würden Ihnen empfehlen, Rollläden vor die Terrassenfenster zu installieren, das macht es Einbrechern schwerer einzudringen. Schließen Sie Ihre Haustür bitte doppelt ab. Wenn Ihnen etwas Ungewöhnliches auffällt, rufen Sie die Notrufnummer an. Würden Sie das Protokoll bitte noch unterschreiben?«

Als sie die Polizisten zur Tür gebracht hatte, sah sie, dass Patrick immer noch da war und in ihrer Küche stand.

Sie sahen sich eine Weile in die Augen, dann nahm Patrick ihre Hand.

»Komm mit!«

Sie ließ sich von ihm durch ihr Wohnzimmer, bis auf die Terrasse ziehen. Sie gingen weiter über die Rasenfläche, bis hin zu den Büschen, die ihr Grundstück begrenzten.

Er ließ sich auf die Knie sinken und klopfte neben sich auf die Erde. Mit leerem Kopf tat Lou es ihm nach und kniete sich ebenfalls hin. Als Patrick sprach, tat er es mit einer tiefen, sanften, melodischen und leisen Stimme.

»Lou, wir Menschen treiben manchmal wie auf offener See umher. So geht es dir gerade, das kann ich sehen. Nur, wenn wir uns erden, wenn wir der Kraft der Natur vertrauen, sie in uns aufnehmen, finden unsere Füße wieder festen Halt.«

Er nahm ihre kalte Hand in seine warme und drückte sie auf die Erde.

»Lege beide Hände flach auf die Erde. Dahin, wo kein Gras wächst. Du brauchst Erde, die du mit deinen Fingern aufwühlen kannst. Die du durch deine Hände rieseln lassen kannst. Spüre die Natur.«

Sie kratzte mit Fingerkuppen und Nägeln die feste Erde auf. Zerrieb sie zwischen den Fingern, roch daran.

»Gut so. Spürst du ihre Kraft? Lass deine Sorgen, deine Ängste los. Gib sie an die Erde ab.«

Lou blickte Patrick in die Augen. Er strahlte Ruhe und Freundlichkeit aus. Er war ihr so nah, sie meinte, die Wärme seines Körpers zu spüren.

Patrick lächelte. Seine Stimme, ein Flüstern.

»Du spürst es, Louisa. Das ist die Kraft der Göttin, die in dir erwacht.«

Er näherte sich ihr, sie hielt still. Seine Lippen berührten ihre. Sie küssten sich. Zaghaft, sanft, dann intensiver. Lou krallte ihre von der Erde schmutzigen Finger in den Kragen seines Hemdes.

Als sie seine Hand unter ihrem Pullover an ihrem Bauch spürte, war es, als würde sie aufwachen.

Scheiße! Beck. Tränen traten ihr in die Augen. Sie war überfordert, sprang auf und rannte in ihr Haus. Sie schloss hinter sich die Terrassentür und zog die Vorhänge vor.

Schwer atmend und mit wild klopfenden Herzen ließ sie sich zu

Boden sinken und weinte.

Patrick klopfte an die Glasscheibe. Was hatte sie getan? Es fühlte sich falsch an. Ihre Kehle zog sich zusammen. Speichel sammelte sich in ihrem Mund. Sie rannte zur Toilette und erbrach sich.

Sie putzte sich schluchzend die Zähne. Sie hatte Beck hintergangen, war vielleicht schuld daran, dass ein Mensch gestorben war, und knutschte mit ihrem Nachbarn. In diesem Moment war ihr Selbsthass so groß, dass sie Angst vor ihren eigenen Gedanken bekam. Sie wollte das alles nicht mehr. Sie wollte dieses Leben nicht mehr. Es gab nichts Schönes, keine Helligkeit. Ihr Nacken verspannte sich schmerzhaft, sodass sie kaum mehr ihren Kopf drehen konnte. Verzweiflung schnürte sie ein und drückte ihr die Luft ab. Waren die anderen nicht besser dran ohne sie? War sie nicht eine riesige Belastung für alle?

Hitze stieg ihr in den Kopf, flutete ihren Körper. Das verdammte Jucken hörte nicht auf. Lou wurde schwindelig und hielt sich am Waschbecken fest. Ihr wurde schwarz vor Augen. Sie sank auf die kalten Fliesen ihres Badezimmers.

Lou fühlte sich an ihre Kindheit erinnert. Negative Gefühle wie Angst, Wut, Ärger, Zorn und Aggression waren unerwünscht. Wenn sie diese Emotionen zeigte, wurde sie mit Liebesentzug gestraft. Also unterdrückte sie diese Gefühle. Sie hatte nie gelernt, sie auszuleben oder darüber zu sprechen. Es war, als wäre jahrelang jede Verletzung und Enttäuschung, jeder Frust und jede heruntergeschluckte Emotion in ihr Gehirn injiziert worden, sodass ihr Kopf immer mehr anschwoll. Bei jedem Ärgernis oder dem Gefühl, ungerecht behandelt zu werden, stiegen die Temperatur und der Druck in ihrem Kopf weiter an.

Sie dachte an damals zurück. Warum gerade jetzt? Dachte an die Tragödie, an der sie Mitschuld trug. Oh Gott, sie hasste sich dafür. Laut schrie Lou auf, während sie schluchzte. Die Schuld und die Trauer, die sie in sich trug, waren zu groß für sie. Sie konnte nicht mehr.

Erneut übergab sie sich. Rebekka. Sie dachte an Rebekka. An ihre schreckliche Schuld. Dann explodierte Lou. Die scharfkantigen, spitzen Splitter ihrer zerberstenden Seele, schossen in alle Richtungen und hätten jeden durchbohrt, der sich in ihrer Nähe aufhielt. Zum Glück war sie allein. Es war, als wäre ein Schalter umgelegt worden, der Lou zum Berserker werden ließ. Zorn und Hass brachen sich Bahn. Brüllend spie sie Beleidigungen aus. Sie schlug um sich. Sie kotzte ihre Wut heraus. Wie von Sinnen wollte sie nur noch eines: die von Hass gespeiste Energie loswerden. Ihren Oberkörper warf sie immer wieder nach vorn, um ihren Rücken dann unsanft gegen ihre Badewanne prallen zu lassen.

Bald verließen sie ihre Kräfte. Sie war so müde. Ihr Hals schmerzte von ihren Schreien. Ihr Kopf hing wie ein zentnerschweres Gewicht auf ihren Schultern.

Sie schlief, zusammengerollt in ihrem Badezimmer, ein.

Als Lou erwachte, wusste sie nicht, wie lange sie im Bad gelegen und geschlafen hatte. Langsam erwachte sie aus ihrem Gefühlschaos. Sie setzte sich auf und lehnte ihren schmerzenden Rücken an die Wanne. Sie fühlte sich elend. Wie groß war ihre Schuld daran, dass Herr Bolton gestorben war? Verzweiflung schlug über ihr zusammen. Sie wollte helfen, aus diesem Grund hatte sie sich für ihren Job entschieden. Wie leicht es war, einen Fehler zu begehen, der unabsehbare Folgen hatte. Lou würde kündigen. Sie wollte keine Verantwortung mehr tragen. Sie wollte einen Job, der sie nach dem Feierabend nicht noch verfolgte, wie es ihr jetziger oftmals tat. Sie war vernünftig genug, diese Überlegungen vorerst zur Seite zu schieben. Man sollte niemals über existenzielle Entscheidungen nachdenken, wenn man deprimiert war.

Was war zu tun?

Ein Schauer rann ihr, ohne einen bestimmten Auslöser, den Rücken hinunter. Irgendetwas schnürte ihr die Luft ab. Oh bitte, nicht wieder eine Panikattacke.

Sie straffte die Schultern und schüttelte ihren Kopf, tief atmete sie ein und ganz langsam wieder aus. Es half.

Der Schlafmangel, die Anspannung, der Einbruch, der Telefonterror, die unheimlichen Nachrichten, ach, einfach alles forderte seinen Tribut.

Das Grübeln ging in die nächste Runde. Gab es so etwas wie Karma? Sofort dachte sie an Rebekka. Sie hatte jahrelang nicht mehr an sie gedacht. Hatte den Gedanken an sie verdrängt. Ihre Verfassung schwemmte alles nach oben. Nein! Nicht jetzt. Die Gedanken an ihre ehemals beste Freundin durfte sie nicht zulassen. Es gab Dinge, über die sie nachdenken musste. Probleme, die sie lösen musste.

Drehte der Stalker durch? Lou beschlich der Gedanke, wie unlogisch es gewesen war, zu denken, Ben würde hinter allem stecken. Warum sollte er seine Stimme unkenntlich machen? Es sei denn, alles zielte darauf ab, ihr Angst zu machen. Ja, das hatte hervorragend geklappt. Sie dachte an die E-Mail, die Jenny erhalten hatte. Jetzt, inmitten all der Fragen, auf die sie keine Antworten hatte, kam sie ihr nicht mehr so harmlos vor. Im Grunde genommen war die E-Mail eine Drohung. Es stand zwar nicht darauf, was passieren würde, sollte Jenny sich nicht von ihr fernhalten, doch die Wortwahl war eindeutig aggressiv.

Ein Gedanke, der ihr jetzt zum ersten Mal in den Sinn kam, ließ Lou spüren, wie ihr das Blut aus dem Kopf strömte. Ihr wurde schwindelig. Hände und Füße fühlten sich eiskalt an. War Jenny in Gefahr? Was war mit ihrer Mutter? Dort war der Ton zwar ein anderer gewesen, doch der Stalker hatte auch mit ihr Kontakt aufgenommen. Sie hatte doch gelesen, dass alle dem Stalkingopfer nahestehenden Personen in Gefahr geraten konnten.

Der nächste Gedanke machte ihr das Herz schwer. Sie würde Beck nicht halten können. Sie hatte ihn hintergangen. Ihr Leben war scheiße. Sollte sie nicht besser jetzt schon alles abbrechen, bevor ihre Gefühle zu ihm noch stärker werden konnten? Dabei war Beck derzeit ihr Anker. Sie wollte nicht auf ihn und die Zeit mit ihm verzichten. Bei ihm fühlte sie sich nicht minderwertig. Doch hatten sie überhaupt eine Chance, wenn sie ihm von dem Kuss mit Patrick erzählt hatte? Eine weitere Frage, die sie nach hinten verschieben musste, da sie darauf keine Antwort wusste. Was sie jedoch sicher wusste: dass sich der Kuss mit Patrick niemals wiederholen würde. Sie war zu aufgewühlt gewesen und hatte den Empfindungen des Augenblicks nachgegeben. Jetzt war ihr wenigstens klar, dass sie nicht ihn wollte.

Ihr Leben war aus den Fugen geraten. Ihre Schultern sackten herab. Sie spürte, wie machtlos sie war. Was genau passierte gerade mit ihr? War sie stark genug, sich zu wehren, wenn es darauf ankam?

Sie dachte an Rebekka. Dann an ihre Freunde. Oh ja. Sie wäre stark genug. Sie würde toben, um sich beißen, alles aus dem Weg räumen. Und jetzt? Wogegen sollte sie sich wehren? Gegen ein Scheißphantom? Sollte sie sich verstecken? Diesen Gedanken fand sie am verlockendsten. Wegfahren. Von der Bildfläche verschwinden. Würde er sie verfolgen? Ben sicher nicht. Doch ein Fremder? Das konnte sein. Sollte sie sich einen Hund zulegen? Sie würde sich um einiges sicherer fühlen. Doch es wäre gemein, sich nur aus diesem egoistischen Motiv einen Hund zu besorgen. Er wäre viel zu viel allein.

Papa, bitte sag mir, was ich tun soll. Muss ich mein komplettes Leben ändern? Wohin könnte ich gehen, wenn ich wegmüsste? Wohin bloß?

Nachdem Lou beim Arzt war, rief sie mit starkem Herzklopfen ihre Chefin an und meldete sich krank. Sie sagte ihr, sie würde länger ausfallen. Ihre Chefin nahm es zur Kenntnis. Lou fiel ein Stein vom Herzen, nachdem sie das erledigt hatte.

Sie entschied sich bewusst, heute nicht mit ihren Freunden zu sprechen. Heute musste sie versuchen, ganz allein die Scherben ihres Lebens zusammenzukehren.

Sie dachte nach. Sie musste Beck sagen, was passiert war. Am besten sofort. Würde sie es immer weiter aufschieben, wäre sie unfair Beck gegenüber. Außerdem würde es sie auffressen. Sie entschied sich, ihm zu schreiben, weil sie so ihre Gedanken besser ordnen konnte.

Beck, ich weiß nicht, wie ich anfangen soll, dir alles zu erklären. Mein Leben ist seit geraumer Zeit ein Chaos. Wenn du, nachdem ich dir gesagt habe, was heute passiert ist, noch Näheres wissen möchtest, erzähle ich dir alles.

Heute war die Polizei bei mir, und Patrick kam vorbei. Ich weiß wirklich nicht mehr, wie es passieren konnte, ich war am Ende meiner Kräfte. Plötzlich küssten wir uns. Er hat den Anfang gemacht, aber ich habe es zugelassen. Ich fühlte mich, als stünde ich unter Schock. Als mir bewusst wurde, was wir da taten, rannte ich weg. Ich kann dir gar nicht sagen, wie sehr ich es bereue. Mir tut es so leid. Es war ein großer Fehler.

Ich weiß, dass es die Sache nicht besser macht, aber ich möchte, dass du weißt, dass ich Patrick nicht mehr ins Haus lassen werde. Ich werde auch nicht zu ihm gehen oder mich überhaupt mit ihm treffen.

Ich bete darum, dass du mir verzeihen kannst. Wenn du es nicht kannst, verstehe ich es. Ich hoffe in dem Fall, dass wir trotzdem nicht wie Fremde aneinander vorbeigehen, wenn wir uns über den Weg laufen. Deine Lou.

Sie schickte die Nachricht ab. Sie war verwirrt, ausgebrannt und geistig im Leerlauf-Modus. Am Rande registrierte sie, dass dieser geistige Zustand auch sein Gutes hatte. Sie hatte keine Angst. Es interessierte sie momentan einfach nicht, ob ihr etwas passierte. Sie schlurfte ins Schlafzimmer, legte sich aufs Bett. Scheiß auf das Waschen und Umziehen! Augen zu, nichts mehr sehen, hören oder denken. Sie schlief ein. Mehrmals in der Nacht schreckte sie aus Albträumen hoch. Legte sich hin, das Ganze von vorn.

Langsam tauchte Lou aus ihrem Schlaf auf, öffnete die Augen und lag bewegungslos da. Ihr Schlafzimmer lag im Dunkeln, nur der Mond schien durch einen Spalt ihrer Gardinen auf ihr Bett. Lou seufzte. Warum konnte sie nicht einfach weiterschlafen? Sie hatte keine Kraft mehr, sich weitere Gedanken zu machen. Doch sobald sie ganz wach sein würde, würde es wieder losgehen, das wusste sie genau.

Ein Schatten bewegte sich durch den Streifen Licht auf ihrer

Bettdecke. Aus trockenen, brennenden Augen beobachtete Lou das Spiel aus Licht und Schatten. Moment! Sie hielt die Luft an. War das eine menschliche Silhouette, die sich da abzeichnete? Sofort war sie hellwach, rührte sich aber nicht. Ihr Herzschlag nahm an Tempo zu, bis es geradezu rumpelte in ihrer Brust. Der Schatten inmitten des Streifen Mondlichts bewegte sich nicht, genauso wie Lou. Stocksteif und mit schmerzhaft angespannten Muskeln lag sie da. Atmete flach, stellte sich tot. Der Schatten schien etwas hin- und herzuschwanken und glitt dann nach links, bis Lou nur noch das Licht des Mondes auf ihrer Bettdecke sah. Ihr Brustkorb weitete sich wieder, ihre Muskeln wurden schlaff und sie spürte, wie einige Tropfen Urin ihren Slip durchnässten. Das brachte sie vollends in die Realität zurück. Zittrig stand sie auf und ging ins Bad, wo sie sich erleichterte, wusch und umzog. Sie traute sich danach nicht mehr, ihr Schlafzimmer zu betreten, und legte sich im Wohnzimmer auf die Couch. Sie dachte nichts und für diesen Moment war es ihr sehr angenehm.

Lou lag seit Stunden bewegungslos auf der Couch. Das Einzige, was sie tat, war zu liegen und zu atmen. Ihr Kopf war leer, ihre Augen müde, ihr Körper erschöpft. Das Handy klingelte, doch sie würde nicht drangehen. Mit irgendjemandem zu reden, hatte sie keine Lust. Ihre Bewegungen waren schleppend und langsam, während sie duschte, sich anzog und frühstückte. Sie hörte in ihr Inneres. Okay, sie hatte eine Krise, war im Stimmungstief. Wenigstens musste sie in diesem Zustand nicht arbeiten.

Während sie an ihrem Kaffee nippte, rief sie ihre E-Mails auf ihrem Laptop auf und entdeckte eine Mail von Marla. Der Betreff hieß: Sleeping Beauty. Das klang interessant. Marla veranstaltete öfter besondere Aktionen für ihre Kundinnen. Bisher hatte Lou immer mündlich davon erfahren oder Marla deckte sie mit Flyern ein. Sie klickte auf die E-Mail und befolgte die Bitte, auf den unten stehenden Link zu klicken.

Lou rückte näher an das Display ihres Laptops heran. Was war das denn? Unzählige Bilder erschienen in Miniaturansicht. Mit geschwungener Schrift stand darüber: *Sleeping Beautys*. Lou klickte das erste Bild an und hatte keine Kraft mehr, ihren Kaffeebecher zu halten. Unsanft knallte er auf die Tischplatte und der heiße Kaffee schwappte über Lous Hand. Sie spürte den Schmerz nicht. Lou konnte nicht glauben, was sie da sah. Da lag sie, nur spärlich zugedeckt, schlafend in ihrem Bett. Ihre Schlafshorts und ihr Top waren, trotz der schlechten Bildqualität, deutlich zu erkennen. Und ja, sie erkannte definitiv ihre Bettwäsche. Das Foto musste durch ihr Schlafzimmerfenster hindurch geschossen worden sein. Ihr Puls schnellte nach oben, sie dachte an die Silhouette in der Nacht. Sie schloss die Großaufnahme und schaute sich die Seite genauer an. Auf allen Bildern konnte man Frauen erkennen, die schlafend in ihren Betten, auf ihrer Couch oder sonst wo aufgenommen wurden. Sie las die Begleittexte. Oh Gott. Ihr Foto wurde auf einer Fetisch-Seite ausgestellt. Marla hatte niemals etwas damit zu tun. Ihr Account musste gehackt worden sein. Der Schock über ihr Foto im Internet versetzte Lou in Alarmbereitschaft. Sie wurde schlagartig aus ihrer Melancholie herauskatapultiert.

Sofort rief Lou ihre Freundin an und berichtete von der E-Mail, die Marla ihr angeblich geschickt hatte. Marla schaute in ihren eigenen, gesendeten Mails nach. Dort war die Nachricht mit dem Link. Marla sagte, sie komme sofort vorbei.

Es dauerte nicht lang, da klingelte sie an der Tür.

»Hola! Ich hab extra darauf verzichtet, mich selbst reinzulassen. Nicht, dass du noch ’nen Herzinfarkt kriegst.«

Die Frauen umarmten sich.

»Komm, wir gehen auf die Terrasse.«

Als sie saßen, drehte Marla Lous Laptop zu sich herum und schaute sich die E-Mail an, die von ihrem Account aus an Lou verschickt worden war.

»Das ist verdammt gruselig. Als Erstes ändere ich mein Passwort. Ich weiß nicht, ob es etwas nützt, denn irgendjemand hat ja auch mein vorheriges Passwort herausbekommen.«

Während Marla damit beschäftigt war, holte Lou ihnen zwei Gläser mit Orangensaft aus der Küche. Abwesend griff Marla nach dem Glas, trank einen Schluck und verzog das Gesicht.

»Das ist ja Orangensaft. Wo bleibt der Wodka?«

Lou zuckte die Schultern. »Mein Fehler.« Sie stand auf, ging ins Haus und kam mit einer Flasche Wodka zurück. Als sie ihnen beiden einen ordentlichen Schluck eingeschenkt hatte, hob sie ihr Glas.

»Ich glaube, in letzter Zeit trinke ich zu viel Alkohol. Cheers!«

»Besondere Ereignisse erfordern besondere Maßnahmen. So. Passwort geändert. Und jetzt? Wie finden wir heraus, wer dahintersteckt?« Marla trank einen großen Schluck.

»Keine Ahnung. Jenny hat doch vor Kurzem diese komische Hexen-Nachricht bekommen. Die E-Mail-Adresse lautete 2big4you@aol.com. Ich bin mir sicher, die kommt vom selben Kerl, der auch deinen Account gehackt hat. Meinst du, wir sollten ihm eine E-Mail schreiben?« Unsicher guckte Lou zu Marly.

»Und was sollten wir schreiben? Hallo, Mister X. Wir wären Ihnen sehr verbunden, wenn sie das Foto, das Sie auf der Fetisch-Seite hochgeladen haben, löschen würden. Wir bitten Sie, von weiterer Cyberkriminalität und allen Arten der Belästigung abzusehen. Hochachtungsvoll, Ihr Opfer. Hm. Ich glaube nicht, dass das funktionieren würde.«

Die beiden schwiegen. Marla ergriff als Erste wieder das Wort.

»Erst einmal sollten wir alle zusammentrommeln. Meinst du nicht? Ich schreib schnell Paul und Jenny, dass sie, sobald es geht, hierherkommen sollen.« Sie schaute auf ihre Uhr. »In spätestens zwei Stunden könnten die beiden hier sein. Paul hat doch donnerstags seinen kurzen Tag in der Werkstatt.«

»Okay. Marla? Ich bin so froh, dass du meine beste Freundin bist. Ich liebe dich, weißt du?«

»Spricht da der Wodka aus dir?« Marla schlang ihrer Freundin einen Arm um die Schultern. »Ich liebe dich auch, Lou. Warte. Was ist denn mit dir passiert? Du bist ja total zerkratzt!« Sie deutete auf Lous Brustkorb. »Wieder dein Stressausschlag? Er scheint dich mehr zu quälen als sonst. Sieht schlimm aus.«

»Ich merke noch nicht mal immer, wenn ich mich kratze. Scheint zum Automatismus geworden zu sein.«

Als die anderen ankamen und jeder mit Getränken versorgt war, setzte sie alle auf den neusten Stand.

Paul räusperte sich. »Lou, meinst du nicht, wir sollten Beck auch herbitten und einweihen? So wie ich ihn in letzter Zeit erlebt habe, mag er dich verdammt gerne. Er spricht kaum mehr über etwas anderes als dich. Wenn du möchtest, dass etwas aus euch wird, sollte er jetzt mit dabei sein und alles erfahren, meinst du nicht? Ich könnte mit ihm reden. Er sollte wissen, dass du gestalkt wirst.«

Obwohl Lous Herz sich verkrampfte vor Angst, dass er nichts mehr mit ihr zu tun haben wollte und wie er reagieren würde, fand sie doch, dass Paul recht hatte. Sie nickte ihm zu. Er erhob sich und ging auf die Terrasse, um Beck anzurufen.

Keine halbe Stunde später war Beck da. Als Lou die Tür öffnete, sah er sie ernst an.

»Hallo, Lou.«

Lou schluckte und nickte ihm zu.

»Hallo, Beck.« Ihre Stimme hörte sich belegt an.

Beck blickte sie noch einen Moment an und ging dann an ihr vorbei ins Wohnzimmer.

Nachdem alle Beck begrüßt hatten und Paul ihm noch einige Details erzählt hatte, überlegten sie, was sie tun konnten.

Becks Blick war nicht zu deuten. Er ließ Lou nicht aus den Augen. Ihr war elend zumute. Sie hatte das Gefühl, dass nun alles zu Ende war.

Sie schob ihre Traurigkeit in den Hintergrund. Alle Freunde waren nur ihretwegen da. Sie sollte zumindest aufmerksam zuhören.

Lou lächelte Beck zaghaft an. Leider erwiderte Beck das Lächeln nicht. Lou würgte an dem Kloß, der ihr im Hals saß. Es war vorbei.

»Lou? Hast du gehört?« Paul sah sie an.

»Entschuldige, hab ich was gehört?«

»Was hältst du von Überwachungskameras? Wir könnten eine an der Eingangstür anbringen und eine hinten auf die Terrasse raus«, wiederholte Paul.

»Also ich find's top. Du könntest deinen Stalker entlarven und dir gleichzeitig ein zweites Standbein als Camgirl aufbauen.« Jenny verzog keine Miene.

Lou schmunzelte. Sie war ihren Freunden so dankbar.

»Gute Idee«, sagte Lou.

»Perfekt. Beck und ich kümmern uns darum. Okay, Buddy?«, fragte Paul.

Beck nickte. »Kein Thema.«

Lou musste zugeben, dass sie sich jetzt, hier, mit all ihren Freunden, sicherer fühlte und sie alles etwas distanzierter betrachten konnte.

»Danke, ihr zwei. Ich werde definitiv zur Polizei gehen. Das wird mein vierter Besuch. Vielleicht können die was machen, damit mein Foto aus dem Internet verschwindet. Mir wird schlecht, wenn ich daran denke, irgendein Perverser stand hinter der Scheibe und hat mich beim Schlafen beobachtet.«

Jenny warf ein »Pfui, ja. Aber es hätte noch schlimmer kommen können, zum Beispiel, wenn du nackt geschlafen hättest. Wenigstens hat er dich nur mit Klamotten am Leib abgelichtet.«

Marla schaute Jen böse an »Willst du damit sagen, dass es dann ja nicht so schlimm ist? Echt, Jen. Das ist nicht hilfreich.«

Lou winkte ab. »Das meint Jenny nicht so. Ich bin froh, nicht nackt geschlafen zu haben.«

Lou spürte Becks Blick auf sich. Einen Moment lang schauten sie sich an. Sie hielt die Luft an.

Marla stand auf, streckte sich und sagte zu Lou »Komm mit. Ich zeig dir was.«

Lou erhob sich und ging hinter Marla her zur Wohnungstür. Marla öffnete. Sie winkte Lou, ihr nach draußen zu folgen. Dort zog sie die Tür zu.

Sie stellte etwas auf ihrem Handy ein, holte ihre Dietriche aus der Handtasche und begann, mit zwei verschiedenen, schmalen Werkzeugen an ihrem Schloss herumzufummeln. Nach kurzer Zeit öffnete sich die Tür.

Marla blickte wieder auf ihr Handy und schaute danach Lou an. »Ich habe vierunddreißig Sekunden gebraucht. Ich weiß, dass du dir dessen bewusst bist, dass ich alle Schlösser geknackt bekomme. Aber ist dir auch klar, dass dein Stalker das auch schafft? Schließ deine Tür immer ab. Dann geht es nicht mehr so leicht. Okay?«

Lou schluckte. Sie hatte sich vorgenommen, immer abzuschließen, hatte es aber wieder aus den Augen verloren. Sie nickte.

»Hey, ihr Zuckerpuppen. Wir haben uns überlegt, es wäre am besten, wenn du heute bei mir schläfst, Lou. Du bist auch eingeladen, Marla. Natürlich nur, wenn dein Romeo dich weglässt. Die Männer können heute die Kameras kaufen und anbringen. Wir gucken später, wie es weitergeht. Wie wärs?« Jenny neigte den Kopf zur Seite.

Lou nickte. »Danke, Jen. Ich will hier auch nicht bleiben.«

Marla schaute kurz zu Paul. »Mädels, ich bin echt müde und schlafe heute zu Hause. Morgen früh bin ich dann am Start und komme zu euch.«

Jenny hob eine Augenbraue und einer ihrer Mundwinkel hob sich um ein paar Millimeter. »Na klar, Marla, du Unschuldslamm. Du willst schlafen.« Jenny malte Anführungszeichen in die Luft. »Zufällig ist Paul genauso müde und muss unbedingt früh in die Federn. Die ganze Nacht lang. Kommt schon. Ich hab genau gesehen, was für Blicke du mit deinem Casanova getauscht hast.«

Marla lächelte. »Tja, ich brauche halt viel Zuwendung und Liebe.«

Kapitel 14

Alle waren zufrieden mit ihrem vorläufigen Plan.

Bevor Beck ohne ein weiteres Wort gehen würde, zog Lou ihn hinter sich her, in die Küche. Zwischen den Freundinnen war alles in Ordnung. Jetzt hatte sie ein Problem mit Beck. Sie wollte wenigstens noch einmal mit ihm reden. Sie wusste, er war nicht gekommen, weil er ihr verziehen hatte. Er war gekommen, weil er hilfsbereit war und ein großes Herz hatte.

Sie waren außer Hörweite der anderen.

»Beck, es tut mir unendlich leid. Ich danke dir, dass du mir trotzdem hilfst.« Sie senkte den Blick.

»Ich verstehe dich nicht. Ich dachte, wir wollten uns kennenlernen. Und das Wichtigste, was in deinem Leben gerade passiert, sagst du mir nicht? Die Sache mit Patrick kommt nur obendrauf. Ich kann dir keinen Vorwurf machen. Schließlich sind wir nicht zusammen. Ich glaube dir, dass es dir leidtut, und ich weiß, dass du in einer Extremsituation warst. Patrick ist ein Arschloch, der das ausgenutzt hat.«

Lou nickte, guckte aber immer noch zu Boden.

»Danke, dass du mich nicht verteufelst. Ich will nichts von Patrick.« Sie atmete tief durch. »Was meinen Stalker angeht, ich wollte nicht, dass meine Probleme im Vordergrund stehen.«

»Mensch, Lou! Wenn das nicht im Vordergrund steht, was denn dann? Was, dachtest du denn, will ich von dir? Einen netten, kleinen Flirt? Was wolltest du denn von mir? Ein bisschen Spaß haben, um dich abzulenken? Mir war es ernst. Ich wollte die wahre Lou kennenlernen. Jetzt ist mir klar, dass du mir die ganze Zeit lang, die fröhliche, lustige, unbeschwerte Lou nur vorgespielt hast. Du hast so getan, als wäre alles in Ordnung bei dir. Was soll ich denn davon halten?«

Lou musste zugeben, dass sie Beck verstand. Ihr Herz hatte angefangen, wie wild zu pochen.

»Beck. Der einzige Grund, warum ich nichts gesagt habe, ist der, dass du mich so kennenlernen solltest, wie ich bin. So wie du mich erlebt hast, bin ich. Ich wollte nicht, dass du mich für ein Opfer hältst. Ich wollte alle positiven Gefühle, die ich bei unseren Treffen hatte, auskosten und mitnehmen. Und das habe ich getan. Wenn ich mit dir zusammen war, habe ich es geschafft, nicht an den Stalker zu denken. Du warst mein Lichtblick, im Chaos.«

»Als ich bei dir war und du meintest, jemanden im Garten zu sehen, da hattest du Angst, es könnte dein Stalker sein, oder?«

Lou nickte. Sie kam sich so blöd vor, wenn sie ihr Verhalten durch Becks Augen betrachtete. Spätestens zu diesem Zeitpunkt hätte sie ihm alles erzählen sollen.

Er guckte sie an. Dann nickte er, drehte sich um und ging.

Lou und Jenny saßen auf Jennys kleiner Couch in ihrem gemütlichen Wohnzimmer und teilten sich eine Decke, die sie beide über ihre Beine gebreitet hatten. Ein paar Stehlampen brannten und es lief Musik im Hintergrund. Beide hatten ein Glas Wein vor sich stehen und nippten daran. Sie guckten gebannt auf Jennys Laptop.

»Hier!« Jenny deutete auf den Bildschirm. »Soll ich vorlesen?«

Lou nickte, nahm ihren Wein und lehnte sich zurück, um zuzuhören.

»Somnophilie unterscheidet sich in zwei Arten. Einmal die aktive Somnophilie und einmal die passive. Bei der passiven Form fühlen sich die Personen sexuell erregt, bei dem Gedanken, benutzt zu werden, während sie schlafen und dadurch hilf- und wehrlos sind. – Krasser Scheiß! – Häufiger findet sich aber die aktive Form. Hier werden die Personen dadurch erregt, indem sie Schlafende betrachten und dabei heimlich masturbieren. Die Erregung steigert sich für viele, indem sie das Risiko eingehen, bei sexuellen Handlungen wie Berührungen vom Schlafenden erwischt zu werden. Gefährlich wird es, wenn der Sexualpartner mithilfe von Alkohol oder Drogen bewusstlos gemacht wird, um danach Sex mit ihm zu haben. Beim Somnophilen verschwimmen dann nämlich gefährlich oft Fantasie, Spiel und reale Vergewaltigung. Denn wer sich nicht wehren kann, kann auch nicht Nein sagen. Puh. Heftig. Ich brauch Wein.« Jenny trank einen großen Schluck.

Lou saß stumm auf der Couch und schüttelte den Kopf.

Jennys Augen flogen über den Bildschirm, dann rief sie »Das wird ja immer besser. Weißt du, was die Steigerung des Sleepy-Fetisch ist? Das ist ein Fetisch, der sich Deep Sleep nennt und …«

Lou hob die Hand und rief dazwischen »Halt! Ich kann es mir vorstellen. Hör, um Himmels willen auf zu lesen! Da kann ich ja direkt froh sein, dass ich nur durchs Fenster geknipst wurde. Ich möchte mir gar nicht ausmalen, wie ich mich fühlen würde, wenn mehr passiert wäre, während ich ahnungslos geschlafen hätte.«

»Echt wahr!«, Jenny hielt kurz inne. »Sag mal, glaubst du, Cosplay-Ben war vor deinem Haus und hat dein Foto hochgeladen?«

Lou zuckte mit den Schultern. »Ich weiß es einfach nicht. Ich weiß nicht, was ich denken oder fühlen soll. Ich weiß nicht, ob ich mir manche Bedrohungen nur einbilde. Ich kann nicht sagen, ob Ben so eine Sache durchziehen könnte. Wahrscheinlich ja. Jen?«

»Ja?«

»Lass uns aufhören für heute, bevor ich noch Albträume kriege. Okay?«

Jenny war einverstanden. Sie tranken den Wein, plauderten über alles, nur nicht über den Stalker und gingen spät ins Bett.

Bevor Lou erschöpft einschlief, dachte sie an Beck. So ein Mist! Sie hatte es vergeigt.

Am nächsten Morgen kam Marla bei Jenny an, als die sich auf den Weg zur Arbeit machen musste. Jenny umarmte Lou und Marla und fuhr los. Die beiden Frauen gingen ins Haus.

»Es hat alles geklappt. Paul hat das Geld für die

Überwachungskameras vorgestreckt und ein paar gekauft. Beck und er haben eine über deiner Haustür und eine nach hinten raus in den Garten installiert. Sie sind schon aktiviert. Mensch, Lou, es wird alles wieder gut, glaub mir.«

Marla umarmte ihre Freundin und in Lou regte sich tatsächlich die Hoffnung, dass vielleicht alles bald vorbei war.

»Ich danke euch allen so sehr.«

»Ist doch klar. Du kannst dich übrigens jederzeit und überall mit dem Handy einloggen und live sehen, was die Kameras aufnahmen.« Marla kramte einen Notizzettel aus ihrer Handtasche.

»Moment, ich konnte mir das alles nicht merken und habe mir aufgeschrieben, was Paul mir erklärt hat. Pass auf. Deine Kameras sind mit dem Router verbunden und WPA2 verschlüsselt.« Marla schaute auf. »Keine Ahnung, was das heißt. Okay. Und hier ist die App, die du dir herunterladen sollst, um die Aufnahmen sehen zu können.« Marla reichte Lou den Zettel.

»Perfekt, danke. Die lade ich mir direkt runter. Ich rufe später noch Paul an, um mich bei ihm zu bedanken.«

»Was ist mit Beck?«

»Das ist kompliziert. Ich weiß nicht, ob er so begeistert wäre, von mir zu hören.«

»Ich hab gestern mitbekommen, dass da irgendetwas war mit euch beiden. Wenn ihr Stress habt, wäre das doch die ideale Gelegenheit, sich bei ihm zu melden. Nur um Danke zu sagen.« Marla grinste.

»Vielleicht hast du recht.«

»Naturalmente hab ich recht!«

Lou schrieb Beck eine Nachricht, in der sie sich für seine Hilfe bedankte.

Kurze Zeit später antwortete er. »Kein Problem.«

Sie fragte daraufhin, wie es ihm gehe. Darauf erhielt sie keine Antwort, dabei konnte sie sehen, dass er die Nachricht gelesen hatte. Tja, ein Gespräch konnte sie vorerst vergessen.

Ein weiterer Tag verging, ohne dass etwas passierte. Lou beobachtete von Jenny aus das Geschehen bei ihr zu Hause mithilfe der Kamera-App. Alles blieb ruhig. Mittags machten sich Lou und Marla auf den Weg zur Polizeiwache. Sie ließen Marlas Auto bei Jenny stehen und fuhren mit Lous Wagen. Sie parkten ein paar Seitenstraßen weiter und machten sich zu Fuß auf zur Wache.

Dort mussten sie nicht lange warten. Sie sprachen mit einem anderen Polizisten als Lou zuvor. Wie viele gab es denn hier auf der Wache? Durch die protokollierte Aussage war der Polizist aber schnell informiert, worum es ging. Sie setzten sich in einem kleinen Raum vor einen Schreibtisch, während der Polizist dahinter Platz nahm. Er griff nach Block und Stift und fragte, wie er helfen konnte.

Aus ihrer Handtasche zog Lou das Protokoll der Belästigungen, das sie am Morgen angefertigt hatte.

»Hier, ich habe alles aufgeschrieben, was wann passiert ist bisher. Heute sind wir hier, weil ein Bild von mir ins Internet gestellt …«

»Auf eine Fetischseite.« Marla fiel ihr grimmig ins Wort.

»Ja, mein Bild wurde auf einer Fetischseite hochgeladen.«

»Okay, eins nach dem anderen. Darf ich mir eine Kopie von Ihrem Protokoll machen?« Der Polizist blickte sie an.

»Ja, sicher.«

Als er zurückkam, forderte er Lou auf, ihm genau zu berichten, was es mit ihrem Bild im Internet genau auf sich hatte.

»Also, jemand hat den Mail-Account von meiner Freundin Marla gehackt.«

Marla hob ihre Hand. »Das bin ich. Marla Alvess.«

»Da war ein Link für die Seite Sleeping Beauty. Und darauf ist ein Foto von mir zu sehen, das aufgenommen wurde, als ich geschlafen habe.«

»Wissen sie, wer das Foto hochgeladen hat?«

»Leider nicht.«

»Hm. Ich muss ihnen leider sagen, dass wir kaum etwas gegen Cyberkriminalität machen können. Es ist eine Plage.«

Lou runzelte die Stirn »Können sie nicht dafür sorgen, dass mein Bild gelöscht wird? Und gibt es nicht die Möglichkeit, zurückzuverfolgen, wer die E-Mail mit dem Link an mich geschrieben hat?«

Der Polizist hob bedauernd die Schultern.

»Sie haben einen Anspruch auf Löschung des Bildes auf der Plattform. Wenn bekannt wäre, wer das Bild hochgeladen hat, dann könnte man denjenigen belangen und die Löschung verfügen. Da Sie es aber nicht wissen, könnten Sie nur den Betreiber anschreiben und um die Löschung bitten. Können Sie die Seite bitte über ihre E-Mail, die sie erhalten haben, aufrufen? Ich würde davon gerne einen Screenshot machen, um ihn als Beweis der Akte zuzufügen. Setzen Sie sich dafür ruhig auf meinen Platz.«

Lou öffnet die Seite über den Link. Ihr Foto war nicht mehr zu sehen. Schweiß brach aus. Verdammte Scheiße! Sie hatte keinen Beweis liefern können. Doch sie konnte zeigen, dass die E-Mail existierte. Sie versuchte, es positiv zu sehen. Ihr Foto war gelöscht und das wollte sie ja.

»Es ist nicht mehr da. Er muss es gelöscht haben.«

Mehrmals suchten sie und der Beamte die Reihe der Fotos ab, konnten aber nichts entdecken.

»Warten Sie einen kleinen Moment«, bat sie der Polizist und tippte schnell auf die Tastatur ein.

»Das dachte ich mir. Die IP-Adresse ist im Ausland. Es ist schwierig, bei gelöschten Bildern zu ermitteln und noch mehr, wenn die Server im Ausland stehen.«

»Haben Sie für so was nicht extra Teams?«, fragte Marla.

»Das ist richtig. Nur sind unsere Ressourcen begrenzt. Wenn keine akute Gefahr droht, können keine Ermittlungen aufgenommen werden.

So leid es mir tut. Sollten Sie bedroht werden, Frau Siebert, können wir mehr machen. Stalking ist zwar strafbar, doch solange der Täter nicht bekannt ist, sind uns die Hände gebunden. Wir können kein Interventionsgespräch führen, wenn wir nicht wissen, mit wem. Wir nehmen Sie ernst, Frau Siebert. Doch wir haben leider zu wenig Anhaltspunkte und es liegt, wie gesagt, keine gefährdende Situation vor.«

»Also stimmt das Klischee, dass immer erst etwas Schlimmes passieren muss.« Marla brummte.

»Im Grunde genommen, ja. Die Polizei handelt im Falle einer Bedrohung präventiv. Wir bieten Opferschutz und leiten Maßnahmen gegen den Täter ein. Auch hier muss es erst zu einer konkreten Bedrohung kommen. Ich schreibe ein weiteres Protokoll über Ihren Bericht heute. Stück für Stück formt sich ein Bild und wir kommen dem Täter hoffentlich jedes Mal ein Stückchen näher.«

Lou und Marla gingen schweigend zurück zum Auto. Sie sahen eine Nachricht mitten auf der Windschutzscheibe kleben. Diesmal war sie nicht unter dem Scheibenwischer eingeklemmt. Der Täter hatte sie anscheinend mit einem Klebestift dort angeklebt, denn sie ließ sich nicht so einfach abziehen. Beide Frauen beugen sich über die Motorhaube, um den Text zu lesen.

Die Polizei? Was tust du uns an? Mach die Augen auf! Die Hexe wetzt schon ihre Messer.

Lou ließ sich kraftlos auf den Fahrersitz fallen. Von hier konnte sie die schmierige weiße Masse sehen, die auf die Scheibe geschmiert wurde, um den Zettel festzukleben. Sie hatte das Gefühl, sich auf einem Karussell zu befinden, das immer mehr Fahrt aufnahm. Der Stalker schien überall zu sein und über jeden ihrer Schritte Bescheid zu wissen. Sie legte ihren Kopf auf das Lenkrad und schloss die Augen. Sie konnte nicht mehr. Müdigkeit hüllte sie ein. Nein, keine Müdigkeit. Es war abgrundtiefe Erschöpfung, die sie fühlte. Es ergab keinen Sinn, zur Polizei zu gehen.

Es ergab keinen Sinn, Pläne zu schmieden. Der Stalker war ein Gegner, dem sie nicht gewachsen war.

Sie hörte Marla sagen, dass sie Fotos machen würde. Ihre Stimme hörte sie wie aus weiter Entfernung. Stand sie unter Schock? Sie fühlte nichts. Da war nur Leere, ein Schwindelgefühl und das Jucken auf ihrer Brust. Wie nebenbei, holte Lou ein Fläschchen Rizinusöl aus ihrer Tasche und rieb sich davon etwas auf ihren Brustkorb, um zumindest eins der unangenehmen Gefühle einzudämmen. Das Öl beruhigte ihre gereizte Haut. Sollte sie all ihre Ersparnisse nehmen und abhauen? Das Problem war nur, dass ihre Freunde, ihre einzig intakte Familie waren und sie sie nicht zurücklassen konnte.

»Lou, lass uns direkt zurück zur Wache gehen. Hier können wir den nächsten Beweis liefern.«

Lou wunderte sich über den entschlossenen Ton in Marlas Stimme. Wie konnte sie glauben, es würde etwas helfen, der Polizei von einem, auf der Windschutzscheibe klebendem Zettel zu erzählen? Sie stieg wortlos aus und machte sich, mit schleppenden Schritten, mit Marla auf den Weg zurück zur Wache.

Kurze Zeit später stand der Polizist mit den beiden Frauen vor dem Auto und las sich die Nachricht durch. Er blickte sich um.

»Ist das Ihr Wagen, Frau Siebert?«

Lou nickte.

»Vermutlich werden sich keine Zeugen finden lassen. Wir probieren es und fragen bei den Anwohnern nach. Der Tatbestand der Sachbeschädigung ist gegeben und die Anzeige gegen unbekannt kommt mit ins Protokoll. Kommen Sie bitte mit, ich brauche Ihre Unterschrift.«

Als beide Frauen im Auto saßen, starrten sie von innen auf den aufgeklebten Zettel. Marla berührte Lou an der Schulter.

»Sollen wir erst einmal zu dir fahren? Du könntest noch ein paar Sachen zusammenpacken. Wir könnten vorher über die Kameras checken, ob die Luft rein ist.«

Lou nickte, zog ihr Handy aus der Tasche und startete die App. Die Bedienung war leicht und so steuerte Lou aus der Ferne beide Kameras an und registrierte die gute Bildqualität. Sie konnte nichts Verdächtiges sehen. Sie hielt Marla ihr Handy hin.

»Hier, während ich fahre, kannst du die Kameras im Blick behalten. Nicht, dass uns noch eine kurzfristige Überraschung erwartet.«

Kurze Zeit später blickte Marla sie von der Seite an.

»Wie fühlst du dich, Lou?«

»Es ist merkwürdig, ich kann es dir nicht so genau sagen. Ich weiß nicht. Ich habe den Eindruck, bei jeder neuen Botschaft, werde ich ein bisschen müder. So richtig erschöpft. Der Stalker ist nicht nur ein Stalker, er ist ein Energievampir. Wenn ich euch alle nicht hätte, würde ich morgens nicht mehr aufstehen. Ich fühle mich in letzter Zeit, wie ein Zombie. Und immer erschöpft.«

»Hast du Angst?«

»Ja. Den Morgen im Café, da hatte ich richtige Panik. Ich habe mich gefragt, ob ich Paranoia habe, weil ich mich verfolgt gefühlt habe. Wenigstens weiß ich, spätestens seit heute, dass ich nicht paranoid bin. Das ist doch was.« Lou lächelte verkrampft. »Meinst du, ich sollte Angst haben? Hältst du den Stalker für gefährlich?«

»Na ja.« Marla wiegte den Kopf hin und her. »Ich meine, er bringt immer schneller eine Aktion nach der anderen. Und wir wissen nicht, wer für alles verantwortlich ist. Deshalb haben wir keine Ahnung, wie weit er gehen würde. Was ich weiß, ist, dass du Freunde um dich herum hast, die für dich da sind.«

Langsam, als müssten sie leise vorgehen, stiegen die beiden aus. Lou ging mit schweißnassen Händen zum Briefkasten und schaute hinein. Ein Brief. Sie hielt die Luft an und nahm ihn heraus. Der Brief war nicht zugeklebt, es war nur die Lasche eingeklemmt. Noch vor der Haustür zog

Lou den einmal gefalteten Zettel daraus hervor. Marla stand neben ihr und schaute ihr über die Schulter.

Liebe Louisa, ich bin auf deiner Seite. Schreib, wenn du willst. Medea.dd@unitybox.de

Ben

»Der ist von Ben.«

»Oh, wie nett von ihm.«

Lou zuckte mit den Schultern. Auf dem Weg zur Tür sah sie die Überwachungskamera und fühlte sich direkt etwas sicherer.

Hier, du blöder Penner. Komm doch, wenn du dich traust. Lächle für die Kamera.

Im Haus war alles ruhig. Marla und Lou beschlossen, sich einen Drink zu gönnen. Marla fing an, ihnen Cocktails zu mischen. Lous Bar war gut bestückt, da sie die Cocktailabende mit ihren Freundinnen liebte. Dass sie in letzter Zeit nicht mehr nur ab und zu abends Alkohol trank, sondern immer öfter schon am Tag, schob sie von sich. Sie hatte keine emotionalen Kapazitäten übrig, um ein schlechtes Gewissen zu haben.

Mit ihren Gläsern in der Hand gingen sie ins Wohnzimmer. Das Erste, was Lou auffiel: dass es, trotz des sonnigen Tages, ungewohnt dämmrig dort war. Sekunden später sah sie den Grund dafür. Die komplette Fensterfront war von außen zugeklebt mit kleinen Zetteln, Post-its, DIN-A4-Papier, linierten Blättern und Pappe.

Lou hätte beinahe ihr Glas fallen lassen und guckte mit offenem Mund und aufgerissenen Augen abwechselnd zu Marla und zum Fenster. Oh Gott! Sie wollte nicht wissen, was auf den Nachrichten stand. Es war genug. Diese Collage hatte etwas Verstörendes. Lou spürte eiskalte Schauer über ihren Rücken laufen. Ein beklemmendes Gefühl nistete sich in ihrer Brust ein, das sie nur noch flach atmen ließ.

Marla fasste sich als Erste und ging entschlossenen Schrittes zum Terrassenfenster, um zu lesen, was auf den Zetteln stand. Lou folgte ihr mit steifen Beinen. Sie hielt ihr Glas umklammert, damit es ihr nicht doch noch aus den Händen rutschte.

Die Nachrichten waren chaotisch angeklebt und überlappten sich teilweise. Auf manchen Zetteln war die Handschrift gut lesbar, auf anderen war sie krakelig und schwer zu entziffern. Der Irre hatte verschiedene Stifte benutzt. Der Kugelschreiber hatte sich an einigen Stellen durch das Papier gedrückt und teilweise kleine Löcher hinterlassen. Sie sah schwarze Schrift, blaue und rote. Auch ohne zu lesen, was der Stalker ihr mitteilen wollte, waren diese wilden, unterschiedlich großen Zettel kreuz und quer über das Fenster geklebt, eine Botschaft. Das konnte doch nur ein Verrückter gewesen sein. Es sah aus, als habe jemand die Kontrolle verloren.

Marly legte eine Hand auf ihre Schulter.

»¿Qué cojones está pasando aquí? Was für eine Scheiße läuft hier?«, murmelte Marla.

Lou schüttelte stumm ihren Kopf und begann zu lesen. Dabei hatte sie kein System, sondern ihr Blick schweifte mal hierhin und mal dorthin. Sie las laut vor.

»Du machst mich verrückt!« – »für die Ewigkeit« – »die Hexe tut uns nicht gut« – »im Leben, wie im Tod« – »ich HASSE sie« – »Liebe ist Schmerz« – »ich warte auf ein Zeichen von dir« – »Schicksal« – »Die Sterne reden mit mir« – »Du bist es.«

Lou schloss ihre Augen und sah dennoch alles genau vor sich. Sie trank ihren Cocktail halb leer und hörte Marla sagen:

»Trink aus. Ich hole Nachschub.«

Dankbar leerte sie ihr Glas und ließ ihre Augen geschlossen, bis Marla mit zwei neuen Drinks zurück war. Es kostete sie große Anstrengung, sie wieder zu öffnen und sich der Realität zu stellen.

Marla trank einen Schluck. »Oh, Mann.«

Lou atmete durch und richtete ihre Aufmerksamkeit zurück auf die Botschaften.

»Deine Gedanken gehören dir nicht« – »Hörst du mich flüstern?« – »ich beschütze dich – sag nur ein Wort!« – »Sie will, dass es endet!« –

»rette mich« – »Ich bin bei dir. Immer« – »es gibt nur mich« – »LASS DEIN LICHT AN«.

»Das ist doch totaler Psychoscheiß!«, stieß Lou aus. Sie raufte sich die Haare. Blickte sich um und hatte das Gefühl, der Irre sei noch da, um ihre Reaktion zu beobachten. Schockiert hielt sie sich eine Hand vor den Mund und spähte durch ein kleines Stück Glas, das nicht zugeklebt war, in den Garten. Irgendwo war er.

Marla machte sich daran, die Collage aus allen möglichen Blickwinkeln zu fotografieren.

»Ich bin jetzt so was wie deine Managerin. Ich protokolliere und dokumentiere alles und hefte es in eine Mappe. Du musst das nicht auch noch selber tun.«

Als sie genug Fotos geschossen hatte, rissen Lou und Marla die Zettel von der Scheibe. Dann nahm Marla den Packen.

»Beweismaterial.«

Während sie dabei war, den unhandlichen Stapel zu verstauen, fühlte Lou einen Energiestoß in sich, der ihr den Atem nahm.

»Die Kameras«, hauchte sie.

Marla schlug sich vor die Stirn »Na klar! Jetzt haben wir ihn!« Sie reckte ihre Faust in die Luft.

Um ein größeres Bild zu haben, lud Lou sich die App auf ihren Laptop herunter. Ihre Finger fühlten sich eiskalt und steif an, sie hatte Schwierigkeiten, kontrollierte Bewegungen auszuführen. Sie klickte auf das Icon, das beide Kamerabilder zugleich zeigte und spulte zurück, bis sie Paul und Beck herumhantieren und in die Kamera winken sahen.

»Ach, unsere Männer sind echt die besten.« Marla seufzte. Lou nickte zerstreut. Im Vorlauf sahen sie, wie es dunkel wurde und hell. Sie sahen, wie Ben etwas in den Briefkasten steckte.

»Da. Das ist Ben, mein Arbeitskollege.«

»Eieiei. Ein bisschen unheimlich wirkt er schon, muss ich sagen.«

»Das stimmt.«

Im Garten sahen sie, wie ein Eichhörnchen über die Wiese hoppelte, was Marla zu einem entzückten »Aaaaaaw« verleitete. Sie spulte immer weiter und merkte, dass ihre Augen zu brennen begannen, weil sie sich nicht traute, zu blinzeln. Sie wollte nichts verpassen.

»Hier kommen wir zu Hause an. Wo ist er? Haben wir was übersehen?« Mittlerweile waren sie an der Stelle angekommen, als sie mit ihrem Wagen auf ihre Auffahrt fuhr. Lou sah sich und Marla aussteigen, zum Briefkasten und zur Haustür gehen. Die Kamera, die in den Garten hinausging, erfasste nicht die Fensterfront des Wohnzimmers, sie konnte die Nachrichten auf dem Film nicht sehen.

»Das kann doch nicht sein. Wo ist er?« Lou spulte zurück. Ihre Nase berührte fast den Bildschirm. Immer fahriger und hektischer spulte Lou vor und zurück. Hielt den Film an, spulte weiter. Der Stalker war nicht zu sehen.

»Was für eine Scheiße ist das denn? Wir haben absolut nichts!«

Lou ließ sich auf den Boden sinken. Ein riesiger Kloß in ihrem Hals behinderte sie beim Schlucken. Das konnte doch nicht wahr sein! Es war hoffnungslos. War der Stalker nur ein Phantom? Immer wieder schüttelte Lou ihren Kopf und Marla streichelte ihr über den Rücken.

»Schschsch. Keine Angst. Du bist nicht allein.«

Lou putzte sich die Nase, wischte ihre Tränen ab und atmete tief durch. Nicht aufgeben. Weitermachen. Immer weitermachen.

Kapitel 15

Marla zog ihr Handy aus der Tasche. »Ich rufe jetzt Paul an. Ich mach auf Lautsprecher.« Sie erreichte ihn und berichtete knapp, was alles seit dem Morgen vorgefallen war. Sie endete bei den Videoaufnahmen, die keinen Menschen erfasst hatte.

»Scheiße. Ich wusste zwar, dass man W-lan betriebene Kameras hacken kann, aber ich habe nicht damit gerechnet. Ich dachte, sie schrecken ab. Verdammt. Er ist uns immer einen Schritt voraus. Wie geht es Lou?«

Marla blickte zu Lou herüber.

»Was denkst du denn? Hier hat sich ein Scheißpsycho ausgetobt und die Kameras sind nutzlos. Ich nehme Lou jetzt mit zu uns, okay?«

Lou blickte zu Marla und gab mit einem Nicken ihr Einverständnis.

Bei Marla zog sich Lou Jogginghose und XXL-T-Shirt an. Mit zurückgebundenen Haaren rollte sie sich auf dem Sofa ein. Sie war sicher, man konnte ihr kräftiges Herzklopfen unter der Hautoberfläche sehen. In schnellem Rhythmus stampfte es unablässig in doppelter Geschwindigkeit und verursachte Lou ein Gefühl der Kurzatmigkeit. Mit fest zusammengebissenen Zähnen lag sie da und versuchte, ihre Gefühle zu ordnen. Sie fühlte sich so kraftlos, dass sie selbst diesen schrecklichen Juckreiz aushielt, anstatt sich zu kratzen.

Ihr Leben war eine Katastrophe. Absolute Scheiße. Sie hatte doch keinem was getan. Im Leben ging es nicht um Fairness. Guten Menschen passierten am laufenden Band schlechte Sachen. War sie ein guter Mensch? Wer sollte das beurteilen können? Sie selbst? Lou schnaubte.

Lou stocherte in ihrer Pasta herum, aß aber so gut wie nichts davon. Sie ließ sich mit Marla und Paul von einem Film im Fernsehen berieseln und schlief erschöpft von den ganzen wirren Gefühlen auf der Couch ein.

Mitten in der Nacht wurde sie durch das Klingeln ihres Handys geweckt. Vor Schreck fuhr Lou hoch, packte sich an die Brust und versuchte, ihre Atmung unter Kontrolle zu bringen. Ihre Tasche lag neben der Couch und sie beeilte sich, ihr Handy herauszuholen, damit ihre Freunde nicht von dem Läuten des Telefons wach wurden. Sie dachte schlaftrunken nicht darüber nach, wer der Anrufer sein könnte. Sie schaute nicht auf das Display, sondern nahm sofort ab.

Eine bekannte, verzerrte Stimme drang an ihr Ohr. »Wo bist du?«

Lou drückte schockiert den Anrufer weg. Scheiße! Observierte er ihr Haus? Sie spürte Panik in sich hochkriechen. Woher hatte er ihre neue Nummer? Sie fühlte sich ohnmächtig. Egal, was sie tat, es half kein bisschen.

Dann kam die Wut. Das Blut schoss ihr in den Kopf und sie ballte die Fäuste. Ihr Atem kam stoßweise. Sie presste die Zähne aufeinander. Sie wurde terrorisiert und die Polizei konnte ihr nicht helfen! Niemand konnte das. So eine verfickte, beschissene, verdammte Scheiße!

Als sie sich halbwegs beruhigt hatte, legte sie sich auf die Seite, stellte – mal wieder – ihr Handy stumm und beobachtete wie besessen die Kamerabilder ihres Zuhauses, über die App. Bis ihr irgendwann die Augen wieder zu fielen.

»N'Morgen. Wie spät isses?«, nuschelte Lou, während sie sich streckte.

Marla legte ihr Buch auf den Schoß und schaute auf die Uhr. »Buenos días. Es ist kurz nach zwölf. Konntest du schlafen?«

»Erst ja. Rate mal, wer mich heute Nacht auf meinem Handy angerufen hat?«

Marlas Augen wurden groß. »Nein!«

Lou nickte. »Doch. Ich frage mich, wie ich nur in so eine Situation geraten konnte. Der Kerl scheint einfach alles zu wissen.«

»Er kennt sich einfach mit Technik und Computern und so was aus. Er ist nicht allwissend, sondern ein kranker Spinner. Was hat er gesagt?«

Lou nahm sich vom Kaffee, der in einer Kanne auf dem Couchtisch stand.

»Er hat mich gefragt, wo ich bin. Mit dieser scheußlich verzerrten Stimme.«

»Und wie fühlst du dich jetzt?«

»Verzweifelt und wütend. Heute Nacht war ich so wütend, dass ich dachte, ich spucke gleich Lava.«

Marla nickte. »Wut ist gut. Depressionen saugen die Kraft ab. Sei lieber wütend auf das Arschloch.«

»Mich macht der Gedanke verrückt, dass ich was gemacht haben könnte, was die Dinge in Gang gesetzt hat. Ich fühle mich schuldig. Und jetzt hab ich noch alle mit reingezogen.«

»Weißt du, wie du dich anhörst?« Marla klang streng.

Lou schüttelte den Kopf und trank einen Schluck Kaffee.

»Du hörst dich an wie deine Mutter. Por el amor de Dios! Dich trifft keine Schuld! Der Stalker trägt ganz allein die Verantwortung für alles. Um Gottes willen, nur er.«

»Marla, mein Leben war schon vorher ein Chaos. Ich habe mich in meine Arbeit reingekniet, weil ich wenigstens dort das Gefühl hatte, dass es einen Sinn hat, dass es mich gibt. Ich habe Angst vor der Liebe, ich habe Angst, zu meinen Gefühlen zu stehen, ich habe Angst, jemanden zu verletzen, meine Wut, macht mir eine Scheißangst. Und diese Gefühle waren schon da, bevor der Stalker aufgetaucht ist. Wahrscheinlich macht sich der Irre an mich ran, weil er genau weiß, dass ich ein Opfer bin. Das typische Opfer, das leicht zu überwältigen ist. Ich bin zum Kotzen. Und mein Leben auch.«

Langsam wurde Lous Atem schwerer, sie merkte, wie sich ihre Augen verkleinerten und sich ihr Nacken verkrampfte. Ihre Stimme wurde laut.

»Ich will das alles nicht. Ich will auch nicht mein altes Leben zurückhaben. Verdammte Scheiße, alles ist komplett sinnlos. Ich bin, wer ich bin, und das reicht mir einfach nicht. Ich hasse einfach alles. Bin ich nicht armselig? Diese scheiß beschissene, freundliche Louisa. Bin ich wirklich freundlich? Oder ist es Schwäche? Diese Scheißfreundlichkeit, was kotzt sie mich an. Bloß nett sein. Ich bin hier das Phantom. Der Stalker ist besessen von einer hohlen Schale. In mir drin ist nichts.«

Lous Augen waren trocken, doch sie spürte eine Hitze hinter ihren Augäpfeln, die ihr sagte, dass ihr Blick lodern musste.

Schweigen trat ein. Marla holte Luft »Das ist heftig, dass du so über dein Leben und dich denkst. Dios, Lou. Warum hast du nie darüber geredet?«

»Weil es mir erst jetzt richtig bewusst wurde. Vorher waren es nur unbestimmte Gefühle. Jetzt habe ich ihnen einen Namen gegeben.«

Marla lächelte »Weißt du, was das Tolle ist? Bei dem ganzen Mist, der abgeht, gibt es auch etwas Gutes zu finden. Dir werden deine Gefühle klarer und wir reden darüber. Meine nana hat immer gesagt ›Nadie encuentra su camino sin haberse perdido varias veces‹, niemand findet seinen Weg, ohne sich mehrmals zu verirren.«

»Das klingt schön. Ich möchte so gern meinen Weg finden! Und ich möchte wissen, wie es wäre, wenn ich mich mag.«

»Lou. Das hört sich für dich vielleicht doof an und ich sage das jetzt nur, weil wir uns schon ewig kennen. Ich weiß, dass du mich nicht falsch verstehen wirst. Wie du weißt, glaube ich nicht daran, dass etwas nur aus Zufall passiert.«

Lou nickte ihr zu und lehnte sich vor.

»Vielleicht passiert dir das Ganze, weil du etwas lernen sollst. Zum Beispiel, deine Stimme zu erheben. Zu schreien, zu toben und zu fluchen, für den Anfang.« Marla lächelte. »Vielleicht lernst du, deine Gefühle auszuleben? Wenn du das tust, kommst du dir ein Stück näher. Und irgendwann bist du mit dir selbst im Reinen. Dann magst du dich bestimmt schon ein ganzes Stück mehr. Und wenn du den ganzen Mist unter diesem Gesichtspunkt siehst, hast du jedenfalls eine Menge Gelegenheiten, das Schreien, das Toben und das Fluchen zu lernen, oder nicht?«

»Ja, verdammt!«, rief Lou und knallte ihren Kaffeebecher auf den Tisch. »Ich brauche dringend einen Cocktailabend. Bist du dabei?«

»Cierto. Ich sage Paul Bescheid, dass wir Frauen heute unter uns sein wollen. Wir können bestimmt beide bei Jenny schlafen.«

»Ich schreib ihr.«

Die Frauen begannen ihren gemeinsamen Abend um vier Uhr bei Jenny zu Hause. Die Stimmung war gedrückt. Alle hingen ihren Gedanken nach. Spontan hatten sie sich heute dafür entschieden, Bowle zu machen. Ohne sich absprechen zu müssen, wusste jede, durch jahrelanges Training, genau, was sie zu tun hatte. Lou schnitt Orangen und Nektarinen in kleine Stücke, Marla die Zitronen und Limetten. Jenny kippte Orangensaft, Rotwein und Rum in eine riesige Karaffe. Eine Prise Zucker folgte, dann verrührte sie alles und die Früchte kamen dazu.

Alle schalteten ihre Handys aus.

Da die Früchte Zeit brauchten, um ihr Bouquet im Wein zu entfalten, überbrückten sie die Zeit mit Bier.

Sie saßen schweigend zusammen und tranken ab und zu einen kleinen Schluck.

»Wir machen uns zu viele Gedanken«, sagte Jenny. »Das schlägt empfindlich auf die Stimmung.«

Lou seufzte. »Es ist ja auch alles kacke gerade.«

»Hm, stimmt. Lust auf 'nen Film?«, fragte Jenny.

Der Tag ging in den Abend über und die Freundinnen waren längst zur Bowle übergegangen, die sie aus großen Rotweinkelchen tranken. Der Film hatte sie aufgemuntert, nun amüsierten sie sich über die Erinnerungen und Anekdoten, die jede aus ihrer gemeinsamen Vergangenheit und Urlauben zu erzählen hatte.

Eine neue Runde wurde ausgeschenkt.

»Leute? Ich bin so weit. Ich bin nicht mehr depri. Lasst uns über den

Scheißstalker reden. Wir brauchen einen Plan«, sagte Lou und hob einen Zeigefinger.

Marla hatte rote Wangen. »Richtig! Wir dürfen nicht schutzlos bleiben! Ich schlage vor, wir bewaffnen uns!«

Jenny prustete ihr Getränk ins Glas zurück. Man hätte fast meinen können, sie hätte wirklich gelacht. »Na sicher, Lara Croft. Ich lass gleich meine verdeckte Waffenwand herausfahren und wir suchen uns die passenden Knarren aus.«

Marla guckte Jenny böse an. »Kannst du mich bitte mal ernst nehmen? Ich hatte da eher an so was wie Pfefferspray oder so, gedacht.«

Lou nickte und prostete Marla zu. »Also, ich finde die Idee gut. Wir wollen jemanden abwehren. Nicht dauerhaft verstümmeln.«

»Eben.« Marla guckte zufrieden. Dann riss sie die Augen auf. »Ich habe genau das Richtige dafür! Und wir müssten uns nicht auf so halbseidene Versprechen auf den Pfefferspraydöschen verlassen. Wer weiß, ob die funktionieren? Wäre ja keiner so doof, es vorher an sich selbst auszuprobieren, oder? Wir stellen unser eigenes Abwehrspray her. Ich sage nur Wasserstoffperoxid.« Marla lehnte sich triumphierend zurück.

Lou und Jenny schauten sich an. Dann wieder zu Marla. Ansonsten zeigten sie keine Reaktion.

Marla rollte mit den Augen, seufzte und beugte sich vor. »Wir nehmen eine neunprozentige Lösung und füllen sie zusammen mit Wasser in … ich weiß nicht. Wasserpistolen? Ich kaufe im Friseursalon einfach eine Flasche. Brennt diabólico in den Augen.«

Jenny pfiff bewundernd. Lou stimmte zu.

»Also ist es abgemacht. Ich besorge drei Wasserpistolen und den Stoff.«

Lou schüttelte den Kopf. »Du besorgst nur den Stoff. Die Wasserpistolen bestelle ich im Internet. Das geht viel schneller.« Sie griff zu ihrem Handy, schaltete es ein und bestellte drei Wasserpistolen.

»Schaut mal, die sehen gar nicht aus wie ein Spielzeug.« Mit großen Augen deutete Lou auf die Bestellung.

»Schwarze Knarren. Gefällt mir. Sind das wirklich Wasserpistolen?« Jenny beugte sich vor, um besser sehen zu können.

»Sind es. Vielleicht noch drei Festival-Gürteltaschen, um die Waffen zu verstauen?«

Jenny und Marla nickten anerkennend.

»Super, alles kommt am Montag an«, sagte Lou.

Jenny überlegte einen Moment. »Und was ist jetzt mit den Kameras? Der Typ scheint ja zu wissen, was er tut. Hackt sich fröhlich in die E-Mails, findet mal eben Lous neue Handynummer raus und manipuliert in der Mittagspause kurz die Überwachungskameras. Also bringen die es auch nicht.«

Lou setzte sich auf. »Auf die Technik ist kein Verlass. Wir beschatten ihn selber! Also, mein Haus. Undercover!«

Marla lachte. »Undercover ist gut. Als was gehen wir denn? Als die drei Stooges?«

Lou winkte ab. »Keine Verkleidung. Der Wald fängt doch direkt hinter meinem Garten an. Da legen wir uns auf die Lauer.«

Jenny hob die Hand. »Ich bin dabei.«

Auch Marla hob ihre Hand. »Ich auch.«

»Ihr seid die Besten!«

Nachdem die Frauen ausgeschlafen hatten, beschlossen sie, bei ›Biggis‹ frühstücken zu gehen. Lous Laune stieg, als sie sah, dass Beck ihr geantwortet hatte.

»Beck hat geschrieben. Er denkt an mich.«

Lou presste ihr Handy an ihr Herz. Ihre Freundinnen freuten sich mit ihr. Ihr kam ihre Angst, die sie noch vor Kurzem im Café so stark spürte, jetzt weit entfernt vor. Jetzt, nach einem, trotz allem, fröhlichen Abend mit ihren Freundinnen und tiefem Schlaf, rückte sie die Dinge in ein anderes Licht. Ja, sie wurde belästigt. Und auch, dass der Stalker in ihrem Haus gewesen war, war beängstigend. Doch das Gefühl, einem allmächtigen Phantom gegenüberzustehen, war verschwunden. Sie war überzeugt davon, dass sie den Stalker früher oder später durch die Beschattung ihres Hauses erwischen würden. Die Frauen beschlossen, immer nur für einen Tag zu planen, wer wann, mit wem, das Haus beschattete. Heute wollten Lou und Jenny die erste Schicht übernehmen.

Spontan beschlossen Lou und Jenny, Marla nach dem Frühstück zum – an diesem Tag geschlossenen – Friseursalon zu begleiten, wo sie das Wasserstoffperoxid besorgen würde. Die Tür zum Salon war die einzige Tür, die Lou mit einem Schlüssel öffnete. Hier mit ihren Dietrichen einzudringen, kam Marla doch etwas zu kriminell vor.

Sie schnappte sich drei Flaschen der neunprozentigen Lösung, bongte den Preis in die Kasse ein und zahlte. Danach erhielt jede der drei Frauen eine Flasche. Jenny und Lou verabredeten für den Nachmittag, sich am Anfang des Pfades zu treffen, der hinter ihrem Haus in den Wald führte.

Als Lou nach Hause fuhr, hatte sie die Hoffnung, dass alles bald ein Ende hatte. Sie checkte ihren Briefkasten und den Hauseingang. Alles wirkte normal. Sie ging ins Haus, dann in die Küche, holte sich etwas zu trinken und wollte sich mit einem Buch auf die Terrasse setzen. Dort sah sie Patrick, der in ihrem Garten stand, in der Hand eine Gartenschere, und gegenüber des Hauses die Büsche beschnitt.

»Hey, Patrick, was tust du da?«

Patrick drehte sich erschreckt zu ihr. Schnell fasste er sich und lächelte sie an. Sein Lächeln sah erzwungen aus, seine Augen blickten wachsam. Lou bekam eine Gänsehaut und rieb sich mit der freien Hand über den Arm. Patrick kam ein paar Schritte auf sie zu und sein Gesichtsausdruck wurde weicher.

»Ich hatte Lust auf Gartenarbeit. Das entspannt mich immer am meisten.« Er lächelte, diesmal lächelten seine Augen mit. »Ich habe gesehen, dass deine Hecken hier etwas beschnitten werden müssen, wenn sie kräftig weiterwachsen sollen. Also hab ich mich direkt mal dran gemacht. Hey, wie geht es dir?« Er streckte seine Hand aus, um Lou eine Strähne hinter ihr Ohr zu streichen. Lou zuckte zurück.

»Ähm Patrick, ich bin gerade echt in einer schwierigen Phase. Ich wusste letztens nicht, was ich tue. Entschuldige bitte. Außerdem,« Lou blickte auf ihre Büsche, »auch wenn es nett gemeint war, ich möchte nicht, dass du hier bei mir irgendetwas machst, ohne es mit mir abzusprechen.«

Lou sah Patrick an, dass er sich ärgerte. Er ballte die Hand zur Faust.

»Entspann dich mal. Schließlich wollte ich dir nur einen Gefallen tun. Aber bitte.« Er hob beide Hände in die Höhe, als würde er sich ergeben wollen, wobei er in seiner rechten immer noch die Gartenschere hielt. Kopfschüttelnd stapfte er in Richtung seiner Terrasse davon.

Lou schluckte mühsam. Es tat ihr leid, dass sie so unfreundlich zu ihm war. Schließlich kannten sie sich mittlerweile gut, und er konnte nicht wissen, wie sehr sie den Kuss bereute. Er wollte ihr nur einen Gefallen tun. Doch etwas kam ihr komisch vor. Warum hatte sie ein so mulmiges Gefühl im Bauch?

Sie stellte ihren Orangensaft auf dem Terrassentisch ab und ging zu der Stelle, an der Patrick gerade noch gearbeitet hatte. Kurz guckte sie über die Schulter, um sicherzugehen, dass er sie nicht von seinem Fenster aus beobachtete. Sie besah sich die Büsche genauer. Sie standen eng aneinander, doch dazwischen gab es eine kleine, kahle Stelle und eine Kuhle aus festgestampftem Boden. Die Zweige ringsherum waren abgeknickt. Lou trat Schweiß auf ihre Stirn. Ihr Magen grummelte. Ihre Brust juckte. Sie kauerte sich auf den Boden und drückte sich zwischen die Büsche, bis sie in der kleinen Kuhle hockte. Lou drehte sich zum Haus um, hielt den Atem an und kratzte mit ihrer Faust über ihr Dekolleté. Von hier aus hatte sie einen perfekten Blick in ihr Wohn- und Schlafzimmer. Lou spürte ihr Herz viel zu stark klopfen. Schnell schob sie sich aus dem Gebüsch, stolperte in ihren Garten und stürzte ins Haus. Sie zog alle Vorhänge zu und rief aus dem Halbdunkel, in dem sie saß, Jenny an.

Obwohl sie im Haus war und alle Fenster geschlossen hatte, flüsterte sie, als ihre Freundin ans Telefon ging.

»Jen, ich hab Patrick gerade bei mir im Garten gesehen. Er hat gesagt, er wollte nur ein paar Büsche von mir zurückschneiden. Aber ich glaube, er wollte nur für freie Sicht aus seinem Beobachtungsposten sorgen.« Lou war außer Atem, als wäre sie gerade einen Sprint gelaufen.

Lou hörte Jenny ihre Verwirrung an. Automatisch flüsterte auch sie. »Hä? Was für ein Beobachtungsposten? Verdächtigst du etwa deinen Nachbarn? Und warum flüstern wir?«

»Ich hab Angst, dass Patrick mich hört. Kannst du dich jetzt schon auf den Weg machen?«, flüsterte Lou.

»Klar!«

»Ich verlasse jetzt demonstrativ das Haus, steige ins Auto und parke in der Nähe unseres Treffpunkts. Wir sehen uns da. Ich erzähle dir gleich alles. Kann's losgehen?«

»Lasset die Observierung beginnen.«

Lou erzählte Jenny alles. Von ihrer Begegnung mit Patrick, ihrem seltsamen Bauchgefühl und ihrer Entdeckung zwischen den Büschen. Als sie sich reden hörte, war sich Lou nicht mehr sicher, ob ihr Verdacht berechtigt war. Sie ärgerte sich. Warum musste sie nur immer alles infrage stellen? Wenn sie sich und ihre Gefühle nicht einmal ernst nahm, wie sollten es andere tun?

Jenny schaute sie skeptisch an. »Es könnte auch Zufall sein. In den meisten Büschen gibt es kahle Stellen. Und ich dachte, du und Patrick versteht euch so gut? Wie auch immer. Wir legen uns jetzt auf die Lauer und bald haben wir Antworten. Wir bleiben hier, bis der Wichser auftaucht. Und jetzt komm, wir suchen uns eine gute Position. Hach, macht das Spaß!«

Lou fühlte sich schlecht. Hatte sie Patrick Unrecht getan? Warum sollte er ihr Angst machen wollen? Jenny hatte wahrscheinlich recht. Sie konnte sich nicht mehr auf ihre eigenen Gefühle verlassen.

Sie gingen hinter zwei nahe beieinanderstehenden Fichten in Position. Hier stieg der Waldboden an, sodass sie auf einem kleinen Hügel standen und ungehindert in Lous Garten schauen konnten. Sie legten sich bäuchlings auf den Boden. Jenny zog aus einer Jackentasche ein Fernglas und aus der anderen Jackentasche zwei Schokoriegel.

Lou nickte. »Ich bin beeindruckt. Du hast an das Wichtigste gedacht.«

Jenny zuckte die Schultern. »Nö. Das wären Kaffee und Donuts gewesen. Aber ich hatte keine Zeit.«

Nach einigen Stunden wurde ihnen kalt und beide mussten zur Toilette. Auf dem Boden zu kauern, war verdammt unbequem. Sie bedauerten die Tatsache, dass sie nichts zu trinken eingepackt hatten.

Die Anspannung stieg. Waren beide zuvor noch zum Plaudern aufgelegt, blieb nun nichts mehr von ihrer Aufregung und der Leichtigkeit vom Anfang ihrer Belauerung. Sie beschlossen, Schluss zu machen und sich das nächste Mal besser vorzubereiten.

»So eine Observierung hat ziemlich wenig mit einem Abenteuer zu tun.« Jenny klang nachdenklich.

»Ja. Und ich habe Angst davor, was wir herausbekommen könnten.« Lou stieß schwer die angehaltene Luft aus.

Lou fuhr mit zu Jenny nach Hause und von dort aus verabredeten sie sich für den nächsten Tag mit Marla. Am Telefon erzählten sie der Freundin von Patrick in Lous Garten und der abgebrochenen Beschattung. Marla hörte sich wild entschlossen an, den Täter zu stellen. Es folgten ein paar spanische Schimpfworte, zwischen denen der Name Patrick herauszuhören war, und dann legten sie auf.

Da an diesem Montag Marla und Jenny freihatten, konnten die Frauen sich schon früh treffen. Jede mit einem großen Becher Kaffee in der Hand, saßen die Freundinnen bei Jenny im Garten.

Lou dachte nach. »Wir brauchen das Fernglas, deine Yogamatte, Marla, warme Kleidung, Mützen, Proviant, Energydrinks und Kissen.«

»Warte! Warum brauchen wir Kissen?«, fragte Marla.

Jenny antwortete »Na ja, meine Ellbogen sind aufgescheuert, weil der Waldboden nicht gerade komfortabel ist.«

»Okay, das ergibt Sinn.«

»Lasst uns, die Sachen sofort besorgen und loslegen. Wir sollten Mister Arschgesicht nicht zu lange die Gelegenheit geben, sich ungesehen bei Lou herumzutreiben.« Jenny rieb sich die Hände.

Lou war zappelig und wusste nicht, was sie gegen ihre Nervosität machen sollte. Ihr Magen fühlte sich hart und schwer an. Ihr Atem war flach und manchmal sah sie Sterne vor ihren Augen aufblitzen. Es wurde höchste Zeit, dass sie alles hinter sich brachten und zu einem Ergebnis kamen. Sie wusste nicht, wie lange ihre Nerven und ihr Kreislauf das alles noch mitmachen würden.

Kapitel 16

Kurze Zeit später schlichen die Freundinnen zu ihrem Observations-Ausguck. Jede trug eine Mütze, damit ihre Haare keine Farbtupfer in der Natur abgaben. Sie legten die Yogamatte und eine Decke auf den Boden; beide schoben sich ein Kissen unter die Unterarme. Im Gegensatz zum Vortag war es sehr komfortabel. Eine Box, die Jenny für den Proviant und die zusätzlichen Kleidungsstücke mitgebracht hatte, hatten sie zwischen hohem, dichtem Farn versteckt.

Jenny schüttelte den Kopf. »Wisst ihr, was mich an der Nachbar-Theorie stört? Patrick sieht so normal aus. Wenn er echt dein Stalker ist, fühl ich mich verarscht. Ich hätte gedacht, so ein Stalker sieht zumindest ein ganz kleines bisschen nach Psycho aus. Ein flackernder Blick hier, ein Gesichtsmuskelzucken dort …«, sie seufzte.

Nach zwei Stunden, in denen die drei regelmäßig ihre Position wechselten, zwischendurch ihre steifen Glieder dehnten und ab und zu etwas tranken, sah Lou Patrick in seinen Garten gehen.

»Achtung! Patrick ist grad rausgekommen. Nicht bewegen, wir dürfen jetzt keine Aufmerksamkeit auf uns lenken«, flüsterte Lou.

Lou, Marla und Jenny lagen flach auf dem Boden. Sie wagten kaum zu atmen. Sie beobachteten Patrick, der genau am Rande seines Grundstücks stand und wie abwesend ins Leere starrte.

Lou wagte nicht, zu blinzeln. Sie spürte, wie die Rötungen auf ihrer Brust piksten. Sie schwitzte und wurde von einer Angst überfallen, die sie sich in dieser Intensität nicht erklären konnte. Am liebsten hätte sie die Augen geschlossen oder wäre weggerannt. War es nicht doch besser, nicht zu wissen, wer sie stalkte? Rational wusste sie, zu wissen war immer besser als Ahnungslosigkeit. In diesem Moment aber tobte ein Kampf in ihr, der nichts Rationales hatte. Ihr ganzes Leben versuchte sie, jedem Konflikt aus dem Weg zu gehen. Voller Panik spürte sie, dass sie sich den Tatsachen nicht stellen wollte. Sie wäre gezwungen zu handeln, und war sich nicht sicher, dem allem gewachsen zu sein. Lou kniff die Augen zusammen. Sie legte ihre Stirn auf die geballten Fäuste. Sie brauchte ihre ganze Willenskraft, um nicht aufzuspringen und zu rennen, bis sie nicht mehr konnte. Würde sie denn hinterher in Sicherheit sein? Sie stellte sich vor, wie sie ihrer Angst nachgab. Fühlte in sich hinein, wie sie sich fühlen würde, wenn sie sich danach im Spiegel betrachtete oder ihren Freundinnen gegenübertrat. Sie würde sich erbärmlich fühlen. Sie würde dem Bild entsprechen, das ihre Mutter von ihr hatte. Dem, einer feigen, schwachen Frau. Einer Verliererin.

Langsam hob Lou ihren Kopf und öffnete die Augen. Ihr Oberkörper war klamm, das Top war durchgeschwitzt, doch ihr Atem beruhigte sich. Sie wusste nicht, wie lange sie mit sich gehadert hatte, doch Patrick stand immer noch unbewegt in seinem Garten. Die Angst und der Fluchttrieb waren vergangen. Lou fühlte sich seltsam entfernt, von ihren Gefühlen. Unbeteiligt beobachtete sie ihren Nachbarn. Ein Blick nach links und rechts bestätigte ihr, ihre Freundinnen hatten nichts von ihrem Kampf mitbekommen. Beide starrten gebannt auf Patrick. Marla biss sich auf die Unterlippe und wirkte konzentriert. Jenny hatte die Augen zu Schlitzen verengt. Lou sah, wie sich ihr Kiefer anspannte, während sie die Zähne zusammenbiss. Als sie den Blick zurück nach vorn richtete, setzte Patrick sich in Bewegung.

Er stieg mit einem Schritt über den Zaun und betrat Lous Grundstück. Lou hörte, wie Marla scharf die Luft einsog. Er zog einen langen Gegenstand aus seinem hinteren Hosenbund, den Lou nicht genau erkennen konnte. Patrick hebelte an drei verschiedenen Stellen am Rahmen der Terrassentür herum. Mit einem letzten Blick über seine Schulter öffnete er die Tür, trat ein und schloss sie hinter sich. Durch den halb geöffneten Vorhang beobachteten die Frauen, wie Patrick in Lous Haus verschwand.

»Ich glaub das ja jetzt nicht«, murmelte Jenny.

»So ein hijo de puta!«, fügte Marla hinzu.

Nur Lou sagte nichts. Sie war verwundert, wie neutral sie sich innerlich fühlte und das, nachdem sie einer starken Angstattacke ausgesetzt gewesen war. Vielleicht war es gerade deshalb so. Vielleicht waren ihre Emotionen einfach erschöpft.

Die drei Augenpaare waren gebannt auf das Haus gerichtet. Durch den Vorhangstoff sahen sie, wie in Lous Schlafzimmer das Licht anging.

Lou zog ihr Handy aus ihrer Gesäßtasche. »Das reicht. Ich ruf die Polizei.«

Marla und Jenny nickten zustimmend. Lou beobachtete weiter das beleuchtete Fenster, während sie den Einbruch in ihr Haus meldete. Patrick schien sich lange in diesem Raum aufzuhalten.

Lou merkte, wie sich erste Gefühle von Abscheu in ihr ausbreiteten. Was tat er da nur?

»Die Polizei macht sich auf den Weg«, sagte sie.

Nach einiger Zeit ging das Schlafzimmerlicht aus. Marla und Jenny wirkten nervös.

»Wo bleibt denn die policía?«

»Keine Ahnung.« Antwortete Jen.

Nach weiteren endlos scheinenden Minuten sah Lou, wie Patrick in ihrem Wohnzimmer stand. Er schob mit einer Hand die Gardine zur Seite, um hinaus in den Garten zu sehen. In der anderen Hand hielt er einen Saftkarton, aus dem er in aller Seelenruhe trank.

Etwas explodierte hinter Lous Augen. Es war, als schösse ein Blitz purer Wut durch ihren Körper hindurch. Es schnürte ihr die Kehle zu und flutete ihren Körper mit sengender Hitze. Ihren Nachbarn in ihrem Zuhause stehen zu sehen, mit ihrem Saft aus ihrem Kühlschrank in der Hand und seinen dreckigen Lippen an den Karton gepresst ließ sie rot sehen. Sie erlaubte sich nie … niemals aus dem Karton zu trinken.

Sie war nicht in der Lage zu sprechen. Aus diesem Grund konnte sie ihren Freundinnen nicht mitteilen, was sie fühlte oder was los war. Ihr Körper schnellte nach oben, wie ein Springteufel. Die geschockten Blicke von Jenny und Marla nahm sie nur am Rande wahr. Sie setzte sich in Bewegung und rannte los. Sie rannte den Pfad bis zu einer Straße entlang, folgte ihr, bis sie nach rechts abbog, um in ihrer Straße zu landen und vor ihrem Haus zu halten. Keuchend presste sie ihre linke Hand auf ihre Rippen, um das Seitenstechen zu lindern. Sie sah einen Polizeiwagen vor dem Haus parken. Zwei Polizisten standen vor ihrer Haustür und klingelten.

»Hallo, ich glaube, Sie wollen zu mir«, sagte Lou außer Atem.

Die Polizisten drehten sich um. »Haben Sie uns den Einbruch gemeldet?«, fragte der Ältere von ihnen.

»Ja, das war ich. Ich wohne hier.« Lou deutete auf ihre Haustür und näherte sich den Polizisten.

Sie sprach, mit gedämpfter Stimme.

»Ich glaube, der Einbrecher ist noch im Haus. Es ist mein direkter Nachbar, Patrick Lemmer. Wir konnten ihn beobachten, wie er mein Terrassenfenster aufgehebelt hat, um bei mir einzubrechen.«

Die Polizisten tauschten einen ernsten Blick.

»Können Sie uns bitte Ihren Hausschlüssel geben? Wir sehen uns bei Ihnen um, wenn Sie das möchten.«

Lou nickte und überreichte ihm ihren Schlüsselbund. Ihr Atem hatte sich beruhigt, sie roch ihren Schweiß und wischte ihn sich mit ihrem T-Shirt aus dem Gesicht.

»Warten Sie bitte abseits an der Straße, Frau …«

»Siebert. Louisa Siebert.«

Der Polizist nickte und wartete darauf, dass sich Lou entfernte. Mittlerweile kamen Jenny und Marla auf ihrer Straße an. Lou stellte sich zu ihnen. Die drei beobachteten, wie die Polizisten ihr Haus betraten. Lou war ihren Freundinnen dankbar, dass sie ihr jetzt keine Fragen stellten.

Lou spürte, wie angespannt ihr Körper war. Sollte es nötig sein, würde sie sofort den nächsten Sprint einlegen.

Sie hörten nichts. Keine aufgeregten Stimmen und kein Gepolter. Es kam niemand aus dem Haus gerannt.

Kurze Zeit später erschien einer der Polizisten in der Tür und winkte sie heran. Die Freundinnen setzten sich in Bewegung.

Als alle im Haus waren, schloss der Polizist die Tür hinter ihnen.

»Wo können wir uns unterhalten?«

Lou warf einen vorsichtigen Blick vom Flur, in ihr Wohnzimmer. Sie konnte die Angst nicht abschütteln, Patrick hier doch noch in einer Ecke hocken zu sehen. Der Polizist interpretierte ihren Blick richtig.

»Keine Sorge. Hier ist niemand. Wir haben alle Räume gründlich durchsucht.«

Lou nickte und ging vor in ihre Küche. Die drei Frauen und die Polizisten setzten sich. Auf Nachfrage schilderte Lou die Situation, in der sie seit Wochen steckte. Ihre Freundinnen ergänzten hier und da ihren Bericht. Sie endeten damit, wie sie sich auf die Lauer gelegt hatten und Patrick bei seinem Einbruch erwischten.

Die Polizisten zogen sich Handschuhe über, während sie durch das Wohnzimmer zur Terrassentür gingen. Sie öffneten sie, gingen raus und untersuchten von dort aus, die Tür.

»Frau Siebert, wir können hier Kratzer, aber keine eindeutigen Spuren eines Einbruchs entdecken.«

Lou schüttelte resigniert den Kopf. »Bitte warten Sie einen Moment.« Sie holte ihr Handy hervor, um die Aufnahmen der Kameras zu checken. Erneut waren sie manipuliert worden, denn es war nichts darauf zu entdecken. Wut brodelte in ihr hoch. Lou wurde schwarz vor Augen, sie schnappte nach Luft.

Wie aus weiter Ferne hörte sie einen der Polizisten sagen: »Könnten Sie bitte durch Ihr Haus gehen und sich alles genau anschauen? Wir brauchen eine Liste von Dingen, die verschwunden sind.«

Marla legte einen Arm um Lou und führte sie in ihr Schlafzimmer.

Jenny folgte ihnen. Marla umarmte ihre Freundin.

»Ganz ruhig, Lou. Atme fünfmal tief ein.« Sie flüsterte und strich ihr in Kreisen über den Rücken. Es half.

Lou straffte die Schultern und schaute sich im Schlafzimmer um. Sie öffnete ihren Schrank und die Schubladen, ging ins Bad und anschließend erneut in die Küche. Sie ließ zum Schluss ihren Blick durch das Wohnzimmer schweifen.

»Es scheint nichts zu fehlen.«

»Okay, das ist gut. Frau Siebert, sind Sie sicher, dass Ihre Terrassentür verschlossen war?«

Das Blut schoss Lou in den Kopf. Innerhalb von Sekunden war sie erneut nahezu außer sich vor Wut.

Jenny erfasste die Situation als Erste und antwortete schnell. »Nein, Herr, äh …Polizist. Wir haben gesehen, dass die Tür geschlossen war.«

Marla nickte nachdrücklich.

Der Polizist nickte. »In Ordnung. Leider gibt es hier keine Spuren, die belegen, dass Ihr Nachbar sich Zutritt zu Ihrem Haus verschafft hat.«

Lous Stimme zitterte vor Anstrengung, ihre Gefühle im Zaum zu halten.

»Vor Ihnen stehen drei Personen, die es bezeugen können«, presste Lou hervor.

»Natürlich. Wir werden in dieser Sache ermitteln, Frau Siebert. Wir gehen jetzt zu Ihrem Nachbarn, um mit ihm zu reden. Wir kommen danach zurück. Wir finden allein hinaus.« Damit nickte der Polizist und ging mit seinem Kollegen zur Tür heraus.

»Krass. Wie konnte Mister Psycho so fix unbemerkt verschwinden? Er konnte nicht wissen, dass wir die Polizei gerufen haben«, sagte Jenny.

Keine sagte etwas. Lou war damit beschäftigt, weiter Atemübungen zu machen und Marla ging im Zimmer hin und her.

Kurze Zeit später klingelte es an der Tür. Obwohl allen klar war, dass es die Polizisten sein mussten, fuhren alle vor Schreck zusammen.

»Himmel!«, stieß Jenny aus und fasste sich ans Herz.

Lou öffnete die Tür. Alle versammelten sich in der Küche.

»Ihr Nachbar, Herr Lemmer, konnte erklären, wie es zu dem Missverständnis kam. Er sagte, er habe ein lautes Rumpeln gehört, als wäre jemand schwer gestürzt. Er sei daraufhin durch den Garten zur Terrasse gegangen und habe versucht herauszufinden, ob etwas passiert sei. Er erwähnte, dass Sie gut bekannt miteinander wären und es aus diesem Grund nicht ungewöhnlich wäre, dass er sich um Sie sorgt. Er habe versucht, aus verschiedenen Blickwinkeln etwas durch das Fenster zu erkennen. Wahrscheinlich war es das, was Sie gesehen haben.«

Lou explodierte. Sie schrie in einer solchen Lautstärke, dass ihre Freundinnen mit offenen Mündern dastanden und sich nicht rühren konnten. So hatten sie Lou noch nie erlebt.

»Das ist ja wohl der größte, abgefuckteste Mist, den ich je gehört habe. Er ist ins Haus gegangen. Er stand nicht nur vor der Tür! Und Sie glauben ihm, ja? Sie haben es wahrscheinlich mit drei hysterischen Weibern zu tun. Das denken Sie doch, oder? Wenn er sich solche Sorgen gemacht hat, warum hat er dann nicht geklingelt, hä? Und was ist mit dem Psychoterror, dem ich seit Wochen ausgesetzt bin? Wahrscheinlich habe ich mir alles nur ausgedacht! Ich habe so was von die Schnauze voll!« Lou verschränkte ihre Arme vor der Brust.

»Aber echt. Wir waren mehrmals auf der Wache. Lou hat Kameras installiert, die nichts gebracht haben, weil die irgendwie manipuliert wurden. Das ist …« Jen hob die Hände und schien keine Worte zu finden.

»Und Patrick hat da gestanden. Genau da vor dem Wohnzimmerfenster und hat Saft getrunken.« Marla schaute sich hektisch um.

»Wo ist die Saftpackung, verdammt noch mal? Also ich trinke keinen Saft in fremden Häusern, wenn ich mir Sorgen mache, dass was passiert sein könnte!«

Der ältere Polizist räusperte sich und gab seiner Stimme einen ruhigen Beiklang.

»Mein Kollege schaut sich um, ob er die Saftpackung findet.« Er warf seinem Partner einen bedeutungsvollen Blick zu. Der ging los. »Frau Siebert. Hier unterstellt Ihnen keiner, Sie würden sich etwas ausdenken. Doch wir können uns nur an beweisbare Tatsachen halten. Ich verstehe, wie aufgewühlt Sie sind. Kommen Sie doch bitte morgen ins Präsidium, damit wir in Ruhe Ihre Aussage aufnehmen können. Dann sehen wir weiter.«

»Und das war's jetzt?«, Jenny blickte fassungslos auf den Polizisten.

»Keine Saftpackung, auch nicht im Müll«, meldete der Kollege.

»Wahrscheinlich hat er sie mitgenommen. Vielleicht sollten sie noch mal bei Patrick klingeln und sich verdammt noch mal ordentlich umschauen?« Marla schnaubte fast vor Wut.

»Frau …« Der Polizist blickte auf seine Notizen. »… Alvess. Ich verstehe sehr gut, wie erschüttert Sie alle sind. Wir können Folgendes machen. Sie kommen morgen mit allen Beweisen auf die Wache und bringen auch die Kameras und das Filmmaterial mit. Wir ermitteln mit allen uns zur Verfügung stehenden Mitteln. Doch jetzt im Moment können wir nichts weiter tun.«

Lou stand weiterhin mit verschränkten Armen stumm da; die Polizisten verabschiedeten sich.

»Frau Siebert, vielleicht sollten Sie heute Nacht woanders unterkommen. Sie haben großartige Unterstützung von Ihren Freundinnen. Sie können uns anrufen, sollte Ihnen noch etwas auffallen oder wenn Sie Grund zur Beunruhigung haben. Ansonsten sehen wir uns morgen in der Wache. In Ordnung?«

Die Polizisten gingen.

»Increíble.« Marla schüttelte den Kopf. »Unglaublich!«

»Was für ein Scheiß!«, stieß Jenny aus.

Lou boxte auf ein Couchkissen ein, bis ihre Energie verbraucht war.

Erschöpft hielt sie inne. Ihre Freundinnen standen neben ihr und beobachteten sie.

»Scheiße, Lou, so habe ich dich noch nie erlebt. Alles in Ordnung?« Jenny guckte Lou mit großen Augen an.

»Ja. Oder? Ich weiß nicht. Ich möchte noch mal alles im Haus abgehen und dann hier weg. Jenny, kann ich bei dir schlafen?« Lou fühlte sich todmüde.

»Klar. Immer.«

Lou stellte fest, dass ihre Zahnbürste nass war. Angewidert schmiss sie die in den Müll. Bei dem Gedanken daran, Patrick könnte ihre Zahnbürste benutzt haben, musste sie würgen. Ihre Schubladen waren durchwühlt, das hatte sie vorher nicht wahrgenommen, da sie nur auf Dinge geachtet hatte, die fehlen könnten. In ihrer Rage ist ihr beim ersten Sichten ebenso entgangen, dass ihr Parfum versprüht wurde.

Dann sah sie auf ihr Bett. Wo kamen die hellen Flecken auf ihrem Laken her? War das etwa … hatte er etwa … Lou drehte sich angewidert um.

»Und die Polizisten haben das hier einfach übersehen? Herrgott, da ist Sperma auf deinen Laken und sie haben kein Wort dazu gesagt!« Jenny schnaubte.

»Die dachten bestimmt, das käme von Lous Freund.« Sagte Marla.

»Ich werde jedenfalls niemals mehr in diesem Bett schlafen!«

Lou wollte gerade eine Tasche packen, als es an der Tür klingelte. Die Frauen fuhren vor Schreck zusammen.

»Entwarnung! Es ist nur Gerd, der Postbote. Kenn ich seit Jahren.« Lou hatte durch das Küchenfenster gespäht und machte sich nun auf den Weg zur Tür.

Sie nahm zwei Päckchen von ihm entgegen und ein paar Briefe und schloss schnell die Tür. Die Hüfttaschen und Wasserpistolen waren gekommen.

Sie befüllten die Wasserpistolen aus Lous Flasche mit Wasserstoffperoxid und gaben Wasser hinzu, um die Chemikalie zu verdünnen. Die Spielzeuge sahen auf den ersten Blick wirklich echt aus, was Lou einen Schauer über den Rücken laufen ließ. Sie schnallten sich die Hüftgürtel aus schwarzem Wildleder um. Links und rechts befand sich je eine tiefe Tasche, die man mit einem Reißverschluss verschließen konnte. Sie verstauten dort je eine Wasserpistole; die perfekt hineinpasste.

»Uns sollte besser so schnell keiner mehr wütend machen«, sagte Marla grimmig.

Lou nickte. Ein großer Kloß bildete sich in ihrem Hals, als ihr bewusst wurde, dass sie sich in einer Situation befanden, in der solche Vorsichtsmaßnahmen notwendig waren. Ihre Augen füllten sich mit Tränen. Sie zog die Nase hoch und versuchte, sich zusammenzureißen. Hier, in ihrem eigenen Zuhause, fühlte sie sich nicht mehr sicher und geborgen. Wie konnte das passieren? Unverschuldet war sie in eine schreckliche Situation geraten. Wie bei einer Lawine, die Fahrt aufnahm, und nach und nach alles mit sich riss. Alles, was ihrem Leben Stabilität gab. Ihre Beine fühlten sich wackelig an. Sie klammerte sich an Marlas Schulter. Lou schüttelte ihren Kopf. Entschieden ließ sie die Trauer in den Hintergrund und ihre neu entdeckte Wut in den Vordergrund treten. Das fühlte sich um einiges besser an.

Lou blieb plötzlich wie angewurzelt stehen, während sie dabei war, eine kleine Reisetasche zu packen. Kleidung zum Wechseln und ein dicker Pullover waren schon gepackt. Es fehlte nur ihre Kosmetiktasche, samt neuer Zahnbürste.

»Was ist los?«, fragte Marly.

»Ben ist gar nicht mein Stalker.«

Jenny schnaubte. »Wie scharfsinnig du bist. Los, pack weiter, Sherlock.«

»Ich schreib ihm später. Er tut mir so leid, ihn verdächtigt zu haben.«

»Okay, aber er war ein guter Verdächtiger«, sagte Jenny.

Die Frauen verließen das Haus, um zu ihren Autos zu gehen. Die hatten sie nahe am Wald geparkt, an ihrem Treffpunkt. Es mochte nicht mehr als eineinhalb Stunden vergangen sein, doch Lou fühlte sich, als sei es ewig her, Patrick dabei zu beobachten, wie er bei ihr einbrach. Wie auf ein lautloses Kommando drehten sich alle noch einmal um und sahen Patrick an seinem Küchenfenster stehen. Er beobachtete sie. Ein kleines Lächeln spielte um seine Lippen.

»Jep!«, sagte Lou, seltsam unbeteiligt, »absolut psychopathenmäßig.«

Dem konnte keiner widersprechen.

Patrick war ihr Stalker? Das musste sie erst einmal verarbeiten. Sie hatte ihn so gern gemocht. Wie hatte sie sich nur so täuschen können? Sie musste Unmengen von Zeichen übersehen haben. Dass sie sich nicht einmal mehr auf ihre eigene Intuition verlassen konnte, setzte ihr zu. Sie hatte die Situation vollkommen falsch eingeschätzt. Wieso meinte er, sie stalken zu müssen? Hatte sie sich nicht freiwillig mit ihm getroffen? Für längere Zeit war sie nicht abgeneigt gewesen, ihn näher an sich heranzulassen. Hatte er gespürt, dass sie ihm entglitt, weil sie Beck den Vorzug gab? Nein. Diese ganze Stalkergeschichte hatte doch begonnen, als sie Patrick noch nett und attraktiv fand. Wie verdreht musste ein Mensch sein, der jemanden stalkte, obwohl er reelle Chancen bei dem Objekt seiner Begierde hatte? Was war mit Patrick schiefgelaufen? Scheiße! Was, wenn ihre Mutter recht hatte und sie nur in diesem Mist steckte, weil sie zweigleisig bei ihrem Kennenlernen gefahren war? Lag die Schuld in dem Fall nicht bei ihr? Dann könnte es Karma sein oder die Rache eines verschmähten Mannes.

Am Parkplatz verabschiedeten Lou und Jenny sich von Marla, die nach Hause fahren würde. Lou stieg in ihr Auto und machte sich auf den Weg zu Jenny.

Kapitel 17

Als sie vor Jennys Haus geparkt hatte, holte sie ihr Handy hervor und schickte Beck eine Sprachnachricht. Sie erzählte ihm, was vorgefallen war, als säße er neben ihr und fühlte sich ihm dabei seltsam nah. Sie schickte die Nachricht ab. Komisch! Als er ihr sein Interesse zeigte, zog sie sich zurück und fühlte sich nicht imstande, ihm ihre Probleme anzuvertrauen. Jetzt, wo er sich zurückzog, konnte Lou plötzlich auf ihn zugehen. Nach kurzem Überlegen schickte sie eine zweite Sprachnachricht hinterher.

»Es tut mir leid, Beck. Können wir noch mal neu anfangen, bitte? Ich bin Lou. Und ich habe einen Stalker. Jetzt musst du sagen: Hallo, Lou. Seit Mitte März sind viele komische Sachen passiert, von denen ich dir gern erzählen würde. Jedenfalls, überlege ich, eine Zeit lang wegzufahren. In meine Hütte. Also, irgendwann wird sie meine sein. Sie liegt bei Horn-Bad Meinberg. Ziemlich abgelegen im Silberbachtal. Ich wäre sehr glücklich, wenn du mich besuchen würdest. Wann du willst und wie lang du willst. Ich melde mich einfach weiter bei dir, ja? Bis du mir sagst, ich soll dich in Ruhe lassen. Ich hoffe aber, dass wir uns treffen. Tja dann, ich hoffe, wir hören uns, Beck.«

Die Nachricht wurde abgeschickt und sie sah, dass er ihre erste Nachricht schon angehört hatte. Ihr Herz klopfte. Gebannt starrte sie auf ihr Handy, bis sie sah, dass er auch ihre zweite Nachricht abhörte. Oh, Mann, er antwortete. Lou war so aufgeregt, sie vergaß alles andere um sich herum. Sie erhielt ein kurzes Audio.

»Ich bin Beck, schön, dich kennenzulernen. Ich würde mich freuen, wenn du mir aus deinem Leben erzählst. Ich höre dir zu. Nenn den Ort und die Zeit. Ich werde da sein. Gute Nacht, Lou.« Seine Stimme war warm und freundlich. Ihr fiel ein Stein vom Herzen.

»Soll ich dich eigentlich morgen begleiten, wenn du zur Polizei gehst?«, fragte Jenny, als sich beide von der Küche ins Wohnzimmer aufmachten.

Lou schüttelte den Kopf. »Ich werde nicht hingehen. Beschützen kann mich niemand. Du hast doch gesehen, wie die heute reagiert haben. Eine Aussage zu machen, hilft jetzt auch nicht weiter. Mir ist klar geworden, dass ich mich nur selbst schützen kann.«

»Jedenfalls ist heute irgendwas mit dir passiert. Du wirkst endlich nicht mehr defensiv.« Sie boxte Lou gegen den Oberarm.

Die Frauen machten es sich gemütlich. Ein angenehmes Schweigen breitete sich aus.

Lou, die an einem Glas angenehm kalten Weißweins nippte, dachte nach. Es gab so viele Dinge, derer sie sich bewusst werden musste, und so viele Gefühle, die sie zu verarbeiten hatte.

»Ich glaube, es ist das Beste, wenn ich ein paar Tage untertauche. Ich fühle mich total überfordert und weiß nicht, wie ich damit umgehen soll, dass Patrick mein Stalker ist.«

Jenny schüttelte den Kopf. »Ich kann immer noch nicht glauben, dass Mister Creepy direkt neben dir wohnt. Wir müssen ihn irgendwie loswerden. Vielleicht kann man ihn rausekeln. Wenn wir uns für eine drastischere Maßnahme entscheiden sollten, Frostschutzmittel hilft immer.«

Lou schnürte sich der Hals zu. »Er hat sich einfach neben mir eingenistet. Es ist mein Zuhause, verdammt noch mal! Irgendwas muss ich tun. Und genau darüber werde ich nachdenken.«

»Versteh ich«, sagte Jenny. »Möchtest du länger hierbleiben? Oder was hattest du vor?«

Lou blickte zu Boden und presste ihre Lippen aufeinander. »Ich habe an die Hütte gedacht.«

»Die Hütte! Super Idee. Da wird er dich garantiert nicht finden. Aber ist es dort nicht zu abgelegen? Ich meine, wenn er dich doch findet oder du Hilfe brauchst oder so?« Jenny blickte Lou an.

»Also, ich wollte Beck fragen, ob er …«

»Sehr gut. Darauf trink ich. Ran an den Speck! Du fährst zur Hütte.«

Jenny deutete mit ihrem Weinglas auf Lou. »Wir anderen sollten die Zeit nutzen und deinen Stalker stalken. Was für Gewohnheiten hat er? Wo hält er sich auf? Wen kennt er? Wir müssen, so viel es geht, über ihn herausfinden. Und dann packen wir ihn bei seinen Eiern.« Mit zusammengezogenen Augenbrauen stellte Jenny pantomimisch dar, wie sie etwas in ihrer Hand zerquetschte.

Lou lächelte. »Ich liebe euch. Während ich mich entspanne, arbeitet meine Crew unermüdlich weiter an der Front.«

»Ich klär alles mit Marla und Paul ab. Das kriegen wir schon hin. Du musst erst mal den Kopf frei kriegen.«

Die Freundinnen planten noch ein paar Details. Spätestens jeden Abend um sechs Uhr würden sie telefonieren und sich austauschen. Es sei denn, es gab etwas Wichtiges zu berichten, das nicht warten konnte.

Am nächsten Tag machte Lou sich auf den Weg, um zu ihrer Mutter zu fahren. Sie brauchte den Schlüssel für die Hütte. Wie gerne würde sie um das Treffen herumkommen, es ließ sich aber nicht vermeiden.

Jenny musste zur Arbeit und die Frauen verließen gemeinsam das Haus. Lou gab Jenny ihren Haustürschlüssel.

»Hier, damit ihr jederzeit bei mir ins Haus könnt. Dass Marla erwischt wird, während sie mein Schloss mit ihrem Dietrich knackt, können wir nicht gebrauchen.«

Die Freundinnen verabschiedeten sich mit einer Umarmung.

»Sag Beck, er soll dir zeigen, wie du Mister Psycho richtig in den Arsch treten kannst.«

»Und du, Jen.« Lou hielt Jen an ihren Schultern mit ausgestreckten Armen von sich und guckte sie an, als würde sie über den Rand einer Lesebrille schauen.

»Nicht mit dem Psycho spielen. Das ist bah!«

»Och, bitte, bitte. Nur ein bisschen.«

Lou lachte und stieg in ihr Auto.

Lou saß mit ihrer Mutter im Wohnzimmer und berichtete von den neuesten Vorfällen und dem Besuch der Polizei. Sophia Siebert verzog verächtlich das Gesicht.

»Nun, Louisa. Wie man sich bettet, so liegt man. Aber wenn ich dich so anschaue, will mir einfach nicht in den Kopf, wieso sich jemand ausgerechnet dich aussucht. Du bist so …«

»Das ist alles, was du dazu zu sagen hast?« Lou war wie vor den Kopf geschlagen. Ihre Kehle schnürte sich zu. Sie meinte kotzen zu müssen. Mitten auf den teuren Orientteppich ihrer Mutter. Sie schluckte den Speichel herunter, der sich in ihrem Mund gesammelt hatte.

»Na, die Polizei hat ihn schließlich nicht festgenommen, oder? Das heißt, du hast aus einer Mücke einen Elefanten gemacht. Sonst hätten die Beamten anders reagiert.«

Bisher hatte ihre Mutter es immer geschafft, dass sich Lou minderwertig fühlte und Schuldgefühle bekam, weil sie nicht den Vorstellungen ihrer Mutter entsprach. Natürlich waren in der Vergangenheit auch Frust und Ärger in ihr gewachsen.

Das, was sie dagegen in diesem Moment fühlte, ließ sie nicht innerlich schrumpfen. Es fühlte sich an, als würde sie sich, erbost über die Worte, aufrichten. Als würde sich ihr Brustkorb ausdehnen, bis er platzte. Wie konnte ihre Mutter es wagen, so über sie zu sprechen? Sophia Siebert hatte keine Ahnung, was sie durchmachte. Sie war blind für alle Tatsachen, die dagegen sprachen, dass sich Lou selbst in diese Situation manövriert hatte. Ihre Mutter trug eine Arroganz in sich, die sich Lou nicht erklären konnte. Ihres Wissens nach gab es nichts, was ihre Mutter Großartiges geleistet hätte. Und doch stand sie hier, wertete und bewertete, ohne dabei nur eine Sekunde darüber nachzudenken, was sie damit anrichtete.

Lou hatte ihre Hände zu Fäusten geballt. In ihr tobte eine Wut, die sie erst seit Neuestem in sich erkannte. Äußerlich ruhig, doch mit gepresster

Stimme wandte sie sich an ihre Mutter.

»Du bist meine Mutter. Dafür respektiere ich dich. Aber du hast keine Ahnung, wie sehr es mich verletzt, wenn du mich wie den Dreck unter deinen Fingernägeln behandelst. Ich habe nichts getan, um so ein Verhalten von dir zu verdienen. Ich habe nichts getan, um das, was der Stalker mir antut, zu verdienen. Ich frage mich, warum ich immer wieder zu dir gehe, um dir mein Herz auszuschütten. Nie hast du Verständnis oder hilfst mir in irgendeiner Form weiter. Du vergrößerst nur, was mich verletzt. Du machst mich kleiner und zuckst mit keiner Wimper, wenn ich leide.«

Lous Mutter hörte ihr mit versteinertem Gesicht zu. Schließlich hob sie ihr Kinn und betastete mit einer hohlen Hand ihre Frisur, die aussah, wie in Beton gegossen.

»Es ist traurig, dass du es so siehst, Louisa. Ich habe auf meine Weise immer versucht, dir zu helfen. Doch du lehnst alle meine gut gemeinten Ratschläge ab. Was erwartest du denn von mir? Dass ich deine Neurosen und deine Ambitionslosigkeit unterstütze? Das wird nicht passieren. Du sprichst davon zu leiden. In Tibet sagt man darüber: Leid adelt den Menschen. Nur, wer Leid erträgt, wird Glück erfahren. Du solltest also dankbar sein.«

Lou hörte die Worte ihrer Mutter und war fassungslos, dass sie erst jetzt zum ersten Mal erkannte, dass nicht sie das Problem war, sondern ihre Mutter. Eine tiefgreifende Erleichterung schlug Wurzeln in ihr. Sie war nicht schlechter als andere. Es gab nichts, was sie tun könnte, das ihre Mutter zufriedenstellen würde. Selbst wenn sie Medizin studiert hätte, hätte ihre Mutter einen anderen Makel an ihrer Tochter ausgemacht. Weil sie sich dafür entschieden hatte, immer nur das Schlechte zu sehen.

Lou fühlte sich von einem Gewicht befreit. Sie hatte nicht vor, in naher Zukunft wiederzukommen. Bei ihrer Mutter zu sein, war, als bekäme sie jedes Mal ein schleichendes Gift injiziert, das sich Zeit nahm, sich auszubreiten und ihr die Sicht auf sich zu trüben.

»Gibst du mir den Hüttenschlüssel?«

Lou und ihre Mutter lieferten sich ein Blickduell.

»Bitte …«, fügte Lou hinzu.

Lou und ihre Mutter erhoben sich gleichzeitig. Sophia Siebert ging zu einem kleinen Sekretär, der im Wohnzimmer stand. Sie öffnete eine Schublade und entnahm ihr einen Schlüsselbund. Sie streckte ihn Lou entgegen und sagte »Hier ist der Schlüssel. Nimm ihn und fahre hin, um den Kopf freizubekommen. Dort solltest du dich von deinem kleinen Nervenzusammenbruch erholen können.«

Lou nahm den Schlüssel entgegen, drehte sich um und verließ ohne weiteren Gruß ihr Elternhaus.

Als sie in ihrem Wagen saß, betrachtete sie den Schlüssel und musste an das wunderschöne Jagdhaus im Teutoburger Wald denken. Sie freute sich darauf. Sie steckte den Schlüssel in ihre Handtasche, nahm dafür ihr Handy heraus.

»Beck? Ich fahr jetzt los. Komm, wann immer du möchtest. Danke, dass du mir noch eine Chance gibst.« Sie nannte ihm die Adresse und Beck sagte, dass er sich auch sofort auf den Weg machen würde. Lous Herz klopfte vor Freude, als sie losfuhr.

Lou atmete tief ein und lächelte. Sie fühlte sich das erste Mal seit Langem unbeschwert. Sie war in diesem Moment überzeugt davon, alles würde in Ordnung kommen. Sie machte sich auf den Weg in Richtung A2 nach Bad Salzuflen, um nach Horn-Bad Meinberg zu fahren.

Lou war an ihrem Ziel angekommen. Sie parkte direkt vor der Hütte. Die im kanadischen Stil aus Rundhölzern gebaut war. In der Nähe plätscherte ein Bach, mächtige Tannen umschlossen das kleine Haus von zwei Seiten. Der Boden im Umfeld war mit Moos und knorrigen Wurzeln bedeckt, die aus der Erde ragten. Vom Haus aus hatte man einen herrlichen Blick auf einen Farnwald, der sich hinter einer kleinen Wiese ausbreitete. Rotkehlchen und Spatzen pickten in der Nähe auf dem Boden herum oder flatterten kreuz und quer durch die Gegend. So sah das Paradies aus. Natur, soweit das Auge reichte, und keine Menschen in der Nähe. Sie blickte auf die Veranda, die sich rund um das Haus zog und erinnerte sich, wie sie dort in der Vergangenheit, viele Abende mit ihrem Vater Backgammon gespielt hatte. Nicht weit neben dem Haus stand ein Schuppen mit einem großen wandseitigen Behälter, aus dem man mit einer Schaufel Holzkohle für den Kaminofen holen konnte. Es war idyllisch und ruhig. Lou fragte sich, warum sie nicht viel eher hergekommen war. Sie beantwortete sich die Frage selbst. Sie hatte sich so auf ihre Arbeit konzentriert, dass immer wieder anderes dahinter zurückblieb.

Apropos Arbeit. Sie wollte Ben schreiben. Sie schrieb ihm eine E-Mail an die Adresse, die er ihr gegeben hatte. Seine Handynummer hatte sie nicht.

Hey, Ben, ich wollte mich bedanken, dass du mir bei der Arbeit geholfen hast. Mir geht es so weit ganz gut. Ich bin gerade dabei, ein paar Sachen zu ordnen. Halte durch bei der Arbeit. Liebe Grüße, Louisa.

Sie hörte ein Motorgeräusch und sah bald darauf, wie Beck kam und neben ihrem Auto parkte. Als er von seinem Motorrad stieg, strahlte er Lou an. Ohne nachzudenken, lief sie los und warf sich in seine Arme. Beck hielt sie fest. Lou und er ließen voneinander ab und betrachteten sich. Sie fand, er war der schönste Mann der Welt. Ihr Herz sprang ihr fast aus der Brust. So fühlte es sich an, wenn man glücklich war.

»Lou, schau dich einer an! Du bist wie für diesen Ort gemacht. Ich habe dich noch nie so glücklich gesehen.«

»Das liegt aber nicht nur an diesem Ort.« Sie lächelte.

Nachdem Lou ihre Tasche aus dem Auto geholt hatte, gingen beide ins Haus. Unschlüssig blieb Beck im Eingang stehen.

»Ähm … Lou? Ich weiß nicht, ob dein Angebot ernst gemeint war, dass ich bleiben kann.«

»Und ob es ernst gemeint war!«

Beck drehte sich wortlos um und ging hinaus. Einen kurzen Moment erschrak Lou. Wohin ging er? Wenige Sekunden später kam er zurück mit einer Reisetasche in der Hand. Ihr Herz flog ihm zu. Sie hatte das Gefühl, als befände sie sich im Urlaub. Am Ort ihrer Träume, mit dem Mann ihrer Träume.

Sie trugen ihre Taschen in den hinteren Teil der Hütte, wo sich das Schlafzimmer befand. Unsicher blieb Beck stehen.

»Ist es okay, dass ich hier … also dass wir … dass ich mit hier schlafe oder soll ich auf die Couch?«

Er machte dabei unbeabsichtigt ein so unschuldiges Gesicht, dass Lou lachen musste.

»Bleib hier. Bitte.«

Lou und Beck hatten es sich in der wunderschönen Hütte gemütlich gemacht. Hier im Wald war es kühl. Sie feuerten den Kaminofen an. Sie saßen an die Couch gelehnt und in Decken gewickelt, auf dem Boden davor.

»Es ist wirklich total schön hier.« Beck blickte sich um. »Die ganzen Rundhölzer und die Einrichtung … ich bin wirklich begeistert. Warum lebst du nicht hier? Es ist zwar etwas weiter bis in die Stadt, aber das wäre es doch wert, oder?«

»Meine Mutter würde mich niemals hier wohnen lassen. Ich spare jetzt schon so lange Geld, um ihr die Hütte abkaufen zu können, dabei bin ich mir noch nicht einmal sicher, ob sie sie mir verkaufen würde.«

»Woher willst du das wissen, dass sie dich nicht hier wohnen lassen würde? Hast du sie gefragt?«

»Nein. Das nicht. Ich möchte, dass mir diese Hütte gehört. Ich möchte nicht weiter gezwungen sein, in regelmäßigen Abständen zu meiner Mutter zum Essen zu fahren. In ihren Augen muss ich ihr auf Knien danken, weil ich umsonst in ihrem Bungalow wohnen darf. Ich möchte nicht mehr das Gefühl haben, von ihr abhängig zu sein.«

»Das kann ich gut verstehen. Vielleicht könntest du ihr das Geld, das du gespart hast, anbieten und sie fragen, ob sie dir für diese Summe die Hütte verkauft. Hier wirkst du geerdet. Ruhig. Entspannt. Du gehörst einfach hierher.«

Lou lächelte. »Vielleicht mache ich es.«

Nachdem Beck ihnen ein Mittagessen zubereitet – mit Käse überbackenes Gemüse – und sie gegessen hatten, setzten sie sich raus auf die Veranda und schauten in den Wald. Beide hatten sich einen Becher Kaffee mitgenommen und nippten hin und wieder daran. Beck schwieg. Lou wusste, er wollte ihr die Gelegenheit geben, sich zu sammeln, bevor sie ihm erzählte, was passiert war.

So begann sie zu erzählen. Alles erzählte sie. Sie ließ auch den Morgen bei ihrer Mutter nicht aus.

Beck hörte ihr aufmerksam zu und unterbrach sie nicht. Nach der Erzählung blieb es eine lange Zeit still. Lou fühlte sich erschöpft. Hier kam sie zur Ruhe und ihr schlechter Schlaf und die Gefühls-Achterbahnfahrten der letzten Zeit forderten ihren Tribut.

Beck blickte sie an.

»Verdammt, Lou. Es macht mich rasend, was Patrick dir angetan hat. Ich weiß, wozu Menschen fähig sind. Viele sind eine Enttäuschung und genauso viele ticken nicht richtig. Deine Mutter, mir fehlen die Worte. Es tut mir so leid.«

Lou stiegen Tränen in die Augen.

Sie waren am Vortag nicht lange aufgeblieben. Beide waren erschöpft. Die Nacht neben Beck war wunderschön. Lou hatte in seinen Armen gelegen und sie hatte sich sicher und geborgen gefühlt. Beinahe wäre es zu einem Kuss gekommen. Sie schauten sich ewig lange in die Augen. Lächelten sich an. Beck kraulte ihr den Nacken, am Übergang zum Hinterkopf. Lou hätte beinahe geschnurrt. Doch beide waren nicht weitergegangen. Es war der falsche Zeitpunkt.

Nach dem Frühstück gingen sie händchenhaltend im Wald spazieren. Seit einer Weile schwiegen sie.

»Wann musst du eigentlich wieder zurück, wegen der Arbeit und so?«, fragte Lou.

»Leider morgen schon. Aber sobald es geht, komm ich wieder.«

»Okay, das ist schön.«

Sie lächelten sich an. Plötzlich blieb Beck stehen.

»Lou, ich muss dir was sagen.«

»Sag mir was.« Sie blieb ebenfalls stehen.

Becks Blick wirkte verunsichert.

»Ich kenne Patrick.«

Sie zog die Augenbrauen zusammen und schüttelte den Kopf. »Was?«

»Von früher.« Er stockte und atmete tief durch.

Lou wartete ab.

»Ich hatte ein ziemliches Aggressionsproblem. Keiner wusste, warum. Ich habe die besten Eltern der Welt und hatte auch sonst keine Probleme. Ständig bin ich in Schlägereien geraten. Ich habe Streitereien sogar provoziert. Irgendwie war da eine Spannung in mir, die rausmusste. Irgendwann war ich in Osnabrück, in irgendeiner Kneipe. Ich hatte einiges getrunken und da war wieder diese Anspannung. So ein Typ, ein richtiger Kotzbrocken, hatte mich schon den ganzen Abend zur Weißglut gebracht. Er war laut, arrogant und ein Arsch den Frauen gegenüber. Immer, wenn ich seinen roten Schopf in meiner Nähe sah, war ich nah dran, ihm eine zu verpassen. Um mich abzukühlen und meine Beherrschung nicht zu verlieren, ging ich mit meinem Bier vor die Tür. Ich wollte einen klaren Kopf bekommen. Ich lief auf dem Parkplatz hin und her. Da kam ein Kerl mit einer Frau im Arm aus der Kneipe und ging mit ihr zum Parkplatz. Es war Patrick. Wusste ich da natürlich noch nicht. Sie waren schon fast bei ihrem Auto, da stürzte der Rotschopf auf den Parkplatz, schrie so was, wie: ›Bleib stehen! Du verdammte Schlampe!‹, und rannte auf das Paar zu.«

Beck schaute sie an, als wollte er kontrollieren, ob sie bei der Sache sei.

»Der andere Typ, Patrick, schrie mir zu, ich solle ihn aufhalten. Wie aus einem Reflex heraus streckte ich meine Faust aus und der Rotschopf lief genau hinein. Damit hatte ich ihn aber nur ausgebremst. Der Typ stand so unter Strom, dass ich ihm immer wieder eine reinhaute, bis er auf dem Boden liegen blieb. Ich wollte die Frau vor ihm beschützen. Ich war richtig fertig und alle Energie war weg. Als ich mich zu dem Paar umdrehte, war Patrick gerade dabei, sie auf seiner Motorhaube zu vögeln. Er grinste mich an. Gott, ich werde nie dieses abartige Grinsen vergessen. Er bedankte sich bei mir und hat gefragt, ob ich ihn gleich ablösen wolle.«

Beck verzog sein Gesicht vor Abscheu. »Erst da sah ich, dass mit der Frau was nicht stimmte. Sie hatte zwar die Augen geöffnet, zeigte aber kaum Regung. Sie schwitzte. Ich hab Patrick gefragt, was er ihr gegeben hatte. Er sagte, sie habe was bekommen, was Muschis zähmte. Ich erfuhr, der Typ, den ich verprügelt hatte, der Rotschopf, war ihr Freund gewesen.« Beck schluckte mühsam.

Lou schaute ihn fassungslos und mit wachsendem Grauen an.

»Ich war so durcheinander und wusste nicht, was ich machen sollte. Ich bin einfach weggerannt, hab mich, trotz des Alkohols im Blut, in mein Auto gesetzt und bin nach Hause gefahren. Ich weiß nicht mehr, wie ich so was tun konnte. Ich begreife es einfach nicht. Ich hab die Frau einfach so ihrem Schicksal überlassen, obwohl ich ihr vorher doch helfen wollte.«

Beck strich sich durch die Haare.

»Ich hab ein Anti-Aggressions-Training gemacht und bin nie mehr unter Alkoholeinfluss gefahren. Als ich sah, dass Patrick dein Nachbar ist, wäre ich beinahe durchgedreht. Ich stand total unter Schock und die alten Aggressionen haben mich gepackt. Er wollte verhindern, dass du etwas von der Vergewaltigung erfährst, und ich wollte verhindern, dass du erfährst, dass es nur durch mich so weit kam. Was für eine Scheiße!«

Lou setzte sich auf den Boden. Ihre Beine gaben unter ihr nach.

Beck setzte sich neben sie und wagte nicht, ihr in die Augen zu gucken.

Als Lou nach einer Weile wieder in der Lage war zu sprechen, richtete sie ihren Blick auf Beck.

»Es ist der totale Horror, was da passiert ist. Die Frau hat das Schlimmste erlebt, was einem passieren kann und wovor jede Frau, auf der ganzen Welt Angst hat. Ich bete dafür, dass es ihr gut geht. Aber es war Patrick, der ihr das angetan hat. Nicht du. Okay, du warst aggressiv. Du hast den Typen windelweich geschlagen. Aber es war ein Missverständnis. Du dachtest, der Typ wollte auf die Frau losgehen. Du konntest nicht wissen, dass sie nicht Patricks Freundin war. Ich weiß nicht. Du hast Konsequenzen gezogen danach. Ich kann verstehen, dass du nicht wolltest, dass jemand davon erfährt. Und ich werde dich nicht für etwas verurteilen, das lange zurückliegt. «

Sein Geständnis änderte nichts an ihren Gefühlen für ihn. Sie war froh, dass er ihr alles erzählt hatte.

»Danke, Lou. Ich bin so erleichtert.« Liebevoll küsste er ihre Hand, die er in seiner hielt. »Patrick ist ein Arschloch und ein Blender. Ich kann mir denken, dass er deine Situation ausgenutzt hat, als es zu dem Kuss mit ihm kam. Es ist egal. Es spielt für uns keine Rolle.«

Er nahm sie in die Arme und Lou lehnte ihren Kopf an seinen breiten Brustkorb.

Beck murmelte in ihr Haar.

»Lou. Ich bin rettungslos verliebt in dich. Weißt du das? Ich glaube, mein Drang aus Irland wegzugehen und wieder herzuziehen, war der beste Drang, den ich jemals verspürt habe. Es war die richtige Zeit für uns. Wir sollten uns wieder begegnen. Bitte gib mir keinen Korb! Ich weiß nicht, ob ich das verkraften würde.«

Lou rückte ein Stück von ihm ab, um ihm in die Augen zu sehen. Ihre fühlten sich heiß an, als würden ihre Augäpfel von innen glühen. Wie konnte es sein, dass inmitten des Chaos, das ihr Leben war, so etwas

Wunderschönes passierte?

»Niemals gebe ich dir einen Korb. Ich habe auf dich gewartet. Und nun sind wir hier.«

Sein Blick senkte sich auf ihre Lippen.

»Und nun sind wir hier …«, murmelte er, senkte seinen Kopf und sie küssten sich.

Lou wäre umgefallen, hätte Beck sie nicht gehalten. Sie spürte den Kuss bis in ihre Zehenspitzen. Sie hatten einmal damit angefangen, nun konnten sie nicht wieder aufhören, sich zu küssen. So stolperten sie lachend und sich immer wieder küssend durch den Wald auf die Hütte zu. Die letzte Wegstrecke trug Beck sie Huckepack.

Kapitel 18

Patrick rieb sich mit den Händen durch sein Gesicht. Rau kratzten seine Bartstoppeln über seine Handflächen. Gott, er war noch nicht mal mehr in der Lage, sich anständig zu rasieren. Immerzu dachte er nur an sie. Er musste nachdenken, um seine nächsten Schritte planen zu können.

Alles hatte so gut angefangen. Er war wegen Celia nach Porta gekommen. Die Nutte war der Meinung gewesen, ihn verarschen zu können. Doch nach nur einem Blick auf seine Nachbarin war ihm die Schlampe von einer Sekunde auf die andere egal gewesen. Louisa. Sie war perfekt. Das Schicksal hatte ihn zu ihr geführt.

Er hatte sich Zeit gelassen. Sie war sein Schicksal und wohnte direkt neben ihm. Sie konnte ihm nicht entwischen. Er beobachtete sie, wenn sie zu Hause war. Er hatte einen idealen Platz in den Sträuchern ihres Gartens gefunden. Es war verdammt erregend, ihr zuzusehen. Oft hielt er es nicht mehr aus und verschaffte sich an Ort und Stelle Erleichterung. Sie konnte ihm auf Dauer nicht widerstehen. Keine konnte das. Er legte nur eine kleine Fährte aus und lockte sie. Lange musste er nie warten, bis sie sich ihm bereitwillig an den Hals warfen. Diese Huren waren höchstens gut, um sie zu vögeln. Grinsend dachte er an seine Begegnungen mit Louisa. Die wirklich wertvolle Beute sträubte sich. So wie sie. Es war ein Spiel. Er liebte es, wie sie seinen Körper unter Spannung setzte. Ein guter Jäger hatte Geduld. Hatte er nicht bewiesen, wie fähig er dazu war, seine Bedürfnisse zurückzustellen? War er nicht der disziplinierteste Scheißkerl unter den Augen der Göttin? Seine Mutter wäre stolz auf ihn gewesen.

Ein Stöhnen kam ihm über die Lippen, als er an seine Louisa dachte. Diese schöne, weiche Frau mit den unglaublichen Haaren, die er sich gerne um die Faust wickeln würde. Er würde sie an den Haaren ziehen, bis ihre Kehle entblößt wäre. Er würde in ihre zarte Haut zwischen Hals und Schulter beißen. Fest. So, dass sie sein Mal trug. Sie würde ihm gehören. Sie liebte ihn. Sie spielte sein Spiel mit und spielte ihre Rolle perfekt. Diese ängstliche Stimme am Telefon, die ihn so erregte. Sein Atem beschleunigte sich. Sie sollte sich geehrt fühlen, seine Aufmerksamkeit erregt zu haben.

Seine Erregung ließ nach, als er an seinen Rivalen dachte. Er zog die Augenbrauen zusammen. Was hatte sie nur mit dem Verlierer Beck zu schaffen? Eifersucht kroch seine Kehle hoch, wie ätzende Säure. Bis ihm klar wurde, dass sie ihn reizen wollte. Er lachte laut über seine kleine Wildkatze. Scheiße! Er wusste nicht, wie lange er sich noch zurückhalten konnte. So sehr ihm ihr gemeinsames Spiel gefiel, er merkte, seine Gefühle hätte er bald nicht mehr unter Kontrolle.

Er musste Vorkehrungen treffen. Es war die Schwarzkünstlerin an ihrer Seite, die ihm gefährlich werden konnte. Wut stieg in ihm auf und er hieß sie willkommen.

Hexen – wie die Schwarzkünstlerin, die sich an Louisas Seite geschlichen hatte – flüsterten ihren unschuldigen Opfern Botschaften, Nachrichten und Befehle ein. Louisa wusste nichts von den Kräften, denen sie gegenüberstand. Sie war ihnen hilflos ausgesetzt. Sie verließ sich auf ihn. Verließ sich darauf, dass er sie beschützen würde. Bei der Göttin, er würde alles für seine Louisa tun.

Er schaute auf die Spy-App, die er zu einem lächerlichen Preis auf sein Handy geladen hatte. Ein weiterer Geniestreich von ihm.

App herunterladen und installieren, dem Link aus der Begrüßungs-E-Mail folgen, sich im persönlichen Steuerpanel anmelden, mit Louisas Handy synchronisieren, fertig. Mit einer Verzögerung von ein paar Stunden konnte er alle SMS und WhatsApp-Nachrichten sehen. Anrufe, die ein und aus gingen, ihren Standort, den Browserverlauf, ihre E-Mails, soziale Apps, Fotos und Videos, alles.

Grinsend überprüfte er ihren Standort. Er starrte auf das Display. Seine Mundwinkel zogen sich nach unten und er runzelte die Stirn. Das durfte einfach nicht wahr sein! Von allen Orten, an denen sie sich aufhalten konnte, hatte sie ausgerechnet diesen gewählt? Die Schwarzkünstlerin musste es ihr eingeflüstert haben.

Es war nicht zu ändern. Er würde sie da rausholen, aber zuerst musste er sich beruhigen und alles ganz genau durchdenken.

Nachdenklich schaute er sich die Bilder von Louisa an. Er besaß mittlerweile einen stattlichen Stapel davon. Sollte er rüber zu Louisa gehen? Wenn er sich ihr nahe fühlte, würde sein Kopf wieder klarer werden. Es stärkte ihre Verbindung, indem er berührte, was sie berührt hatte. Scheiß auf die Wichser da draußen. Keiner wusste so gut wie er, wie sich wahre Liebe, wahre Leidenschaft anfühlte. Sein Verlangen nach ihr war mittlerweile so extrem, dass er gerade nicht mehr in der Lage war, an irgendetwas anderes zu denken.

Kurzentschlossen stand er auf und verschaffte sich über die Terrasse Zutritt zu ihrem Haus. Er zog sich aus und legte sich nackt in ihr Bett. Er roch an ihrem Kopfkissen. Ihn packte eine so große Begierde, dass er aufsprang und hektisch nach ihrem Wäschekorb suchte. Als er ihn fand, nahm er einen Slip heraus und legte ihn sich auf sein Gesicht.

Er dachte an seinen Triumph, als sie bereit war, sich ihm hinzugeben. Der Kuss. Ihr Feuer. Er atmete schneller, während er masturbierte. Er war nahe daran gewesen, sich auf sie zu stürzen. In seiner Fantasie tat er es jetzt.

Nachdem er gekommen war, rieb er seinen Samen auf verschiedene Gegenstände in ihrem Schlaf- und Badezimmer. Er markierte sein Revier.

Befriedigt zog er sich wieder an und ging zurück in sein Haus. Nun konnte er sich wieder konzentrieren und weiter darüber nachdenken, was zu tun war.

Die Hexe. Was sollte er tun? Es war seit dem Tod seiner Mutter das erste Mal für ihn, gegen die schwarzen Mächte ankämpfen zu müssen.

Mit Stolz dachte er an die Cleverness seiner Frau. Um sich vor der Hexe zu schützen, hatte sie Überwachungskameras installieren lassen. Schlau von ihr! So würde sie sehen, wenn sie nachts in ihrer Nähe herumschlich und ihre Rituale vollziehen würde.

Erst gestern hatte er von seinem Küchenfenster aus gesehen, wie die Schwarzkünstlerin versuchte, ihm den bösen Blick zuzuwerfen. Sofort hatte er den kleinen und den Zeigefinger seiner rechten Hand ausgestreckt und berührt mit dem Daumen Mittel- und Ringfinger. Es war ein überlieferter, mächtiger Schutz. Ihm konnte sie nichts anhaben. Aber seiner Louisa.

Er spürte seine Unruhe. Jetzt war endgültig Schluss! Er würde alles tun, für seine große Liebe. Er brauchte Louisa. Er verzehrte sich nach ihr. Je mehr Hindernisse zwischen ihnen lagen, desto besessener wurde er von ihr. Er musste einfach zu ihr. Ein Plan nahm Gestalt an.

Patrick wusste, er musste seinen Plan schnell umsetzen. Louisa befand sich in großer Gefahr. Sie war mitten in einen Schmelztiegel geraten, aus dem sie sich nicht allein würde befreien können. Sie war in Horn-Bad Meinberg. Einen gefährlicheren Ort hätte sie sich nicht aussuchen können. Es war seine alte Heimat, die er seit Jahren nur noch mit Schmerz und Leid verband.

Er schob die Lamellen vor dem Küchenfenster gerade weit genug auseinander, um hindurchspähen zu können. Ein Knurren stieg in ihm auf. Was für erbärmliche Wichser! Scarface saß draußen in seinem Auto und beobachtete sein Haus. Jämmerlich. Er schnappte sich seinen Schlüssel, sein Handy und sein Portemonnaie und verließ über die Terrasse sein Haus. Er wusste, was er zu tun hatte.

An seinem Ziel besorgte er sich ein Mietauto. Er entschied sich für einen unauffälligen Mittelklassewagen. Er stieg in den silberfarbenen Passat und fuhr los. Wie dumm doch alle waren! Er lachte in sich hinein. Keiner war ihm gewachsen.

Im Baumarkt kaufte er Bauschaum, drei Kanister und einen Trichter. Es konnte losgehen.

Patrick fuhr zurück zu seinem Haus, parkte den Mietwagen jedoch in einer Parallelstraße. Er betrat sein Zuhause von hinten über die Terrasse, um die Benzinkanister und den Trichter abzustellen, und machte sich sofort im Anschluss auf demselben Weg wieder hinaus. Nun war es Zeit für ein bisschen Spaß.

Patrick stand etwas abseits von der Werkstatt, in der der Mistkerl arbeitete, der sich an seine Louisa herangemacht hatte. Die letzten zwei Tage war Beck nicht hier aufgetaucht. Doch heute war er wieder da. Endlich.

Früher hatte er Beck verachtet, doch heute hasste er ihn. Ihre gemeinsame Vergangenheit bedeutete eine gewisse Gefahr für ihn. Doch wenn er unterging, würde er das Arschloch mit sich reißen. Der hatte genug Dreck am Stecken. Mehr als genug. Er wartete. Gut, dass er sich unterwegs ein Sandwich gekauft hatte. Er verschlang es, während er wartete. Geduldig zu sein, hatte er auf die harte Tour gelernt. Von seiner Mutter. Er war ihr unendlich dankbar, für ihre Lektionen, die ihn zu dem Mann gemacht hatten, der er war.

Ruhig saß er in seinem Auto. Er bewegte sich nicht, hörte keine Musik, er war ganz darauf konzentriert, was vor ihm lag.

Am späten Nachmittag verließ Beck die Werkstatt. Patrick stieg aus und ging mit großen Schritten auf ihn zu. Direkt bei ihm, riss er Beck an der Schulter zu sich herum und hielt ihn an seinem Kragen fest.

Becks Augen waren voller Abscheu. Er sprach als Erster. »Du Wichser. Was, glaubst du, was du hier abziehst? Bist du so arrogant, dass du nicht mal siehst, wann du dich besser verpissen solltest? Nimm deine dreckigen Pfoten von mir. Ich könnte dich so was von auffliegen lassen! Ein Anruf bei unserem Freund und Helfer genügt.«

Patrick ließ den Kragen los und näherte sein Gesicht dem von Beck, bis nur noch wenige Zentimeter sie trennten.

»Das wirst du nicht tun. Denn wenn du dein Maul aufreißt, packe ich aus. Willst du das? Überleg es dir gut. Ich warne dich, und zwar genau ein Mal. Halte dich fern von Louisa. Und sei froh, dass du eine Warnung bekommst. Ich könnte auch ganz anders reagieren.«

»Vergiss es. Ich werde alles dafür tun, damit du sie nicht in deine Finger bekommst.«

Patrick lachte. »Du? Du bist schwach. Wie war das denn damals? Wer hat sich einfach aus dem Staub gemacht, als es ernst wurde?«

Die Männer lieferten sich ein Blickduell, bis Beck sich abwandte, seinen Helm aufzog und mit seinem Motorrad davonfuhr.

Danach fuhr Patrick zu Scarface nach Hause. Er hatte Louisas Freunde lange genug beschattet, um ihren Tagesablauf zu kennen. Jetzt würde die kleine Latina noch bei der Arbeit sein. Er ging davon aus, Scarface würde immer noch, wie der Depp, der er war, vor seinem Haus Wache schieben. Dabei war es ein Leichtes, durch den Garten auf der Rückseite des Hauses zu entkommen.

Er verschaffte sich Zutritt zu ihrer Wohnung und machte sich systematisch auf die Suche nach einem Zweitschlüssel für das Auto von Scarface. Er konnte keinen Schlüssel finden, aber er wusste, dass es einen geben musste. Keiner arbeitete in einer Reparaturwerkstatt für Autos und hatte nicht irgendwo einen Zweitschlüssel hinterlegt, falls er einen brauchen sollte.

Natürlich! Patrick lachte auf. Die Werkstatt. Er spürte genau, dass er mit seiner Vermutung richtiglag. Dort würde er den Zweitschlüssel finden.

Er wollte gerade gehen, als er sich umdrehte und die Wohnung betrachtete. Erwartete man nicht allgemein, dass ein Einbrecher ein heilloses Chaos hinterlässt? Dieses Klischee war er gern zu erfüllen bereit. Es tat so gut, seinem Drang nach Zerstörung nachzugeben. Er demolierte alles, was er finden konnte, und verließ lachend die Wohnung.

Als Patrick noch einmal geprüft hatte, dass sicher keiner mehr in der Werkstatt war, brach er über ein kleines Seitentor ein.

Er schlenderte umher und schaute sich im Büro um. Bingo! Es gab einen Schlüsselkasten. Er schaute hinein und schüttelte den Kopf. Was für Deppen! Vor seiner Nase baumelte der Zweitschlüssel für das Auto von Scarface. Ordentlich beschriftet durch ein Schildchen am Schlüsselring.

Patrick hörte in sich hinein und wusste, es war nun an der Zeit, richtig loszulegen. Doch vorerst checkte er auf seinem Handy, ob Louisa noch dort war, wo er sie zuletzt geortet hatte. Sie hatte sich nicht weiter fortbewegt.

Auf dem Weg nach Hause ließ er seinen Gedanken freien Lauf. Er konnte Louisa verstehen. Oh ja, er war ein verständnisvoller Mann. Sie konnte dem Druck, den ihre Freunde auf sie ausübten, nicht mehr standhalten und war geflohen. Das Problem war nur der Ort, an dem sie sich befand. Er spielte der Schwarzkünstlerin genau in die Hände, doch er würde sie zurückholen. Sie verließ sich schließlich auf seine Hilfe. Nicht mehr lang, dann würde er bei ihr sein.

Er kümmerte sich nicht um den hässlichen Wichser vor seiner Tür. Seelenruhig trug er die Benzinkanister aus dem Haus zu seinem eigenen Wagen und legte sie in den Kofferraum.

Scarface starrte ihn an. Patrick grinste. Er stieg in sein Auto und fuhr los. Im Rückspiegel konnte er sehen, dass Scarface ihm folgte. Sehr gut. Es lief alles nach Plan. Er fuhr zu Marlys Salon. Die kleine Latina arbeitete gerade dort. Er stieg aus und nahm sich einen der Benzinkanister. Damit verschwand er hinter dem Haus.

Patrick sah, wie Scarface aus dem Auto stieg und sich beeilte, ihm hinterherzukommen. Sollte er doch! Er hatte bereits den Benzinkanister in ein offenes Fenster geklemmt, wo er sich gluckernd entleerte. Benzingeruch stieg ihm beißend in die Nase. Frühere Besuche hatten ihm gezeigt, dass dieses Fenster immer geöffnet war. Die scharfen Dämpfe der Haarfärbemittel schlugen ihm entgegen, sie waren der Grund für die Dauer-Lüftung.

Scarface erreichte ihn, als er die Benzinspur angezündet hatte. In aller

Ruhe ging Patrick zurück zu seinem Auto, verstaute den leeren Kanister im Kofferraum und nahm die beiden anderen und den Trichter heraus. Während er den Ford von Scarface mit dem Zweitschlüssel aufschloss und die Kanister verstaute, sah er, wie der Idiot nach vorn zum Eingang des Friseursalons stürzte. Er wollte den Helden spielen. Patrick war sich sicher, er hatte ihm einen großen Gefallen getan. Seine kleine Freundin würde dankbar die Beine für ihn spreizen, weil er sie gerettet hatte. Lachend stieg er ein. Er lachte in letzter Zeit viel. Das lag an Louisa. Sein Leben war durch sie viel erfüllter geworden.

Patrick setzte sich hinter das Steuer des Fords und fuhr weg. Stundenlang fuhr er durch die Gegend, bis endlich die Tankleuchte aufblinkte. Er fuhr zur Autowerkstatt und stellte das Auto davor ab. Er nahm die zwei mit Wasser gefüllten Kanister, den Trichter und füllte deren Inhalt in den Tank.

1990

»Patrick, in ein paar Tagen hast du Geburtstag. Der zehnte Jahrestag ist etwas ganz Besonderes.« Seine Mutter lächelte verschmitzt.

»Was Besonderes? Warum?« Aufregung erfasste ihn. Er hielt die Luft an.

»Das erfährst du, wenn dein altes Lebensjahr abgeschlossen ist. Nicht vorher. Hier hast du etwas Geld, ich bin gespannt, was du wählen wirst. Zieh deine Schuhe an, wir gehen zu Lola.«

Patrick sprang auf und zog sich in Windeseile Schuhe und Jacke an. Er mochte das Geschäft von Lola. Dort gab es so viel zu entdecken. Außerdem hatte er jetzt Geld, um seiner Mama ein tolles Geschenk zu kaufen.

Patrick musste einen roten Vorhang zur Seite halten, um das Geschäft zu betreten. Er kam sich vor, als würde er eine Theaterbühne betreten. Beinahe hätte er sich verbeugt, nachdem er den Vorhang passiert hatte.

Sofort schickten ihn die Gerüche an ferne Orte, die er nur aus seiner Fantasie kannte. Er sah, dass sich, von langen Stäbchen mit glühender Spitze, ein kleiner Rauchfaden in der Luft kräuselte. Ein intensiver, süßlicher Duft stieg ihm in die Nase und verursachte ein Kratzen in seinem Hals.

So riecht es bei Zauberern. Wenn ich ein Zauberer wäre, würde ich auch solche Stäbchen haben. Jeder, der mich besuchen kommt, weiß dann sofort, dass ich ein Zauberer bin. Seine Mutter lehnte ihren Kopf an den von Lola. Vorn an der Stirn berührten sie sich. Lola und seine Mama lächelten, sodass er auch lächeln musste.

Patrick schaute sich mit großen Augen um. Es war dunkler hier bei Lola als in anderen Geschäften. Kleine Lampen tauchten alles in ein schönes Licht. Überall standen Gläser auf Brettern, die an der Wand befestigt waren. Vertrocknetes Gestrüpp hing, zu einzelnen Bündeln zusammengebunden, über ihren Köpfen. Auf Regalen standen dicke und dünne Bücher. Er entdeckte Fläschchen, bunte Stoffe und Kleider, die an einer Stange aus Holz hingen. Die klimpernden Mobiles und Traumfänger faszinierten ihn am meisten. Er wusste, was er mit seinem Geld kaufen würde. Während seine Mutter weiter in die hinteren Verkaufsräume ging, flitzte Patrick zu Lola, um sein Geld auszugeben.

Er schob sich seine Beute unter den Pullover und in den Hosenbund und folgte seiner Mutter, nach hinten in das Geschäft. Sie stand bereits vor einem breiten Regal mit Kerzen in unterschiedlichsten Farben und Formen. Hier roch es nicht mehr nach Zauberer. Die Kerzen verströmten einen ganz eigenen Duft, von dem ihm etwas schwindelig wurde. Wie bekam man es wohl hin, dass man Apfelgeruch in eine Kerze kriegte? Oder Blumengeruch?

Seine Mutter unterbrach ihn in seinen Gedanken, als sie sich zu ihm herunterbeugte und ihm in die Augen sah.

»Patrick, du darfst dir jetzt eine Kerze aussuchen. Du weißt, dass damit ein Wunsch für das kommende Lebensjahr in Erfüllung geht?«

Patrick nickte und lauschte gebannt.

»Gut. Jetzt schließe deine Augen und denke an deinen Wunsch. Wenn du bereit bist, öffne die Augen und gehe mit offenem Herzen an den Kerzen vorbei. Die richtige Kerze wird sich dir offenbaren. Hör auf deine innere Stimme.«

Obwohl Patrick nicht wusste, wie er das mit dem offenen Herzen hinkriegen sollte, nickte er und schloss die Augen. Sein Wunsch war, für immer mit seiner Mama zusammen zu sein. Nichts und niemand sollte sie trennen. Er öffnete die Augen und ging schnurstracks auf eine tiefrote Kerze zu, die Kirschgeruch verströmte und zeigte darauf. Er mochte Kirschen. Seine Mutter nickte. Lola nahm sie und schlug sie in Papier ein.

Seine Mutter und er lebten in einer kleinen Wohnung in Horn-Bad Meinberg. Als sie auf dem Weg nach Hause durch den Ortskern liefen, bestaunte Patrick mit offenem Mund die Fachwerkhäuser mit den spitzen Giebeln. So ging es ihm jedes Mal, wenn sie hier entlang kamen. Am liebsten würde er auch in so einem Haus wohnen. Natürlich zusammen mit seiner Mama.

Sein Blick fiel auf sie. Er hätte alles für sie getan. Sie war wunderschön. Sie hatte lange, wellige, braune Haare, die ihr den Rücken herunterfielen. Sie trug immer helle Gewänder, nie hatte Patrick sie in Hosen gesehen. Sie sprach leise und erhob nie ihre Stimme. Er brauchte keinen Vater oder Geschwister. Alles war perfekt, so wie es war.

Er hatte am 30. Oktober Geburtstag. Einen Tag vor Samhain. Er konnte es kaum erwarten.

Als es endlich so weit war, begann der Tag, wie an jedem Geburtstag, mit der rituellen Waschung. Das alte Lebensjahr musste abgewaschen werden, damit er rein war für das kommende Jahr. Seine Mutter hatte in die Kerze, die er sich ausgesucht hatte, Symbole geritzt. Es sah hübsch aus.

Seine Mutter hob die Arme und reckte ihr Gesicht nach oben. Patrick machte es ihr nach.

»Wir danken den Göttern für alles Leben. Im Diesseits und im Jenseits«

Eine kleine Pause entstand, in der Patrick seinen Einsatz vergaß. Er hatte den Text auswendig gelernt, den er aufsagen sollte.

»Ich danke Mutter und Vater, für meine Zeugung und meiner Mutter für ihre Liebe und ihren Schutz. Ich verspreche, weiter gehorsam zu sein und meine Mutter zu ehren. Bis über die Anderswelt hinaus.«

Sie überreichten sich gegenseitig ihre Geschenke. Patrick bekam von seiner Mutter eine kleine Mappe. Er schlug sie auf. Es war sein Jahreshoroskop. Patrick wusste, dass es nur für ihn erstellt wurde und zu keinem anderen Menschen auf der Welt passen würde. Er strahlte vor Freude. Er würde sich alles sorgfältig durchlesen.

Er überreichte seiner Mutter einen in Seidenpapier eingeschlagenen Traumfänger, mit braun-schwarz gestreiften Federn, die am unteren Halbkreis befestigt waren. Sie lächelte ihn an und nickte ihm zum Dank zu. Er war glücklich.

Er durfte seine Kerze mit den langen Streichhölzern anzünden. Dabei sollte er fest an seinen Wunsch denken. Er konzentrierte sich so sehr darauf, dass er die Augen zusammen kniff. Sie blieben vor der Kerze sitzen, bis diese abgebrannt war und erlosch. Er war froh, dass die Kerze klein war. Trotzdem kam es ihm wie eine Ewigkeit vor, in der er in die kleine Flamme starren musste, bis sie endlich, endlich verglomm.

Patrick war aufgeregt. Seine Mutter hatte ihm an seinem Geburtstag gesagt, er sei nun alt genug, um Samhain mit ihr und den anderen weißen Seelen zu feiern.

Als er abends ins Bett ging, war er vor Aufregung auf den kommenden Tag so aufgekratzt, dass er nur schwer einschlafen konnte.

Der Tag verging schleppend. Stundenlang saß Patrick an seinem Fenster und wartete darauf, dass die Sonne unterging.

Endlich war es so weit. Sie machten sich bereit. Seine Mutter trug ein langes Kleid, das ihr bis auf die Knöchel reichte. Es war violett und es waren Symbole in den Saum des Stoffes gewebt, die Patrick nicht kannte. Sie hielt ihm ein lilafarbenes Hemd hin, das ihm bis über die Knie gehen würde.

Patrick nahm es und zog es an.

»In der Samhain-Nacht ist es wichtig, die Verbindung zwischen dem Diesseits und dem Jenseits zu stärken. Violette Kleidung wirkt wie eine Brücke zwischen den zwei Welten«, sagte seine Mutter.

Patrick verstand kein Wort, wusste aber, dass alles, was seine Mama ihm sagte, sehr wichtig war. Und so versuchte er, es sich zu merken.

Seine Mutter hatte einen lilafarbenen Leinenbeutel dabei, der Patricks Neugier schürte. Durch seinen Inhalt wurde er ausgebeult und er hätte zu gerne gewusst, was darin war.

Er wusste, er musste seine Neugierde zügeln. Seine Mutter bestrafte Ungeduld schon bei leichten Anzeichen, indem sie ihre Hand so heftig in sein Gesicht klatschte, dass seine Wange noch Tage rot und geschwollen war. Er hatte gelernt zu schweigen, egal, wie neugierig er war.

Sie schritten langsam den Weg entlang, der sie zu den Externsteinen führen würde. Er war stolz, an der Seite seiner Mutter zu gehen. Sie war schön und klug und sie roch gut.

An ihrem Ziel war Patrick erstaunt, wie viele Menschen sich nahe der Teufelsbrücke versammelt hatten. Es mussten Millionen sein. Sie standen in Grüppchen zusammen und jeder trug entweder violette oder weiße Kleidung.

Seine Mutter ging auf eine Wiese neben den Felsen zu. Er sah, wie sie eine Flasche Milch, einen Granatapfel und mit schwarzer Schokolade überzogene Küchlein aus dem Leinenbeutel nahm und auf der Wiese ablegte.

»Das sind unsere Opfergaben an die Dreifaltige Göttin«, erklärte sie Patrick.

Um sie herum packten viele Menschen unterschiedliche Speisen und Getränke aus. Seine Mutter war plötzlich im Getümmel verschwunden und Patrick hielt sich etwas abseits, um alles beobachten zu können.

Die Externsteine ragten in der Dämmerung vor ihnen auf. Er hatte noch nie so riesige Felsen gesehen. Patrick fragte sich, wie sie dort hingekommen waren. Er wusste, es waren dreizehn Steine und er wusste, die Zahl Dreizehn hatte eine wichtige Bedeutung.

War er etwa das einzige Kind hier? Er konnte keine weiteren Kinder erkennen. Stolz schwoll seine Brust. Sein Herz klopfte ihm heftig gegen die Rippen. Langsam begab er sich in die Mitte der versammelten Menschen.

Als die Samhain-Zeremonie begann, wurde Patrick erneut von einer Aufregung gepackt, die er kaum aushalten konnte. Er bahnte sich mit Ellenbogeneinsatz einen Weg, durch die Menge, bis er seine Mutter gefunden hatte, die in der ersten Reihe stand. Die versammelten Menschen bildeten in vielen Reihen einen Kreis, der sich an einer Seite öffnete. Dort lag ein riesiger Haufen Holz, der ein gigantisches Lagerfeuer geben musste. Noch brannte er allerdings nicht. Vor dem gestapelten Holz stand eine Frau mit violettem Umhang auf einem kleinen Podest. Er spürte, jetzt würde etwas Besonderes passieren.

Die Frau hob ihre Arme und begann mit lauter Stimme zu sprechen.

»Wir alle – Hexen, Wicca, Magier, Druiden und Spirituelle aller anderen Glaubensrichtungen – sind gekommen, um die Mutterlinie zu ehren. Die Jungfrau … sie ist der Neubeginn, die Reinheit und die Jugend.«

Die versammelten Menschen antworteten.

»Ehre der Jungfrau!« Patrick ärgerte sich, dass er den Einsatz verpasst hatte. Aber schließlich war er zum ersten Mal hier. Die Frau sprach weiter.

»Die Mutter … sie ist die Reife, die Fruchtbarkeit und die Kraft.«

Diesmal wusste Patrick, was er zu sagen hatte. So rief er mit den anderen im Chor.

»Ehre der Mutter!«

»Das alte Weib … sie ist die Weisheit, die Ruhe und der Tod. Sie ehren wir heute, an Samhain.«

»Ehre dem alten Weib!«

Patrick wurde mitgerissen in einer Welle der Euphorie. Er fühlte sich eins mit dieser Gemeinschaft.

Mehrere Menschen traten mit brennenden Fackeln vor, entzündeten das Holz jedoch noch nicht.

»So reinigen wir uns, durch die Kraft des Feuers. Mögen wir bis in unser Innerstes erwärmt werden. Möge das Feuer uns Schutz bieten. Möge das Feuer für die Dreifaltige Göttin brennen!«

So wie die Flammen das Holz entlang züngelten und mit der Zeit immer höherschlugen, wuchs auch Patricks Aufregung. Sein Herzschlag beschleunigte sich, seine Muskeln spannten sich an, er zitterte. Ein Glücksgefühl durchströmte ihn, wie er es noch nie gekannt hatte. Feuer. Er starrte hinein, hatte das Gefühl, die Flammen würden durch seinen

Körper fließen. Sein Atem stockte.

Plötzlich kam Bewegung in die Menschenmenge. Wie eine Welle, die sich von den ersten Reihen des Kreises bis in die letzten Reihen ausbreitete, sah Patrick, wie die Menschen niederknieten. Neben dem Prasseln und Knacken der brennenden Holzscheite hörte Patrick das Rauschen der Gewänder. Es war ein magischer Moment. Patrick zog rasch nach und kniete sich ebenfalls auf die Erde. Als Ruhe einkehrte, ging es weiter.

»Hüterin der Winterzeit. Nimm unsere Opfergaben an. In Deinem Namen werden wir singen, feiern und tanzen. Dir zum Wohlgefallen.«

Die Gruppe stand wieder auf. Nach einem Augenblick der Stille brach ein Tosen los. Ein ohrenbetäubendes Jubeln überkam aus den Menschen hervor. Viele drehten sich im Kreis, johlten, stampften heftig und klatschten frenetisch oder wiegten sich hin und her.

Patrick machte mit. Er vergaß, dass er ein kleiner Junge war, er vergaß, dass er, bis auf seine Mutter, keinen Menschen kannte, er löste sich in dieser Gemeinschaft auf. Er sprang immer weiter und höher. Auch als die Menschen sich zerstreuten, drehte er sich weiter im Kreis, ließ sich auf die Erde fallen und wälzte sich lachend herum. Er hatte das Gefühl, noch nie so glücklich gewesen zu sein.

Patrick wurde müde. Er stand auf und suchte seine Mutter. Die vielen Rücken, auf die er schaute, versperrten ihm den Blick. Deshalb drehte er sich um und schob sich mit dem Rücken voran durch die Menge. So konnte er den Frauen ins Gesicht sehen, die er überholte.

Er spürte, wie er gegen ein Hindernis stieß, und drehte sich erschrocken um. Sein Fuß verfing sich in einer lilafarbenen Tischdecke. Beinahe wäre er gestürzt.

Mit aufgerissenen Augen blickte er auf die Gegenstände, die auf dem Tisch lagen. Dort standen ein Kelch, eine Schale und eine Kerze. Daneben lag eine Feder. Eine Frau beugte sich zu ihm und flüsterte in sein Ohr.

»Das ist der Altar der Göttin. Der Kelch ist voll Wasser, um dieses Element zu ehren. Die Feder ist ein Symbol für die Luft, die Kerze das Symbol des Feuers und die Schale ist mit fruchtbarer Erde gefüllt. Alle vier Elemente braucht der Mensch zum Leben.«

Patrick und die Frau lächelten sich an. Sie war keine Fremde mehr. Keiner dieser Menschen waren mehr Fremde für ihn. Er streckte seine Arme aus, um sie zu umarmen. Das Lächeln der Frau verblasste und sie ging ein Stück rückwärts, bis sie sich komplett umdrehte und in der Menge verschwand.

Warum ging sie weg? Patricks Augen brannten. Er spürte einen Stich in seiner Herzgegend. Suchend drehte er sich im Kreis. Er wollte zu seiner Mutter.

Das flackernde Feuer in der Nähe ließ sein Gesicht glühen und sorgte für ein Spiel aus Licht und Schatten, was die Gesichtszüge der Menschen eigenartig veränderte. So heiß sein Gesicht auch war, Patrick fröstelte.

Die Reaktion der Frau hatte ihn verunsichert. Hatte er etwas falsch gemacht? Eins wurde ihm klar. Er wollte lieber Mitglied dieser Gemeinschaft sein, als deren Missfallen zu erregen. Er schwor sich, ein treuer Diener der Dreifaltigen Göttin zu werden. Sie sollten ihn lieben. Keiner sollte sich mehr von ihm abwenden.

Er fühlte sich stark. Jahrelang. Mit der Göttin an seiner Seite war er unverwundbar. Diese Gewissheit änderte sich erst, als er mit dem gehörnten Gott Bekanntschaft machte.

Mit den Jahren wurde er vertraut mit den Ritualen, Zaubern und Segen der Dreifaltigen Göttin. Er hatte Hochachtung vor den unsichtbaren Mächten. Er war neunzehn, als seine Mutter krank wurde. Sie hatte keinen Appetit mehr, magerte ab und wurde von Schmerzen geplagt. Hilflos musste Patrick mit ansehen, wie seine Mutter vor seinen Augen zerfiel. Sie redete im Schlaf, wälzte sich herum. Patrick wachte neben ihrem Bett und machte ihr kalte Umschläge.

Eines nachts packte sie in einer überraschend schnellen Bewegung sein Handgelenk, richtete sich auf und schaute ihn, mit fiebrig glänzenden, in ihre Höhlen versunkenen, braunen Augen an. Sie waren von dunklen Schatten umgeben, sie sah aus wie eine Spukgestalt. Ihr hageres Gesicht ließ ihre Nase schmal und scharf hervortreten. Ihre Hand glich einer Klaue, ihre Lippen schmal und blutleer. Ihre Haare, diese wunderbaren Haare, schütter, sie hingen ihr strähnig ins Gesicht. Nichts war mehr geblieben von ihrer Schönheit. Die Ärzte redeten von Krebs. Seine Mutter glaubte ihnen kein Wort. Sie war überzeugt davon, ein dunkler Zauber lag auf ihr.

»Patrick,« krächzte sie. »Er hat es geschafft. Er lässt mich verenden wie ein Tier.« Seine Mutter schloss die Augen.

»Wer? Wer hat es geschafft? Wir könnten doch … ich weiß nicht. Wir müssen doch was tun können.« Ihm quollen Tränen aus den Augen und er hielt die Hand seiner Mutter.

»Es gibt jemanden in unseren Reihen, der …« Sie hustete. »Einer oder mehrere. Sie haben sich zusammengeschlossen zu einem grausamen Mob. Ich wollte dich beschützen. Ich habe zu spät erkannt, was mir angetan wurde. Ich habe alles versucht. Ich bin verloren. Hier ist es nicht mehr sicher. Sie sind überall. Sie nutzen den Kraftort für dunkle, für böse Dinge. Pass auf, dass sie dich nicht kriegen, Patrick. Ich bete zur Göttin, der lange Arm des gehörnten Gottes möge dich nicht erreichen. Wenn sie dich verfluchen, ist es zu spät.«

Patrick war verzweifelt. Er schüttelte immer wieder den Kopf. Er wollte nicht wahrhaben, dass seine Mutter verloren war. Es musste doch einen Weg geben, den Fluch aufzuheben.

»Mama, was kann ich tun? Können wir den Fluch nicht mit einem Zauber aufheben? Mit einem Ritual?«

Seine Mutter strich ihm über die Wange. Sie wirkte erschöpft.

»Du gutes Kind. Früher … vielleicht wäre es möglich gewesen … ich habe es versucht … nicht das richtige Ritual gefunden … wahrscheinlich Fluch und Bann … schwer zu lösen … die Schwarzkünstler haben gewonnen.«

Und so starb seine Mutter.

Er war allein. Und er hatte Angst. Konnte er nun niemandem mehr vertrauen? Woran sollte er erkennen, ob jemand der Göttin oder dem Gehörnten diente? Er hatte Angst, dasselbe Schicksal zu erleiden wie seine Mutter.

Er zog weg und ließ die Externsteine, die Magie und die Rituale, hinter sich. Hin und wieder ließ er sich die Karten legen. Er fing an, sich für sein persönliches Horoskop zu interessieren. Schließlich hatte seine Mutter ihm eines zum Geburtstag erstellen lassen. Es würde ihm Hinweise liefern, ob er in Gefahr war oder worauf er achten sollte. Seine Mutter fehlte ihm als Führerin. Die Horoskope nahmen in gewisser Weise ihren Platz sein. Sie wiesen ihm den Weg.

Kapitel 19

Um sechs Uhr abends rief Jenny an. Lou erklärte ihr, sie sei auf Lautsprecher, damit Beck ihr auch zuhören konnte.

»Hey, Beck. Bring unsere Lou mal hübsch auf andere Gedanken. Hehe! Okay, es geht los. Ich habe nach Informationen über Mister Kotzbrocken gesucht. Vor sechs Monaten gab es einen Zeitungsartikel. Halt dich fest! Hier steht: Ihre Verlobung geben bekannt Patrick Lemmer und Celia Parker. Liebesschwüre, blablabla. Es gab auch ein Foto von ihnen. Also habe ich über Facebook nach beiden gesucht. Patrick konnte ich nicht finden. Aber Celia. Ich habe ihr eine Freundschaftsanfrage gestellt. Keine Reaktion. Nada. Aber unter ihrem Bild stand, sie wäre Krankenschwester. Sie könnte ja überall arbeiten. Ich dachte schon, die Spur wäre kalt. Aber dann fiel mir ein, dass du erzählt hast, Patrick wäre wegen seiner kaputten Beziehung hergezogen. Er ist bestimmt nicht der Typ, der sich aus dem Staub macht, weil seine bessere Hälfte ihm sein Herzchen gebrochen hat. Also, kombiniere Watson, ist sie vielleicht vor ihm abgehauen. Jedenfalls kann ich mir gut vorstellen, dass der Psycho nicht sehr amused darüber war. Es bestand also die Möglichkeit, dass er ihr nachgezogen war. Das wiederum könnte bedeuten, dass sie hier in der Nähe arbeitet. Und jetzt rate mal, wo die liebe Jennylein sie aufgetrieben hat.«

In der Leitung blieb es still. Lou hörte gebannt zu.

»Hallo? Lou? Du sollst raten! Rate!«

»Äh, keine Ahnung. Ich kann grad nicht zuhören und gleichzeitig denken. Immer nur eins auf einmal. Also erzähl.«

Jenny schnaubte »Okay. Ich hab das erste Krankenhaus angerufen, das mir hier in der Nähe einfiel. Du hättest mich hören sollen. Ich … mit einer total seriösen Stimme und so … fragte, ob ich Celia Parker sprechen kann. Es sei dringend. Die Empfangslady sagt einfach einen Moment bitte. Bammm! Ein Schuss, ein Treffer. Ich hab's drauf, Baby. Sie arbeitet im Johannes-Wessling-Klinikum als Krankenschwester.«

»Wow. Ich bin beeindruckt. Wirklich. Aber was bringt dir das jetzt?«

»Donnerschlag! Du bist echt nicht auf der Höhe, was? Versteh schon. Also ich warte, bis ich verbunden werde, und dann hab ich sie am Telefon. Ich sag ihr, dass du in der Klemme steckst wegen ihrem Ex-Lover und du sie gern treffen möchtest. Erst wollte sie nicht. Mann, die hat echt Schiss vor ihm. Aber ich sag ihr, dass wir ihn Ninja-mäßig plattmachen wollen. Und dann hat sie zugestimmt, dich zu treffen. Und bevor du jetzt fragst … wir brauchen alle Infos, die wir kriegen können, um ihn wegzuekeln.«

So lebhaft hatte Lou ihre Freundin selten erlebt.

»Du Mata Hari, du. Ich bin gespannt, was sie zu erzählen hat. Auch, wenn ich nicht sicher bin, ob ich das wirklich wissen will.«

»Wie geht es dir? Wir machen uns so viele Gedanken.«

»Mir, also uns geht es gut. Wie ist es bei euch? Ihr macht doch keine Dummheiten? Ich glaube, dass Patrick echt gefährlich ist. Ihr müsst wirklich vorsichtig sein.« Lou blickte zu Beck. Der nickte.

»Mach dir um uns keine Sorgen. Wir behalten ihn im Auge, halten ansonsten aber Abstand. Wir hören uns morgen wieder, okay? Versuch, dich zu entspannen.«

Nach dem Telefonat mit Jenny rief Lou bei Marla an.

»Hey, chica! Gibt es was Neues?«

»Hola! Du zuerst. Wie fühlst du dich? Wie ist es in der Hütte? Und wie ist es mit Beck?«

»An deinem süffisanten Tonfall erkenne ich, dass da gerade jemand schmutzige Gedanken hat. Ich fühle mich gut, mit Beck ist es entspannt und ich bin glücklich.«

»Gut.« Marla seufzte erleichtert auf. »Paul hat einen Plan gemacht, wer Patrick wann beschattet. Sag Beck, ihr Chef ist einverstanden, dass sie die nächsten Wochen weniger arbeiten. Ehrlich gesagt, war er erleichtert. Im

Moment sind nicht viele Reparaturen zu machen. Also arbeiten beide nur jeden zweiten Tag. Versetzt, versteht sich. Paul sitzt im Auto vor Patricks Haus. Bisher ist alles ruhig. Señor Psycho hat sein Haus nicht verlassen. Ich frage mich, wann der mal arbeiten geht. Wenn er irgendwo hinfährt, heftet sich Paul an seine Fersen. Du kannst dich also entspannen. Aber sag Beck, er muss ihn auch mal ablösen.«

Lou hörte das Lächeln aus Marlas Stimme.

»Marla, ich weiß nicht, wie ich euch danken soll. Ich sag Beck, er soll sich bei Paul melden. Oh, Mann. Ich bin einfach froh, wenn das alles ein Ende hat. Ich versuche mir hier, darüber klar zu werden, wie es weitergehen soll. Bisher ist bei mir alles ruhig. Es gab keine Anrufe, oder so. Meldest du dich, wenn es was Neues gibt?«

»Claro. Und du meldest dich, wenn du reden willst, okay?«

»Mach ich. Marla, ihr müsst euch unbedingt von Patrick fernhalten. Beobachten ist okay, aber kommt ihm bitte nicht zu nahe. Sonst dreh ich hier durch vor Sorge.«

»In Ordnung, Lou. Wir haben alles im Griff.«

Nachdem Lou geduscht und die erste Tasse Kaffee des Tages getrunken hatte, schenkte sie sich nach und ging mit ihrem Handy auf die Veranda.

Heute würde Beck nach der Arbeit wieder zu ihr kommen. Ihr Herz machte einen Satz. Glücklich war sie. Dann überprüfte sie ihr Handy. Sowohl Marla als auch Jenny baten um Rückruf.

Sie startete eine Telefonkonferenz mit ihren Freundinnen.

»Wie geht es dir, Lou?«, fragte Jenny. Von Marla drang ein aufgeregtes Schnauben durch den Hörer. Lou runzelte die Stirn.

»Mir geht es wirklich gut. Heute Morgen bin ich aufgewacht und konnte mich einen Moment lang gar nicht daran erinnern, was in unserem Leben gerade los ist, so gut habe ich geschlafen. Und bei euch? Ist alles in Ordnung? Marla, du schnaubst so komisch.« Sie nippte an ihrem Kaffee.

Marla war aufgebracht. Ihre Stimme wurde laut, wenn sie aufgewühlt war und sie redete rasend schnell.

»Lou! Gracias a Dios, bist du nicht hier. Si supieras lo que paso. Pues bien, la salón estaba ardiendo …«

Jenny unterbrach sie. »Herrgott Marla, wir verstehen kein Wort! Entweder du beruhigst dich und versuchst es noch mal auf Deutsch oder ich erzähle.«

Marla atmete tief durch. »Erzähl du, Jenny.«

Lou wurde mulmig. »Himmel, was ist denn bei euch los?« Sie beugte sich nach vorn und stellte den Becher ab.

»Gestern hat Mister Arschaufgerissen den Auspuff von Becks Maschine mit Bauschaum zugekleistert. Dann hat er Pauls Auto mit Wasser im Tank außer Gefecht gesetzt. Nach ein paar Kilometern ging da gar nichts mehr. Und er hat ein Feuer in Marlas Salon gelegt. Der Penner. Und …«

Marla unterbrach Jenny. »Unsere Wohnung hat er verwüstet. Er hat alles kaputtgemacht!«

»Was?« Lou war geschockt. Sie merkte, wie das Blut aus ihrem Kopf sackte, was sie schwindeln ließ. »Ist jemandem was passiert? Warum hat er das getan?«, hauchte sie.

»Keinem ist was passiert. Wahrscheinlich ging ihm auf den Sack, dass er beschattet wurde«, sagte Jenny.

Lou schüttelte den Kopf. »Das erklärt vielleicht das Auto und das Motorrad. Warum hat mir Beck nichts davon erzählt? Warum ist Patrick in die Wohnung von Marla und Paul eingebrochen und hat dort randaliert? Warum hat er Feuer gelegt?«

»Ninguna pista. Keine Ahnung. Er ist ein sehr, sehr kranker Mann.«

»Wart ihr bei der Polizei?«

»Claro waren wir das. Und weißt du, was sie gesagt haben?«, fragte Marla.

Wie ein altes Ehepaar, das füreinander die Sätze beendete, fuhr Jenny fort.

»Dass wir keine Beweise hätten, dass es Mister Arschgesicht war. Sie würden ermitteln. Bis sie ihn festgesetzt haben und ein Gerichtsverfahren läuft, könnte es zu spät sein. Wer weiß, was er noch alles vorhat?«

Marla klang empört. »Paul hat ihn vor dem Salon gesehen. Und trotzdem sagen sie, sein Wort stünde gegen Patricks.«

Lou fühlte sich elend. »Und in eurer Wohnung?«

»Keine Fingerabdrücke von ihm. Es hat keiner was gesehen oder gehört.«

»Oh mein Gott. Leute, es tut mir so leid! Wenn er so weit geht, seid ihr alle in Gefahr!« Übelkeit stieg in ihr auf. Die Sorge nahm ihr die Luft zum Atmen.

»Beruhige dich, Lou, es ist keinem was passiert. Er wollte uns außer Gefecht setzen und das hat er geschafft. Hätte er es auf uns abgesehen, dann hätte er dafür sorgen können, dass uns irgendwas passiert oder nicht?«

Lou hörte, was Jenny gesagt hatte, es erreichte sie aber nicht. In ihrem Kopf spielten sich Horrorszenarien ab. Sie hatte das Gefühl, ihre Beine wären aus Gummi. Ihr Herz raste, und sie glaubte, keine Luft mehr zu bekommen. *Du bist schuld*! Deutlich hörte sie die Worte in ihrem Inneren. *Wenn du deine Freunde da nicht mit reingezogen hättest, wäre all das nicht passiert!*

Sie war nicht mehr fähig zu schlucken. Die Stimmen aus dem Telefon drangen nicht mehr an Lous Ohr. Sie wusste nicht, ob sie irgendjemanden unterbrach.

»Ich melde mich gleich.« Sie legte auf.

Deine Mutter hat recht. Überall, wo du bist, gibt es nur Probleme. Sie stolperte von der Veranda auf die Wiese. Versuchte, tief einzuatmen. *Und jetzt? Bist du auch noch feige weggelaufen und hast die anderen im Chaos zurückgelassen.* Ohne ein Ziel zu haben, ging Lou weiter. Fluchtinstinkt. *Am besten wäre es, du verschwindest aus Porta.*

Ohne es bemerkt zu haben, stand Lou plötzlich vor einem Baum und hatte ihre Hände auf die Rinde gelegt. Sofort verstummte die gemeine

Stimme in ihrem Inneren. Sie legte den Kopf in den Nacken und blickte den dicken, starken Stamm hinauf, in eine Baumkrone in zartem Grün. Licht fiel durch die Blätter. Der Wind rauschte hindurch. Lou konnte wieder atmen.

Sie kehrte um und setzte sich auf die Veranda. Langsam nahm sie das Telefon und rief Marla und Jenny zurück.

»Entschuldigung. Ich drehe gerade durch.«

»Lou, du musst vorsichtig sein. Wir wissen nicht, was Patrick jetzt geplant hat. Kommt Beck heute zurück?«, fragte Marla.

»Das hatte er vor. Falls er ohne sein Motorrad überhaupt hierhin kommt.« Lou fühlte sich bedrückt und schuldig. Ihre Stimme klang belegt.

»Na klar. Er wird einen Weg finden. Er arbeitet schließlich in einer Werkstatt. Wir halten alle die Augen offen und passen auf. Lou, trägst du das Holster und die Wasserpistole immer bei dir? Wenn nicht, solltest du es tun.« Marla hörte sich ernst an.

»Ja, ich rüste mich automatisch morgens aus.«

»Gut. Wir auch. Meld dich bitte, wenn Beck da ist, okay?«, fragte Jenny.

»Mach ich. Passt auf euch auf.«

Im Laufe des Tages kam Beck zurück. Er schien sich ein Auto geliehen zu haben. Sie fragte sich zwar, warum er ihr nichts von dem Bauschaum in seinem Auspuff erzählte, aber sie stellte keine Fragen. Dafür war sie viel zu froh, dass er zurück war.

Sie schrieb ihren Freundinnen, dass Beck da war, und sie versicherten sich gegenseitig, dass es ihnen, den Umständen entsprechend, gut ging.

Beck und Lou saßen auf der Veranda, jeder mit einer Flasche Bier in der Hand.

Lou knibbelte an dem Etikett ihrer Flasche. Ein angenehmer Wind trug die Gerüche des Waldes zu ihnen hinüber. »Beck, ich weiß einfach nicht mehr weiter. Es ist alles so scheiße. Du bist, neben meinen

Freunden, das einzig Gute in meinem Leben. Den Rest hasse ich.«

Beck nahm Lous Hand, verschränkte seine Finger mit ihren und legte sie auf seinem Schoß ab. »Erzähl.«

»Sobald ich mich etwas entspanne, passiert was, was mir tierisch Angst macht. Seitdem ich heute mit Jenny und Marla gesprochen habe, ist es vorbei mit meiner Ruhe. Ich mache mir solche Sorgen. Und ich mache mir Vorwürfe. Fühle mich schuldig.«

Tränen traten in ihre Augen. Sie schluckte.

»Ich hasse mich gerade. Ich sitze hier und alle anderen müssen leiden. Du eingeschlossen. Das ist nicht richtig.« Lou wischte sich mit dem Handballen die Tränen von ihren Wangen. »Was ich anpacke, verwandelt sich in Scheiße. Ich weiß einfach nicht mehr, was ich tun soll.« Sie schnaubte. »Oder eher, ich wusste es noch nie. Ich weiß nicht, was klug wäre. Zurückzufahren? Es auf eine Konfrontation ankommen zu lassen? Wenn Jenny, Marla, Paul oder dir etwas passiert, dann könnte ich mir das nie verzeihen.«

Beck beugte sich vor, um Lou in die Augen zu schauen. »Du klingst so, als hättest du Schuld an allem. Lou, das hast du nicht. Patrick ist es, der Chaos verbreitet und dich unglücklich macht. Wir haben alle Entscheidungen zusammengetroffen. Keiner macht dir Vorwürfe.«

»Verdammt. Ich fühle mich wie ein Loser. Mein ganzes Leben schon. Ich hasse das Gefühl. Und ich habe keine Ahnung, wie es jemals verschwinden soll. Patrick ist der Böse hier, schon klar. Aber ich denke dauernd an Ursache und Wirkung. Was ist mein Part in allem? Was habe ich getan, um Patrick so durchdrehen zu lassen?«

Kurze Zeit herrschte Schweigen zwischen ihnen, bis Beck sich aufrichtete und es brach.

Er räusperte sich. »Du glaubst gar nicht, wie gut ich dich verstehe. Das Gefühl, machtlos zu sein, macht eine Scheißangst.«

Lou stieß die Luft aus. »Ich brauche irgendeinen Plan. Dieses Herumsitzen und auf den nächsten Zug von Patrick zu warten, macht mich irre. So schön es hier auch ist, besonders mit dir. Ich möchte handeln und wissen, was helfen würde. Aber ich weiß es einfach nicht, Beck. Ich habe keine Ahnung.«

Ihre Stimmung schlug erneut um. Ihre Augen wurden feucht. Ihre Nase schwoll zu. Alles in ihr zog sich zusammen. Sie zog die Beine an ihren Körper, umschlang sie mit den Armen und legte ihren Kopf auf die Knie.

»Lou. Du hast keine Kraft zu kämpfen, wenn du dich selbst so fertigmachst. Mach es Patrick nicht leicht. Vielleicht hast du gerade keinen ausgeklügelten Plan. Na und? Möchtest du zurück? Kein Problem. Denkst du, es wäre besser zu bleiben? Dann bleib.«

Lou schniefte und lehnte sich an ihn. »Aber ich weiß nicht, was das Richtige ist.«

»Na ja, merkt man nicht immer erst im Nachhinein, ob etwas eine gute Idee war oder eine schlechte?«

»Ich bleibe.«

»Du bleibst«, bestätigte er.

Dann nahm er schweigend ihre Hand und ging mit ihr ins Haus. Er drückte sie sanft auf die Couch, deckte sie mit einer Decke zu, machte Feuer im Kamin und kam kurze Zeit später mit zwei Bechern warmen Kakaos zurück.

Er legte seinen Arm um sie, beide starrten ins Feuer.

»Lou, du bist unglaublich stark und weißt es nicht mal.«

Sie schüttelte den Kopf. Immer noch war sie nicht in der Lage zu sprechen. Sie war unsicher. Sie war nervös. Vor Konflikten lief sie am liebsten davon. Sie traute sich meistens nicht, ihre wahren Gefühle zu zeigen. Sie hatte ein Problem damit, vor bestimmten Leuten ihre Meinung zu vertreten. Sie könnte die Liste ihrer Schwächen ewig fortführen. Wann war sie stark? Sie hatte keine Ahnung.

»Ich sehe nicht, was du siehst, Beck. Ich weiß nicht, ob in mir Stärke zu finden ist.«

Beck hob die Augenbrauen. »Du weißt nicht, ob … sag mal, kennst du die Lou, die ich kenne? Diese Lou, die seit Wochen dem miesesten Stück Scheiße ausgesetzt ist? Die trotzdem aufsteht und lacht und kämpft?«

»Die Lou, die weggelaufen ist, als sie erkannt hat, dass der Stalker ihr Nachbar ist?« Sie schüttelte den Kopf. »Ich erzähle dir jetzt was über mich. Ich kann mich gegen meine Mutter nicht durchsetzen. Ich fühle mich klein und unfähig, wenn ich mit ihr zusammen bin. Ich möchte andere nicht verletzen und rede entweder um den heißen Brei herum oder ich behalte meine Meinung für mich. Ich möchte es am liebsten jedem recht machen und tue daher Dinge, die ich nicht tun will, und leide darunter, dass ich niemals alle zufriedenstellen kann.« Sie kratzte sich an der Brust und blickte zu Boden.

»Ich schaue dich an und sehe eine mutige Frau, die für ihre Freunde da ist und eher selbst draufgeht, als ihre Freunde leiden zu sehen. Wenn ich bei dir bin, ist meine Welt in Ordnung.«

Lou schluckte, ihre Tränen liefen über. Sie schluchzte, krümmte sich und ließ die Tränen laufen. Ihr ganzer Leib krampfte sich zusammen, alle Muskeln waren angespannt. Als sie ruhiger wurde, ließ die Anspannung nach. Ihr Körper fühlte sich weich an. Ihre Brust war weit, ihre Atemzüge tief. Lou schnäuzte sich.

»Weißt du, wie mein ideales Leben aussehen würde? Ich, voller Lebensfreude und Leichtigkeit. Ich möchte dich lieben und geliebt werden und mir gemeinsam mit dir etwas aufbauen. Hier, im Wald, wenn es geht.« Sie lächelte und schaute zu ihm hoch. »Ich will meine eigenen Entscheidungen treffen, ohne Angst und Gewissensbisse. Ich will keine Schuldgefühle mehr haben und ich will kein Opfer mehr sein. Ich will mit dir und Marla, Jenny und Paul glücklich sein.«

»Okay, dann machen wir es so. Wir bauen uns hier etwas auf und werden glücklich sein. Deiner Angst und deinen Schuldgefühlen treten wir gemeinsam in den Arsch.«

Sie schwiegen seit einiger Zeit. Zu hören war nur das Ticken einer Uhr. Plötzlich klingelte es an der Tür. Das Geräusch löste Herzstolpern bei Lou aus. Sie schoss von ihrem Sessel hoch und versuchte, ihr rasendes Herz zu beruhigen. Zum Glück waren alle Vorhänge zugezogen. Beck gab Lou ein Zeichen, sich zu verstecken. »Nur für alle Fälle«, flüsterte er.

Sie schlüpfte in die Lücke zwischen Wand und Couch.

Lou hörte, wie Beck die Tür öffnete.

»Hallo … was zum Teufel!«, dröhnte Patricks Stimme. Es entstand eine Pause. Beck sagte keinen Ton. Was für eine absurde Situation. Die Stille dehnte sich aus. Sie hörte, wie ihr Stalker weitersprach.

»Ich will zu Louisa. Geh mir aus dem Weg.«

Lou wurde elend. Sie presste ihre Hand auf ihren Bauch in der Hoffnung, nicht hinter die Couch zu kotzen.

Beck schwieg immer noch. Patricks Stimme klang mittlerweile ziemlich aggressiv.

»Ich würde sagen, du lässt mich sofort rein, damit ich Louisa sehen und mit ihr sprechen kann. Verpiss dich einfach.«

»Ich würde sagen, du drehst dich um und verschwindest dahin, wo du hergekommen bist.«

In ihrem Versteck hielt Lou die Luft an.

»Du verstehst es nicht. Louisa rechnet fest damit, dass ich herkomme. Sie ist hier, damit wir zwei allein sein können. Du störst. Entweder du gehst oder ich räume dich aus dem Weg. Es ist deine Entscheidung.«

Lou hielt sich die Hand vor den Mund. In wenigen Momenten würde sie nicht mehr verhindern können, ihre Speisen und Getränke des Tages schwallartig hervorzuwürgen.

»Mein Gott. Du bist völlig gestört. Lass es besser nicht auf einen Kampf ankommen.«

Lou hörte, wie die Tür ins Schloss fiel.

»Du kannst rauskommen. Er ist weg.«

Kapitel 20

Na gut, er hatte es auf die freundliche Tour versucht. Niemand bremste Patrick Lemmer aus. Sein Gesicht verzog sich zu einem bösen Grinsen, während er seine schwarzen Lederhandschuhe überstreifte.

Er wartete hinter einem Schuppen, der neben dem Haus stand. Er war ein geduldiger Mann. Er wusste, es würde sich eine Gelegenheit ergeben. Das tat es immer.

Patrick hatte keine Ahnung, wie viel Zeit vergangen war. Sein Ausharren war kurzweilig für ihn. Er hatte in Fantasien geschwelgt, was er alles mit Louisa anstellen würde, wenn sie endlich zusammen wären. Kurze Bilder blitzten, wie einzelne Fragmente, in seinem Kopf auf. Louisa auf allen vieren, ihr runder Arsch gerötet von seinen Schlägen. Louisa unter ihm, ihr Körper übersät mit Bissspuren. Louisa mit um einen Pflock gewundenen Haaren und weit auf den Rücken verdrehten Armen. Louisa, die vor ihm kniete und bettelte.

Doch erst würde er das heilige Ritual mit ihr vollziehen. Dieses Ritual hatte er noch mit keiner Frau vollzogen. Es würde sie auf ewig aneinanderbinden. Louisa war etwas Besonderes. Sie war die eine. Er konnte es nicht erwarten, bis es so weit war.

Für die Skarifizierung brauchte es einen erfahrenen Schnittmeister. Er hatte hier und da an ein paar Schlampen geübt. Es hatte ihn zwar erregt, er war aber nicht mit dem Herzen bei der Sache. Mit ihr würde es anders sein. Er würde sanft sein, wenn er ihre zarte Haut aufschlitzte. Auch er würde Blut vergießen müssen. Am liebsten wäre es ihm, wenn sie ihn schnitt. Sie würden sich glitschig vor Blut lieben. Ihr Blut würde sich vermischen. Die Narben würden sie ewig an diese Verbindung erinnern. Der Schmerz würde sich in ihr Gedächtnis brennen, sodass sie nie an der Liebe zueinander zweifeln würden. Schmerz war Liebe.

Patrick wischte sich den Schweiß von der Stirn. Die Gedanken hatten ihn heißgemacht. Er hatte das Gefühl, zu glühen.

Dann kam sie. Seine Gelegenheit. Die Geduldigen wurden belohnt.

Die Tür ging auf und der Wichser kam mit einem Eimer auf die Scheune zu. Patrick konzentrierte sich darauf, was er zu tun hatte. Während sich sein Gegner über eine große Schütte beugte, aus der er augenscheinlich Holzkohle in den Eimer schaufelte, kam Patrick blitzschnell und leise aus seiner Deckung. Er schlich sich von hinten an, holte aus und schlug Beck einen großen Stein an den Kopf. Stöhnend und blutend, sackte er zusammen.

***

Lou hörte ein dumpfes Geräusch. Die Tür stand auf, Becks Stöhnen drang bis zu ihr. Im ersten Moment fühlte sie sich wie gelähmt vor Angst. Was war passiert? Es gab Geräusche, die sofort einen Alarm in einem auslösten. Dies war so ein Geräusch gewesen. Sie schlich zum Fenster und blickte in die Dämmerung. Was sie sah, drehte ihr den Magen um. Beck lag bewegungslos auf dem Boden. Neben ihm stand Patrick, der lächelnd auf ihn herabsah. Er hatte einen Stein in seiner Hand. Ohne den Blick von den beiden zu wenden, holte Lou ihr Handy aus der Gesäßtasche und wählte den Notruf. Sie hatte gerade aufgelegt, da sah sie, wie Patrick aus seiner Starre erwachte und erneut den Stein hob. Sie wusste, er würde erneut zuschlagen. Lou stürmte aus dem Haus. Patrick sah sie kommen und ließ den Stein sinken. Bei Beck angekommen, legte sie sich über ihn, um ihn mit ihrem Körper zu schützen.

»Bitte nicht. Bitte. Er ist doch schon verletzt. Du musst das nicht tun. Patrick, bitte.«

Er ließ den Stein nicht fallen, sondern lächelte sie mit fiebrigem Blick an. Für Lou gab er ein gruseliges, verstörendes Bild ab. Wie er da so stand! Mit Blutspritzern in seinem Gesicht und auf seiner Kleidung, ein irres Lächeln aufgesetzt.

Er nutzte den Augenblick, als Lou sich aufrichtete, hob den Stein und warf ihn mit aller Wucht auf Becks Hinterkopf.

Lou schrie auf. Sie wusste nicht, ob Beck tot war oder nicht. Sie war wegen ihrer bebenden Finger nicht in der Lage, einen Puls zu ertasten.

Sie kniete weinend neben Beck und legte sich seinen Kopf seitlich auf den Schoß. Sie zog ihr T-Shirt aus und presste es auf die Kopfwunde, um die Blutung zu stillen.

»Komm, Louisa, es wird Zeit.«

In der Ferne waren Sirenen zu hören. Lou sah auf. Patrick schaute kurz in die Richtung des Lärms und krallte sich in Louisas am Oberarm, um sie wegzuziehen.

»Komm! Wir müssen weg. Ich möchte nicht, dass sie dich festnehmen, weil du das diesem Wichser angetan hast.«

Lou stemmte die Fersen in den Boden.

»Ich? Ich habe nichts getan!«

Patrick schnalzte mit der Zunge. Sein Blick war mitleidig.

»Natürlich. Du bist verantwortlich dafür, dass ich ihm wehtun musste. Jetzt komm! Ich glaube, es war dumm von dir, die Kavallerie zu rufen. Du hast dir ins eigene Fleisch geschnitten, meine Süße. Aber ich beschütze dich.«

Er packte sie fester und zog sie mit sich. Becks Kopf kam unsanft auf dem Boden auf, als sie von ihm weggezogen wurde.

Patrick war zu stark. Er zog sie hinter sich her, als wäre sie ein Kleinkind, das sich sträubte, den Spielzeugladen zu verlassen.

Lou hatte nie wahrgenommen, wie kräftig Patrick war. Sie tastete mit der freien Hand nach ihrer Gürteltasche, die sie auch hier nie abgelegt hatte. Sie öffnete den Reißverschluss und nahm die Wasserpistole heraus.

Sie richtete sie schräg nach oben und keuchte. »Patrick, warte einen Moment!«

Als Patrick sich ihr zuwandte, spritzte sie ihm mehrere Ladungen Wasserstoffperoxid ins Gesicht. Ein Großteil davon erreichte seine Augen.

Sofort ließ er sie los und hielt sich seine Hände vor das Gesicht. Er schrie auf und fluchte. Er versuchte, auf sie loszugehen, blickte durch seine tränenden, verquollenen Augen in die Richtung, aus der die Sirenen kamen und überlegte es sich anders. Torkelnd rannte er davon.

Lou rannte zurück zu Beck. Ihr liefen Tränen über das Gesicht. Sie stand unter Schock, ihre Hände zitterten. Ihr Atem hörte sich rasselnd an. Ihr war eiskalt. Sie hoffte, dass Beck es schaffen würde.

Der Krankenwagen war da.

Sie wurden ins Krankenhaus eingeliefert. Lou saß neben der Trage, auf der Beck fixiert war. Sie konnte nicht aufhören zu weinen. Er lebte. Gott sei Dank, lebte er.

Beck wurde in der Notaufnahme aufgenommen und Lou bekam wegen ihres Schocks eine Infusion und wurde überwacht. Die Polizei wollte wissen, was passiert war. Als es Lou besser ging, erzählte sie den Beamten, was vorgefallen war.

Patrick wurde zur Fahndung ausgeschrieben.

»Frau Siebert, wir werden Sie im Auge behalten. Vielleicht versucht Herr Lemmer, Kontakt mit Ihnen aufzunehmen. Bitte rufen Sie uns in dem Fall sofort an. Hier ist meine Karte.«

Lou ließ den Kopf sinken. Wenn sie Patrick fänden, würde er, wenn sie Pech hatten, nur wegen schwerer Körperverletzung ein paar Monate eingebuchtet werden und nicht wegen versuchten Mordes einige Jahre. Lou musste die Nacht im Krankenhaus verbringen. Sie hatte auch nicht vor zu gehen, solange sie nicht wusste, wie es Beck ging.

Als sie etwas ruhiger war, rief sie Marla an.

»Marla, Patrick war hinter mir her. Beck …« Tränen rollten ihre Wangen hinab. Sie konnte nicht weitersprechen. Sie holte tief Luft. »Er hat Beck mit einem Stein niedergeschlagen. Es ist … es war … oh mein Gott. Wir sind im Krankenhaus Detmold.« Lou wischte sich mit ihrem Ärmel über die Augen und unter der Nase entlang.

»Por el amor de Dios! Wir kommen. Wir treffen uns da. Ich sag allen Bescheid. Halte durch.«

Lou war so erleichtert, als sie ihre Freunde umarmte, dass sie unter Schluchzen zusammenbrach. Sie konnte nicht aufhören zu weinen. Sie klammerte sich an Marla und ließ sie auch nicht los, als alle ins Wartezimmer gingen, um sich zu setzen. Jenny legte Ihren Arm auf einer Seite um sie und Marla auf der anderen Seite. Paul saß angespannt daneben.

Sie erzählte stockend, weinend und zitternd, was vorgefallen war.

»Ich weiß nicht, was mit Beck ist. Er wollte mich beschützen. Ich … vielleicht hätte ich alles verhindern können. Ich hätte nicht wegfahren sollen.«

»Schschsch. Du bist nicht schuld daran, dass Patrick so krank ist.«

Den restlichen Abend verbrachte Lou in den Armen ihrer Freunde. Sie umsorgten sie liebevoll. Als Lou vor Erschöpfung einschlief, blieben alle bei ihr und warteten.

Im Laufe der Nacht erfuhren sie, dass die Platzwunde an Becks Kopf genäht wurde. Zum Glück hatte er nur eine Schädelprellung davongetragen, keinen Schädelbruch. Er war nicht in Lebensgefahr.

Lou fiel in sich zusammen. Ihre Muskeln gaben den Dienst auf. Sie arbeiteten erst wieder, als der Arzt sagte, dass Beck wach war und sie gern sehen wollte.

Sie folgte ihm bis zu Becks Zimmer. Dort lag er. Sie sah ein großes, weißes Pflaster seitlich an seinem Hinterkopf. Er bekam eine Infusion, wahrscheinlich mit Schmerzmitteln angereichert.

»Hey, komm her.« Beck lächelte.

Lou war in Tränen aufgelöst. Die Erleichterung quoll aus ihr heraus.

Sie legte sich auf Becks Brust. Er ließ sie weinen, bis sie sich wieder beruhigt hatte.

»In ein paar Tagen komm ich hier wieder raus. Mach dir keine Sorgen um mich, Lou. Kannst du mir was versprechen?«

»Natürlich.« Ihre Augen fühlten sich geschwollen an, als sie den Kopf hob, um ihm in die Augen zu sehen.

»Bitte bleib nicht allein irgendwo. Es ist besser, wenn immer jemand bei dir ist, okay?«

Lou nickte.

»Was hat die Polizei gesagt?« Beck schloss erschöpft die Augen.

»Sie haben Patrick zur Fahndung ausgeschrieben. Hoffentlich kriegen sie ihn bald.«

»Das hoffe ich auch. Hey, Lou.« Er wartete, bis sie ihn wieder ansah. »Wenn ich hier rauskomme, würde ich dich gerne meinen Eltern vorstellen.«

Wieder füllten sich Lous Augen mit Tränen.

»Liebend gern.«

Am nächsten Morgen war die allgemeine Stimmung gedämpft. Paul, Marla und Jenny hatten Beck besucht und Lou abgeholt. Es war Freitag und alle hatten sich an diesem Tag freigenommen. Sie saßen bei Jenny und jeder hing seinen Gedanken nach.

Wo war Patrick? Diese Frage schoss Lou immer wieder durch den Kopf.

Sie fühlte sich schrecklich. Der Ernst der Lage kam ihr erst jetzt wieder richtig ins Bewusstsein. Sie bibberte, als hätte sie Schüttelfrost und biss sich auf die Unterlippe, damit ihre Zähne nicht klapperten.

Sie ließ sich in die Polster der Couch sinken. Was konnte sie tun?

Tief atmete sie durch. »Was hab ich für Optionen? Die Polizei ist informiert, sie suchen nach Patrick. Wie soll es jetzt weitergehen?«

Jenny rutschte unruhig auf ihrem Platz hin und her. Lou hatte den Eindruck, ihr war unbehaglich zumute. »Ein Problem ist, dass wir nicht wissen, wo Mister Psycho ist. Ich kann mir nicht vorstellen, dass er gemütlich zu Hause sitzt und Däumchen dreht. Wir müssen verdammt aufpassen. Er kann überall sein. Am besten, wir bleiben alle zusammen, oder?«

Lou fröstelte. Keiner wusste, wo Patrick war, und jeder stand auf seiner Abschussliste. Würde er ihren Freunden das Gleiche antun wie Beck? Würde er sogar ihren Tod in Kauf nehmen? Würde er erst recht ausrasten, weil er von der Polizei gejagt wurde?

Ihr Herz raste. Ihr war heiß und schlecht. Es wäre kein Wunder, wenn sie gleich einen Schlaganfall bekommen würde. Ihr Blutdruck war definitiv zu hoch, das spürte sie. Sie dachte an Rebekka und schluckte einen großen Kloß herunter. Bei ihr hatte sie versagt. Das würde ihr nicht noch einmal passieren. Sie schüttelte ihren Kopf, um ihn wieder freizubekommen, und holte tief Luft. »Das Wichtigste ist jetzt, dass Beck schnell wieder gesund wird und keinem Weiteren von uns etwas passiert. Ich fände es am besten, wenn wir zusammenbleiben.«

Als Lou aufwachte, war sie desorientiert. Was war los? Wo war sie? Bei Jen? Warum waren alle hier? Warum guckten sie alle an?

Nach und nach klärte sich ihr Geist und sie war zurück in der Realität. Sie hatte nicht mitbekommen, dass sie eingeschlafen war. Sie rieb sich durch ihr Gesicht.

»Sorry. Es war nicht geplant, dass ich einfach einschlafe.«

»Och, so ein Powernap von neun, zehn Stunden kann manchmal guttun. Du hast ihn gebraucht.« Jenny stieß sie mit der Schulter an.

Lou nickte. Sie fühlte sich geborgen, wenn sie mit ihren Freunden zusammen war.

»Also, ich denke, wir könnten bei einem Kaffee vielleicht überlegen, was wir wegen Patrick machen, und danach fahre ich ins Krankenhaus.« Lou blickte in die Runde.

»Wenn du fährst, fahren wir alle«, sagte Paul.

Lou lächelte, obwohl ihre Augen feucht wurden, und nickte erneut.

»Was Patrick angeht, er ist bestimmt nicht so dumm und fährt nach Hause, oder?«, fragte Marla.

»Wer weiß, der tickt nicht richtig. Ich habe noch mal nachgedacht. Vielleicht hält er sich für unverwundbar, weil er schon öfter mit seiner

Scheiße durchgekommen ist. Ich glaube, wir sollten nicht ausschließen, dass er zu Hause sein könnte. Wir müssen das checken.« Jenny runzelte die Stirn.

Lou nickte. »Stimmt. Und wir müssen weiter versuchen, so viel wie möglich über ihn in Erfahrung zu bringen. Irgendwas müssen wir doch finden, damit wir gegen ihn was in der Hand haben. Ich melde mich bei Celia, seiner Ex. Ich hoffe, sie hat schnell Zeit für ein Treffen.«

»Sehr gut. Ich hab auch eine Idee. Solange er nicht da ist, steigen wir bei ihm ein und gucken uns um. Irgendwo gibt es vielleicht Hinweise auf seine Stalker-Aktivitäten. Die könnten wir fotografieren und haben dann Beweise.« Marla zuckte mit den Schultern.

Jenny zeigte mit dem Finger auf sie. »Sehr gut, Marla. Jetzt kannst du dein Panzerknackertalent gewinnbringend einsetzen.«

»Aber die Beweise dürfen in einem Prozess doch nicht verwendet werden.« Sagte Paul.

»Stimmt, aber sie stützen unsere Glaubhaftigkeit und wir könnten Patrick vielleicht erpressen. Also, je nachdem, was für Sachen wir finden.« Sagte Lou.

Jenny beugte sich vor, ihre Stimme nahm einen verschwörerischen Tonfall an. »Also, ich hab ein paar Kontakte in der Bikerszene. Die Jungs würden mir gern einen Gefallen tun.« Jenny strich sich durch ihr blondes Haar und klimperte mit den Wimpern. »Falls Mister Brutalo in seine Neandertalerhöhle zurückschlurfen will, könnten sie ihn sicherlich aufhalten. Sie haben, wie soll ich sagen … schlagkräftige Argumente.«

»Es geht im Fall der Fälle nur um Einschüchterung oder vielleicht Erpressung, Jenny. Wir wollen, dass er abhaut. Nicht, dass er hierbleiben muss, weil er im Krankenhaus liegt«, sagte Marla.

»Wie langweilig. Da werden meine Kumpel aber enttäuscht sein«, seufzte Jenny.

Paul schaute Jenny streng an »Jenny, ich frage mich wirklich, wen du alles so als Kumpel bezeichnest.«

Jenny zog minimal einen Mundwinkel nach oben. »Lasst uns am Freitag ins ›Brösel‹ gehen. Dann klären wir unsere Absicherung, okay? Ich verspreche, es passiert nichts, wenn es nicht unbedingt sein muss.«

Lou hörte in sich hinein. Sie hatte kein Problem mit dem Gedanken, ins ›Brösel‹ zu gehen. Hauptsache, sie würden aktiv werden.

»In Ordnung. So machen wir's.«

»Hi, Beck, wie geht es dir?« Lou küsste ihn zärtlich.

»Schlagartig besser.« Murmelte Beck, als er seine Nase in Lous Haaren vergrub.

»Sind die Schmerzen auszuhalten?«, fragte Marla.

»Ich bekomm hier wirklich gutes Zeug. Mir ist manchmal schwindelig, aber ansonsten spüre ich so gut wie nichts von Kopfschmerzen oder so. Wie ist es bei euch? Hat sich der Penner gemeldet?«

»Bisher nicht. Bestimmt hat er Angst, dass man ihm auf die Spur kommt, wenn er versucht, mit mir Kontakt aufzunehmen.« Lou blickte Beck verliebt an.

»Wir werden auf jeden Fall vorsichtig sein. Ich halte die Stellung, bis du wieder fit bist. Mann, die Sache mit dir hat mir richtig zugesetzt. Weißt du schon, wann du wieder rauskommst?«, fragte Paul.

»Wahrscheinlich übermorgen.«

»Oh, Gott sei Dank. Ich hol dich ab.« Lou lächelte ihn an.

»Wir kommen mit. Lou geht nirgendwo mehr allein hin. Das gilt auch für uns, darüber haben wir doch gesprochen«, sagte Jenny.

Alle stimmten zu. Sie blieben noch eine Weile bei Beck. Lou konnte sich nur widerwillig und schwer von ihm lösen, als sie wieder fuhren. Sie wäre am liebsten nicht von seiner Seite gewichen.

Jenny und Lou saßen mit einem Becher Kaffee in Jennys Garten. Der Wind wehte leicht und sie hörten die Bäume rauschen.

Lou telefonierte mit Beck, während Jenny versuchte, so zu tun, als hörte sie nicht mit. Lou hatte gerade aufgelegt, da klingelte ihr Handy.

Diesmal war die Nummer nicht unterdrückt. Sie sah, dass es Patrick war, und drückte ihn weg.

Jenny schlürfte lautstark an ihrem Kaffee. »Patrick?«

»Ja.«

»Solltest du vielleicht rangehen? Vielleicht sagt er dir, wo er ist?«

Das Handy klingelte erneut. Lou drückte ihn weg.

»Dann wäre er ganz schön dumm und dumm ist er auf keinen Fall.«

Die Freundinnen machten sich am Nachmittag auf dem Weg zum Einkaufen. »Wisst ihr was?«, fragte Lou ihre Freundinnen vom Rücksitz aus. »Ich glaub, ich geh nie wieder in meinem alten Supermarkt einkaufen. Ständig bin ich da Patrick über den Weg gelaufen. Die paar Kilometer weiter nach Minden zu fahren, ist es allemal wert, sich nicht ständig umschauen zu müssen.«

»Kann ich verstehen. Lasst uns zusehen, dass wir den Einkauf schnell abhaken und dann nichts wie nach Hause.«

Jenny hatte recht. Keiner von ihnen war in der Stimmung für ausgedehnte Shoppingtouren.

Als sie den Wagen beluden, meinte Lou, Patrick zu sehen: Er parkte in der Nähe und stand neben seiner geöffneten Fahrertür.

Lou wurde schwindelig. Sie hielt sich an Marla fest. »Was tut er hier?«

»Wer?«, fragte Marla alarmiert.

»Na, Patrick.«

Marla und Jenny blickten sich suchend um.

»Er ist nicht hier.« Marla spähte angestrengt durch die Gegend.

»Da, er steigt in ein Auto und fährt weg.« Lou deutete in die entsprechende Richtung.

Jenny kniff die Augen zusammen. »Lou, das war nicht Patrick. Bestimmt nicht.«

Lou schlotterte. »Bist du dir sicher?«

Sie erhielt keine Antwort auf ihre Frage. Marla rieb sich ihren Oberarm, als wäre ihr kalt. Lou spürte einen Schauer über ihren Rücken rieseln.

»Lasst uns einfach schnell abhauen, okay?«, sagte Jenny schließlich. Die Frauen stiegen hektisch in den Wagen und verließen den Parkplatz. Lou hielt angespannt Ausschau, ob sie Patrick sah in irgendeinem Wagen, an dem sie vorbeifuhren oder der an ihnen vorbeifuhr.

Jenny wohnte so abgelegen, dass es gefährlich werden konnte, hier angegriffen zu werden. Hören würde einen keiner, wenn man um Hilfe rief. Sie mussten Vorkehrungen treffen. Sie brauchten irgendein Alarmsystem, das sie warnen würde, wenn jemand kam, um genug Zeit zu haben abzuhauen.

Nach einem kurzen Brainstorming hatten sie eine Idee.

Über den gesamten Hauptweg zur Haustür stellten sie leere Dosen und Flaschen auf. Jenny hatte Unmengen davon. Sie sammelte alles in zwei großen Kunststoffboxen neben dem Haus.

Ohne dabei Lärm zu verursachen, kam keiner mehr zur Haustür.

»Cool. Einfach und doch effektiv«, sagte Lou, als sie fertig waren.

Die Frauen stießen mit Longdrinks an und legten die Beine hoch.

Marla rief Paul an, um sich zu vergewissern, dass es ihm gut ging. Sie würde heute, mit Lou zusammen, bei Jenny schlafen.

***

Patrick beschleunigte sein Auto und fuhr weit über der Geschwindigkeitsbegrenzung. Zum Glück war die Bundesstraße leer. Er hatte sie gesehen. Er hatte seine Louisa gesehen. Sein Herz pochte stark, sodass er seinen Herzschlag bis in die Fingerspitzen spürte. Leider war Louisa nicht allein gewesen. Diese bösartige, kleine, schwarze Hexenschlampe war bei ihr. Ein grollendes Geräusch kam tief aus seiner Brust. Er hatte es heute erkannt. Die Göttin hatte ihm offenbart, dass sie eine der Abtrünnigen war, vor denen seine Mutter ihn gewarnt hatte. Sie diente dem gehörnten Gott. Seine Mundwinkel verzogen sich angewidert nach unten. Hätte sie ihn bemerkt und wäre näher an ihn herangekommen, hätte sie einen Fluch wirken können. Deshalb konnte er seine Louisa nur aus der Ferne beobachten, was ihn in Rage brachte. Irgendwann würde er mit Louisa weit wegfahren, wo sie keiner kannte und mit ihr ein neues Leben beginnen. Doch er durfte nicht geschnappt werden. Äußerste Vorsicht war geboten. Er schlug mit den Handballen mehrmals auf sein Lenkrad. Wie sollte er die Hexe aus dem Weg räumen? Er durfte ihr nicht zu nahe kommen. Ihm fiel spontan keine Lösung ein. Er brauchte Zeit zum Nachdenken. Er war so in Gedanken versunken, dass er seine Ausfahrt verpasste. »Fuck!«, schrie er. Langsam hatte er die Nase voll.

Er kam verschwitzt zu Hause an. Er war immer noch wütend und versuchte, sich zu beruhigen. Er wollte nicht, dass er wegen seines Hasses auf die Schwarzkünstlerin sein heiliges Ritual nicht mit voller Hingabe abhalten konnte.

Heute war die Walpurgisnacht, die mit dem Jahreskreisfest Beltane die Frühlingszeit einläutete. Er sehnte sich danach, bei den Externsteinen mit den anderen Dienern der Dreifaltigen Göttin, zu feiern. Nichts konnte sein Blut so zum Kochen bringen, wie diese Rituale mit anderen Gläubigen zu zelebrieren.

Doch er konnte nicht dorthin gehen. Mühsam rang er seine erneut aufkommende Wut nieder. Unter die Jünger der Göttin hatten sich mehr und mehr die Schergen des gehörnten Gottes gemischt. Seine Mutter wäre noch am Leben, wenn es diese Abtrünnigen nicht gäbe. Sie wäre nie verflucht worden und er könnte noch immer mit ihr zusammen, mit Gleichgesinnten die Feste zelebrieren.

Im Hotel duschte er und wusch sich gründlich. Dann zog er eine dunkelgrüne Tunika an. Grün war die Beltane-Farbe. Sorgfältig baute er einen kleinen Scheiterhaufen in einer Feuerschale auf dem Balkon auf und versuchte nicht daran zu denken, dass er wegen der Wichser nicht in seinem Garten feiern konnte. Er legte ein Säckchen mit Rosinen griffbereit auf den Balkontisch.

Er zündete die Kerze an, die er im selben Laden gekauft hatte, in dem er vor Jahren mit seiner Mutter gewesen war. Er stellte sie auf den Boden und setzte sich davor. Er hob die Arme, als wolle er nach den Wolken greifen und atmete mehrmals tief ein und aus, um seinen Körper auf die anstehende Meditation vorzubereiten. Doch vorher galt es zu danken.

»Geliebte Mutter Erde, geliebter Vater Himmel, ich ehre die Luft, die uns Leichtigkeit bringt. Ich ehre die Erde, die uns Stabilität bringt. Ich ehre das Feuer, das für Tatkraft steht, und ich ehre das Wasser, das für Leben steht.«

Er senkte die Arme und blickte in die Flamme der Kerze. In seiner Fantasie begegnete er während der Meditation der roten Göttin, deren Zeit gekommen war bis zu Samhain. Als die Kerze abgebrannt war und erlosch, kostete es Patrick große Mühe, ins hier und jetzt zurückzufinden.

Er fühlte sich großartig. Er war verbunden mit der Erde und dem Kosmos. Als Dank warf er die Rosinen aus dem Säckchen vom Balkon aus, in den Garten des Hotels. So gab er der Natur etwas zurück, wenn Tiere die fanden und fraßen.

Endlich war es so weit. Er entfachte das Feuer in der Feuerschale. Er hätte gerne mit Lou Beltane gefeiert. Er hätte sie hier, vor dem Feuer, genommen. So wie es von der Natur vorgesehen war. Doch sie war nicht hier. *Bald, meine Schöne. Bald.*

Kapitel 21

Lou schreckte auf. Noch während sie dabei war, sich flüchtig den Schlaf aus den Augen zu reiben, knipste Jenny eine Lampe an. Marla blickte mit schreckgeweiteten Augen zur Tür.

»Leute, was war das?«, flüsterte Lou.

Wieder ertönte ein Klirren und Rumpeln außerhalb des Hauses.

Jenny legte sich eine Hand auf den Brustkorb.

»Da versucht jemand, zur Tür zu kommen.«

Wild klopfte Lous Herz. Der Schreck lähmte sie. Mühsam schüttelte sie ihre Angst ab.

»Kommt, wir müssen weg!«, raunte Lou eindringlich.

»Ist es nicht viel sicherer hierzubleiben?«, flüsterte Marla.

Das Scheppern und Klirren fuhr Lou durch Mark und Bein. Sie spürte regelrecht, dass die Gefahr immer näher kam.

»Lou hat recht. Die Flaschen und Dosen halten keinen auf. Es sollte uns nur einen Vorsprung verschaffen.«

»Los jetzt!« Lou sprang bereits auf und die Freundinnen folgten ihrem Beispiel. Hektisch schlüpften sie in ihre Schuhe und verließen das Haus über die Gartenseite.

Während Lou Richtung Wald rannte, hörte und sah sie nichts um sich herum. Die Panik trieb sie immer weiter. Mit aufgerissenen Augen und schmerzender Lunge versuchte sie, nicht über Wurzeln oder andere Hindernisse zu stolpern. Plötzlich wurde sie an ihrem Arm zurückgerissen. Bevor sie einen Schrei ausstoßen konnte, erkannte sie, dass es Jenny war, die sie festhielt.

Keuchend versuchte Jenny zu sprechen. »Genug … reicht … verstecken.«

Wild blickte Lou um sich. Jedes Geräusch, jedes Knacken eines Astes, versetzte sie in Schrecken. Stiche fuhren ihr unter den linken Rippenbogen, ihre Lunge brannte, der Schweiß lief ihr an Gesicht und

Körper hinab. Langsam folgte sie ihren Freundinnen zu einem umgestürzten Baum, dessen herausgerissenes, erdverkrustetes Wurzelwerk groß genug war, um die drei vor Blicken zu schützen.

Als sie wieder zu Atem gekommen waren, spähten sie immer wieder an den Wurzeln herum in die Richtung, in der Jennys Haus lag. Es war niemand auszumachen in der Dämmerung.

»Dios mío! Was meint ihr, wie lang wir hierbleiben müssen?«, flüsterte Marla.

»Keine Ahnung.« Lou wischte sich mit ihrem Shirt den Schweiß aus dem Gesicht und zuckte mit den Schultern. Ihr war kalt, jetzt, wo sie aufgehört hatte zu schwitzen.

»Meint ihr, es war Mister Ichgehörnachalcatraz? Ich mein, wenn ich jetzt so drüber nachdenke, könnte es auch ein Tier gewesen sein oder nicht?«

»Das kann kein Tier gewesen sein. Die erschrecken doch vor Lärm und rennen weg«, sagte Lou.

»Vielleicht war es ein tollwütiges Tier?«, versuchte Jenny es noch einmal.

»Hat jemand ein Handy dabei?« Marla schaute in die Runde. Lou und Jenny schüttelten den Kopf.

Schweigend saßen die Frauen mitten im Wald auf dem Boden und zitterten vor Kälte. Es war diesig im Wald, als es heller wurde. Nebel verfing sich zwischen den Bäumen und der Wald erwachte zum Leben.

Lou konnte nicht sagen, wer zuerst aufgestanden war, aber ohne sich abzusprechen, standen sie alle und streckten ihre Glieder. Ein scharfer Schmerz schoss durch Lous Rücken und ihre Beine waren steif. Sie blickten sich an und nickten sich zu. Langsam traten sie den Rückweg zum Haus an. Viel zu schnell kam es in Sicht und Lous Muskeln spannten sich an. Vom Waldrand aus blickten sie sich um, konnten aber nichts Verdächtiges sehen.

»Sollen wir?«, fragte Jenny.

»Wir müssen schließlich irgendwann zurück, oder? Ich würde mich nur erheblich wohler fühlen, wenn wir unser Neunprozentiges dabeihätten«, sagte Marla.

Lou schluckte und schwieg. Sie kämpfte mit ihrem schlechten Gewissen und einsetzenden Bauchkrämpfen. Auf zittrigen Beinen schlich sie hinter ihren Freundinnen her. Was tat sie hier ganz hinten in dieser Prozession? Sollte sie nicht vorangehen? Sollte sie nicht auslöffeln, was sie über ihre Freunde gebracht hatte? Lou beschleunigte und marschierte vor. An der Hausecke blieb sie stehen. Über Augenkontakt und Zeichen entschieden die Frauen, dass Lou vorn ums Haus schleichen würde, um das Terrain zu sondieren, Marla und Jenny würden sich der Terrasse nähern.

Lou war in höchster Alarmbereitschaft durch das Adrenalin im Körper. Als sie die Hausecke erreichte, presste sie sich mit dem Rücken an die Wand und spähte blitzschnell um die Ecke, bevor sie den Kopf wieder zurückzog. Es war kein Mensch zu sehen, sie hockte sich hin und traute sich nun, etwas länger einen Blick zu riskieren. Zerbrochene Flaschen und eingedellte Dosen lagen wild zerstreut auf dem Weg zur Tür. Eiskalte Schauer durchliefen Lou. Hier war eindeutig ein Mensch am Werk gewesen. Aufmerksam scannte ihr Blick die Umgebung. Lauerte er noch irgendwo? Verdammt, woher sollte sie das wissen? Dieses Arschloch zog ihr den Boden unter den Füßen weg. Sie hatte es satt. Lou richtete sich kerzengerade auf. Sollte er sie sich doch schnappen. Wut schlug über ihr zusammen. Bevor sie überhaupt darüber nachdenken konnte, was sie da tat, verließ sie ihre Deckung, trat auf den Weg vor der Haustür, drehte sich um sich selbst und schrie aus Leibeskräften.

»Komm schon, du Penner! Los! Ich bin hier! Komm raus und hol mich! Ist mir egal! Du kannst mich m…«

Lou wurde herumgerissen. Jenny hielt ihr eine Hand auf den Mund und funkelte sie zornig an.

»Bist du bescheuert?«

Lou riss sich die Hand vom Mund. »Nein, ich hab es nur s…«

»Ist mir scheißegal! Du willst 'ne Kamikazenummer abziehen? Schön, aber ohne mich! Du hast sie doch echt nicht mehr alle.«

Wütend stapfte Jenny an einer bedrückt aussehenden Marla vorbei und verschwand im Haus. Laut warf sie die Tür hinter sich ins Schloss.

Lou atmete tief durch. Scheiße. Sie hatte die Kontrolle verloren. Tränen der Frustration und des Bedauerns liefen ihr über das Gesicht. Fahrig wischte sie sie weg. Ihre Aktion musste für ihre Freundinnen ein Schlag ins Gesicht gewesen sein. Sie riskierten so viel für sie, stützten sie, halfen ihr, setzten sich selbst einem Risiko aus und Lou hatte sich blindlings als Zielscheibe angeboten. Unüberlegt hatte sie gehandelt, ohne Rücksicht auf ihre Freundinnen.

Marla hakte sich bei Lou unter und zog sie mit sich zur Terrasse und ins Haus. Jenny saß mit angezogenen Beinen auf ihrer Couch und sah sie nicht an. Lou setzte sich auf den Boden vor sie.

»Jen, Marla, Entschuldigung. Es ist diese ganze …« Lou hob die Arme und schüttelte den Kopf. »… Situation, die mich verrückt macht. Ich bin ausgeflippt. Tut mir wirklich leid.«

»Idiot!«, brummte Jenny.

»Ich weiß«, sagte Lou.

Marla klopfte ihr lächelnd auf die Schulter. »Schon gut.«

»Meinst du, er ist hier reingekommen?«, Lou blickte zu Jenny.

»Nope.« Sie schüttelte den Kopf.

Schweigend saßen die Frauen da. In Lous Kopf rotierte es. Jetzt waren Marla und Jen nicht nur wegen Patrick in Gefahr, sondern auch ihretwegen. Und das, wo ihr doch nichts so wichtig war wie der Schutz ihre Freunde. Sie musste eine Entscheidung treffen. Einen Moment lang wälzte sie diese noch in ihrem Kopf herum, dann holte sie Luft.

»Hört mal, ähm, ich weiß, dass das jetzt überraschend kommt, aber ich hab mir überlegt, dass ich morgen zurück nach Hause gehe«, sagte Lou.

Als sie die starren Blicke von Jenny und Marla sah, fügte sie schnell hinzu »Ich möchte nicht allein dorthin. Auch nur zwischendurch. Aber es ist schließlich mein Zuhause und wahrscheinlich war es Patrick, der heute Nacht versucht hat, hier einzusteigen. Egal, wo ich jetzt bin – es ist überall nicht sicher für mich. Für uns. Vielleicht kann ich mir meine eigene Festung bauen? Außerdem ist die Chance sehr gering, dass Patrick wieder zu Hause ist. «

»Tja, ich weiß nicht«, sagte Jenny. »Ich leih dir auf jeden Fall meinen Baseballschläger.«

»Aber wir wollten doch zusammenbleiben? Zumindest sollte keiner allein sein. Das kannst du nicht bringen, Lou.« Marla hatte die Stirn gerunzelt.

»Na ja, ich hab Beck gerade gefragt, ob er mit zu mir kommt. Dann könnte ich mich um ihn kümmern.«

»Ja, aber warum zur Hölle geht ihr nicht zu ihm?« Wandte Marla ein.

Lou schluckte. Plötzlich traten Tränen in ihre Augen.

»Weil ich irgendwie Heimweh habe. Mein ganzes Leben ist auf den Kopf gestellt. Ich will was Vertrautes haben. Patrick ist nicht da und ich werde mir was einfallen lassen, damit keiner einfach so eindringen kann.«

Jenny und Marla blickten sie nachdenklich an.

»Wir fahren heute hin und finden heraus, ob Patrick wirklich nicht zu Hause ist. Wenn er doch da ist, hauen wir ab und du bleibst bei mir oder Beck. Einverstanden?«, fragte Jenny.

Lou und Marla nickten.

Als Lou mit ihren Freundinnen wenig später bei sich zu Hause ankam, war sie sich nicht mehr so sicher, ob es eine gute Idee gewesen war zurückzukommen.

Sie hatte Magenkrämpfe und Schweiß breitete sich unter ihren Achseln aus. Alle drei stiegen aus und gingen zu Lous Haustür.

»Sollen wir versuchen, einen Blick in sein Küchenfenster zu werfen?«, Jenny flüsterte.

Lous Herz hämmerte gegen ihre Rippen. Sie nickte, sie wollte sicher sein, dass Patrick nicht auf der Lauer lag.

Die drei schlichen zu Patricks Haus und hockten sich unter sein Küchenfenster. Langsam schoben sie ihre Köpfe nach oben. Die Küche war dunkel und sah verwaist aus.

Sie gingen schnellen Schrittes zurück und verschwanden in Lous Haus.

Lou atmete tief durch. »Okay, jetzt können wir noch von hinten ins Wohnzimmer schauen.«

Sie schlichen über die Terrasse in Patricks Garten. Als sie sahen, dass alles dunkel war, schlichen sie näher ans Fenster.

»Vorsicht, das könnte eine Falle sein, alles sieht dunkel aus, aber er beobachtet uns vielleicht von irgendeiner Ecke aus«, flüsterte Jenny.

Marla schaute sie böse an. »Du verstehst es, einem Mut zu machen. Was sollte er denn bitte tun, wenn er im Dunkeln lauert? Er hat doch nichts davon.«

»Stimmt auch wieder.«

Lou schluckte, obwohl ihr Hals vollkommen trocken war. »Puh, er ist nicht da. Lasst uns schnell reingehen, ich finde es gruselig, hier vor seinem Fenster zu stehen.«

Die Frauen hatten alle Vorhänge zugezogen und dafür Lichter angeschaltet. Die Haustür war abgeschlossen und sie saßen zusammen im Wohnzimmer.

»Sollen wir hierbleiben? Ich meine, Patrick ist nicht da und ich könnte mich schon mal dran gewöhnen, zurück zu sein«, sagte Lou.

»Von mir aus, ja. Was sagst du, Marla?«

»Claro.«

Jemand klopfte drei Mal ans Fenster.

Alle zuckten zusammen und schrien auf. Sie richteten ihre Blicke auf den Vorhang, hinter dem sich die Terrassentür befand.

»Um Himmels willen. Ich krieg gleich einen Herzinfarkt«, raunte Lou und hielt sich eine Hand auf die Brust. »Gut, dass wir die Vorhänge zugezogen haben.«

»Sollen wir die Polizei rufen?«, fragte Marly.

Es klopfte wieder.

»Vielleicht ist es Paul und er erlaubt sich einen Scherz?« Warf Jenny ein.

»Niemals. Er weiß, dass das jetzt überhaupt nicht lustig wäre«, sagte Marla.

Sie alle lauschten noch eine Weile, aber das Klopfen hatte aufgehört.

»Lohnt es sich, jetzt noch die Polizei zu rufen?« Lous Stimme klang zittrig.

»Warte.« Jenny stand auf, schaltete die Terrassenbeleuchtung ein und spähte hinter den Vorhang.

Lou hielt die Luft an.

»Hier ist keiner.«

Lou war in heller Aufregung. »Jen, sprichst du am Freitag im ›Brösel‹ mit deinen Kontakten? Wenn das da eben Patrick war, dann brauchen wir Verstärkung, um ihn einzuschüchtern.«

Jennys linker Mundwinkel schob sich ein Stückchen in die Höhe. »Kein Problem.«

Vor dem Einschlafen telefonierte Lou noch mit Beck. Sie erzählte ihm alles von ihrem Tag und Beck ihr von seinem. Morgen würden sie ihn abholen.

Lou saß in der Cafeteria des Klinikums Minden. Sie wurde von Paul eskortiert, der vor der Klinik auf sie wartete. Ständig huschten ihre Augen hin und her, um sowohl die Uhrzeit als auch die Menschen, die hier ein und aus gingen, im Auge zu behalten. Sie würde Celia leicht erkennen können an ihrem Krankenschwesteroutfit. Ansonsten saßen nur Patienten in verschiedenen Stadien der Bekleidung und ihre Besucher hier. Bademäntel, Jogginganzüge und Rollstühle, wohin man schaute.

Lous Fuß wippte in einem schnellen Rhythmus, sie trocknete sich ihre Handflächen am Jeansstoff. Sie wunderte sich darüber, dass das Jucken ausblieb. Unter Stress litt sie doch immer daran.

Aus der Ferne sah Lou eine Krankenschwester in Richtung Cafeteria gehen. Es konnte sein, dass sie einfach auf dem Weg zu ihrer Station war. Etwas sagte Lou, sie hatte es mit Celia zu tun. Groß, schlank, mit zurückgebundenen rotblonden Haaren und einem überaus hübschen Gesicht. Je näher sie kam, desto deutlicher konnte Lou erkennen, wie starr ihr Blick war und wie steif ihr Gang.

Ihren Blick auf Celia gerichtet, stand Lou auf. Als Celia vor ihrem Tisch stehen blieb, gab es einen kurzen, unangenehmen Moment, weil keine der beiden wusste, wie sie sich begrüßen sollten. Als hätten beide die gleiche Entscheidung getroffen, setzten sie sich synchron an den Tisch.

»Hallo, ich bin Louisa Siebert. Ich danke Ihnen, dass Sie gekommen sind.«

Celia nickte mit zusammengepressten Lippen und wirkte, als wolle sie jeden Moment aufspringen und davonlaufen.

»Soll ich uns etwas zu trinken holen?«

Celia schüttelte den Kopf. »Nein danke, für mich nichts.«

Lou fragte sich, wie sie das Gespräch beginnen sollte, ohne Celia zu verschrecken. Lou lehnte sich zurück, schloss kurz die Augen, atmete bewusst. Sie versuchte, so ruhig es ging, über ihre Situation zu erzählen.

»Celia, ich bin wirklich froh, dass Sie sich Zeit für mich nehmen. Ich fange am besten an zu erzählen, warum mir dieses Gespräch so wichtig ist.«

Celias Blick wirkte gehetzt, als witterte sie eine Falle und als hätte sie noch nicht entschieden, ob sie fliehen oder sich totstellen sollte.

»Patrick Lemmer ist Anfang März in das Haus neben mir gezogen.«

Bei der Nennung des Namens schluckte Celia hörbar und senkte ihren Blick.

»Anfangs war er nett und ich habe nicht gewusst, dass etwas mit ihm nicht stimmte. Dann bekam ich Anrufe. Unmengen von Anrufen. Wenn ich abnahm, war Stille in der Leitung, mal hörte ich jemanden atmen oder stöhnen und dann hörte ich eine verzerrte Stimme, die mir richtig Angst gemacht hat. Ich bekam Nachrichten und Blumen, mehrmals ist jemand in mein Haus eingedrungen. Es stellte sich heraus, dass Patrick derjenige war, der mich stalkte.«

Lou unterbrach sich und wartete, bis der Schauder, der sie ergriffen hatte und ihren Körper zittern ließ, vorbei war.

»Irgendwie glaubt er, ich würde Gefühle für ihn haben. Er ist mir gefolgt, als ich mit meinem Freund in der Hütte meiner Eltern war. Patrick hat ihn niedergeschlagen mit einem Stein und …«

Lou traten Tränen in die Augen. Ihre Stimme versagte. Mit geschlossenen Augen atmete sie tief ein und aus. Sie gewann ihre Fassung wieder.

»Er hat die Wohnung meiner besten Freundin verwüstet, ein Feuer im Friseursalon gelegt, in dem meine andere Freundin arbeitet, und Unheil gestiftet.«

Wut drückte ihr die Kehle zu. Hitze breitete sich in ihr aus.

»Ich will, dass es aufhört. Celia, ich brauche alle Informationen, die ich kriegen kann. Ich bitte Sie darum, mir zu erzählen, was Sie über ihn wissen. Es ist wichtig für mich.«

Celia atmete hörbar ein und ließ sich auf ihrem Stuhl zurücksinken. Ihre Körperhaltung schrie nicht mehr heraus, wie nahe sie daran war zu fliehen. Sie hatte eine angenehme Stimme.

»Ich weiß nicht, was ich sagen soll. Es tut mir so leid für Sie, Lou. Patrick ist ein Teufel. Er ist durch und durch böse und extrem gestört. Ich erzähle Ihnen von mir und hoffe, dass es Ihnen irgendwie weiter hilft. Seitdem ich erfahren habe, dass er in meiner Nähe lebt, gingen meine Albträume wieder los.«

Celias Blick wurde hart und kalt. »Ich wünschte, er wäre tot.«

Entsetzt über die Heftigkeit von Celias Aussage, schwieg Lou.

Celia stand auf. »Jetzt möchte ich doch einen Kaffee. Soll ich Ihnen was mitbringen? Ich bekomme hier die Getränke umsonst.«

»Einen Milchkaffee bitte, vielen Dank.«

Lou war geschockt. Celia musste die Hölle durchgemacht haben. Wenn sie an Patricks Angriff auf Beck dachte und daran, dass all ihre Freunde in Gefahr waren, kam in ihr ebenfalls eine dunkle Seite zum Vorschein, die sie bisher nicht kannte. Doch den Tod wünschte sie Patrick nicht.

Celia kehrte mit zwei großen Kaffeebechern zurück.

»Celia, sollen wir uns duzen? Wenn wir so offen miteinander reden, finde ich es komisch, dass wir uns siezen.«

Celia lächelte. »Okay, gern.«

Nach einem Schluck Kaffee begann Celia zu erzählen und Lou hing an ihren Lippen. In ihrem Bauch fühlte es sich an, als würden sich ihre Därme verknoten.

»Ich habe Patrick auf einer Feier kennengelernt. Es hat sofort gefunkt zwischen uns, aber es dauerte nicht lange, bis er sich vom Mann meiner Träume zu einem unberechenbaren, kranken Mistkerl entwickelt hat. Er hat mir so viel angetan, aber er wurde immer wieder charmant, liebevoll und aufmerksam, wenn ich mich trennen wollte. Er hat es geschafft, mich so zu manipulieren, dass ich weiter bei ihm blieb.« Celia schüttelte den Kopf. »Ich kann dir nicht mal sagen, wieso ich nicht erkannt habe, dass er ein Lügner, Betrüger und ein ekelhafter Sadist ist.«

Lous Kopf summte, als befände sie sich in der Nähe einer Starkstromquelle.

»Du musst nicht alle Einzelheiten wissen, die er mir in unserer Beziehung angetan hat. Als ich endlich von ihm wegkam, habe ich mich unglaublich dafür geschämt, wie weit ich es habe kommen lassen. Warum hatte ich nicht eher was unternommen? Warum bin ich nach den ersten Anzeichen nicht abgehauen? Ich weiß es nicht. Ich will, dass Menschen wie er, lebenslang eingesperrt werden. Oder besser noch, sie sollen krepieren. Sie tun dir das Schlimmste an und schaffen es auch noch, den Spieß umzudrehen, sodass man sich schuldig und wertlos fühlt. Ich hasse mich immer noch dafür, dass ich so dumm war, bei ihm zu bleiben.«

Lou konnte gut nachvollziehen, was Celia sagte. Was musste er ihr alles angetan haben? Lou fragte sich, ob Patrick schon immer bösartig war oder ob es einen Zeitpunkt gab, an dem er die falsche Route eingeschlagen hatte.

»Celia, ich weiß, dass du alles am liebsten vergessen würdest, aber ich brauche deine Hilfe, um Patrick aufzuhalten. Ich habe Angst um meine Freunde. Du kennst ihn länger als ich. Was für Schwächen hat er? Hast du was mitbekommen, was wir gegen ihn einsetzen könnten?«

»Okay, lass mich nachdenken. Was fällt mir ein?«

Lou zog einen Block und einen Stift aus ihrer Tasche.

»Er ist extrem eitel und selbstverliebt und definitiv ein Narzisst. Er fühlt sich allen überlegen, ist schlau, manipuliert andere und möchte alles unter Kontrolle haben.«

»Gut. Hier kann man ansetzen. Für einen Kontrollfreak muss es schlimm sein, keine Kontrolle zu haben.«

Nachdenklich nickte Celia. »Er ist brutal und kennt keine Reue. Er hat kein moralisches Gewissen. Wenn du tust, was er sagt, dann behandelt er dich wie ein Kleinkind, das eine Sache besonders fein gemacht hat. Wenn du dich aber nicht an seine tausend Regeln hältst, dann demütigt er dich, wo er nur kann.«

Celias Augen füllten sich mit Tränen. Lou konnte ihr ansehen, wie schwer es für sie war, über Patrick zu reden.

»Er hat einen komischen Spleen. Wir kannten uns noch gar nicht lange, da hat er mich eingeladen, mit ihm zu feiern. Er sagte, es wäre Litha und die richtige Zeit, um Mutter Erde und ihre Pracht zu feiern. Ich habe es noch genau im Ohr, als hätte er es gestern zu mir gesagt. Für mich war es einfach der Tag des Sommeranfangs. Und ich könnte mich dafür ohrfeigen, dass ich nach dem, was an diesem Abend passiert ist, nicht einfach weggelaufen bin. Ich sollte ein gelbes Kleid anziehen, er trug einen orangefarbenen Kaftan oder so. An diesem Abend schliefen wir das erste Mal miteinander. Er trieb mich regelrecht an und wollte unbedingt diesen Tag für unser erstes Mal nutzen. Er erzählte was über die Macht, die jetzt am Höhepunkt war, und sich zu lieben, würde die Göttin ehren oder so, ich weiß nicht mehr genau. Erst war alles okay. Aber irgendwann griff er unter ein Kissen auf dem Bett. Sein ganzes Gesicht veränderte sich irgendwie. Er sah gefährlich aus. Die Augen glänzten, es war unheimlich. Er hörte auf, sich zu bewegen, und starrte mich an und der Schweiß lief ihm übers Gesicht. In diesem Moment wusste ich, dass ich in Lebensgefahr war. Ich wollte weg, doch er lag auf mir. Oh Gott, hätte ich doch sofort die Flucht ergriffen, als es möglich war. Er sagte mir, dass wir nun verbunden wären und ich ganz ihm gehöre.«

Celia schüttelte den Kopf und hielt ihren Blick auf das Innere ihres Bechers gerichtet.

»Ich weiß bis heute nicht, was da unter dem Kissen lag oder ob überhaupt etwas darunter lag. Jetzt, im Nachhinein, weiß ich, dass meine Angst berechtigt war. Heute glaube ich, er war kurz davor, mir etwas wirklich Schlimmes anzutun.«

Lou hörte gebannt zu. Sie ließ Celia die Zeit, sich zu sammeln.

»Später habe ich bemerkt, dass er total auf esoterisches Zeug abfährt. Er beging Rituale an bestimmten Tagen, machte Feuer, neben dem er mich nahm, ob ich wollte oder nicht. Er hatte irgendjemanden an der Hand, der ihm monatsweise Horoskope für jeden Tag zuschickte. Angeblich errechnet mithilfe von Sternbildern und Schwingungen oder wie auch immer. Total schräg. Was in diesen Tageshoroskopen stand, war für ihn das, was für einen wirklich, wirklich frommen Menschen die Bibel war. Und dann noch seine Reinigungsrituale, die ich auch einhalten musste. Aber ich weiß nicht, ob das in irgendeiner Weise relevant ist. Er ist ein totaler Irrer.«

Lou nickte »Erzähl weiter. Gab es in der Richtung sonst noch was?«

»Ja, klar. Manchmal sagte er mir, ich solle mich vor dem ›Gehörnten‹ in Acht nehmen. Ich kann gar nicht beschreiben, wie komisch das alles war. Er ist extrem abergläubisch. Es gab Tage, an denen er die Wohnung nicht verlassen hat, weil er meinte, das Böse würde ihn sonst kriegen. Er redete auch was von Flüchen. Seine Mutter wäre daran gestorben. Gott, wenn ich mich hier so reden höre, dann ist es ganz schön schwer zu verstehen, warum ich trotzdem bei ihm geblieben bin, oder? Er hatte mein Selbstbewusstsein schon so ausradiert, dass ich der Meinung war, nur er könne mich beschützen. Ich meinte, ihm dankbar sein zu müssen, dass er sich um mich kümmerte. So kaputt war ich schon. Ich sag dir, meine Seele, mein Herz, mein Verstand … alles war verdreht und verworren. Irgendwann hatte ich keinen Durchblick mehr, was da eigentlich passierte.«

»Und doch hast du eines Tages geschafft wegzulaufen.«

Celia nickte. »Die Zeit mit ihm war so, als hätte man einfach jeden Tag, nach und nach, ein Fass mit hochexplosivem Pulver gefüllt. Und die letzte Vergewaltigung war eine zu viel. Es war besonders schlimm. Ich konnte danach tagelang nicht sitzen und hatte Blutungen. Das öffnete mir die Augen. Ich konnte es einfach nicht mehr aushalten.«

Celia legte ihre Hand auf Lous Unterarm. »Es tut mir so leid, dass er nun dich im Visier hat.«

Lou musste verarbeiten, was sie alles gehört hatte. Sie litt mit Celia. Ihr fehlten die Worte. Sie stand auf, zog Celia von ihrem Stuhl und umarmte sie lange. Beide Frauen hatten Tränen in den Augen.

»Danke, Celia. Ich weiß noch nicht genau wie, aber ich glaube, meine Freunde und ich können mit dem, was du über ihn erzählt hast, etwas anfangen. Irgendwie müssen wir ihn zur Strecke bringen. Ich bin nicht allein, so wie du es warst. Dafür bin ich dankbar.«

»Oh Gott, ich wünschte, ihn würde der Blitz treffen und er würde einfach tot umfallen.«

Lou schluckte und sagte lieber nichts dazu.

Celia berührte ihre Schulter. »Wenn ich helfen kann, dann ruf mich an. Schreib mir. Irgendwas. Hältst du mich auf dem Laufenden?«

»Na klar! Ich melde mich bei dir. Danke noch mal.«

Zum Abschied umarmten sie sich und Lou hatte das Gefühl, eine neue Freundin gefunden zu haben.

Kapitel 22

Lou bereitete ihre Wohnung für Beck vor. Sie wollte, dass er sich wohlfühlte und gern bei ihr war. Jenny war bei der Arbeit und damit Lou nicht allein blieb, würde Marla da sein, bis sie Beck abgeholt hatten. Die Freundinnen hatten sich für den nächsten Tag zu einer Telefonkonferenz verabredet, damit Lou nicht zwei Mal von ihrem Treffen mit Celia berichten musste.

Geknickt stand Lou vor ihrem Bett, Marla stand neben ihr.

»Ich kann nie wieder in diesem Bett schlafen. Ich bekomm schon einen Würgereiz, wenn ich nur daran denke.« Ein dumpfer Schmerz unter dem linken Rippenbogen ließ sie aufkeuchen.

»Was ist los? Geht es, Lou?« Besorgt legte Marla eine Hand auf Lous unteren Rücken.

»Geht schon.« Sie kratzte sich am Brustkorb. »Ich muss hier raus, glaub ich.«

Schnell nahm sie ihre Ersatzdecke und mehrere Kissen aus dem unteren Bereich ihres Kleiderschrankes.

»Marla, kannst du Bett- und Kopfkissenbezug nehmen?«

Im Keller fand sie ihr altes aufblasbares Bett und eine kleine elektrische Pumpe. Als sie damit zurückkam, lachte Marla.

»Weißt du noch dein altes Luftbett? Wie wir im Urlaub alle zwei Stunden wach wurden und das Bett neu aufpumpen mussten, weil die Luft raus war? Dios mío, das war eine harte Woche!«

Lou stimmte in ihr Lachen ein.

»Ich glaube ja bis heute, dass Paul das Luftbett manipuliert hat, in der Hoffnung, du würdest zu ihm ins Zelt kriechen.«

Nachdem sie das Bett aufgepumpt hatten und alles bezogen war, backte Lou einen Willkommenskuchen. Sie stellte eine Schale frisches Obst auf den Couchtisch und baute eine kleine Getränkebar auf. Sie verteilte Teelichter in Gläsern und Stumpenkerzen in Dekolaternen. Dann eilte sie noch einmal zurück ins Schlafzimmer, um sich Kleidung aus dem Schrank und den Schubladen zu nehmen, und deponierte sie in einer kleinen Kommode im Wohnzimmer.

»Ich glaube, jetzt ist alles vorbereitet«, sagte Lou und inspizierte ihr Werk.

»Es sieht wirklich toll aus. Wie ein kleines Liebesnest.«

Lous Herz schlug schneller. Trotz der miesen Gesamtsituation war sie aufgeregt und die Vorfreude ließ sie zappelig werden. Sie und Beck. Manchmal konnte sie es immer noch nicht glauben, dass sie jetzt zusammengehörten. Sie seufzte verträumt auf und presste sich die Hände auf den Bauch, der sich verdammt flau anfühlte. Sie war verliebt.

Endlich wurde es Zeit, Beck abzuholen.

Lou klopfte an die Tür seines Krankenzimmers und trat ein. Marla wartete im Flur.

Becks Augen leuchteten auf. Er saß bereits fertig angezogen auf seiner Bettkante. »Komm her!« Er streckte die Arme nach ihr aus.

Sie lief zu ihm und schlang die Arme um seinen Hals.

Beck atmete tief ihren Geruch ein. »Gott, hab ich dich vermisst.«

»Ich dich auch.« Lächelnd beugte sie sich herunter, um ihn zu küssen. »Wie geht es dir? Hast du Schmerzen?«

»Manchmal. Aber mir geht es gut. Ich will nur noch hier raus.« Beck stand auf und blieb einen Moment stehen. Er rieb sich über die Stirn.

»Komm, stütz dich auf mich.« Lou legte sich seinen Arm um die Schultern und ging mit ihm in kleinen und langsamen Schritten zur Tür hinaus.

»Beck! Mierda, der Kopfverband ist ja immer noch dran.«

»Hey, Marla. Ja, der bleibt dran, bis die Fäden gezogen werden.«

Marla schnappte sich Becks Tasche und so verließen sie gemeinsam das Krankenhaus.

Auf dem Parkplatz umarmten sich die Frauen.

»Danke, dass du bei mir geblieben bist, Marla. Jetzt fahr schnell zu Paul und bestell ihm schöne Grüße von mir.«

»Von mir auch.« Beck hob den Zeigefinger.

Beck ließ es sich nicht nehmen, sich persönlich davon zu überzeugen, dass Patrick nicht in sein Haus zurückgekehrt war.

»Nichts. Er ist nicht hier, die Luft ist rein.«

Lou schloss die Tür auf und hinter ihnen wieder ab.

»Komm mit ins Wohnzimmer.« Lou lächelte. Wieder pochte ihr Herz schnell und kräftig, sodass sie ihren Herzschlag im Hals spürte.

»Wow! Lou, das ist …« Beck schüttelte mit großen Augen den Kopf, als er ihre Vorbereitungen im Wohnzimmer sah. »Du bist eine Traumfrau Lou. Danke.« Er nahm ihr Gesicht in beide Hände und küsste sie, bis sie nach Luft schnappen musste. Auch Beck taumelte gefährlich.

Sie zündete die Kerzen an, brühte Kaffee auf und setzte sich dann zu Beck auf die Couch. Er nahm sie in seine Arme und küsste sie auf den Kopf. Genau diesen Moment wollte Lou für alle Zeiten festhalten. Sie war glücklich.

Wo bewahrte Beck noch mal seine Nudeln auf? Mittlerweile hatte sie in jedem seiner Schränke gesucht. »Beck? Wo sind die Nudeln? Ich find sie nicht!«, rief sie.

»Schau unten in der großen Schublade nach!«

Da waren sie ja. Obwohl sie nun schon ein paar Tage bei ihm zu Hause waren, fand Lou sich immer noch nicht ganz zurecht.

Sie servierte das Essen im Wohnzimmer. Beck zog sie auf seinen Schoß.

»Danke, ich wurde noch nie so verwöhnt wie von dir. Das nächste Mal koche ich.« Er küsste sie.

»Hört sich gut an. Kein Schwindel mehr?«

Beck schüttelte den Kopf. »Nope. Ich bin wieder fit. Hin und wieder eine Kopfschmerztablette und dann geht's mir gut.«

»Ich kann dir gar nicht sagen, wie erleichtert ich bin. Und wie hungrig. Hungrig und erleichtert.«

Nachdem sie gegessen hatten, schalteten Lou, Marla und Jenny wieder eine Telefonkonferenz.

»Das darf doch wohl nicht wahr sein! Wie krank ist der Typ eigentlich?« Marla schnaubte.

Lou hatte ihren Freundinnen gerade von ihrem Gespräch mit Celia erzählt.

»Ja, Celia muss richtig harte Zeiten durchgemacht haben. Patrick ist total gestört. In den letzten drei Tagen hat er insgesamt etwas über zweihundert Mal versucht, Kontakt mit mir aufzunehmen.«

Lou hörte, dass Marla zischend einatmete und Jenny unverständlich vor sich hin brummte.

»Anrufe, Audios, Nachrichten, ich hab alles gezählt und aufgeschrieben. Echt, ich flipp noch aus!«

»Kann ich mir vorstellen. Und die Polizei? Gibt es was Neues?«, fragte Jenny.

»Nein, auch wenn ich in ständigem Kontakt mit ihnen stehe. Sie haben herausgefunden, dass Patrick nur über Prepaid-Handys anruft, die nicht geortet werden können.« Lou seufzte. »Wenigstens hat das Gespräch mit Celia ein paar gute Ansatzpunkte geliefert. Ich mein, er scheint total abergläubisch zu sein. Er hat mich auch nach meinem Sternzeichen gefragt, fällt mir da ein. Wahrscheinlich interpretiert er eine Menge Mist in alle möglichen Dinge hinein.«

»Das klingt doch gut. Vielleicht können wir mit dem Esoterikzeug oder wie man das nennen will ein paar heftige Reaktionen aus ihm herauskitzeln. In Filmen machen die Gangster dann Fehler, über die man ihnen auf die Spur kommt.«

»Hm. Jedenfalls brauchen wir erst mal einen Plan, bevor wir irgendwas tun«, sagte Marla.

»Auf jeden Fall. Ich kann unseren Besuch im ›Brösel‹ gar nicht mehr erwarten.«

Der Freitag war gekommen. Lou würde Beck im ›Brösel‹ treffen und freute sich sehr auf ihn, obwohl sie die ganze letzte Woche mit ihm verbracht hatte. Die Freundinnen hatten alle ihre Hüfttaschen an und waren mit ihren Wasserpistolen bewaffnet. Es konnte losgehen.

Lou schlenderte im ›Brösel‹ auf Beck zu. Ihr Herz schlug schnell, sie war tatsächlich verliebt.

Alles war so ungezwungen mit ihm. Sie redeten und lachten viel, zogen sich gegenseitig auf, und Lou bemerkte, dass Beck nur Augen für sie hatte, obwohl er von allen Seiten angeschmachtet wurde.

Jenny kam zu ihnen.

»Alles erledigt. Die Jungs sind mit dabei.« Sie deutete mit dem Daumen über ihre Schulter.

Lou sah eine Gruppe Biker, die zu ihnen herübersah und winkte.

»Jetzt kommt es drauf an, ob der Penner wirklich immer in deiner Nähe ist. Wenn ja, müsste er dir gefolgt sein. Wenn nicht, dann setzen wir den Plan halt ein anderes Mal um. Irgendwann muss er wieder auftauchen. Es kann losgehen.«

Jennys Gesicht war wie immer ernst. Doch ihre Augen strahlten in einer Intensität, die Lou einiges über ihre innere Aufgewühltheit verriet.

Beck küsste Lou noch einmal. »Wir sehen uns bei dir?«, fragte er.

»Auf jeden Fall. Seid vorsichtig!«

Paul und Beck verließen die Kneipe und gingen hinaus auf den Parkplatz.

Die Frauen saßen nervös beisammen und vier der Biker gesellten sich zu ihnen. Keiner sprach ein Wort.

Paul steckte den Kopf zur Tür hinein und nickte der kleinen Gruppe zu. Es bedeutete, Patrick war aufgetaucht.

Die Männer johlten. Lou schlug das Herz bis zum Hals, als sie sich mit den Männern, Marla und Jenny zusammen auf den Weg nach draußen machte. Hatten die Biker bis gerade noch sympathisch und zugänglich gewirkt, setzten sie nun finstere Blicke auf und sahen aus, als wäre mit ihnen nicht gut Kirschen essen.

Als sie auf den Parkplatz kamen, stand Patrick neben seinem Auto und bewegte sich nicht. Seine starre Haltung war gruselig. Lou spürte, wie sich die Härchen an ihren Armen aufrichteten. Wie abgesprochen, rief sie die Polizei.

Die Gruppe Männer machte sich mit Beck und Paul auf den Weg zu Patricks Auto.

Ohne dem Schauspiel, das sich in Kürze abspielen würde, länger Beachtung zu schenken, stiegen die Frauen in Lous Auto und machten sich auf den Weg. Sie hatten keine Zeit zu verlieren.

Die Freundinnen standen in Lous Auffahrt.

»Okay, wir steigen bei Patrick ein, sehen uns um und machen Fotos von allem, was uns verdächtig erscheint. Seid ihr bereit?« Lou blickte von Marla zu Jenny.

Beide nickten. Marla begann sofort damit, Patricks Tür mit ihrem Dietrich zu bearbeiten. Nach kurzer Zeit stand sie offen. Jenny klopfte Marla im Vorbeigehen auf die Schulter, während Lou den Lichtschalter betätigte.

Im Flur blieben alle wie angewurzelt stehen. Über den Durchgängen zur Küche und zum Wohnzimmer sahen sie rot geschriebene Wörter, deren Farbe zum Teil herabgelaufen und getropft war. Daraus ergab sich ein schauriges Muster.

Jenny starrte auf die Buchstaben. »Lou, hast du nicht gesagt, du wärst schon mal bei ihm gewesen? Und da hast du nicht gemerkt, dass der Kerl ein Psycho ist?«

»Das hier wäre mir aufgefallen. Glaub mir.«

Über der Küchentür stand *Sweet Dreams*.

Über der Wohnzimmertür stand *Sie sind schon drin.* Marla machte Fotos davon.

»Los, Mädels. Wir gucken uns weiter um.« Jenny schritt voran in die Küche. Sie war penibel aufgeräumt und blitzblank geputzt, im Kühlschrank ausschließlich Joghurt und Salat.

»Kein Wunder, dass der austickt. Bei seinem Zuckerdefizit ist der Wahnsinn programmiert«, murmelte Lou.

Das Wohnzimmer barg keine Überraschungen, bis Marla auf eine Vitrine in der hinteren Ecke deutete. Langsam gingen sie darauf zu. Hinter den Glastüren wurde Unterwäsche ausgestellt. Slips von Lou waren mit engen Boxershorts, die wohl Patrick gehörten, zusammengenäht. Außerdem lagen dort ein Ohrring von Lou auf einem Samttuch und ein Becher. Weitere Dinge, die Patrick aus Lous Haus hatte mitgehen lassen.

Lou konnte den Blick nicht davon losreißen. »Oh, Himmel. Was stimmt mit dem Typen denn nicht? Habt ihr so was Gruseliges schon gesehen?«

Jenny schüttelte den Kopf. »Nein. Und das will was heißen.«

Marla schoss ein Foto nach dem anderen.

Auf dem Schreibtisch neben der Vitrine stand ein Laptop. Marla drückte ein paar Knöpfe.

»Passwortgeschützt.«

»Das wäre auch zu schön gewesen«, sagte Lou.

Im Badezimmer fanden sich sämtliche Pflegeprodukte, die Lou benutzte. Er musste sie sich nachgekauft haben, im Zahnputzglas zwei Zahnbürsten mit Holzstiel. Auf einer war *Patrick* eingraviert, auf der anderen *Lou.*

Jenny nahm eine in die Hand »Umweltbewusst isser ja.«

»Wisst ihr was? Das hier ist alles so strange, ich wird meine Gänsehaut gar nicht mehr los«, sagte Lou.

Marla machte weiterhin Fotos.

In einer Schublade fanden sie mehrere Ordner, in denen Tausende Horoskope abgeheftet waren.

Ins Schlafzimmer trauten sie sich kaum. Anfangs blieben sie in der Tür stehen und ließen ihre Blicke schweifen, dann gingen sie eine nach der anderen hinein. Auf einem Nachttisch stand eine Tube mit Gleitcreme und eine Box mit Papiertüchern. Neben dem Bett befand sich ein kleiner Eimer, in dem ein Haufen zerknüllter Tücher lagen.

»Igitt!« Marla rümpfte die Nase.

Lou hakte sich bei ihr ein. Es fröstelte sie. »Wir werden jetzt nicht näher darüber nachdenken, wofür er die Tücher brauchte. Und auch nicht, woran er dabei dachte.«

Jenny deutete zur Decke. »Spekulieren müssen wir da jedenfalls nicht.«

Alle richteten den Blick an die Decke. Dort war ein großer Spiegel angebracht, auf dessen linker Seite ein übergroßes Foto von Lou in Shorts und Bikinioberteil zu sehen war. Auf dem Bild arbeite sie im Garten und kniete, leicht nach vorn gebeugt, auf dem Rasen vor einem Beet.

Erst war Lou geschockt, danach brandete eine heiße Welle der Wut durch ihren Körper. Sie ballte die Hände zu Fäusten »Elender, perverser Wichser!« Unruhig ging sie im Zimmer auf und ab.

Marla legte ihr eine Hand auf die Schulter, sodass Lou stehen blieb. »Pass auf. Wir bringen das hier jetzt schnell hinter uns und dann nichts wie raus hier, okay? Atme tief durch.«

Lou atmete ein paarmal tief ein und aus und nickte schließlich. »Okay. Kann weitergehen.«

Marla fotografierte Lous Bild über dem Bett.

Im Kleiderschrank fanden sie eine schwarze, kleine Kiste. Mit spitzen Fingern öffnete Lou die Box. Darin lagen Sexspielzeuge. Handschellen, Dildos, Klemmen, schwarze Kerzen, Bondageseile und eine Maske aus Latex. Alles war geordnet wie in einem gut in Schuss gehaltenen Werkzeugkasten. Marla schaute nicht hin, als sie ihr Handy darüber hielt, um ein Foto davon zu machen.

Alle wollten nur noch aus diesem Haus verschwinden. Sie schlossen die Tür hinter sich und rannten über die Auffahrt zu Lous Haustür. Lous Hände zitterten so sehr, dass sie den Schlüssel nicht ins Schloss bekam. Jenny nahm ihr sanft den Schlüssel ab und schloss auf.

Die Freundinnen brauchten einen Moment, um sich zu sammeln.

»Ich bin dafür, ihm eine Nachricht zu hinterlassen. Lou, hast du Papier? Und irgendwas Schwarzes zum Schreiben?«, fragte Jenny.

»Klar.« Lou sprang auf, holte Jenny ein Blatt Papier und gab ihr einen schwarzen Eyeliner.

»Was anderes Schwarzes hab ich nicht gefunden.«

»Perfekt.« Jenny kritzelte einen Text auf das Blatt und drehte es anschließend herum, sodass ihre Freundinnen lesen konnten, was sie geschrieben hatte.

Wenn der Mond am höchsten steht, die Schatten zur Sonnenwende weichen, kehrt, was innen ist, nach außen, und was außen ist, nach innen. Sei gewarnt.

»Was soll das bedeuten?«, fragte Lou.

»Na, nichts! Wir verunsichern ihn nur.« Jenny lief noch mal zu Patrick und klebte die Nachricht an seine Tür.

Lou meldete sich bei Beck, um ihm zu sagen, dass alles erledigt war. Er sagte, dass Paul und er gleich bei ihnen wären.

Der Tag war anstrengend gewesen. Lou zitterte vor nervöser Energie, bekam feuchte Hände und Herzklopfen. Sie konnte es nicht erwarten, dass Beck gleich bei ihr war, um sie zu beruhigen.

Die Männer erzählten nach ihrer Ankunft, von ihrem Abend.

»Patrick hat nur provoziert. Total lebensmüde. Das brachte ihm eine Stirn auf seiner Nase ein. Die ist gebrochen, glaub ich. Zumindest schwoll sie auf das Doppelte an und wurde ziemlich blau an der Nasenwurzel. Doch anstatt ruhig zu bleiben, fing er eine Schlägerei mit einem der Biker an«, erzählte Beck.

»Beck und ich wären dazu bereit gewesen, mit ihm zu reden, ohne gewalttätig zu werden. Tja, uns hat er in Ruhe gelassen. Er hat sich aber ausgerechnet mit Lucky angelegt. Ihr wisst, wer Lucky ist?«

Die Frauen nickten. Jennys Nicken ging in ein Kopfschütteln über.

»Wer ist denn so blöd und legt sich mit Lucky an? Tsss, selbst schuld, würd ich sagen.«

»Ich habe ihm noch gesagt, er soll es lieber lassen. Aber er wollte ja nicht hören.« Paul zuckte mit den Achseln.

Beck legte seinen Arm um Lou. »Der Arsch kann von Glück reden, dass er danach irgendwie wieder aufstehen konnte. Aber es hat 'ne Weile gedauert. Er hätte mir fast schon leidtun können. Aber er hat es sich selbst eingebrockt, mit seiner Arroganz. Lucky hatte aber auch 'ne starke Rechte.«

»Da sagst du was, Mann«, erwiderte Paul grinsend. »Jedenfalls hat er später unser Versprechen ernst genommen, dass er von uns allen Besuch bekommen würde, wenn er Lou und uns nicht in Ruhe lässt. Er hielt sich ziemlich die Rippen, die müssen auch ordentlich was abgekriegt haben. Jetzt heißt es abwarten. Wenn er sich nicht daran hält, sind unsere neuen Freunde gern bereit, uns wieder auszuhelfen. Und man muss ihnen zugutehalten, sie waren es nicht, die mit der Prügelei angefangen haben.«

»Was war mit der Polizei?«, fragte Lou.

»Die kam auch noch. Die Polizisten haben Patrick persönlich die Vorladung zur Vernehmung wegen der Körperverletzung an mir ausgehändigt und sie haben ihn gefragt, was mit seiner Nase passiert ist. Er hat nicht geantwortet. War ihm zu peinlich, glaub ich.« Beck grinste. »Und bei euch? Habt ihr was bei ihm gefunden?«

»Oh und wie wir was gefunden haben. Eins a Psychopathen-Material«, sagte Jenny.

Die Frauen berichteten von ihren Eindrücken und zeigten Beck und Paul die Fotos. Die Mienen der Männer wurde immer düsterer.

»So ein kranker Spinner«, knurrte Paul.

Beck enthielt sich jeden Kommentars. Sein Gesichtsausdruck machte deutlich, wie sehr er sich bemühte, nicht sofort rüber zu Patrick zu gehen, um ihn persönlich außer Landes zu begleiten.

»Was machen wir jetzt eigentlich mit den Fotos?«, fragte Jenny. »Wenn wir die der Polizei geben, sehen Sie doch, dass wir eingebrochen sind.«

»Die behalten wir in der Hinterhand, würd ich sagen. Sollte Patrick darauf bauen, dass sein Wort gegen unser steht, können wir sie vorzeigen. Ist mir egal, ob ich dafür angezeigt werde. Euch halte ich da jedenfalls raus, wenn es hart auf hart kommt.« Lou fühlte sich entschlossen. Sie würde ihre Freunde, so gut es ging, schützen.

»Also darüber reden wir noch mal. Aber es ist wirklich gut, ein Ass im Ärmel zu haben«, sagte Jenny.

Kapitel 23

Am Montagvormittag klingelte Lous Handy. Sie hatte bei Jenny geschlafen und war auch bei ihr geblieben. Beck war auch wieder in der Werkstatt und Lou war nicht so verrückt, allein zu Hause zu bleiben.

Ohne ihren Blick von dem Buch abzuwenden, griff sie nach ihrem Telefon und hob ab.

»Ja?«

»Hey, Lou. Ich bin's.«

Lou legte ihr Buch zur Seite, um Marla ihre volle Aufmerksamkeit zu schenken.

»Hey, Marla, was gibts? Bist du noch bei der Arbeit?«

»Naturalmente. Ich hab Pause. Ich wollte dich fragen, ob alles in Ordnung ist.«

»Es ist alles ruhig. Ich sitze im Garten und lese. Voll der Luxus.«

»Es ist totaler Mist, dass du heute allein bist. Habt ihr daran gedacht, das Tor neben dem Haus abzuschließen, damit keiner in den Garten kommt?«

»Jep. Das Tor ist zu, die Tür ist zu und unser Alarmsystem aus Dosen und Flaschen steht auch wieder. Mann, ich hab ja schon fast ein schlechtes Gewissen, weil ich hier gemütlich sitze und lese, während du dir Sorgen um mich machst.«

»Quatsch, ist doch gut so, dass du dich nicht verrückt machst. Ich wollte wirklich auch nur nachfragen. Gut, halt mich weiter auf dem Laufenden, Okay?«

»Na klar. Ich drück dich.«

Eine halbe Stunde später klingelte wieder ihr Telefon. Diesmal war Jenny am Apparat. Ohne Begrüßung legte sie direkt los.

»Lou, Mister Ichbrauchnocheinenindiefresse hat sich zurückgemeldet.«

Lou blieb für einen Moment das Herz stehen. »Wie? Wann?« Sie beugte sich angespannt nach vorn und hielt das Handy verkrampft in der Hand, als wollte sie es zerquetschen.

»Ich sollte zu meiner Chefin kommen. Sie so: Es ist grundsätzlich egal, was sie in ihrer Freizeit treiben. Aber ihre Gesinnung so öffentlich zur Schau zu stellen, geht nicht. Ich so, Hä? Was für 'ne Gesinnung? Da zeigt sie mit dem Finger auf ihren Computermonitor und sagt, sie hat heute einen Link per E-Mail bekommen. Ich guck drauf und seh eine Homepage. Als Erstes war da ein nach unten zeigendes Pentagramm zu sehen, mit einem Ziegenkopf in der Mitte. Es gab auch eine Überschrift. Warte, ich hab's mir ausgedruckt.«

Lou hörte das Rascheln von Blättern. Dann war Jenny wieder am Telefon.

»Als Begrüßung stand da *Shemhamforash Jenny, wir grüßen dich Magistra.* Und da war ein Bild von mir. In voller schwarzer Ausgehkluft und extremem Make-up. Und Ton gabs auch. Irgendeine Black-Metal-Band kreischte da irgendwas. War gut gemacht, da kann ich nichts sagen, aber glaub mir, wenn Mister Ichschießmirselbstinsknie vor mir gestanden hätte, dann hätt ich ihm aber Grund zum Fluchen gegeben, das glaub mal. Na ja, dann hat die Chefin aufs Pentagramm geklickt und da stand ein Text. Warte, ich zitiere. *Wir sind unser eigener Gott! Wir sind das antichristliche Religionssystem und stehen für die Befriedigung des Lustprinzips und unbedingte Freiheit. Kein Gott. Kein Himmel. Keine Hölle. Keine Herdenmentalität. Heil Satanas!* Ist das krass, oder was?«

Lou hatte die Luft angehalten. »Scheiße.«

»Du sagst es. Ich hab versucht, meiner Chefin zu erklären, dass ich damit nichts zu tun habe. Du hättest mal ihren Blick sehen sollen! Ich hätte tot umfallen müssen! Sie hat mir nicht geglaubt. So krass. Ich hab ihr gesagt, ich sorge dafür, dass diese falsche Homepage verschwindet, und ich musste ihr vom Stalker erzählen. Tut mir echt leid, dass ich das vorher nicht mit dir absprechen konnte. Aber ich wollte meinen Job nicht verlieren.«

»Versteh ich total. Kein Problem. Und weiter?«

»Na ja, ich hab trotzdem meinen Job verloren. Fuck hoch zehn, aber wenn er meint, mich damit fertigzumachen, kennt er mich wirklich nicht gut. Ich sag's dir, wenn ich dazu in der Lage wäre, hätte ich ihm die Krätze an den Sack gewünscht. Mann, ich überleg echt, mal 'nen Voodoo-Kurs zu besuchen oder so. Komm doch mit!«

Lou schnaubte. »Ich bewundere dich echt, Jen. Du lässt dich nie unterkriegen.«

»Zumindest nicht von so 'nem Arschloch. Ich geh also total wütend die Straße entlang und war noch ganz wirr, da sehe ich an jedem Laternenmast und jeder Mauer so ein Flugblatt. Überall wohin ich geguckt hab. Die Überschrift war dieselbe wie auf der Pseudo-Homepage. Schakra irgendwas oder so. Dann war da eine Fotomontage zu sehen. Mein Gesicht auf dem Körper einer nackten Frau mit blutverschmierten Händen und Unterarmen. Die hielt die Arme hoch und quer drüber stand *Jenny Roberts ist eine Hexe und Satanistin. Haltet euch von ihr fern. Sie verflucht euch und zerstört euer Leben.* Unterschrieben mit *ein Opfer*. Ich hab auf dem Weg nach Hause bis jetzt bestimmt zwanzig solcher Scheiß-Zettel abgerissen. Wie blöd ist der eigentlich? Legt sich öffentlich mit einer Hexe und Satanistin an? Idiot! Er sollte besser mal aufpassen, dass ich nicht wirklich mit dem gruseligen Scheiß anfange, er bringt mich da nämlich auf Ideen. Außerdem sollte er sich lieber mal ein paar Augen am Hinterkopf wachsen lassen. Lucky freut sich schon. Darauf kannst du wetten.«

In Lous Kopf jagten sich die Gedanken. Ihr Mund war trocken. Hitze stieg ihr in den Kopf. Krieg jetzt keine Panikattacke! Sie atmete bewusst, tief und gleichmäßig. Denk nicht an die Angst! Er ist bloß ein Mann und nicht allmächtig. Ich bin nicht allein. Und ich trage keine Schuld. Wie ein Mantra wiederholte Lou diese Worte.

»Hallo? Bist du noch dran?«

»Ja, äh, sorry. Ich versuch nur gerade, keine Panikattacke zu kriegen.

Mir tut das so, so leid mit deinem Job.«

»Ach was. Du hast doch nichts gemacht. Ich werde mich bei einer Hundepension und bei der Boxer-Nothilfe hier in der Nähe bewerben. Wenn ich dort einen Job bekäme, wär das mega! Es sieht also gar nicht so düster aus, wie das unser kleiner Psycho gerne hätte. Ich leg jetzt auf. Bin gleich da.«

Lou bewunderte ihre Freundin aufrichtig. Sie hielt sich nicht lange mit negativen Gedanken auf, sie machte einfach weiter.

Den Nachmittag verbrachten sie damit, sich mit dem Hosting-Anbieter in Verbindung zu setzen, um herauszufinden, wie man die Homepage löschen konnte.

Vor dem Löschen exportierte Jenny den Inhalt der Homepage in eine Zip-Datei, um Beweise zu sammeln.

»Puh.« Jenny lehnte sich zurück. »Das wäre geschafft. Ich hab Bock auf 'nen Drink.«

Die Eiswürfel klirrten in ihren Gläsern, als beide den ersten Schluck tranken.

Jenny nickte langsam mit dem Kopf »Das tut verdammt noch mal, gut.«

»Ich stimme zu. Ich frag mich, wann das alles endlich ein Ende hat. Ich verstehe nicht, warum Patrick dich so auf dem Kieker hat. Hast du Angst, er könnte dir was antun?«

»Eigentlich nicht. Denk dran. Vielleicht denkt der wirklich, ich wär eine Satanistin oder so was. Ich glaube nicht, dass der mir wirklich auf die Pelle rücken würde. Apropos, hast du noch was von Kinky-Ben gehört?«

»Nicht, seit dem letzten Mal, als ich ihm geschrieben habe. Mann, Jen. Ich habe keine Ahnung, wie es weitergehen soll. Ich hasse es, nicht zu wissen, was Patrick vorhat. Er hat dich deinen Job gekostet. Es ist toll, dass du eine neue Chance darin siehst, etwas anderes zu machen. Aber was er macht, ist einfach nur krass.«

Jenny schüttelte den Kopf und schwenkte ihren ausgestreckten

Zeigefinger vor Lous Nase hin und her. »Nein. Nein, nein, nein. Die Grübelei lässt du bleiben. Du musst nicht wissen, wie es weitergehen soll. Das Geheimnis liegt darin, so wenig wie möglich nachzudenken. Mach's wie ich. Ich denke nicht.« Jenny hob ihren linken Mundwinkel minimal an. »Ja, es war eine abgefuckte Aktion von ihm. Aber wir haben alles unter Kontrolle. Und wenn die nächste abgefuckte Situation kommt, dann bekommen wir auch das hin. Der Psycho lohnt den Schweiß unter deinen Achseln nicht. Jetzt trink brav aus und dann basteln wir ein paar Strohpuppen oder binden dürre Stöcker zu unheimlichen Symbolen zusammen oder so. Ich denk da an den Schmetterling und den Tsunami. Vielleicht hat es irgendeine Auswirkung, was wir tun. Kann doch sein.«

Als Lou am Abend auf Jennys Couch lag, fragte sie sich, wo Patrick stecken könnte. Unruhig drehte sie sich von einer Seite auf die andere. Keine Ahnung zu haben, machte sie unruhig. Wollte er sich an Jenny rächen? Für was? Als er noch zu Hause war, wussten sie wenigstens, wo er sich aufhält. Jetzt war er ein Phantom.

Als hätte sie ihn mit ihren Gedanken auf den Plan gerufen, zeigte ihr Handy durch ein Piepen eine neue Nachricht an. Sie wusste instinktiv, sie war von Patrick.

Sie atmete tief durch, bevor sie die Message öffnete. *Ich weiß, wo du bist. Du bist davongelaufen, aber ich verzeihe dir. Jetzt wirst du nie mehr allein sein. Ich leide, weil ich nicht bei dir bin. Wahre Liebe schmerzt. Das tut sie immer. Sie zerfetzt einem das Herz, lässt es bluten und ich genieße es. Je größer die Qual, desto stärker die Liebe. Ich denke immer daran, wie es sein wird. Bald hole ich dich zu mir. Bald. Versprochen. Ich kann es kaum erwarten, der Mittelpunkt deiner Welt zu sein.*

Lou erstarrte. Die Panik schnürte ihr die Luft ab. Sie war nicht in der Lage, sich zu bewegen, und fühlte sich wie gelähmt. Ihre Stimmbänder versagten den Dienst, sodass sie nicht nach Jenny rufen konnte. Sie lag da und fühlte, wie ein Gewicht auf ihren Brustkorb drückte. Ihr Atem kam stoßweise. Ihre Lunge tat weh. Sie würde ersticken. Ihre Hände krallten sich um den Kragen ihres T-Shirts, sie zerrte ihn herunter, versuchte krampfhaft, Luft zu holen. Sie griff nach dem Couchtisch, versuchte, sich daran hochzuziehen. Mit einem lauten Poltern fiel der Tisch um, ein Klirren folgte, als ihr Glas auf dem Boden zerbrach. Als hätte der Lärm einen Knoten gelöst, konnte sie Luft holen. Sie konnte sich bewegen und setzte sich auf. Ihr Gesicht war schweißnass. Mit aufgerissenen Augen holte sie stoßweise Luft. Das Licht ging an und Jenny kam hereingestürmt.

»Was ist passiert? Was ist los? Geht es dir gut?« Jenny rannte barfuß zu Lou und versuchte, den Scherben auszuweichen.

Lou klammerte sich an ihre Freundin und weinte, während Jenny ihr beruhigend über den Rücken strich. Es dauerte lange, bis sie sich so weit beruhigt hatte, dass sie in der Lage war zu sprechen.

»Ich hab diese Nachricht gelesen. Patrick. Ich konnte nicht … ich … er will mich holen. Er weiß alles!«

Jenny steckte ihr ein Kissen zwischen die Schulterblätter und öffnete ein Fenster.

»Darf ich?« Jenny hatte Lous Handy in der Hand, um sich die Nachricht anzusehen.

Lou nickte und wickelte sich fester in ihre Decke ein.

»Er ist ein absolut abartiger Wichser! Er sehnt sich nach Schmerz? Den kann er haben! Lou, wir lassen ihn nicht davonkommen. Wir lassen nicht zu, dass er dich erwischt und er weiß auch nicht alles. Er ist ein ganz gewöhnlicher, gestörter Stalker, dem gehörig die Fresse poliert gehört!«

Obwohl immer noch Tränen über ihre Wangen liefen, musste Lou lächeln. Sie liebte Jen einfach.

»Komm Lou, du brauchst Action, damit du nicht ins Grübeln kommst. Hol dir den Mülleimer aus der Küche, Schaufel und Besen und kümmer dich um den Boden hier, okay? Ich mache uns derweil einen Schlummertrunk.«

Jenny hatte recht behalten. Es tat gut, etwas zu tun, auch wenn es nur das Zusammenkehren der Scherben war. Als alles gefegt, gewischt und gereinigt war, saßen beide zusammen auf der Couch, schauten Fernsehen und tranken einen warmen Kakao mit Rum.

Lou spürte eine abgrundtiefe Erschöpfung. Sie rollte sich zusammen und schlief irgendwann ein.

Zwei Tage später saßen Lou und Jenny, jede mit einem Buch in der Hand, vormittags im Garten. Die Sonne schien von einem blauen Himmel und die Luft roch nach Wald.

Lous Handy klingelte. Sie schaute darauf. »Es ist Celia.«

Lou nahm das Telefonat an und brachte Celia auf den neuesten Stand. Sie würde sich nach dieser ganzen Misere mit ihr treffen, ohne dass es um Patrick ging.

Ein paar Minuten nach Lous Telefonat mit Celia klingelte Jennys Handy.

»Marla.« Sie nahm ab. »Hey, Marl… was? Sprich langsamer! Und sprich Deutsch! …Warte ich mach auf Lautsprecher, damit Lou mithören kann. So. Noch mal.«

Marlas Stimme klang schrill und laut.

»Que cerdo tan perverso! Ich bin gefeuert worden. Gerade eben. Mein ganzer Ruf ist zerstört, von jetzt auf gleich! Ich bin doch kein Flittchen. Ich hab damit nichts zu tun! Mierda, wisst ihr, was er gemacht hat?«

Lou und Jenny mussten nicht erst nachfragen, sie wussten genau, wen Marla meinte.

»Er hat Seiten aus einem Sexmagazin an die Scheibe des Salons geklebt! Und da war ich auf den Abbildungen. Also eine Frau mit meinem Kopf. Man sah überhaupt nicht, dass ich es nicht war. Oh, Dios mío. Das Bild werde ich nie vergessen, es sah scheußlich aus. So mit abgeschnürten … ihr wisst schon was, irgendwas Krankes halt. Ich werde es nicht aussprechen. Und es sah aus, als wäre ich das. Ich hab immer wieder gesagt, dass ich das nicht bin. Meine Chefin hat gesagt, dass sie mir glaubt, aber der Ruf des Salons würde auf dem Spiel stehen.«

Marla unterbrach sich. Es war ihr deutlich anzuhören, dass sie mit den Tränen kämpfte.

Lou schluckte und fragte leise »Marla. Sollen wir kommen?«

»No gracias. Paul ist hier bei mir. Ich hab ihn direkt angerufen, damit er mich abholt. Es geht schon.« Marla atmete tief durch. »Dann hat das Telefon geklingelt. Ein Mann hat direkt perverses Zeug geredet. Da war die Nummer vom Salon im Heft gedruckt! Die Chefin war so verzweifelt und sauer. Es riefen ständig abwechselnd Männer an, die Sex haben wollten und Kunden, die die Termine absagten, sodass den ganzen Vormittag nur zwei alte Damen zum wöchentlichen Haarewaschen und Legen gekommen sind.« Marla brach in Tränen aus. »Und dann hat meine Chefin gesagt, ich soll meine Sachen nehmen und gehen. Sie hat mich entlassen.«

»Oh nein. Marla, das tut mir so leid!«, flüsterte Lou.

Marla schniefte. »Ich bin raus vor den Laden gegangen, um auf Paul zu warten. Da hing das falsche Bild von mir überall in der Umgebung und da drauf stand *Marla Alvess: Die größte Hure der Stadt.«*

»Was zur Hölle!«, rief Jenny aus.

»Als ich morgens zum Laden gegangen bin, hing da noch nichts. Wohl nur an der Salontür. Er muss das gemacht haben, während ich ein paar Meter entfernt auf Kunden gewartet habe.« Sie schluchzte. »Ich möchte mich am liebsten verstecken. Ich trau mich nicht mehr vor die Tür.«

Jenny sagte, mit einem Blick auf Lou »Lou und ich klappern die Straßen ab, um alle Flugblätter abzureißen.« Lou nickte.

»Marla! Kopf hoch! Der asoziale Psycho wird diesen Kampf nicht gewinnen!«, sagte Jenny.

Marla zog ihre Nase hoch und sagte eine Weile nichts.

»Du hast recht. Er wird nicht gewinnen. Aber wie konnte das alles nur passieren?«

»Marla, mir tut das alles so wahnsinnig leid. Jetzt seid ihr beide euren Job los. Das ist doch scheiße. Er hat mir heute Nacht eine wirklich, wirklich gestörte Nachricht geschickt. Er …«

Marla unterbrach sie, ihre Stimme klang plötzlich angriffslustig. »Was hat er geschrieben?«

»Ich leite sie dir weiter. Paul bleibt bei dir?«

»Ja, er lässt mich jetzt nicht allein. Schick mir die Nachricht!«

Lou leitete die Nachricht weiter. Tumult brach am anderen Ende der Leitung aus. Paul zischte aufgebracht irgendetwas im Hintergrund, gleichzeitig stieß Marla einen spanischen Wortschwall aus.

Das Tempo der Vorkommnisse und deren Heftigkeit überrumpelten Lou. Sie versuchte, ihre Gedanken zu ordnen und sich über ihre Gefühle klar zu werden. Doch sie hatte keinen Zugang mehr zu sich. Es war so, als wäre in ihrem Kopf und ihrer Seele rasselnd und in rasender Geschwindigkeit ein Rolltor zugefallen.

Nachdenklich trottete Lou neben Paul, Jenny und Marla her. Marla hatte sich doch aus dem Haus getraut und die Freunde hatten bis gerade alle Flugblätter abgerissen, die sie finden konnten. Sowohl die von Marla als auch die von Jenny.

Lous Gedanken überschlugen sich. Sie brachte ihre Freunde in Gefahr. Wäre es nicht besser, sich von allen fernzuhalten? Sie wusste es nicht. Sie brauchte Zeit zum Nachdenken.

Jenny legte einen Arm um Lous Schultern »Komm, Loulilein. Denk nicht so viel! Wir gehen wieder zu mir.«

Lou schüttelte den Kopf. »Danke, Jen. Aber ich muss nachdenken. Wirklich. Ich brauche gerade Abstand.«

»Aber nicht wegen uns! Wir halten alle zusammen! Es wäre jetzt echt nicht gut, wenn du allein bist«, schaltete Marla sich ein.

»Das sehe ich genauso«, sagte Paul.

Lou schaute auf ihre Uhr. »Beck müsste Feierabend haben. Ich werde mich mit ihm treffen, falls er Zeit hat. Dann wär ich nicht allein.«

Paul grinste. »Für dich … hat Beck immer Zeit. Glaub mir, der Kerl hat nur noch dich im Kopf.«

Lou und Beck trafen sich, wie zuvor, auf dem Waldparkplatz Silberbachtal. Beck hatte keinen Hehl daraus gemacht, wie sehr er sich auf Lou freute. Auch wenn der Anlass ein ernster war.

Lou fiel es leichter, nachzudenken und über Probleme zu reden, wenn sie in Bewegung war.

Es sprudelte alles aus ihr heraus. Nachdem sie Beck von ihren Gedanken erzählt hatte, wurde sie von ihren Gefühlen übermannt. Die Tränen liefen über das Gesicht, ihr Hals schnürte sich zusammen. Sie beugte sich nach vorn und hielt sich ihren schmerzenden Bauch. Sie schluchzte.

»Ich bringe alle in Gefahr. Und ich weiß nicht, was ich dagegen tun soll. Jen hat ihren Job verloren und Marla darf sich bei ihrem Friseur nicht mehr sehen lassen.« Wütend wischte Lou sich die Tränen aus dem Gesicht. Sie schüttelte den Kopf. »Ich fühle mich so hilflos und ich bin an allem schuld.«

Beck nahm ihre Hand, während sie weitergingen. »Nicht du bist der Bösewicht, Lou. Es gibt keinen Grund, warum du dich schuldig fühlen solltest.«

Sie stellte sich auf die Zehenspitzen und küsste ihn. Für seine Warmherzigkeit. Für sein Zuhören. Und einfach, weil er Beck war.

»Ich frage mich, warum Patrick tut, was er tut. Das ist so krank, dass er denkt, ich könnte nach allem, was er getan hat, irgendwelche Gefühle für ihn haben.«

»Tja, also in normalen Maßstäben scheint er nicht zu denken. Er lebt in seiner eigenen, kleinen, kranken Welt.«

»Warum tut er meinen Freundinnen weh? Möchte er mich bestrafen?

Was haben sie mit ihm zu tun?«

»Er denkt vermutlich, sie stehen zwischen euch beiden. Du magst sie wahrscheinlich zu sehr für seinen Geschmack.« Beck zuckte mit den Schultern.

Lou blieb ruckartig stehen und guckte Beck erschrocken an.

»Wenn das wirklich so ist, was hat er dann mit dir noch vor? Oh nein! Soll ich mit ihm reden?«

»Auf gar keinen Fall!« Beck blieb stehen und legte behutsam seine Hände auf Lous Schultern. »Er wird nicht aufhören. Egal, was du sagst. Lou, sein Verhalten liegt nicht in deiner Verantwortung. Du fühlst dich gerade schuldig. Und hilflos. Und unter Druck gesetzt. Das will er und damit rechnet er. Deshalb reizt er jetzt deine Achillesferse. Er ist nicht dumm und hat verstanden, dass er dich kleinkriegt, indem er deinen Freunden schadet.«

Sie schauten sich einen Moment lang in die Augen, dann gingen sie, jeder in seine Gedanken versunken, weiter.

Es wurde dunkel und die Luft kühlte sich schnell ab.

Sie beschlossen, zu Beck zu fahren. Auf der Fahrt hielten sie sich an den Händen und neckten sich, bis Lou vom Lachen einen Schluckauf bekam.

Auf dem Weg zu seiner Haustür blieb Lou stehen.

»Ich bin so froh, dass du da bist. Danke, Beck.«

Beck nahm sie in die Arme »Nein, ich danke dir! Da hab ich mir die aufregendste Frau der Welt geangelt und darf sie küssen, wann immer ich will.« Er lächelte und dann küsste er sie.

Es war nicht nur angenehm, den Abend schweigend neben Beck zu verbringen, es war sogar richtig schön. Als würden sie unsichtbare Kommunikationswege nutzen, holte mal der eine, mal der andere Nachschub an Getränken. Beck las und Lou dachte nach. Dabei machte sie sich Notizen, um ihre Gedanken festzuhalten. Manchmal blickten sie gleichzeitig zum anderen und lächelten. Es war perfekt. Lou genoss es, in aller Stille nachdenken zu können, ohne allein zu sein.

Bevor sie schlafen gingen, schrieb Lou eine Nachricht in die Gruppe, dass sie und Beck bei ihm zu Hause waren und alles still blieb.

Daraufhin schrieb Paul ihr: *Sei gut zu ihm.*

Marla schickte eine Voice-Mail, in der sie in die Hände klatschte.

Jenny antwortete mit einem Drei-Sekunden-Video, in dem sie ihr Gesicht filmte, wobei sie mit den Augenbrauen wackelte.

Als sie im Bett lagen, drehte Lou sich auf die Seite, um Beck anzuschauen. So lagen sie, Nasenspitze an Nasenspitze und blickten sich in die Augen.

»Weißt du, ich würde dich echt gerne küssen. Aber dann kann ich dich nicht mehr anschauen«, murmelte Beck.

Lou lächelte. »Tja, man muss Prioritäten setzen, aber besteht eine Beziehung nicht aus Kompromissen? Was, wenn ich jetzt schrecklich gern geküsst werden will?«

»Hm. Knifflig. Was hältst du davon, ich küss dich und lass einfach die Augen auf.«

Lou lachte. »Etwas spooky, aber ein Kompromiss.«

Himmel, konnte dieser Mann küssen! Er fuhr Lou durch die Haare, hielt ihren Hinterkopf in seiner Hand und drückte sie mit der anderen an sich.

Lou rollte sich auf ihn. Ihr schneller Atem war nur unterbrochen von Keuchen und Stöhnen.

»Bin ich zu schwer?«, fragte sie außer Atem.

Beck brach so in Gelächter aus, dass Lou mit einstimmen musste.

»Was?«, fragte sie.

»Du bist die süßeste Frau von allen und du hast das perfekteste Gewicht, um auf mir zu liegen.«

»Jetzt, wo du es sagst, kann ich es spüren.« Sie grinste.

»Gut.« Er küsste sie ausgiebig, dann rollte er mit ihr zur Seite, sodass er oben lag. »Und jetzt?«, flüsterte er, »bin ich zu schwer?«

»Nein, genau richtig.«

Letzten Endes jedoch saß Beck an die Rückenlehne des Bettes gelehnt und Lou schlang ihre Beine um ihn. Es war ein perfekter Kompromiss. Sie liebten sich und konnten sich dabei in die Augen schauen.

Als es langsam hell wurde, umarmte Beck sie von hinten und Lou kuschelte sich überglücklich an ihn. Irgendwann lachte Beck leise.

»Deine Nase macht quietschende Geräusche, wenn du einatmest. Macht sie das immer oder macht sie das extra für mich?«

Lou musste lachen. »Nein, das macht sie nicht immer. Mein rechtes Nasenloch ist verstopft.«

»Lou, du weißt doch. Wenn sich hier ein Nasenloch schließt, öffnet sich irgendwo ein anderes.«

Lou musste so lachen, dass ihr Tränen in die Augen traten. Bald darauf schlief sie ein. Sicher und geborgen in seinen Armen.

Am nächsten Morgen, stand Lou zusammen mit Beck auf, um mit ihm einen Kaffee zu trinken, bevor er zur Arbeit ging. So leicht und glücklich hatte Lou sich noch nie gefühlt. Ständig küssten sie sich, berührten und neckten sich. Es fiel beiden schwer, sich voneinander zu trennen.

»Was hast du heute noch vor?«, fragte Beck, während er Lou im Arm hielt.

»Ich treff mich später mit Jen. Marla hat Kundentermine. Der Friseur hat ihr zwar gekündigt, aber sie hat ja zum Glück noch ihr zweites Standbein als Kosmetikerin. Denkst du an mich?«

»Ich denke immer an dich. Zum Glück bin ich routiniert im Job, sonst hätte ich ein echtes Problem.«

Als Beck weg war, erfasste Lou eine solche Unruhe, dass sie nicht mehr still sitzen konnte und unablässig in Becks Wohnung hin und her lief.

Sie dachte darüber nach, wie es weitergehen sollte. Auf Dauer wollte sie nicht immer abwechselnd bei ihren Freunden schlafen müssen. Das fühlte sich nämlich viel besser an, wenn man richtig Lust dazu hatte und es freiwillig tat.

Wenn sie nur wüsste, was Patrick vorhatte. Warum wollte er ihre Freunde bestrafen? Wofür? Wollte er sie, Lou, isolieren? Das konnte sie sich gut vorstellen. Dann wäre es leichter, an sie heranzukommen. Eine Gänsehaut überzog ihre Arme. Er wollte an sie herankommen, die Nachricht von ihm ließ da wenig Interpretationsspielraum.

Was Patrick betraf, stellte Lou fest, dass ihr immer nur weitere Fragen einfielen, doch keine Antworten. Sie würde sich nicht weiter mit seinen Beweggründen befassen. Sie hatte schließlich keine Ahnung, was in seinem Kopf vorging.

Hatte sie Angst vor ihm? Definitiv. Es machte ihr Angst, dass er sich auf ihre Freunde stürzte. Es machte ihr Angst, nicht zu wissen, wie er ihr wehtun wollte oder was er überhaupt vorhatte. Es machte sie unruhig, nicht zu wissen, wo er steckte.

Sie horchte in sich hinein und stellte fest, dass die Angst sie nicht lähmte, sondern ein Gefühl der Dringlichkeit auslöste. Sie musste etwas tun. Doch was? Was war mit ihren Freunden? War sie es, die sie in Gefahr brachte? Hatte sie irgendeinen Einfluss darauf, ob Patrick ihnen schadete oder nicht? Wie sie es drehte und wendete, sie konnte sich nicht vorstellen, dass sie irgendetwas machen könnte, um ihn aufzuhalten. Oder doch? Wie sollte sie weiter vorgehen? Sie konnte und wollte nicht immer vor dem fliehen, was passieren könnte. Wenn sie nur abwartete, würde sie durchdrehen. Ihre Gedanken würden sich verselbstständigen: Passierte etwas? Jetzt? Oder morgen? Viel später oder im nächsten Moment? Und, was könnte passieren? Nein, in diese Gedankenspirale durfte sie sich nicht begeben. Sie sehnte sich nach der alten Unbeschwertheit und danach, lustige Abende mit ihren Freunden bei sich zu Hause zu erleben.

Klar, sie hatte Angst, wenn sie daran dachte, dass nebenan ein Psycho wohnte. Sie hatte sich eine neue Telefonnummer besorgt. Sie hatte

Kameras installiert. Sie konnte ihren Job nicht mehr gewissenhaft ausführen. Ihr Freund wurde angegriffen. Ihre Freunde hatten ihre Jobs verloren. Was wäre sie bereit zu opfern, wenn dafür ihre Freunde in Sicherheit wären? War sie bereit wegzuziehen? Wenn es helfen würde, würde sie es tun. Aber was könnte sie vorher noch tun?

Sie befragte das Internet zu Sicherheitsvorkehrungen. Sie fand einen Door-Jammer, den man von innen, wie einen Keil, unter eine Tür klemmen konnte. Es würde einen erheblichen Kraftaufwand brauchen, um diese Sperre zu überwinden. Sie bestellte ihn.

Sie telefonierte, mit einer Firma, die einbruchsichere Rollläden vor jedes Fenster montieren konnte. Sie sollte dazu an jedem Fenster Maß nehmen, wenn sie innerhalb der nächsten Stunde zurückrief, würden die Rollläden schon am nächsten Tag montiert werden.

Kapitel 24

Nachdem sie nachgedacht hatte, schnappte sie sich ihre Tasche und fuhr zu sich nach Hause. Zügig lief sie die Einfahrt hinauf und flüchtete sich ins Haus. Sie sperrte die Tür ab und nahm an jedem Fenster Maß, so wie am Telefon beschrieben, danach füllte sie ein Formular aus. Morgen Abend sollten die Rollläden angebracht sein, sagte ihr der Mann am Telefon. Es schmerzte sie, dass sie dafür an ihre Ersparnisse gehen musste, doch wenn sie sich zu Hause sicherer fühlen wollte, musste sie investieren. Doch es tat gut, etwas zu unternehmen.

Sie ging auf ihre Terrasse und rief Beck an. Eine Stunde lang, während seiner gesamten Mittagspause, flirteten und redeten sie. Leider konnte er heute nicht kommen. Sein Vater hatte Geburtstag. Seine Einladung mitzukommen hatte sie ausgeschlagen. Es war gerade kein günstiger Zeitpunkt, um irgendjemanden von sich überzeugen zu können. Doch sie konnte es jetzt schon kaum erwarten, ihn bald wiederzusehen. Kurze Zeit später hörte Lou, wie die Terrassentür nebenan geöffnet wurde. Ihr blieb das Herz stehen. Sie rannte ins Haus, schloss das Fenster und zog ihre Vorhänge zu. Jemand klopfte an das Glas. Langsam und in einem stetigen Rhythmus. Patrick.

Ihre Hände zitterten, als sie sich das Handy nahm und in die Gruppe schrieb: *Er ist zurück zu Hause. Kann irgendjemand kommen?*

»Scheiße. Du solltest weggehen. Setz dich in dein Auto und komm zu mir!« Jenny hatte als Erste geschrieben.

Sie rief bei ihr an.

»Okay, ich komme zu dir. Sollte ich sehen, dass Patrick rauskommt, renn ich direkt wieder zurück ins Haus.«

»Gut. Bleib am Telefon, bis du im Auto und losgefahren bist.«

Lou blieb nach ihrer Übernachtung noch so lange bei Jen, bis es Zeit war, nach Hause zu fahren, um die Handwerker zu empfangen.

Sie war froh, als ihre einbruchsicheren Rollläden angebracht waren und ihr Türstopper geliefert wurde.

Jetzt fühlte sie sich viel sicherer. Plötzlich hatte sie eine Idee. Sie setzte sich kerzengerade auf und untersuchte ihre Gedanken nach einer Schwachstelle. Ihr fiel keine auf. Sie fand, die Idee war unglaublich gut. Sie schrieb ihren Freunden.

Nach und nach fanden sich Marla, Jenny und Paul bei Lou ein.

Lou erzählte ihnen von ihrer Idee.

»Wir haben Celias Informationen bisher nicht genutzt. Dabei kennen wir mittlerweile seine Schwachstelle. Seinen Aberglauben nämlich. Sein Okkultismus und seine Angst vor ominösen Flüchen spielen uns in die Karten. Wir müssen ihn schockieren. Wir müssen ihn in Angst und Schrecken versetzen. Wir müssen ihn das Fürchten lehren.«

»Oh wow, Lou! So in Action gefällst du mir. Coole Idee.« Jenny nickte ihr bewundernd zu.

Alle waren angetan von Lous Idee.

Sie schmiedeten einen Plan und verteilten die Aufgaben, sodass jeder wusste, was er zu tun hatte. Bis zum nächsten Abend sollten die Vorbereitungen abgeschlossen sein. Dann würden sie damit beginnen, ihren Plan in die Tat umzusetzen.

Als Paul und Jenny weggefahren waren, machten sich Marla und Lou auf zu einem Spaziergang im Wald. Sie sammelten alles, was ihnen für den Plan geeignet erschien. Einen besonders glatten und dunklen Stein, ein Holzstück, das merkwürdig verdreht war, Pilze, Baumrinde, Moos, sie packten alles in eine kleine Tüte. Aussortieren konnten sie später.

»Alles klar, mi hombre de mis sueños. Wir sehen uns dann morgen. Ich dich auch. Gute Nacht.« Lächelnd legte Marla, die gerade mit Paul telefoniert hatte, auf und wandte sich an Lou.

»Also, Paul hat herausgefunden, dass Aztekensalbei am besten geeignet ist für das, was wir vorhaben. Es wirkt psychoaktiv, kann Halluzinationen und irgendwelche Verzerrungen auslösen. Er hat es per Expresslieferung bestellt, es müsste also rechtzeitig da sein. Ach ja! Außerdem hat er ein paar Ampullen bestellt, die als Stinkbombe verkauft werden. Wir müssen nur noch überlegen, wie wir die einsetzen könnten. Find ich aber gut.«

»Puh, ich hoffe so sehr, dass das alles wirklich eine gute Idee ist.«

»Claro, die Idee ist genial. All deine Freunde zusammen können sich nicht irren.«

Als Beck sich später bei Lou meldete, erzählte sie ihm alles von ihrem Treffen am Nachmittag. Beck war begeistert über ihre Idee. Leise sprachen Marla und Lou auf dem Luftbett im Wohnzimmer noch lange über ihre Zukunftspläne. Sie versuchten alles, was mit Patrick zu tun hatte, aus ihren Köpfen zu bekommen. Es war eine Herausforderung, ihre Aufgeregtheit vor dem morgigen Tag zur Seite zu drängen.

Der Tag war von Vorbereitungen geprägt, um Lous Plan in die Tat umzusetzen.

Beck würde nach seiner Schicht in der Werkstatt zu ihr kommen. Lou und Paul hatten sich in Lous Haus verbarrikadiert. Marla würde zum Bioladen fahren. Sie würde getrocknete Hagebutten, grobkörniges Meersalz und eine Holzschale kaufen. Danach wollte sie zum Supermarkt und nach gammeligen Äpfeln fragen.

Jenny würde zu ihrem ehemaligen Arbeitgeber fahren und dort ein paar Dinge aus ihrem Bestand einkaufen.

Lou erledigte ihren Teil des Plans. Sie lud eine ›Universal TV Remote Control‹-App herunter.

Als Jenny zurück war, rührten sie verschiedene Flüssigkeiten zusammen, hoben sich die Ampullen mit der stinkenden Flüssigkeit aber bis zum Schluss auf und mischten sie draußen auf der Terrasse an.

»Bah, ich kotz gleich! Füll das bloß schnell in irgendwas, was einen

Deckel hat. Das ist ja widerlich!« Jenny kriegte sich gar nicht mehr ein.

Es wurde Abend. Die Freunde hatten sich alle bei Lou versammelt. Paul prüfte in regelmäßigen Abständen, ob Patricks Auto auf seiner Auffahrt stand.

»Ich weiß ehrlich nicht, was ich mehr hoffen soll. Dass er gar nicht auftaucht, dann wäre unser schöner Plan allerdings dahin oder dass er endlich kommt und hoffentlich nicht allzu spät schlafen geht«, sagte Lou.

»Du brauchst nicht mehr zu grübeln. Er ist da.«

Die Aufregung stieg an. Jeder rutschte unruhig auf seinem Sitz herum, Lou stand auf und lief hin und her. Hoffentlich würde alles gut gehen.

Als es Nacht wurde, hielten die Freunde eine letzte Lagebesprechung.

»Sind wir alle immer noch der Meinung, dass wir es durchziehen wollen?« Lou schaute sie nacheinander an.

Beck nickte. Marla nickte. Jenny nickte. Paul nickte.

»Wir dürfen uns nicht ablenken lassen von dem schrägen Zeug in seinem Haus. Wir gehen rein, ziehen es durch und verschwinden«, sagte Lou.

»Genau so machen wir's. Unser Plan ist heikel genug, unbemerkt in seine Wohnung einzusteigen und dort alles in Szene zu setzen, während er schläft«, sagte Paul.

»Ich denke, das Risiko ist nicht sehr hoch«, sagte Lou. »Ich weiß, dass Patrick oft nicht einmal aufwacht, wenn es an seiner Tür klingelt. Das hat er mir erzählt. Trotzdem ist mir schlecht vor Angst.«

»Komm her!« Beck streckte seine Arme nach ihr aus. »Es ist ein Risiko, aber es ist gut, dass wir handeln, oder?«

Lou nickte.

»Paul geht mit, er wird aufpassen, dass Patrick sich euch nicht nähern kann. Ich würde so gern auch Rückendeckung geben, aber dafür bin ich leider noch nicht fit genug.«

»Ich weiß. Aber allein, dass ich weiß, dass du hier bist, bedeutet mir total viel.«

»So, ihr Turteltäubchen. Kann es losgehen? Ich habe noch eine besondere Überraschung für den Irren mitgebracht. Ich habe es zufällig im Terrarium entdeckt. Bevor wir bei ihm einsteigen, muss ich an sein Auto.« Jenny zog ein durchsichtiges Plastikschälchen aus ihrem Rucksack, in dem sich eine tote Maus befand.

Lou schlich sich mit Marla und Jenny zu Patricks Auto. Paul stand in der Haustür und behielt Patricks Haus im Blick. Marla entsperrte und öffnete die Motorhaube. Jenny schüttelte die kleine tote Maus aus dem Schälchen in den Motorraum, dann schlossen sie so leise wie möglich die Motorhaube.

Die Frauen trugen dunkle Rucksäcke mit allem, was sie benötigten. Sie schauten zu Paul. Er gab ihnen ein Zeichen, dass alles ruhig war und sie loslegen konnten.

Lou überrollte eine Welle der Angst und brachte sie zum Schwitzen. Vielleicht war Patrick gar nicht da? Kurz durchzuckte Lou ein erschreckender Gedanke, der ihren Puls zum Rasen brachte. Was, wenn er unterwegs war und nach Hause kam, während sie noch im Haus wären? Ganz ruhig! Sie hatten Paul. Und wenn es hart auf hart käme, wusste sie, dass auch Beck sich einschalten würde. Er wartete bei offener Haustür auf ihre Rückkehr. Sie schüttelte ihre Angst ab und nickte Marla zu. Marla knackte Patricks Türschloss und die Freunde huschen hinein.

Ohne zu reden, machten sie sich an die Arbeit. Wie bei Lou im Haus gab es im Badezimmer oben an der Wand eine Lüftung. Dahinter zogen sich Rohre entlang, doch um zum Badezimmer zu gelangen, musste man durch das Schlafzimmer gehen. Lous Atem wurde immer flacher, während sie sich der angelehnten Tür näherte. Jenny, die hinter ihr herging, hatte eine Hand auf Lous Schulter gelegt. Lou war froh, dass sie nicht allein durch das Schlafzimmer gehen musste. Wenn Patrick jetzt aufwachte, wären sie geliefert. Kurz blieb Lou stehen, drängte die Angst zurück und schlich leise weiter vorwärts. Ihre Schritte waren lautlos. Da lag er. Sie erkannte die Umrisse seiner Gestalt. Er schien auf der Seite zu liegen. Sein Fenster war geöffnet. Lou wischte sich den Schweiß von der Stirn und von der Oberlippe. Als Lou sich umdrehte, sah sie, dass Paul an der Schlafzimmertür Position bezogen hatte.

Lou und Jenny blickten sich in die Augen. Lou nickte, Jenny zeigte ihr den Daumen nach oben.

Lou sah, wie Jen leise Patricks Kleiderschrank und die Schubladen der Kommode öffnete und anfing, ihr selbst hergestelltes Puder mit einem Pinsel in Unterwäsche, Hosenbeinen und Oberteilen von Patrick zu verteilen. Es würde die Hölle sein, wenn er sie anzog.

Lou riss ihren Blick von Jenny los und ging Schritt für Schritt weiter durch den Raum, um ins Bad zu gelangen. Die Badezimmertür war geschlossen. Vorsichtig drückte Lou die Klinke herunter. Sie quietschte. Mit angehaltenem Atmen drehte sie sich zu Patrick um, dann sah sie zu Jenny, die ebenfalls innegehalten hatte. Patrick schien sich nicht bewegt zu haben. Moment, waren seine Augen nicht geöffnet? Im Licht, das durch das Fenster schien, sah es so aus, als würde Patrick sie genau anblicken. Vor Schreck wurde ihr kochend heiß. Sie blieb bewegungslos stehen. Hätte er nicht längst was gesagt oder das Licht angemacht, wenn er sie erwischt hätte? Ihr ganzer Körper pulsierte und stand unter Spannung. Entweder, sie brach hier ab oder sie machte, so schnell es ging, ihren Job. Lou betrat das Badezimmer. Im schwachen Schein ihres Handydisplays zog sie langsam die Packung mit den Grillen aus dem Rucksack. Sie waren verdammt laut. Sie musste sich beeilen. Sie nahm den Deckel ab und setzte alle Grillen über die Lüftungsschlitze in die Rohre. Sie hoffte, dass die Grillen weiter wandern würden und irgendwo hinter den Wänden ihre Konzerte abhielten, ohne dass Patrick es zuordnen konnte.

Jenny kam ins Badezimmer und beschrieb den Spiegel mit einem schwarzen Kajalstift.

Lauf, solange du noch kannst.

Als Jenny, Paul und sie den Rückzug antraten, gingen sie auf leisen Sohlen bis ins Wohnzimmer und sahen, wie Marla dabei war, alles herzurichten.

Sie kniete auf dem Boden und hatte die frisch erworbene Holzschale mit dem groben Salz befüllt. Daneben hatte sie den Stein gelegt, den sie im Wald gefunden hatten. Das verdrehte Holzstück hatte sie angekokelt und platzierte es neben dem kleinen Pentagramm, das sie mit Kohle auf den Laminatfußboden gemalt hatte. Mehrere schlanke, große Kerzen hatte sie mit Wachs auf dem Boden befestigt. Gerade füllte sie eine Tonschale mit dem trockenen Salbei. Da sie schnell verschwinden mussten, sobald sie den Salbei angezündet hatte, wartete sie, mit dem Feuerzeug in der Hand, auf Lous Bestätigung, dass es losgehen konnte.

Schnell stellte Lou den Fernseher an und dessen Ton aus und startete den automatischen Suchlauf mit der Universalfernbedienung auf ihrem Handy. Sobald der Fernseher auf das Signal der Fernbedienung reagierte, speicherte sie die Einstellung.

Dann schaute sie sich Marlas Werk genau an.

»Sieht nach Ritual aus, wirkt aber irgendwie gestellt«, flüsterte Lou.

Marla schnappte sich die Salzschale und verstreute das Salz teilweise auf dem Boden. Lou reckte den Daumen nach oben und Marly zündete den Salbei an. So schnell sie konnten, verließen die Freunde Patricks Haus und kehrten zu Beck auf seinem Posten zurück.

Dann berichteten sie, wie es gelaufen war. Alle konnten nur darauf hoffen, dass die Aktion Wirkung zeigte. Lou fand es schade, nicht miterleben zu können, wie Patrick auf die Show reagierte. Trotzdem waren alle aufgekratzt und erleichtert, dass ihre Mission erfolgreich war.

***

Patrick war außer sich. Die Hexe hatte es geschafft, unbemerkt in sein Haus zu kommen. Unruhig ging er auf und ab. Er wusste, in seinem Wohnzimmer hatte ein Ritual stattgefunden. Aber welches? Es gab so viele. Es wurden die Elemente Erde und Feuer genutzt. Er zerbrach sich den Kopf, um auf ein passendes Ritual zu kommen.

Er hatte am Morgen Grillenzirpen gehört, das ungewöhnlich laut war. Außerdem roch er einen unangenehmen, seltsamen Geruch. Er kroch aus dem Bett und ging langsam durch seine Wohnung. Hier und da legte er sein Ohr an die Wand und lauschte. Kamen die Geräusche aus den Wänden? Er konnte es nicht genau orten. Dieses grelle, fiese Geräusch, machte ihn verrückt. Als er, mittlerweile nicht mehr nur unruhig, sondern sehr nervös, ins Wohnzimmer kam, sah er die Quelle des Gestanks. Er nahm blitzschnell alles in sich auf, was sich vor seinen Augen ausbreitete. Die Pentagramme, die Räucherschale, das Salz, das Holz. Mit einer Grillzange packte er alles in einen Müllsack, nachdem er die Räucherschale mit Wasser gefüllt hatte, und riss alle Fenster auf. Patrick schwitzte wie verrückt. Was hatte sie gemacht? Was hatte sie ihm angetan? Er horchte in sich hinein. Fühlte er sich anders? Deutlich spürte er ein wachsendes Unwohlsein. Er drehte sich im Kreis. Dieses furchtbare Geräusch. Waren es Grillen? Oder spielte sich alles nur in seinem Kopf ab?

Sobald die Geschäfte öffneten, würde er Insektenvernichter kaufen und seine Wohnung damit einsprühen. Auch, wenn er nicht wusste, ob das helfen würde. Wenn es echte Grillen waren, hätte er danach Ruhe. Wenn nicht, wusste er, dass ein Zauber am Werk war. Er holte sich ein Glas Wasser und setzte sich hin. Plötzlich hatte er das Gefühl, dass Käfer unter seiner Haut krabbelten. Er fing an, sich zu kratzen, und fuhr mit dem Zeigefinger am Kragen seines Shirts entlang. Das Krabbeln, in Kombination mit den Geräuschen, die von unsichtbaren Grillen an sein Ohr drangen, machten ihn wahnsinnig. Am liebsten hätte er mit einem Messer seine Haut aufgeschlitzt, um zu gucken, was darunter war. Einzig, dass seine Beine nicht das taten, was er ihnen befahl, hinderte ihn daran, in der Küche, nach einem Messer zu greifen. Sollte er flüchten? Nur weg von dieser Hexe. Irgendwohin ans andere Ende der Welt, in der

Hoffnung, Calesha könne ihn vom Fluch befreien. Nur ein so starkes Medium wie sie wäre in der Lage, ihm zu helfen.

Er riss die Augen vor Schreck auf. »Verdammt!«, brüllte er durch sein Wohnzimmer. Er hatte Lou emotional an sich gebunden. Seine Liebe zu ihr bedeutete auch: Wenn sie zur dunklen Seite überlief, könnte sie ihm mehr Schaden zufügen als jeder andere Mensch auf der Welt. Das durfte auf keinen Fall passieren. Aber die Schwarzkünstlerin hatte schon damit begonnen, ihre Fäden um Louisa zu weben.

Er schnaufte, hustete, spuckte und tobte. Alles im Sitzen. Ihm war so verdammt schwindelig. Sobald er dazu in der Lage war, torkelte er unter die Dusche. Wie ein Wahnsinniger bürstete er seine Haut ab. Er sucht mit hektischen Kopfbewegungen seine Umgebung nach den Käfern und Grillen ab. Nach einer Weile ließ das Krabbeln unter seiner Haut nach. Das furchtbarste Gefühl war weg. Wahrscheinlich wollte die Schwarzkünstlerin ihn warnen. Sein Körper entspannte sich etwas und er fühlte sich fast wieder normal. Nur die Grillen zirpten noch immer. Erschöpft setzte er sich einen Kaffee auf. Calesha! Er musste dringend einen Termin mit ihr ausmachen. Sie würde ihm helfen können. Hektisch schrieb er Calesha eine E-Mail und bat sie vorbeizukommen.

Nachdem er zwei Tassen Kaffee getrunken hatte, konnte er endlich zu einem Laden fahren und das Ungeziefermittel kaufen. Er schwang sich in seinen Wagen, wobei er misstrauisch Lous Haustür im Auge behielt und die Straße entlang schaute, ob die Hexe zu sehen war. Patrick startete den Motor und fragte sich, ob sein Auto wirklich so aufgeheizt war oder ob ihm seine Sinne einen Streich spielten. Der Schweiß brach aus. Es roch komisch. Unangenehm. Widerwärtig. Zum Kotzen. Der Geruch war so ekelerregend, dass er würgen musste. Es roch nach Verwesung. Er hielt am Straßenrand und riss die Tür auf, um in den Rinnstein zu kotzen und Luft hereinzulassen. Was war nur mit ihm los? Was genau hatte die Hexe ihm angetan? Er sehnte Caleshas Besuch herbei. Sie würde ihm helfen. Während er nur noch durch den Mund atmete, fuhr er weiter zum Laden, kaufte ein und fuhr zurück. Patrick parkte sein Auto. Seine Augen tränten von dem Gestank. Schnell stieg er aus und schaute sich um. Alles schien unauffällig zu sein. Zu Hause versprühte er das Insektenzeug großzügig in seiner Wohnung. Er besprühte jede Wand und konnte den beißenden Geruch kaum mehr ertragen. Setzte sich so was in der Lunge fest? Schnell verließ er das Haus. Der Anleitung auf der Sprühdose entnahm er, dass er in zwei Stunden zurückkommen könnte. Er machte sich zu Fuß auf den Weg in ein Café. Den Teufel würde er tun und sich noch einmal in seinen Wagen setzen. Der Gestank war ihm in jede Pore gedrungen. Er roch an seinem Handrücken und verzog angewidert sein Gesicht. Jetzt musste er geduldig sein und warten, bis das Gift seine Wirkung tat.

Er bestellte sich einen Kaffee. Er hatte keinen Appetit auf feste Nahrung, der war ihm gründlich vergangen. Während er im Café wartete, bekam er eine E-Mail von Calesha. Auf sie war Verlass. Er las, dass sie erst in zwei Tagen vorbeikommen könnte. Seine Backenzähne mahlten. Er war frustriert. Verdammter Mist!

Er schloss seine Haustür auf und blickte durch einen schmalen Spalt. Die Luft schien rein zu sein. Er trat ein. Im Haus schien das Zirpen immer noch von überall her zu kommen. Es war zwar leiser als vorher, aber er hatte gehofft, dass es bei seiner Rückkehr aufgehört hätte. Um den widerlichen Gestank loszuwerden, der sich in seiner Haut festgesetzt zu haben schien, wollte er erneut duschen. Wie angewurzelt, blieb er vor dem Badezimmerspiegel stehen. Dort hatte sich ein Satz manifestiert. Eine Botschaft der Hexe!

Lauf, solange du noch kannst.

Ihm lief es eiskalt über den Rücken. Er spürte regelrecht die Arme des Gehörnten, die sich um seinen Brustkorb schlossen und seine Lungen zusammenquetschten. Er versuchte Luft zu holen, doch es gelang ihm nur schwer. Hektisch nahm er ein Handtuch und wischte die Schrift mit Handseife und Wasser weg. Als er sie nicht mehr sehen konnte, ließ das

Erstickungsgefühl nach. Er befand sich in höchster Gefahr.

Während er sich erneut unter die Dusche stellte, fragte er sich, was er tun sollte. Sollte er einfach seine Taschen packen und abhauen? Oder Caleshas Besuch in zwei Tagen abwarten, damit er sie alle beseitigen konnte? Beck, Scarface, die kleine Mexikanerin, die Schwarzkünstlerin. Sie alle hatten den Tod verdient. Schließlich wollte er dafür sorgen, dass sich die Anhänger des Gehörnten nicht weiterverbreiteten.

Er trocknete sich ab und zog frische Sachen an. Immer wieder fuhr er sich mit dem Finger unter seinen Kragen. Es kribbelte und juckte ihn unwahrscheinlich, doch es war anders als das Gefühl, das er am Morgen mit den Käfern hatte. Was war nur los mit ihm? Ein neues Gefühl beschlich ihn, er konnte es nicht gleich einordnen, weil es ihm völlig unbekannt war.

Irritiert drehte er sich um seine eigene Achse. Seine Haut pikte, stach und quälte ihn. Die Geräusche, die aus den Wänden kamen, zermürbten ihn. Er hielt sich die Ohren zu. Spürte er Angst, war es das? Die seinen Magen in einen harten Klumpen verwandelte? Seine Atmung rasseln ließ, seine Beine weich werden ließ? Würde er sterben? Schloss sich nun der Kreis? Erst war seine Mutter an der Reihe und nun er?

Er lachte und lachte. Konnte nicht mehr aufhören. Dabei kratzte er sich überall. Er war auf dem besten Wege, wahnsinnig zu werden.

Er hastete nach draußen. Seine Bewegungen wurden von Zuckungen begleitet. Er wusste nicht, wie lange er es aushielt, sich nicht die Haut vom Körper zu schälen. In sein erbärmlich stinkendes Auto wollte er nicht steigen. Er machte sich erneut zu Fuß auf, in die Bücherei. Er musste in Erfahrung bringen, was zu tun war.

Am Abend saß er nackt auf seiner Couch und trank einen Gin. An das Zirpen der Grillen hatte er sich inzwischen gewöhnt. Er meinte, dass es leiser geworden wäre. Der Besuch in der Bücherei hatte überhaupt nichts gebracht. Er hatte keine Rituale oder Flüche in den Büchern gefunden, die auf seine Situation passten.

Plötzlich schaltete sich sein Fernseher, ohne sein Zutun, ein. Er starrte auf den Bildschirm. Es lief eine Dokumentation über die westafrikanische Yoruba-Tradition und deren Voodoo. Der Schweiß brach ihm aus. Das konnte kein Zufall sein. Er konzentrierte sich auf die Reportage, weil er wusste, dass ihm etwas mitgeteilt werden sollte. Wurde er für irgendwas von der Göttin bestraft? Nein, das konnte nicht sein. Er hatte nichts Unrechtes getan. Er war ein fairer Mensch und behandelte andere immer so, wie sie es verdienten. Außerdem war er seit Jahren der Göttin treu ergeben. Er schaltete den Fernseher mit dem Gefühl aus, ihm wäre die Botschaft der Reportage entgangen.

Konzentrier dich! Beruhige dich! Bald kommt Calesha. Dann hat das alles ein Ende.

Immer wieder schaltete sich sein Fernseher ein. Jedes Mal schaute er, was für eine Sendung ihm gezeigt wurde und schaltete den Apparat wieder aus. Alle Sendungen, bis auf die erste, schienen zufällig gewählt worden zu sein. Letzten Endes zog er den Stecker des Gerätes. Er spürte deutlich die Präsenz des Bösen um sich herum.

Es begann ein Klopfen, das aus allen möglichen Richtungen kam. Ihm standen die Haare zu Berge. Genug war genug.

Er zog sich etwas an, was direkt erneut seine Haut reizte, schnappte sich seinen Autoschlüssel und fuhr los, um sich ein Hotel zu suchen. Der abartige Geruch begleitete ihn. Seine Fingerknöchel traten weiß hervor, weil er das Lenkrad so fest umklammert hielt. Ein Stechen in seinem unteren Rücken ließ ihn eine nächste Attacke der Hexe befürchten. Er wusste nicht, ob es etwas brachte, ins Hotel zu fahren. Er musste es versuchen. Er wusste, er befand sich in einer brandgefährlichen Situation.

***

Lou war aufgedreht und nervös. Ihr Körper fühlte sich gespannt an wie ein Flitzebogen.

Ihren Freunden schien es nicht anders zu gehen. Marla nippte an ihrem Kaffee und ihr Bein wippte schnell auf und ab. Jenny tigerte durch die Wohnung und trank ihren Kaffee beim Gehen.

Beck spielte mit Lous Haaren.

Paul hielt am Küchenfenster Wache, nachdem er das Rollo ein Stück hochgefahren hatte und trommelte mit den Fingern auf die Fensterbank. »Er hat jetzt wieder sein Haus verlassen und wirkte dabei überhaupt nicht glücklich. Er hat sein Auto stehen lassen.« Paul grinste. »Ich gehe ihm nach und gucke, was er vorhat.« Er küsste Marla im Vorbeigehen und stürmte aus der Tür.

Kurze Zeit später rief Paul an.

»Paul? Ich hab auf Lautsprecher gestellt«, sagte Marla.

»Okay. Er ist in die Bücherei gegangen. Ich behalte den Eingang im Auge und melde mich, sobald er aus der Tür kommt. Ich denke, es könnte Zeit für das Finale sein.«

»Danke, Paul, sei vorsichtig. Te amo!«

»Ich bleibe noch hier, bis ihr fertig seid, dann muss ich leider in die Werkstatt.« Beck wirkte überhaupt nicht begeistert davon, zur Arbeit gehen zu müssen.

»Okay. Seid ihr bereit, Mädels?«, fragte Jenny.

»Nein. Aber es hilft ja nichts.« Antwortete Lou.

Marla nickte mit zusammengepressten Lippen.

»Dann los!«

Kapitel 25

Erneut ging es in das Haus des Schreckens. Zum letzten Punkt ihres Plans. Lou spürte eine immer weiterwachsende Abneigung dagegen, wieder Patricks Haus zu betreten. Als sie eintraten, presste sie sich eine Hand auf ihren Bauch, der sich immer wieder verkrampfte.

Sie nahm die grünen Äpfel aus der Obstschale und ersetzte sie durch verschrumpelte und faulige. Sie sah, wie Jenny zwei Schälchen mit Maden aus ihrer Tasche zog, die sie im Tierladen gekauft hatte. Sie öffnete den Kühlschrank und verteilte ein paar auf die Speisen. Dann auf den faulen Äpfeln. Sie wusste, dass der Rest auf Patricks Bett und seinem Kopfkissen verteilt werden würde.

Sie sah zu Marla. Sie war damit beschäftigt, aus einer mit roter Lebensmittelfarbe befüllten Spritze die Eier im Kühlschrank zu präparieren. Vorsichtig stach sie die dünne Kanüle in ein Ei nach dem anderen. Zur Probe zerschlug sie eins in der Spüle. Es sah schaurig aus. Anschließend reinigte sie die Spüle wieder.

Lous Blick fiel auf einen Wandkalender. Ein Eintrag erregte ihre Aufmerksamkeit. Für übermorgen hatte Patrick *Reinigung Calesha* eingetragen.

»Hey, Lou, nicht träumen. Wir müssen noch den stinkenden Hexenschleim verteilen. Da freu ich mich ja mal gar nicht drauf.« Jenny verzog das Gesicht.

»Ja. Klar. Bin dabei.«

Die schwarze Wasserfarbe, vermischt mit Gelatine und der nach faulen Eiern stinkenden Flüssigkeit, kam zum Einsatz. Das Ergebnis sah ekelig aus – und stank extrem. Es würde eine starke Wirkung entfalten, vor allem, wenn man nicht wusste, was es war. Die Frauen schütteten die vorbereitete glibberige schwarze Masse zwischen jeden Türrahmen.

Nachdem sie zurückgekommen waren und Paul von seiner Wache erlöst hatten, tranken alle einen Whisky, um ihre Nerven zu beruhigen.

»Oh, Mann, bin ich froh, dass wir es hinter uns haben. Wäre Patrick nicht so ein totales Arschloch, würde ich fast Mitleid mit ihm haben«, sagte Jenny.

»Ihr könnt euch gar nicht vorstellen, wie schlecht mir ist. Irgendwie hab ich jetzt totale Angst. Nicht, dass er ausrastet. Haben wir echt das Richtige getan?« Lou fasste sich an die Stirn und atmete tief durch. »Ich raste gleich aus. Echt. Ich will unbedingt wissen, wie er reagiert.«

»Da hilft Bewegung und Ablenkung. Lass uns gleich zum Nationalpark fahren und uns in den Wäldern verstecken. Vielleicht hilft dir das, wenn wir von der Bildfläche verschwinden«, sagte Marla mit schief gelegtem Kopf.

»Gute Idee. Jen, bist du dabei?«

»Sorry, ich kann nicht. Hab heute ein Bewerbungsgespräch bei der Boxer-Nothilfe.«

»Was? Und das erzählst du uns erst jetzt?« Marla stemmte ihre Hände in die Hüften.

»Na ja, wir waren ja ziemlich beschäftigt die letzte Zeit. Außerdem weiß ich ja auch gar nicht, ob das da was wird.«

»Oh Jen.« Lou umarmte ihre Freundin. »Ich wünsch dir so viel Glück, dass es klappt.«

Jenny nickte. »Danke, Loulilein. Paul, könntest du mich noch nach Hause fahren?«

»Klar, aber wie kommst du zu deinem Termin? Es sollte keiner allein unterwegs sein«, warf Paul ein.

»Ich nehme mir ein Taxi, dann ist da ja jemand bei mir. Und nach dem Gespräch rufe ich Lou oder Marla an. Vielleicht können sie mich abholen.«

»Machen wir.«

Beck nahm Lou in den Arm.

»Hey, Lou. Die Aktion wird ihn verunsichern, hundertpro. Ich glaube, er läuft eher weg, als dass er ausrastet. Du bist nicht allein. Niemals. Selbst, wenn ich nicht bei dir bin, bin ich da. Keine Angst, okay? Wir alle passen auf dich auf. Jetzt bleibt Marla bei dir, dann stößt Jenny dazu und bald ist es schon Abend und wir sind alle wieder zusammen.«

Er lächelte sie an und Lou schmiegte ihre Wange an seine Brust.

»Okay. Beck, ich bin so froh, dass ich dich habe.«

»Ich weiß«, sagte er und küsste sie zum Abschied.

Es war mittlerweile dunkel draußen. Paul hatte wieder seinen Posten am Küchenfenster bezogen. Damit er nicht allein war, hatten sich die anderen ebenfalls in die Küche gesetzt. Auch Beck war mittlerweile von seiner Aufgabe zurück, rund um Patricks Haus zu gehen und immer wieder zu klopfen.

»Leute, es tut sich was. Der hat's aber eilig.«

»Was ist denn da? Paul, geh doch mal ein Stück zur Seite, ich kann ja gar nichts sehen!«, sagte Marla.

Paul trat zur Seite. »Er ist fluchtartig aus dem Haus gestürzt, hat sich hinters Steuer gesetzt und fährt grad los.«

Die Freunde hörten trotz des geschlossenen Fensters ein Reifenquietschen.

»Komm, Beck, wir checken, wo er hinwill. Ich würd lieber wissen, wo er ist.«

Als die Männer gefahren waren, sah Lou ihre Freundinnen an. »Auf seinem Kalender stand, dass er übermorgen Besuch bekommt. Eine Calesha für irgendeine Reinigung. Ich könnte mir vorstellen, dass es etwas mit unseren Aktionen zu tun haben könnte. Wo auch immer Patrick jetzt hin ist, übermorgen ist er garantiert wieder zu Hause.«

»Wisst ihr, was ich krass finde? Dass polizeilich nach ihm gesucht wurde, letzten Endes aber nicht mehr passiert ist, als dass er eine Vorladung bekommen hat. Jetzt läuft er munter draußen rum und kann tun und lassen, was er will.« Jenny schüttelte den Kopf.

»Ja, stimmt schon. Aber schließlich geht es der Polizei bisher lediglich um die Anzeige wegen Körperverletzung. Lass uns warten, ob er bald abhaut. Wenn nicht, können wir ihn vielleicht mit unseren Fotos aus seiner Wohnung erpressen«, sagte Marla.

***

Patrick lehnte sich in die vielen, weichen Kissen seines Bettes. Er hatte sich in einem Hotel einquartiert, nicht weit von Porta entfernt. Patrick hatte zuvor Lola einen Besuch in ihrem Esoterikladen abgestattet. Seine Einkäufe befanden sich in der braunen Papiertüte neben seinem Bett.

Er griff zu seinem Handy und rief Calesha an.

»Ja.«

»Calesha, ich bin's wieder, Patrick.« Patrick beugte sich vor und fuhr sich durchs Haar. Calesha schwieg.

»Ich, also, ich bin gerade in einem Hotel. Ich kann nicht mehr nach Hause.« Er stand auf und blieb neben dem Bett stehen.

»Was ist passiert? Sag es Calesha.«

»Mein Auto, mein Haus, es stinkt erbärmlich überall. Faul und widerlich. Da ist Grillenzirpen. Überall in meinem Haus. Ich habe Reste von einem Ritual gefunden im Wohnzimmer und ich fühle mich seltsam, wenn ich zu Hause bin. Und meine Haut. Dieses Jucken, es bringt mich um. Es könnte ein Fluch sein.« Patrick keuchte und schabte mit seinen Fingernägeln die Haut in seiner Leistengegend auf.

»Calesha geht davon aus, dass zumindest ein Fluch auf deinem Haus liegt. Vielleicht auch auf dir. Calesha rät dir, dein Haus so lange zu meiden, bis sie kommt und das Haus reinigt.«

Patrick begann im Zimmer auf- und abzugehen. »Bitte, Calesha, wir kennen uns ewig. Du hast mit meiner Mutter zusammengearbeitet. Kannst du für einen alten Freund nicht heute etwas Zeit freischaufeln?«

Es blieb lange still in der Leitung. Patrick kratzte sich weiter.

»Wegen der Freundschaft zu deiner Mutter wird Calesha dir deine Ungeduld nachsehen. Calesha schaufelt sich keine Zeit frei. Calesha ist ein Medium der weißen Künste und dort hat alles seine eigene Zeit. Die

Reinigung kann nur am ersten Tag des abnehmenden Mondes durchgeführt werden. Das ist morgen.«

Sie hatte aufgelegt.

Er warf sein Handy frustriert auf sein Bett.

Er musste bis morgen warten. Hoffentlich war es dann noch nicht zu spät. Die Hexenhure, die sich wie ein Egel an Louisa festgesogen hatte, war schuld an allem. Inwieweit Lou mit drinsteckte, konnte er nicht sagen. Er hasste es, nicht alles unter Kontrolle zu haben. Sein Juckreiz und sein Unwissen machten ihn verrückt.

Patrick setzte sich in einen Sessel und verlangsamte seine Atmung. Was er brauchte, war eine Meditation. Danach fühlte er sich besser. Er bereitete alles für ein rituelles Bad vor. Es konnte nicht schaden, diese Methode anzuwenden, es war ein Versuch, dem Fluch entgegenzuwirken. Er zündete eine schwarze Kerze an und ließ sich warmes Wasser ein. Er fügte magische Kräuter hinzu, um dem Bad die Kraft zu verleihen, die bösen Energien zu vertreiben. Basilikum, und Wermut hatten eine starke Reinigungskraft. Dazu gab er eine großzügige Menge an Meersalz. Während des Bads musste er versuchen, ausschließlich positive Gedanken zu haben. Er stellte sich vor, wie sein ganzer Körper in positiver Energie badete. Er hatte sich einen Timer gestellt. Dreißig Minuten musste er in dem reinigenden Bad bleiben.

Als Patrick aus der Wanne kam, konnte er nicht sagen, ob das Bad etwas bewirkt hatte. Zumindest war er wieder ruhig und kontrolliert. Ein guter Anfang.

Beim Abtrocknen sah er, dass sein Oberkörper und der Intimbereich mittlerweile blutig gekratzt waren. Er wechselte die Kleidung, doch der Juckreiz verstärkte sich dadurch noch.

So verbrachte er den weiteren Tag nackt in seinem Hotelzimmer. Nachdem er sich mit der hoteleigenen Creme eingecremt hatte, hielt er es einigermaßen aus.

Er hatte nun zwei Nächte im Hotel verbracht und musste um zehn Uhr auschecken. Kurz überlegte er, ein wenig herumzufahren, bis es Zeit wurde, Calesha zu empfangen. Nein, was würde es groß ausmachen, schon jetzt in sein Haus zurückzukehren? Sie kam ja bereits in ein paar Stunden. Bis dahin würde er sich still verhalten. Er konnte sich nicht vorstellen, was ihm in der Zeit allein zu Hause groß widerfahren sollte.

Die Rückfahrt war schlimm gewesen. Immer stärker waberte der Gestank nach Fäulnis durch den Innenraum des Autos. Er würde den Wagen zur Reinigung in professionelle Hände geben. Vielleicht half es.

Patrick fuhr langsam auf die Auffahrt vor seinem Haus. Seine Haut fühlte sich juckend, brennend und wund an. Würde ihn eine neue Überraschung erwarten? Er traute sich kaum, aus dem Auto auszusteigen.

Als er diese Hürde gemeistert hatte, wollte er die Haustür nicht öffnen, doch er überwand sich. Noch in der Tür hörte er vereinzelt Grillenzirpen. Das durfte doch nicht wahr sein! Immer noch. Dann schnupperte er. Irgendetwas roch merkwürdig in seinem Haus. Seine Stirn glänzte vor Schweiß. Waren das Ausdünstungen der Hexe? Mittlerweile hielt er alles für möglich.

Blind vor Wut und Panik raufte er sich die Haare. Er ließ die Haustür offen stehen und stürmte zu Lous Haus. Er klingelte und rief durch die Haustür, die Hexe solle rauskommen und das Ritual rückgängig machen. Er riss sich die Fingerknöchel auf, als er mit den Fäusten auf die Tür einschlug. Wild rannte er hinter das Haus und warf Stühle von der Terrasse gegen die Rollläden. Sein ganzes Leben war aus den Fugen geraten. Er ging resigniert zurück auf seine Auffahrt. Sie würde ihm nicht helfen. Auch Lou war vom Bösen durchsetzt.

***

Jenny, Beck und Paul fuhren am Morgen zur Arbeit. Jenny war überglücklich gewesen, als sie die Zusage für den Job in der Boxer-Nothilfe bekommen hatte.

Marla und Lou hatten sich verbarrikadiert, blickten aus dem Küchenfenster und warteten auf Patricks Rückkehr.

Irgendwann wollte Calesha kommen. So stand es in seinem Kalender. Sie hatte im Internet nach ›Reinigung‹ und ‹Calesha‹ gesucht und wurde fündig. Calesha war ein Medium. Den Termin würde Patrick nicht verpassen, da war sie sich sicher. Vom ganzen Starren tränten Lou die Augen. Sie wollte Patricks Rückkehr auf keinen Fall verpassen. Warum sie vermied zu blinzeln, war ihr selber nicht ganz klar.

»Hey, Lou, möchtest du auch was essen? Ich mach mir ein Sandwich.«

»Nein, danke. Ich halte hier die Stellung.«

Als Marla fertig war, setzte sie sich neben Lou und aß ihr Sandwich, während sie aus dem Fenster guckten. Obwohl nichts Aufregendes passierte, waren beide angespannt, als würden sie auf den nächsten Jump-Scare eines Horrorfilmes warten.

Und da kam er. Patrick war zurück.

***

Patrick fuhr so schnell auf seine Auffahrt, dass er fast aus der Kurve flog. Beim Aussteigen verhedderte er sich im Anschnallgurt und wäre beinahe vornüber gefallen. Dieser Scheißfluch würde jede erdenkliche Situation schaffen, um ihm zu schaden. Wahrscheinlich wollte er dafür sorgen, dass er sich das Genick brach. Er verriegelte die Haustür hinter sich und wurde von wirklich üblem Gestank begrüßt. Das Zirpen war verstummt. Wenigstens etwas.

Seine wunde Haut brachte ihn um den Verstand. Er ging in die Küche und sah eine schwarze Masse im Türrahmen. Der Gestank schien von dort zu kommen. Er hockte sich hin, konnte aber nicht identifizieren, was das war. Er würde dieses Zeug ums Verrecken nicht anfassen. Mit klopfendem Herzen überprüfte er den Boden im kompletten Haus. Unter jedem Türrahmen fand er diesen Hexenschleim. Verflucht seien alle Schwarzkünstlerinnen! Was zur Hölle konnte es sein? Und was sollte es bewirken? Patrick merkte, wie ihm schwindelig wurde. Lag es an der Substanz? Das konnte sein. Er stand auf und wollte aus dem Schrank unter der Spüle seine Gummihandschuhe und einen Eimer herausholen, da fiel sein Blick auf die Küchentheke. Alle Äpfel in seiner Schale waren verdorrt. Alle Äpfel zugleich. Ihm lief ein Schauer über den Rücken. Das war ganz klar das Werk des Bösen. Schweiß bildete sich unter seinen Achseln. Er musste sich festhalten, um nicht umzufallen. Was bewegte sich denn da. War es eine optische Täuschung? Oh, zum Teufel! Da krochen Maden, dick und weiß, zwischen den Äpfeln umher. Schnell zog er sich Handschuhe an, schnappte sich die Schale, schloss seine Haustür auf und warf die Äpfel, samt Maden und Schale, in die Mülltonne. Er wischte, mit abgehackten Bewegungen, den Boden. Er durfte jetzt nicht in Panik geraten, doch irgendetwas passierte hier mit ihm. Er riss alle Fenster weit auf. Gut, dass gleich Calesha kam.

Als alle Spuren beseitigt waren, ging er an den Kühlschrank, um sich ein Wasser zu holen. Da entdeckte er weitere Maden. Unzählige. Sie bewegten sich kaum, übten aber trotzdem eine Übelkeit erregende Wirkung auf ihn aus. Er rannte in sein Badezimmer und erbrach sich über der Toilette.

Angewidert warf er alles aus dem Kühlschrank in einen Müllbeutel. Eins der Eier fiel neben den Beutel und zerbrach. Patrick traute seinen Augen nicht. Statt klarem Eiweiß und gelbem Dotter lief Blut aus ihm heraus. Patrick schrie auf und biss sich kräftig in die Faust. Er würde sich jetzt sofort ins Wohnzimmer begeben, sich setzen und nichts mehr tun, bis Calesha kam.

***

Lou und Marla waren auf ihren Posten am Fenster geblieben und warteten gespannt, auf die große Calesha.

»Marla. Da, er kommt raus.«

»Ja, seh ich. Siehst du, wie gestresst er wirkt?«

»Und wie. Was meinst du, hat er da gerade weggeschmissen? Ich tippe auf die Äpfel. Oder die Eier? Oder den madenbespickten Salat?«

»Uh, der hatte es aber eilig, wieder reinzukommen, oder?« Marla guckte zu ihrer Freundin.

Lou nickte. »Oh, Mann, ich bin so nervös, das glaubst du gar nicht. Meinst du, er wird wirklich abhauen? Vielleicht bringt ihn diese Calesha doch dazu, zu bleiben, dann war alles umsonst.«

»Tief durchatmen Lou. Wir warten erst einmal ab.«

Eine Weile geschah nichts.

»Da! Schon wieder rennt der raus. Ich muss sagen, es ist ganz angenehm, auf der anderen Seite der Horrorshow zu sein. Jetzt sind wir die Monster und er ist die schreiende Jungfrau.«

Marla nickte. »Schön gesagt. Und noch was im Müll versenkt. Mensch, wie der schwitzt. Also, ich muss sagen, dass er nicht mehr halb so hübsch ist wie am Anfang seiner Stalkerkarriere.«

Dann kam sie. Die berüchtigte Calesha mit den Fähigkeiten eines Mediums.

Lou und Marla beugten sich vor, um besser sehen zu können.

»Irgendwie hab ich sie mir ganz anders vorgestellt.« Lous Stimme klang enttäuscht.

»Ja, oder? Ich dachte, sie wäre eine massige Frau. Und da steht sie. Eine lange, dürre Frau mit bleicher Haut. Sie ist noch nicht mal übertrieben geschminkt oder hat falsche Wimpern oder so. Was hat sie denn da an?«

»Das ist eine grüne Tunika mit Trompetenärmeln, würde ich sagen. Da ist an den Säumen irgendwas aufgedruckt oder genäht, oder was auch immer. Siehst du das Rote an der Tunika?«

»Äh, ich war gerade abgelenkt von der lilafarbenen Leggins, ganz schlechte Kombi.« Marla holte ein Fernglas aus ihrer Tasche.

»Ich glaube, das sind aufgestickte Runen auf der Tunika.«

Lou lachte. »Bestens vorbereitet. Bravo, Marla. Aber warum bleibt sie die ganze Zeit so weit vor dem Haus stehen und klingelt nicht?«

»Das, kann ich dir, selbst mithilfe meines Fernglases, leider nicht beantworten, meine Liebe.«

Lou sah, dass die roten Haare von Calesha wild hochgesteckt waren und ein paar der losen Strähnen im Wind flatterten.

Marla beobachtete die Frau weiter durch ihr Fernglas. »Lou, was, glaubst du, ist in dem Korb drin, den sie da am Arm trägt? Mist, sie ist so geheimnisvoll! Der Korb hat ja sogar einen Deckel. Ich hoffe, da sind keine lebenden Tiere drin, die sie gleich opfern will, oder so.«

»Vorurteile, Marla. Alles Vorurteile.«

»Hast ja recht. Oh! Oh! Jetzt passiert was!«

Calesha streckte ihre Hände vor sich aus, schloss die Augen und nickt ein paarmal. Dann ging sie zu Patricks Tür.

Patrick öffnete ihr und Lou hätte schwören können, dass er ihr genau in die Augen starrte. Er bewegte sich nicht, sie bewegte sich nicht. Nach einer Weile trat er zur Seite und ließ Calesha eintreten.

»Tja, die Show scheint vorerst vorbei zu sein. Sag mal, Marla, warum haben wir eigentlich nicht eine meiner Kameras, heimlich bei Patrick im Haus aufgestellt?«

»Weil wir dumm sind. Wie lange, meinst du, bleibt sie da drin? Ich will nicht verpassen, wie Patrick aussieht, wenn sie mit ihm fertig ist. Er wird sie doch bestimmt zur Tür bringen.«

»Puh, gute Frage. Also früher als in einer halben Stunde sind sie bestimmt nicht fertig. Was auch immer sie aus ihrem Korb holen mag, bleibt leider ihr Geheimnis.«

***

Patrick. Es klingelte an der Tür. Patrick fuhr erleichtert hoch, musste sich aber erneut festhalten, um nicht das Gleichgewicht zu verlieren. Es wurde höchste Zeit, dass Calesha ihn befreite. Als er ihr öffnete, sah er für einen kurzen Moment zwei Gesichter in Louisas Küchenfenster. Er sog scharf die Luft ein. Waren es nicht teuflische Fratzen gewesen? Hatten ihn nicht nur zwei Paar leere Augenhöhlen angestarrt? Plötzlich drehte er den Kopf zur Seite. Lauschte. Was war das für eine Stimme, die er hörte? Wer sprach da, in seinem Kopf mit ihm? Calesha schnippte vor Patricks Augen mit den Fingern. Als würde er erwachen, fühlte er sich einen Moment desorientiert. Calesha. Natürlich. Er spürte ihre Spiritualität, wie eine Naturgewalt. Er bat sie rasch einzutreten, und schloss die Tür.

Nachdem Calesha das Haus betreten hatte, setzte Patrick zu einer Begrüßung an, wurde aber durch die erhobene Hand von Calesha gestoppt. Ohne ein Wort zu sagen, schaute sie sich um. Sie flüsterte mehr zu sich als zu ihm. »Das ist nicht gut.«

Sie ging langsam die Räume ab, hob die Hände, schloss die Augen. Patrick beobachtete sie, voller Ehrfurcht und Neugier. Calesha bewegt sich langsam. Patrick schlich hinter ihr her und wagte kaum zu atmen. Dann drehte Calesha sich mit Schwung um, stellte ihren Korb ab und nahm auf dem Sofa Platz. Sie hatte eine tiefe Stimme.

»Als Erstes stell die Möbel um.« Sie schüttelte ihre Arme aus. Patrick regte sich nicht. Calesha stand wieder auf. »Die Möbel. Stell sie um. Und zwar genau so, wie Calesha es dir sagt.«

Patrick war bemüht, allem Folge zu leisten. Nachdem er fertig war, setzte er sich schwitzend in einen Sessel, ihr gegenüber. Er rutschte herum, um den Juckreiz zu lindern, der ihn am ganzen Körper quälte.

»Patrick. Ich spüre, dass deine Seele blockiert ist. Dies kommt häufig bei Verwünschungen und Flüchen vor. Dein Eindruck war also ganz richtig. Deshalb braucht es eine außenstehende Person wie Calesha, die eine Reinigung übernimmt. Per Telepathie wird Calesha dich abtasten und dann dringt sie in ihre Lichtzone vor. Dadurch erfährt sie, mit welcher Fluchkombination du verwünscht wurdest. Das ist sehr wichtig, Patrick. Es kann sein, dass dir ein wenig seltsam wird. Vielleicht spürst du einen Schwindel, vielleicht fühlt sich dein Körper auch federleicht an. So oder so, erschrick nicht. Nur so kann Calesha die passenden Auflösungsrituale durchführen. Du musst Calesha in dein Innerstes blicken lassen. Verstehst du?«

Nach vorn gebeugt, richtete Calesha ihren intensiven Blick auf Patrick. Ihm wurde unbehaglich zumute. Sie würde in sein Innerstes sehen? Das war ihm absolut nicht recht. Doch da musste er jetzt durch. Er wollte neu anfangen. Sollte Calesha sehen, was sie eben sehen wollte. Er nickte ihr zu.

»Bleib ruhig sitzen. Keine Rumwackelei mehr. Atme tief und regelmäßig. Halte deine Augen geschlossen. Öffne deine Augen erst, wenn Calesha es sagt. Versuche zu meditieren. Verstärke mit deinem Geist Caleshas Wirken.«

Gehorsam setzte Patrick sich gerade hin, legte seine flachen Hände auf seinen Oberschenkeln ab und schloss die Augen. Schweiß lief ihm über das Gesicht. Es war seine bisher schwerste Prüfung, still zu sitzen, obwohl er nichts mehr wollte, als sich zu kratzen und seinen Rücken an der Lehne zu scheuern. Er wartete. Er lauschte. Doch es war nichts zu hören. Patrick fokussierte sich auf seine innere Mitte. Er stärkte gedanklich das Band, das Calesha zu seinem Haus wob. Plötzlich bekam er das Gefühl, seinen Körper zu verlassen. War das sein Astralleib? Nein, er konnte nichts sehen. Patrick gab sich Mühe, seine Angst zu unterdrücken, den Juckreiz auszublenden und seinen Atem ruhig und gleichmäßig zu halten.

Endlich sagte Calesha, dass er seine Augen öffnen konnte. Calesha stand der Schweiß auf der Stirn. Genauso wie Patrick.

»Nun, Calesha weiß jetzt, was sie wissen muss.«

Sie packte eine silberne Schale aus und stellte eine aus Zinn und eine aus Granit zur Seite. Dann öffnete sie eine mittelgroße Glasflasche, in der ein Kraftstein lag, Patrick kannte das von seiner Mutter. Sie goss eine klare Flüssigkeit in die Schale und legte Patrick ein grobes Baumwolltuch auf den Schoß.

»Patrick, wasche dir Hände, Gesicht und Nacken mit diesem Wasser und trockne dich anschließend mit dem Tuch auf deinem Schoß ab.«

Das tat er. Derweil zündete sie weiße Kerzen an. Sie hielt eine Zinnpfanne über die Kerze und fügte einige getrocknete Pflanzen und Flüssigkeiten aus verschiedenen Phiolen hinzu. Zum Schluss gab sie einige Tropfen mit einer Pipette aus einem braunen Glasfläschchen hinzu.

Mit einem aus Stöcken und Leinen selbst gemachten Fächer wirbelte sie den Qualm auf und bewegte stumm ihre Lippen. Gebannt und fasziniert schaute Patrick ihr zu. Er spürte eine Kraft von Calesha ausgehen, die ihm den Atem nahm. Am Ende der Zeremonie saß er unsicher da und hörte in sich hinein, ob er sich anders fühlte. Nein. Eigentlich nicht. Seine Haut juckte nach wie vor und seine Muskeln verkrampften schon wieder. Vielleicht trat die Wirkung aber auch erst nach einer gewissen Zeit ein. Er bedankte sich bei ihr und war froh, als Calesha gegangen war und er sich ausgiebig kratzen konnte. Calesha war ein mächtiges Medium. Diese Reinigung musste einfach wirksam sein.

Er würde sich neue Kleidung kaufen und seine alte verbrennen. Er würde neu starten.

Plötzlich schlichen sich andere dunklere, bösere Gefühle in seine Seele.

Er würde gegen den Gehörnten kämpfen. Er würde gegen ihn antreten, so wie er es schon nach dem Tod seiner Mutter hätte tun sollen. Doch bis vor Kurzem hatte das Böse noch kein Gesicht.

Jetzt hatte das Böse für ihn vier Gesichter. Er würde vorsichtig sein müssen, wenn er alle ausschalten wollte. Was Lou anging, fühlte er sich nach Caleshas Besuch stark genug, um ihr eine letzte Chance zu geben, sich für die richtige Seite, nämlich seine, zu entscheiden.

Er fing an zu zittern, so aufgeregt wurde er bei dem Gedanken daran. Er ging in sein Badezimmer und fing an zu packen. Dabei pfiff er ein Lied.

Er hatte vor, nur das Wichtigste einzupacken. Er würde sich alles neu kaufen. Er konnte nicht wissen, welche Sachen vom Bösen kontaminiert waren und welche nicht. Er konnte es sich nicht leisten, sie mitzunehmen. Es war zu gefährlich.

Als er mit dem Packen fertig war, fuhr er davon.

Kapitel 26

»Er war vor Kurzem in seinem Haus, aber ich habe ihn seit einigen Tagen nicht mehr gesehen. Das macht mich, ehrlich gesagt, sehr nervös. Ich traue dem Frieden nicht.« Lou hielt verkrampft ihr Handy ans Ohr und lauschte der Antwort des Polizisten.

»Frau Siebert, ich verstehe Ihre Verunsicherung, aber Herr Lemmer ist nicht weiter zur Fahndung ausgeschrieben. Solange er zum Vorladungstermin erscheint, kann er sich aufhalten, wo immer er will.«

Lou biss ihre Zähne zusammen. Sie hatte damit gerechnet, dass sie erleichtert sein würde, wenn ihr Plan aufging und Patrick abgehauen wäre. Das Gegenteil war der Fall.

»Was soll ich denn jetzt Ihrer Meinung nach tun? Sobald ich mein Haus verlasse, habe ich Angst.«

»Können Sie eine Zeit lang woanders unterkommen? Vielleicht hilft Ihnen der Abstand.«

Sie seufzte. »Ich könnte woanders unterkommen. Aber das hatte ich alles schon. Ich möchte doch nur, dass mein Leben wieder normal wird.«

Nachdem sie aufgelegt hatte, machte Lou sich auf den Weg zu ihrem Arzt, um sich weiter krankschreiben zu lassen. Sobald sie ihre Haustür hinter sich abgeschlossen hatte, rannte sie zu ihrem Auto, schmiss sich auf den Sitz und verriegelte die Türen.

Lou war wieder zu Hause und rief Beck an, der gerade Feierabend hatte.

»Naaa? Wie geht es meiner Lady?«

»Überhaupt nicht gut. Ich kann mich einfach nicht entspannen. Ständig steht mein Körper unter Strom. Das macht mich fertig.«

»Du fühlst dich also immer noch nicht sicherer? Hast du noch mal was gehört oder gesehen?«

»Nein. Alles ist ruhig. Sein Auto steht immer noch nicht wieder auf seiner Einfahrt und in seinem Haus bleibt alles dunkel. Es gibt keine

Nachrichten, keine gruselige Post, keine E-Mails, keine Geschenke und keine Anrufe. Nichts. Aber es reicht mir zu wissen, dass er irgendwo da draußen ist und jederzeit auftauchen kann. Das ist einfach der Horror.«

»Pass auf. Ich mache mich jetzt auf den Weg zu dir und wir gehen gemeinsam einkaufen und dann überlegen wir uns, was dir helfen würde, dich sicherer zu fühlen, okay?«

»Ja. Danke, Beck. Bis gleich.«

»Ich möchte nicht hier in Porta einkaufen gehen. Weißt du, wie oft ich da Patrick über den Weg gelaufen bin? Lass uns doch nach Minden fahren. Bitte, Beck.«

»Mir geht es doch gerade darum, dass du wieder Vertrauen fasst und dich hier in deiner Umgebung frei bewegen kannst. Da hilft es doch nicht, weiter wegzulaufen.«

Lou seufzte. »Wenn's sein muss, gehen wir hier einkaufen. Aber was machst du, wenn er plötzlich auftaucht?«

»Sollte er in deine Nähe kommen oder auch nur ein Wort mit dir sprechen, mach ich ihn fertig. Darauf kannst du dich verlassen.«

»Okay.« Lou nickte, dann zog sie sich Schuhe an.

Hand in Hand machten sich Lou und Beck auf den Weg zum Supermarkt. Lou schwitzte wie verrückt.

»Atme tief durch, Lou. Ich bin da und beschütze dich.« Beck schlang seinen Arm um Lous Schultern und zog sie an sich.

In unregelmäßigen Abständen fuhr Lou ruckartig herum und scannte die Straße. Sie war die ganze Zeit am Rande einer Panik. Im Supermarkt war es nicht besser.

»Beck, jemand beobachtet mich«, flüsterte Lou.

»Wie kommst du darauf?« Er drehte sich im Kreis und checkte die Umgebung.

»Ich kann es fühlen. Kennst du das? Wenn du bohrende Blicke spürst und sich deine Nackenhaare aufrichten? Oh Gott, hier gibt es viel zu viele

Möglichkeiten, sich zu verstecken.«

Schaudernd bewegte sie sich durch die Regalreihen und blieb dicht bei Beck. Sie scannte unablässig die anderen Menschen.

»Ja, ich kenne das Gefühl. Aber Gefühle können auch täuschen. Wir müssen die Augen offen halten, aber …«

»Da!« Lou hatte die Augen aufgerissen und zeigte mit dem Zeigefinger auf einen Punkt schräg vor ihnen. »Ich wusste es. Oh nein, nein, nein. Was sollen wir jetzt tun?«

»Was ist los? Hast du ihn gesehen?«, fragte Beck alarmiert.

»Ja! Da vorn siehst du ihn nicht? Er steht da vor dem Regal. Er ist es, Beck. Er ist es.«

»Bleib hier.« Beck ließ Patrick nicht aus den Augen. Lou hatte recht. Er war hier. Mit großen Schritten ging er auf ihn zu, packte ihn an der Schulter, drehte ihn herum und hob schlagbereit seine Faust.

»Oh, äh, entschuldigen Sie bitte. Ich habe Sie mit jemandem verwechselt.«

Der Mann sah erschrocken aus und machte, dass er wegkam.

Lou war mittlerweile bei Beck angekommen.

»Er war es nicht, Lou. Puh, ich muss mich erst mal beruhigen.« Tief atmete Beck ein und aus.

»Lass uns gehen, okay?«

»Okay. Aber wir bringen den Einkauf zu Ende. Der Paranoia nachzugeben, ist keine gute Idee. Komm!«

Nachdem sie bei Lou zu Hause angekommen waren, fühlte sie sich erleichtert. Es war schrecklich, jegliches Sicherheitsgefühl verloren zu haben.

Gemeinsam räumten sie die Einkäufe aus. Da Lou meist bei Beck oder Jenny schlief, hatten sie nur haltbare Lebensmittel gekauft. Hauptsächlich Konserven, Nudeln und Gläser mit Tomatensauce. Beck hatte außerdem noch Naschzeug eingepackt, weil er wusste, dass Lou es liebte.

»Schläfst du heute bei mir oder bist du verabredet?« Beck legte den Kopf schief.

»Ich komme mit zu dir.«

Beck umschlang Lou und näherte sich ihren Lippen. »Ah, endlich lächelt sie wieder. Wir machen uns einen schönen Abend und sorgen dafür, dass wir genug Ablenkung haben, um einfach alles zu vergessen.«

Am nächsten Tag fuhren Lou und Marla gemeinsam zu Jenny. Die Fahrt verlief in angenehmem Schweigen. Doch Lou merkte, dass Marla mit besorgtem Blick hin und wieder zu ihr herüberschaute.

Als sich Lou auf Jennys Couch fallen ließ, atmete sie erleichtert aus. Es setzte ihr zu, vor die Tür zu gehen. Sie nahm ein Glas Weißwein von Jenny entgegen und lehnte sich in die Kissen zurück.

»Du siehst müde aus, Lou. Was ist los? Ist noch was passiert?«, fragte Marla.

Lou schüttelte den Kopf und blickte auf das Weinglas in ihrer Hand. »Nein. Es herrscht absolute Funkstille. Trotzdem ist meine Angst nicht weniger geworden. Eher im Gegenteil. Jeder Schatten wirkt bedrohlich und jeder Fußgänger scheint mich zu verfolgen. Es ist, als würde hinter jeder Ecke ein Phantom lauern. Ich weiß auch nicht. Beck versucht sein Bestes, um mir zu helfen. Ich sollte mich wieder sicherer fühlen, das tu ich aber nicht. Ist das nicht komisch?«

»Na ja, es ist viel passiert und du kannst nicht wissen, was im Kopf von Mister Stecktmichineinezwangsjacke vorgeht. Klar macht es dich nervös, nicht zu wissen, wo er jetzt ist und ob es das wirklich war.«

»Jenny hat recht. Wir können die Situation gerade alle nicht einschätzen. Aber Beck hat auch recht. Du solltest einen Weg finden, dein Leben weiterzuführen. Wir werden alle die Augen offen halten. Du hast zu Hause Sicherheitsvorkehrungen getroffen und wir sind auch noch da.«

Lou seufzte. »Ich werde versuchen, entspannter zu werden. Schließlich hab ich mir nicht so ins Hemd gemacht, als Patrick noch da war. Also, warum jetzt?«

»Egal. Du hast Angst. Okay, du hast sie registriert. Die Frage ist, wie gehst du damit um?«, fragte Jenny.

»Eine gute Frage. Jedenfalls nicht so wie bisher.«

Lou nahm sich fest vor, sich von ihren Ängsten nicht mehr kontrollieren zu lassen. Je länger sie nichts von Patrick hörte, umso entspannter würde sie nach und nach werden.

Kapitel 27

Patrick blickte auf die Uhr. Er wollte eine neue Überraschung vorbereiten. Für seine nächste Aktion zog er sich bewusst eine schlabbrige alte Bluejeans und ein grünes Holzfällerhemd an. Er setzte ein schwarzes Cap auf und begab sich in die schmierigste Kneipe der Gegend.

Sein Gesicht verzog sich vor Geringschätzigkeit. Nur gescheiterte Existenzen besuchten diesen Laden. Hier tranken die Gäste um sieben Uhr morgens Bier und Schnaps, um der Wirklichkeit ihres verhassten Lebens zu entfliehen. Patrick kontrollierte sich und glättete seine Gesichtszüge. Er setzte sich an die Theke, an der zwei weitere Männer saßen, bestellte ein Bier und beobachte. Der eine Mann sah aus wie Mitte vierzig, hatte kurz geschnittenes Haar, das im Nacken lockig und lang war. Er trug ein T-Shirt mit speckiger Weste und klobige Stiefel. Der zweite war ein grob aussehender Mann Mitte oder Ende fünfzig. Augenbrauen zusammengezogen, schlecht rasiert, schlechte Zähne, die typisch knollige Nase eines Säufers. Patrick war gespannt, ob er Glück hatte und einer von den beiden passend wäre. Er konnte es nicht erwarten, diese stinkende Kneipe bald wieder zu verlassen. Er tippte spontan auf den Älteren der beiden. Der würde noch am ehesten die gewünschte Reaktion zeigen.

Er beschloss, aktiv zu werden, lange konnte er nicht mehr verbergen, wie angewidert er von dieser Kneipe und ihren Verlierern war. Er stand mit seinem Bierglas in der Hand auf und schob sich eine Zigarette in den Mund. Dann strebte er zum Ausgang. Zuerst musste er den Älteren passieren, dann kam der Jüngere. Als er fast am Älteren vorbei war, tat er so, als würde er stolpern. Er stieß dem Alten unsanft seinen Ellenbogen in den Rücken, taumelte vorwärts und hielt sich an der Schulter des Jüngeren fest, scheinbar, um sein Gleichgewicht zurückzuerlangen. Die Reaktionen ließen nicht lang auf sich warten.

»Was zum Teufel, du verdammtes Arschloch …« Der Alte drehte sich herum und blitzte Patrick aggressiv an. Es war der Jüngere, der sich blitzschnell erhob und Patricks Arm verdrehte.

»Du miese Schwuchtel. Fass mich noch einmal an und deine Fresse wird den Tresen küssen, bis du sämtliche Zähne vom Boden aufheben kannst.«

Patrick grinste. Er hatte den richtigen Mann gefunden.

***

Am frühen Donnerstagabend klingelte es an der Haustür. Lou bekam Herzklopfen. Sie setzte sich auf. War es jetzt so weit? Stand Patrick vor der Tür und würde … ja, was würde er tun? Was würde er wollen? Als Nächstes hörte Lou, wie sich jemand am Schloss zu schaffen machte. Kurze Zeit später hörte sie ein Fluchen. Es war nicht Patrick, der vor ihrer Tür stand, sondern Marla und Jenny, die einen ziemlichen Tumult veranstalteten und in eine Diskussion vertieft zu sein schienen.

Sie stand auf und ging zur Tür.

»Marla, Jenny, was macht ihr denn da?«

Marla klang, als hätte sie ihr Gesicht nahe an den Türspalt gelegt.

»Es ist was passiert. Mach auf! Es ist wichtig.«

Oh nein. Bitte nicht. Das durfte doch nicht wahr sein. Sie zitterte am ganzen Leib vor Anspannung. Sie schob den Türstopper zur Seite und öffnete die Tür.

Marla und Jenny umarmten Lou. Die drei setzten sich ins Wohnzimmer.

»Es geht um Paul.« Marla atmete tief durch. »Er wollte nach der Arbeit ins Auto steigen, da wurde er zusammengeschlagen. Bevor du fragst, nein, es war nicht Patrick. Der Mann war ein Fremder. Er hatte ein Tuch um Mund und Nase gebunden und trug ein Cap, sagte Paul. Er hat ihn aus dem Nichts angegriffen. Horrible. Er hat ihn überrascht, sonst hätte er Kleinholz aus dem Schläger gemacht. Paul hat gesagt, so wurde er noch nie verdroschen. Richtig brutal. Mit Faustschlägen auf seinen Kopf und in die Nieren. Als er am Boden lag, hatte das Arschloch auf ihn eingetreten. Sogar ins Gesicht. Ich hab zu Hause auf Paul gewartet. Als er nicht kam, hatte ich ein schlechtes Gefühl. Ich bin zur Werkstatt gefahren und fand ihn ohnmächtig vor seinem Auto liegen.«

Marla schluchzte auf. Ihre Augen waren vor Entsetzen aufgerissen. »Erst habe ich gedacht, er wäre tot! Ich rief den Notarzt. Bis der kam, war er wieder wach und erzählte mir, was passiert war. Sie haben ihn ins Krankenhaus gebracht. Er hat eine Gehirnerschütterung, ein blaues Auge und zwei gebrochene Rippen. Es war Glück, dass sie sich nicht in die Lunge gebohrt haben oder innere Blutungen entstanden sind. Die Polizei kam. Paul hat den Schlägertypen beschrieben, so gut es ging. Er hat noch gesehen, dass graue Locken hinten aus dem Cap geguckt hatten. Mein armer combatiente muss bis Montag zur Beobachtung im Krankenhaus bleiben.« Marla schüttelte den Kopf. »Einen Mann von hinten anzugreifen. So ein feiges Schwein.«

Lou hatte angefangen, sich mechanisch an der Brust zu kratzen. Ihre Fingernägel rissen kleine Furchen in ihre Haut. Sie spürte keinen Schmerz. Nur das unerträgliche Jucken. Ihre Augen waren geweitet. Sie konnte nicht glauben, was sie da hörte.

»Oh mein Gott. Es tut mir leid. Mir tut es so unglaublich leid.«

Jenny winkte ab. »Mein Bruder ist hart im Nehmen. Die einzige Sorge, die er hat, ist die, dass sein Stolz gekränkt ist. Er wiederholte immer wieder, dass der Kerl ihn überrascht hat. Er war nicht drauf vorbereitet. Sonst hätte er ihn niemals plattmachen können. Jedenfalls haben Marla und ich beschlossen, heute Abend bei dir zu bleiben.«

»War es ein Raubüberfall? Was sagt die Polizei?«, fragte Lou.

»Dass es gut sein kann. Der Schläger hat Pauls Brieftasche mitgehen lassen«, sagte Jenny.

Lou war froh, dass ihre Freundinnen bei ihr blieben. Nach dieser Nachricht hatte sie keine Lust, aus dem Haus zu gehen, um bei einer von ihnen zu übernachten. Beck hatte heute keine Zeit, also passte es wunderbar.

Wieder einmal wurden Lous Gefühle durcheinandergewirbelt. Hatte Patrick dafür gesorgt, dass Paul verprügelt wurde? Sie glaubte nicht daran, dass der Überfall nichts mit ihm zu tun hatte. Die Schuld lastete schwer auf ihren Schultern. Wäre Patrick nicht in ihr Leben getreten, wäre nichts von alldem geschehen. Dabei hatte sie sich vor Jahren selbst einen Schwur geleistet. Sie würde alles für ihre Freunde tun. Niemals würde sie einen von ihnen im Stich lassen.

Ein kurzes Bild blitzte hinter Lous Stirn auf. Große Augen, hinter dem breiten schwarzen Rahmen einer Brille versteckt. Rebecca. Auf einmal bekam Lou nicht mehr genug Luft. Sie schnappte nach Atem und spürte, wie ihr das Blut aus dem Kopf sackte. Auch damals hatten Schuldgefühle sie zerfressen. Entschlossen drängte sie den Gedanken an Rebekka zur Seite. Jetzt ging es um die Freunde, die noch hier waren. Nicht um die schreckliche Erinnerung an das, was mal war.

Lou stand auf und ging in die Küche, um sich zu sammeln. Sie kehrte mit einer Flasche Marillenschnaps und drei Pinnchen zurück.

Ohne Trinksprüche, ohne ihren üblichen Schlagabtausch, leerten alle ihre Gläser. Sie verbrachten einen schweigsamen Abend, der sich dennoch tröstlich anfühlte. Sie schauten Filme und waren jeder in seine eigenen Gedanken vertieft. An diesem Abend gingen sie früh schlafen.

Als Lou auf ihrem aufblasbaren Bett lag, starrte sie an die Decke. Es hörte nicht auf. Es würde niemals aufhören.

Lou schreckte hoch und ihr Herz raste, als sie vom Klingeln ihres Handys geweckt wurde. War wieder etwas passiert? Oh Gott, bitte nicht. Ihre Hände zitterten. Ein Blick auf ihre Freundinnen zeigte ihr, dass diese einen tieferen Schlaf hatten als sie. Keine rührte sich. Lou schaute auf das Display. Es war eine Nachricht von Patrick. Übelkeit stieg in ihr hoch. Sie setzte sich auf und hielt die Luft an, während sie las.

Ich komme näher. Spürst du es? Noch bist du nicht bereit für mich. Doch bald wirst du es sein. Ich habe mich entschieden, dir zu helfen. Das müsste ich nicht tun.

Sieh es als Zeichen meiner Liebe zu dir. Es warten einige Überraschungen auf dich. In Liebe P.

Lous ganzer Körper sackte in sich zusammen. Sie hatten Patrick nicht in die Flucht geschlagen. Der Überfall auf Paul war kein Zufall. Ihr war zum Weinen zumute. Mühsam schluckte sie gegen den Kloß in ihrem Hals an. Ihre Sicht war verschwommen. Angst kroch durch ihren ganzen Körper. Sie las Patricks Nachricht noch einmal. Wobei meinte er, ihr helfen zu wollen? Was um Himmels willen hatte er vor? Sie wollte keine Überraschungen mehr. In letzter Zeit ging alles den Bach runter. Sie brauchte eine Verschnaufpause, verdammt noch mal! Sie kratzte sich an der Brust, stand auf und ging hin und her. Er sagte, er komme näher. Eine Gänsehaut bildete sich auf ihren Armen. Vor ihrem geistigen Auge sah sie Patrick, wie er sie mit einem Messer bedrohte, ihren Kopf unter Wasser drückte, ihr einen Gürtel um den Hals schlang. Stopp! Sie sollte sich nicht gedanklich auf seine Psychospielchen einlassen.

Lou fand nicht mehr in den Schlaf zurück. Sie wälzte sich im Luftbett umher und konnte sich nicht davon abhalten zu grübeln, was Patrick wohl vorhatte.

Plötzlich hörte sie, wie es an ihrer Tür klingelte. Sie schoss in eine sitzende Position und klemmte sich dabei einen Nerv im Nacken. Während sie den scharfen Schmerz wegmassierte, fragte sie sich, ob sie wirklich die Klingel gehört hatte. Das hatte sie. Es klingelte erneut. Ihre Freundinnen richteten sich verschlafen auf.

»Was zur Hölle soll das?«, fragte Jenny.

Es war kurz nach elf abends. War er es? War es Patrick? Scheiße, was sollte sie tun? Lou überlegte, ob sie nachsehen oder sich tot stellen sollte. Im Film kamen die Leute immer in Teufels Küche, wenn sie in so einer Situation zur Tür gingen um nachzusehen. Sie hatte darüber immer den Kopf geschüttelt und gedacht, wie unrealistisch es sei, dass Menschen ihrem Verderben freiwillig in die Arme liefen. Nun konnte sie es verstehen. Ein vorgestellter Schrecken war meist schlimmer als zu wissen, was los war. Sie musste wissen, ob es Patrick war. Es würde nichts bringen, sich zu verkriechen.

Als Lou aufstand, taten ihre Freundinnen es ihr nach.

»Wer ist das?«, wisperte Marla.

Lou zuckte mit den Schultern. »Keine Ahnung.«

Sie war froh, jetzt nicht allein zu sein. Drei gegen einen, erhöhte die Chance erheblich, den Kampf zu gewinnen.

Lou schlich, dicht gefolgt von Jenny und Marla, zur Tür und knipste das Flurlicht an.

»Wer ist da?«

»Logo Pizza. Ich habe eine Bestellung für Louisa Siebert?«

War das ein Trick? Die Stimme kam ihr nicht bekannt vor. Doch sie wusste, dass Patrick seine Stimme verstellen konnte.

»Ich habe nichts bestellt.«

»Ist aber schon bezahlt.«

»Tja, da ist ein Fehler passiert. Ich brauche heute Nacht keine Pizza.«

»Ich stelle Ihnen den Karton vor die Tür. Ich nehm die nicht mehr mit. Machen Sie damit, was Sie wollen. Alles Gute.«

Lou dachte nach. War im Karton etwas anderes als Pizza? Lauerte der sogenannte Bote in ihrem Vorgarten und hatte nur so getan, als sei er weggegangen?

»Was machst du jetzt?« Jenny flüsterte.

»Ich rufe beim Pizzadienst an. Ich muss wissen, ob das eine Falle ist.«

Lou rief bei Logo Pizza an und fragte, wer die Bestellung in ihre Straße aufgegeben habe.

»Moment, ich schaue nach. Eine Louisa Siebert.«

»Haben Sie mit ihr persönlich gesprochen?«

»Das weiß ich doch nicht mehr. Hier ist die Hölle los. Gibt es Probleme?«

»Nein, nein. Alles in Ordnung, danke schön.«

An Schlaf war nicht mehr zu denken. Sie saßen eingewickelt in ihre

Decken im Wohnzimmer und sprachen über die Vorkommnisse.

»Patrick ist schuld an Pauls Überfall.« Traurig sah Lou zu Marla.

»Ich mein, es ist wahrscheinlich, aber wieso bist du dir so sicher?«, fragte Marla.

Lou seufzte. »Ich habe diese Nachricht vorhin von Patrick bekommen.« Lou gab ihr Handy an Marla weiter. Jenny und sie lasen Patricks Botschaft.

»So ein Pisser! Was der da abzieht, ist Psychoterror.« Jenny runzelte die Stirn.

»Dios mío, ist das gruselig. Ich hab überall Gänsehaut.« Marla schüttelte sich. »Er ist also nicht weg. Hat feige einen anderen die Drecksarbeit machen lassen, Paul zusammenzuschlagen. Lou, ich habe ein ganz schlechtes Gefühl. Was für Überraschungen meint er?« Marla begann, an ihren Fingernägeln zu kauen.

»Also, er hat mich und Marla den Job gekostet. Beck wurde niedergeschlagen und Paul verprügelt. Ich hoffe nur, der Penner hat nicht vor, dir irgendwas anzutun.«

Lous Augen waren schreckgeweitet. »Ich wünschte, ich wüsste, was sein Plan ist. Hauptsache, er lässt euch endlich in Ruhe.« Sie schluckte und richtete den Blick auf den Boden. »Ich musste an Rebekka denken.«

»Du weißt schon, dass das hier eine völlig andere Situation ist? Mensch, Lou! Du konntest damals doch nicht wissen, was geschehen würde.«

»Jenny hat recht. Die alten Schuldgefühle bringen doch nichts.«

»Richtig. Jetzt habe ich ja auch neue Schuldgefühle, um die ich mich kümmern kann.« Lou schnaubte.

»Was? Wieso hast du Schuldgefühle?« Jenny wirkte ehrlich verblüfft.

Lou stand auf und lief im Wohnzimmer herum.

»Na, ich habe Patrick in unser Leben gelassen. Nichts von alldem wäre passiert, wäre ich nicht da.«

»Stopp, Lou! Nichts von alldem wäre passiert, wäre Patrick nicht da«, sagte Marla aufgebracht.

»Wie auch immer. Um mich habe ich keine Angst, nur um euch.«

»Und genau das weiß der Irre und spielt es gegen dich aus. Lass dir nicht so düstere Gedanken einreden! Sonst hat er dich damit in der Hand.«

Wenn es doch so einfach wäre.

Am nächsten Morgen beschloss Lou, mit ihren Freundinnen nachzuschauen, was es mit der Pizzalieferung auf sich hatte.

»Okay.« Lou schloss die Augen und atmete tief durch. »Sind wir bereit?«

»Bereit«, sagte Jenny.

»Ich bin auch bereit«, sagte Marla.

Lou riss die Tür auf. Auf ihrer Fußmatte lag eine riesige Pappschachtel, auf der *Familienpizza* stand. Sie hatte Angst, was sie darin finden könnte. Marla, Jenny und sie beugten sich über den Pizzakarton. Behutsam öffnete Lou den Deckel und hielt dabei die Luft an.

Auf einer großen Pizza, die mittlerweile nicht mehr appetitlich aussah, lag ein kleiner Brief.

»Wusste ich's doch. Es war ein Trick von Patrick.«

»Willst du den Brief lesen?« Marla sah besorgt zu Lou.

Einen Moment war Lou unschlüssig. Wenn sie den Brief, ohne ihn zu lesen, wegschmiss, konnte er sie auch nicht aus der Bahn werfen. Aber hatte sie nicht die ganze Zeit darauf hingearbeitet, alles über Patrick zu erfahren, um eine Schwachstelle zu finden?

Schnell hob sie den Brief auf. Jenny schnappte sich den Pizzakarton und warf ihn vor dem Haus in die Mülltonne.

Eilig gingen sie ins Haus zurück und Lou schloss hinter ihnen ab.

Ohne ein Wort zu sagen, gingen die Frauen ins Wohnzimmer und setzten sich auf die Couch.

»Ich mach ihn jetzt auf.«

Der Brief war nicht zugeklebt. Die Rückseite hatte sich mit dem Fett der Pizza vollgesogen. Lous Mundwinkel deuteten nach unten, während sie ein einzelnes Blatt aus dem Umschlag zog. Auch das zeigte Fettspuren. Die Schrift war aber noch gut lesbar.

Sie räusperte sich und las. Marla und Jenny lasen über ihre Schultern gebeugt mit.

Das Gespenst

Bösen Engeln will ich gleichen,
Fahlen Blicks mich zu dir schleichen,
Gleiten an dein Lager sacht,
Wie ein Schattenspuk der Nacht.
Schenken dir zu tausend Malen
Küsse kalt wie Mondesstrahlen,
Wie die Schlange schlüpfrig feucht,
Die um Gruft und Steine kreucht.
Kommt der bleiche Tag daher,
Ist die Stelle kalt und leer
Bis die Abendnebel brauen. –
Wenn es Andrer Kunst gelingt,
Dass dich Zärtlichkeit bezwingt,
Will ich Herr sein durch das Grauen.

(Charles Baudelaire)

Lou schnappte nach Luft. Die Haare auf ihren Armen und im Nacken stellten sich auf. Sie legte den Brief auf den Couchtisch und lehnte sich zurück, als wollte sie den größtmöglichen Abstand zu den Zeilen schaffen.

»Meine Fresse, ist das krank.« Jenny schüttelte den Kopf. »Ich mein, wer schreibt denn so was in ’nen Brief?«

Marla sagte nichts. Sie nahm den Brief mit spitzen Fingern auf, steckte das Blatt zurück in seinen Umschlag und steckt ihn ein.

Tief atmete Lou ein. »Es sind nur Worte, weiter nichts. Meinetwegen kann er mir täglich kranke Gedichte schicken, wenn ihn das nur von euch ablenkt.«

Die Frauen fuhren zusammen zum Krankenhaus, um Paul zu besuchen. Trotz der deprimierenden Umstände fühlte Lou sich im Krankenhaus sicher. Hier konnte ihnen Patrick nicht unbemerkt auflauern. Sie sehnte sich nach Beck, doch er musste mehr und länger arbeiten, weil Paul ausfiel. Er würde sich bei ihr melden, wenn er Feierabend hatte.

Trotz ihrer Müdigkeit fühlte sie eine Unruhe in sich, als sie wieder zu Hause war. Lauerte Patrick draußen in der Nähe? Würde er ihr etwas antun, wenn er sie erwischte? Hier in ihrem Wohnzimmer fühlte sie sich zwar sicher, aber auch eingesperrt.

Sie musste zur Ruhe kommen. Nachdenken. Sie setzte sich auf ihren Sessel und schloss die Augen. Sie atmete bewusst ein und aus.

Sie wollte nicht mehr passiv herumsitzen und warten. Worauf wartete sie eigentlich? Auf das Finale? Darauf, dass irgendeine höhere Macht sie von Patrick befreite? Dass sich ihre Probleme von allein lösten?

Lou öffnete ihre Augen. Ihr kam keine neue Idee. Sie war so müde. So erschöpft.

Den Rest des Tages verbrachte sie in ihrem dunklen Haus. Die Rollläden waren herabgelassen, die Tür abgeschlossen und zusätzlich mit dem Türstopper abgesichert, so konnte niemand unbemerkt bei ihr eindringen.

Als Beck kam, fand Lou es fast romantisch, mit ihm so eingeigelt zu sein. Kerzen beleuchteten die Räume und beruhigten ihre Nerven mit ihrem sanften Licht. Sie gaben sich eine Stunde Zeit, indem sie ihre Sorgen teilten und von Patrick sprachen. Wieder blitzte das Bild von Rebekka in ihr auf. Durch ihre Schuldgefühle wurde alles wieder hochgeschwemmt. Eines Tages würde sie Beck von Rebekka erzählen. Aber nicht heute Abend.

Als Becks Handyalarm darauf hinwies, dass eine Stunde vergangen war, nickten sie sich zu. Sie kochten gemeinsam und spielten Karten. Sie schauten sich einen Horrorfilm an und kuschelten.

Beck war der tollste Mann der Welt. Wie er sie zum Lachen brachte. Wie er sie im Arm hielt. Was er zu erzählen hatte. Alles war perfekt.

Als sie spät am Abend im Bett lagen, sorgten dicke Stumpenkerzen für ein warmes Licht. Nachdem sie sich geliebt hatten, lagen sie einander zugewandt und unterhielten sich leise.

»Eins musst du über mich wissen, Lou.« Ernst schaute er sie an.

»Aha. Und das wäre?«

»Ich bin eher ein Riesenotter als ein Schabrackentapir.«

Lou drehte sich auf den Rücken und lachte. Danach rollte sie sich lächelnd wieder zu ihm. »Ein Riesenotter? Du fühlst dich also als Riesenotter?«

Er lächelte. »Ich fühle mich diesen Tieren sehr verbunden, ja. Mach bitte keine Witze darüber. Das verletzt mich.«

»Okay. Mach ich nicht. Warum fühlst du dich dem Schabrackentapir nicht verbunden?«

»Eine ausgezeichnete Frage. Der Schabrackentapir ist ein Einzelgänger. Er tut sich nur zur Paarungszeit mit einem Weibchen zusammen. Ich finde das ziemlich deprimierend. Der Riesenotter dagegen findet seine Otterfrau und bleibt ein Leben lang mit ihr zusammen. Und Riesenotter schlafen nie allein. Am liebsten treiben sie eng aneinandergekuschelt auf dem Rücken durch das Wasser. Und um einander dabei nicht zu verlieren, halten sich die Otterpaare gegenseitig an den Händen. Ist das nicht der Hammer?«

»Verarschst du mich jetzt? Stimmt das echt?«

»Ja, das stimmt.« Beck nahm ihre Hand und ihre Finger flochten sich ineinander. Dann schaute er ihr in die Augen und gab ihr einen langen, zärtlichen Kuss. Seine Stimme war nicht lauter als ein Flüstern.

»Du und ich, Lou. Ich will mit dir was aufbauen. Und an dich angekuschelt schlafen. Jede Nacht. Sei mein Otter-Girl.«

Lous Herz schlug schnell vor lauter Glück. Sie lachte auf. Dann lächelte sie Beck an, gab ihm einen Kuss und seufzte.

»Dann bist du wohl jetzt mein Otter-Boy.«

»Lou?«

»Hm?«

»Ich bin glücklich.«

»Ich auch.«

Sie schmiegten sich aneinander, schliefen ein und hielten sich dabei an den Händen, um einander nicht zu verlieren.

Montag. Lou telefonierte mit Beck, der gerade Feierabend gemacht hatte.

»Kommst du mit zu meinen Eltern? Ich könnte dich abholen. Dann kann ich dich endlich vorstellen. Sie sind schon ganz neugierig.« Becks Stimme klang so warm und voller Liebe, dass es Lou ganz flau im Magen wurde.

»Ich möchte deine Eltern wirklich gern kennenlernen. Im Moment bin ich aber viel zu befangen. Sie sollen doch den besten Eindruck von mir bekommen.«

»Wie könnten sie nicht?« Sie hörte seiner Stimme an, dass er lächelte.

»Du Charmeur! Kommst du nachher wieder her? Ich will nicht ohne dich schlafen.«

»Ja, ich denke, das ist ein perfekter Plan. Ich freu mich auf dich.«

Nachdem sie aufgelegt hatten, stiefelte Lou unruhig im Wohnzimmer hin und her. Ihr Körper schien vor lauter Spannung zu vibrieren. Sie beschloss, einkaufen zu gehen. Damit konnte sie sich ablenken.

Als sie sich ihre Schuhe anzog, nahm sie ein leichtes Zittern ihrer Hände wahr. In ihrem Bauch schien ein großer Stein zu liegen, der ein schmerzhaftes Drücken verursachte. Als sie die Haustür vom Stopper befreite, sie aufschloss und ihre Hand auf die Klinke legte, wurde ihr schwindelig. Atme!, beschwor sie sich. Sie schwitzte und spürte die

Feuchtigkeit unter ihren Achseln. Sie nahm die Hand wieder von der Klinke, um sich, vornüber gebeugt stehend, etwas zu beruhigen.

Sobald sich ihre Hand wieder der Tür näherte, lagen ihre Nerven blank. Sie hatte Angst. Panik. Sie keuchte und schwitzte. Ihre Beine wurden weich. Sie konnte es nicht, wenn sie allein war. So eine Scheiße!

Schließlich gab sie es auf und fragte Beck, ob er ihr etwas mitbringen könnte, wenn er kam.

Nachdem sie gemeinsam die Einkäufe ausgepackt und gegessen hatten, kuschelten Beck und Lou auf der Couch. Er hielt sie fest umschlungen, kraulte ihren Rücken und küsste sie, bis ihre Sorgen nach hinten rückten.

Kapitel 28

Beck war bei der Arbeit und Lou dachte nach.

Die Episode gestern zum Thema ›Einkaufen‹ machte ihr deutlich, wie wichtig es war zu handeln. So wollte sie nicht leben. Sie wollte frei sein. Unbeschwert. Ihre Liebe mit Beck genießen. Doch Patrick stand dem im Weg. Was konnte sie tun? Sollte sie sich bei ihm melden? Beck hatte ihr davon abgeraten und wahrscheinlich hatte er recht. Sie würde ihn nicht zur Aufgabe bewegen können.

Selbst als sie ihn glauben ließen, ein Fluch laste auf ihm, hatte er einen Weg gefunden, sich dort wieder herauszuwinden. Sonst hätte er ihr wohl kaum geschrieben.

Sie schloss ihre Augen und atmete tief durch.

Es fühlte sich an, als bestünde ein Band zwischen Patrick und ihr. Im Grunde genommen war das auch so: allerdings ein hässliches, faulendes, stinkendes Band mit pathogenen Bakterien bespickt, die nur darauf warteten, sie zu infizieren. Ihre Brust prickelte und stach. Um die Haut ein wenig vor ihren Fingernägeln zu schonen, rieb sie mit ihrem T-Shirt darüber.

Egal, was passieren würde … ihre Freunde mussten herausgehalten werden. Sie wollte nicht noch einmal schuld daran sein, dass … sie schüttelte den Kopf.

Rebekka. Schuldgefühle wickelten sich um ihren Brustkorb, bis sie sich regelrecht eingeschnürt fühlte. Sie konnte die Erinnerung nicht mehr zurückhalten. Sie brandete über sie hinweg und zog sie in ihren Sog, bis sie fast unterging. Rebekka. Sie war in der Oberstufe ihre beste Freundin gewesen. Lous Magen krampfte sich schmerzhaft zusammen. Speichel sammelte sich in ihrem Mund. Vornübe rgebeugt rannte sie zur Toilette, erbrach ihren Kaffee, vermischt mit Magensäure und Galle. Ihre Kehle brannte, sie hatte einen ekelerregenden, bitteren Geschmack im Mund. Als sie sicher war, dass nichts mehr kam, putzte sie sich die Zähne und spülte ihren Mund mit Mundwasser. Erschöpft lehnte sie sich gegen ihr Waschbecken. Sie vermied es, in den Spiegel zu schauen.

Lous Mund fühlte sich ausgedörrt an. Sie holte sich ein Glas Wasser aus der Küche und ließ sich vor ihre Couch zu Boden sinken. Sie sah, wie ihre Hände zitterten. In langen Zügen trank sie. Lous Körper reagierte auf die Schuldgefühle, die sich in ihrem Inneren zusammenballten, mit Schweißausbrüchen, unerträglichem Juckreiz und Bauchschmerzen.

Sie konnte nicht sagen, wie lange sie einfach so dagesessen hatte. Sie stand auf, dehnte ihre eingeschlafenen Glieder und schenkte sich Wein ein.

Sie musste kämpfen. Sie würde ihre Freunde nicht im Stich lassen. Es würde ihr nicht noch einmal dasselbe passieren, was ihr mit Rebekka passiert war. Die Erinnerung stand ihr so deutlich vor Augen, als wäre es gestern gewesen.

Es war ein schöner Sommertag im August und ihr achtzehnjähriges Ich war schrecklich verliebt. Sie war bei Marco und versuchte mit allen Mitteln, ihn zu bezirzen. Sie wollte heute nicht ungeküsst nach Hause gehen und bisher lief es richtig gut zwischen ihnen. Nur ihr Handy nervte kolossal. Rebekka hatte Lou im Laufe des Tages mehrere SMS geschrieben.

»Lou, bitte, können wir reden? Es ist dringend.«

»Melde dich bitte. Ich brauche dich, damit ich nicht durchdrehe.«

»Letzter Versuch. Ich warte noch zehn Minuten.«

Danach hatte Rebekka versucht, sie anzurufen.

Es war nicht so, dass Lou die Nachrichten zu spät gesehen hätte. Auch den Anruf registrierte sie. Doch sie wollte sich ihr Date mit Marco nicht kaputtmachen lassen, indem sie jetzt mit Rebekka quatschte. Rebekka war oft niedergeschlagen und textete Lou dann Stunde um Stunde zu. Darauf hatte sie jetzt keine Lust. Sie würde sie am Abend zurückrufen, wenn sie wieder zu Hause war.

Leider war das nicht mehr möglich gewesen. Rebekka hatte einen

Abschiedsbrief für ihre Eltern auf dem Küchentisch hinterlassen und war verschwunden. Die Eltern und die Polizei gingen vom Schlimmsten aus. Keiner wusste, ob Rebekka sich das Leben genommen hatte oder ob sie weggelaufen war. Tatsache war, dass keiner je wieder von ihr hörte.

Lou war traumatisiert. Damals schwor sie sich, nie mehr ihre Freunde im Stich zu lassen, nur weil sie eine Liebesbeziehung hatte. Freunde gingen immer vor. Diese Einstellung hatte sich bis heute nicht geändert.

Lou schüttelte den Kopf. Ihre Schuldgefühle halfen ihr nicht weiter. Sie konnte die Vergangenheit nicht ungeschehen machen. Sie konnte nur versuchen, es jetzt besser zu machen. Sie würde ihre Freunde schützen. Mit zittrigen Händen trank sie in großen Schlucken ihren Wein.

Am nächsten Tag war Lous Stimmung zwar bedrückt, aber sie hatte sich vom vorigen Tag erholt.

Sie wusste nicht, wann sie zuletzt in ihren Briefkasten geschaut hatte. Nicht dass die Nachbarn irgendwann den überquellenden Briefkasten registrierten und die Polizei riefen, weil sie dachten, ihr wäre etwas passiert.

Sie schlüpfte in ihre Converse und holte die Post. Erleichterung machte sich in ihr breit. Sie war weder zittrig noch einer Panik nahe, als sie zu ihrem Briefkasten ging. Kein Brief von Patrick. Doch es gab einen Brief ihres Arbeitgebers. Schnell zog sie sich wieder in ihr Haus zurück, schloss ab und setzte sich auf die Couch.

»*Sehr geehrte Frau Siebert, wir bedauern Ihre Entscheidung, unsere Einrichtung verlassen zu wollen. Der Ihnen noch zustehende Urlaub sowie die Verrechnung Ihrer Überstunden ergeben, dass Sie bis zum Ende Ihres Arbeitsverhältnisses am 31. Mai nicht mehr zur Arbeit antreten müssen. Sie erhalten Ihr Arbeitszeugnis auf dem Postweg.*

Wir wünschen Ihnen alles Gute und viel Erfolg auf Ihrem weiteren Weg.«

Lou ließ den Brief sinken. Es war, als habe ihr jemand ein Nudelholz über den Schädel gezogen. Das konnte doch nicht wahr sein. In ihr tobten Frustration, Wut und Verzweiflung. Sie schrie ihre geballten Gefühle in ein Kissen. Wuttränen liefen ihr über die Wangen. Ihr nächster Impuls war, sofort bei der Personalabteilung anzurufen, um die Kündigung rückgängig zu machen. Doch war das fair? Konnte sie dort anrufen und sagen: Sorry, war alles nur ein Missverständnis. Mein Stalker hat die Kündigung geschrieben. Ich bleibe Ihnen erhalten. Wann ich zurück aus der Krankenzeit komme? Keine Ahnung. Kann noch was dauern. Ich stecke gerade mitten in einem Machtspielchen mit einem Psycho fest.

Sie ließ sich auf die Couch sinken. Sie saß da wie eine Marionette, deren Fäden durchschnitten worden waren. Mit glasigen, aber trockenen Augen und vollkommen unbewegt. Etwas in ihr wollte, dass sie jetzt sofort ihren Arbeitgeber anrief und um einen Gesprächstermin bat. Sie sollte in Aktion treten. Sie sollte mit irgendjemandem reden. Sie sollte sich das nicht gefallen lassen. All das dachte sie. Doch sie war nicht in der Lage, einen Finger zu rühren. Sie war wie gelähmt.

Sie konnte dort jetzt nicht anrufen. Sie wollte es nicht. Sie hatte immer einen guten Ruf als Pflegekraft gehabt. War jetzt die Zeit gekommen, um sich umzuorientieren? In ihrem Job waren Zuverlässigkeit, konzentriertes Arbeiten, Fachlichkeit und Einfühlsamkeit oberstes Gebot. Das konnte sie nicht mehr gewährleisten. Sie hatte von Stalking-Fällen gelesen, die Jahre andauerten. Vielleicht musste sie umziehen. Dann musste sie sich sowieso eine andere Stelle suchen.

Mit schleppendem Gang lief sie in ihr Schlafzimmer und legte sich angezogen auf ihr Bett. Dort drehte sie sich auf die Seite, schaute auf die zugezogenen Vorhänge, hinter denen die Rollläden heruntergefahren waren, und tat nichts. Hatte es einen Sinn zu kämpfen? Zu versagen und wieder zu kämpfen? Patrick war stärker, skrupelloser und saß scheinbar am längeren Hebel.

Irgendwann nahm sie ihr Handy in die Hand. Beck hatte geschrieben.

Sie verabredeten sich für den Abend und Lou war froh, nicht allein sein zu müssen.

Ich bin arbeitslos. Das war Lous erster Gedanke nach dem Aufwachen. Sie war so froh gewesen, dass Beck gekommen war und sie getröstet hatte. Er konnte verstehen, warum sie die Kündigung nicht rückgängig machen wollte. Vor allem, wenn sie sich ohnehin etwas anderes suchen wollte.

Sie drehte ihren Kopf zur Seite und sah zu Beck. Sofort musste sie lächeln. Er schlief, seine dunklen Haare waren zerzaust. Sie liebte seine Wangenknochen und seine Augen. Seinen Geruch, seine Art, sein Herz, einfach alles. Sie stand vorsichtig auf, um Kaffee zu kochen.

Kurze Zeit später kam Beck in die Küche geschlendert und umarmte Lou von hinten. Er war bereits fertig angezogen.

»Guten Morgen, meine bildschöne Geliebte. Ich will nicht zur Arbeit gehen. Ich würde viel lieber mit dir hierbleiben.«

Lou drehte sich zu ihm und lächelte verliebt.

»Ich hätte dich auch viel lieber bei mir. Mein Geliebter.«

Sie küssten sich. Dann schenkten sie sich Kaffee ein. Lou setzte sich auf Becks Schoß.

»Sag mal, möchtest du mich nach der Arbeit vielleicht abholen? Wir könnten einkaufen gehen und dann zu dir fahren. Dann kochen wir uns etwas und machen es uns gemütlich.«

»Klar kann ich das. Bist du dir sicher, dass du nicht lieber mit mir hierbleiben möchtest? In deiner Festung?«

»Ja, ich bin mir sicher. Dein Bett ist viel bequemer als das Luftbett. Deine Kissen sind kuscheliger, deine Couch gemütlicher, deine Regenwalddusche ist so viel besser als meine mit dem einen harten Strahl. Ich könnte mich dann endlich mal wieder gründlich waschen.«

Beck lachte. »Okay, cool. Ich ruf nachher an, wenn ich losfahre, okay?«

»Perfekt.«

Sie genossen noch ein paar Minuten die Nähe des anderen, dann musste sich Beck auf den Weg machen. Zum Abschied küssten sie sich innig. Lou seufzte und hatte ihren Kopf an den Rahmen der Haustür gelehnt. Sie blickte Beck nach, bis er nicht mehr zu sehen war.

Sie stand in der Küche, als ihr Handy klingelte. Die Nummer kannte sie nicht. Aber wenigstens wurde eine Nummer angezeigt.

»Hallo?«

»Guten Tag, spreche ich mit Frau Siebert?«

»Ja?«

»Hallo, ich bin Fred Brenner. Ich rufe an, wegen der Annonce im ›Westfalen-Blatt‹. Ich wollte mich erkundigen, wann ich Ihr Haus besichtigen könnte. Nachmittags oder abends wäre mir am liebsten. Wäre das möglich?«

Lou setzte sich auf einen Küchenstuhl.

»Könnten Sie mir die Anzeige bitte vorlesen?« Ihr Körper spannte sich an und der Griff um ihr Handy wurde fester.

Brenners Stimme klang verwundert.

»Äh, natürlich. Warten Sie bitte einen Moment.«

Geraschel war im Hintergrund zu hören. Herr Brenner las vor.

»Hier steht: Verkaufe gemütliches, kleines Einfamilienhaus am Rande von Porta Westfalica. Sechzig Quadratmeter, Wohnküche, Wohnzimmer, ein Schlafzimmer. Bad saniert, mit Terrasse und Garten. Nette Nachbarschaft. Ab sofort zum Verkauf. Bei Interesse rufen Sie bitte an. Und dann kommt Ihr Name und die Telefonnummer, unter der ich sie erreicht habe. Stimmt etwas nicht?«

»Das kann man so sagen. Mein Haus ist nicht zu verkaufen. Tut mir leid.« Damit drückte Lou den Anrufer weg.

Als würde eine große Welle sie mit sich reißen, rauschte der Vormittag an ihr vorbei. Es melden sich mehr und mehr Interessenten. Lou überlegte, ihr Handy auszuschalten, wollte aber nicht, dass ihre

Freunde vergeblich versuchten, sie zu erreichen.

Sie konnte nichts tun. Bei der Zeitung anzurufen, hätte keinen Zweck, da die Anzeige ja bereits geschaltet war. Doch vielleicht sollte sie an mehreren Tagen erscheinen? Also rief sie doch den Anzeigen-Service der Zeitung an, erzählte von der falschen Annonce und bat, dass zukünftig keine mehr geschaltet werden sollte.

Im letzten Moment dachte sie noch an die Beweise, die sie für die Polizei sammeln wollte. Sie bat darum, ihr eine E-Mail mit dem Wortlaut und Datum der Anzeige zu schicken, sowie dem Absender.

Patrick stieß keine leeren Drohungen aus. Ihre Kündigung und das Inserat in der Zeitung waren wirklich große Überraschungen gewesen.

Lou fing an, ihr Haus zu putzen, und dachte dabei über alles nach. Es war dringend nötig, sauber zu machen. In den letzten Wochen hatte sich eine Menge Dreck angesammelt. Bitter lächelte sie. Das konnte man auch auf ihr Leben übertragen und läge immer noch richtig.

Ihr wurde klar, was Patrick vorhatte. Keinen Job, kein Heim, die Freunde fertiggemacht. Er wollte sie von allem trennen.

Doch er hatte nicht bedacht, dass Liebe stärker war als seine Destruktivität. Sie hatte Beck und das stärkte sie.

Sie rief ihn in seiner Pause an und erzählte ihm von der Zeitungsannonce.

»Ich bin so froh, dass du mich heute abholst. Dann kann ich mir vorstellen, ich fahre mit dir in den Urlaub und vergesse alles andere. Was denkt sich Patrick eigentlich? Ist es nicht pubertär, was er abzieht?«

»Also pubertär finde ich es nicht. Schließlich geht es um existenzielle Fragen. Ohne Job kein Geld. Ohne Geld nichts zu essen. Die Annonce soll dir bestimmt Telefonterror bescheren. Clever, so muss er nicht selber permanent anrufen, um sich in Erinnerung zu bringen. Das übernehmen andere für ihn. Ich entführe dich später. Das Handy lässt du einfach zu Hause, denn im Urlaub braucht man es nicht. Und dann verwöhne ich dich. Hey! Weißt du was? Ich frage Herb, ob ich ein, zwei Tage Urlaub nehmen kann. Jetzt, wo Paul wieder da ist, ist das bestimmt kein Problem.«

»Das wär so toll! Aber Beck, hast du gar keine Angst vor Patrick? Ich meine, er hat dir ja schon einmal was angetan.«

»Wenn ich zu Hause bin oder bei dir, mache ich mir keine Sorgen. Wenn er versuchen würde einzubrechen, könnte ich mich immer verteidigen. Da an der Hütte war ich zu unvorsichtig. Das wird mir nicht noch einmal passieren.«

»Beck?«

»Ja?«

»Ich kann mein Glück nicht fassen, dass wir zusammen sind. Ich freue mich total auf die nächsten Tage. Trotz Patrick und dieser miesen Situation.«

»Lou, wenn es nicht so kitschig wäre, würde ich sagen, dass du meine Traumfrau bist.«

»Ach so. Du sagst es aber nicht, weil es zu kitschig ist?«

»Genau. Ich freue mich auch sehr. Ich ruf dich nach der Arbeit an, ja?«

Lou dachte lächelnd an Beck. Sie schrieben ständig hin und her, wie es verliebte Teenager taten. Beide konnten den Abend kaum erwarten. Beck gab Lou das Gefühl, geliebt zu sein. Sie liebte seinen Humor, der sie in ihrem Flirt per WhatsApp immer wieder zum Lachen brachte.

Ein schabendes Geräusch, das aus Richtung der Haustür kam, riss sie aus ihren Gedanken. Sie ging in den Flur.

Unter der Haustür konnte sie eine Ecke eines braunen Umschlages erkennen. Jemand hatte versucht, ihr den Umschlag durch den Türspalt zu schieben, es aber nicht geschafft.

Blitzschnell entfernte sie den Keil, öffnete die Tür und sah sich um. Es war keiner zu sehen. Sie bückte sich, nahm den Umschlag und verriegelte die Tür hinter sich.

In der Küche setzte sie sich auf einen Stuhl und öffnete den

Umschlag. Den Inhalt schüttete sie auf den Tisch. Es waren Fotos. Lou nahm sie in die Hand und schaute sich das Erste an.

Wieder zog sich ihr Magen krampfhaft zusammen. Sie riss ungläubig die Augen auf. Auf dem ersten Bild war Ben zu sehen, der sich hinter ihre Mülltonne kauerte. Was, um Himmels willen war das?

Das nächste Foto zeigte Ben im Supermarkt, wie er sich an ein Regal drückte und in Richtung Kasse schaute, an der Lou sich selbst stehen sah.

Dann kam eins, auf dem Ben zu sehen war, wie er gerade die Werkstatt verließ, in der Beck und Henry arbeiteten.

Lou wurde schwarz vor Augen. Dann erst merkte sie, dass sie die ganze Zeit die Luft angehalten hatte.

Ben im Wald, Ben an der Hütte, Ben in ihrem Garten.

Was war hier los? Patrick war der Stalker. Oder etwa nicht? Hatte sie etwa zwei Stalker? Wie viel Pech konnte ein Mensch haben?

Moment. Sie musste nachdenken. Sie legte die Fotos mit der Unterseite nach oben, auf den Tisch.

Sie hatten Patrick ertappt, als er bei ihr einbrach. Patrick war auch derjenige, der Beck angegriffen und verletzt hatte. Hatte Patrick ihn ihretwegen verletzt? Oder lag es an ihrer gemeinsamen Vergangenheit, dass Patrick auf Beck losgegangen war? Nein, Patrick hätte sie ganz klar entführt, wenn die Wasserpistole nicht gewesen wäre. Es war ebenfalls Patrick, der das Feuer in Marlas Salon gelegt hatte und auch die anderen Taten gingen auf sein Konto. Sie wusste von Celia, dass Patrick ein kranker Stalker war.

Was hatte Ben damit zu tun?

Lou war von ihrer nervösen Anspannung genervt. Konnte nicht einmal ein Tag vergehen, an dem es keine bösen Überraschungen gab? Ihre Gedanken waren nicht zu bremsen. Scheinbar war Ben auch eine Gefahr für sie.

Sie legte die Fotos aufgefächert auf den Tisch und schoss ein Foto davon. Gut, dass sie seine E-Mail-Adresse hatte. Sie schickte Ben mit klopfendem Herzen das Bild und fragte, was das sollte.

Kapitel 29

Sie schrieb Beck von den Fotos und dass sie Ben eine E-Mail geschickt hatte. Bisher hatte Beck darauf noch nicht geantwortet. Na ja, er musste schließlich auch arbeiten. Heute Abend könnte sie ihm alles haarklein erzählen.

Lou ging unter die Dusche und machte sich hübsch für ihren Freund. Sie sang laut die Lieder ihrer Playlist mit.

Am späten Nachmittag klopfte jemand an ihre Tür. Hoffentlich war es kein übereifriger Interessent, der ihr Haus kaufen wollte.

»Wer ist da?«, fragte Lou durch die geschlossene Tür.

»Jen.«

Lou schob den Keil zur Seite und schloss die Haustür auf.

»Oh Gott sei Dank, du bist zu Hause«, stieß Jenny, untypisch emotional hervor.

Ihre Stimme bebte, ihr flossen Tränen über die Wangen und sie warf sich in Lous Arme. Lous Beine wurden wackelig. Sie hatte Angst. Jenny konnte so leicht nichts erschüttern. Aber gerade wirkte sie am Boden zerstört.

»Was ist denn los? Hey, Jen, was ist passiert? Komm, setz dich erst mal ins Wohnzimmer. Ich hole dir ein Wasser.«

Als Lou zurückkam, sah sie in die geröteten Augen ihrer Freundin, die immer noch unentwegt weinte. In Lous Bauch krampfte sich alles zusammen. Ihr war so flau, sie war kurz davor, sich zu übergeben. Die Stressflecken auf ihrer Brust meldeten sich zurück und sie kratzte sich.

Jenny stellte das Wasser zur Seite. Ihre Hände zitterten. Sie holte tief Luft. Jenny schüttelte immer wieder den Kopf. Ihre Lippen waren zusammengepresst.

Was war nur geschehen? Lou biss die Zähne fest zusammen und versuchte, nicht in Panik zu geraten. Sie hielt die Luft an.

Jenny schaute zu Boden. »Lou, es kam heute zu einem Unfall.« Unruhig fuhren Jennys Hände ihre Oberschenkel entlang. Als wollte sie ihre feuchten Handflächen am Jeansstoff trocknen.

Lou legte sich eine Hand über den Mund.

»Oh Gott. Ein Autounfall? Es wurde jemand verletzt, richtig? Ist Marla was passiert? Oder Paul? Beck?«

Lou spürte, wie die Panik ihr die Luft abschnürte. Sie wollte nicht hören, was passiert war. Lauf weg, hörte sie eine innere Stimme rufen.

»Lou. Es war wirklich schlimm. Ein schlimmer Unfall. Ich weiß einfach nicht …«

Jenny weinte und Lou zog sich das Herz zusammen, bei dem kummervollen Anblick ihrer Freundin. Ihre Zunge klebte am Gaumen und obwohl sie noch nicht wusste, was passiert war, spürte sie erste Schockwellen auf sich zu rollen.

Sie nahm Jenny in den Arm und streichelte ihr über den Rücken, bis diese ihre Fassung zurückgewann.

»Jen. Bitte, raus mit der Sprache. Was ist passiert?«

Warum hatte sie gefragt? Sie wollte nichts hören. Wollte keine weiteren Katastrophen in ihrem Leben haben. Wollte sich nicht schuldig fühlen. Doch war Ungewissheit nicht noch viel schlimmer? Innerlich zerriss es sie. Sie hätte schreien können.

Jenny schloss die Augen und wisperte: »Beck ist tot.«

Die Zeit blieb stehen. Lou konnte sich nicht rühren. Konnte nicht sprechen. Versuchte, das Unfassbare zu fassen. Nach einer Weile ließ die Starre nach. Sie schüttelte immer heftiger den Kopf. Eiskalt lief es ihr über den Rücken.

»Nein. Das kann nicht sein. Ich habe doch gerade noch mit ihm geschrieben. Das ist ein Irrtum. Ihm geht es gut. Es kann nicht sein.« Mit bebenden Händen rief Lou ihren Chat mit Beck auf und hielt Jenny das Handy hin.

»Siehst du? Das ist noch nicht lange her. Er ist bei der Arbeit.

Deshalb hat er noch nicht geantwortet. Ihm kann nichts passiert sein.«

Sie stand auf, taumelte, hielt sich an der Lehne der Couch fest, fand ihre Balance und lief im Zimmer hin und her. Ihr Blick richtete sich auf Jenny. Mehr als Worte es gekonnt hätten, war es Jennys Anblick, der ihr sagte, dass Beck doch etwas passiert war. Gekrümmt saß sie da, leichenblass und mit schockgeweiteten Augen, aus denen unablässig Tränen flossen.

Lous Augen brannten, doch sie blieben trocken. Bittere Galle schoss ihr von einer Sekunde auf die andere in den Mund. Sie erbrach sich vor ihre Füße. Schwindel erfasste sie, zog sie zu Boden. Dort blieb sie liegen und spürte ihr inneres Zittern. Ihre eiskalten Hände. Ihren schweren Atem.

Jenny wischte das Erbrochene weg, säuberte die Stelle und legte sich neben Lou. Sie nahm ihre Hand. Beide blickten zur Zimmerdecke.

Lou schloss die Augen. »Wie?«, fragte sie tonlos.

Jennys Stimme war rau vor Kummer.

»Es war die Hebebühne. Beck reparierte ein Auto und stand darunter. Sie ist runtergekracht. Einfach so. Viel zu schnell, als dass Beck hätte reagieren können. Das Auto wurde runtergefahren und Paul hat die Hebebühne manuell hochgepumpt. Es muss schrecklich gewesen sein. Es war zu spät. Es wurde gesagt, er sei sofort tot gewesen.«

Lou schüttelte den Kopf und konnte nicht damit aufhören.

»Jen, er kann nicht tot sein!«

Jenny schwieg.

»Wie ist das möglich? Wie ist das passiert? Jen, was …wie kam es dazu?«

»Wie ich es verstanden habe, kümmert sich die Polizei darum, es herauszufinden.«

»Warum er? Beck kann doch nicht …«

Endlich kamen die Tränen.

Lou konnte nicht sagen, wie es kam, dass alle in ihrem Wohnzimmer saßen. Sie wusste, dass Jenny gekommen und seitdem ihre Welt aus dem Gleichgewicht geraten war. Es herrschte gespenstische Stille. Zwischendurch hörte Lou ein Schluchzen. Zwischendurch schluchzte sie selber. Das Entsetzen lähmte sie.

Paul erhielt einen Anruf. Er ging mit gebeugten Schultern auf die Terrasse, und als er zurückkam, wirkte er noch mehr am Boden zerstört als vorher. Er war leichenblass. Seine Stimme klang erschöpft.

»Das war unser Chef. Herb hat gesagt, die Polizei hat untersucht, ob er fahrlässig war mit der Wartung der Hebebühne. Er konnte alle durchgeführten Wartungen und Reparaturen nachweisen. Sie haben festgestellt, dass sich eine Mutter am Schlauchanschluss des Hydraulikschlauchs der Hebebühne gelöst hat. Als sich Druck aufbaute, ist Öl an der Verbindung ausgetreten, weil sie nicht dicht war. Herb kann sich nicht erklären, wie sich die Mutter gelöst haben soll. Die Polizei sieht keine Anhaltspunkte für offensichtliche Manipulation. Sie betrachten es als tragischen Unfall.«

Paul ließ sich auf die Couch fallen und griff nach einem Bier.

In Lou tobte der Schmerz. Ihr ganzer Körper fühlte sich an, als würde er sich zusammenziehen. Sie schlang die Arme um ihren Leib und beugte sich nach vorn. Tränen strömten aus ihren geschwollenen Augen. Rotz lief ihr aus der Nase. Ihr Mund war zum Schrei verzerrt, ohne dass ein Laut herausdrang. Speichel lief ihr aus dem Mund.

Jenny sagte »Oh verdammt! Es ist so … ich kann es nicht glauben, dass … glauben wir denn an einen Unfall?« Sie wischte sich die Tränen aus dem Gesicht.

Nachdem Paul einen Schluck getrunken hatte und seinen Kopf nach hinten fallen gelassen hatte, sagte er mit müder Stimme: »Das war kein Zufall. Und auch kein Unfall. Ich arbeite jetzt so lange bei Herb und so etwas ist noch nie passiert.«

Als Paul sagte, dass es wahrscheinlich kein Unfall war, war es, als hätten ihr Gehirn und ihr Herz einen Stromschlag bekommen. Sie fühlte eine Spannung in sich, die sie aufspringen ließ. Doch sofort sank sie auf die Couch zurück, ihre Beine waren schwer wie Betonklötze. Von der Unterhaltung um sie herum bekam sie nichts mehr mit. Sie war damit beschäftigt, genügend Sauerstoff in ihre Lungen zu bekommen. Lou kämpfte sich aus ihrem Sessel und blieb, leicht schwankend stehen. Ihr war schwindelig. Sie war kurz davor zusammenzubrechen. Am Rande nahm sie wahr, wie erschrocken ihre Freunde sie ansahen. Sie alle mussten gehen, mussten weg von ihr. Sie würde dafür sorgen, dass sie sich fernhielten. Sie konnte nicht mit dem Gedanken leben, dass Beck ihretwegen gestorben war. Sie schluchzte auf. Der Damm brach. Sie weinte so laut und verzweifelt, wie sie noch nie geweint hatte. Zwischendurch stieß sie »Es tut mir leid. Es tut mir so leid!« aus. Sie kniete vor Paul nieder, nahm seine Hände und schluchzte weiter.

»Paul, es tut mir so unendlich leid. Ich wollte das nicht. Ich …« Sie konnte nicht mehr weitersprechen.

Paul streichelte ihr über den Kopf.

»Du kannst nichts dafür. Hey, Lou. Es ist mein Ernst. Schau mich an. Schau mich bitte an.« Er hob ihr Kinn an, bis sie ihm in die Augen schaute. »Es. Ist. Nicht. Deine. Schuld. Glaub mir, wir kriegen das Schwein. Hörst du?«

Sie musste ihre Freunde loswerden. Ihre geliebten, treuen, loyalen Freunde. Ihr stiegen unablässig Tränen in die Augen.

Ihr Körper fing an zu beben und Lou versuchte, ihre Stimme zu kontrollieren. »Bitte, geht«, sagte sie. Ihre Stimme klang dünn und leise.

»Nein!«, Marla stand auf und kam auf Lou zu. »Wir gehen nicht. Wir müssen zusammenhalten und das werden wir tun. Wir lassen dich nicht allein, Lou.«

Lou schüttelte langsam ihren Kopf. Es fiel ihr schwer, ihre Wut und ihre Traurigkeit zu kontrollieren. Sie befürchtete, obwohl sich die Wut nicht gegen ihre Freunde richtete, sie würde alles kurz und klein schlagen, wenn sie aus ihr herausbrach. Sie würde nicht mehr unterscheiden können, zwischen Freund und Feind.

»Ich meine es ernst. Geht jetzt. Ich melde mich. Aber lasst mich jetzt allein und geht.«

Jenny stand auf und zog Marla hinter sich her. Im Vorbeigehen legte sie Lou flüchtig eine Hand auf die Schulter. Paul folgte ihnen.

Als alle gegangen waren, dachte Lou noch daran, die Tür hinter ihnen abzuschließen. Sie griff sich ein Kissen von der Couch, biss heftig hinein und schrie, bis sie heiser war.

Später verkroch sie sich ins Bett. So düster, gequält und verzweifelt, hatte sie sich bisher, noch nie in ihrem Leben gefühlt.

Am folgenden Tag weinte Lou, sobald sie die Augen aufgeschlagen hatte. Alles stürzte auf sie ein. Der Schmerz war zu viel. Sie wusste nicht, wie sie ihn dosieren sollte. Sie hatte ein paar Stunden wie ein Stein geschlafen. Sie war erschöpft, nach größter, emotionaler Anspannung.

Sie schrieb ihren Freunden kurz eine Nachricht, weil sie nicht wollte, dass jemand vorbeikam, und schaltete ihr Handy aus. Die Tür war abgeschlossen, die Rollläden heruntergelassen, die Vorhänge zugezogen.

Ihr Kopf pochte, ihre Hände zitterten. Zentnerschwere Gewichte drückten ihren Brustkorb nieder. Ununterbrochen dachte sie daran, wie glücklich sie mit Beck gewesen war. Am liebsten hätte sie ihren Kummer herausgekotzt. Sie wusste nur nicht, wie das ging.

Sie lag zusammengekrümmt auf ihrer Couch, über sich die grob gehäkelte Wolldecke und würgte hin und wieder einen Schluck Tee hinunter, damit ihr Kreislauf nicht schlappmachte.

Später überwand sie sich, ihren Freunden eine weitere Gruppennachricht zu schicken. Sie wusste, ihre Freunde würden beruhigt sein. Dann bat sie um Zeit für sich und versprach, jeden Tag eine Nachricht zu verschicken, damit alle wussten, dass sie noch lebte.

Lange blieb sie auf der Couch liegen. Vor ihrem inneren Auge lief in

Bruchstücken ein Film der letzten Wochen ab. Ben. Beck. Patrick. Anrufe. Beck. Nachrichten. Pralinen. Briefe. Beck. Blumen. Beck. Spaziergänge. Ihre Freundinnen. Lachen. Beck. Verleumdungen. Unfälle. Beck. Schlägereien. Kündigung. Beck. Beck. Beck.

Sie merkte, wie sie anfing, sich wie eine Verrückte zu fühlen. Ihre Seele war komplett überfordert. Sie wollte toben und schreien. Doch alles, was sie tat, war stumm und starr dazuliegen.

Die Tage verstrichen, ohne dass Lou sich bewusst war, wann ein neuer Tag begann, und wie viel Zeit verstrich. In ihrem dunklen Bunker spielte die Zeit keine Rolle. Hin und wieder klingelte es an der Tür. Ihre Freunde waren es nicht. Ihre Mailbox war voll.

Jeden Tag schrieben sich die Freunde knappe Nachrichten, damit sie wussten, dass ihnen nichts passiert war. Jeder war in seinem eigenen Trauerprozess gefangen.

Jede Nacht, in der Lou keinen Schlaf fand, starrte sie in den Fernseher. Das Haus war zu ruhig. Sie konnte die Stille nicht ertragen.

Ihr Dekolleté war blutig gekratzt. Sie wurde die hässlichen roten Flecken nicht mehr los. Ihr Magen verkrampfte sich regelmäßig und schmerzte ohne Unterlass. Sie glaubte, Fieber zu haben. Ihr kam es vor, als sei sie kochend heiß. Die ganze Zeit rechnete sie mit einer weiteren Attacke von Patrick. Und was war mit Ben? Bewegungslos lag sie, wie jeden Tag, unter ihrer Häkeldecke. Doch heute war das erste Mal, dass sie aus ihrer Lethargie herauskam und das Denken einsetzte. Nicht nach und nach, sondern abrupt und überwältigend. So lag sie da, den Blick auf die Zimmerdecke gerichtet, äußerlich ruhig, doch innerlich aufgewühlt.

Lou krümmte sich wegen der Heftigkeit ihrer Gefühle, die ihr durch Mark und Bein fuhren.

Es ist deine Schuld! Du hast Patrick in dein und ihr Leben gelassen! Du machst das schon ganz richtig! Vergrab dich nur und denk immer daran, was du den anderen angetan hast! Erst hat sich Rebekka wegen dir umgebracht, jetzt ist Beck deinetwegen tot. Meinst du, irgendjemand will überhaupt noch etwas mit dir zu tun haben? Du bist eine Todesfee!

Sie schluchzte und versuchte, sich zu verteidigen.

Ich bin nicht schuld. Woher hätte ich wissen sollen, was Patrick vorhat? Woher hätte ich wissen sollen, dass seine Freundlichkeit nur Fassade war?

Es schrie in ihr: Faule Ausreden! Belüg dich nur selber! Tief in ihnen drin hassen dich deine Freunde! Du ruinierst ihr Leben! Wenn du ihnen wirklich helfen willst, dann geh zu Patrick! Das hättest du längst tun sollen! Liefere dich aus! Vielleicht kannst du so wiedergutmachen, was du angerichtet hast! Was auch immer er mit dir vorhat! Du hast es verdient! Du hast versagt. Schon wieder. Wie bei Rebekka. Wer sich dein Freund nennt, kann einem nur leidtun.

Sie richtete sich auf, saß weinend auf der Kante der Couch und hielt sich den Bauch.

Schön bequem, die eigene Schuld wegzuschieben, oder? Denk nur an Beck und seinen schrecklichen Tod! Denk an Paul, der ihn gesehen hat. Zerquetscht und zertrümmert! Und du willst einfach so weitermachen mit deinem Leben? Das hast du nicht verdient!

Sie krümmte sich zusammen, bis ihr Oberkörper auf den Oberschenkeln lag. Sie schluchzte, ihr Körper verkrampfte sich. Ihr Därme verknoteten sich. Ihr Hals zog sich zu. Sie japste.

Eine sanfte Stimme drang durch ihren Kopf.

Ich kann nicht mehr. Ich will nicht mehr. Alles ist zu Ende. Sinnlos. Ich bin in der Hölle gelandet. Patrick ist ein Monster. Er muss gestoppt werden. Mir muss etwas einfallen.

Lou richtete sich erneut auf. Der Schmerz in ihrem Körper quälte sie unvermindert. Lou putzte sich die Nase, trocknete ihre Tränen, wankte ins Bad und wusch sich das Gesicht.

Becks Tod löste einen Wasserfall an verzweifelten und Zorn

durchtränkten Gefühlen frei. Sie hatte keine Ahnung, wie sie damit fertig werden sollte.

Lou wachte auf und hatte keine Ahnung, wie spät es war. Die Rollläden schlossen alles Licht aus. Es hatte mal wieder an der Tür geklingelt. Sie lag mit geöffneten Augen auf dem Rücken, ignorierte das Klingeln und dachte an Beck. Sie wollte nicht an den grausamen Tag in der Werkstatt denken, sondern sich daran erinnern, wie er sie angeschaut hatte. Wie er lächelte, seine Haare zurückstrich und seine Augen funkelten. Wie er sie vor Patrick beschützen wollte und wie er sich am Tag im Wald vor Lachen auf dem Boden gewälzt hatte. Sie sah ihn Mandarinen jonglieren. Sie hörte ihn von Riesenottern sprechen. Erst stiegen Tränen in ihre Augen und bald schluchzte sie ihren Kummer in ihr Kopfkissen. Es tat ihr so furchtbar leid, dass er gestorben war – nur weil er sie kannte.

Unter größter Anstrengung schob sie die schweren Schuldgefühle zur Seite.

Sie war gefangen und umgeben von einem dunklen, schweren Nebel, der auf Schritt und Tritt über ihr hing.

Sie wischte ihre Tränen mit der Bettdecke ab und versuchte, ihren verschwommenen Blick zu klären, um auf ihrem Handy nachzuschauen, welcher Tag heute war. Heute vor einer Woche war es passiert.

Sie sah eine neue Nachricht ihrer Freunde.

Marla, Jenny und Paul schrieben, wie sehr sie sie liebten und dass sie akzeptierten, dass sie Zeit für sich brauche. Sie solle wissen, jeder sei für sie da. Tag und Nacht. Sie berichteten, dass Marla und Paul zur Polizei gegangen waren, um noch einmal auf Patrick, als Tatverdächtigen für den Unfall aufmerksam zu machen. Leider ohne Erfolg. Scheinbar war Patrick ein Meister darin, Spuren zu verwischen.

Sie stand auf, duschte und fuhr die Rollläden in ihrem Wohnzimmer nach oben. Sollte doch reinkommen, wer will. Es war ihr egal. Auf ihrer Terrasse fand sie Blumen, Pralinen, Briefe. Sie ließ alles liegen. Ignorierte es.

Der Tag verging. Lou lag zusammengerollt auf ihrer Couch, hatte ihre Häkeldecke um sich geschlungen und starrte stumpf in den Fernseher. Sie fühlte sich erschöpft und leer. Hatte sie wirklich gedacht, sie könnte mit Patrick fertig werden? Wie dumm sie gewesen war!

Sie lag da und wartete darauf, dass irgendetwas passierte. Denn etwas würde passieren. Das wusste sie.

Lou schreckte mehrmals aus ihren Träumen hoch und saß mit rasend pochendem Herzen in ihrem Bett, bis sie sich beruhigt hatte und weiterschlafen konnte.

Am Vormittag kam Marla.

Lou fühlte sich wie ein Zombie: lebendig, doch innerlich abgestorben. Ihr tat unendlich leid, was alles passiert war, doch sie drang nicht mehr richtig zu ihren Gefühlen durch. Sie war abgeschnitten von ihren Emotionen und Gedanken.

»Übermorgen ist Becks Beerdigung. Wirst du hingehen?«, Marla guckte Lou an.

Lous Kehle schnürte sich zu. Ihre Augen füllten sich mit Tränen. Sie konnte dort nicht hingehen. Sie wollte der hässlichen Realität nicht in ihre furchtbare Fratze schauen.

Stumm schüttelte sie den Kopf. Ihre Freundin nickte. Schweigend tranken sie ihren Kaffee.

Wenn Lou an die Anfänge des Stalkings, mit dem ganzen Telefonterror zurückdachte, kam es ihr vor, als hätte sie es in einem anderen Leben erlebt.

Eines frühen Abends skypten Marla, Jenny und Lou.

»Paul geht es besser. Er ist froh, dass die Beerdigung vorbei ist. Er hat jetzt Termine bei einem Seelsorger. Ich bin so froh, dass ihm da geholfen wird.« Marla seufzte.

»Ich auch. Seit damals habe ich ihn nicht mehr so verloren gesehen. Aber wir Roberts sind stark. Wir lassen uns nicht unterkriegen. Haben wir nie«, sagte Jenny.

Sie spielte auf ihren Vater und Pauls Stiefvater an. Dieser schien einen grenzenlosen Hass auf Frauen zu haben. Nachdem ihre Mutter gestorben war, tobte ihr Vater sich gerne an Jenny aus.

Lou konnte sich noch haargenau an Pauls Schilderung des schlimmsten Tages erinnern. In allen Details sah sie, wie in einem Film, was sich abgespielt hatte.

Paul ist siebzehn und Jenny fünfzehn. Paul kommt nach seinem Nebenjob nach Hause und hört es im Wohnzimmer rumpeln und klirren. Er hört klatschende Geräusche und ein Wimmern von Jen. Er rennt los, packt seinen Vater am Kragen und reißt ihn von der am Boden liegenden Jenny weg. Eine Whiskyflasche war zu Bruch gegangen. Sein Vater holt mit der zerbrochenen Whiskyflasche aus und zieht sie Paul durch das Gesicht. Paul spürt, wie Blut an seinem Gesicht herunterläuft. Trotzdem hält er seinen Vater immer noch fest. Jenny reagiert sofort, ruft die Polizei und einen Krankenwagen.

Der Vater wurde festgenommen und ein Jahr später wegen gefährlicher Körperverletzung zu sieben Jahren Haft verurteilt. Die Geschwister brachen den Kontakt zu ihm ab. Paul behielt eine Narbe, die vom rechten Mundwinkel, bis hin zur rechten Schläfe reichte. Diese Narbe machte diesen attraktiven Mann nur noch schöner. Wussten die Freunde doch, warum er sie hatte.

»Es tut mir so leid«, sagte Lou tonlos.

»Hey, du musst dich für nichts entschuldigen. Wir denken jeden Tag an Beck. Und an dich, Lou. Wir alle sind uns einig, dass dich keine Schuld trifft. Gar keine. Ich sage es dir jeden einzelnen Tag, wenn das sein muss, bis du uns glaubst«, sagte Marla.

Jenny nickte. »So sieht es aus.«

Lou schluckte angestrengt. Tränen traten ihr in die Augen.

Ach, Beck.

»Ihr seid die besten Freunde, die es gibt.«

Es war ihr egal, wie spät es war. Es mochte Abend, Tag oder Morgen sein. In ihrem Bunker gab es nur eine Tageszeit. Dunkelheit und künstliches Licht. Sie war immer wieder eingeschlafen.

Ihre Gefühle hatten sich verändert. Es war unmöglich für Lou, zu benennen, was genau anders war. Sie trauerte noch, hatte immer noch Schuldgefühle, fühlte sich weiterhin furchtbar und doch war irgendetwas anders. Sie setzte sich auf die Bettkante. Heute würde sie sich betrinken. Ja, das würde sie tun. Sie ging in die Küche, nahm Orangensaft und Wodka und schlurfte damit ins Wohnzimmer. Dass bereits einiges aus der Flasche Orangensaft getrunken worden war, kam ihr jetzt zugute. Sie kippte den Wodka hinein, bis die Flasche wieder voll war, und trank einen langen Schluck. Scheiß auf ein Glas! Sie trank und trank, bis sie in einen, an Bewusstlosigkeit grenzenden Schlaf fiel.

Jenny und Marla kamen vorbei. Irgendwann ließen sie sich nicht mehr abwimmeln. Sie verwöhnten Lou. Sie kochten Kaffee, brachten ihr Tee, holten ihr Saft und packten selbst gebackenen Kuchen aus.

So saßen sie zusammen im Wohnzimmer und redeten.

Lou war dankbar, dass sich ihre Gespräche um andere Dinge drehten als um Beck.

Zum Beispiel um Jennys Affäre mit einem der Biker, die regelmäßig im ›Brösel‹ waren und Marlas guter Nachricht, dass es Paul weiter besser ginge.

Nach einer Weile betrachtete Marla Lou eindringlich. »Meinst du nicht, dir würde so ein Seelsorger auch guttun?«

»Ich weiß nicht. Kann sein. Ich brauche noch Zeit.«

Jenny deutete auf Lous T-Shirt »Abgesehen davon, will ich unbedingt auch so ein Shirt haben. Wo hast du das überhaupt her? Das hab ich noch nie an dir gesehen.«

Lou guckte an sich herunter. Sie trug ein schwarzes Shirt mit weitem Halsausschnitt, auf dem *Wish you were beer* stand. Sie lächelte schwach. »Die Tiefen meines Kleiderschranks bergen ungeahnte Schätze.«

Marlas Handy klingelte.

»Die Nummer kenn ich nicht.« Sie nahm ab. »Hola?« Marlas Augen wurden groß. Sie wandte sich an Jenny und Lou. »Da keucht jemand!«

Jenny stand kurz entschlossen auf und riss Marla das Handy aus der Hand.

»Du Mörder-Arschloch! Wann hast du endlich genug? Glaubst du, uns interessieren deine billigen Einschüchterungsversuche? Du kleiner Pisser. Ich schwöre dir, noch eine einzige Aktion. Ein Anruf. Irgendeine Kontaktaufnahme. Und du wirst dir wünschen, du hättest dich selbst gestellt, um im Knast vor mir in Sicherheit zu sein!«

Jenny guckte schwer atmend auf das Handy in ihrer Hand und legte auf.

Marla hatte Tränen in den Augen und zog sich in die Küche zurück.

»Warum hat er Beck getötet?« Lous Augen füllten sich mit Tränen. »Was hat er denn noch vor?«

»Lou, hör auf, dir darüber Gedanken zu machen, warum der Psycho tut, was er tut. Es kann nichts geben, was es nachvollziehbar macht«, sagte Jenny.

»Was sind das für komische Fotos in deiner Küche?« Marla kam mit den Fotos in der Hand ins Wohnzimmer zurück. »Wer ist der Mann? Der sieht ja gruselig aus. Ist das Ben? Er sieht hier ganz anders aus als auf der Überwachungskamera.« Marla hielt sich ein Foto noch näher vor das Gesicht. »Sag mal, hat da ein Beobachter ein Foto gemacht von jemandem, der dich beobachtet hat?«, fragte Marla.

Lou fuhr hoch. Die Fotos! An die hatte sie gar nicht mehr gedacht! Sie streckte ihre Hand aus. »Gib sie mir, Marla. Gib sie mir bitte.«

Sie suchte in dem Stapel, bis sie es fand. Sie hielt mit zitternden Händen ein Foto von Ben hoch, wie er gerade die Werkstatt verließ.

»Hier. Das ist mein Arbeitskollege Ben.« Lous Stimme vibrierte vor unterdrückter Wut, die sie ganz plötzlich überkommen hatte. »Ben, der gerade aus der Werkstatt kommt.«

Marla hielt sich mit schreckgeweiteten Augen eine Hand vor den Mund.

Jenny klappte der Unterkiefer runter. »Scheiße!«

»Aber das, das kann doch nicht sein. Was ist mit Patrick? Meinst du, er war es gar nicht, sondern Ben?« Marla schüttelte den Kopf.

Lou fiel wieder in sich zusammen. »Ich weiß nicht, was ich glauben soll. Warum sollte Ben in die Werkstatt gehen? Aber er war nun mal da!«

Jenny schüttelte den Kopf. »Ich habe auch keine Antwort darauf. Aber alles, was du uns bisher über Ben erzählt hast, passt nicht dazu, dass er einen Mord begehen würde. Da könnte er noch so eifersüchtig sein. Vor allem … der Unfall mit der Hebebühne hätte jeden treffen können.«

Marla schnappte nach Luft.

»Ist doch wahr«, sagte Jenny.

Kapitel 30

Lou stand ungeduldig in der Küche und wartete darauf, dass der Wasserkocher heiß wurde. Soviel sie auch mit Marla und Jenny gerätselt hatte, sie fanden Erklärung dafür, was Ben mit alldem zu tun haben sollte.

Die Dusche und frische Kleidung halfen ihr tatsächlich dabei, dass sie sich etwas besser fühlte.

Der braune Umschlag mit den Fotos lag direkt vor ihrer Nase. Sie griff nach dem Stapel und betrachtete das Foto, das Ben zeigte, als er aus der Werkstatt kam. Ihr Puls stieg in Rekordgeschwindigkeit an. Das Atmen fiel ihr plötzlich schwer. Vor ihren Augen sah sie den Ort, an dem Beck gestorben war. Grausame Bilder spulten sich hinter ihrer Stirn ab. Obwohl sie nicht dabei gewesen war, sah sie den Unfall vor ihrem inneren Auge. Es war zu viel. Sie stand ruckartig auf, ihr Stuhl kippte um.

Sie stand in ihrer Küche und zitterte am ganzen Körper. Mit aller Macht drängte sie ihre Gedanken an Beck zurück und klammerte sich an einen anderen. Es war kein Unfall, es war Mord. Ben oder Patrick? Wer war es? Nervös lief sie in der Küche auf und ab, das Zittern war verschwunden, doch ihr war eiskalt.

Denk nach. Denk nach. Etwas schwebte am Rande ihres Bewusstseins. Sie konnte es nicht packen.

Sie kaute an ihren Fingernägeln und zerbrach sich den Kopf. Was stimmte nicht? Die Fotos. Irgendwie hatte ihr seltsames Gefühl, dass ihr etwas entgangen war, mit den Fotos zu tun. Sollte sie noch einen Blick riskieren? Lou schüttelte den Kopf und schlang die Arme um ihren Oberkörper. Auf keinen Fall.

Ohne irgendwie weitergekommen zu sein, machte sie sich einen Instantkaffee fertig und nahm ihn mit ins Wohnzimmer. Sie trank nicht, doch der Becher wärmte ihre Hände, deshalb hielt sie ihn fest.

Ben oder Patrick? Ben kam eindeutig aus der Werkstatt auf dem Foto.

Lous Körper versteifte sich. Sie hatte eine Idee.

Mit dem Handy am Ohr wartete sie ab, bis jemand abnahm.

»Werkstatt für rollende Räder aller Art; hier spricht Herb, was kann ich für sie tun?«

»Herb, hallo, hier spricht Lou.«

»Na, meine Kleine? Wie kann ich helfen?«, fragte er. Seine raue Stimme war sanft geworden.

»Ich wollte wissen … also … am Tag des Unfalls ist ein Arbeitskollege von mir zu euch in die Werkstatt gekommen. Dünn, drahtig, hat einen Buckel …«

»Ja, an den erinnere ich mich. Schräger Typ.«

»Ja … äh … kannst du mir sagen, was er wollte? War er bei Beck?«, fragte sie und schluckte mühsam. Lou räusperte sich. Ihre Stimme war belegt.

»Nein, Kleine, er war nicht in der Halle. Er kam zu mir ins Büro und hat nach einem anderen Typen gefragt, der kurz vorher da war. Wieso, stimmt mit dem was nicht?«

Lous Herz raste. »Der …« ihre Stimme versagte. »Der andere. Der, der vorher da war. Was hatte er gewollt?«

»Kleine, ich weiß nicht mehr. Er … Moment. Glaubst du, der hat was mit dem zu tun, was passiert ist? Lou, es war ein Unfall. Niemand hat Schuld daran. Die Polizei ist dran an der Sache. Lass sie ihre Arbeit machen. Okay? Ich mein's nur gut.«

»Okay. Tschüss, Herb.« Lous Stimme war heiser und leise.

Ben war angeblich nicht in der Halle gewesen. Doch hätte Herb es überhaupt mitbekommen, wenn er nach hinten geschlichen wäre? Schließlich musste jeder Kunde ein kleines Stück durch die Halle gehen, um in das Büro zu gelangen. Sie wusste nicht weiter.

Ben oder Patrick?

Ihr Messenger zeigte eine neue E-Mail an. Automatisch öffnete Lou ihren E-Mail-Account. Werbung. Moment, da war eine ungelesene Nachricht von Ben. Ihre Augen wurden groß. Sie hielt die Luft an, als sie

sie öffnete.

Woher hast du die Fotos? Jemand hat mich ausspioniert. Ich habe mir Sorgen gemacht, weil du mir vom Stalker erzählt hast. Ich hab auf dich aufgepasst, mehr nicht. Ich bin nicht dein Stalker. Ich will nur helfen.

Lou holte tief Luft. Endlich wusste sie, was sie so irritiert hatte. Irgendjemand musste doch die Fotos von Ben geschossen haben. Jetzt ergab alles einen Sinn. Patrick hatte Ben beobachtet und gesehen, dass er sie beobachtet hatte. Wer sollte es sonst gewesen sein? Ein Wohltäter hätte ihr die Bilder nicht einfach vor die Tür gelegt. Wenn Patrick Ben dabei beobachtet hatte, wie er aus der Werkstatt kam, musste er auch vor Ort gewesen sein.

Gewissheit breitete sich in ihr aus und ließ sie schwindeln. Sie spürte ihren Herzschlag in ihrem Hals und fühlte ein Surren in ihren Händen. Ein Puzzleteil nach dem anderen fügte sich zusammen und ergab ein monströses Bild von Patrick.

Lou brach der Schweiß aus. Sie fasste sich an die Stirn und spürte, wie heiß und feucht sie war. Den Blick ins Leere gerichtet, rieb sie sich die Hand an ihrer Hose trocken. Eine nervöse Energie breitete sich in Wellen durch ihren Körper aus. Lou hielt es nicht mehr auf dem Sofa aus.

Mit geballten Fäusten bewegte sie sich durch ihr Wohnzimmer. Doch das reichte nicht. Ihre Hände krallten sich in ihre Haare. Ihr Atem beschleunigte sich. Eine Sicherung brannte in ihr durch und Lou brüllte, wie sie noch nie gebrüllt hatte.

In Rage wirbelte sie wie ein Tornado durch ihr Wohnzimmer und fegte alles aus ihren Regalen. Sie donnerte einen Stuhl gegen ihre Scheibe, riss den Tisch um und schmetterte Bilderrahmen und Windlichter auf den Boden. Es tat ihr gut, ihre aufgestauten Gefühle herauszulassen, doch es war noch nicht genug. In der Küche warf sie Teller, Gläser und Becher an die Wand. Sie hieb ihre Fäuste gegen den Spiegel im Flur, dann versagten ihre Kräfte.

Als ihr Verstand wieder klar wurde, pfiff ihr Atem. Ein höllisches Brennen ging von ihren Händen und Unterarmen aus. Lou hob die Hände vor ihr Gesicht und registrierte, dass sie aus etlichen Schnittwunden blutete. Langsam rann das Blut ihre Unterarme entlang, über die Ellenbogen auf den Boden. Sie ließ die Arme wieder sinken.

Es knirschte unter ihren Sohlen, als sie über Trümmer und Scherben lief. Sie zog eine aus Tropfen bestehende Blutspur hinter sich her, als sie zur Bar im Wohnzimmer ging und sich eine Whiskyflasche nahm. Ihr war es egal, dass sie alles mit Blut verschmierte. Träge wanderte ihr Blick über das Schlachtfeld, während sie einen großen Schluck aus der Flasche nahm. Ein Fenster im Wohnzimmer hatte einen Riss bekommen. Geschirr und Gläser lagen zerbrochen in der ganzen Wohnung verteilt. Möbel waren umgeworfen.

Sie fegte nicht einmal die Scherben von der Sitzfläche, bevor sie sich auf die Couch fallen ließ.

Ihre Seele war erstarrt. Sie trank einen weiteren Schluck Whisky. Sie würde dafür sorgen, dass Patrick nicht ungestraft mit dem Mord an Beck davonkam. Lieber brachte sie ihn um, bevor er auch nur noch einen ihrer Freunde tötete. Sie würde nicht versagen wie bei Rebekka. Eher würde sie sterben.

Es klingelte an der Tür, doch Lou ignorierte es. Stattdessen trank sie einen Schluck. Als aus dem Klingeln ein dauerhaftes Klopfen wurde, stand Lou mit einem tiefen Seufzer auf. Sie nahm sich ein Fleischermesser, das sie im Chaos auf dem Boden fand und ging zur Tür. Sie fragte nicht, wer davorstand. Sie stellte den Keil zur Seite, schloss die Tür auf und öffnete sie.

»Lou! Mierda! Du blutest!« Schockiert starrte Marla auf Lous Hände.

Die Whiskyflasche war mittlerweile richtig glitschig, weil immer noch Blut aus ihren Wunden quoll.

»Scheiße, wurdest du angegriffen? Ist noch jemand hier?« Paul versuchte, einen Blick ins Innere der Wohnung zu erhaschen.

Lou schüttelte den Kopf.

»Dios mío, ya no aguanto esto!« Marla warf die Hände über den Kopf und schien außer sich zu sein. »Ich halt das nicht mehr aus.«

Jenny nahm Lou vorsichtig das Messer aus der Hand. Dann griff sie nach der blutverschmierten Whiskyflasche. Beides gab sie Paul.

»Du bleibst am besten bei Paul, sonst kippst du mir noch um«, sagte Jenny an Marla gewandt.

»Komm.« Lou wurde an den Schultern herumgedreht und von Jenny ins Badezimmer geführt. Dort wurde sie auf den geschlossenen Klodeckel gedrückt.

Jenny wickelte vorsichtig nasse Handtücher um Lous Unterarme.

»Lou verdammte Scheiße. Erklärst du mir, was hier los ist?« Kurz sah ihre Freundin ihr in die Augen. Lou zuckte mit den Achseln. Jenny legte ihr eine Hand auf die Schulter und lehnte für einen Moment ihren Kopf an Lous Stirn.

»Verstehe«, sagte sie leise. »Wo hast du nur deinen Verbandskasten? Lass mich mal nachschauen.«

Lou sah, wie Jenny den Spiegelschrank öffnete, dann inspizierte sie den Inhalt eines hohen Badezimmerschrankes. »Hier ist er ja. Okay, es geht los.«

Nachdem das Blut abgewaschen war und keine Scherbensplitter mehr in ihrer Haut steckten, desinfizierte und verband Jenny ihre Wunden.

Sie verließen das Badezimmer und Lou blieb ruckartig stehen. Ihr traten Tränen in die Augen.

»Danke.« Lou schniefte.

»No problema. Wir sind gleich fertig mit Aufräumen. Dann einmal durchgewischt und alle Spuren sind beseitigt.«

»Das müsst …« Lous Stimme brach. Nachdem sie sich geräuspert hatte, setzte sie erneut an.

»Ihr müsst das nicht tun.« Lou blickte auf ihre Füße.

»Ich bin froh, dass es etwas zu tun gibt, sonst wäre ich schon durchgedreht.«

Die Freunde saßen im Wohnzimmer. Keiner sagte etwas.

Lou wagte nicht, den Blick zu heben. Das Pochen und Brennen ihrer Wunden half ihr dabei, im Hier und Jetzt zu bleiben. So konnte sie nicht in den Wahnsinn abdriften. Sie holte tief Luft.

»Bevor er euch auch noch etwas antut, bringe ich ihn um.« Sie starrte auf ihre Freunde.

»Was? Ist das gerade dein Ernst?« Marla schaute entsetzt zu Lou.

»Ja. Ich würde ihn töten.« Lou nahm wahr, wie heiser ihre Stimme klang.

Eine kurze Zeit herrschte Schweigen.

Paul beugte sich zu ihr. »Lou, du bist nicht wie er. Du würdest ewig darunter leiden, einem anderen Menschen das Leben zu nehmen.«

Lou zuckte mit den Schultern. »Das ist mir egal.«

»Es stimmt. Es würde dich kaputtmachen.« Marla schüttelte mit Tränen in den Augen ihren Kopf.

Lou schaute jeden Einzelnen von ihnen an. In ihrer Brust spürte sie ihre Wut brodeln.

»Wisst ihr, was mich kaputtmacht? Dass ich damals nicht für Rebekka da war, als sie mich brauchte. Dass ich so egoistisch war, Beck in mein Leben zu lassen, während ein Psychopath hinter mir her ist. Obwohl er vorher schon fast umgebracht wurde, habe ich mich weiter an ihn geklammert. Jetzt ist er tot! Und sagt mir jetzt nicht wieder, dass es nicht meine Schuld war! Du, Paul, wurdest verprügelt, bis du ohnmächtig warst. Ihr, Jenny und Marla, habt eure Jobs verloren. Es kann doch nicht immer so weitergehen. Ich würde eher sterben, bevor er euch auch noch umbringt.«

Warme Tränen liefen ihr über die Wangen.

Jenny nickte. »Wir können es zusammen schaffen, es zu Ende zu bringen. Wir sind zu viert und …«

Lou beugte sich vor und starrte Jenny in die Augen. »Und wir sollten eigentlich zu fünft sein.« Beendete sie Jennys Satz.

Paul ging vor ihr in die Hocke und nahm Lous verbundene Hände in seine. »Die Polizei wird ihn sich vornehmen und einlochen. Dann kann er niemandem mehr etwas tun.«

Lou nickte mechanisch und mied den Blick der anderen.

Jenny strich Lou über den Rücken. »Wir müssen jetzt zusammenhalten. Du wirst nichts tun, ohne dass wir vorher zusammen darüber gesprochen haben, okay?«

»Ja.«

Wenn Lou lügen müsste, um ihre Freunde zu beschützen, dann tat sie es eben.

Lou sperrte die Haustür ab, nachdem alle gegangen waren. Wo war nur die Whiskyflasche? Langsam ging sie zu ihrer Bar und dann in die Küche. Wahrscheinlich hatten sie sie weggeschüttet und entsorgt.

Gerade noch hatte sie sich leer, erschöpft und ausgehöhlt gefühlt, doch nun stieg grenzenlose Wut in ihr hoch und flutete sie mit Hitze. Ihr Herz schlug viel zu schnell. Sie hatte keine Ahnung, was mit ihr passierte. Kurze Zeit später versteifte sich ihr Körper und sie zitterte vor Kälte, die sich aus ihrer Seele in ihren ganzen Körper ausbreitete. Sie fühle sich elend und taumelte ins Bett. Sie war absolut erschöpft und hieß den Schlaf willkommen. Sie musste ausgeruht sein, für das, was sie vorhatte.

Lou starrte auf den Bildschirm ihres Laptops. Sie gab in die Suchleiste *Wege, jemanden umzubringen* ein.

Überrascht stellte sie fest, dass es unzählige Treffer zu ihrer Suche gab.

Einen Link klickte sie an. *Neun Wege, jemanden umzubringen,* das klang gut.

Lou hatte Block und Stift bereitgelegt und las sich den Artikel durch.

Manches klang weit hergeholt wie zum Beispiel: jemanden zu erschießen. War das vielleicht ein amerikanischer Link? Sie wusste es nicht.

Einiges war durchaus nützlich und landete in ihren Notizen.

»Erstechen mit gezackter Klinge. Halsnähe, Herznähe, Messer drehen.«

Ein unangenehmer, kalter Schauer rieselte ihr über den Rücken. War sie fähig dazu, so berechnend jemanden zu erstechen? Alles in ihr sträubte sich dagegen und sie versuchte, einfach weiterzumachen und sich auf den Text zu konzentrieren.

»Ertränken.« Dafür musste sie Patrick allerdings erst einmal in die Nähe eines Sees locken. Das Wort ›Ertränken‹ strich sie durch.

Sie schrieb. *Überfahren. Mehrmals.* Lou hielt inne. Vor ihrem geistigen Auge sah sie sich auf Patrick zurasen. Das wäre durchaus eine Möglichkeit. Würde er danach wirklich tot sein? Übelkeit breitete sich aus. Tot. Ging es ihr wirklich um Patricks Tod? Schnell schüttelte sie den Kopf und atmete tief durch, um die Übelkeit zu vertreiben. Sie durfte sich nicht von ihren Emotionen ablenken lassen.

Vergiften durch Todescocktail, Schlaftabletten? Lou schaute auf diese Wörter. Die Frage war, wie sie dafür sorgen sollte, dass Patrick ihn zu sich nahm. Mit zitternder Hand strich sie diesen Punkt wieder durch.

Strangulation: Erwürgen, erhängen, erdrosseln. Ihre Gefühle waren abgestumpft. Wie im Traum schaute sie auf ihre Notizen, sie konnte nichts damit anfangen. War nicht in der Lage, etwas zu fühlen. Einfach weitermachen. Das Gefühl der Leere verschwand nicht. Das war doch gut. Also weiter.

Vor einen Zug schubsen schaffte es nicht in ihre Notizen. Egal, wie kalt sie mittlerweile ihre Planung fortführte, sie wollte nicht, dass andere Leute mit hineingezogen wurden, was mit einem Zugunglück zweifelsfrei passieren würde.

»Verbluten lassen. Große Gefäße verletzen.«

Lou lehnte sich erschöpft zurück und fasste sich an den Kopf. Wie konnte sie nur über so etwas nachdenken? Abscheu ersetzte die innere Leere. War sie von allen guten Geistern verlassen? Was tat sie hier? Sie konnte nicht kaltblütig einen Mord planen. Paul hatte recht. So war sie nicht.

Sie wollte Patrick aufhalten, aber nicht so.

Krampfhafte Schmerzen breiteten sich in ihr aus. Was hatte sie sich nur gedacht? Hatte sie einen Moment lang wirklich geglaubt, sie sei zu so einer Tat fähig? Lou krümmte sich und hielt sich den Bauch. Es war, als wüteten scharfe Krallen in ihren Eingeweiden.

Ihr Herz fühlte sich kalt und schwer an, als sei es aus Stein. Sie hatte einen bitteren Geschmack im Mund und einen verbrannten Geruch in der Nase. Lou wurde erdrückt von einem unsichtbaren Gewicht. Sie wäre nicht dazu in der Lage, einen Mord zu begehen und genau das machte ihr zu schaffen.

Ihre Welt lag in Trümmern, und es gab nichts, das sie zu ihrer Verteidigung unternehmen konnte. Die Muskeln in ihrem unteren Rücken waren schmerzhaft verkrampft, sie roch ihren Schweiß.

Sie bemühte sich, ruhig und gleichmäßig zu atmen. Ein Gedanke tröstete sie: Auch wenn sie niemals zu einem kaltblütigen Mord in der Lage wäre, würde sie doch zum Äußersten greifen, wenn er sie dazu zwang.

Lou musste herausfinden, was Patrick vorhatte. Sie sollte seine Nachrichten lesen und abhören, die er ihr seit Becks Tod geschickt hatte. Auch seine Briefe würde sie lesen müssen. Anstatt zur Tat zu schreiten, stand sie zitternd und wie fest gewachsen in ihrem Wohnzimmer und konnte sich nicht rühren. Sie wollte nichts wissen. Sie wollte nichts hören oder lesen. Sie wollte weglaufen, so weit es nur ging. Wären ihre Freunde nicht gewesen, hätte sie es getan. So war sie aber gezwungen, ihre Angst zu überwinden. Verdammt noch mal! Sie würde es tun. Für Marla, Jenny und Paul.

All seine Aussagen auf ihrer Mailbox, seine Nachrichten in ihrem

Messenger und der Tenor in den Briefen waren ähnlich. Sie sollte endlich zu Verstand kommen, ihre falschen Freunde hinter sich lassen und sich ihm in die Arme werfen.

Er war nicht wütend auf sie, schrieb er. Vielmehr war er sich seiner Sache sehr sicher, dass er sie letzten Endes noch bekommen würde. Das konnte sie sich zunutze machen. Gegen ein Treffen hätte er schließlich sicher nichts einzuwenden.

Doch wie und wo sollte ihr Zusammentreffen stattfinden? Sie wollte sich ihm nicht auf einem Silbertablett servieren.

Bei ihr oder bei ihm zu Hause kam für sie nicht infrage. Weder wollte sie einen Fuß in seine Wohnung setzen noch, dass er zu ihr kam. Sie hatte Beck versprochen, dass beides nie wieder vorkäme.

War das ›Biggis‹ nicht geeignet? Sie kannte Biggi und würde sich dort wahrscheinlich sicherer fühlen, als wenn sie ihm an einem völlig fremden Ort gegenübertreten musste.

Es stand fest. Sie würden sich im Café treffen. Musste sie irgendwelche Vorbereitungen treffen? War es egal, an welchem Tag sie sich trafen? Musste sie irgendetwas beachten? Wie sollte sie sich für einen passenden Zeitpunkt entscheiden? Nach welchen Kriterien sollte sie den Tag und die Uhrzeit auswählen?

Wäre nicht jeder Tag so gut wie der andere? Wahrscheinlich. Sie sollte es einfach schnell hinter sich bringen, sie würde sich sonst völlig verrückt machen und vor Angst durchdrehen, wenn sie noch lange warten müsste. Sie würde sich morgen mit ihm treffen. Was, wenn er keine Zeit hatte? Sollte sie dann auf einen Vorschlag von ihm eingehen? Nein, das kam gar nicht infrage.

Sie brauchte Informationen und das so schnell wie möglich. Was sie mit denen dann anfangen sollte, wusste sie noch nicht. Darüber konnte sie sich auch später noch den Kopf zerbrechen.

Es war besser, bewaffnet zu sein, wenn sie ihn traf. Die Wasserpistole nahm sie lieber nicht mit. Im ›Biggis‹ standen die Tische viel zu eng beieinander und damit war die Gefahr zu groß, jemand Unbeteiligten zu treffen. Was konnte sie mitnehmen? Sie hatte keine Ahnung. Müde fuhr sie sich mit den Händen durch das Gesicht. Sie fühlte sich ausgelaugt.

Lou atmete tief ein und langsam wieder aus. Jetzt kam es drauf an. Sie musste überzeugend wirken. Es ging darum, ihre Freunde zu schützen. Mit geschlossenen Augen rief sie sich ihre Gesichter ins Gedächtnis. Für jeden Einzelnen von ihnen würde sie es schaffen, mit Patrick zu reden.

Sie wählte seine Nummer. Ihre Hände zitterten nicht, ihr Herzschlag beschleunigte sich nicht. Er nahm ab.

»Louisa. Ich habe gehofft, dass du dich meldest.«

»Ja, hier bin ich nun.«

»Wie geht es dir?«

Oh, seine Stimme klang so nett und melodiös. Es war zum Kotzen.

»Ehrlich gesagt, ging es mir eine Zeit lang wirklich schlecht. Aber ich habe nachgedacht.«

»Aha? Du hast nachgedacht.«

»Ja. Ich habe so viele Fragen, die in meinem Kopf herumwirbeln. Ich habe gedacht, vielleicht hilfst du mir dabei, einiges zu verstehen.«

In der Leitung blieb es kurze Zeit still.

»Was zum Beispiel?« Seine Stimme klang skeptisch.

»Zum Beispiel, wieso es sich so anfühlt, als wärst du ständig in meiner Nähe, egal, wo ich bin.« Lou überlief ein eiskalter Schauer.

»Louisa.« Er hauchte ihren Namen. »Du spürst es auch. Ich wusste es. Ich wusste, dass es noch nicht zu spät ist.«

Speichel sammelte sich in ihrem Mund. Wie er ihren Namen hauchte, löste Übelkeit in ihr aus. Dieses Gespräch setzte ihr jetzt schon zu. Entschlossen schob sie ihr Unwohlsein beiseite.

»Ich muss dich sehen, Patrick.«

»Ich kann sofort vorbeikommen. Ich habe auf diesen Moment gewartet.«

»Warte, ich wollte fragen …«

Es klingelte an ihrer Haustür. Eine Gänsehaut überlief ihren Körper. Einen Moment lang konnte sie sich nicht bewegen.

»Bist du das?«, flüsterte sie in den Hörer.

»Keine Angst, ich bin es. Ich stehe vor deiner Tür. Mach auf, Louisa.«

Lou ließ das Handy sinken. Es fiel ihr aus der Hand. Blanker Horror ließ ihre Muskeln erschlaffen. Ihre Haare auf den Armen und in ihrem Nacken richteten sich auf. Was sollte sie tun? Wie sollte sie begründen, dass sie ihn erst morgen treffen wollte? Glücklicherweise hatte sie Vorkehrungen getroffen, sodass ein einfaches Eindringen in ihr Haus unmöglich war. Dennoch war sie einer Panik nahe. Mit diesen heftigen Gefühlen hatte sie nicht gerechnet.

Es klingelte wieder. Hektisch blickte sie sich um. Sie konnte sich nicht konzentrieren. Sie hatte keine Idee, wie sie die Situation retten konnte. Sie schlitterte auf Socken in die Küche. Suchte fieberhaft nach einer Waffe.

Patrick klopfte und rief ihren Namen.

Sie schwitzte und dachte fieberhaft nach, dann rannte sie ins Wohnzimmer und hob ihr Handy auf. Sie wählte den Notruf. Ihr Daumen schwebte über der Wählen-Taste. War Patrick nicht längst wieder über alle Berge, bevor die Polizei hier wäre? Wie sollte sie dann erfahren, was er plante? Die Chance wäre ein für alle Mal vorbei. Resigniert legte sie das Handy auf den Tisch.

»Louisa, langsam verliere ich die Geduld.«

Oh Scheiße. Was sollte sie tun?

Als sie das Geräusch eines Schlüssels in ihrem Türschloss hörte, drehte sich ihr der Magen um. Mit offenem Mund starrte sie vom Wohnzimmer aus Richtung Flur und Haustür. Die öffnete sich ein paar Zentimeter und wurde vom Keil gestoppt. Sie sah Patricks Hand, die sich durch den Spalt schob. Ihre Starre löste sich. Sie setzte sich Richtung Flur in Bewegung, ohne zu wissen, ob sie die Tür wieder zuknallen sollte oder nicht. In Sekundenschnelle traf sie aus dem Bauch heraus eine Entscheidung.

»Warte, ich mache auf.« Ihr Herz raste und ihr lief Schweiß an den Schläfen hinab. Mit ihrem T-Shirt wischte sie sich über das Gesicht. Sie brauchte Antworten.

Sie entfernte den Türstopper, dann öffnete sie die Tür.

Patrick so nah vor sich stehen zu sehen, war wie einen Schlag auf den Solarplexus zu bekommen. Sie war für einige Sekunden nicht mehr in der Lage, Luft zu holen. Alles kam zum Stillstand. Die Zeit, ihre Atmung, selbst ihr Blutkreislauf schien seine Arbeit eingestellt zu haben. Sie merkte, wie ihr das Blut aus dem Kopf sackte und sie schwankte. Zuerst sah sie ihn nur verschwommen. Es kostete sie Anstrengung, ihre Sicht scharf zu stellen. Er sah aus, als habe er abgenommen. Seine Haut wirkte trocken, seine Haare schienen ungekämmt. Ein ungepflegter Bart vervollständigte das Bild. All das löste Todesangst in ihr aus. Er sah krank aus und seine Augen glühten.

Mit rasend klopfendem Herzen blieb Lou in der geöffneten Tür stehen und überlegte hektisch, was sie tun sollte. Zu ihrem Auto rennen und damit abhauen? Sie wünschte sich, die Erde würde sie verschlucken. Oder besser ihn. Warum kribbelten ihre Hände so? Warum fühlte es sich an, als würde ihre Kopfhaut sich zusammen ziehen? Bekam sie einen Schlaganfall?

Langsam drehte sie sich herum, richtete ihren Blick jedoch nur auf Patricks Schuhe. Schwarze Flecken tanzten vor ihren Augen, sie hatte vergessen zu atmen. Dem Mörder von Beck gegenüberzustehen, brachte sie an ihre Grenzen. Sie dachte nicht nach. Sie war viel zu beschäftigt damit, ihren Körper dazu zu bringen, seinen Funktionen weiter nachzukommen.

Sie atmete durch und bemerkte, wie schnell ihr Herz schlug. Ihr Brustkorb juckte.

Patrick starrte sie an. Er kam einen Schritt näher und nahm Lous Hand in seine.

Lou schluckte. »Pat…« Ihre Stimme klang krächzend. Ihr Mund war staubtrocken. Sie räusperte sich und setzte erneut an. »Patrick, möchtest du etwas trinken?« Sie musste Zeit schinden und sich überlegen, was sie tun sollte. Ihr Gehirn funktionierte nicht richtig. Sie konnte keinen klaren Gedanken fassen.

»Danke, gerne. Hast du Wein da?« Er lächelte.

»Ja, aber keine Gläser.« Ihr kam eine Idee, um Zeit zu schinden und noch einmal durchzuatmen. »Meine Gläser sind kaputt gegangen. Würdest du welche von dir holen?« Sie wurde rot.

Sein Blick war starr und gruselig. Er strich ihr über die Wange. »Alle Gläser sind auf einmal kaputt gegangen?«

»Na ja, nicht von allein. Ich habe sie geworfen, als meine Freunde hier waren.«

Patrick lachte und zog sie an sich. »Du bist etwas ganz Besonderes. Ich wusste es. Wir könnten auch zu mir gehen.«

»Können wir hierbleiben? Hier kann ich mich mehr entspannen.«

Patricks Blick wurde lüstern und Lou musste einen Würgereiz unterdrücken.

»Aber natürlich. Alles, was dich glücklich macht. Aber Gläser brauchen wir nicht.«

Mist! Lou spürte ihren Herzschlag bis in den Hals hinein. Ihre Hände waren feucht.

Sie schluckte und Patrick lächelte. Abscheu regte sich in ihr. Er hatte sie getäuscht. Es war schrecklich, dass man nur das von einem Menschen zu sehen bekam, was der bereit war zu offenbaren oder was man in ihm sehen wollte.

Kapitel 31

Er kam näher und streichelte ihr wieder über die Wange. Die Berührung war so sanft, dass Lou am liebsten geschrien hätte vor Grauen. Sie war nicht in der Lage zu schlucken oder zu sprechen.

Lou trat von einem Bein auf das andere. Ihr wurde abwechselnd heiß und kalt. Sie schlotterte innerlich bei dem Gedanken daran, allein mit ihm in ihrem Haus zu sein. Nicht genug, dass sie furchtbare Angst hatte, sie hatte auch ihr Versprechen an Beck gebrochen. Denn Patrick war hier in ihrem Haus und sie hatte ihn hereingelassen.

»Wo ist der Wein?«

Sie ging zu ihrem Kühlschrank und holte eine Flasche Weißwein heraus. Dann griff sie nach dem Korkenzieher. Eine Waffe. Lou schüttelte den Gedanken ab. Noch nicht.

Sie wusste, sie musste sich mehr Mühe geben, ihn zu täuschen. Er oder sie. So sah es aus. Wenn sie diejenige sein wollte, die überlebte, dann musste sie verdammt noch mal eine oscarreife Darbietung abliefern. Dann würde sie ihn eben hier zur Strecke bringen, wenn es sein musste.

Sie schloss die Augen. Atmete. Beruhigte ihre Nerven. Sie würde es schaffen. Er oder sie.

»Kannst du den Wein bitte öffnen?«, fragte sie ihn.

Führte sie diese Unterhaltung gerade wirklich? Es war absurd. Schnell drängte sie ihre wahren Gefühle zurück. Sie hatte nur diese eine Chance.

»Natürlich.« Er nahm ihr die Flasche und den Korkenzieher ab.

So unauffällig wie möglich wischte Lou sich den Schweiß von der Oberlippe.

Patrick lächelte sie an. »Auf uns und unsere Zukunft.« Er nahm einen Schluck aus der Flasche. Dann reichte er sie an Lou weiter.

Lou nickte ihm zu. Sie ekelte sich davor, aus derselben Flasche zu trinken, konnte es aber nicht vermeiden.

»Der ist wirklich lecker, Louisa. Ein perfekter Wein von einer perfekten Frau.«

Lous Anspannung ließ ihre Knie weich werden.

Sie sank neben ihn auf die Couch.

Patrick wandte sich ihr zu.

Er grinste und trank noch einen Schluck. Dann stellte er die Flasche zur Seite, packte ihre Hüften und zog Lou zu sich heran. Er beugte den Kopf und saugte ihre Lippen in seinen Mund.

Lous Körper zuckte zurück. Sie wünschte, sie hätte sich in diesem Moment übergeben müssen, dann hätte sie ihm in den Mund kotzen können. Er ließ sie nicht los, es kam ihr so vor, als würde er sie nur fester an sich drücken, je mehr sie sich wehrte.

Lous Handy klingelte. Endlich hörte er auf.

»Lass es klingeln, Louisa.« Er knabberte an ihrem Ohr, was ihr eine, ganz und gar, unangenehme Gänsehaut bescherte.

»Das ist Marla. Ich sollte drangehen.«

Seine Stimme wurde hart. »Warum? Du hast keine Freunde. Wahre Freunde würden sich für dich freuen, wenn du den Richtigen gefunden hast. Sie würden sich für uns freuen. Sie haben uns aber von Anfang an Steine in den Weg gelegt.«

Hilfe! Schrie sie in ihrem Inneren, doch kein Laut drang nach außen. Das Klingeln endete.

»Ehrlich gesagt, habe ich bereits einen Plan, wie ich das Problem für uns aus der Welt schaffe«, sagte er.

»Was, was für ein Problem meinst du?« Sie schluckte angestrengt.

»Das habe ich dir doch bereits gesagt. Wer nicht für uns ist, ist ein Problem. Deine sogenannten Freunde sind das Problem. Das werde ich nicht hinnehmen. Sie sind es, die dir Flausen in den Kopf setzen. Damit ist jetzt Schluss. «

Eisige Kälte breitete sich in ihr aus.

»Was willst du tun?« Sie war froh, dass Patrick scheinbar so abgelenkt von seinen Gedanken war, dass er nicht hörte, wie dumpf und tonlos ihre

Stimme klang.

Er beugte sich nach vorn und stützte seine Unterarme auf seine Knie.

»Meinst du, du bist wirklich bereit, das zu hören? Du hast dich emotional noch nicht von ihnen gelöst, das weiß ich. Ihr schreibt euch jeden Tag rührende Nachrichten. Es ist egal, ob du mir hilfst oder nicht. Ich brauche lediglich dein Handy, dann kann ich alles in die Wege leiten. Also Louisa, es wäre schöner, wenn du dich freiwillig auf meine Seite stellst.«

Er betrachtete sie eingehend.

Lous Atmen wurde flach und Schweiß brach aus. Oh mein Gott, was hatte er vor?

Ihre Lippen fühlten sich kalt und taub an, als sie sprach. »Ich muss wissen, was du vorhast. Bitte, Patrick. Sag es mir.«

Er lachte leise. »Kleine Louisa, so empfindsam.« Er trank aus der Flasche, dann schien er eine Entscheidung getroffen zu haben.

»Heute ist Mittwoch. Du schreibst deinen Freunden, dass du sie vermisst, schmück es aus, keine Ahnung, du bist die Emotionale von uns beiden.« Seine Stimme klang gelangweilt. Dann richtete er sich auf. »Du bittest sie, dich am Freitag in der Hütte im Wald zu treffen. Dort, wo du auch mit deinem kleinen Pisser von Romeo warst.« Patrick starrte ihr in die Augen. »Ihn zu erledigen und das auf so geniale, einfache Weise, war höchst befriedigend.«

Lou schnappte nach Luft. Starr saß sie da. Sie begann zu zittern. Krampfhaft versuchte sie, sich ihre Mission in Gedanken zu rufen. Den Schutz ihrer Freunde. Jetzt wusste sie, wann er zuschlagen wollte. Noch nie in ihrem Leben hatte sie solche Angst gehabt.

»Ich werde die Hütte präpariert haben, Einzelheiten musst du nicht wissen. Wenn du alle zusammengetrieben hast, sagst du, dass du kurz rausgehst. Damit endet dein Part. Verabschiede dich schon mal innerlich von deinem Traumhaus. Ich werde es in Schutt und Asche legen. Du brauchst es sowieso nicht mehr, denn du kommst mit mir.«

Lou dachte nicht nach. In einer einzigen Bewegung sprang sie auf, schnappte sich die Weinflasche, holte aus und schmetterte sie Patrick mit einem wilden Schrei seitlich gegen den Kopf.

Die Flasche zerbarst, Wein, Blut und kleine Glassplitter liefen Patrick über das Gesicht. Er verdrehte die Augen und kippte zur Seite.

Schwer atmend hielt Lou den zerbrochenen Flaschenhals in der Hand.

Sollte sie ihm den Rest der Flasche in den Hals rammen? Sie blickte auf ihre Hände.

Sie sah auf ihn hinab, wie er verletzt und ohnmächtig vor ihr lag.

Sie ließ die Flasche fallen, ein Schluchzen drang aus ihr hervor. Ihre Zähne klapperten. Sie durfte hier nicht herumstehen und kostbare Zeit verschwenden. Sie musste aus dem Haus laufen, in ihr Auto steigen und wegfahren. Sie rappelte sich auf. Zitternd schlüpfte sie in ihre Schuhe. So kalt wie jetzt war ihr noch nie in ihrem gesamten Leben gewesen. Wo waren ihre Schlüssel? Das Denken funktionierte nicht. Hilflos drehte sie sich einmal im Kreis. Dann erstarrte sie. Patrick saß nicht mehr auf der Couch. War er nach vorn gerutscht und lag nun davor? Ihr Herz pochte zum Zerspringen. Sie musste nur weg von hier, sofort!

Ohne ihren Schlüssel lief sie auf wackeligen Beinen zur Haustür. Gerade in dem Moment, als sie die Hand auf die Klinke legte, wurde sie von hinten gepackt und gewaltsam weggezogen.

Patricks Arme umschlossen ihren Oberkörper wie eine Zwinge. Sie hatte das Gefühl, keine Luft mehr zu bekommen. Sie trat um sich und versuchte, ihn zu beißen, kam aber nicht an seinen Arm heran. In Todesangst schleuderte sie ihren Körper hin und her, so gut es eben ging. Sie hatte keine Chance. Ihre Kräfte verließen sie.

Patrick keuchte. Plötzlich ließ er sie los. Ihre Beine knickten ein und sie fiel auf den Boden. Sofort hob Patrick sie wieder an und rammte ihren Kopf gegen die Wand.

In ihrem Kopf hämmerte es. Vorsichtig betastete Lou ihre Stirn. Sie zuckte vor Schmerz zusammen und ließ die Hand wieder sinken. Ein paar Mal blinzelte sie, um ihre verschwommene Sicht zu klären. Es half nicht viel. Ihre Hände berührten kaltes, glattes Leder. Kein Zweifel, sie war in Patricks Haus. Sie konnte sich nicht daran erinnern, hierhergekommen zu sein. Trotz ihrer verschwommenen Sicht erkannte sie, dass Patrick seine Haustür abschloss.

Wie war sie nur in diese Situation geraten? Es war alles so schnell gegangen. Himmel, was sollte sie tun? Sie beugte und streckte ihre Knie, dehnte ihre Halsmuskeln, indem sie den Kopf kreisen ließ. Sie schluckte, doch es war nicht genug Speichel vorhanden, um das Kratzen in ihrer Kehle zu lindern. Sie musste mehrmals ansetzen, um zu sprechen.

»Du schließt mich ein? Bin … bin ich jetzt deine Gefangene?«

»Meine Gefangene?« Patrick blickte sie mitleidig an. »Ich schließe dich nicht ein. Ich schließe die anderen nur aus.«

Das Ergebnis war für sie dasselbe. Was sollte sie jetzt tun? Wie sollte sie sich verhalten?

Patrick ging gemächlich zum Terrassenfenster und schloss auch das ab. Scheiße! Sie saß in der Falle.

Ihr Herz holperte unangenehm in ihrer Brust. Ihr war unsagbar übel.

Mit geschlossenen Augen atmete sie tief ein und aus, um sich zu beruhigen. Irgendetwas musste ihr einfallen, um diesen Wahnsinn zu beenden. Mann, tat ihr der Kopf weh!

Die Schmerzen erschwerten das Nachdenken. Sie würde einfach machen, was er sagte und ihn nicht provozieren. Irgendwann würde sich eine Chance ergeben.

Patrick unterbrach ihre Gedanken.

»Entspann dich! Darf ich dir einen Wein anbieten? Ich muss sagen, ich bin etwas sauer, dass du deinen köstlichen Wein so verschwendet hast.«

Patrick wischte sich etwas Blut von der Augenbraue, bevor es ihm ins

Auge laufen konnte.

Ohne auf ihre Antwort zu warten, holte er zwei Kristallgläser und eine Flasche Rotwein, der bereits in einem Dekanter gezogen war.

Er schenkte ihnen ein.

»Weißt du, ich bin kein nachtragender Mensch.«

Lous Augen huschten umher. Keine schauerlichen Botschaften auf der Tapete, kein Schrein war zu sehen. Hatte sie alles nur geträumt? Konnte er ständig den Zustand seiner Wohnung verändern? Erst war alles normal, dann kreierte er ein Stalker-Szenario und nun gab es wieder keine Anzeichen seiner Besessenheit? Sie sank in sich zusammen. Es gab viel zu viele Fragen, auf die sie keine Antwort hatte. Das Wichtigste war jetzt, dafür zu sorgen, am Leben zu bleiben. Sie musste leben. Sie musste ihn aufhalten. Sie musste ihre Freunde warnen. Sie musste sie retten. Irgendwie.

Sie fing wieder an zu zittern. Sie hatte die Chance gehabt, ihn aufzuhalten. Ihn zu töten. Sie hatte die Chance vertan.

Als er sprach, richtete Lou ihren Blick auf Patrick.

Er drehte sich lächelnd zu ihr um und deutete mit seinem Zeigefinger auf sie. »Ich verzeihe den Menschen, die mir wichtig sind. Zum Glück für dich, würde ich mal sagen. Du hast meine Geduld ganz schön auf die Probe gestellt. Aber nun …« Er setzte sich neben Lou und reichte ihr ein Glas, das sie zögernd annahm. »… bist du ja hier.«

Patrick schwenkte sein Glas leicht und hielt es gegen das Licht.

»Siehst du, Louisa, man erkennt einen besonders edlen Tropfen daran, dass viel Wein nach dem Schwenken am Glas herabperlt.«

Nach nochmaligem Schwenken hielt Patrick seine Nase in sein Glas und atmete heftig und kurz ein.

»Aaaah. Herrlich.«

Er schlürfte etwas Wein ein, sein Kiefer bewegte sich erst hin und her und danach schien er den Wein zu kauen.

»Exzellent. Louisa, du darfst ruhig trinken.«

»Ich möchte lieber keinen Wein.«

Patricks Gesicht veränderte sich. Sein Lächeln verschwand, seine Augen blickten starr und glasig, seine Oberlippe zitterte. Er bewegte sich keinen Millimeter, guckte Lou nur an. Doch das reichte, um sie in Panik zu versetzen. Sie schwitzte, sie hatte das Gefühl, dass er jeden Moment ausrasten könnte.

Der Schock darüber, wie schnell sich seine gesamte Stimmung wandeln konnte, löste eine Blockade in Lou, die sie zuvor bewegungslos gemacht hatte. Es war wie in einer Gleichung. Schock, plus Schock, gleich Überlebenswille. Ihr Herz pochte so stark, dass sie den Herzschlag, bis in ihren Hals spürte.

Trink. Mach schon und trink einfach, sagte sie wortlos zu sich. Sie griff mit zitternden Händen nach dem Weinglas, wobei sie etwas von dem Wein verschüttete. Dann trank sie einen Schluck.

Patricks Gesicht entspannte sich. Er ließ seine Schultern rollen und lächelte. »Cheers! Versuch noch einen Schluck! Diesmal behalte den Wein etwas länger im Mund, sodass sich sein volles Aroma entfalten kann.«

Patrick lächelte das Lächeln, das sie bis zu seiner Entlarvung für süß und charmant gehalten hatte.

Lou setzte an und nahm noch einen kleinen Schluck.

»Na, na, na. Nicht so zaghaft.« Er führte das Glas wieder zu ihrem Mund, indem er ihre Hand mit seiner bedeckte und kippte es so stark, dass sich ein großer Schwall Wein in ihren Mund ergoss. Der Rest lief an ihrem Gesicht hinab, auf ihr Shirt.

»Kleine, gierige Louisa. Komm, ich schenk dir nach.«

Angst wurde zu Frust und Frust wurde zu Ärger. Hitze stieg ihr in den Kopf. Vom Wein? Es war ihr egal, weswegen.

Sie nahm das gefüllte Glas von ihm entgegen und leerte es in mehreren großen Schlucken. Danach stellte sie es ab.

Patrick trat hinter sie und fasste ihre Haare zusammen, um sie in der Faust zu halten.

»Das mag ich so an dir, Louisa. Du bist gierig. Genauso wie ich.« Er zog an ihren Haaren, sodass sie den Kopf nach hinten überstrecken musste, um den Schmerz zu lindern.

»Mach den Mund auf, Louisa.«

Durch ihre mittlerweile tränenden Augen konnte sie sein Gesicht über ihrem schweben sehen. Der Schmerz an ihrer Kopfhaut war enorm. Sie biss die Zähne zusammen, um keinen Laut von sich zu geben. Ihr Instinkt sagte ihr, dass sie ihn damit nur provozieren würde.

»Mund. Auf. Louisa.«

Sie öffnete ihn.

»Weiter.«

Sie öffnete ihn noch ein Stück weiter. Da sie die Augen zusammen kniff, konnte sie nicht sehen, was er tat. Sie spürte nur, wie ein wenig kühle Flüssigkeit in ihren Mund tropfte. Sie schluckte automatisch und riss ihre Augen auf. Sie sah, wie Patrick dabei war, erneut seinen Speichel auf sie herabtropfen zu lassen. Vor Ekel schoss ihr der Wein die Speiseröhre hinauf. Durch ihren nach hinten gebogenen Kopf hatte sie keine Chance zu erbrechen, sondern war dazu gezwungen, alles wieder herunterzuschlucken. Säure brannte in ihrer Kehle. Sie musste husten und würgen. Tränen liefen an den Seiten ihres Gesichts hinab.

Endlich gab Patrick sie frei. Sie beugte ihren Oberkörper nach vorn, erbrach Galle und Wein. Sie musste husten. Sie hatte das Gefühl zu ersticken.

Patrick schüttelte bedauernd den Kopf. »Der schöne Wein. Mir scheint, du weißt einen edlen Tropfen wieder nicht zu schätzen.«

Lou war voll damit beschäftigt, ihren Brechreiz zu unterdrücken. So bekam sie nur am Rande mit, wie Patrick mittlerweile einen Eimer und einen Wischmopp geholt hatte und den Fußboden wischte.

Lou sah ihn aus geschwollenen, immer noch tränenden Augen an.

»Geht es wieder? Louisa, solltest du vorhaben, weitere Machtspielchen mit mir zu spielen, kannst du nur verlieren. Ich sage dir das, weil ich ein Gentleman bin. Ich möchte dir nicht wehtun. Jedenfalls nicht, weil du ungehorsam bist. Deshalb hör mir jetzt genau zu.« Er beugte sich nach vorn und legte seine Unterarme auf seinen Knien ab.

»Hörst du mir zu, Louisa?«

Bleib ruhig! Diskutier nicht!

Lou schaute zu Boden und nickte.

»Schau mich an, wenn ich rede.«

Lou schaute ihm in die Augen.

»Es gibt nur eine Regel, die du befolgen musst. Nur eine einzige.«

Zur Verdeutlichung hielt Patrick einen Zeigefinger in die Höhe. »Gehorche.«

Nicht weinen!

Lou nickte und flüsterte »Okay.«

»Gut.« Patrick lächelte. »Komm her.«

Befolge alle Anweisungen!

Lou stand auf und ging langsam auf ihn zu. Er nahm ihre Hand und führte sie ins Badezimmer.

»Schau, ich habe für alles gesorgt. Dein Duschgel, dein Shampoo, eine Zahnbürste für dich. Mach dich ein bisschen frisch. Keine Sorge, ich bleibe in der Nähe.« Damit küsste er ihre Hand und ließ sie los.

Sobald sie die Tür hinter sich geschlossen hatte, suchte sie nach einem Schlüssel. Es gab keinen. Das Bad hatte, wie ihres, leider kein Fenster, aus dem sie herausklettern konnte. Der Stress beschleunigte ihre Atmung. Hektisch zuckte ihr Blick hin und her. Sie suchte alles ab, fand aber nichts, was sie als Waffe hätte benutzen können.

»Ich geb dir noch fünf Minuten. Bisher höre ich kein Wasser rauschen.«

Sie zuckte zusammen, als sie seine Stimme hörte. Er schien genau auf der anderen Seite der Tür zu stehen. Oh, Scheiße. Scheiße! Schnell stellte sie das Wasser an, putzte sich die Zähne und spülte sich den Mund aus. Sie blieb im Bad stehen. Sie wollte nicht rausgehen. Aber sie hatte keine

Ahnung, was sie machen sollte.

Die Tür öffnete sich und Patrick kam herein. Sie bekam Atemnot. Hier drin war es viel zu eng für zwei Personen.

Er strich ihr mit der Rückseite seines Zeigefingers den Hals hinab. Dann nahm er ihre Arme und hielt sie ihr über den Kopf. Lou fühlte sich, als wäre sie eine Schaufensterpuppe, die man nach Belieben in eine andere Position bringen konnte. Er packte den Saum ihres T-Shirts und zog es ihr über den Kopf.

Bleib ruhig stehen! Nicht hyperventilieren! Du darfst jetzt nicht schlappmachen! Du wirst all deine Sinne zusammenhalten und ihn unschädlich machen, sobald sich eine Chance ergibt.

Patrick nahm die Bodylotion ihrer Marke, gab eine kleine Menge davon auf seine Hand und verrieb sie auf ihrer zerkratzten, geröteten, blutverkrusteten Brust. Sie bekam vor Abscheu eine Gänsehaut. Die Creme brannte höllisch auf ihrer gereizten Haut und sie konnte nicht verhindern, dass sie sich hin und her wand.

»Louisa.« Seine Stimme war rau. »Das gefällt dir, wie ich sehe.«

Lou konnte nicht schlucken. Ihr Hals schmerzte aus irgendeinem Grund. Ihr Kopf fühlte sich an, als würde er bersten unter einem Druck, der von Sekunde zu Sekunde stärker wurde.

Lou konnte seine Berührung nicht ertragen. Gerade hob sie ihre Hände, um ihn an seinen Handgelenken zu fassen und ihren Körper von seinen Händen zu befreien, da sah sie seine manisch flackernden Augen. Sie ließ die Hände wieder sinken.

Nicht denken! Atme! Nicht denken! Atme!

»Meine Schöne. Was hast du dir angetan?« Sein Blick wurde hart. »Oder war sie es?«

Hektisch überlegte sie, was er meinen könnte. Sie kam nicht dahinter. Lou schluckte.

Validation. Begib dich in seine Realität!

»Nein, sie hat damit nichts zu tun. Ich habe mich gekratzt.«

Patrick nickte. Er nahm sie bei der Hand und setzte sich in Richtung Schlafzimmer in Bewegung. Vor der geöffneten Tür sah Lou seine schwarze Box und deren Inhalt vor ihrem geistigen Auge. Das Blut floss ihr aus dem Kopf, ihr wurde schwindelig. Sie keuchte und versuchte, Patrick mit ihrem Gewicht von der Tür wegzuziehen. Er presste sie mit seinem Körper gegen die Wand und rieb sich an ihr. Sein Atem beschleunigte sich. Sie spürte seine Erektion, die ließ sie frösteln.

Er flüsterte in ihr Haar: »Endlich.« Seine Hände fuhren an ihrem Leib herauf und herunter. Immer wieder drückten, kniffen und rieben seine Hände ihren Körper. Er biss sie in ihre Lippen. Tränen rannen ihr über die Wangen, die er wegleckte. Dann hielt er inne, ließ von ihr ab und schaute ihr interessiert ins Gesicht.

Er lachte. »Meine kleine, unschuldige Louisa. Ist es dir zu früh? Schüchtere ich dich ein? Ich vergesse ständig, was für ein anständiges Mädchen du bist. Ich kann mich kaum mehr zurückhalten, jetzt, wo du endlich hier bist. Na komm! Dann kochen und essen wir erst einmal und sorgen dafür, dass du dich entspannst.«

Während Patrick in der Küche mit dem Kochen beschäftigt war, saß sie an einer kleinen Küchentheke auf einem Hocker, an dem ihre Fußknöchel mit Panzertape fixiert waren. Die Hände waren hinter ihrem Rücken zusammengeklebt. Sie überlegte, was sie tun sollte. Sie fühlte sich ausgelaugt und erschöpft. Hätte sie ihr Handy, könnte sie irgendwem Bescheid sagen, wo sie war. Dass sie gefangen gehalten wurde. Sie stellte sich vor, wie maskierte Männer aus einer Sondereinheit das Haus stürmten, Patrick überwältigten und sie befreiten.

Provozier ihn nicht. Halte deine Stimme unterwürfig.

»Patrick?«, sie schluckte.

»Ja, meine Schöne?«, er lächelte sie an, während er Salat wusch.

»Wo ist meine Tasche?«

»Warum möchtest du das wissen?«

Lou leckte sich über die trockenen Lippen. Ihr fiel ihre Ausrede von vorhin wieder ein.

»Na ja, ich sollte mich besser bei meinen Freunden melden. Sonst stehen gleich alle nebenan vor meinem Haus.«

Nun drehte sich Patrick zu ihr um. Er schaute sie bedauernd an. »Louisa. Für wie dumm hältst du mich? Ich habe deinen Freunden längst geschrieben.«

Er beugte sich näher zu ihr. Sein Mund berührte fast ihre Lippen.

»Ich weiß alles über dich. Ich sehe alles, was du auf deinem Handy siehst. Nur deine Telefonate kann ich nicht abhören, dafür sehe ich immerhin, mit wem du telefonierst. Ich weiß, was du schreibst und wie du es schreibst. Ich habe alles unter Kontrolle.«

Ihr traten Tränen in die Augen. Hatten sich ihre Freunde bei ihr gemeldet? Dachten sie sich, dass etwas nicht stimmte? Bitte, bitte bleibt weg von hier. Es war das Einzige, was sie in diesem Moment denken konnte.

Patrick und Lou saßen am Tisch, vor sich gefüllte Teller und Wein, eine Kerze brannte. Lous Hände waren frei, ihre Füße hatte er erneut mit Panzertape ans Tischbein gebunden.

»Guten Appetit, Louisa.« Patrick schüttelte eine Stoffserviette aus und legte sie sich auf den Schoß.

Sie nickte, stocherte aber nur in ihrem Essen herum.

Patrick legte Messer und Gabel zur Seite und schaute Lou streng an.

»Iss! Jetzt! Ich habe dir genau die richtige Portion gegeben, um deinen Körper mit allem zu versorgen, was er braucht. Nicht mehr und nicht weniger. Jetzt iss.«

Unter seinem strengen Blick schob Lou sich eine Gabel nach der anderen in ihren Mund. Das Schlucken bereitete ihr große Mühe. Warum schien ihr Körper kein Speichel mehr zu produzieren?

Patrick griff nach seinem Weinglas und guckte Lou auffordernd an. Sie nahm ihres in die Hand.

»Weißt du, Louisa, ich habe nachgedacht. Ich sehe ein, dass du sehr zart bist und ich dir angst mache. Aber Mann und Frau wurden dafür geschaffen, sich einander hinzugeben. Ich habe Verständnis dafür, dass du vorsichtig bist und nicht ausgenutzt werden willst. Ich kann dir versichern, ich meine es ernst mit dir. Ich werde dich nicht verlassen. Und die Sache ist die …«

Er hob sein Glas und trank einen Schluck. Sie tat es ihm nach.

»Mehr, Louisa! Trink mehr. Der Wein wird dich entspannen.«

Er seufzte. »Die Sache ist nur die: Ich kann und will nicht mehr warten.«

Patrick leerte sein Glas. Lous Kehle war wie zugeschnürt. Der Schluck Wein blieb ihr buchstäblich in der Kehle stecken. Sie hatte das Gefühl zu ersticken. Was wollte er damit sagen? Würde er sie vergewaltigen?

Oh mein Gott!

Ein weiterer strenger Blick von Patrick und sie konnte wieder schlucken. Sie trank ihr Glas ebenfalls in einem Zuge aus. Ihr trockener Mund fühlte sich nach dem Rotwein pelzig an.

Bald darauf verschwamm alles vor ihren Augen. Sie hörte, dass Patrick mit ihr sprach, doch sie konnte die Wörter nicht in einen logischen Zusammenhang bringen. Ihr Kopf war so schwer. Sie nahm alles nur noch gedämpft wahr. Ihr Besteck fiel zu Boden. Was waren das für Geräusche, die sie hörte? War es ihr Blut in den Adern? Ein stetes Rauschen dröhnte in ihrem Inneren. Warum? Was war los? Hatte sie etwas fallen lassen? Hatte sie überhaupt etwas in der Hand gehalten? Sie spürte, dass ihr Kopf auf ihren Schultern hin und her rollte. Sie schloss die Augen und war nicht mehr in der Lage, sie zu öffnen. Sie fühlte, wie ihr Kinn auf ihre Brust sank. Dann merkte sie, wie sie hochgehoben und kurze Zeit später auf etwas Weichem abgelegt wurde. Es war ein herrliches Gefühl. Sie wollte nur noch schlafen. Tief und tiefer sank sie in die Weichheit unter ihr, bis sie ganz von ihr umhüllt wurde.

Sie merkte nicht, dass Patrick anfing, sie zu streicheln und ihren

Körper mit gierigen Küssen zu bedecken. Sie merkte nicht die kräftigen Bisse, die halbmondförmige blutige Abdrücke hinterließen und seine Hände, die viel zu fest zudrückten und ihre Haut zusammenquetschten.

Kapitel 32

Als sie aufwachte, wurde es gerade hell draußen. Obwohl sie sich nicht bewegte, war ihr schwindelig. Sie brauchte einen Moment, um die Orientierung wiederzugewinnen. Warum tat ihr alles weh? Sie spannte ihre Muskeln an und war verwundert, dass wirklich jeder einzelne Körperteil schmerzte. Ihre Blase drückte. Sie hatte Durst. Ihr war schlecht. Vorsichtig, damit ihr nicht noch schlechter wurde als ohnehin, drehte sie ihren Kopf zur Seite. Neben ihr lag Patrick und schlief.

Ihr stockte der Atem. Grauen packte sie. Alle Härchen ihres Körpers stellten sich auf. Ein unerträgliches Stechen fuhr ihr hinter die Stirn. Vorsichtig und schwankend erhob sie sich. Warum lag er hier? Was war passiert? Was machte sie hier? Um Himmels willen … sie konnte sich an nichts mehr erinnern. Ihre letzte Erinnerung war, dass sie zusammen gegessen hatten.

Die Übelkeit wurde so massiv, dass sie taumelnd ins Bad stürzte, um sich zu übergeben. Jeder einzelne Schritt war eine Hölle aus Schmerzen. Besonders ihr Unterleib zog sich krampfhaft zusammen. Ihre Beine zitterten und es bereitete ihr große Mühe, ihre Augen aufzuhalten. Erst nachdem sie schwallartig in die Toilette erbrochen hatte und sich zurücksinken ließ, wurde ihr bewusst, dass sie nackt war. Mit tränenden Augen blickte sie an sich hinab und sah fünf fingerlange Schnitte, die über ihren Bauch verteilt waren. Vorsichtig legte sie eine Hand auf ihren Bauch und spürte den Schmerzen nach.

***

Er war glücklich. Alles war perfekt. Er hatte es gewusst. Sie war die Richtige für ihn. Es hatte etwas gedauert, aber sie fügte sich. Sich zu fügen, kostete Kraft, das wusste er aus eigener Erfahrung. Seine Louisa war nicht so zickig und launisch wie die Schlampe Celia. Mit Celia hatte er einen Fehler gemacht.

Die letzte Nacht war noch besser, als er es sich je erträumt hatte. Sie nehmen zu können, sich endlich austoben zu können, sie zu zeichnen. Er erinnerte sich genau daran, wie er die Heiligkeit der Dreifaltigen Göttin gespürt hatte, als er in ihr kam. Sie gab ihnen ihren Segen.

Er hatte Louisa nur betäubt, damit sie die Schmerzen nicht aushalten musste, so wie er es getan hatte. Ihm tat es mehr weh als ihr, wenn er ihr Schmerz bereitete. Doch das nahm er gerne in Kauf für sie. Liebe war nun einmal mit Schmerz verbunden. Louisa würde heute und noch für lange Zeit Schmerz verspüren. Das sollte ihr genug Vorbereitung darauf geben, das Kommende zu ertragen. Sie würde lernen, es zu genießen.

Er mochte starke Frauen. Starke Frauen, die seine Liebe annahmen. Seine Mutter war eine starke Frau gewesen, bevor sie verflucht wurde. Sie hatte seine Liebe aber nicht angenommen. Zärtlichkeiten und Geborgenheit wurden ihm verwehrt. Doch jetzt würde er es nicht mehr zulassen, dass ihm irgendetwas verwehrt wurde. Er würde Louisa nicht wegstoßen, so wie seine Mutter ihn weggestoßen hatte, wenn er Zärtlichkeiten mit ihr austauschen wollte. Seine Zärtlichkeiten waren mittlerweile anders als bei anderen Menschen. Das wusste er. Sie waren einzigartig. Er war einzigartig. Er musste Louisa heranführen, damit sie seine Liebkosungen genießen konnte. Er würde ihr zeigen, dass sie ab jetzt nie mehr allein sein musste. Und auch er würde nie mehr allein sein.

***

»Ist alles in Ordnung, meine Schöne?«

Lou war nicht in der Lage zu antworten. Sie stand auf zittrigen Beinen am Waschbecken, an dem sie sich krampfhaft festhielt. Nachdem sie sich, am ganzen Körper bebend, den Mund ausgespült hatte, schaute sie sich im Spiegel an. Sie sah einen riesigen, dunkelblau-violetten Bluterguss über ihrem Schlüsselbein. Bisswunden verteilten sich über ihren Hals und ihren Brüsten. Der Spiegel war nicht groß genug, um sich ihren ganzen Körper genauer anzuschauen. Allerdings wollte sie das auch nicht. Sie durfte jetzt nicht in Panik geraten. Sie musste sich zusammenreißen. Was sollte sie tun? Sie brauchte mehr Zeit. Unter größter Anstrengung, versuchte Lou, ein paar Wörter aus ihrer Kehle zu pressen. Laut genug, dass Patrick sie auch hören konnte.

»Darf ich duschen? Mich waschen? Ich … bitte. Darf ich?« Ihre Stimme klang belegt. Es erschreckte sie, wie jämmerlich sie klang.

»Aber natürlich, du musst nur fragen, dann bekommst du alles, was du willst. Das hast du gut gemacht. Geh ruhig duschen, Liebling.«

Nach einer kleinen Pause hörte sie ihn sagen: »Es war großartig mit dir, letzte Nacht. Da du dich wohl nicht daran erinnern kannst, kann ich dich beruhigen. Du hast mich nicht enttäuscht, sondern meine Erwartungen mehr als erfüllt. Das nächste Mal gebe ich dir nur so viel von den Zaubertropfen, sodass du schneller wieder zu dir kommst. Du sollst dich ja an mich und meine Liebkosungen gewöhnen. Es war perfekt. Du warst perfekt.«

Ihre Bauchmuskeln zogen sich in wellenartigen Schmerzen zusammen. Für den Moment würgte sie trocken. Es gab nichts mehr, was sie hätte ausspucken können.

In der großen Dusche ließ Lou sich auf den Boden sinken. Sie hatte keine Kraft zu stehen. Dort saß sie mit ausgestreckten Beinen unter dem heißen Wasserstrahl. Durch das Wasser waren die Krusten der Wunden auf ihrem Bauch aufgeweicht; neues, helles Blut sickerte an den Wundrändern entlang aus ihrer Haut. Die Schnitte waren nicht tief, taten aber entsetzlich weh. Ihre Nerven und Muskeln jagten quälende Schmerzen durch ihren ganzen Körper. Sie weinte nicht. Sie fühlte sich innerlich abgestorben. Sie hatte keine Hoffnung mehr. Alles hatte sie falsch gemacht. Ihre Freundinnen, großartig, wie sie waren, hatten mit ihr gekämpft und ebenso wie Beck und Henry zu ihr gehalten. Jetzt war sie dran, den Preis für ihre Schuld zu zahlen.

Sie wollte nicht länger als nötig nackt bleiben, deshalb zog sie sich, ohne sich abzutrocknen, die Sachen an, die Patrick für sie bereitgelegt hatte.

Ihr Herz kam nicht mehr zur Ruhe. Es schlug so schnell und kräftig, sie würde sich nicht wundern, wenn es irgendwann stehen bliebe. Ihr kam der Gedanke, dass jeder Mensch eine festgelegte Anzahl an Herzschlägen zur Verfügung hatte. Wenn sie aufgebraucht wären, starb man. Wann wäre es bei ihr so weit? Hier vergeudete sie Hunderte, ja, Tausende von Herzschlägen, die ihr Pensum Stück für Stück aufbrauchten.

Sie sagte sich innerlich immer dieselben Worte wie ein Mantra auf. Nicht provozieren! Nicht weinen! Keine plötzlichen Bewegungen! Keine Gefühlsausbrüche! Kein Betteln!

Sie war allein. Sie war gefangen. Sie war mit Handschellen gefesselt.

Nachdem sie geduscht hatte, zog Patrick sie mit sich ins Schlafzimmer. Ihr Körper streikte. Sie zitterte am ganzen Leib. Wollte er sie noch einmal vergewaltigen? Als ihre Knie nachgaben, zog Patrick sie an einem Arm hinter sich her. Neben dem Bett machte er Halt.

»Es sind noch einige Vorbereitungen zu treffen, meine Schöne. Leider, leider, kann ich dir nicht mehr ohne Weiteres vertrauen. Halt einfach still, bis ich wieder da bin, okay?«

Er befestigte eine Handschelle an ihrer linken Hand und ließ die andere am Heizungsrohr einschnappen. Er küsste sie auf den Kopf und verschwand.

Sie hörte die Tür ins Schloss fallen. War das eine Falle? War er wirklich weg? Oh Gott, sie musste ihn aufhalten! Sie musste ihre Freunde warnen! Ihr Herz sprang fast aus ihrem Brustkorb. Sie rüttelte an den Handschellen. Zog daran, drehte ihr Handgelenk hin und her, aber nichts half. Sie schrie, stemmte ihre Füße gegen die Wand und versuchte, ihr schmales Handgelenk aus der Fessel zu befreien. Nur am Rande nahm sie einen brennenden Schmerz an ihrem Handgelenk wahr. Sie hielt inne, sie war erschöpft.

Und sammelte neue Kraft.

Sie spuckte auf ihre Haut, leckte um ihr Handgelenk herum, hatte aber nur wenig Speichel zur Verfügung. Sie zog erneut. So fest sie konnte. Schweiß lief ihr über die Stirn, ein sich steigernder, unerträglicher Schmerz an ihrem Daumen war zu spüren. Wieder machte sie eine Pause. Ihre Hand war nun zusammengedrückt und eingequetscht. Ihre Fingerspitzen liefen rot an, dann lila. Sie weinte und schluchzte. Legte ihren Kopf an die Wand und schloss die Augen. Jen, Marla, Paul, sie alle waren in Gefahr. Sie würden sich sofort auf den Weg zur Hütte machen, wenn Lou sie darum bat. Nur war es nicht Lou, die sie dorthin beorderte. Die Verzweiflung gab ihr neue Kraft. Sie holte tief Luft. Wollte ansetzen, wieder an der Fessel zu ziehen. Aus dem Nichts kam ein Gedanke. Beck. Sie dachte an ihn. Wie er sie küsste, wie er sie liebte, wie er sie angesehen hatte.

Es war zu viel. Etwas in ihr riss entzwei. Ihre Seele loderte. Sie nutzte diese Energie, bevor das Lodern zu einem Glimmen werden konnte und ihre Seele verdorrt war. Sie hörte nichts, sah nichts, spürte nichts. Es war wie vor Ewigkeiten in ihrer Wohnung, wo sie in Raserei geraten war. Sie holte alles aus sich heraus und platzte fast.

Plötzlich war sie frei. Schwer atmend, ihre Haare klebten ihr im schweißnassen Gesicht, starrte sie auf ihre linke Hand. Die Haut hatte sich vom Handgelenk ausgehend, bis über den Daumen blau-lila verfärbt. Ihr Daumen stand in einem seltsamen Winkel von der Hand ab. Ein Pochen zeigte ihr, dass ihr Schmerzempfinden langsam wiedereinsetzte.

Ihre linke Hand dicht an den Körper gepresst, rappelte sie sich auf und ging zur Tür. Abgeschlossen. Zum Terrassenfenster. Abgeschlossen. Das Küchenfenster war ebenfalls verschlossen.

Sie blickte sich um. Wie sollte sie hier rauskommen? Patrick könnte jeden Moment wieder zurück sein.

Mit ihrer unverletzten Hand griff sie nach einem Blumentopf aus Ton. Sie holte Schwung und warf ihn gegen das Terrassenfenster. Der Blumentopf zerschellte und das Glas hielt. Sie warf Töpfe und Besteck gegen das Fenster. Immer lauter schrie sie dabei vor Frust auf. Nichts, was sie tat, zeigte Wirkung. In einer Schublade fand sie einen kegelförmigen Flaschenstopfen aus Stahl. Sie packte ihn am runden Ende und hieb mit der Spitze auf die Scheibe ein.

Endlich, am Rand bildete sich ein Riss. Immer wieder donnerte sie den kleinen Stopfen gegen die Scheibe. Sie zerbarst. Die kleinen Schnitte in ihrem Gesicht vom brechenden Glas spürte sie nicht. Sie spürte ebenfalls nicht die Wunden, die sie sich zuzog, als sie sich durch das entstandene Loch schob.

Sie war frei. Ihr Daumen sandte regelmäßig kreischenden Schmerz durch ihren ganzen Arm. Etwas lief ihr über das Gesicht. Sie wischte es sich mit der unverletzten Hand ab. Sie sah Blut. Egal. Sie musste zu ihren Freunden. Wie von Sinnen stolperte sie durch Patricks Garten, presste sich durch die Hecken, während sie mit ihrer rechten Hand die linke schützte. Es tat trotzdem fürchterlich weh.

Sie musste zu Marla. Der Fußweg war nicht so weit wie der zu Jenny. Sie wusste nicht, wie lange sie sich noch auf den Beinen halten konnte. Sie konnte nur hoffen, rechtzeitig anzukommen.

Ein Schritt vor den anderen. Immer weiter. Hier auf dem Schleichweg begegneten ihr keine Menschen. War das gut? War es schlecht? Sie konnte nicht denken. Sie wusste nur, sie musste zu Marla. Warum noch mal? Sie hatte keine Ahnung.

Es muss etwas Wichtiges gewesen sein. Ihr Kopf tat so furchtbar weh. Sie sah alles nur verschwommen. Ihre Lunge brannte, der linke Arm tat unvorstellbar weh. Sie musste weiter. Warum? Wer weiß? Irgendeinen Grund würde es schon haben.

Da war es. Das Haus, indem Marla und Paul wohnten. Sie schleppte sich die letzten Meter bis zur Haustür. Sie klingelte. Keiner meldete sich, keiner machte ihr auf. Schluchzer schüttelten sie. Immer wieder drückte sie auf den Klingelknopf, doch keiner reagierte. Sie hieb mit ihrer rechten Faust gegen die Tür. Klopfte. Hämmerte. Nichts. Sie sank in die Knie.

Wusste nicht, was sie tun sollte. Kein Mensch war zu sehen. Weit und breit nur Leere.

Sie hörte nicht, wie ein Wagen sich näherte. Sie registrierte nicht, dass er stehen blieb. Nahm nicht wahr, wie die Autotür geöffnet wurde. Erst als sich jemand schnellen Schrittes näherte, blickte sie auf, in der Hoffnung, es sei Marla. Doch es war nicht Marla.

Eine kalte, harte Stimme sprach zu ihr. »Wusste ich es doch. Du undankbare Schlampe. Wohin solltest du auch sonst gehen?« Patrick packte sie um ihr Handgelenk. Zum Glück an ihrem unverletzten. Trotzdem schrie sie auf vor Schmerz. Er schleifte sie über die Betonplatten Richtung Straße.

»Du hättest zu mir gehören können.« Jetzt schrie er, außer sich vor Zorn. »Ich habe dir eine Zukunft geboten! Ich habe in dich investiert! Steh auf, du Schlampe. Los, beweg deinen Arsch. Hoch mit dir!«

Er zog an ihrem Pulloverkragen. Sie stand nicht auf. Sie ließ sich hängen. Ihr war alles egal.

Es war vorbei.

Mit einer Hand riss Patrick sie in die Höhe. »Steh auf, verdammte Scheiße, und steig in den Wagen!«

Er stand auf der Beifahrerseite auf der Straße. Wie der Körper einer Puppe machte ihr Körper gar nichts. Er war schlaff. Die letzten Kraftreserven waren aufgebraucht. Sie spürte, wie ihr Kopf zur Seite geschleudert wurde und sie unsanft auf der Straße aufkam. Dann erst spürte sie den brennenden Schmerz in ihrem Gesicht. Der Geschmack von Metall breitete sich in ihrem Mund aus.

Wieder wurde sie gepackt, hochgerissen, geschlagen, fallen gelassen. Sie schloss die Augen. Dachte an Beck.

Patrick schien von Sinnen zu sein. Er würde sie tot prügeln. Hier, auf offener Straße. So sah ihr Ende aus.

Sie wusste nicht, wie oft er sie geschlagen hatte. Irgendwann ließ er von ihr ab. Sie lag neben dem Auto auf der Straße. Ein Auge war zugeschwollen, beide tränten. Sie verfolgte ihn mit ihrem intakten Auge, doch sie sah nur verschwommen. Ihr Gesicht fühlte sich geschwollen und aufgedunsen an. Sie hatte etwas Hartes im Mund, an dem sie sich beinahe verschluckte. Sie dreht instinktiv den Kopf zur Seite und spie aus. Es war ein Zahn, der mit leisem Klicken auf der Straße landete. Und Blut. Sie konnte nicht so schnell schlucken, wie es floss. Sie richtete den Blick wieder auf Patrick. Sie musste ihr noch funktionierendes Auge aufreißen, um überhaupt etwas erkennen zu können.

Was sie sah, verblüffte sie. War das Angst in Patricks Augen? Als habe sie einen Stromschlag bekommen, der sie wieder zum Leben erweckte, rappelte sie sich mühsam und unter unglaublichen Schmerzen in eine sitzende Position auf.

Sie kniff ihr heiles Auge zusammen und deutete mit ihrem Zeigefinger auf Patrick.

»Duuuu.« Wieder spuckte sie Blut aus.

Patricks Augen weiteten sich und er taumelte rückwärts.

Das verlieh Lou weitere Kraft. Sie stand schwerfällig auf, wobei ihre rechte Hand, die linke schützte. Schwankend kam sie zum Stehen.

Ihre Stimme klang brüchig und sie lispelte, weil alles angeschwollen war, und trotzdem klang sie angsteinflößend.

»Patrick Lemmer. Ich verfluche dich!« Sie humpelte auf ihn zu, streckte ihm wieder ihren Zeigefinger entgegen. Er wich zurück. »Hörst du mich? Hau ab! Hau endlich ab und lass mich in Ruhe! Lass meine Freunde in Ruhe, sonst schwöre ich dir, wird dein Leben zur Hölle werden.« Lou spuckte erneut Blut und Speichel auf die Straße, ließ Patrick dabei jedoch nicht aus den Augen.

Patrick nickte panisch, hielt seine Handflächen nach vorn und wich weiter zurück. »Warte, okay? Ich werde …«

Weiter kam er nicht.

***

Patrick. Erst passierte alles wie in Zeitlupe. Er sah, wie Louisa ihn anstierte. Sie spuckte etwas auf die Straße. Einen Zahn! Zur Hölle! Ein Zahn war ein mächtiges Werkzeug des Bösen. In ihm zog sich alles zusammen. Da war so viel Blut. Ihr Gesicht war nicht mehr zu erkennen. Das war nicht sie, die sich da aufrappelte. Der Gehörnte hatte sie übernommen. Von allein hätte sie niemals die Kraft besessen aufzustehen. Er entfernte sich im Rückwärtsgang. Oh, bei der Göttin, sie verfluchte ihn! Voller Panik hob er die Hände. Er hätte ihr in diesem Moment alles versprochen. Schließlich wusste er, wie so ein Fluch ausging. Mama, hilf mir.

Sein Blick wurde von einer Bewegung auf der Straße abgelenkt. Nun ging alles rasend schnell. Ein Auto näherte sich und erfasste ihn. Er spürte einen grellen Schmerz an seinem linken Unterschenkel. Sein Oberkörper und sein Kopf prallten auf die Motorhaube und dann spürte er nichts mehr.

***

Lou sah den schrecklichen Unfall. Sie sah, wie Patricks Bein unnatürlich abgeknickt wurde, als die Stoßstange ihn traf. Er prallte mit dem Gesicht voran auf die Motorhaube. Der Fahrer bremste. Die Reifen quietschten, wodurch Patrick abgeworfen wurde und auf die Fahrbahn prallte. Ein kleines Stück rutschte sein Körper noch weiter, bevor er reglos liegen blieb.

Sie ließ los und sackte zusammen. Es wurde dunkel.

Kapitel 33

Als Lou das erste Mal im Krankenhaus aufwachte, sah sie, dass ihre Wunden versorgt und abgedeckt waren. Anscheinend hatte man ihr etwas gegen die Schmerzen gegeben, denn sie nahm zwar ein Unwohlsein wahr, aber es tat nichts richtig weh. Sie versank wieder in Dunkelheit.

Bevor Lou ihre Augen öffnete, versuchte sie zu hören, was um sie herum vorging. War Patrick zurück? Sie spürte, dass sie nicht allein war. Sie hörte es flüstern. Wer flüsterte da? Lou öffnete ihr Auge einen kleinen Spalt breit, um unter ihren Wimpern hervorzuschauen und sich ein Bild von der Situation zu machen. Als sie ihre Freunde sah, liefen ihr warme Tränen an den Schläfen hinab.

»Lou, oh Scheiße, Lou! Alles in Ordnung. Wir sind alle da.«

»Ay Dios mío! Calma.« Marla wischte ihr vorsichtig die Tränen aus dem Gesicht.

»Hey, Lou.« Paul lächelte ihr zu.

Müde deutete Lou mit ihrer unverletzten Hand auf das Trinkpäckchen mit Strohhalm, das auf ihrem Nachttisch stand. Jenny nahm es und hielt ihr den Strohhalm an den Mund.

»Das hab ich dir mitgebracht. Weißt du noch? Solche Trinkpäckchen hattest du damals immer mit, wenn Sportfest war. Sonst erlaubte deine Mutter dir nur, Wasser zu trinken.« Jenny hatte Tränen in den Augen.

»Was ist passiert?«, nuschelte Lou. Ihre Lippen und die Zunge, schienen angeschwollen zu sein.

Marla schüttelte den Kopf. »Du wirst es nicht glauben. Ben hat Patrick über den Haufen gefahren.«

Lou versuchte zu erfassen, was Marla da sagte. »Was? Warum …« Sie merkte, wie ihr die Augen wieder zufielen.

Die ganze Geschichte erfuhr sie einige Tage später. In der Zeit bis dahin wechselten sich wache Phasen und viele Schlafphasen ab.

Wieder saßen ihre Freunde um ihr Bett versammelt.

»Wurdest du mittlerweile vernommen?«, fragte Paul.

»Ja. Und jede Stelle an meinem Körper wurde fotografiert. Mann, ich sehe wirklich schlimm aus. Ich weiß nur nicht, ob ich alles so genau zusammenbekommen habe. Also vor der Polizei.«

»Keine Sorge. Uns haben sie auch befragt. Ich hatte den Polizisten einiges zu erzählen.« Jenny nickte grimmig.

»Und ich hab ihnen alle Beweismittel gegeben. Die waren echt beeindruckt von der Sammlung«, sagte Marla.

»Die Durchsuchungen sind jedenfalls beendet und Patricks und dein Haus wieder freigegeben.«

»Pfff, keinen Fuß werd ich mehr in den Bungalow setzen. Es geht einfach nicht.«

Jenny streichelte vorsichtig ihre Schulter. »Das kann ich verstehen.«

»Weißt du eigentlich, dass die Polizei rund um die Hütte verteilt, Benzinkanister gefunden hat?«

Lou nickte.

»So ein Arsch. Die Fenster hatte er auch zugenagelt. Aber wir haben uns schon drum gekümmert«, sagte Jenny.

»Ich darf nicht dran denken, was er euch antun wollte. Hätte er es geschafft, dann …«

»Hat er aber nicht«, sagte Marla. »Ich frage mich aber immer noch, wie es kam, dass Patrick das Auto nicht gesehen hat. Das ist doch merkwürdig.«

»Ich habe ihn verflucht.« Lou blickte ihre Freunde ernst an.

»Du hast was?«, fragte Jenny.

»Ich hab ihn verflucht. Er hatte Panik und ist rückwärts in Bens Auto reingelaufen.«

»Da brat mir einer ’nen Storch. Lou, du hast am richtigen Rädchen gedreht. Dabei dachte ich, ich sollte die Hexe sein von uns vieren.«

»Jedenfalls ist Patrick schwer verletzt und wird bewacht. Endlich hat der Wahnsinn ein Ende.«

Es wurde still im Zimmer. Ohne, dass es jemand laut aussprach, wusste sie, dass sie alle an Beck dachten.

Lou trank einen Schluck, um den Kloß in ihrem Hals loszuwerden.

»Was hatte Ben dort überhaupt zu suchen in eurer Straße?«, fragte Lou Marla und Paul.

»Ben hat uns alles erzählt, was er auch bei der Polizei ausgesagt hat. Dass ihm Patrick schon länger aufgefallen sei. Er sagte, er hat dich beobachtet, aber nicht wie ein Spanner.« Marla lächelte. »Das hat er oft betont. Er mochte dich und wusste, dass du gestalkt wirst. Also hat er dich beobachtet und gesehen, wie Patrick dich beobachtete. Ihr hattet wohl auch kurz einen Austausch per Mail? Das hat er alles der Polizei gezeigt. Er hatte vor dem Tag des Unfalls deine Spur verloren. Also folgte er Patrick. Er wurde abgehängt und fuhr auf gut Glück die Straßen ab.«

Jenny nickte aufgeregt. »Ist das nicht total krass? Dass er Patrick wiedergefunden hat? Er hätte ja überall sein können. Ich glaub's echt nicht, dass ausgerechnet Kinky-Ben der Retter ist.«

»Und dann …« Marla nahm wieder den Faden auf. »… hat er gesehen, wie Patrick dich zusammengeschlagen hat. Da wäre ihm eine Sicherung durchgebrannt und er gab Gas.«

»Das musst du erst mal bringen. Mit Vollgas in einen reinzufahren. Respekt. Ich mag Ben.« Jenny lächelte.

»Ich auch«, sagte Lou.

»Die Polizei hat einen Zeugen gefunden, der Stein auf Bein schwört, dass Ben nichts für den Unfall konnte. Patrick sei plötzlich auf die Straße getaumelt. Ben hat natürlich nicht widersprochen.« Paul zuckte die Achseln.

»Ja, ja. Wie das Schicksal so spielt. Keiner weiß, wer der Zeuge war. Alles sehr mysteriös«, sinnierte Jenny.

Wieder herrschte ein Moment Schweigen.

»Hat eigentlich jemand meine Mutter informiert, dass ich im

Krankenhaus bin?«, fragte Lou.

Die Freunde blickten betreten zu Boden. Jenny gab sich einen Ruck.

»Ja, klar. Sie konnte es erst nicht glauben. Sie war hier, als du noch mehr ohnmächtig als wach warst. Sie hat von den Ärzten die Info bekommen, dass du nicht lebensgefährlich verletzt bist. Das hat ihr gereicht und sie ist seitdem nicht wieder hier gewesen. Die blöde Kuh! Echt jetzt. Wie kann man nur so scheiße sein?«

Lou brachte ein Lächeln zustande.

»Ich liebe dich, Jen. Und dich auch, Marla. Und dich auch Paul.«

Dem hatte keiner was entgegenzusetzen.

Lou ging es von Tag zu Tag besser. Am folgenden Vormittag sollte sie entlassen werden.

Ihre Gefühle spielten verrückt, sie fühlte sich innerlich hundsmiserabel. Sie würde es nicht über sich bringen, in ihren Bungalow zurückzukehren. Sie wollte und konnte es nicht. Es war einfach alles zu viel.

Sie hatte jeden Tag und jede Nacht ihr Kissen nass geweint. Sie vermisste Beck so schrecklich. Einmal war die Nachtschwester hereingekommen, als sie gerade völlig aufgelöst war. Sie hatte sich zu ihr ans Bett gesetzt und ihr über das Haar gestrichen.

»Weinen ist gut. Schwemmt das Schlechte raus, damit man irgendwann weitermachen kann.«

Lou spürte, dass sie recht hatte.

Am nächsten Morgen rief sie Ben an, um sich bei ihm zu erkundigen, wie er klarkam seit dem Unfall. Seine Nummer hatte sie von Marla.

»Hey Ben? Hier ist Louisa. Ich … also, dass du … was du …«

»Es ist okay. Ich bin froh, dass du lebst.«

»Wie geht es dir denn jetzt?«

»Ich habe kein schlechtes Gewissen. Angeklagt werde ich auch nicht. Die Polizei sagt, ich trage keine Schuld am Unfall. Patrick stand plötzlich da und ich konnte nicht rechtzeitig bremsen. Ende der Geschichte.«

»Mein Gott, es tut mir leid. Ben, wirklich.«

»Schon gut. Ich will mit alldem abschließen. Lass uns hier Schluss machen. Keine Anrufe, kein Schreiben. Es ist alles in Ordnung. Ich will nur Abstand von allem.«

»Ja. Klar. Das kann ich verstehen. Mach´s gut, Ben. Ich danke dir.«

Im Krankenhaus hatte sie viel Zeit zum Nachdenken. Lou schmiedete einen Plan, den sie jetzt umsetzen wollte. Vom Krankenhaustelefon aus rief sie ihre Mutter an.

»Siebert.«

»Hallo, Mama.«

»Lou, du meine Güte. Wie geht es dir? Hast du meine Blumen bekommen?«

Sie ignorierte die Frage ihrer Mutter. »Ich kann nicht mehr im Bungalow bleiben. Ich danke dir für die vielen Jahre, in denen ich kostenlos dort wohnen durfte. Ich habe mir etwas überlegt. Ich habe Geld gespart. Ich möchte dir die Jagdhütte abkaufen.«

Lou hielt den Atem an. Jetzt war es raus.

»Nun, ich bin dir wohl etwas schuldig. Wie hätte ich auch ahnen können …?«

»Mama, ich möchte sofort die Hütte kaufen. Ich weiß, sie ist mehr wert, als ich zahlen kann.«

Lou nannte ihrer Mutter die Summe, die sie bereits angespart hatte. Gespannt wartete sie auf ihre Antwort.

»Tja, also, sie ist wirklich um einiges mehr wert. Aber da ich in Zukunft den Bungalow vermieten kann, möchte ich großzügig sein. Yeshi sagt, dein Wert liegt darin, wer du bist, nicht, was du alles hast. Den Großzügigen wird …«

»Danke, Mama. Vielen, vielen, Dank. Kannst du den Kaufvertrag aufsetzen? Ich überweise dir das Geld.«

Lou verbrachte den letzten Tag im Johannes-Wessling-Klinikum, in dem auch Celia arbeitete. Sie war regelmäßig bei Lou vorbeigekommen und hatte erst langsam den Schock über Lous Zustand überwunden.

Celia, die gerade wieder auf einem Besucherstuhl neben Lous Bett saß, holte tief Luft.

»Er ist bei mir.«

»Was? Wer ist wo?«, fragte Lou.

»Patrick. Er ist auf meiner Station. Er wird mit Morphium vollgepumpt. Er hat innere Blutungen, eine Fraktur am Unterschenkel, einen Nasen- und Kieferbruch, Abschürfungen und eine Kopfverletzung vom Aufprall auf die Straße.« Celias Stimme klang tonlos. »Ich habe mich gefragt, ob du ihn besuchen möchtest.«

Lou dachte kurz nach, dann richtete sie sich auf. »Das möchte ich.«

Celia schob Lou mit einem Rollstuhl über den Flur, in den Fahrstuhl und wieder hinaus. Lou spürte ihr Herz langsam und kräftig schlagen. Vielleicht war ihr Rücken ein bisschen verkrampft. Ihr Kopf war wie leergefegt.

Sie blieben vor den Türen der Station, auf der Patrick lag, stehen. Celias Blick war intensiv und Lou beantwortete die ungestellte Frage mit einem Nicken. Es ging ein Stück den Flur entlang, bis Celia stehen blieb. Lou erhob sich langsam aus ihrem Rollstuhl.

Patrick lag in einem Zimmer, das eine Glasscheibe hatte, sodass man vom Gang aus hineinschauen konnte.

Sein Gesicht war zum Teil bandagiert. Eine Schiene war an seiner Nase und eine weitere an seinem Kiefer entlang angebracht. Sein linkes Bein lag eingegipst und mit Klettstreifen festgezurrt auf einem Keil, der sein Bein über Hüfthöhe halten sollte. Mehrere Infusionen hingen an einem hohen Drahtständer.

Lou schnappte nach Luft. Ihn dort vor sich zu sehen, ließ ihr Herz nun doch rasen. Ihr Blick huschte von links nach rechts. Sie klammerte sich an der Rückenlehne des Rollstuhls fest, dann lehnte sie sich mit dem Rücken an die Glasscheibe und schloss die Augen. Celia legte ihr beruhigend eine Hand auf die Schulter.

Ein Arzt sprach Celia an.

»Ich muss da mit rein. Ich bin gleich wieder da«, flüsterte sie Lou zu.

Sie sah, wie der Arzt gemeinsam mit Celia das Patientenzimmer betrat.

Lou beruhigte sich, indem sie gleichmäßig und tief atmete. Patrick schien wach zu sein. Sein sichtbares Auge war geöffnet. Sein Blick glitt träge hin und her.

Celia nahm ein Klemmbrett, das am Fußende des Bettes befestigt war, warf einen Blick darauf und reichte es an den Arzt weiter.

Lou blickte abwechselnd auf den Arzt, auf Patrick und auf Celia.

Kurze Zeit später öffnete sich die Tür und Lou hörte das Ende eines Satzes, den der Arzt an Celia richtete.

»… kritische Phase. Die folgenden vierundzwanzig Stunden werden zeigen, ob er es schafft. Er soll stündlich durchgecheckt werden. Übernehmen Sie das, Schwester Celia? Oder ist Schwester Renate zuständig?«

»Ich mach das schon. Sie können sich auf mich verlassen.«

Als Celia sich etwas zur Seite drehte und Lou anschaute, tauschten die Frauen einen langen Blick.

Am folgenden Abend saß Lou mit ihren Freunden zusammen in der Hütte, die bald ihr gehörte. Paul hatte alle Bretter von den Fenstern gelöst. Die Benzinkanister hatten die Polizisten zuvor schon mitgenommen.

Lou konnte es noch immer nicht fassen. Sie hatten es geschafft. Patrick würde ihnen nie wieder etwas antun. Sie würde Zeit brauchen, um Becks Tod zu betrauern und zu verarbeiten. Diese Zeit würde sie sich in den nächsten Wochen nehmen.

Marla guckte sie an. »Wie fühlst du dich?«

»Pfff, schwer zu sagen. Würde ich sagen, dass ich nur Erleichterung verspüre, wäre es nicht wahr und würde ich sagen, ich fühle mich absolut schrecklich, wäre es gelogen.«

Marla nickte.

Lou verlor nie ein Wort über ihren Besuch bei Patrick, und ihre Freunde drangen nicht in sie, obwohl sie wussten, dass sie ihn gesehen hatte.

Keiner von ihnen sah Patrick je wieder. Lou erfuhr, dass eine Firma später seine Sachen aus dem Haus holte. Bald stand ein ›Zu vermieten‹-Schild im Vorgarten, erzählte Jenny.

Lou saß in Gedanken versunken auf der Couch. Die Beine hatte sie angezogen und umschlang sie mit den Armen. Der Kopf ruhte auf ihren Knien.

Sie fragte sich, wie es sein konnte, dass die Frau, die Mitte März das erste Mal von einem Stalker belästigt wurde, dieselbe Frau sein konnte, die Monate später hier saß.

Sie hatte neu erfahren dürfen, was für großartige Freunde sie hatte.

Sie hatte sich verliebt und gelernt, dass man nicht zögern sollte, aktiv das Glück zu suchen. Einsamkeit schützte nicht vor Schmerz.

Sie konnte viel mehr ertragen, als sie sich jemals zugetraut hätte. Durch diese Feststellung würde sie mutiger durchs Leben gehen können.

Sie nahm sich vor, zukünftig ihre Energie nicht an negative Dinge oder Menschen zu verschwenden.

In ihr steckten viele Facetten und sie sollte jede einzelne von sich mögen und akzeptieren.

Sie meinte, dankbarer geworden zu sein, und hatte erkannt, dass nichts selbstverständlich war.

Sie blickte auf und sah alle der Reihe nach an. Sie lächelte.

Durch Beck hatte sie gelernt, in sich nach Antworten zu suchen und ihrem inneren Gefühl zu vertrauen.

Sie würde für ihre Wünsche einstehen. Sie war bereit, Risiken einzugehen. Verdammt noch mal! Sie würde ihr Glück selbst in die Hand nehmen.

Sie hatte festgestellt, dass sie nicht immer die liebe Louisa war, die sie gerne gewesen wäre. Sie hatte auch eine dunkle, zornige Seite in sich.

Sie hatte gelernt, ihre Wut im Bauch, ihr Loch im Herzen und ihre Narben auf der Seele zu spüren.

Sie wollte ihre Gefühle nicht mehr unterdrücken, so wie vorher. All das Hässliche und Dunkle war genauso ein Teil von ihr, wie auch das Schöne, das Gute und die Dankbarkeit.

Sie würde sich einen neuen Job suchen und sich darum bemühen, alles Schlechte hinter sich zu lassen.

Sie blickte sich in der Hütte um. Ihrer Hütte. Ihr Herz wurde schwer. Wenn doch nur Beck da wäre. Sie wären hier glücklich geworden. Vorerst ließ sie den Gedanken an Beck los. Sie konnte ihre Gefühle nur aushalten, wenn sie sie in kleinen Etappen an sich heranließ.

Komisch, wie sie sich mittlerweile sah. Sie war nicht eine Lou, sondern ganz viele Lous.

Louisa, die Strebsame, die es allen recht machen will und sehr harmoniebedürftig ist.

Lou, die Clevere, die oft intuitiv das Richtige tut.

Louisa, die Tochter, das kleine Mädchen, das sich Schutz und Liebe wünscht.

Lou, die Verliebte, die dank Beck endlich aus sich herauskommen und ihr Herz wieder öffnen kann.

Lou, die alte Seele, die einiges hinter sich hat und versteht, dass schlimme Zeiten auch immer eine Chance zum Wachstum bieten.

Lou, die Kriegerin, die kämpfte und nicht aufgab.

Lou, die Freundin, die aus tiefstem Herzen dankbar war, zu Marla, Jenny und Paul zu gehören.